U0794319

KUWEI
酷威文化
图书 影视

濯枝

上

咬枝绿 著

江苏凤凰文艺出版社
JIANGSU PHOENIX LITERATURE AND
ART PUBLISHING

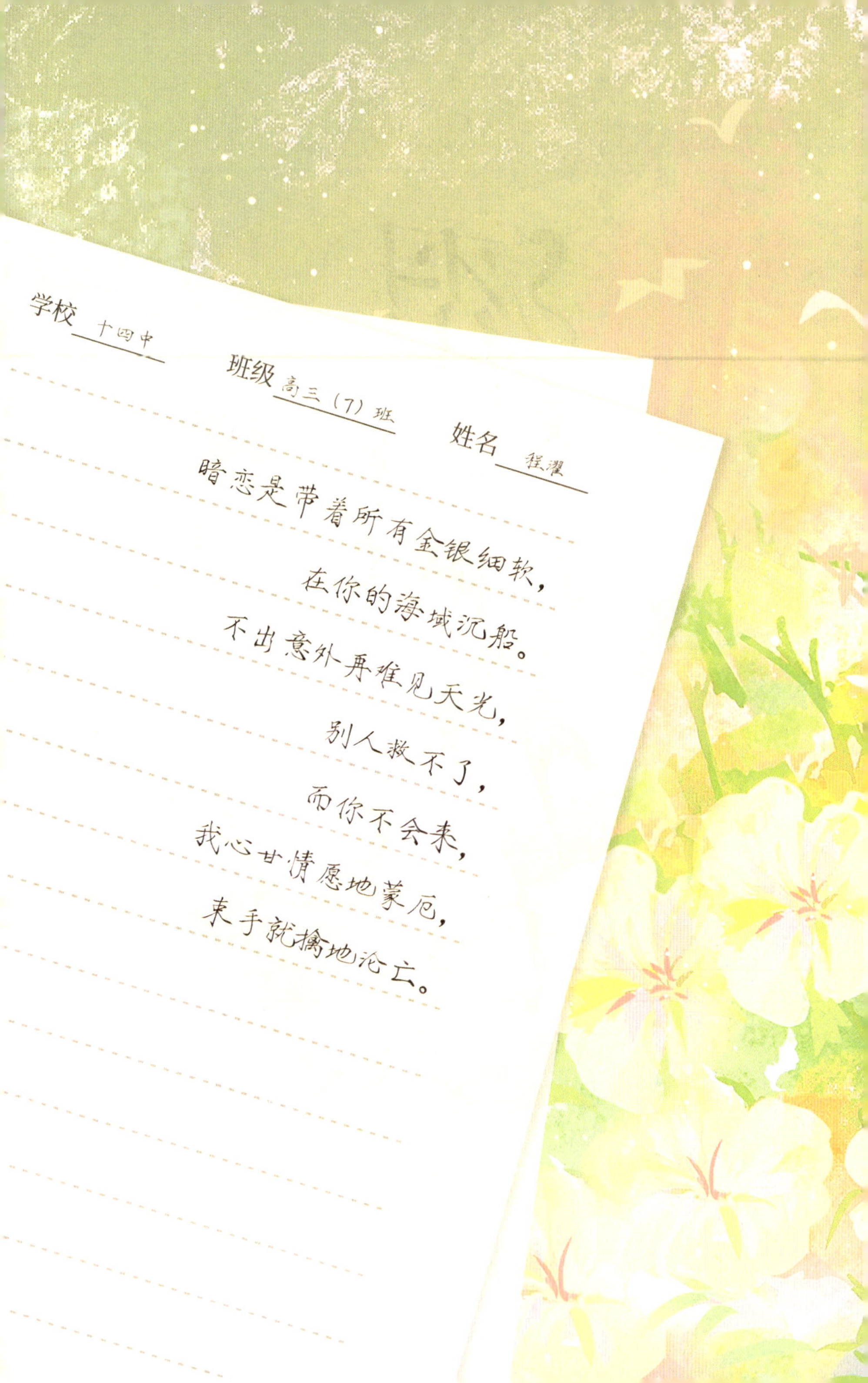
学校 十四中
班级 高三（7）班
姓名 程濯
暗恋是带着所有金银细软，
在你的海域沉船。
不出意外再难见天光，
别人救不了，
而你不会来，
我心甘情愿地蒙厄，
束手就擒地沦亡。

CONTENTS 目录

第一章

寿塔寺

傍晚时分，暴雨将整个城市淋得透湿。

待天色完全暗下去，校园灯光亮起，苏城艺术大学女生宿舍玻璃窗上的水珠才渐渐凝滞。

阳台门被大力撞开，掺着土腥味的湿气猛地灌进来，门又在一声响后合上。

孟听枝见风咳了两声，握拳虚抵着唇。

刚刚去阳台收袜子的室友周游走进来，幸灾乐祸地说着："听到没？楼下学生会又在喊了，会展中心的展牌和横幅被暴雨刮毁了。还好当年没进学生会，不然得天天干苦力。这次画展办得声势浩大，我们院顶尖的美女全都被喊去当免费讲解员了。啧，这算盘打得真响。"周游看过来："枝枝，得要钱！发传单还一天一百块呢。"

孟听枝的笔记本屏幕上正是这次苏大美术院画展的官方网页，正文第一句就是"为了国内高校之间的学术交流"，通篇洋洋洒洒，读不出半丝铜臭味。

网页末尾是蓝色字体的拟邀名单。手指滑动鼠标，孟听枝点开链接，一眼看见“正睿资本”后头的“程濯”二字。

窗上密集的雨珠随重力滑落，猝不及防地与其他雨珠相撞，“吧嗒”一声，滴落在窗台上。

关上笔记本电脑，孟听枝听到周游喊她，她正了正神色回答：“为美院出力是每个美院学子应尽的义务，提钱就太俗了。”

周游扬起声音：“他们就这么给你们洗脑的？还应尽的义务，什么时候学校能把这破宿舍楼修修，我去寿塔寺进香还愿！”

室友们继续吐槽，孟听枝拿了睡衣、毛巾去浴室洗澡。

洗完澡，长发半干落在肩后，发梢滴着水，洇透了薄薄睡衣，孟听枝拿着毛巾擦着脖颈里的水，伸手打开旁边的衣柜。

她的穿衣风格明显，黑白灰主色，偶有些青绿蓝也是饱和度很低的颜色。

瘦白手指划过柜子里的衣裙，不同的衣料在她指腹间慢慢拨过，她在脑海中设想着明天遇见程濯的场景。

也许是在会展中心门口，也许是迎宾台的位置，周遭一定有很多人，那些拔尖的美院女生个个都会穿得花枝招展又落落大方。

宿舍到点熄了灯。当晚的睡前话题从苏大为何在基建上如此抠门，聊到这届大三美院一系列知名美女的爱恨情仇。

唯独孟听枝觉得寡淡无味，聊无可聊。

周游睡孟听枝对铺，笑着探出脑袋问：“枝枝，马上都要大四了，也不见你谈恋爱，你不会是有什么其他想法吧？”

孟听枝没有睁眼。小小的床铺里，她拢着被子微蜷着身子，似在一室闷热浮躁的空气里飘浮着，没什么说话的欲望。

另一个室友小声提醒：“枝枝可能睡了。她明早七点半就要到会展中心。”

翌日早上。

恰逢周六，青林路上少了赶早课的学生，行人寥寥，两侧的老香樟雨洗如新绿。

孟听枝一边走一边翻着手上会展中心发的流程表，确认嘉宾到达的时间——九点半。

还有两个小时。

“孟听枝！”

沈书灵一身玫红小香风套裙，头发精心卷烫过，每一个圈圈都似有灵魂一般随步态抖动。

“你怎么穿成这样？”她挎着小包，踩着细高跟走过来，上下打量完孟听枝，立马好笑一声，“我记得你不是也答应了院长去当讲解员吗？”

苏大美术院的美女分两种，被孟听枝的室友恰如其分地总结，一派叫七彩发色，一派叫名媛派头。

沈书灵是后者。

而孟听枝，既没有出挑的发色，也沾不上半点名媛气，进校三年没有组织。

孟听枝低头看着自己身上的白 T 恤和水洗牛仔裤：“这么穿不能当讲解员吗？我看一般讲解员都这么穿，穿套裙踩高跟——”微一停顿，“像销售。”

沈书灵今天心情好，没跟孟听枝怼上，只抱臂幽幽地嘲讽道：“一般讲解员？你知道这次画展请的都是什么人吗？”

孟听枝自然知道，自那份公告挂上学校官网后，她不知道点进拟邀名单看过多少次。因为担心像这样的校级活动那个人根本不会赏光，她昨晚甚至险些失眠，早起花了点心思才遮住眼下浅浅的乌青。

上午十点三十七分，阳光清透，树荫浓郁。

程濯在院长的陪同下出现在苏大会展中心前，立即受到了规模最大的注目礼。以貌取人，人之本能。

他穿着寻常的白衬衫，质地偏薄软，全靠身形撑着，有些担不起“青年企业家”这词的朗正风骨，反倒像鼎盛家族衰了几代后勉强撑得住富贵的门户里出来的贵公子——书香底子还在，却顽劣里透着惫懒，浸在天光乍泄里，似瑕玉盈然。

美院的院长以学术立身，迎来送往也不失匠心和圆滑。走上红毯铺就的台阶，院长微转过身，笑容可掬："程先生，我安排一位咱们系的学生给您讲解讲解。"

院长压根就没想过安排孟听枝。

他给孟听枝带过比赛，小组里七八个人，孟听枝话最少，问题也最少，老师喜欢这样的学生，同时也不怎么对这种学生上心。

"沈书灵，你过来一下。"扫视一圈后，院长点名。

其他人为没被选上而暗暗气馁，孟听枝甚至听到旁边一位七彩发色派的低嗤了声："关系户，卖侄女算了。"

但，没卖成。

程濯朝里头一指："她吧。"

众人不知这个"她"指的是谁，小方阵里人与人只隔着半拳距离。

他说了话："第二排第一个，看起来很专业。"

时隔多年，孟听枝再次和他对上目光。

半年前，苏城市郊，一辆黑色轿车撞上护栏，车子基本当场报废。

能上新闻不仅仅是因为车子是顶级豪车，还因为副驾坐的是当红小花旦。

美色和豪门放在一起编故事，无非是那几种陈词滥调。

随后，小花旦选了最体面的回应——圈外男友，正在交往；两个月后又发微博暗示自己已经回归单身，发健身照，发减肥餐，说要拾起安稳心，认真出作品。

网友曾经深扒过那位让当红小花旦不安稳的圈外男友，但始终没有头绪。

车祸现场的照片在新闻上能找到，放大图片，能看见角落一只骨节分明的手，冷硬腕骨上戴着黑白配色的腕表。

孟听枝知道，那是程濯。

他换什么都快，唯独这块表，他一直戴着。

他们绝对不熟，但孟听枝对他也有几分了解。那个圈子里，最不缺的就是漂亮女人，他犯不着来美院看个画展，身边还跟着个伺机勾搭，手段还不高明的女学生。

当个最像讲解员的女大学生就好了。

“后现代主义？”

会展中心分了好几个展区，挑高的光源明亮而冷白，摆饰都是点睛之笔，错开格局。

他的声音本就清冷，经由以“禅境”为主题的展区一放大，似折玉之声。

孟听枝一直与程濯隔着适当的距离，目光半分不往他身上放，只在他露出兴趣停步时，她才会提供讲解。

连程濯都很快发现了自己这个讲解员的不同。

周遭的谈话声远远近近，伴着轻盈笑语，别的女学生都聊到了大四即将到来的实习问题，深谈着艺术和爱情的历史缘分；而他随手一指的这个女学生，是真的话少。

他恍然想到一个不恰当的比喻——像玩打地鼠，冒个头，砸一下，叫一声。

程濯顾自失笑。

孟听枝瞥见他浅淡的笑意，猝然心悸，目光只在他颊边的梨涡上匆匆停了下，便看向他身边的那幅画。

她问：“程先生是对后现代主义感兴趣吗？”

说实话，他不感兴趣，但起了打地鼠的玩心。

“讲讲。”

作为一个美术系的学生，老师给他们上了那么多美术鉴赏的理论知识，为的就是在这种时候发挥一个美术生的专业素养，为旁人答疑解惑，从而使对方对美术产生好感和兴趣。

每次理论考试前划重点，一划就划半本书，学生们叫苦不迭，授课老师也一概都用这句话来应付。

到今天，孟听枝才觉得老生常谈必有其中奥义，须得慢慢参透。

“后现代主义，是英国画家查普曼在1870年举行的个人画展中，首先提出的油画口号。‘后现代’一词，被他用来形容当时法国的印象派里，前卫画派超越的批判与创新精神……”

程濯掏出手机划了几下屏幕，分了心，没听清，也并不在意答疑本身。

孟听枝以为他没听懂，或者陈述太书面，又换了另一种说法。

“呃……这么说吧，有些艺术作品的风格比较超前，当下会有审美局限，可能理解不了，但以后也许会被人理解。在美术界，评论画的和画画的是两个专业，画派和风格有时候说不太清楚，可一个好作品出来了，总要有点说法。所以，搞评论的人就要胡说八道了。这个以前没见过，现在也不太理解，那么就叫它后现代吧。”

胡说八道是个笑点，他眼皮抬了下，唇角起了弧度。

她悄悄捏住手上的一页薄纸，将边角搓成小小的圆柱状，也朝他淡笑了下，平静地转回身子。

不远处就是单独隔出的获奖展区，其中就有一幅画是她的，那是个对大学生来说含金量很高的美术奖。本来有点想展示自己，可等她扭头时，程濯手机恰巧响起。

他拿着手机问她最近的出口在哪儿，她指了路，领人去休息区。

弧顶窗口的光落在脚边，窗外树荫里有飞雀聒噪的啾鸣。孟听枝看着手册上程濯的名字，退后半步缩进阴影里。

她站在安全妥当的社交距离外，听着程濯低沉的声音从旁边传来，字字落耳。

“寿塔寺？烂泥扶不上墙的东西，还指望上佛祖了。”

凌晨的女寝室安静至极，壁钟一格一格跳动的微响，伴随着室友断断续续的鼾声。

窗帘没拉严实，透进校园路灯昏黄的光。

孟听枝躲在被子里，登上微博小号，从关注列表里找到徐格。

有最新动态——

徐格：犯了两个月水逆了，是哪方菩萨我没烧香？

这人的名声比程濯响。但凡喜欢关注阔少八卦的都听过徐格，玩得开，混得野，是程濯的发小。

孟听枝点开评论区，一水儿名字眼熟的网红，哥哥妹妹叫得亲热。

三楼的女生提议徐格去寿塔寺拜拜，说那儿很灵。后面是一串楼中楼扯皮，最后定了时间——下周二。

临近期末，下周二早上孟听枝满课，还是要划重点的理论课。

任课的女教授是院里有名的古板学究，学期初就立下了诸多规矩，其中包括一条：请假必须当面批准，否则一律按旷课处理。

或许是平时的本分攒足了好感，收到孟听枝的请假条，女教授揉匀手指间的护手霜，竟然没多问。她瞥了眼孟听枝苍白的脸色，不仅准了假，还关心了一句："去医院看看吧。马上就到实训周了，别把身体搞垮了。"

孟听枝暗暗松了一口气，点头应好，转身出了苏大南校门，招下一辆出租车。

"寿塔寺。"

孟听枝戴着耳机，靠在车窗上。

室友周游发消息来问："枝枝，你到医院了没有？"

孟听枝早上没吃饭，这会儿有点晕车，脑仁酸胀，迷迷糊糊地抬头，正见寿塔寺山麓苍树掩映的宝塔顶端。

在她按下车窗的那一刹，出租车飞速钻入逼仄隧道。视线猝然一暗，蕴凉疾风扑刮在脸上。

孟听枝阖眸，仿佛看见推着石头上山的西西弗斯，无效的追逐，无望的热切。

有一瞬，她改变了心意。

回去吧，孟听枝，不要再往前了，巨石会一万次坠落，从无例外。

司机比她先一步出了声，叫她颤颤地睁开眼皮："姑娘，寿塔寺的姻缘签最灵了，记得去求一支，就二十块，别多给啊。"

"那如果不是上上签呢？"

她打小不是个运气好的人，陆陆续续掉钱失物，鸿运当头的滋味她从没体验过。

都说寿塔寺求姻缘灵，这也是拉人载客南来北往听到的消息，也没人说是好的灵，还是坏的灵。

司机只好干笑着："运气没那么差，姑娘。"

云层遮住阳光，山间忽暗。

客运站在佛山脚下。夏初是寿塔寺香火鼎盛的季节，虽然不是双休日，但香客也不少。一旁的旅游大巴进进出出，中年旅游队络绎不绝，导游呲呲带响的"小蜜蜂"别在腰间，鲜艳的小旗子挥着，招呼游客集中。

眼前人来人往。

孟听枝给室友回了一句"到医院了"，走向售票窗口，翻出学生证。不一会儿，窗口售票员给了她一张半价票，问她要不要坐缆车，缆车票也可以半价。

"谢谢，不用了。"

孟听枝收起证件和票。她猜依徐格一头热的性子，加上他水逆了两个月，一定会诚心步行上山。

山脚立了青碑，上头写了这样一段话——

世人有十缠、九十八结并称世间一百零八种烦恼，寿塔寺一百零八阶红台，是"百八烦恼"的大千化身，诚心拜往，一步一结一解，便可烦恼尽除。

孟听枝的身体素质一直不好，八百米连续三年冲不进女大学生及格线。

大抵是佛祖知她心不诚，等她好不容易爬上来，旁边一队身体素质感人的中老年旅游团就替佛祖教训了她的“心怀鬼胎”。

孟听枝崴了脚。

撞人的大妈半点没有觉得抱歉，边走还边回头瞪她，像是怪她挡路。

她咽下这口郁闷气，心里退堂鼓敲得震耳欲聋，脚踝也是真疼，一步一步挪跳着，坐上旁边的石凳。

“咝——”脚踝一活动，就传来密密匝匝似针扎的疼。

已经好多年不干这样的傻事了，来佛祖眼皮子底下求一场偶遇。

孟听枝苦笑着叹气，看着自己的脚踝，心里想着，如果是真的扭伤了脚，她要怎么解释她胃炎去医院看病，却跛着腿回来？说不巧医院发生医患矛盾，她被误伤，有人信吗？

徐格一行人在山上晃悠，东殿西庙都拜了个遍，也不知道灵不灵。

他这么说着，身旁有人笑着打趣：“要不徐少您再掏俩子儿给菩萨镀个金身，没准就能开个 VIP 把水逆给解了。”

“我费那钱——”徐格拖着不屑的音，转眼扫到坐树底下揉脚踝的孟听枝，手往那儿一指，嘿嘿一乐，“那是怎么了？”

程濯就是这么看见孟听枝的。

他对她还有印象。

一来是画展过去没几天，二来是她的马尾让他印象很深——那天讲解，她全程用这个后脑勺对着他。

都走出去半截了，鬼使神差地，程濯回了头。

她坐在石凳上，弯腰按着脚踝，马尾碎发在纤白脖颈间一绺绺滑落。树荫里散落的光斑随风颤动，碎金似的洒在那片白皙肌肤上，似脂玉。

那位推荐徐格来寿塔寺的女生第一个发现程濯走向树下。她伸手指戳了戳还在跟人侃大山的徐格，目光朝程濯的位置瞥了瞥："程公子这是？"

徐格也纳闷，程濯的怜香惜玉远到不了这个份上。

他这人说话皮惯了，在阳光下抻了抻眼睑，张嘴就扯："见色起意吧。"

"脚怎么了？"

孟听枝抬头，跌进一双潭影幽深的眸底。

远山间霎时传来一道沉沉的撞钟声，"咚"的一声，过往无数画面皆被击碎，浮在空谷里绵延不绝地回响。

她听见自己游离虚软的声线："扭、扭了。"

他闻声蹲下身。那片兜头而下的阴影随之消失，变成他指间的点状温热，以握她脚踝的方式，再次攫取住她全部的心跳。

"问题不大。"程濯手法专业地扭了扭她的踝骨，起身望了望四周说，"抹两天药油就能好。你朋友呢？"

"没朋友，我一个人来的。"

"一个人？"程濯眉梢微挑，觉得有趣，似乎神和鬼都叫人敬与畏，少见单刀赴会。

他重复一句："一个人来拜佛？"

孟听枝仰头看着他，点了点头，眸光灼灼，似佛就在眼前。

可能是等急了，也不知道还要等多久，徐格站在窄窄的廊檐外喊着："濯哥哥，这谁啊？要不先带着一起下山吧，这日头晒死人了。"

小师父从一旁路过，朝徐格行了个合十礼说："阿弥陀佛，施主勿喧哗，扰了清修。"

缆车掠过碧树苍木，缓行下了山。

开车的是女网红。车的配置很高，车钥匙是徐格掏出来的。

孟听枝见女网红的第一感觉就是现在网络滤镜真重，险些没认出来，上周她还在室友的手机上看到女网红在直播间带货，大眼睛，尖下巴。室友说这是典型的整容脸，现实里看，其实还算自然。

徐格坐在副驾驶。他身上有种顽劣又自来熟的疯，不熟的时候挺吓人，尤其是对那种没见过什么世面的姑娘来说，例如孟听枝。

“哎，美女，我拜了一个早上，一手香灰味儿。”徐格转头把手朝孟听枝伸来，“不信你闻闻。现在因为你全毁了，你不得赔我点什么？”

孟听枝不知道该怎么接话。

开车的女网红抽手拍了一下徐格的胳膊，看似在帮孟听枝说话，更像是暗暗炫耀。

那是只有女生才会懂的话语心机。

“第一次见，徐少，你别吓着人家小妹妹好吧。”

徐格朝孟听枝抬了抬下巴，就跟逗小猫小狗似的：“不表演个自报家门？”

那只吊儿郎当地伸着似逗猫棒的胳膊被程濯打回去，他像是被吵得烦，长长的睫毛敛着，眯了眯眼：“少在我跟前疯。”

徐格嘟囔了声没劲，老实坐回了副驾驶座。

车里安静了，那股高档轿车的皮革味在冷风口里越发清晰。

半晌，孟听枝咽了咽喉，轻声说：“我叫孟听枝，苏大美院在读，谢谢你们送我。”

她的普通话算标准，就是调子里透着股吴语的酥软，像羽毛尖在耳膜上划了下。

五感相通，程濯喉结不由轻滚，蓦地有点痒，像是烟瘾上来了，又不完全是这样。

程濯没看她，径直敲了根烟出来，咬在嘴里，摸了一下口袋，没摸到打火机。

烟盒朝正前方的副驾一扔，徐格“哎”一声被砸中，捡起烟盒，也敲了一根烟出来，回头看看，趴在车背上给程濯点上了烟，之后是自己。

无须对话，这是男人之间的默契。

烟气飘出，孟听枝闻不惯烟味，有点想咳嗽，低头努力忍着自己不合时宜的生理反应，狭窄视线里，却见一只暗暗闪光的金属小方块——打火机。

他刚刚没在兜里摸到，是因为滑到车座里了。

歹念立刻落地生根——“误拿”了可以找机会再还他。

孟听枝甚至惊服自己的执行力，先是放开嗓子吸了些不适应的尼古丁的气味，数秒后猛然一咳，急忙去找纸巾，再天衣无缝地碰散包里的一些小物品，最后手忙脚乱地收拾，在手忙脚乱中，把不属于自己的东西也一并收到包里。

可她没想到，程濯会忽然伸过手来！

难道他发现了？

那一瞬，孟听枝差点心脏停滞。

第二章

祖母绿

她近乎屏息的目光追随那只戴着枚素简男戒的手，看他手掌似屠刀一步步往下落，最后在小牛皮座椅的缝线处捡起一支塑料壳的草莓味唇膏递给她。

孟听枝暗暗松了一口气，接过唇膏，没敢碰他掌心分毫，声音虚软可欺："谢谢。"

唇膏塞回包里，孟听枝坐正，和女网红在后视镜里不期然对上眼。

对方无声轻笑。

手指僵在耳边，孟听枝顿了几秒，才把一缕头发别到耳后。

她确定，对方看出她的小把戏了，女人和女人之间是最不好骗的。对方虽然不至于像打小报告一样挑明，但孟听枝内心不安。

车子停在苏大南校门，孟听枝下了车，脚踝还在疼，走起路深一步浅一步。

"孟听枝！"女网红隔着车窗喊她。

孟听枝脊背僵住，好像包里躺的不是打火机，是一颗手榴弹，还是随时随地可能被拉环的。

她转过头来，目光从驾驶座移向后面，见那人垂着眼睛在划手机，后颈弧如琴弓。

“你大几啊？我觉得你的颜值身材都不错，我店铺刚好缺拍版模特，薪水还行，你要不要来试试？”

黄玉色的名片被塞进夹层，之后再没见过天光，银质打火机和草莓味唇膏躺在一起。包是敞口的，回宿舍的路上，能听见轻响。

孟听枝给自己的定位是一个贪心过甚、孤勇尚缺的小偷，但没想到还有失主找上门的一天。

苏城入夏多雨，总是轰轰烈烈地下，浇湿了就停，晴光忽现，连风里都黏着雨后的闷热。

美术楼前的路面已经干得七七八八。手机是在孟听枝走下台阶时响的。

隔着一片狭湖碧波，对岸校办大楼的墙体屏幕上还滚动着红字。半个月前的美术展已经圆满结束，长篇的官方总结后跟着一串感谢名单，有企业，也有个人。

孟听枝接到一通陌生电话。

屏幕还在滚动，她看到“正睿资本”四个字从下一行出现，杳杳电流里，刚睡醒的沉慵男声猝不及防地闯进她的耳朵里。

“孟小姐，我是程濯。寿塔寺回程车上丢了一只打火机，不知道你有没有看到，我是失主。”

风乍起，一下撩起了对岸千丝垂柳，湖面无数涟漪。

接完电话，孟听枝的手指都是抖的。

不知道什么时候打了下课铃，身后校园区道上的学生多了起来，一个踩着滑板的男生撞到她，孟听枝用了三年的手机当场摔碎了屏，一角裂纹似蛛网。

男生赶忙踩停了板子，脸色一变，“赔”字刚说出来，孟听枝如梦初醒似的抖了一下，弯腰捡起手机，说“不用了”，然后一秒也不耽搁地往宿舍方向跑去。

正是饭点，室友都还没有回来。她蹬了两只鞋子，爬上床铺，从枕头边摸出一只打火机。

圆角方形，寡淡银色，除了充气口旁有颗墨绿色的钻没什么特别。

作为预兆，那通电话像是猝不及防地要将她的人生翻入一页新篇章，她为此隆重地换掉用了三年的国产机。

孟听枝打车去最近的手机城。水果系统刚出了新款，科技感的海报随处可见，价格也美丽，刷卡的时候孟听枝有点担心，她怕自己用不惯。

等她熟悉了新系统的基本操作方式，天已经黑了。夜晚的大学城，灯火簇拥，满街都是穿着清凉的年轻男女。

孟听枝一身新，带着老旧到不行的心思，赴了程濯的约。

湘桥居是大学城店牌最讲究的中餐馆，三层小楼，古色古香的门脸，飞檐高挂方形红灯笼。

孟听枝别着柔软裙边，跟端茶下楼的服务生错身而过，踩着木楼梯，“噔噔”上了二楼。

他坐在木窗支起的位置，窗外是一家连锁网咖的霓虹灯招牌。

程濯闻声转过头。

插花长瓶旁的女生被艳俗花枝掩映着，肩线平直惹眼，肩头却精巧盈润，一身娇弱瘦骨，穿着细吊带的黑色棉质连衣裙，有种寡淡又易碎的美感。

孟听枝挺拘束地朝窗边走来。

“程先生。”

程濯接过打火机，目光下移：“脚好了？”

脚伤是半个月前受的，打火机也是半个月前丢的，彼此心知肚明，今天的见面分明就是程濯的一时兴起。但孟听枝愿意配合，非常愿意。

“嗯，好了。”

菜单递到孟听枝手上，程濯让她点菜。

页数不多，本子却很厚，拿在手上沉甸甸的，很有分量。

孟听枝之前来过湘桥居一次。室友大二时交了男朋友，在这儿过生日，之后在宿舍骂了半个月黑店。菜单翻开，孟听枝瞧着价格，一盘清炒时蔬要六十八，真挺黑的。

女服务员是附近大学的兼职学生，孟听枝久不点单，她拿着餐单夹和签字笔，目光不由得朝一旁的男人偷偷看去。

“好看”这词拿来形容这个男人有点过于单薄了，他光是坐在那儿，轻敛着薄白眼皮，就那么具象且具备冲击力。

“馆子不合适？”

孟听枝从印着兰溪山水图的菜单后，探出一双温软含怯的眼，像是发呆时被他的声音惊到。

“有点贵……我们AA可以吗？”

那顿饭是从程濯笑了，开始转向相谈甚欢的。

孟听枝由衷感谢大学城这一带的黑心商家，为这场紧张到手心冒汗的饭局添了那么多的谈资。她从附近商铺的欺诈活动，讲到自己的室友因为这家黑店遭受到怎样的情感打击，费尽心思，说完她大学三年最有意思的见闻。

她极少参与，都是听人说的。

精明有限，胆怯冗余，她属于就算被骗也自我安慰吃一堑长一智和多一事不如少一事的人。

她托着下巴，碎发被手指别到耳后。窗口夜风里，她的脸庞粉扑扑的，像一只洗净绒毛的小桃子。

“程先生，我是不是话很多？”

其实她性子有点闷，不太爱说话。能说会道也演不出来，她更像那种心理素质极差的好学生，提前背熟了稿子，上台一通背诵。

程濯瞧透她的腼腆性格，更加不解。

她哪来的胆子，在寿塔寺回程的车上拿走他的打火机？分明偷看他一路连句搭讪都没敢说。

“叫我程濯就行。”程濯猜她没多大，大三的学生差不多都“二”字开头了，“我也就大你两岁。”

孟听枝知道，她还知道，他的生日就在下个月。

她眉目朝着餐盘里的一朵西蓝花，小声喊了一下程濯。

“嗯？”他看过来。

孟听枝抿唇笑，摇摇头：“没事，你还吃吗？”

两个人，六菜一汤，着实有些奢侈。

孟听枝胃口小，程濯不知道是不是吃不惯这种馆子，也没怎么动筷。餐面干干净净，连摆盘都几乎是原样。

孟听枝转着一朵紫色的餐饰兰花，看对面的男人修长手指夹着烟。

他真是瑕玉。

从早年的作风到如今的气质，就连指节分明的一双手，都要在无名指上横出一条细疤，白玉微瑕，叫人心折。

打火机没气了，打了几下，扑了火，他捏在手上，闲闲地转了两下，然后问捏着花的孟听枝：“喜欢吗？”

问的是打火机。

脆弱花瓣不慎被掐破一角，紫红色的汁液将指纹印得清晰。

孟听枝捻着手指，看着淡灰烟雾后的男人：“喜欢。”

他食指一挑，机盖“噌”一声收合回去，灭了火：“下回灌了气，再送你。”

孟听枝几乎心脏跳停，竟然还有下次？

她糯糯地应了一声谢谢，又担心地问：“那个墨绿色的钻是真的吗？”

“哪个钻？”他像是从没注意过，又将打火机拿起来看，微眯眼半晌说，“应该是真的。”

很久之后，孟听枝在徐格那儿看到同款，才知道这款打火机是某个牌子的彩宝系列，墨绿色的小钻叫祖母绿，价格可以买七八个水果系统的新手机。

程濯那句“我是失主”，如果电话不是打给孟听枝，而是拨去警察局，孟听枝怕是要换个地方和程濯说话了。

今晚路况好，程濯的车子从大学城上了高架。跟孟听枝吃完饭，徐格七八条微信连续轰炸，把他催到 TLu 来。

不知道是不是刚见过一个女学生的缘故，程濯进了金属乐鼓噪的酒吧，偏头避开楼梯旁的蓝光珠串，射灯靡艳里，看见黑长直觉得都有点像女学生。

徐格高举着杯子打招呼。

包厢里生脸很多，程濯走进去扫了一眼，圆台位置还有个穿着短裙的 DJ 在跳舞。单人沙发被让出来，程濯坐下，前倾弓背，取了一个短杯，旁边的女生娴熟地加冰添酒。

程濯喝了一口冰酒，含在喉间三秒，咽下去。

大麦茶是真难喝，回味泛苦，不知道孟听枝是怎么一顿饭喝了几大杯的。

徐格跷着腿，夹烟的手搭沙发扶手上，找趣儿似的问：“昨天怎么回事儿啊？说走就走，那女的惹你了？”

徐格组的局从来不缺美色。

在国外读书那几年，玩得还要直接些，程濯一贯是不热切也不排斥的态度。他非常会适应集体，但极少融入。昨晚也事起一只打火机。

他回国后忙家里的事，露面少，在徐格的局上不算熟脸。徐格一句“我发小”的简短介绍，就够旁人把程濯的背景猜个大致。

昨晚有个女人来勾搭他。

程濯厌烦地偏了头，没让那女人靠近。女人哄男人有一套，偏偏程濯不吃这套，还有点被恶心到了，微垂的桃花眼寒浸浸的，把对方吓得自己退开了。

他出去抽烟，撂冷了整个局。

那些人面面相觑，只有徐格还是老怪腔调，人话鬼话都能扯：

“说了人家不喜欢你们，一个两个往前挤得欢。你真不行往我这儿凑啊，得罪那祖宗干吗？我又得哄半天。”

外头夜风挺燥。

程濯一边吞云吐雾，一边看着手里的打火机，他忽然想到这是徐格的。他的那只打火机，半个月前丢了。

他眼睁睁看着它丢了，被一个梳马尾的小姑娘收进了包里。

他当时咬着烟瞥了一眼，本来想提醒她拿错了，见她有点发抖，才知道那是故意的。

那么不解风情的一个人，这些年看风情倒挺准。

他想起那截在佛寺阳光下发梢滑落的白皙颈子，轻呛了口烟，肩膀抖了几下。

那时捡那只唇膏是故意的，不知道哪来的坏心眼，一时兴起就想吓吓她。

她还真被吓到了。他又把唇膏放在掌心，递给她，她悄悄松了口气，睫毛却颤得厉害，像只受惊的兔子，快速调整好呼吸。

在国外待久了，回来后，什么都会下意识地比较一下。

小聪明里露拙的含蓄，他没有见过。

快到晚上十二点，酒吧外灯光喧扰，汽车的轰鸣声进进出出，金霖路的娱乐区入夜一片灯红酒绿，衬得整个穹顶都是灰扑扑的。

整条路，明明里头外头全是人，个个都把寻欢作乐写在脸上，瞧着喧嚣，却像三五成群的行尸走肉一样。

他走了会儿神，掐灭烟，出去打了个电话。

“沈院长，我最近收了几幅画，想跟您借个讲解员。”

第二天近中午，程濯起床，手机的新消息里躺着一串号码，后面缀着“孟听枝”三个字。

徐格碰了碰程濯的杯子，知道他不是那种荤素不忌的人，侃笑了句他眼界太高。没过一会儿，话题忽然聊到赵蕴如身上。

那是程濯去年回国在市郊出车祸，副驾驶上坐着的当红小花旦。

“上周在一个腕表品牌的线下活动见到的，还旁敲侧击打听你来着。这都半年了吧？够痴情的。”

话是徐格说的，程濯没接。

如果女人痴情他就要回应，那他就别干其他的事了，天天忙着回应吧。

徐格忽然八卦，压低了声：“你那么不待见她，是不是因为乔落？她们女人的事，咱们别掺和啊！娱乐圈的这些女明星不都比来比去的吗？这你也惯着乔落，过头了吧？”

程濯没接话茬，对徐格说到的两个风头鼎盛的女明星不加一句点评。周围人好奇得不行，看似各做各的事，实际上他们都竖着耳朵想听程濯会护谁。

但程濯行事总叫人感到意外，他从兜里掏出一只打火机来抛给徐格：“把气充满。”

看着打火机，话题就偏了。

徐格纳闷：“不是说丢了吗？”

“找回来了，还要送人。”

孟听枝等他给打火机充气，等了整整一周。

那天好尴尬，早上刚考完了西方美术史，孟听枝去画室取了东西，周游说有只耳环落在手工室了，孟听枝帮忙找到，然后背着画筒从美术楼出来，打算去食堂解决午饭。

她妈妈打电话来说家里的枇杷熟了。

孟听枝是苏城本地人，家在城南，从苏大回家坐地铁不过一个多小时的车程。

“最近都是考试，我没空回去。”

“那行，我寄给你，你到时候快点收，别在快递中心捂烂了。”

孟听枝想都不想：“不用了。”

她怀疑她家结的不是枇杷，是长生不老果，她妈非要寄，让她分给室友尝尝。

“学校超市就有卖的，你别寄了。”

阮美云是典型说不了几句话就能拔高嗓门的家长，孟听枝很有预见地把手机挪出耳边一点。

对面依然分贝不减：“那怎么能一样？！超市里卖的水果那都是打了农药催熟的，不健康，你少买那些东西吃。我跟你说，吃多了早晚要得病！”

孟听枝敷衍了几句，挂了电话。

没过半分钟，电话又响了。

过分强势的人连拒绝都不好拒绝，明明这么多年早习惯了阮美云的霸道脾性，但孟听枝被她妈妈的掌控欲弄得烦躁不已，声音也不耐地拔高一些。

“我们家的枇杷酸死了，去年我室友就说酸了，她们都不爱吃，你能不能别费心了？”

电话那头静了两秒，忽地传来一声气音似的低笑：“什么枇杷？”

孟听枝看了看来电显示——程濯。

人瞬间跟只被扎蔫儿了的气球似的，孟听枝将手机缓缓放到耳边，瞳仁凝滞，看着某个虚无的点。

“程先……程濯。”

那道声音问：“打火机还要不要？”

第三章

酸枇杷

阳光明媚到晃眼，孟听枝站在校区的拱桥最高处，心脏像被一缕软风拂过，酥得不行。

明明电话号码是相互都有的，但这些天她除了等什么也不敢做。

她哪敢给他打电话，企图心太强了，她甚至怕。

孟听枝声音有点清甜的委屈，脆生生一个字："要。"

闻声，电话那头的人也笑了一声。

还是湘桥居那家一盘清炒时蔬六十八的黑店，白天，飞檐上的红灯笼还没亮，也没到饭点，门口却有不少男生频频回头，拿手机拍那辆过分嚣张的超跑。有人说是什么神车，更多人感兴趣这种车为什么会出现在大学城。

"咔咔"的拍照声，听得孟听枝头皮发麻。她转过头，拉着画筒带子快步上了二楼。

好在湘桥居二楼，除了程濯，没有其他客人。

等晚上回宿舍，孟听枝才知道，他包了场，那辆车后来在苏大贴吧火了一周。

孟听枝的室友更是愤愤："这家黑店倒闭的日子又要往后挪了，谁钱多得没地儿花啊？！"

他钱是挺多的，送个打火机，还真包装成礼物模样，盒子精致，还系着灰蓝色丝缎蝴蝶结。

"这个有点贵重了，我回你点什么吧？"孟听枝手指绕着细腻的丝缎，低着头，明知故问道，"你生日是不是快到了呀？"

他也不问她是怎么知道的，手支着额，人有点没睡醒的困倦。

清爽额发在窗口风里轻轻摆动，为那种不真实的瑕玉盈光添了一点更惹眼的活气。

"是要到了。你要送什么？"

孟听枝抿抿唇，很认真地说："我得想想。"

对面的人撩起眼皮笑了。不知道他在笑什么，过了一会儿，她咬咬唇，也跟着笑。

四目相对，她的心都酥了。怎么会离他这么近啊？心底那份小心翼翼及时提醒她不要失态。她匆匆捂了一下脸，像藏住害羞。

程濯都瞧在眼里。

吃完饭，服务生上的果盘是哈密瓜、西瓜，还有圣女果。他只吃了半块哈密瓜，将小叉子搁在一旁，问起之前电话里枇杷的事。

孟听枝家住在谭馥桥的老城区，早期的洋房都自带院子。她小学时，家里种了一棵枇杷树，大概品种不好，熟果也酸。

他半开玩笑似的说要尝尝。

孟听枝说很酸的。他眨眨眼，不说话，像那种冒着清冷仙气的男妖精，凡夫俗子根本毫无抵抗力。

孟听枝被他迷得走火入魔，画室的自习课班里的同学经常翘课，但孟听枝这是头一回。

天刚黑，她就坐车回了家。

从城北到城南，出地铁再步行，风风火火回了桐花巷。灯火寂寂，她从外头的夜色里小跑进来，吓了满头卷发夹的阮美云一大跳。

阮美云按着不知道算到哪一笔的租金，计算机发出两声短促的

“归零、归零”。

阮美云问过她吃饭没有，又按着本子上的账问：“出什么事了？怎么这么晚回来也不先打个电话？”

孟听枝低唔一声，含糊地撒谎：“是室友说要吃枇杷。”

阮美云眉角一扬，哼了声：“知道纯天然的东西好了吧！”

孟听枝没应，放下包和手机，直奔后院杂物房翻出家用的梯子，亲自上树摘枇杷。她精挑细选，每颗都饱满橙黄，连果把儿都剪得整整齐齐。

阮美云拆了一头的卷发夹，对着镜子翻出一根白头发扯断，拿起孟听枝放在桌上的新手机，前后翻翻，新奇地瞧了半天。

阮美云拿着手机走过来：“终于舍得换手机了？”

孟听枝脊背微顿，又继续扒着枝叶挑果子，轻声说：“之前那个手机摔坏了。”

院子种树种花，蚊子很多，阮美云拍打着两边胳膊问：“还有没有钱？”

摔坏的那部手机是孟听枝高考结束后买的，当时用准考证还有额外优惠，折上折很便宜，修了两回，一直用到了大三。

阮美云说了好几次给她换，她都说没必要。

上大学后，但凡阮美云问她还有没有钱，她都会说有，一方面阮美云生活费给的确实不少，绰绰有余，另一方面她不乐意问阮美云拿钱。

但这次，她看着手里的枇杷，想着什么，说：“没有了。”

她能开这个口，阮美云挺高兴的，笑着搔搔头发，给她转了账，最小的五位数。走两步，折回去，她盯着孟听枝，越看越不顺眼，皱了眉。

“你换两身亮色的裙子，整天穿那些黑的白的，巷口的老太太都比你会打扮。”

孟听枝不知道自己哪里暴露了异常，阮美云眼色突变，凑近过来审讯似的睨着她：“不对劲啊，你是不是谈恋爱了？”

手里还攥着袋子，她避重就轻道："你瞎猜什么啊？那个钱，我很快就会花完的。"

阮美云知道她闷葫芦的性格，问不出个一二，也没追问，扭着腰往门里头走。人进屋子里了，爽朗的声音从客厅懒洋洋地传来："你花就是了，谁还拦着你了。到巷口喊你爸早点回来，别逼我过去掀牌桌啊。"

孟听枝收了梯子，提着一袋毛茸茸的鲜果出了门。

"知道了。"

程濯收到快递信息的时候，人在临市的高尔夫酒店，正跟徐格几个国内的朋友吃早茶。

晨雨后起了大风，骨瓷杯里盛着香浓咖啡，他穿一件黑窄边的白色丝质衬衫，软筋软骨，慵懒又矜贵。

果岭上有个做独立珠宝品牌的港城白富美挥了杆好球，她是徐格酒吧的常客，玩的次数多了，成了徐格的私交。这会儿，白富美看着不远处露台上姿态闲适的男人，转头对徐格说："你这朋友看起来蛮难结交的。"

徐格拿杆比量着角度，微卷刘海迎风吹乱，半真不假地唬人："千万别认识他，混蛋一个。"

"我听人说赵蕴如跟他谈过，分了到现在还在缠他？他是不是不喜欢娱乐圈的女人？"

徐格挥出一杆，笑得挺纳闷挺无辜："你问我我哪儿知道，自个儿去问啊？"

等白富美七拐八绕把问题引到男生的理想型上时，程濯助理开车把快递给送了过来。程濯一边听不着调的男声描绘某次艳遇碰到的混血美女的魔鬼身材，一边拆开盒子。

果香扑面。

原先应该是放奶油草莓的盒子，现在每个凹位上都放着一颗黄澄澄的枇杷，真新鲜，摸一摸表皮的绒毛都在。

看客也觉得真新鲜，互相使着眼色：谁寄的一盒枇杷，能叫程公子上心到让助理快马加鞭送到临市来？

程濯递了盒子给服务生去洗，背部靠回椅子原位，捞起手机淡淡说：“一个小姑娘。”

徐格问：“谁啊？那个打火机？”

那天徐格给打火机充好了气，问了一句送给谁。要知道，程濯回国后，主动示好的女人，以赵蕴如为首，不下两个足球队。他却不接半分示好勾搭，连赵蕴如之前先斩后奏在媒体那边自爆恋情，在他们私交的小圈子里也都知道那就是独角戏。

说程濯不解风情吧，他游刃有余；可说他解风情吧，又没人像他那样，把人家大明星像个笑话一样干晾着。

程濯没理徐格的一脸好奇，当时转着打火机，自顾自问着：“要不要弄个盒子装着？”

徐格贴心老妈子一般，立马叫人好好包装了一番，这东西才到了孟听枝的手上。

教速写的老师是美院油画专业出了名的难搞，真年轻真有活力，嘴上说是民主课堂，花招多到能把学生累死。

孟听枝他们班这个学期考察课的作业迟迟没定，速写老师一番绞尽脑汁，今天终于想到了为难学生的新点子——安排他们暑期去采风，交一个系列的速写，不低于五十张，回来后自行打印装订，采风报告不低于三千字。

四号画室满是一片叫苦不迭之声。

学生最擅长跟老师讨价还价，砍到三十张行不行，三千字也太多了。

孟听枝的手机在这时振动起来，完全被一片闹哄哄的声音压住。

她看了眼正跟前排学生周旋的速写老师，用误沾了一点丙烯颜料的右手捂着听筒，猫腰躲在画板后头小声接听，绵软一声：“喂？”

程濯戏谑的声音在教室喧嚷里清晰地传来：“孟听枝，你家的枇杷酸死了。”

孟听枝忍不住弯了嘴角，语调带着她都不自知的亲昵：“说了酸的呀，你非要尝尝，不听我的话。”

电话里有数秒空白一样的停顿。

孟听枝心里咯噔一声，后知后觉地回味过来自己刚刚无意识的娇嗔，还有那句“不听我的话”，像投湖石子迸入无边风月。

本想说什么解释一下，但周遭太吵了，孟听枝都分辨不出他是不是又笑了。

他在笑什么？他怎么老爱笑自己呢？孟听枝心里正慌慌乱乱的。

程濯应了一声，特一本正经：“嗯，那以后听你的话。”

她刹那呆滞。

周围不知道什么时候也忽然安静了下来，无数双眼睛都齐刷刷看着她。

三十张速写和一千字报告，老师只让他们得一样便宜。民主投票，双方刚刚打平。

现在孟听枝一票定生死，整个四号画室的人都看着她——看着她举着手机。

她神思游离，声音都是飘着的：“那，三十张速写吧。”

一帮人叫好，另一帮人哀号。

速写老师没管那些人，站在教室最前方，拿教尺的手朝孟听枝点去，一字一顿地喊她名字：“孟听枝！上课接电话！这是你们班今年第几个了？现在小姑娘谈恋爱真是一个比一个胆大了啊，其他人三十张，孟听枝五十张。”

孟听枝百口莫辩，更惴惴那句谈恋爱有没有被电话里的人听去。

“老师我没……”

电话里的人明明将画室的声音听得一清二楚，此时竟然还云淡风轻地幸灾乐祸：“不好意思，害你被罚了。”

后来，她不受控地回忆那个声调，有点笑意，又像逗小朋友似的，周边还有男人起哄的声音，好奇地问着是谁。

他偏不说，像藏着什么宝。

孟听枝一贯睡觉安静，今夜屡次辗转反侧，窸窸窣窣的声音被对面熬夜的室友周游听到。

周游刚结束一局对线游戏，掀开床帘，探出一个扎着炸毛丸子头的脑袋问："枝枝，你是不是谈恋爱了？"

孟听枝"嗯"了半天，也没答案，反而抿唇小声地问回去："怎么这么问啊？"

"白天看你在画室接电话的时候笑得好甜。你肯定被狗男人勾搭走了！是谁？不是美院那几个有名的渣男吧？"

苏大美院除了七彩发色和名媛派头两派美女出名，几个艺术腔调极浓的长发渣男也是闻名遐迩，甚至凭借脚踩多船送苏大美院上过两次微博热搜。

"不是。"

周游脑袋搁在床沿，反而更感兴趣了。

四人宿舍里，数她跟孟听枝的关系最好，不少男生拜托过她跟孟听枝示好，没见孟听枝答应过谁。哪怕是普通约饭，孟听枝也不给对方一点可以继续发展的回应。

三年室友当下来，几分了解还是有的。温和又清冷，有点防备心，没有同龄女生对感情的渴望，孟听枝始终是疏疏淡淡的人。

"那是谁啊？"

天花板是灰的，透过窗帘缝隙劈进一条昏黄的路灯光。

孟听枝眼底明净，看着那光，声音低低，几分遗憾和恍然："不是谈恋爱。"

是谁不重要，重要的是它不那么寻常，讲不清楚，这段日子对她来说有点像做梦。

夜深人静，不久后，连熬夜上分的周游也睡了，宿舍彻底陷入静谧，孟听枝还是睡不着。她将手机亮度调到最小，切成夜晚模式，登录小号。

首页推送是赵蕴如昨天的微博。某时尚周刊的封面图，九宫格，前排粉丝评论都说绝美。再往下翻翻，也有人甩出长图说近期赵蕴如方方面面都在碰瓷乔落，连时尚周刊也要穿同款高定。乔落的粉丝不开心了，说一个演戏的干吗天天碰瓷人家搞音乐的。

孟听枝看了一会儿评论，在黑暗里轻轻翻了个身。那种不真实并没有退去，之后，她去看徐格的微博，意外地看到图片里有盒枇杷入了镜。

她笑了。

孟听枝侧在小小床铺里，咬着手指细啃，为那种不为人知的参与和存在感到开心。

七月的第二天是程濯的生日。

凌晨下了雨，淅沥未歇，瓦檐滴水。美院的教学区安安静静，走廊只有巡考老师的皮鞋声近了又远。

早上八点半，孟听枝有大三的最后一门考试，奋笔疾书写到九点三十五，草草检查一遍，提前交卷。

监考老师带过孟听枝立体构成，对这个勤学苦练的女生印象很好，接过干净整洁的卷子，放在收卷袋上面，看了一眼时间："这么早交卷，赶时间啊？"

大概是心虚，她怔住，低声"嗯"了一下，老师这才摆摆手放行。

这几天，苏大各个系陆陆续续放暑假，校门口等客的车很多，孟听枝撑伞刚出校门，就被一个热心大哥揽去。

大哥往她空空的手上看："姑娘，你行李呢？"

"不是回家。"

车子开去了市中心。

第一次给男人挑蛋糕，她毫无经验，躬身看着明净的玻璃橱窗，绞尽脑汁，粉色奶油怕他不喜欢，羽毛装饰怕他不喜欢，什么都怕他不喜欢。最后在入夜时分她提着一个极简的方形胚蛋糕赶去了金霖路。

孟听枝在门口停车场遇见了之前的女网红，叫雪娆，是个微博粉丝很多的网红。她身边还有其他几个女生，一看就是一起的。几个人挤眉弄眼，聊的是乔落和赵蕴如的八卦。

雪娆手里也提着一款翻糖蛋糕，黑天鹅，贵得要死。

孟听枝瞥了一眼，淡淡收回。

伞檐挡不住的细雨潮风，将她心头的那点热气扑了干净。

她差点就忘了，从她得知程濯这个名字起，程濯的身边就从不缺为他绞尽脑汁的女人。

她平庸，一如当年。她的蛋糕也是。

那种被一场空欢喜当头棒喝的感觉很不好受，孟听枝愣怔着伤心了好一会儿，捏紧了盒带，准备先进去。

没想到，女网红也认出了她："你怎么也在这儿？"

回忆那天寿塔寺一行的细枝末节，她也顶多只是跟徐格熟而已。

转过身来，孟听枝藏住怯，露出一个得体的笑说："程濯让我来的。"

闻声，雪娆纤长的假睫毛朝上抬，重新打量起孟听枝，甚至她的朋友立马惊奇地打听着："雪娆，这谁啊？她认识程濯？"

她们刚刚聊起乔落和赵蕴如的不和，根源就是程濯。

虽无实证，但圈内八卦传来传去，每每问及程濯的背景，都有人以局中人视角笑回一句："那两个女明星都要抢破头的男人，你猜猜是谁？"

孟听枝心里涩涩的，有点堵。

那点自取其辱的不适，没有她想见程濯的欲望强烈，她提着蛋糕的手指掐着掌心，清晰的痛感支撑着她此刻的平静。

他的生日会办得盛大。

举办生日会的地方一贯格调高，会员制，晚上打车从宝岱广场远远路过，都能窥见民国风装修后的一派珠光宝气。

今天整个二楼开放，安保很多，编织法繁复的迎宾毯一路铺上楼，“程濯”这两个字是唯一的通行证。

二楼是开放式的连厅，几个枣红小沙发靠墙呈半环形散落。香槟塔很高，和巨大的水晶吊灯同光同芒。

他本人还没有来。

送他蛋糕的人实在是太多了，仿佛人手提了一个。社交时间，人人都找到伴熟聊，聊消遣聊投资聊生意，就她形单影只。

那个她花了无数心思，跟着师傅一起做成的蛋糕，往那儿一放就泯然于众了。孟听枝索性走过去，手指戳一戳，把它藏进了角落。

大概过了十分钟，程濯给她打电话，问她来了没有。

接电话的时候，她徘徊在人群角落，望着一屋子不认识也很难认识的人，声音低低的：“来了。”

程濯问：“认得路吗，下来接我？”

裙摆被随意拨弄的动作忽然一停，兀自荡着，孟听枝愣住，眨眨眼，难以置信：“你说什么？”

周遭灯光都倏然明亮了几分。

他在电话里声音摩挲着她的耳膜：“不认得了？”

“认得！”

“那我在门口等你。”

孟听枝踩着足音无声的软毯飞快下来。

程濯就靠在门口，手里掐着一根细细的烟——他刚睡醒过来，不太想抽烟，任由猩红夹在指尖自燃。

路过的人跟他打招呼，他唇边挂着一丝社交笑容，冷冷淡淡回应着，目光落在前方楼梯上。

复古雕花的木质楼梯，一簇杏色裙摆被朝前一踢，似丛林小鹿忽然出现，两只细白小腿快速交错，哒哒哒似跳舞地走来。他忽而就加深了笑意，微躬身靠在门上，指尖闲闲抖落一截灰白。

一步也不迎，就等她来。

他从不爱过生日。今天的热闹都是徐格跟几个朋友张罗的，不过是借个好日子拢着一帮人瞎折腾。毕竟徐格是三百六十五天中三百天都能过节的人。

小姑娘微喘着走到他跟前，慢下步子，仰头看他问：“你不认识路啊？”

这个地方，程濯过生日是头一次，他平时应酬没少来。

他应声，像是大提琴的低音，醇得勾人。

好会演，目光茫然地往四周瞧瞧，真假难辨的模样：“不太认识。”

孟听枝从小就会一项安慰人的技能——比惨。安慰往往因为无法感同身受而浅薄，但只要分享出自己同惨，甚至更惨的经历，通常都会有奇效。

她摸了摸耳际，轻软地说：“我也不认识，我刚刚来还走错楼梯了，我不知道问谁，最后是那个保安带我上去的。”

程濯从她话里挑出问题：“不知道问谁？怎么不打电话给我？”

她瞳孔清凌凌瞪大一些：“我忘了……”

门口夜雨有风，程濯躬身靠近，示意她耳边一缕乱发，随意问道：“把我忘了？”

话是烫的，连他那个提醒动作都如同亲自来拂顺一样亲昵，她匆匆一捋，声音也是急的：“不是，怎么会？”

怎么会忘？！

第四章

瘦金体

在场的女生各个都称得上是盛装打扮，偏寿星公本人随性得过分。他洗完澡就过来了，软衬长裤，宽肩长腿的身材叫他驾驭得像个慵懒男模，周身还浮着一股湿润清凉的冷香。

孟听枝替他引路，跟他聊天。

她不自知自己异常的活泼健谈，是华灯下饮鸩止渴的瘾君子，徒有一副文静皮相，五脏六腑，邪念丛生。

那晚，她不太记得自己是怎么走到程濯身边的，斟满香槟塔的开场仪式后，有太多人簇拥在他周围。

她起初站在餐台边，捧着一块小蛋糕，直到有人喊了一声“孟听枝”。

她眸光莹软地转过头，糯糯一应，人群以程濯的目光让出一条道。

她不偏不倚，在他视线中央。

程濯招手叫她过去。没有八面玲珑的社交技能，周围那些人见她面生，一起哄，她就有些手足无措，问什么答什么，生手气质毕现，惹得人更想逗她，把问题难度升级。

最后还是程濯揉了下她的脑袋，低声警告周围的人适可而止，其他人才暗暗递着目光，笑得意味不明，收了势头。

她不得不承认，她那么享受那一刻在他身边的暧昧。

之后程濯带她去了三楼的包厢。三个男人在切牌，就等着程濯来，其中孟听枝只认识徐格。

旁边围着十来个女人，或站或坐，一个比一个会说话会来事儿。孟听枝不知道要怎样才能做到像她们那样自然地趴在椅背上，环抱住男人的肩膀，娇嗔着说“帮忙看牌嘛”。

程濯的目光越过穿旗袍的端茶女侍，朝她看来：“会玩吗？”

孟听枝摇了摇头，更觉得自己格格不入：“你玩吧，祝你赢。”

程濯笑了笑。

徐格见话就插，假模假式地秀一手切牌技术，嘴角抿着根没点的烟，含糊不清地说话，那烟也跟着上下颤抖。

“怎么没人祝我赢啊？你们怎么回事儿？”

一时间身旁妙语连珠，此起彼伏。那种纸醉金迷、揽红抱翠的气氛，会不动声色把不懂融入的人排除在外。

慢慢地，包厢里烟味越来越浓。

孟听枝嗓子不舒服，喝了半壶碧螺春，直到挨不下去了，才决定出去透气。

程濯注意到她起身，说找人陪她。她生怕给他添麻烦，叫他过个生日都玩不尽兴，小声推拒说不用了。

从洗手间回来，孟听枝刚推开门缝，就看见一个男人倾身越过桌子给程濯递火，自己嘴上也咬着烟，含糊又语调轻慢地问：“怎么忽然喜欢这款？瞧着好闷，有点没意思啊。”

烟气在灯下团团逸散，程濯的面色看不清楚，声音是哑的。

孟听枝走了神，一下就错过了程濯说的那几个字。

之后有人环顾一圈问道：“乔大小姐呢，今天怎么没来？不凑热闹了？不像她啊。”

徐格丢出几张牌，说人在国外来不了。

孟听枝把门轻轻关好，回到刚刚透气的廊窗，将手臂搭在上面。

她手里握着程濯的打火机，底端泛着盈盈绿芒，按一下打火石，橘蓝火光倏然窜出，抖一抖就被潮湿夜风扑灭。

她刚刚在备忘录里写，这个暑假要学牌，过了一会儿又自暴自弃地删掉。

有些机会，很难有第二次的。

“借个火？”背后忽然传来一道婉转声线，字腔里透着幽幽媚气。

孟听枝转身，看见一个穿丝绒旗袍的女人，步态摇曳生姿，带笑看着她，一语中的地问：“第一次来？”

再回包厢，那个叫雪娆的女网红喊她去玩。

孟听枝最后喝多了酒。

她输得痛快，心想与其清醒尴尬地离开，不如借醉犯蠢，更容易叫人体谅。

但程濯一点都不体谅。

他指间有烟味，捧着孟听枝的脸，头疼地皱眉问：“怎么喝成这样？”

雪娆耸肩说：“她好像不太会玩儿，跟我玩儿输，跟别人玩儿也输。”

孟听枝像个犯错的小孩儿，站不稳，又不敢靠着程濯。程濯问了她什么，她没听清，呆呆地“啊”了一声。他没再问，轻拧了她脸颊一记。

天旋地转，她被打横抱起。孟听枝迷蒙的眼底划过头顶一盏盏精致的流苏廊灯，红光飞溢，四面美人图里映着火，提着字——字墨灯红，花好月圆。

外面的雨一晚没停，阴瑟瑟的，淅淅沥沥的雨丝，将靡靡夜色隔出一道清冷的屏障。

身后的人没有撑好伞的方向，雨滴簌簌几滴落在孟听枝的脸上。她像只被惊扰的小猫，人一蜷缩，皱眉轻哼着，往程濯怀里躲。水迹凝成一股，滑进程濯的衬衫上，瞬间洇透。

程濯不轻不重地回头觑了一眼。那一眼清明凌厉，不染半点软怠酒色，像是能把人给看穿，女生连忙懊悔地把伞打正，说着对不起。

程濯把孟听枝抱进车里，车子开出宝岱广场。

许是从来没有醉过酒，这种猫抓似的烧热难受得要命，胃里翻江倒海，孟听枝却还能凭着那股潮润的木质冷香，分辨出这是程濯身边。

她瞥见车外灯流，不知自己清醒了几分，人倒是大胆了，手指攀上男人的衣角。

“我哪里闷？”

程濯垂眼，无声地看着她。

“我也想和他们说话，只是不熟，我又不认识他们，我不知道说什么。我不是闷，我不闷的……”

她眼角的生理性泪水不是牵动情绪流出的，可滑落眼眶，沁入程濯冰凉手心的纹路里，却实打实能搅乱心绪。

他面相冷情，孤松疏月似的皎矜，乍一看就让人觉得这人应该不懂人间疾苦，遑论体谅小女生的三分柔肠，也从来不太有女人敢在他面前哭。

他没见过这么委屈的小姑娘，不过被人说一句闷，仿佛天大的罪名压在她身上，要叫她难受死了。

程濯弹了弹烟灰，手指轻捋着她单薄的背脊，生怕她下一口气就喘不上来。

孟听枝太热了。准确来说，是一种陌生的燥，像由内往外烧，野火燎原般将她藏了好久的心思放出来。

她动作轻得像羽毛，慢慢抓起他的手，贴在自己滚烫的脸蛋上，泪水不要钱地流，人却安安静静，只歪着头，一瞬不瞬地看他。眼角鼻尖都是酒意染透的一片绯红，眼泪大颗大颗心惊胆战地涌着，叫程濯见识了一把仙女式落泪。

她喊他：“程濯，我下次帮你看牌好不好？”

她抱着程濯的手晃，声音软得发黏，像猫。

程濯眸色静然，半晌后又微微下沉，不动声色地抽出手来，暗窥她眼底细碎的失落。过了几秒，他挡住她揉眼的手，拇指先一步覆上她的脸，柔柔揩走她眼下的一小片湿意。

小姑娘怔了怔，仰头看着他，眼角坠着泪，纯得像一张任人挥墨的白纸。

男人对女人麻不麻烦有与生俱来的预估能力。

这小姑娘性格闷，心思又细，还挺能哭，想想的确没什么意思的，没准以后胡搅蛮缠还挺难应付。

人常说缘分天定，实则是人为居多。

如果在寿塔寺，他没有鬼使神差地回头，打火机不会丢了。

如果那晚想起那截白皙脖颈呛了烟后，他觉得呛了就呛了，没打那通电话，手上现在也不会有这个麻烦。

可他挺喜欢这个麻烦的，往前那些都算不得什么破例，不受控的部分是，她的热切和犹豫全都摊在他眼皮子底下，她想过来，他竟然想拉她一把。

二十多年顺风顺水，他想试试有个麻烦的滋味。

孟听枝不知道他那声轻叹背后是什么意思，只觉得脖子后面痒痒的，有温玉似的手指绕过耳际，捏了捏她的后颈。他真把她拉了过去，抱在怀里哄。

“半句不好听的话也不能听？孟听枝，你挺难伺候。”气音撩人。

她嗓口发紧，忽然就想碰碰他发出这样声音的喉结。她也的确那么做了。

悄悄划了一下，他的喉结滑下去，孟听枝乖巧停在原处等它回来。指尖被轻轻一顶，她眼里神采忽现，划过一抹稚气的惊喜。

程濯一把捉住她的手腕："这就是你的礼物？"

孟听枝趴在他肩上，跟他说了蛋糕的事。

她软腔里藏着浓浓的心机，仿佛自己的蛋糕不出色也要怪一怪旁人——倘若不是他人气过分高，她兴许会鼓起勇气捧着蛋糕，到他面前展示。

车子往回开，恰好到整点，宝岱广场的喷泉在表演，水色映着霓虹。

程濯坐在车里打电话，跟人描述那盒不出彩的蛋糕，电话里的人边找边问，其他蛋糕要不要送到他家。

"其他不要。"

孟听枝听到这四个字，在窗口里眯起眼，心头忽而涌起春风般的滋味。雨丝酥润，零星几点落在脸上，只余缠绵。

似乎是想起了什么，她转过头，醉眼晶亮："下面还有一张贺卡，是灰色的。"

他的目光落在她脸上，在晦暗里浅笑，对着电话转述："有张贺卡，灰色。"

她从透气的车窗回到程濯身边，程濯抹了一把她脸上的湿凉气："还难受吗？"

她摇摇头，等着蛋糕来。

车子就停在会所门口，服务生很快就把蛋糕和贺卡送来了。

纯白奶胚，叶片形状的装饰，中间写着"程濯，生日快乐"。杏黄的奶油字，竟还是瘦金体。

鹤首凤尾，程濯的"濯"字，笔画很多，写得这样疏落好看要花不少工夫。

孟听枝满心期待："要尝尝吗？"

影视城离苏城的市中心有四个多小时的车程，赵蕴如晚上下了戏，推掉了一个中国电影的采访和品牌方的线下商演。司机风风火火驱车，这才神色疲惫地赶到柏莘会所。

程濯的车她认得，但此时程濯车上的女人她不认识。

雨丝蒙蒙，她看得眼眶酸热。

“稀客啊，赵大小姐，这回连个助理保镖都不带就往我这儿跑？金霖路可不缺狗仔啊。”

赵蕴如极快地收了面上不虞的神情，转头看见了穿着水天蓝旗袍，摇着紫檀扇的女人——柏莘明面上的老板薛妙。

“她是谁？”

赵蕴如没点名，甚至没有伸手指那辆升起车窗开走的车子，声音冷淡又充满妒气。

彼此却心知肚明。

她喜欢程濯的心思，一早就在这个圈子里昭然若揭了。今晚她为什么连个助理保镖都没有呢？因为程濯不喜欢前呼后拥的女人。

其实他也没说过不喜欢，是她自己猜的。

乔落每次单枪匹马被狗仔拍、被娱乐记者拦，砸人机器的事没少干过，他听了，不觉得这样的女人粗鲁霸道，反而会笑着说：“乔落你行啊，拳没白练。”

薛妙手里悠悠打着扇，仰头看着一整天没断的雨说：“程濯今晚带来的，听说是个女学生。”

7 月 2 号最后一场考试结束，当天下午三个室友就拖着箱子扛着包，迫不及待地离了校。

3 号早上，孟听枝回去，女宿舍楼大厅内人烟寥寥。

回寝室要路过洗衣房，孟听枝听见隔壁雕塑专业几个洗衣服的女生在聊天，内容从美院的漂亮姑娘延伸到某个即将在世腾艺术区再开个人展的学姐。

这位学姐在整个苏大很有名，她的艺术造诣很深，社会成就是近十年美院的天花板。

“她们专业是不是风水特好啊？”话落，几个女生就瞧见了这个风水特好专业的孟听枝满脸困倦木然地路过洗衣房。

“唉，孟听枝！”提出风水论的女生喊着，“听周游说，你们班这个暑假要去采风？去哪儿？院里有没有补贴？”

孟听枝揉了一下脸，问题几乎没有过脑，处于一种没睡醒的状态：“不知道，张老师还没说，补贴估计不好申请。”

外出写生采风被列入了美院的教学大纲，属于教学任务之一，几乎每年都有。

学校有时候会出经费补贴，但限制很多。美院学子大多家境不错，有的学生也不太乐意占学校这几百块钱的便宜。

那女生说了两句她们班去年采风的事，然后看着孟听枝难看的脸色关心道：“你脸色好差哦。周游昨天就走了，你怎么还没回家啊，你要不要补一觉再走啊？”

“嗯。”

回到宿舍，孟听枝爬上梯子，人朝下一倒，紊乱的神经在床铺熟悉的晒被香气里慢慢安稳下来。

空调温度开得偏高，孟听枝捂着被子睡，一觉睡醒，脖颈里闷了一层热汗。她慢慢睁开眼，宿舍里光线明亮，身体有种感冒痊愈的轻盈感。

枕头旁边手机响个不停，她还以为是程濯打来的，看到来电显示，她失落地叹了一口气。

“喂，妈。”

阮美云喜欢看港台警匪爱情片，音量很大，她家小楼就像个普法打恶的分支点，阿 sir 掏证发言是他们家常年的背景音。

她嗓门亮又阔，倒也能压得住背景音：“哪天回来啊？你们学校怎么回事啊，放假也不给个准确时间！”

是有准确时间的，不准确的是孟听枝不知道参加完程濯生日后会发生什么，她未雨绸缪，留足了时间，之前含含糊糊应付了阮美云。

昨晚什么都没发生。

下床洗漱，孟听枝从门后拖出一个小行李箱，收拾了几件衣服几本书，画具用另一个手提包。从苏大美院到秀山亭站，一号线转三号线，一个多小时的车程。

跟拥挤到箱子都差点脱手的一号线比，驶向老城区的三号线明显人流骤减，孟听枝慢慢吞吞地上车，还找到了一个空座。

扶着手边银色的小寸箱子，地铁在嘀嘀声后合门，猛然加速，将一侧五花八门的广告灯牌狠狠划成光怪陆离的虚影。

孟听枝走神。

她在想昨天晚上离开柏莘后发生的事，就像一个营生不好的小商，复盘自己的产品服务里哪里出现败笔——她实在想不到。

如果程濯没有接那通电话，电话里的女声没有急躁地说“那个包里的东西对我来说真的很重要”，程濯会不会就不是挂了电话侧过头问她学校门禁几点？后面会发生些什么吧？

就像室友出去跟男友过夜，回来总是数着头发挡住脖子，说大学城附近宾馆的隔音真是绝了，昨晚都没怎么睡。

孟听枝昨晚也没怎么睡，天刚亮就从酒店出来了。

穿着灰色一步裙的经理小跑喊着孟小姐追出大厅。

孟听枝站在旋转门前，发丝被晨风高高吹起。她转过头，眼神又软又蒙，像迷路了似的。

“孟小姐，您去哪儿？我安排车送您。”

孟听枝按了一下咕咕叫的肚子，点头说：“谢谢。”没过一会儿，酒店黑色的车子开到门厅下，经理还在她腿上放了早餐。隔着纸袋，有暖暖的热气，她又说了一句：“谢谢。”

“不客气，孟小姐。”

对方的八齿笑，专业又诚意满满，孟听枝记忆尤深。

车子开出一截，她回头，黑色大楼还保留苏城古建筑的一些细节，暗金色字体低调奢华。

望府西京。

“秀山亭即将到站……”机械的地铁女声报出将到的站名，提醒下车的乘客。

孟听枝静止的眸活动了一下，手上一只箱子、一只画包，还有一只印着小巧 logo 的黑色纸袋。

是早上那份失去热气的点心。

正看警匪片的阮美云两口一个，一个广告时间就把四例点心吃完了，去客厅倒了水，跟放完箱子下楼的孟听枝碰上时，仍是意犹未尽。

“这点心真好吃，哪儿买的啊？什么店啊？”

孟听枝顿了两秒：“学校附近的店，瞎买的。”

孟听枝看着桌子上那个瘪掉的纸袋，走过去折好。她家有专门放袋子的柜子，但她没放，而是放在显眼的位置，提醒自己待会儿带上楼。

孟辉回家时在巷口买了一份拌凉菜，鸡丝腐竹海带里裹着香菜，孟听枝一口都没吃。

晚上吃饭的时候，阮美云还惦记着点心，大口吃菜跟孟辉回味起来。

“枝枝她们学校的点心是真好吃，怪不得门口那些老铺子一个接一个倒闭，这年头生意真是不好做。”女人扯起世道，免不了怪东怪西。

孟辉故意没理，他喝着冰啤酒，跟孟听枝笑呵呵地说：“是吗？那下次枝枝带点给爸爸尝尝。”

孟听枝小口塞米，点头说好。

阮美云拿筷子另一头毫不手软地打到孟辉手背上，顿时打出两道红痕。她在这个家里霸道惯了，脾气总是说来就来，孟辉也被打惯了，皱着眉悄悄瞪她，敢怒不敢言，听着阮美云骂他好吃懒做都占尽了。

吃完饭，孟听枝被阮美云拉去逛商场，同行的还有邻居家的母女。

女生比孟听枝小一岁。

两个中年阿姨一听到清仓的喇叭声，兴高采烈地去抢购打折衫，她们两个就在旁边玩着手机等。

“怎么会这样？这些人也太可怕了吧，连行李也偷，真是无语。”

孟听枝点开微博，热搜第一就是乔落。

昨晚乔落结束了国外 MV 的拍摄行程，大批粉丝在机场接机，光签名都耗了一个多小时，等上车时，助理发现乔落的一只小行李袋不见了。

现在行李已经找回，偷东西的人被按在了警局。

网友都在热议，不要轻饶这样的人，坐等乔落工作室发后续公告。

身边的邻居庆幸地说：“晚上十点丢的，当晚就找回来了，真快，没有什么损失。”

闻声，孟听枝想着自己昨晚十点在干什么——乌烟瘴气的包厢里，所有人的目光都随着程濯的目光投到她身上，程濯那时问她会不会打牌。

她忍不住叹气。

没过一会儿，买了两件九十九元的男士短衫的阮美云喜滋滋地出了专卖店，一路跟邻居阿姨说着什么料子吸汗吸水。

三楼是女装。逛到扶梯附近，阮美云看中了橱窗里模特穿的花裙子——粉蓝碎花，两种饱和度极高的颜色撞在一起，有种九十年代港风美人的浮艳，却并不落俗气。

阮美云说适合孟听枝。

孟听枝长这么大都没穿过这么花的衣服，但她没吱声。她宁愿衣柜里多件不喜欢的衣服，也不愿在公共场合跟阮美云讨论审美。她妈妈的霸权主义根深蒂固，说什么是什么，没人能拗得过。

孟听枝当即乖乖去试了衣服，草草往镜子前一照，阮美云满意地刷了卡。

回家将衣服挂进衣柜里，孟听枝才细看了眼吊牌，倒吸了一口凉气。

第五章

像情书

事情结束在凌晨三点。

程濯站在警局外头，雨已经停了，夜风湿热闷躁。他嘴上咬着烟，没摸到打火机。一个提开水瓶的警员走到他身边，打着火，递到他跟前。

火光映在他眉心，他偏了偏头，涌出一句声调低哑淡漠的“谢谢”。

一门之隔，乔落的声音最大。

逮住人的时候她已经亲自拳脚伺候过了，就当着程濯八个黑衣保镖的面，像个首席安保教官示范怎么拳打脚踢似的，拳拳到肉。

经纪人苦口婆心地劝着，嘴皮都要说破了。乔落近期有个高端珠宝的广告要上，这会儿不好闹出些不像话的事，影响她高贵冷艳的形象。

程濯淡嘲地笑了，单手插进兜。兜里空空的，本来有个新打火机的。

三个小时前，车窗未合的后座，小姑娘眼眸温软晶亮，问他要尝尝蛋糕吗？

服务生只把蛋糕和贺卡拿来了，纸盘和勺子不见踪影。

孟听枝用手蘸起一点，递上去。一点奶油融化在他唇齿间，甜的。

她收回手指，故意又自然地轻嘬了一下，合上透明的蛋糕盖子问他：“好吃吗？”

他抹了一下她的唇，看着她，无遮无拦的目光叫她不敢跟他对视了。她轻轻一偏头的害羞，真的特别勾人。

程濯真拿她没办法，明明有点心机，每每都露出马脚，后劲不足，一到关键时刻就软意怯怯。他甚至有些怀疑，这是不是什么他不曾见识的高招。

程濯把她抓过来，恶意满满：“你不是也尝了？非问我，我说不好吃，你待会儿会不会又哭给我看？”

孟听枝哪敢坐在他腿上，整个人像被施了定身咒。她扭捏着想下去，却发现硌着了什么。

她动了一下，问：“……什么呀？”

程濯说：“你拿出来。”

“我？”她犹豫了一下，用眼神跟他再确认过，才把手慢慢伸进他裤兜里。

袋口漆黑，两根软糯手指像两只小蜗牛似的，一步一步往深处爬，然后拿出了硌到她的罪魁祸首——正棱正角的黑色金属。

“你的打火机都这么好看吗？”

她捧在手心里，眼睛灿灿发亮，原本略显寡淡的面相，都因抬头这一瞬的绯红纯真，美得惊心动魄。

警局前，雨停风止，后半夜的空气更燥热了，路灯树叶统统被黏住一般。

程濯修长指端，在兜里点了两下，他心想，什么小姑娘啊，老瞧上别人的打火机是怎么回事儿？下次不能这么随便就送了。

乔落被经纪人顺了毛，出来时抱着她那只被窃的小行李袋，像搂着一只宠物狗似的。再嚣张跋扈一个小霸王，在程濯面前也多少要收敛点气焰。

她问程濯待会儿去哪儿。

程濯用脚底碾灭烟头，还真不知道要去哪儿。孟听枝被他安排在望府西京，临走前他说了一句“你先睡”。他这会儿再回去也不是不行，只是心底有点不愿意。

他时不时能冒出点完美主义，觉得少了情热当头的冲动，回去也是搅了人家小姑娘的清梦。孤星当头，想想就算了吧。

附近有家二十四小时营业的饭店，这会儿只有后半夜的菜。乔落点了一桌，程濯筷子都没碰一下，有一口没一口地喝着寡淡的绿茶，凸起的腕骨线条硬朗，比捏着的白瓷杯更光华惹眼，丝毫没有通宵的狼狈。

他天生有种心无旁骛的气质，冰冷里带一股慵懒。旁人熬夜从场子里出来，疲面赤眼，不人不鬼。程濯不是。他从前和那帮男生通宵打游戏时，就是那种熬夜后丝毫不见疲态的人。

想到几个小时前还是这个稀有品种的诞生日，乔落停下筷子，眯着眼，蔫坏地笑了一下：“跟我说说赵蕴如今天干了什么？没趁这个好日子跟你诉诉衷肠？”

“好日子？”程濯品了品这词，低笑一声，问题就随笑声散了，之后看向乔落时目光更加不耐烦，“赶紧吃，吃完了就滚。”

乔落“嗤”一声，预料在他这儿扒不出什么料，不过不妨碍她心情好，拨电话把徐格从睡梦里搞起来盘问。

夏季凌晨五点多，出了饭店，天际已初见熹光。

程濯手机响了。手指一划，他接通，直接硬声冷笑：“睡醒了就想孙子这毛病你什么时候能改改？干脆我天天五点半定个闹钟起来听你教诲，就当上朝？”

电话那头沉厚的声音，中气十足，笑骂一句“臭小子”。

老爷子说自己做了梦，梦里，程濯在生意场上被人使了绊子，犟着脾气，不肯用家里的半分关系，吃了不少苦头。老爷子絮絮叨叨说了好一会儿。

老爷子做没做这个梦，程濯不清楚，但他想暗示什么，程濯很明白。

他对着电话淡淡地说："年纪见长，想象力倒是丰富了。少操心了，溜着你的鸟去晨练吧。"

车厢安静，刚刚跟老爷子的对话声也被乔落全听了去。

她"啧"一声说："程爷爷是真老了，这消息闭塞的，他是不知道自己的宝贝孙子现在在老皇城旧古都的苏城有多么吃得开。"说完，乔落从车座缝隙里摸到一条细窄的硬边，她费了点劲抽出来。

是一张灰色的贺卡，带信封的那种，换个鲜嫩的颜色，很像情书。

"旦逢良辰，顺颂时宜，程濯，祝你生日快乐。"

乔落念出内容，手指在卡面上摩挲，稀奇道："这字真好看，像女生写的，谁啊？谁这么古老，还送你生日贺卡，徐格那帮相熟的女网红？不对啊，你竟然会收？！你虽然不是什么好猪，但烂白菜我求你别拱好吗？不然我真的要对全世界的男人都失望了。"

程濯冷冷地剜了乔落一眼，食指和中指夹住贺卡，指弯一勾，从乔落手上夺去："这话你对徐格说吧。"

乔落摊手："徐格已经没救了。"

车内的灯是昏的，目光触及那笔瘦金体，还是那个熟悉又难写的"濯"字，走势纤细，却稠芳傲骨。

多难得，能有这份见字如面的心热。

乔落见程濯眼神专注，凑过来八卦："到底是谁啊？你还挺上心。"

想到是因为这个麻烦精，他才不得不把孟听枝搁在了一旁。程濯将纸原封不动地塞回去，拿信封一角点了点乔落的脑袋。

"少管我的事，少给我惹麻烦。"

舍得刷卡给孟听枝买四位数裙子的阮美云女士只存在了一天，隔天那点母女温情就散了。

阮美云手里拿一只苍蝇拍，从茶几打到沙发，扯嗓子骂了几句后院的孟辉，怪他有空打麻将没空装纱窗，她这辈子算倒了血霉，才嫁了这么一个男人。

全家都知道阮美云的性格，她说她骂她吼，你就听着，胆敢反驳一句，那就是愤怒值乘十倍的没完没了。

骂完孟辉，刷手机的孟听枝也让她不舒服了，苍蝇拍唰唰在她面前拍了几下。

“隔壁小莉怎么一放假就有老同学约着出门玩儿，你那些老同学呢？怎么念个书就跟白念了似的？”

孟听枝忽然来了气，很想问问她高中没交到什么朋友怪谁。话没出口，那股陈年意气就散了。

怪不到谁。她非常明白，即使现在成年了，人都很难摆脱原生家庭活成真正的自己。

“都是读十四中的，差别怎么这么大。”阮美云丢瓜子皮，咕哝出这句话，拿着遥控器调台，运气不太好，一连几个台都是广告时间，从“不要九百九十九只要九十九”的智能拖把，一路跳到“他好我也好”的某某男科医院。

孟听枝听着阮美云的絮叨，有一搭无一搭地刷着手机，忽然弹出一条群消息。

她点开十四中的群名，本以为又是惯例的假期高中同学会，没想到是在聊八卦。

不是他们班的八卦。有人拍了世腾国际中心最新的楼体珠宝广告发到了群里，炸出了一帮潜水人员，群里瞬间热聊起来。

不像其他女明星代言珠宝那样穿着长礼服，笑容宜然，像个衣妆奢华的贵价迎宾，图中的年轻女人中短直发，凌乱冷艳，额间一条同品牌的字母发带随性扬起，连镜头也不看，点在太阳穴的手上带着以天体为灵感而设计的系列钻饰，熠熠生辉。

一三届那帮人简直绝了。

之前有娱乐号说乔落整容。笑死，她真是从高中就美呆了。

乔落高三那会儿，他们班就在我们班对面，你们还记得吗？那时候我就觉得她以后一定会当明星，没想到，这才几年就红成这样。

他们那届还有纪枕星，最帅天文人，去年是不是拿了一个超牛的华星奖？下个月纪枕星在市天文馆有一场儿童科普演讲，有没有人一起？我准备借我的小侄子去看看。

还有徐格！

徐格的 TLu 要在临市开分店了。

他太会玩了，感觉什么网红都跟他熟，而且还是对方捧着他的那种。

那些网红知道他的情史多到能出书吗？

TLu 有个 DJ 好帅，有次午夜场秀演撕了衬衫，无数妹子被帅得几乎当场晕倒。

真的假的？

听说情人节拿十四中的老学生证去 TLu 喝酒可以免单，是不是真的？

真的，班长上次就去了，纯粹是撒钱行为。

孟听枝一条条往下刷，终于看完了记录，忽然又有个女生头像发出最新的消息。

为什么没有人提程濯？

一三届最有代表性的难道不是程濯吗？

有人感叹——

程濯太绝了。

话头一转，群里又热热闹闹地聊起了程濯。

只不过他高三出国后就淡出了十四中学子的视野，这些年一直低调，以至于现在能聊的，还是他在高中的事。

程濯跟乔落是怎么分手的？

看到这一条，孟听枝猛然一窒，像逃避什么似的应激反应，快速关了手机屏幕，决定不再继续朝下看了。

胸口闷着一口不上不下的气，她呼了一下，撑膝站起来，还是觉得难受。外头天色转了阴，她拿着手机决定出去逛逛。

她家就住在十四中附近。这一代都是古城区，十年前就开始说要翻新重建，不知道是出于古建筑保护还是什么原因，总之速度很慢。东拆西挖，这一带好像还是原貌。

长街禁车，尽头的秀山亭是个有几百年历史的古城门，跟碧波荡漾的谭馥桥把苏城最好的十四中困在中央。

有多少十四中学子的青春回忆，都留存在城门巍峨和湖柳依依之间。

孟听枝读高中那会儿，早上小广场停满了车，赶早读的学生都要步行通过秀山亭的洞门，到达十四中的校南门。

孟听枝喜欢在自家二楼窗口边系鞋带。那时候，院子里枇杷树还没有长到遮天蔽日的程度，立着文人铜像的小广场在俯视角度下一览无余。

车子来来往往，学生下车关门。她聚精会神地看着窗外，寻着某个人的隽秀身影。

有时候系鞋带要三秒，有时候要七八分钟，任阮美云在楼下怎么催，她都说等等。她总能掐准时机，背着书包跑出巷口，慢下脚步，就像一场日复一日地单方面偶遇。

他前，她后。

秀山亭下有一家叫“三生有信”的书屋，卖文具书本，还有一个当时很时髦的寄信业务，玻璃门顶端挂着青铜串风铃，进出都响。

有一次，风铃急振，程濯停步，侧身避让搬书工人。孟听枝跟他跟得认真，一下就撞到了他身上。

“没事吧？”

沉慵又不失少年气的声音，从头顶上方传来，她鼓起勇气，扬起脸来摇了摇头，细软刘海从两颊往后滑，无比期盼能被他认出。

他的视线甚至没来得及往她脸上落，忽然冲过来的徐格一把搭住他的肩，把他撞得朝后退了一步，他扶着孟听枝的胳膊也在那时松开，松得自然而然。

“完了完了，濯哥哥，这次湿鞋了，我怕不是有什么毛病吧。”

他目光越过徐格，这才看向眼前面皮通红的小女生，就像看一个寻常到乏善可陈的学妹。

他冲徐格皱眉：“你干脆用喇叭喊！有女生。”

徐格转头，发现身边还有一个存在感极低的瘦弱女生，半点羞愧也无，笑嘻嘻地，没心没肺地说了一句“不好意思”。

两个穿十四中白衬衫校服的少年搭着肩，沐着老城区的清澈晨光渐渐走远。

三生有信的风铃一直在响，响了好多年。

第六章

火烧云

不知不觉，孟听枝走到了秀山亭的门洞下。黑色石台被行人踩踏得油亮泛光，起风一阵凉，柔软裙摆肆意在小腿上蹭着。

她静立在人来人往里，拨出一个号码，手机放在耳边，里头一声接一声地嘟着。

电话接通。

“喂？”

“程濯，我可以见你吗？”

低软的声音散在风里。

电话那头滞了半晌，像是没听过这种虔诚又怯弱的句式。可能他刚刚在睡觉，这电话叫他醒来，孟听枝听到窸窸窣窣的翻动声响，在轻咳一声后，睡哑的嗓子少了几分气音。

他温和地说：“你来。”

仿佛得到了不该属于自己的礼物，孟听枝连声音都跟着雀跃起来：“真的吗？”

“假的，别来了。”

听筒里静了几秒，孟听枝只克制地吸了一下鼻子，什么也没说。程濯却在这一刻睡意尽散，心也苏醒似的软。

他恢复正经，道："开个玩笑。枕春公馆认得吗？"

孟听枝听过这个地名，但想不起来了，老实回答："不认得，也是酒店吗？"

"不是。"

她又猜："你家吗？"

程濯停两秒，音调往下沉："算吧。"

挂电话之前，孟听枝说他声音有点哑，问他是不是感冒了，要给他带药来。程濯答没有，只是刚睡醒。

"你饿吗？我给你带一点吃的吧。你想吃什么？"

程濯想了两秒："随便吧。"

孟听枝握紧手机，叹气，总算明白男生为什么讨厌女生说随便了。

真的有点为难人。

下颌还缀着晶莹水珠，程濯洗漱完，拿着毛巾一边擦一边下楼，往前一看，脚步在楼梯尾端顿住，手上擦拭的动作也停了。

孟听枝背对着他，身影纤细，认真地往桌上摆东西。

盒子大小形状都不一样，但她学美术，构图方面有点强迫症，摆得满而好看，色彩和细节上都有呼应，换掉沉闷的灰玉色桌布，像网图里丰盛的野餐照。

转头看到程濯，孟听枝手里正端着一小盒章鱼小丸子。她问道："这个买得早，有点凉了，有微波炉可以热一下吗？"

程濯随手朝沙发靠背上丢了毛巾，走过来，手臂揽着她的肩，把她按在主位旁的椅子上，随后自己也拉开椅子坐下："别忙了，我随便吃两口就行了。你吃了吗？"

孟听枝放下那盒凉掉的章鱼小丸子，把水杯推向他："我吃过了，我家夏天吃饭很早。"

她悄悄伸手抚肩，是他刚刚揽过的地方。

程濯喝了一口水，温热，一股湿暖顺着喉腔不知道流到什么地方，有种奇异的感觉在吞咽后回溯。

程濯说吃两口真是吃两口，是确数，不是约数。他偏头按着脖颈，说是睡过头了，没胃口。

孟听枝刚刚烧热水的时候，在冰箱旁边看到一板胃药，已经被抠掉了几粒。垃圾桶干干净净，只有还剩大半瓶的依云矿泉水斜在里头。

他简单吃完，孟听枝收拾了桌子。

厨房有水果，她切了一点桃子，插上牙签端出来放在他面前。看他一边接电话一边吃了一块，孟听枝眉梢的紧皱才散了。

下一秒，她忽然清醒似的轻叹，抠了一下指尖。

在程濯面前，她的行为几乎不受控，明知道刻意的自然就是最大的不自然，可她还是忍不住。做多错多。

客厅的灯源光调很冷，照在他深隽的侧脸上，眉骨凸出，很是清瘦。

他一只手拿着手机，另一只手自然地搭在桌面上，无名指上有一道微瑕的细疤，冷白皮下青色的血管很明显。

孟听枝两根手指在桌面上走路，就像那次去他兜里摸打火机，悄悄地，最后指尖落到他手背上。

"程濯，你要好好照顾自己呀。"

他抬头，笑意浅淡，手掌忽地朝上一翻，接住她的手，又小又软，捏一捏，像没骨头。

看她耳朵有点红了，程濯才应声："知道了。"

他心情好，勾起车钥匙问孟听枝想去哪儿玩。孟听枝一下大脑空白，不知道算什么，这算是约会吗?

"都可以。"

她这样说，程濯按了一下她的脑袋，重复她的话："都可以是吧？"

TLu 已经过了暖场环节，气氛正躁，电子乐震荡心肺，频闪灯跟着电音节奏一排明一排暗正在巡场。看不清舞池里的人，像一团醉生梦死的热闹。

程濯手臂圈过她的背，搭在她肩头，护着她从热闹中穿过。噪声太大，说话只能贴耳。

“你不喜欢，我们就走。”

孟听枝抬起头，撞进他眼里，目光朝后越去，一边跟着服务生上二楼，一边附在程濯耳边喊着：“喜欢！我同学说这里有个 DJ 午夜场会撕衣服，待会儿有没有啊？”

程濯看着她眼底的期待与好奇，顿一下，慢慢勾起唇角，捏了一把她的后颈：“有。”

包厢里有不少人，孟听枝除了徐格都不认识，但有几个眼熟的，之前程濯生日会上见过。例如那个穿短袖的男人，是之前给程濯点烟时说她闷、没意思的那个。

她赌气撇头的小动作被程濯尽数看去，夹着烟的那只手点了一下她直挺挺的腰，烟灰不慎弹落，在暗处将裙角烫伤。

“记仇。”

孟听枝怕痒，扭腰躲着，不承认：“没有。”

身后有人过来，玩嗨了，不小心撞到她。

身体忽然失衡，孟听枝以膝跪的姿势扑到程濯怀里。她反应还算快，双手匆促撑着他的肩。

“让人过去。”

腰间的手掌，忽然朝里猛地收拢力度。她跌得更狠了，盈香的头发擦过程濯的侧脸。

他不躲不让，两人近成交颈状，她撑不住力，手腕一松就成了靠在他身上的姿势。

有人拨弄着她脸侧的头发，很快，一道灼人唇息落在她白皙的耳郭边，淡淡地问，比陈述句更意蕴万千：“孟听枝哪里闷啊？”

有时候，例如这时。

孟听枝会想，她和程濯如果真是初相识就好了，这场风月迷烟阵，不必总想起暗恋，叹自己何德何能。

程濯太锐利，她怕被看出端倪，很快收拢好情绪。她两次被程濯带出来，旁人对她的态度也发生很大转变。这些人精都很会说话，怎么聊程濯不管，但喝酒不行。

孟听枝跟他说："其实我能喝一点的。"

他不许，将鸡尾酒换成果汁。

"喝多了就哭，难哄。"

周围人闻声瞧过来，孟听枝面色不自然地瞪大眸子，又气又羞，企图跟他讲出个道理来，声音却不大："你还说我记仇，我记性哪有你好啊。"

蒙着绿绒布的球台上，两球相碰，撞出一杆利落脆响。

徐格找另一个角度，弓背搭杆，黑 8 进洞。

有人调侃："呦呦呦，徐少，今儿寡淡啊，玩这个球啊。"

孟听枝没听出话里的意思，却见程濯嫌弃地轻笑了一下，冷淡又勾人。他捏了一下她的颈后骨，忽然聊起那天美院画展的事。

程濯还当那是他们第一次见面。

孟听枝"嗯"一声："你当时选我给你讲解，我还挺紧张的。"

"紧张什么，又不会吃了你。"

"那如果……"她停了话，用手指的动作分散注意力，声音低下来，"就是会紧张的。"

话落，软白指尖停在他喉咙上，她喜欢他发声的样子，消沉性感。

孟听枝眼眸忽然炙烫，心想，酒吧真是个不安全的地方，哪怕不喝酒，也会潜移默化受影响，想做出格的事。

"可以亲亲你吗？"

周遭的灯线那么暗，他的喉结随呼吸蓦地滑下去，又顶起她柔软的指腹。

这一次，他只是瞥过眼，眸光微沉，不动声色地教育道："总问可不可以，要见我，要亲我，你觉不觉得你像个有礼貌的流氓？”

孟听枝收拢手指，攥进掌心，以为这是委婉拒绝，慢慢挪开手，不料，半途手腕被程濯抓住。

“行，来吧。”

瞳孔地震，她对上他那副无边纵容的神情，一时心如乱麻。他眼睛生得淡漠，下垂的弧有几分沉郁，含笑时却显得眷恋长情，好像看一眼就天荒地老。

前言隆重的亲吻居然是一记蜻蜓点水。

等孟听枝亲完，程濯按灭了烟蒂，把人锁在身边，纳闷至极地问：“就这？”

中途男人聊起了投资方面的事，她听不懂，大概也不适合听。原先说她闷那位叫沈思源稍使眼风，带来的女伴就很上道地拉着孟听枝去唱歌。

对方自来熟地好像已经跟她是好姐妹了，笑眯眯地点开搜索栏，问她平时喜欢谁的歌。

孟听枝回答好听的都听，手指捏着麦克风的一圈护胶，在心里不停暗示自己，要放松一点，自然一点。

对方翻了榜单，指尖一敲：“点这个吧，乔落的歌，你喜欢吗？”

“还行。”

十一点四十五分，显示着阮女士来电的手机忽然像个烫手山芋。

孟听枝前后左右都看了看，找不到能接电话的地方，顾不得其他，立马放下麦克风，小跑过去找正在跟人聊事儿的程濯：“有没有安静的地方接电话？”

他手臂搭在暗红色的沙发背上，坐在主位，姿态闲散，没听清，朝孟听枝偏了偏耳朵。

她附过去，在他耳边重复一遍，发尾缠绵地落在他衬衫上。

其他人也没听清她刚刚的话，在旁边看着，只觉得像她忽然扑到程濯怀里撒娇，而程濯也纵容，像怕她摔倒似的，一边侧耳听她说话，一边无声伸手虚扶在她后腰的位置。

孟听枝跟程濯说了情况，手机还在振，她声音有点急了：“这里太吵了，我没法接。”

杯子里还剩一口量的酒，程濯捏着杯子远远朝徐格指去，手指朝下点，做了一个动作。徐格意会，接着包厢安静下来。

除却听觉的声色靡靡，酒气、烟味，还有不同女人的香水味，在这个静下来的空间里忽然得到加成，形成一个莫名的磁场。

复合型的酒辛烈又跳脱，刺激完舌苔喉腔被缓缓咽下。

程濯嗓音被浸出一股倦懒，低眼看着怀里的孟听枝：“接吧。”

她别了一下耳边垂落的头发，没别住，第二次掉下来，程濯替她别上去。骨节分明的手指顺着发丝捋到发梢，轻轻绕圈，意趣十足地看着她接电话。

孟听枝先把音量降小，然后滑开手机，放在耳边。

前脚抱怨孟听枝没同学约着出门玩的阮美云，这会儿又怪起来：“什么同学这么能聊，这都几点了？！”

屋内仍有外场声浪的余震，偌大的空间，闷顿似困兽，所有人的视线集中看向左右磁场的关键人物——孟听枝，然后在她清晰可闻的声音里，目瞪口呆。

她温声说：“妈妈，我等会儿就回家了。”

孟听枝自此一战成名。

一帮人都惊讶又不得不信亲眼所见，程濯身边那位美院的小姑娘竟然有门禁，十二点前就要回家。

男女关系被这群人玩得花样百出，可从没这样的。程公子面上没半点不豫，让自己的司机去送。

小姑娘站在门口，眉眼清柔干净，挥了挥手：“那我走啦，你也早点回家休息吧。”

程公子折颈，朝门外闲闲摆手，应一声“嗯”，叫小姑娘注意安全。

孟听枝前脚刚走，那种因冲击而安静的气氛还没散，后脚徐格想起什么，慢了一拍，猛地追到门口，已经看不到孟听枝的人影了。他又回头瞧一屋子的人，众人也看着他，不知道发生了什么让徐格这么激动。

徐格难以置信："她就这么走了？"

程濯耸耸肩。

徐格走到程濯跟前，倒了满满一大杯酒，频频朝门口看，火大又郁闷："不是说她要看午夜场男 DJ 打碟撕衬衫吗？"

程濯想起这事了，轻"嗯"一声。

这不咸不淡的态度更刺激了徐格。

徐格叉着腰控诉："人家 DJ 工作也不容易，昨天肠胃炎吐血去了医院，我刚刚才派人把他从医院里接出来，估计这会儿衬衫都已经换上了，她好歹看一眼吧？这就走了？！"

可不就是回家去了。

程濯碰着他杯子发出脆响，敷衍地敛了下浓睫："她看不了，待会儿我替她看。"

孟听枝回到家，已经是新的一天。

还是第一次在阮美云眼皮子底下过了十二点才回来，扭开锁，她心虚得不敢开灯。

外头的桐花巷夜色深深，飞虫绕灯，谁家茉莉盛放，她闻着香回来，很抗拒在这么美好的夜晚听到发脾气的大嗓门。于是，她轻手轻脚地走了进去。

偏偏客厅的灯当头被拍亮。

方形灯猛然亮起，照得孟听枝眼底有半刻晃荡的刺痛失明。

阮美云已经睡一觉醒了，看到孟听枝没回来，坐在沙发上等到现在，本来憋了一肚子脾气，扭头见孟听枝闭上眼，一副害怕又不得不忍耐的样子，不由想到她小时候那些被吓得瑟瑟发抖的画面，责怪的话忽然就说不出来了。

字句绕喉，委婉变了调："下次早点回来。也不提前说一声，什么同学啊，玩疯了？早点上楼睡吧。"

孟听枝睁开眼，意外地松了一口气，迟钝地挤出一个笑：“嗯，妈妈晚安。”

孟听枝的房间带一个独立卫生间，没有做干湿分离，挂了淡粉色的小草莓浴帘。

洗完澡，镜面被浓浓水汽糊住。她穿着背心睡裙站在镜子前，两只手撑开自己刚刚换下来的裙子。

白色布料上烫了一个深灰的圆洞，像一朵花枯萎了的形状。伤口新鲜，捻一捻，还有灰黑色的余烬，但她不知道什么时候被烫破的。

只剩百分之二十的手机没有在床头充电，而是被放在了换衣架上，终于“叮”的一声，完成了使命。

孟听枝第一时间看到了程濯发给她的微信——一个九秒的现录视频。

点开，是鼓噪的音乐和疯魔的舞池。俯视角度的随意拍摄，只见靡艳灯光下，打碟的男人在女声堆积的尖叫声里将衬衣撕开，衣服敞着怀，手臂敲着节拍。前排的姑娘喊疯了一样。

第九秒，戛然而止。

程濯像是掐着时间，知道她看完了，发了消息来。

程濯：喜欢这个？

浴后的热气没有散去，心口仿佛更闷了些，孟听枝把烫破洞的裙子搁在架子上，回房间调低了空调温度，趴在床尾开始打字。

孟听枝：不是喜欢，只是之前听同学说过，有点好奇。

似乎不够，孟听枝想补充，她不喜欢这么浮夸的。

程濯的信息先一步进来。

程濯：好奇男人？

盯着那直突突的四个字良久，孟听枝从刚刚那一瞬的羞耻里缓过劲，满脑子都是程濯，尤其是他那双捉摸不透似笑非笑的眼。

程濯人如其名，真有点濯清涟而不妖的意思。惫懒感叫他无论在什么场景下都适合，能在声色犬马中跟人谈笑风生，抽身时也拂衣弹灰似的利落。

他这句趁着兴致而出的话，几分试探，几分浮浪，心想；大概她有点不适。

半晌后，看着屏幕上出现的两个字，他侧首哂笑，很意外。

孟听枝说“有点”。

风月乍现，短兵相接，之后又退回乖乖女的青涩语境，提醒他少喝酒，少抽烟，早点睡觉。

夜场的躁与热仿佛是另一个世界的，他闲心满致地跟一个小姑娘发着消息。

孟听枝：你明天大概要睡到几点呢？

程濯：你想几点找我？

孟听枝立马蜷缩起十个圆润脚趾，床单上拽出几道褶痕。这也太直接了吧，她的小心思就这么被戳破了。

她索性就顺着话继续。

孟听枝：几点都可以吗？

他回得字少，也快。

程濯：嗯。

孟听枝：那晚饭时间好不好？等你睡醒，我给你送吃的。

程濯回她——

程濯：章鱼小丸子就不要了吧。

孟听枝歪着脑袋笑了，隔着屏幕想，他略觉头疼的样子一定很可爱，虽然可爱用来形容程濯十万分的不合适。

孟听枝开心地回复——

孟听枝：不是章鱼小丸子哦，可以期待一下。

隔天傍晚，霞光万顷沉缀在天际，破碎流云像小片鱼鳞层层密布，又似狂草手笔碾碎了橘墨，将昼夜接驳勾勒得分明。那天，苏城的火烧云美到上了热搜。

无数仰头拿手机拍照的行人里，孟听枝提着保温盒路过小广场，橘色光辉在身后，她像是唯一一个背道而驰的运动质点。

程濯跟保安提前打过招呼，孟听枝下了车，顺利进入枕春公馆的宽奢园区。

程濯住在6号。她按了一下门铃，旁边的显示屏忽然变成自拍模式。她几分懵懂，凑近一些打量屏幕，不确定此刻程濯是否能看见自己。

“程濯，我来了。”

几秒后，门自动开了。她进门，换上客用拖鞋，浅灰色，男女通用的款式。

孟听枝去厨房拿出碗碟，把保温盒里的三菜一汤和一份绿豆粥盛出来。

“夏天吃绿豆很好的，清热降火。”

“降什么火？”

程濯穿一件黑色浴袍走过来，同材质的长裤拖至脚背，腰带也系得松散，双手朝下插兜，除了肩膀耷拉着，胸襟也敞得有点深。

他皮肤白，有种类似冷玉的光泽。

一时不知道把眼睛往哪儿放，孟听枝错开目光，极力作镇定自若的模样，端着小盅去餐厅。

“快来吃吧。”

声音隔墙传来，说不出的娇妻感，程濯抬手摸了一下鼻梁，转身朝外走去。

绿豆粥的温度刚刚好，丝瓜蛋花汤味道清淡，三个小菜是卤鹅、拌黄瓜和炒三丝，很家常的菜式。

他喝了几口粥，胃里有种久违的暖适感，很难形容，就像眼前的小姑娘，心机有，单纯也不缺，但就是很舒服。

“孟听枝，你怎么对我这么好啊？”他叹道，有几分故意的味道在。

孟听枝起了反骨，说：“嗯……我妈妈的厨艺是跟邻居阿姨学的。邻居阿姨说，要想抓住一个男人的心，就要先抓住一个男人的胃。”

他送一口粥进嘴，捏着瓷勺，腕骨懒懒地垂着，勺子在碗沿上敲出一声清脆的响，要笑不笑地颔首说：“那你试试。”

孟听枝当时只悄悄捏紧手指，没说话，但之后几天，真照料起他的晚餐，每天都来给他送饭。

她自己的厨艺算不上好，最近放假很闲，在跟阮美云学。阮美云做饭会多做一些，孟听枝仔细打包进保温盒里，将盒子的四个扣角一一按实。

佐餐咸鸭蛋，阮美云一刀分成两瓣。蛋黄橙黄流沙，看着就很有食欲，她在旁边的小盒子里塞进半块。

“你那个小晨同学什么时候出院，叫她来家里吃饭呀，不是说她爸妈都不在家吗？”

能带着孟听枝玩到十二点后，这是孟听枝读书时期难得的友谊。

大概是因为对女儿难以启齿的愧疚，孟听枝说要照顾老同学的时候，阮美云女士都替她珍惜这段感人的同学情。

“他不想过来，跟你们又不熟。”

阮美云理解，但也要说一句：“这小姑娘脸皮还怪薄。”

孟听枝提着保温盒，在第十天暮色渐起时分穿过小广场。

其实她也不算骗阮美云：老同学是真的，程濯是大她两届的学长；程濯生病是真的，他的确胃不好在吃药；爸妈不在家也是真的，他的确一个人住。

都是真的。

阮美云问对方是谁，她顿了顿，说是“小程”，阮美云自动带入脑补出一个“小晨”来，而且都不问一句，就当对方是个小姑娘。

那种时刻，孟听枝轻扑着软睫，欢快又狡黠。

阮美云少见她这样笑，不由得多看了几眼，纳闷道：“那么高兴干什么？去剥蒜啊。”

程濯拉开窗帘。

晚霞已经褪去鲜艳，暮色悄至，城市天际只剩几片黯淡云斑。园区内的夜灯也已经亮起。圆球形的地灯，在草丛小灌木里笼着盈绿的柔光。

前几天，孟听枝趴在露台，指给他看：“像一只好大的萤火虫。”

楼下门铃响起来，他将遥控器扔到沙发上，穿着长袖的衬衫睡衣下楼。

门里门外，话与开门的动作同步。

“不是告诉你密码了？”

“你什么时候告诉过我？”

门外的乔落摘了墨镜，从他身边刀鱼似的溜进去，包包远远一扔，回头疑惑地看程濯一身少见的居家气息。

“你病啦？听徐格说，这个礼拜晚上谁都约不出你，稀罕事儿啊。”

程濯站在门口，还是手臂掌着门沿的动作，目光定定地看着外头静谧的夜色。

“现在几点了？”

乔落报出了准确到分的时间。

程濯合上门："赶紧滚，我这儿要来人。"

"谁啊？新宝贝？徐格说她喜欢看 DJ 打碟撕衬衫，辣妹款的？可以啊濯哥哥，你的品位是越来越差了。"

乔落肆无忌惮地调侃，等程濯转身，那副冷意满浸的眼神落在她身上，半点玩笑不带。

乔落不由打了个寒战。打小她就怵程濯这样不动声色的模样，立马提起手边的盒子，笑容讨好："从我爸那儿偷来孝敬你的。让我看看你的新宝贝，我保证不乱说话。"

要是徐格，倒贴乔落都不感兴趣。

但程濯不一样，顶着花花公子的风评洁身自好这些年，她得看看能让程公子一朝跌进风月泥沼的女人是何方神圣，然后拿去刺激赵蕴如。想想就爽。

程濯拽过酒盒，看看年份，粗估了一下这笔买卖划算。

他不放心地警告："记着你的保证！"

乔落乖觉又激动地点头。

半个小时后，乔落看着电视里无聊的肥皂剧，恹恹转头。

"不是说七点半前肯定来吗？不会是放你鸽子了吧？这人怎么回事啊？会不会是堵车？她家在哪儿啊？我开车来的，我给你去接吧？"

"要么滚，要么闭嘴。"

程濯倒出一杯酒，头也没回，将酒塞堵回去，瓶子丢进冰桶里。碎冰簇响，一旁的水晶杯迅速覆上一层薄薄霜气。

他手腕松松捏起，手机在这个时候响了，杯底又磕回台面上，酒涟轻震。

程濯接起电话："孟听枝。"

乔落搂着抱枕，不满地走过来嚷嚷："你怎么说话的，我这不是关心你啊？"

程濯严肃起来的样子震慑力十足，食指往唇前虚虚比量，乔落立马努努嘴啧了声，强盗似的拿走酒桶，折回了客厅。

电话里面没有声音。

程濯担心她今天来迟是不是出什么事了，没想到不是来迟，而是不来了。

“程濯。”

“嗯，到哪儿了？”

孟听枝默了默：“我家里有点事，就不给你送饭了。你自己要好好吃饭，不要餐前喝酒，要喝热水，暖胃，胃口也会好一点，那个营养胶囊是饭后半个小时吃的……”

程濯好笑地打断：“怎么这么啰唆？”

电话里的女声低低的，语速很慢，跟程濯脸上笑意消失的速度几乎同步。

“我之后……也不去了。”

程濯问：“家里有事？”

“嗯。”

“我能帮上什么忙吗？”

孟听枝抿着唇，嘴角控制不住地哭颤，声带像被什么重重压着。她忍着泪意哽咽，平平地说：“你不能。”

半晌沉默后，他像是忽然懂了，说：“行，那你忙。”

朝下轻曳的声调，带着懒得点破的讽意和一点被轻待后的不悦，电话挂得干脆利落。

他也许会觉得这是她欲擒故纵的小把戏。

她的刻意从一开始就没藏住，他一直都是知道的。

孟听枝抹掉脸颊往下坠的泪。

暑气未消，夜风还是热的，裙布贴在后背，从地铁口出来这一会儿已经汗湿成了深色。几只流浪狗在她面前欢快地抢食，她提着空空的保温盒往桐花巷走。

秀山亭下灯火煌煌，人群中有欢声笑语，有谈天说地，有讨价还价，长街的路灯将她的身影拉得很长。

那天，高中班群聊得热火朝天，她之后还是在深夜翻完了聊天记录。关于程濯和乔落是怎么分手的，众说纷纭。

其中有条她看了很久——

我觉得他们迟早会复合。青梅竹马，门当户对，太配了。

将暮未暮时，孟听枝提着保温盒，走到枕春6号公馆。

穿灰色制服的保安追着戴着墨镜的女人，连声喊着“乔小姐”，说她停错车位了。

乔落转身，无所谓地看了一眼火红小跑，掏包包把钥匙丢出去。

“那你帮我停一下吧，停在6号户主程濯的车位上就行了。”

所有女生在程濯面前都难免矜持紧张，这么多年，只有乔落有这种自然而然、游刃有余的能力。

孟听枝站在原地。

明明穿了精挑细选的裙子，连指甲也是昨晚新做的，为什么会觉得自己像个小丑？刻意，生硬，连吞吞吐吐的爱慕都不讨喜。

公众号自动更新的消息不停推送，各个群聊的新消息轮换叠加。容不得片刻停歇的时代，连聊天界面都如此潮赶潮，一切都在快速地变，稍有停步就会被刷下去。

孟听枝一条一条地删，把聊天时间停在三天前的程濯一点点顶到首列，片刻后，她才反应过来微信有置顶功能。下一秒，她认命地释怀。

她总是很笨。高中社团没有大学那么丰富多彩，孟听枝只在高一时参加过十四中的校报社。

她自然不是文采斐然的撰稿才女。她加入时，几个学姐为争校报第一才女的名头，明里暗里竞争。

那一年，校报写烂的标题，孟听枝倒背如流。

弥望入青云，新翠照人如濯。

沧浪之水清兮，可以濯我缨。

泂酌彼行潦，挹彼注兹，可以濯罍。

王公伊濯，维丰之垣。

……

感叹学姐们好文采的同时，孟听枝要翻遍典籍查这些话是什么意思。没什么特别的意思，跟“床前明月光”的意思差一个程濯。

她在校报社负责校稿排版，接收文稿，跟学校的打印室联系，等每一期校报印出来，她去拿，按每个班的人数分成不同张数的一沓。

校刊是周报，偶尔会调成半月刊。

高三有四十三个班，孟听枝一共发过二十七次校报，二十七次路过高三（7）班，其中有十一次程濯在班里。

戴着耳麦转笔刷题，或者被一群穿球服的男生围着聊篮球，无论何时何地，他从不缺人簇拥。

她在人山人海外注视过他，很清楚，她连想靠近那样的程濯都是一件难事。

徐格跟七班的文艺委员关系不错，孟听枝对那个羊毛卷双马尾的女生记忆深刻。

有天孟听枝去高三循例发校报，双马尾女生似乎是要在小姐妹们面前炫耀一下，把从孟听枝手上接过的一沓散发着油墨味的校报塞到徐格手里。

“帮我发啦。”

然后在羡慕的目光和打趣里，双马尾女生和小姐妹手挽手去了打水房。

徐格捏了一下脖子，看着报纸，被突发情况搞得头疼，最后又把校报搭回孟听枝的胳膊上，换了张人畜无害的笑脸：“小学妹，你帮忙发一下啊，我还有事。”

他说的有事就是把篮球运得啪啪响，坐在后排桌子上，跟人聊这周末的消遣去处。

孟听枝愣在门口。

她目光静默地穿过整个班级，看向最后一排靠窗的男生。

他的五官过分出色，将校服衬衫穿得清风霁月，勾起唇角，听到男生胡侃时露出的浅淡笑容又有几分玩世不恭。

她将校报发到他的位子时，刚好听到一个男生说着荤话。她手一抖，越急越难，那一页校报就像黏住边角似的，无论她怎么捻也翻不过这一页。

他停下笔，看她急了一会儿，抠得糯白指尖都粘上了灰黑色的墨迹，最后轻轻笑了下。笑声极轻，像散漫又撩人的气音。

孟听枝不敢抬头。

只见一只毫无瑕疵的修长手掌进入视线范围里，拇指和食指稍稍用力，便轻松捻起一页。双开的校报鼓着风朝上飞起，像在她的世界里掀起一阵巨浪。

浪潮退却，她看着自己几根微微汗湿的刘海在空气的余震中晃着，声音细又低：“谢谢。”

他没听到，校报看也不看一眼地塞进桌屉后，很自然地把孟听枝剩下的一沓全部拿去，朝后一甩，大力地拍在旁边的徐格身上：“自己发。”

有人也跟着调侃：“自己的人自己帮嘛，徐哥，你看人家小学妹累得一头汗。”

徐格少爷不爽地撇嘴，把球扔到另一个男生怀里，不情不愿地接过，一张张校报发得像撒钱。

女生被盖到脸发出尖叫，男生见缝插针地调戏斗嘴。

大课间的教室，走廊声音嘈杂，喇叭播送着校园电台的英语美文，内容有关天文，讲那颗既无恒星为邻，又缺行星做伴的CX330。

孟听枝拿着余下的校报，油墨味厚重清晰，她站在那儿，又对他说了一句“谢谢”。

他戴着白色的耳麦，淡漠的眼神落在笔下那串复杂的公式上。

不会听到，无论她说什么，他也不会听到。

那年初夏的阳光很烈，她在走廊的洗手池边用力搓洗指纹里的印刷墨迹。太阳火舌似的舔在她背上，连池子里的水迹都折射着明晃晃的光斑。

汗珠顺着纤细背脊的弧失重坠跌，她从里到外都湿透了。

第七章

红与黑

“爸，空调坏了。”

早上醒来，阳光从窗帘缝隙落在眼皮上，很刺眼。

孟听枝一身的汗，不适地眯眼，看了一眼毫无显示的挂式空调，捣鼓几下遥控器也没反应。

她趿上凉拖去浴室洗头洗澡，头发吹到半干，下楼把空调坏了的事告诉孟辉。

早饭是巷口吃了十几年的那家，春卷油条咸豆花。

巷子里有邻居往来的招呼声，偶有车铃清脆，孟辉穿着阮美云新买的短袖，抓挠头发，翻箱倒柜找着电器维修的小卡片，一边找一边问孟听枝：“空调哪儿坏了？怎么坏的啊？”

客厅电视里在放苏城地方台的扑克比赛，新的一局，液晶屏幕上四方都摊着一串牌。

孟听枝撕着春卷的脆皮往嘴里放：“不知道，昨晚热一身汗。”

孟辉还在翻，自言自语：“赶紧找人修，不然你妈回来又要吵。”

孟听枝手指油滋滋找不到抽纸的时候，手机急促响了好几下，她急匆匆洗干净手，点开了微信。

一股难言的失落兜头而来。

她早该明白，他所在的世界，一朝踏进是她的运气，一旦转身，就很难再有遇见的机会了，更别提主动来找她。

消息是周游发来的，一连三条。

周游：枝枝，黄婷跟你说她男朋友要请客的事没有？

周游：她说要请我们去 TLu 玩，你去吗？

周游：感觉她又想摆谱，爱秀就秀，咱们去呗？

心不在焉地看着消息，过了好一会儿，孟听枝回复——

孟听枝：那大概要玩到很晚吧！你能不能来我家一趟，当着我妈的面约我一下？

周游秒懂，发了个色眯眯的表情。

周游：枝枝乖乖女哦！

晚上九点多，孟听枝跟周游到了 TLu，同宿的另一个室友黄婷已经提前过来。

刚刚发过微信，在入口处挥手聚头，然后黄婷迎着她们往里走。

“我男友订的是那边的卡，跟调酒台很近的。你们应该也知道，假期嘛，TLu 的位置都很难订，本来说订别的酒吧，但这是他第一次见你们嘛，当然还是要订最好的啦。”

黄婷眉飞色舞地朝一个方向指，她的男友和男友的几位朋友已经到了。

孟听枝和周游默契地对视一眼，周游的挑眉动作更值得细品，好像在说开秀了。

几个穿着黑西装的安保拿着对讲机，训练有素地从旁路过。

孟听枝下意识地往旁边避让了一下，黄婷眼神倏然发亮，晃着她胳膊指给她和周游看。

“那个安保队长帅不帅？跟我男朋友好像关系不错的样子，你们喜不喜欢这种男生？我可以让我男朋友推你们微信。”

周游回头看了一眼。

那位安保队长只剩个老高的背影，一闪而过，鬼知道帅不帅，而且酒吧这种地方不好说。

“你男朋友熟？你男朋友也是夜场人士？”周游撇撇嘴，尽量措辞委婉。

“不是啦，他是做生意的。生意人嘛，你们懂的，朋友多嘛。”说完黄婷侧过身，亮了亮肩上的字母链条包，“这个包也是他托朋友给我买的，内地现在还没有。”

黄婷看向孟听枝，好像她应该在这个时候给点反应。

孟听枝象征性地欣赏几秒：“挺好看的。”

周游家里条件好，是她们宿舍公认最懂奢侈品的，干干笑了一声说：“网上都说富二代的女朋友最喜欢背这个牌子的包，还挺真实哈。”

黄婷可能听出了话里明捧暗嘲，但春风得意的时候，她懒得细究，反而正中下怀地谦虚：“什么富二代啦，他是自己创业的。”说完眼神又落到孟听枝身上。

孟听枝心中叹气，也只能再不咸不淡地接话：“那更厉害。”

她音质清冷，有软缎的质感，这样声音即使说谎也有真实感。

本来秀秀自己的新男友就算了，黄婷得意过头，偏把周游的前男友拿出来抛砖引玉，说大二那回请她们宿舍吃了一顿湘桥居，不久就跟周游分手了，还说她们美院的女生果然像传言说的一样爱慕虚荣。

“真的，为你花钱的男人不一定爱你，但是钱都不肯为你花的男人肯定不爱你，周游，你一定会找到更好的！”

毒鸡汤名句一抛，亲亲热热地搂住周游脖子，目光娴熟在往四周飘，黄婷问周游有没有看上在场的谁，这些都是她男朋友的兄弟。

周游扭过头，在暗处翻小白眼。

孟听枝用手指挡住杯子，一截深褐色的玻璃瓶口戳在她白皙手背上，她移开杯子，朝拿酒瓶的男人抱歉道：“我喝不了酒。”

那人也好说话，从旁捡了瓶无酒精的软饮给孟听枝，挪了个位置坐到她旁边，自然地搭起话。

孟听枝不知道为什么很多人对美术生的好奇都是从裸模开始。

“你们真画裸模啊，男的女的都画过？”

孟听枝抿唇，没兴致地应道：“画过。”

那人夸张地“啊”一声，好奇得不行：“那会不会觉得不好意思啊？就当着你们的面脱吗？真的一件衣服也不穿吗？男的女的都一样？”

“只是作业而已。”孟听枝快招架不住了，用眼神跟周游求助。

黄婷的男友看起来很像生意人，那一身圆滑劲儿，不摸爬滚打个几年无法展现得这么淋漓尽致。从某点来看，他跟黄婷还蛮配的，都是那种不论几分真心，先交遍朋友的人。

事情就出现在他朋友身上。

孟听枝被周游拉着去气氛台那边凑了一会儿热闹，回来就有一个穿着印满 logo 的衬衫，脖子上晃荡两条夸张的链子的男人过来搭讪。一瓶不便宜的酒被搁在台子上，链子哥歪着嘴笑，朝孟听枝油腻地点了点下巴：“妹妹，交个朋友？”

孟听枝周身一凛，拒绝还没说出口，黄婷男友先迎过来递了烟，一脸惊喜地殷勤笑道：“王哥！王哥今儿也来这儿玩，王哥抽根烟。这不巧了嘛，早知道咱们约啊，一块玩不热闹嘛。”

链子哥接了烟，咬在嘴里，暗暗磨着不怀好意的劲，睨了一眼孟听枝，吊儿郎当地点头说：“行啊，一块玩。那妹妹是谁啊？介绍介绍。”

“我女朋友的室友。”

闻声，链子哥先看了眼黄婷，不知道想起什么，邪笑一声，再看向孟听枝时目光更加轻浮。

“酒送你了，让那妹妹过来跟我们玩儿。”

黄婷的男友神情为难。

周游小辣椒的脾气，嗤了一声，直接骂道：“你怕不是穿越到古装剧里逛窑子没恍过神吧，有病！黄婷，你男朋友认识的都什么人啊，恶心巴拉的，你不管啊？你不管我们就走了，枝枝我们走！”

黄婷男友拦住她们，堆着笑脸说：“哎哎哎，这什么话啊，都是朋友嘛，一块玩玩也就是热闹。王哥只是想跟枝枝交个朋友而已，真不至于吧。”说完，他又朝黄婷用力使眼色，要她一块来劝。

孟听枝避开，怕被黄婷男友碰到。她礼貌而疏离地说：“谢谢，但我不想交这种朋友。”

没想到，她的拒绝直接起了反作用。刚刚链子哥晃着脚步过来，本就不太正常，这会儿面上露出一丝狞笑，直接就上来动手动脚：“什么意思啊妹妹，瞧不起人？心气儿这么高？”

周游护着孟听枝，手往他身上指，警告他别过来。

“不就是钱吗？”链子哥朝后伸手，他朋友看戏似的递上一沓钞票，眼神扫过她们，跟毒蛇信子一样黏腻可怕，“你们这些女学生怎么就这么爱装清高，见钱脱衣服不是挺快的吗？”

黄婷的脸色立马不好了。

一沓一万甩在孟听枝身上，掉下去，纸圈护着，散出几张粉红钞。

链子哥威胁道：“脱！”

第二沓还没甩出来，现场众人倒吸凉气，黄婷男友也没拦住——

艺术大学的天之骄女，家境不俗，竟然会被社会哥用钱砸？周游惊怒不已，当场抄起一杯酒水泼在链子哥脸上，要他清醒：“神经病，你侮辱谁呢！要脱你自己脱。”

力道之猛，孟听枝及时闭起眼睛，侧脸都一阵潮，被反溅的酒殃及。

“枝枝，我们走！”

怎么可能走得掉？！

链子哥的几个兄弟看好戏似的堵住所有路，将她们逼回闹事点中央，周游怎么骂都没用。那些人看热闹不嫌事大，甚至更高兴了。

链子哥抹了把脸上的酒，一把逮住孟听枝，捏起她的下巴，笑容下流露骨。她越反抗，链子哥越用力。链子哥肌肉隆起的手臂铁钳一样，任她怎么也挣不开。

孟听枝脸上很快被掐出了红印。

男人浊光赤红的眼慢慢逼近，凶得要将孟听枝生吞似的："我在金霖路混了十来年，还是第一次有人泼我酒。够劲啊妹妹，你说说你朋友这笔账怎么算？"

周游喊着毫无动作的黄婷，又威胁要报警。

链子哥毫不忌惮，回头邪笑："你打啊，当老子这些年白混的。"

看热闹的男人们起哄吹起口哨，一句"王哥厉害"，喊到一半就截了声。

"砰——"

链子哥被人一脚踹翻在地。

来人身高腿长，手上拖地一根黑色棒球棍，另一只手及时勾住踉跄要倒的孟听枝。她刚一站稳，腰间的手臂就松了力。

灰黑身影大步上前，上去又是一脚，把正要爬起来的链子哥踹回去。

对方肩胛一塌，像摊烂泥摔到地上，下颌重重砸地，五官都痛苦地扭在一起，不断哀号着。

程濯偏头扭了一下脖子，手里的棒球棍尖儿抵在他背后，语气轻慢，不怒自威。

"说说，你怎么混的？"

所有人都不敢动。

在场的没人认得程濯，但TLu的安保队长，来这边玩夜场的都熟。

幕后老板不来的时候，这人在TLu的权力很大，要不然黄婷也不会拿安保队长和男友是朋友出来炫耀。但此时安保队长对那位穿白衬衫的男人恭恭敬敬，声音甚至担着后怕。

“程公子，这种事，我们来吧。”

程濯没理，安保队长立刻不敢再多话，退回原位。TLu 一流的安保小队无声控制住场面，连黄婷的男友都不敢上前套关系打听情况。

手里的棒球棍重重碾了半圈，链子哥又痛苦难当地叫起来。

程濯好心提醒：“在金霖路怎么混的，说来听听？”

链子哥从没受过这种窝囊气。

这人瞧着清瘦矜贵，实际上手上寸劲十足，刚刚那两下差点要了他的命。

金霖路酒吧夜场无数，他自认在这一带还算吃得开，可他根本没见过眼前这人！

链子哥吐出一口带血的吐沫，扭头狠声骂道：“你谁啊？你知道 TLu 的老板是谁吗？这是徐格的地界，你敢动他的 VIP，你不要命了吧！”

程濯唇角轻勾，这话的确好笑。

“你认识徐格？”

链子哥被他笑得胆边瑟瑟，没底气地说：“认，认识啊……我跟徐格可不是一般的朋友！”

程濯“哦”一声，小幅度点头，轻巧转了下手里的黑色手机，打出一通电话。

浊艳灯影落在他腕骨、肩头、脖颈上。孟听枝曾用手指摸过的那方喉结，随他清冷的话音蓦然朝下滑了滑。厚重的射灯从他身上频频闪过，阴鸷，冷淡，有说不出的郁气。

“你休息室有没有现金？我要用。”

挂了电话，几分钟后，安保队长提了个小号密码箱来。

新钱硬钞，边角薄而锋利。

程濯姿态懒散地蹲在一旁，就这么一沓一沓抽在那人脸上，眼角鼻翼，那些皮肤脆弱的地方血丝条条，痛叫不断，不明朗的环境里也能看出来那人脸肿得老高。

他刚刚用钱砸孟听枝，程濯这会儿像是原封不动地砸回去。

更狠，透着一股睚眦必报的戾气。

良久后，程濯轻阖眸，有点乏味地舒了一口气，再睁开时清清冷冷。最后一沓整钞盖在那人脸上，只轻轻地拍了拍，没再折腾。

他松开手，杵着棒球棍的手微微一用力，起了身，像瞥见垃圾一样的俯视着。那沓钱在他笼罩的阴影下，也滑进了那片乱钞堆里。

“找个好医院看看。”棒球棍轻敲了两下台子，是黄婷男友那桌，“走的时候把这台酒钱结了。”

说完，人来到孟听枝面前，手里的棒球棍甩到一边。安保队长凌空接住，转头递给旁人，吩咐把棒球棍放回原位。

他问她：“解气了吗？”

孟听枝在他视线里怔着，张了张口，一颗起伏不定的心脏还没彻底回归原位，只见眼帘里这张好看的脸上，倏然露出一点笑。

“家里有事？要来酒吧解决？”他声音分明很轻，甚至像在亲昵耳语。

孟听枝心跳却猛然漏掉一拍，映在程濯的眸子里，惊起一片不自知的心虚和慌乱的涟漪。

“我……”她讷讷启唇。

他凑近，迫人气势叫她惴惴不安地停了声音，衬衫领口因为刚刚动手有点倾斜，露出深凹的颈窝和凸起的锁骨，红光里，阴影深隽。

他说：“孟听枝，我生气了。”

像征讨前的檄文，要跟她算账的。

她心慌地想抓程濯的手，却被他很自然地避开。

他抬手，用指背划过孟听枝溅到酒的侧脸，动作很缓，两指捻了两下，引得孟听枝轻轻发抖。

“你妆花了。”他看起特别正常，甚至礼貌又贴心地问孟听枝，“谁是你朋友？”

孟听枝指了一下周游，说：“是我室友。”

他淡淡地打了声招呼，周游也是六神无主，应着声，连八卦欲都没冒。

他让人安排周游回家，之后拽走了孟听枝。

孟听枝手腕被他抓得有点痛，一路踉踉跄跄地被带到酒吧洗手间。门内外是两种灯色，他一松手，由暗到明，孟听枝有种艳鬼坠进炽灯下的惊恐羞耻。

没过一会儿，穿黑色马甲的服务生送来一支卸妆膏，恭敬地放在占了整面墙的镜子前。

他靠在门边没说话，目光没什么情绪地落在别处，手指攀在领口，又解了一颗扣子。

孟听枝转回目光，看着镜子里的自己妆面也没被泼得多难看，只是今晚的妆是周游给她化的，过分浓，过分艳，脏一点就花了。

不太像她自己。

她手指撑在冰凉的台沿，端看自己，闻声一抖，朝后看去。

身后隔间脆弱的门板突兀被撞，“哐咚”一下闷响，紧接着传来阵阵靡音。

孟听枝转目看向程濯，微张着嘴，一股热气瞬间烧到头顶，连自己刚刚想说什么都烧干净，不记得了。

程濯像是什么都没听到，瞥了眼，又冷漠收回，看着她脸上像云遮雾罩似的愕愣，到底眼神软了点。

“快点。”

孟听枝似被雷劈，那声音还在继续，她嗫嚅道：“可是……”

忽的，他扬几分调子问：“你喜欢听这个？”

没有可是了，孟听枝立马嗖嗖抽纸，打开水龙头，卸了人生中最快最急的一次妆。

出去的时候，他没拽她，甚至半个眼风都没给。

人走在前面，几个刚刚面熟的安保替他开道。孟听枝跟着他身后，鼓起勇气去抓他的手。

还没碰到，他戴着那块黑白配色腕表的手腕略偏了偏，她吓得立马收回手，指缘挤压掌心，舒压似的渐渐用力。

孟听枝一路忍着鼻酸，直到被塞进副驾驶，“砰”一声关门响，眼泪还是猝然淌出眼眶。程濯绕过车头去驾驶座，他上车前，她快速抹了把脸。

轰了一脚油门，车子原地熄了火。程濯忽然发话，打开车门，叫她来开。

孟听枝愣住。她有驾照，但没开过跑车，她不知道程濯为什么提这样的要求，这是惩罚吗？

不过也就愣了几秒的工夫，她没敢拒绝。这会儿就算程濯让她去开挖掘机，孟听枝估计也会乖乖进驾驶位。两个人都不清醒，一个气，一个慌。

孟听枝深吸一口气，手指收拢，握紧方向盘，转半圈，打算拐弯出去。

“砰”一声巨响，车头撞上了路边的花坛，正楞正角，磕凹进一大块。

副驾驶的男人笑了，低低冷冷的。

“孟听枝，你真行。”

“我……”她哪知道乖也不能是这种找死的乖法儿，不是有驾照的人踩油门就能上路。

她用手捂着脸：“你别让我赔……”

“你赔定了。”

孟听枝在手指缝里看他，看他像消了点气似的笑，慢慢挪开手。

她素面朝天的样子，苍白纯软，似饱雪压满花枝，轻碰一下就要碎落。

如果喜欢由无数个心动瞬间组成，那么这一瞬，他心随意动地抓她捂在脸上的手，把人往身前一拉。

“孟听枝，你不会哄人吗？”

猝不及防地撞进他的胸口，孟听枝听着头顶传来的声音，心跳渐渐失控，伸手慢慢环住程濯的脖子。

秀气微翘的鼻端蹭他颈侧的皮肤，声音哽得快哭了，她晃一下手臂说：“教教我……”

车里光线晦暗，程濯闻到她脸上的香气，呼吸一下子涌起来，扯下她的两只手，细腕并在一处攥着。

她重新陷进驾驶座里，一道黑影随之覆来，强势地挡住车前的所有光景。下一秒，他俯身，攫取她全部的呼吸。

“呜——”

孟听枝嘤咛了一声，下颌被人轻捏住，他欺上来，烫人耳尖的话在她唇瓣上若即若离。

“教你呢，学不学？”

她毫无接吻经验，刚刚那一吻叫她几近晕眩。

这会儿忍住生理性的羞耻，她默默松开齿关，轻抬了一点下巴应和，任由他长驱直入的侵占。

孟听枝怀疑他听不得拒绝。

车内气温逐渐升高，他手掌落在她僵挺的腰脊上，一下比一下重，似要揉碎她一身情海欲波中的生涩骨头。

车子里除了交错的喘息，只剩一声含糊不清的“程濯”。

最后还是司机打电话来说到了，程濯才放过她，鼻尖蹭了一下她的鼻尖，手指抹去她唇角一丝痕迹。她下车脚都是软的，差点摔倒，被程濯揽了一把。

软腰撞在劲臂上，他勾住手，在她耳边笑，像在评价她刚刚学习的表现：“不太聪明。”

她咬紧槽牙，又气又羞。

车子都开出金霖路了，春华大道的灯带如流星飞矢。她望着窗外，还是没憋住初入情场的反骨，低声把责任丢出去：“是你教得不好……”

孟听枝为这句话付出了代价，在望府西京的停车场里被人吻到喘不过气，手指混乱间抓住车窗玻璃的边缘，指尖留下几点热雾气，小巧关节紧攥出一片白，最后求饶似的喊了一句羞耻至极的“程老师厉害”。

程老师要确认她这话是否违心，在孟听枝再三保证绝对真心实意的情况下，才大发慈悲地摸到她腰边，无名指按下红色键。

“咔”一声，安全带从她胸前簌簌收回。

车里很暗，他们在无声昏昧中对视。

程濯的拇指慢慢抚过她唇间，之前酒吧里的所有不愉快，还有更久前的不愉快，都好像不知不觉就散了。

她不知道情人间是否都是这样，那些付于唇齿的苍白措辞，灵魂与肢体更善于沟通，她得了一堂干货满满的接吻课。

程老师看起来也很有悦色。

进了车库电梯，失重感一瞬腾起，孟听枝晃一下，被扶住腰。他像个言传身教的好老师，折颈，近得几乎要抵到她的额头，说下次再教。

她下意识地扬起头问：“那你教过别人吗？”

脑海浮现乔落出现在枕春公馆的样子，她眼底似清水里蘸开一笔浓墨，渐渐晦涩黯淡。

程濯见她走神，捏了下她后颈：“没别人。”

“真的？”

被她这么质疑，程濯手下力道忽的重了，像问错话的惩罚。

不知道什么穴道被按到，孟听枝后颈骨骼一阵酥痛，她低头伸手去揉，却被程濯手指钩住，缠在一起。

电梯空间封闭，他的声音磁沉悦耳：“问了又不信，问来干什么？”

孟听枝沉默着。

电梯门开，他先一步出去，发现拉不动身后的小姑娘。

“那……你还有别的女朋友吗？起码……”起码不能当第三者。

她声音越发低，慢慢朝下坠的下巴，半途被程濯用手指轻抬起。

孟听枝被迫抬起头看他。他极为纳闷地凑近，近到彼此的呼吸都在默默交汇，似在端详她的细微神情。

“别的女朋友？你的意思是，你是那个非别的——女朋友？”他停顿，冷峻眼梢弯出一点笑。

孟听枝高中时代就知道这个人逻辑超强，但是没想到天才的逻辑是可以兼顾双商的。

曾经十四中热衷于让学生参加竞赛，谭馥桥附近有一个堪称魔鬼集训的IMO班，那几年出了牛人无数。

程濯高中创下的竞赛成绩，十四中的学子至今都无人能打破，连老师提起他的数学天赋都是一脸赞叹。

比那些列出来密密麻麻的奖项，更令人津津乐道的是他当年的一桩传闻。

据说他在集训班时，试卷旁边放了一本司汤达的《红与黑》，他写题目总是轻松自在，时不时地转笔，看小说却频频皱眉，像看不明白。

孟听枝就在电梯外不挪步，猛一下拂开他的手，有点倔，眉目间的清柔气，又叫她倔得较真又可爱：“我是说真的！”

程濯好笑又冤：“孟听枝，我干了什么让你觉得我是能找两个女朋友的人？”

孟听枝一瞬讶然，呆呆地望着他。

他曲起的食指在她鼻尖轻敲，威胁似的：“给我好好说。”

这哪儿说得出来？

她抿唇半天，受着他光是存在都算撩拨的一下又一下的招惹。

“我又不了解你，我看徐先生他……”话没说完，孟听枝就被他笑得莫名。

她脸蛋都臊起来了：“你笑什么？”

“徐先生？我还想了一会儿谁是徐先生，你可别这么抬举人。”

她解释：“只是礼貌……”

实际上，正解是不熟。

程濯半开玩笑："我也不礼貌，你随我吧，别给他脸。"

孟听枝试探地问："我能随你吗？"

他比她更会试探，手指蹭了蹭她的脸颊，低声问她："孟听枝，你想不想随我？"

经常在情感故事里看到"愿赌服输"这个词，心下瘫软这一刻，她才晓得，情之一字，有多柔肠百结。

后来，这晚的事不知怎么传了出去。

说程濯动怒，在 TLu 收拾了人；又说程濯新到的一辆车，全身炭黑，酷得要死，没开两回，在徐格酒吧外撞残了。

程濯在国外的车技，没见过的也有耳闻，都说不太可能。

知情人幽幽道："程公子那天坐的副驾驶，开车的是美院那位。"

孟听枝在他的房间里待到了十二点半。

其间客房服务来送了夜宵，孟听枝没什么胃口，戳了几口布丁，放下小勺往阳台看。

程濯背对着她在接电话，衣摆鼓着风，说的是英文，孟听枝无心偷听还是翻译出了几个关键词——博物馆，画廊，租借。

她暑假在家有门禁，即使找了周游上门约她出门玩，那也是要回家的。

看了看时间，等他打完电话，孟听枝问："程濯，我们算和好了吗？"

他走过来，手机顺手丢在桌面上，勾了一下她的鼻子："是不是非得拉钩才算，孟听枝你几岁？"

手机没关屏，他的屏保是一张色调寡淡的抽象画。

孟听枝躲了一下，皱皱鼻子，故意说："三岁。"

第一次跟小姑娘这么相处，还是个有门禁的小姑娘，大半夜把人往外送，他自己也有点莫名。

酒店安排的车。

凌晨时分，灯火通明的门厅处人不多，进出的男女都是衣冠楚楚的样子。孟听枝把车窗降下来。今晚事多，快凌晨两点了，她脸上有点困意，捂着嘴打哈欠，一双明净杏眼里漾着薄薄水光，纯得透明。

他站在车外，垂眼看着，无声笑了。

“真三岁。”这话带笑，带调侃，带几分意味不明。

车子往前开了一截，孟听枝被那几分意味不明绕住。她迟钝又忧心地想，是不是……要跟他过夜？

开出门厅几十米的车子忽然停下，孟听枝从车窗里探出身子，急急地喊了一声：“程濯。”

程濯已经走上台阶，闻声转过头。

她满脸欲言又止，朝他伸手，像摔倒的小孩，非要大人抱才起身一般，带着委屈。

程濯闲散地走过去。她手搭在车窗边沿上，无措地动了动，被他握住才安分下来。

“怎么了？”

司机就在前座，她避讳着，身子往外探，声音很小：“以后有机会的，我不是每天都要回家……”

程濯像听人逗了个闷子，笑得不行，最后捏了一下孟听枝的脸，自己都惊讶：“我图你不回家？”

“那你图什么？”

明明是她底气不足的一个问题，反倒把程濯问心虚了。

读书的时候，程濯不偏科，文理都好，这会儿不知道怎么回事儿，想给见色起意找个好点儿的近义词，怎么也想不起来。

他真在思考。孟听枝眼睛就搁他身上，生怕他灵光一现说出什么自己承受不了的话。

她跟程濯不是同一个圈子的人，但暗窥徐格多年，也知道他们那个圈子的男男女女大概是什么模式。

萍水相逢，情缘似露水，沾一分是一分，不能贪多。旧时光如书蒙尘，谁要听你吹开一层厚厚朽灰，一页页翻说，程濯，其实我很多年前就……

她没藏住心思，眼神就要黯了，颈子还没垂下来前，就被程濯捏住。

他指温很热，落在皮肤上有几分灼人。忽然凑近面孔，他望着她的眼睛，一本正经地说："那我回去想想图什么，下次告诉你。"

他说下次，就像导演告诉一个龙套角色你还有下一集一样，叫孟听枝开心。

仗着心头软意，她抓着他捏自己颈后的手，贴在自己脸上，低声问："下次是什么时候啊？"

程濯勾住她的手指："你想什么时候？"

他总是那么直白，后来很长一段时间孟听枝都招架不住，总迂迂回回地说一些别扭矫情的话。他真是好耐心，每每都是看破不点破。

夜风吹着他身上的衬衫，将肩线腰线都勾勒出来，月白色，有点仙风道骨的感觉。

她不错眼地盯着程濯："我不知道……就是过几天我们院要安排去云安写生了，可能要待一两个星期。"

"暑假还要学习？"

"嗯。"她软软地哼，悄悄把旧账翻出来，"你不是忘了吧？那五十张速写还有你的功劳呢！"

他顿了下，笑了，近得几乎要跟孟听枝抵额的距离，声音哑倦，勾人得要命："孟听枝，我发现你是真记仇啊。"

其实他那会儿对她还没那么喜欢，就是兴头上，逗她的瘾很大，瞧着很宠她。这话也不是孟听枝自己想出来的，是后来她总能听到别人在背后说程濯很宠她。

他后来也的确宠她。

那晚之后，她跟程濯没有再密切地联系。

她发消息让他好好吃饭，他回了一个"嗯"字，孟听枝看着那"嗯"，只觉得冷淡，看得过久，好像都不认识这个字了。

自我安慰他可能在忙事，少胡思乱想，她又戳开程濯的微信头像，是一幅抽象画，水彩，带框，蓝色。

用识图功能查出来这是女画家舒晚镜早期的作品，包括程濯的屏保也是这位女画家的早期作品。

孟听枝在大二的教科书上见过这位女画家的名字，个人风格很强，简介并不长，除了生卒只有奖项，离世时间是九年前。

第八章

最相思

再见到程濯，地点在离苏城三百多公里的云安古城。

学校的统一大巴一路颠簸，周游晕得难受，坐在孟听枝旁边一直说想吐。孟听枝翻出导游发的塑料袋，周游将脸埋在里头，呕了半天，痛苦地抬起脸。

“枝枝，我吐不出来。”

孟听枝也难受，太阳穴酸胀，舌苔都泛着苦。她伸手抚了抚周游的后背，想叫周游好受一点。

她们已经坐了三个多小时了，出门玩儿的新鲜劲儿还没到云安就消磨了大半。

喝了孟听枝递来的热水，周游胃里才舒缓了一点，扯扯孟听枝的胳膊。孟听枝手臂又软又凉，周游边蹭着边说：“枝枝，我们聊聊天吧？”

“嗯，聊什么？”

那天赴黄婷的约去 TLu，那么晚才回到家，孟听枝以为周游第二天会有一堆问题要问自己，起码她得好奇一下，为什么阮美云见面就喊她“小晨”。

但周游没有，好像那晚在 TLu 发生的事，她统统都失忆了。

时隔好几天，在晕到想死、开了空调都空气冗闷的大巴上，周游靠在孟听枝肩上，第一句问的也不是“小晨”那茬事儿。

她晃晃孟听枝，忽然起了个很雀跃的调子：“唉，枝枝，那天晚上那个安保队长你熟吗？”

孟听枝纳闷，笑了笑摇头说：“不熟啊。”

“他叫施杰。”周游自答。

“嗯？你怎么知道他叫施杰？”

孟听枝更纳闷了，蹙起眼，开始回想那晚的安保队长——黑西装，身材高大，不苟言笑，一看就是那种一打十的狠人。

“那天晚上，那个程公子不是让他送我回家吗？”

孟听枝“嗯”一声。

周游被晕车摧残的面孔上，终于露出点红扑扑的笑意，自顾自绕着衣服上的带子说：“我自己问的，他说他叫施杰。”

“哦。”

孟听枝脑子里想着程濯，这一想就深了。早上动身前，孟听枝特意发了一条微信告诉他，她要去云安参加学校安排的写生，不出意外要在云安待十天。说完，她就捧着手机后悔。

她觉得自己好像有点话多，他会不会觉得烦？他们那种男人是不是最讨厌黏人？

程濯在一个小时后回复。那会儿学校大巴预备启动，跟车导游在说行程，孟听枝刚卡紧安全带，车椅朝前一晃，屏幕里跳进一个字——

程濯：嗯。

真的好冷淡。

周游不知道哪来的精神，本来没骨头似的歪在车座里，忽然一下直起腰："就'哦'？"

孟听枝懵懂地看着她："不然呢？"

"他叫施杰唉。"

孟听枝："所以呢？"

周游指着自己："我叫什么名字？"

"周游。"

"他叫什么名字？"

"施杰。"

周游有种引导着即将揭晓谜底的激动："连起来！"

"周游……施……世界？"

"对！"周游又躺回座椅里，心满意足，喜难自禁，又绞着自己的头发问，"枝枝，你觉不觉得我跟他挺有缘的？"

孟听枝："哪方面？"

"我觉得他有点帅。"

孟听枝实难接话，抿了抿唇，不知道是该鼓励朋友勇敢追爱还是让她不要太冲动。周游显然并不在意孟听枝的反应，关注点已经转移。

"枝枝，那个程公子是'小晨'吗？"

孟听枝侧过脸，惊大眼："你怎么知道？"

"瞎猜的，而且他看起来好像挺喜欢你的。是你男朋友？"

"不……"孟听枝斟酌，苦涩地回，"还不算吧！"

周游听出了孟听枝声音里的低落，也放低了声音："就那晚教训那个男的真的有被帅到，气场蛮绝的，很不一样……"

周游又说起黄婷的不靠谱，孟听枝听着，转头看向车窗外。

远处是连绵起伏的青山，天色有点阴，亮炙光线被云挡住，山林一半荫翳一半晴明。车里大半的学生都晕得陷入浅眠，安安静静的，只有老旧的冷气出风口响着呼呼噪声。

孟听枝声音也很小，像陷入了回忆："他以前看起来就和别人不一样。"

周游没听太清：“什么不一样？”

孟听枝说：“像光……”

十四中是苏城最好的高中，从师资力量到基础设施都是顶尖。

孟听枝中考结束那年，锁区政策刚出，十四中还没有面试环节，不然以她那时的资历，很可能无法通过十四中的入学考核。

她一直以为自己是住在桐花巷的穷人家小孩，半点才艺也没有，就连现在的专长美术也是高二才开始学的。而当年十四中的冬令营是去挪威看极光，四十个名额，六位数的报名费，除了程濯，同届的几个名人都去了。

纪枕星的观察日记登上了《苏城科技报》，乔落凭借一套冰川美照红遍全网，徐格旅途中换了第N任女朋友。

那年冬天，程濯在干什么没人知道。

那年冬天，孟听枝在暗恋程濯。

她带着攒了好久的零用钱，天刚亮就去青体中心排队买矢藤源斋的限量画册，排到她的时候刚好没有了。

她前面的人买走了剩下的全部，转头提了三倍价问她要不要。

她眼角鼻子都是红的，半掩在围巾里，不知道是冻的还是难受的，手指捏着口袋里的零用钱，摇了摇头说不要。

她要不起。

回家后，她发了一场烧，吊水的时候被阮美云骂了很久。孟辉来医院给她带了热热的奶茶，阮美云又跟他吵，说她这会儿不能喝甜的。两个人就在观留病房嚷起来，直到巡房护士过来提醒。

鸡毛蒜皮，令人生厌。

十六岁的孟听枝躺在病房，瘦白手指捧着热热的奶茶纸杯，喝一口，齿间有红豆的甜香。

灰扑扑的窗外在飞雪，大片大片，想到程濯，细细的嗓口里呛了一下。她紧抿住唇，长久地看着滴在手臂上的眼泪，小小的一朵水花。

她垂着眸，病恹恹地抹去泪痕，将手伸进口袋里，摸到薄薄几张纸币，忽然就释怀了这世上除他之外的所有爱而不得。

因为十四中离家近，孟听枝高中是走读。

高一开学，她比住宿舍生少一个领寝室钥匙的环节，直接去行政楼领取学生卡。一起下楼梯的女生因为同宿舍已经结伴，一路热聊，她在大太阳底下有些形单影只。

学生卡要去食堂的规定窗口激活，充完钱，孟听枝逛到食堂的奶茶窗口。点单机前的牌子写着品类，孟听枝默默浏览，皱起秀气的眉。

窗口里的老板问她："请问需要什么呢？"

她看着点单牌，目光游离着："怎么会没有红豆……"

斜刺里，一只修长白皙的手进入视线，圆顿指尖在塑料牌上敲出低频的顿响，敲的那行字是"相思奶茶"。

"红豆。"

孟听枝转过头。

那是她第一次见到程濯，就像某种不容抗拒的光照进阴暗的小房子里，一瞬间万物明亮。

他额前的碎发微湿，那种淡淡的热汗气与清新洗剂混合的味道，构成了孟听枝对少年感的初印象。那么不具象的词汇，却在他身上体现得淋漓尽致。

程濯提醒完她之后，窗口老板递给他七八杯做好的柠檬水。

他提过袋子。孟听枝耳边有塑料袋摩擦的响声，密集突兀，像是强行灌入耳膜的白噪音声频。

老板提醒说还是老样子，里面只有一杯是温的。程濯拿着东西就走了。

孟听枝发愣的视线追上他的背影——白T恤套红黑球服，背后是数字14，白色束脚运动裤被门口的强力冷风灌出几道凛凛的褶；一臂剥开门口的空调帘，踩进室外光里，裤脚和高帮球鞋之间露出一截白皙脚踝，连骨骼都好看。

她不记得发了多久的愣，人都已经走了，窗口里递出她点的奶茶，五分糖，加红豆。

她喝了一口，肺腑浸甜。

她想了想问："为什么会叫相思奶茶呢？"

窗口老板笑笑说："我老婆取的，因为此物最相思啊。"

之后孟听枝屡屡在同班女生的聊天中听到程濯的名字。

高三（7）班，身边有个女生叫乔落，发小叫徐格，光芒万丈，如何如何……

孟听枝停了一下笔，听完又垂下头，把剩下的古诗词填空写完。

没有心酸，因为太遥远了。谁会因为摘不到月亮而心酸呢？如果彼此从无交集的话。

孟听枝对童年的回忆，是阮美云掀了孟辉的牌桌，巷口棋牌室一群人挤出来，看着阮美云急赤白脸，骂骂咧咧，追着孟辉从巷口打到巷尾。

邻居们劝着："算了算了，枝枝看着呢，你们别吓着孩子。"

孟听枝是在这样的场景里吓大的，她无法理解这样的婚姻，看着这样的父母只觉得难堪至极。

孟辉没有工作，烂泥扶不上墙这种话阮美云都骂腻了。

那会儿，孟听枝意识不到他们家能住在老城区的两层洋房，多少是有家底的人家。孟辉打牌都要被阮美云揪着耳朵骂，但她家餐桌上能吃鲥鱼和海胆。

一地鸡毛里，她感受到的只有这个家庭刻意营造的捉襟见肘。

阮美云总说："别跟你爸似的，拿钱不当钱！"

那种画面几乎可以算得上是童年阴影，所以，她从小到大一直勤俭节约，几乎没有什么物欲，自卑到丧失攀比心。

初中时她有一块表，陆陆续续坏了好几次，修好了继续用，用到高中。

十四中的学生，即使不是太过显赫的，很多家境说出来也很不错，父母是什么传媒公司 CEO，什么某品牌大中华区总代理。

高一入学不久，班里就发了一份表格，要填父母的详细信息。孟听枝无从下手，她也不知道她家里是干什么的。

回家吃饭时，问了阮美云，阮美云没走心地说：“你就填个体户。”

隔天班长让收表，从后往前传，前桌的女生束着高高花苞头，拿着几张表转头问孟听枝什么叫个体户。

孟听枝窘迫地沉默。

她的同桌说：“好像那种小商小贩都算个体户，我爸是城管局的，我爸说过。”

可孟听枝印象里她家半个摊子都没有。

那块手表旧得不行，表带裂纹，表壳划伤无数，又一次罢工。她本来是想交给阮美云，让她再拿去修的。可偏偏那个周五下午，十四中因为文艺汇演提前放了假。

她提前回家，看见她家一个表舅坐在客厅沙发上，阮美云从房间里提出一个旧布包。在门口孟听枝的视线里，一沓一沓数了二十万出来，码得整整齐齐，像一摞砖头压进孟听枝的心口。

阮美云说让表舅先用着，不着急还。

孟听枝跑出巷口。长街热热闹闹，逗留的十四中学生穿着校服三五结伴进网吧，逛书店，到处都是笑声。秀山亭几百年的荫翳里，有个老头卖糖葫芦，小喇叭里喊着五块钱一根，任挑任选。

五块钱一根……

二十万是什么概念，对于一个以为家里穷得过不好日子，父母天天把离婚挂在嘴上的十六岁少女来说，着实冲击。

等表舅走了，孟听枝才慢吞吞往回走。

那个空布袋还放在茶几上，阮美云还有另一只，她去菜市场买菜用的。

“表又坏了？”阮美云看着她神情低落又闷不吭声的样子，目光移到她手上捏的那只旧表。

“嗯。”孟听枝背着书包杵在原地没动，她满脑子都是那片粉红色，带着新钞特有的光泽。

半晌，阮美云要进厨房，她听到自己试探的声音鬼使神差地飘出来。她说："妈妈，我能买一块新表吗？"

阮美云诧异地回头瞧她，因为孟听枝从不讲究这些，甚至连衣服鞋子都是阮美云买什么她就穿什么，她从不开口要什么。

阮美云点头，当时爽快答应下来："行啊，明天带你去买。"

第二天一早，阮美云就带她去了世纪星城。那是老城区最大的商场，一楼就是卖珠宝腕表的，每个专柜都是那么金光闪闪。

逛到手表区，阮美云让她自己看看喜欢什么，没想到遇到了孟听枝的大伯母。孟听枝礼貌地打了声招呼。

难得碰见，大伯母就跟她们同行。

那是一个意大利的手表品牌，女表做得优雅年轻，小表盘配 18k 玫瑰金，隔着一层专柜玻璃，像钻石一样好看。

"要试戴一下这一款吗？"导购小姐微笑着问。

这是孟听枝一眼就相中的表。即使三千块的数字有点超乎她的想象，可好像就因为它这样昂贵，孟听枝更加想拥有了。

她想拥有很好的东西，她觉得自己如果得到了一定会很爱惜的。

大伯母拉过孟听枝的手腕看了看说："哟，枝枝眼光真好。"

阮美云忽然变了脸色，没给她买，反而直接从孟听枝手腕上摘了那块表，递还给导购小姐，劈头盖脸将孟听枝一顿骂："你可真会挑，你才多大，要戴三千块的表。孟听枝，你是不是在学校跟同学学会攀比了！你是好的不学，把你爸的烂性子都学去了。"

"没有。"

阮美云像没听到似的继续怀疑继续批评，那些伤人的话，她一张口就能说出一大串。

孟听枝沉默着，大滴大滴地掉着眼泪。

大伯母在旁哀声劝着："美云啊，小孩子喜欢就买吧，也不是什么天价的东西，何必呢？枝枝啊，你喜不喜欢？喜欢的话，大伯母给你买。"

阮美云用力拽着她另一只胳膊，直把孟听枝往门口拖："她才多大，用不上这个。孟听枝我跟你说，你少跟人学攀比！"

动静太大，周围有其他客人看过来。

那种眼神，孟听枝很熟悉，像阮美云追打孟辉时的那些旁观邻居，这一次身处难堪的成了自己。

孟听枝别着手，就算哭了还很懂事地拒绝："谢谢大伯母，我不喜欢。"

回家的路上，孟听枝哭过的眼周发胀发酸。她用手挡着眼睛，暗暗在心里发誓，她再也不会主动提出要什么了。

到家，阮美云去看洗衣机里洗好的衣服，声音隔着门传来，已经不像在商场那么强硬，甚至还带着一点少见的询问。

"你是不是在学校里看到什么同学戴那个表了，你才说要？三千多块，你戴个表不就是为了看时间，你不要在学校跟人学攀比。"

她坐在客厅里，脑海里是那块表的样子，声音低落得像在忍着哭意："没有，就是第一眼看见喜欢。"

阮美云拿衣服出来晒，路过客厅，哼一声。

"喜欢就要买？你爸喜欢打牌，他倒是天天成全自己。我跟你说，你千万不要跟你爸学，拿钱不当钱地放纵挥霍，金山银山也抵不住这么开销。"

孟听枝不明白，二十万不眨眼可以借给亲戚，说不着急还，怎么一块三千的表，就扯上了放纵挥霍。

她没有再出声，任由阮美云这股唠叨说教从客厅到厨房再到阳台，抖完最后一件衣服。

晚上阮美云从外面回来，在她桌边放了个什么东西，是那只表，修好了。

孟听枝眼睛猛地一酸，握紧了手里的笔，眼泪像断线的珠子，啪啪砸在生脆纸面上。她手指带着笔尖抖，数学卷子上的空白处，是一堆不受控的黑色笔画。

这件事没有完。

很快就到了高一的期中考试。

十四中的期中考试和期末一样正规，单人单桌，按名次分考场，高一考试，高二高三会放假挪考场。孟听枝中等的成绩，分在了高三的考场，是程濯的隔壁班。

考试不许带手机，基本上学生都会自备手表把握考试时间。

数学在下午考。

考试前半个小时，孟听枝的那只旧表又坏了，表针一动不动。她几乎是顶着一口气，跑上学校天台给阮美云打电话，开头就是一句：“表又坏了！”

阮美云从没听过孟听枝这种急凶的口气，莫名后先是一股脾气：“坏了就坏了。行了，周末去给你买那只三千的表还不行吗？不就是喜欢。”

坏掉的表就捏在手上，老旧金属硌疼掌心软肉，电话里轻飘飘的五个字“不就是喜欢”，一字一锤，砸碎了她最后一点自尊。

好像是孟听枝处心积虑地弄坏表，企图换新的手表一样。

她每次写卷子都是按着时间紧赶慢赶写完题目，想到没有手表，接下来这场数学怎么办，想起那一沓沓粉红色的二十万，想到从小到大无数因为钱而难堪自卑的时刻……神经像是被一股年深月久的悲愤熔断了。

那已经不是一块表的问题，而是压抑多时的委屈瞬间爆发。

她哭着，几乎在用心肺说话：“我都说那块表旧得不能用了，你为什么不能给我换一块新的！我都说了我很喜欢，第一眼就喜欢，你那么有钱，为什么不能买给我？！我有问你要过什么吗？！我长这么大有问你要过什么吗？为什么我喜欢什么从来都得不到？！”

她一口气说完，久久不能平静。

阮美云也愣了好一会儿，没声，旁边有别人在催什么，她还没意识到事情的严重，说“等你回家再说吧”，仓促地挂了电话。

十一月，天台的风吹着脸上的泪，皮肤皴皱冰冷。她从没有这么撕心裂肺地哭过，还说了那么大段的话，整个人喘不上气地抽着哭嗝。

那是第二次跟程濯近距离接触。

他靠在天台栏杆上，单腿踩着横杆，身边还有闻名全校的乔落，是真的惹眼漂亮，似乎他们在天台听完了全程。

四目相对，乔落看她的眼神挺同情。程濯单手插兜，保持一段距离，看着远方的塔尖，不想靠近哭哭啼啼的女生。

孟听枝完全被他们的出现吓坏了，除了不受控地小小抽嗝，像个静止的木偶。

乔落走了过来，从包里掏出纸巾递给孟听枝，孟听枝愣着没接。不过两秒，乔落叹气，抽出一片纸给孟听枝擦眼泪。

“这有什么好哭的啊？没事了啊！怎么回事啊？你跟我说说。”

乔落是那种男生女生都会喜欢的女孩子，人漂亮，有才华，大大咧咧又不失娇蛮感。

孟听枝从乔落手里接过纸，说“谢谢”，自己擦了擦眼泪，眼眶红红地哽着：“我……待会儿有数学考试，表、表坏了，没有表……”

她抽噎的声音断断续续。

乔落听懂了，转头看栏杆附近的程濯，像发现外星生物一样：“程濯，是个小学妹耶。”

那种口吻，像女生在图书馆附近发现一只小奶猫，迫不及待招朋友一起过来摸摸玩玩，可能还会好心折根火腿肠给小猫。

程濯瞥了一眼，与孟听枝有一瞬对视，她低头躲开他淡淡却格外灼人的目光。

他抬起左手，右手搭在左手腕间，边走过来边解了表带。

那块黑白配色的宇舶被放在孟听枝小小的手心里，她被烫似的缩了一下，下一秒，被程濯抓住手腕：“拿着，要还。”

孟听枝只觉得那只手已经不像是她的了，收拢手指，软糯指尖触在坚硬的机械表上，表带是热的，有他未散的体温。

她像攥住了一块烙铁，那热度，足以熨透余生。

她抬起头，看着近在眼前的一张脸，俊眉朗骨，冷淡的，慵懒的，看久了会觉得他眼角微微下垂，有种暮光缄暗的眷恋。

乔落笑着打他：“哟，铁面人难得发善心？行啊有进步，回去让徐格给你折朵小红花。”说完，乔落又故意跟孟听枝说：“小学妹别还了，难得有人能从他这儿占便宜。”

“乔落。”他清冽的嗓音带着懒怠不耐，提醒她适可而止。

孟听枝攥着表，急忙低声说：“会还的。”拥有一下也是好的。

一场数学考试，戴了两个小时，孟听枝人生第一次数学考试不及格。

她豁出去似的只写了半张卷子，后边的时间，她放下笔，用目光巡睃完这只表的每个可视零件。

放学的时候，孟听枝在校门口的奶茶店又看见乔落。她身边的人不是程濯，是那位高二就因为天文研究拥有小行星命名的纪枕星。

他与程濯不一样，程濯虽然成绩很好，但程濯看起来不像爱学习的人，而纪枕星斯文清秀，一看就是很会读书、满身书香的男生。

乔落喊住闷头往前走的孟听枝：“小学妹，数学考试怎么样？”

孟听枝将下唇咬出一道浅浅白印，内心谴责自己怎么可以这样，乔落这样善良，她竟然抱着占有她喜欢的人的手表多一点时间的想法。

她愧疚地转头，走过去，不舍地拿出口袋里的手表递给乔落：“谢谢你。”

走远了，孟听枝还能听到身后乔落的声音。

听声音她就是那种无忧无虑长大的女生，得天独厚，半点烦恼都没有，连开玩笑的活泼劲儿都讨喜。

“这个小学妹跟你一样会红耳朵唉。”

也是那一次，孟听枝有了心机。

期中考试的成绩单到了阮美云手上。

阮美云平时不太逼孟听枝刻苦读书，但数学不及格也是第一次见。

除了想研究那只表，孟听枝也是故意不及格。她不擅长用言语表达责怪，但这不及格的分，足够让阮美云自责那只表带来的后果。

认识孟听枝的人都说她性格很柔，实际上她心狠起来暗暗带劲，倔得要死。

阮美云之后有说买更贵的手表给她，她不要，她非修那只旧表继续用。她总是在不该执着的时候死命执着。

后来进了校报社，她去高三发校报，程濯手腕上始终戴着那只黑白配色的腕表，和校服衬衫的硬白袖口很配。

窗外淡金色的阳光落在他手背的青筋上，少年松散转笔，手指修长灵活，眼波淡漠，像文艺片里的一个特写镜头。但他想不起他曾经借表给过一个小姑娘了。

她十一次路过他的座位窗口。

她校对、数页的校报，一共有二十七张被他随手塞进桌屉里。

和她漫长的暗恋一样不见天日。

第九章

一般般

车子到了景区酒店。暑假是云安的写生旺季，停车场不止苏大美院的大巴。

各校的学生都陆陆续续地下了车，等导游集合。

周游下了车，还没站稳，就狂奔向不远处的垃圾桶吐了。

孟听枝手里拿着水，追过去：“周游，你还好吧？”

周游面色煞白地笑：“吐了舒服多了。”接过水漱口，周游用手背擦擦嘴，还能往前接话题：“你知道乔落说什么？”

孟听枝配合地摇摇头。

乔落是周游的偶像。周游刚刚在车上跟孟听枝分享某个采访片段，说起乔落“乔怼怼”的称号怎么来的。乔落刚出道那会儿，娱乐新闻写乔落抱某个阔少大腿。

“乔落嗤之以鼻地说：‘谁抱谁大腿搞搞清楚，我阔我说了吗？’”周游说，“飒不飒？我太喜欢她身上那目空一切的劲儿了，好羡慕。”

孟听枝应声：“我也羡慕。”

带队老师通知集合，要收身份证办理入住。

周游走了两步，转头朝孟听枝的侧脸看去。

孟听枝属于耐看型，越看越有味道的那种长相，眉眼乍看不抓人，越品越有柔而不弱的清冷气质。

“如果不能当乔落，成枝枝你这样的也好，不争不抢，你特别像那种与世无争的女主。”

孟听枝说：“其实也争的，争不到，不知道怎么争，好远，看不见，摸不着。”

周游晃了晃她胳膊：“什么啊，你在说什么？”

孟听枝笑笑：“没什么。”

周游吐完来了精神，跟孟听枝分享提前搜来的情报，说云安古镇有两个地方写生必去——艳遇酒吧和长安客栈。

“那个学国画的助教学姐就是在云安遇到她现在的老公的，还有动画那边的一个姑娘把艳遇酒吧的一个小哥哥拐走了，据说那个驻场歌手还去苏城定居了。”周游信誓旦旦，把自己和孟听枝的身份证叠在一起，交上去，“枝枝，这里真的有爱情！”

孟听枝问：“你不要周游世界了？”

周游唰一下就害羞起来，拍孟听枝嗔道：“哎呀，八字没一撇的事，我打算如果在云安没有艳遇，就去 TLu 找他！”

“合着还是你的备胎。”

“哎呀，枝枝——”

就在周游打打闹闹那会儿，孟听枝猛然看见了程濯。

酒店临湖，露台和大厅隔着一大片玻璃，偏偏在她的视线角度里，可以看见他坐在古色古香的茶椅上，旁边有个女琴师在弹古筝。

琴音铮铮，他喝着茶，望来一眼，淡淡瞧着孟听枝惊怔的眼底喜色一点点扩大。他也眼底含笑，唇舌回味着金骏眉的甘。

在高山流水的禅意里，他凭空出现，像山水间一尊神佛，引得孟听枝丢下一切去朝拜。

两人间，无数人来来往往。

前厅里的大批学生领了房卡，陆陆续续拖着行李箱上楼，孟听枝把行李箱往周游身边急急推一下："周游，你帮我看一下。"

她满怀欣喜跑过去："你怎么会在这儿啊？"

说完，她才发现程濯对面还坐着一个男人，三十出头的样子，穿休闲装也难掩贵气，像从高尔夫球场出来的商务精英。

男人看向孟听枝，顿了顿，朝程濯确认："这是……美院那位？"

程濯颔首说："孟听枝。"说完，他为孟听枝介绍那个男人，"贺孝峥，我朋友。"

"贺先生，你好。"

"久仰芳名。"贺孝峥弯唇回应，很规矩客气，是笑也疏离的一个人。

程濯拍了拍身边的空座，问她怎么过来的，她如实回答是学校安排的大巴，他就说："那还站着，不累？"

孟听枝挪两步过去坐下，旁边服务生上前给她倒茶。

甘醇茶香闻起来提神醒脑，孟听枝也是真的渴了，捏起紫砂杯，茶水刚碰到嘴，她猝不及防抖了一下。

程濯提醒已经迟了："小心烫。"吩咐人倒一杯冰滴茶来，又问她烫到没有。

孟听枝总觉得对面那位贺先生看她的目光有深意，她摇了摇头，接过另一杯茶。用瓷盏盛，宽口细底，很秀气，杯壁沁凉，茶汤褐绿纯净。

孟听枝不知道这茶是今天程濯才收到的礼，等老师傅来过冰处理，老半天才滴足了一杯，就在她手上。

这是第一口鲜。

她喝完冰滴茶，对面的贺孝峥忽然问："孟小姐，味道怎么样？"

她望望程濯："挺好喝的，就是有点苦。"

两个男人都笑了。

贺孝峥没坐一会儿就要走，刚刚跟程濯聊的是度假酒店升级的事，这不是件小买卖，这一趟他不似程濯悠闲，一堆事要忙。

等人走了，孟听枝收回打量贺孝峥的视线。

这人相貌不俗，是她在程濯身边看过的最有生意气息的人。徐格的夜场生意做得再好，也透着一股玩物丧志的颓靡，钱作纸烧，才算锦上添花。贺孝峥不是，那是一看就联想到日进斗金的精明干练。

“你怎么会在这儿啊？”

程濯扫了一眼贺孝峥刚刚坐过的位置，他散漫，又不显得不正经，既不像徐格，也不像贺孝峥。

“工作。”

孟听枝认真扫过他身上的净版的黑 T 恤，以及灰色运动裤，有谁会这样工作？倒像是在酒店睡了一觉刚起来透透气。

她研究似的得出结论：“可是你不像。”

程濯揉了揉额角，被她的直白怼笑了：“孟听枝，你怎么回事儿啊，不仅记仇还抬杠？”

“我哪有。”

他把人揽近一点，伸手捏了捏她后颈，声线低沉地打断她：“非得说是追着你过来的？”

孟听枝怔住，一双杏眼圆圆：“真的？”

“假的。”他正色说，“就是过来监督你写作业。”

孟听枝更开心了，忽然探头小心谨慎地往四周瞧，除了那位女琴师，不远处还有一桌客人在聊天。

程濯看她窥探敌情的样子，猜测道：“这回又要问可不可以干什么，什么歹念？”

歹念？孟听枝立马想起上次在 TLu 索吻，他说自己是小流氓。从来没有人这么狎昵地喊过她，她的面皮一下就充了血似的红了。

程濯眼梢笑意更盛。

她别着头，他非凑过来要看她：“我看看，怎么不说话就脸红了，耳朵也红了，心里想什么呢孟听枝？”

孟听枝躲躲让让，他用不轻不重的力锁着她的腕。两人默默较劲，最后，孟听枝体力不支地歪进他怀里。

冷冷淡淡的黄桷兰香气兜头扑来，他胸腔里鲜活的振动，无一遗漏地被孟听枝感知到。她整个人怔愣住，静在胡闹的状态中，手腕搭他肩头，手指虚虚停在空气里，一动不动，好像他是一个巨美好的肥皂泡，只要她再贪得无厌地触碰下去，只要再一点点，他就会“砰”的一声原地消失。

他抱着她，忽然问：“满意了？”

孟听枝微僵的脖子扭了一下，这才回过神来，跟他拉开几寸距离：“你明明什么都知道。”

她想干什么，她有多喜欢他，他都知道。情感对弈如果分段位，她完全是被碾压的一方。

她一委屈起来好了不得，安安静静就叫人自省是不是过分使坏，程濯揉揉她温热的粉白耳郭，声线低柔得像在哄人：“什么都知道，让你得逞了，这还不好？”

孟听枝慢一拍说“好”，然后顺着他的话问：“那你每次都让？”

她不知道自己侧着脸看人的样子，防备又娇气，招人欺负，又更招人哄。

他唇角勾起，心甘情愿地吐了个字：“让。”

孟听枝立马满足又开心，重新扑过去，手臂圈住他的脖子，柔净脸蛋贴在他颈窝里轻轻蹭，像那种还不熟练撒娇的小猫。

“程濯。”

他轻轻应一声。

孟听枝的手指顺着他肩背的肌理摩挲，一路摸到他的蝴蝶骨。

男人的背很敏感，她刚刚摸来摸去，让他后背一阵酥痒，他玩笑说：“干什么，点我穴？”

她理直气壮地回应：“嗯，死穴。”

他闷沉地笑了一笑，气音从孟听枝耳膜酥痒地划过，近在咫尺，又像是从很远的地方传来的，她等这个声音很久很久了。

湖对岸是古镇石桥，风景如画。她下巴搭在他肩上，闻着他身上那股灰烬一般的清冷木香，依靠的姿态像小船栖息在港湾，在看风景，又像在放空发呆。

明明该知足了，可偏偏生出更大的贪心。

她趴着一动不动，跟睡着了似的，程濯也由着她，就当身上多了个挂件，毫无妨碍地看屏幕里新进的消息。

直到桌上孟听枝的手机倏然振动。

程濯的视力好，瞥一眼，一目十行，看到一个备注叫周游发来的内容。

周游：枝枝，你行李我帮你放大堂了，我给你提上楼，万一你晚上要跟他睡一块，来回搬箱子不折腾吗？你记得去拿啊。我说我难受去找医院了，你陪我，下午集合你也不用过来了，嘿嘿，我贴心吧？

跟他睡一块……那五个字就跟连成一根棒子，一下打在孟听枝的脑仁上似的。

程濯颇为欣赏地朝孟听枝点点头："你朋友还挺贴心的。"

孟听枝窘死了，手指飞快地回复——

孟听枝：我知道了。

然后她急忙起身，窘得面色涨红，胡乱找着一个理由就要遁走："那个，我，我先去拿行李。"

程濯一把抓住她手腕："我去拿，你不知道我房号。"

"不跟你住。"孟听枝脸色涨红，手指挣着，像小鱼似的一只只从他手心里溜走。

她为难地说："真的不行，我们晚上要集合点名的……"

他看着她，面色一动不动。哦，原来她还考虑过，只是条件不允许。

孟听枝硬着头皮又补充："晚一点？点完名，等同学散了再去找你行不行？"

程濯挑眉：“我还见不得光？”

她连玩笑都无法分辨，愣怔后说：“那你想怎么样？怎么样都听你的行不行？”

程濯也没想到她会是这个反应，就像生日那天她在车上说“以后帮你看牌”，不知道她哪来的小心翼翼，让人瞧着很不忍心。

他就又后悔这么逗她了：“你坐那边，我们聊聊。”

“嗯？聊什么？”孟听枝坐过去，人都没坐实，表情懵懵懂懂的。

他问得直白：“我不是对你挺好的，你怕我啊？”

如果近情情怯也是一种怕的话，那她太怕他了。

“我怕……做了什么让你不喜欢。”

程濯咬字清晰地说：“想象不到。”

孟听枝手指攥紧沙发软垫：“什么意思？”

湖上有风吹来。程濯从远景里收回目光，转而看向孟听枝，解释说：“想象不到你做了什么，就能让我不喜欢了。”

程濯当时没说的还有一句——也想象不到你是做了什么就让我喜欢了。

当天晚上，孟听枝真在点名后跑到顶层的套房去了。

她按了门铃，轻轻软软地说：“程先生晚上好，客房服务。”

程濯打开门，没看见餐车，目光颇有意味地看着孟听枝，靠在门框上，微弯身：“什么服务？”

她是真生手，一下就撑不住了，拉他睡袍衣角晃着，一副任人欺负的小软包模样，胆大地往他房间里溜，又像笃定他不会欺负她。

“就……就都可以，都听你的。”

程濯自认为自制力不错，不沉迷声色，酒色场合抽身自如，但孟听枝有很多撩人不自知的时刻，让人喉头一滚，燥得不行。

他看透她，拿捏她，那只是表面的胜负；她不知道他有多迷恋她，那才是真正的输赢。

鬼使神差在佛寺树下回头看了她的颈子，到今日他才得偿所愿，用唇舌欺上。

她推他："轻一点，不要留那个……"

"哪个？"他明知故问地笑着，把人抱起来，往卧室方向走。

"……小草莓。"她陷进柔软床铺，又朝他弹了一下，粉白膝盖蹭在他长裤上，声音绵得人耳朵很痒。

程濯真没弄上痕迹，也没碰她，只是亲了她很久。亲够了，两个人就躺在床上抵着额，他的胳膊被她枕着，手指在她脑后玩她的头发。

孟听枝心跳如擂，怕是自己哪里做得不对扫了兴。她不知道怎么停了，但的确，再往后一点，她都不会了。

她的心脏仿佛是一块失去记忆性的海绵，被人一把攥紧，之后松开，久久不能恢复原样。

他身上那件短衫的料子很软，浸着独属于他的清洌气息，她用手指勾着扯两下，声音团在他胸口处。

"怎么了？"

程濯把她的脸捧起来，纳闷地细瞧："孟听枝，我是不是欠你什么，怎么老是可怜巴巴地看着我？"

孟听枝躲开视线，不知道解释什么，最后也不怕坐实自己记仇的罪名了："你就是欠我，你害我多了二十张速写作业，你要赔，给我当模特。"

她很瘦，可胳膊、腰、腿，哪儿哪儿都是软的。

程濯抱她都不敢太用力，像不注意力道就会碰碎的泥娃娃。

"行啊，不过脱衣服的那种，要另外收费。"

孟听枝闻言一笑，假模假式地去扒拉他胸口的衣料，很款爷地说："收费就收费，我有钱！"

他也笑起来，翻身把她压在身下，勾着她的衣服下摆往上撩："是吗？多有钱？我能不能先尝点收费甜头？"

肚皮上有冷风，她呼吸重了，感觉到有滚烫的吻落下来，脊背倏然一僵。

程濯哄着她："放轻松，你不喜欢，我就停。"

知道她明天还有学校的采风行程，早上七点半就要坐大巴去景点，程濯没多留她，在房里闹了一会儿，带她去楼下吃了点夜宵。

孟听枝从出程濯房间门开始，就开始四下张望。

进了电梯，程濯朝下撇眼看她那副紧张样子："孟听枝。"

"嗯？"

他单手拿手机，敛眸把失望演了个十成十："我就那么见不得人？"

孟听枝自然是怕的。这家酒店住了几十个她的同学和老师。她虽然在美院两派美女中没有一席之地，但是她从大一单身到大三结束，也算是在他们专业寡得尽人皆知。

深夜跟男人亲密夜宵，她有十张嘴也说不清；更重要的是，有些梦，她一个人做就好了，她知道自己跟他并不是适合公之于众的关系。

她晃晃程濯的手，然后把手机屏幕怼到他眼前，是一个问题页面——怎么哄长得好看的男生？

下面答案有一二三。

孟听枝凑近问："你喜欢哪种哄法？"

头两天，学校的采风任务很紧凑，半天去一个景点，大巴短途转车，中午都只给一个小时吃饭休息，基本没有自由活动的时间。

周游挑着难以下咽的菜，骂骂咧咧："到底是赶牲口还是采风？老是催催催。"

孟听枝她们宿舍四个女生，只有她跟周游是苏城人。

大三选了导师，黄婷这趟跟隔壁宿舍同导师的女生打得火热。

另一个女生叫孙淑淑，对象是同班的，这会儿才从男朋友那儿过来，给她们带了两杯果汁。

用餐大厅玻璃无任何挡光设施，她们吃饭都像暴晒在大太阳底下。

孙淑淑问孟听枝借了防晒霜，一边涂手臂一边说："听说这么赶是因为后两天要下大雨，可能是怕到时耽误进度。”

周游的家境很好，开学是保姆跟过来铺的床铺。能花钱解决的事她绝不自己动手，这份苦，也就学校能让她受。

“烦死了，还不如我们自己出来玩，抠抠搜搜，美院为什么这么穷，钱呢？不是说上次还有个大老板给美院捐款了吗？叫什么资本来着？”

孙淑淑接话：“你说正睿资本啊？跟我们关系不大，好像是捐给美院的艺术公社的，要给哪个女画家办回忆展。”

周游靠在孟听枝肩头嘀咕，怨声怨气：“那就不能也捐点给我们这些祖国的花朵？”

孟听枝笑起来，孙淑淑朝后排一指说：“花朵们都晒蔫了。”

临到傍晚，孟听枝跟周游收了画架回去。

酒店提供了一个有投影仪的小展厅，给美院老师讲作业，现交现批，不少人被陈教授骂得狗血淋头。

作业过关的今晚可以自由活动。周游松了一口气，她自己的作业估计够呛，好在今天是小组作业，沾了孟听枝的光。她搂着孟听枝往她脸上亲，说“枝枝万岁”，之后洗澡都唱起歌来。

云安古镇的旅游区很大。老建筑翻新扩建，细细长街，红灯盏盏朝黑暗里延伸，手工铺子里掌着老旧黄灯。明明是统一进货的小饰品，在这番灯色下，都有几分古意幽微。

孟听枝戴着一串红色的猫眼石手链，晃一晃，小铃铛叮当叮当，暗红色将手腕衬得细白如雪。

周游拿起一串蓝色的戴：“两个一起，多少钱？”

穿汉服的年轻老板娘摇着团扇：“算你便宜，一百八。”

周游皱起鼻子：“这还便宜啊。”

孟听枝越看链子越喜欢，扫码付了钱，弯着眼睛说：“难得喜欢嘛，我送你呀。”

“女菩萨。”周游勾孟听枝的肩，转过身来，歪歪嘴小声说，“好歹砍砍价啊，你看老板娘笑得多欢，今晚回去，她一写日记，开头一句：‘嘿嘿，遇着俩冤大头了，女大学生的钱真好赚。’”

孟听枝听着周游念经，两人避着来往游客往前走。

周游忽然看见什么，声音一抬，手兴奋地指着：“哎，前面卖梅干菜饼，吃饼吗枝枝？”

那饼比孟听枝脸还大，咬起来有点费劲。

从饼摊没走远，她们就被人当街拦住。

一个别校摄影系的男生，胸前挂着相机激动追来，说孟听枝刚刚拿着饼从灯影下走来的样子很惊艳，想邀请她当模特。

她今天穿了一身杏色的亚麻吊带裙，民族风，裙摆阔，绣着一圈不规则暗红墨绿的缠枝花，梳了一天的马尾松松垮垮起了毛边，更显得天然纯粹。

她不像游客，像在这种古镇土生土长的灵气少女，瞳孔净软，像在生人如织里迷了方向。

那男生在贿赂完周游后，如愿给孟听枝拍了一组照片。

孟听枝不太会摆姿势，但那人嘴甜，单眯眼在镜头后，不停说：“好看，好看！刚刚那个笑，哎哎哎，就这样，好看！”

孟听枝被他复读机似的话逗笑了。

拍完照片，两人顺其自然加了微信，男生说弄好后发给她。

周游挤眉弄眼，咋舌感叹：“现在搭讪也要有门手艺傍身了，宝玉哥哥过时了，不能光说‘这个妹妹我见过的’。”

孟听枝莞尔，无意一抬头，人愣住。

程濯坐在长安客栈二楼。

飞檐下一串红色圆灯，三层小楼依着一棵遮天蔽日的苍郁刺槐。

微光，树影，茶雾，他身处其中，松松捏着青花瓷的小盏，瑕玉似的慵懒，叫人六识相通，隔着半条街恍然闻到铺子里药茶的味道，清润又矜涩。

八仙桌桌边还有其他人，那天的贺孝峥也在。

旁人谈天说地，程濯剥着松子，自己不吃，喂鸟喂得勤。他垂眼看见楼下的孟听枝，淡淡笑了一下，凛凛皎月似的好看。

孟听枝抬起拿饼的胳膊，另一只手伸出两个手指在胳膊上比着走路的姿势。

程濯点头。

贺孝峥和人说完新地开发的事，也朝灯火簇拥的闹市上看，看见那天的美院小姑娘梳着毛茸茸的马尾，在耳边比了比打电话的手势，然后跟朋友手挽手朝更热闹的地方走去。

贺孝峥说："挺有意思。"

二楼人散尽了，程濯招来客栈的服务生拿一个密封盒来，问着："怎么样？"

今天见的是几个意向投资人，聊明年云安古镇周边开发的招标事项，程濯赏脸作陪。

说实话，他这趟肯来云安都够让这些人感到意外。他回国后没沾家里的生意，一直闲着，倒是贺孝峥跟程濯堂姐婚期将近，参与的程家生意越来越多。

贺孝峥笑笑："见钱都想捞，见事都想躲。"

程濯轻巧拨开一个开心果，"咚"一声放进塑料盒子里，会意一笑，说："缺点儿意思。"

客栈的自酿酒度数不低，果味浓，酒味很淡，不留意就会贪杯过多。

这帮老骨头难啃是意料之中，贺孝峥头疼地说："估计还是要回苏城折腾。"

那盒青白相间的开心果仁最后到了孟听枝手上，程濯只说是从客栈打包的，没说自己亲手剥的事。

窗外是从中午就在下的雨，淅淅沥沥，一直没停，远处的湖面一片凌乱涟漪。

这几天采风进程被耽误，学业轻松。她晚上都会过来找程濯，不过夜，待一会儿就走，或者陪他吃两口夜宵。

孟听枝印象里的年轻男人，像学校的男生，在食堂吃饭，食量很大，风卷残云似的。但程濯不是，再好的厨子上一桌菜，他挑挑拣拣也就吃几口，孟听枝都怀疑他那么高的个子都在靠什么支撑日常消耗。

露水？

夏秋交叠，这天晚上起了狂风，酒店外树林里摧枯拉朽地响着，很快电闪雷鸣，下了暴雨。雨滴“咣当咣当”敲在木窗上，好像玻璃随时都要碎裂。时不时一个裂天惊雷窜进房里，划亮天花板，亮得骇人。

孟听枝躺都没法儿躺，翻出手机，发微信问周游什么时候回来。

可能艳遇酒吧那边很热闹，等了十分钟都不见人回复消息。雷还在打，一下接一下。

学校定的是双人标间，在底层，这会儿早过了点名的时间，走廊里静悄悄的，孟听枝睡衣都没换，趿着软布拖鞋往电梯处跑，去了十二层。

按了门铃没人，程濯不在。她拢了拢手臂，靠在门上给程濯发消息。

他回复很快——

程濯：等我一会儿，去问前台要房卡开门。

没过多久，程濯就回来了。

酒店大厅的应急灯通通亮起淡淡的光。

有不少穿睡衣的房客，聚在一起吵吵嚷嚷，因为忽然停电，都来问酒店要个说法。

接待的大堂经理走在程濯身前，朝后打着手电筒，诚惶诚恐地提前预告：“程先生，电梯停运了，现在还在修，您得自己走上十二楼。”

程濯眼波极淡的眸略略一瞥他，觉得他的表情有点熟悉：“这么怕我？我吃人？”

那人讪讪笑着："不是，怕您受累。"

抬举奉承的话听多了没感觉，程濯进了黑暗的楼道："人安排好了？"

"安排好了，孟小姐的室友去了镇上酒吧，人还没回来；外头打雷，孟小姐估计一个人在房里害怕，就找到十二楼去了。"

路过窗口，程濯朝外望了一眼，夜雨滂沱，古镇的灯火都显得飘摇单薄。

"停电，怎么回事儿？"

"之前打雷，在修，就快好了。"

房间里是暗的，暴雨后有股冷潮气。在玄关处脱了鞋，电刚停不久，冷气还足，程濯边解衬衫边往卧室去。

雪白被子里隆起一团，蒙着头脸。

他没往床边去，坐在沙发上慢条斯理地喝水，只瞧着被子里的动静，忽然发笑："孟听枝。"

被子边沿慢慢露出一张小脸，朝声源看来。

她皮肤白，这会儿五官分辨不清，只觉得那块忽然亮了，月色霜华一样的柔软光蕴。

程濯靠着沙发，散漫地解衣，衬衫敞得只剩几粒扣子。

孟听枝下了床，光脚走过去，不小心磕了茶几角一下。

"啊——"她吃痛惊叫，直接踉跄到程濯跟前。他伸手扶她，之后就没再松开手，反而把人往自己怀里拉。

孟听枝顺着力坐到他腿上，一凑近就闻到了淡淡的酒气和女人的香水味，很妩媚的玫瑰调。

凉飕飕的小腿上，有滚烫的掌心在移动。

程濯声音贴在她耳边，气音在晦暗里空空寂寂似的暧昧："刚刚磕到哪儿了？"

孟听枝只觉得耳边一阵酥痒的热，撇开一点脸，将手别到身后去抓他的手，握他的腕，牵引着，往自己刚刚磕到的膝盖下方放。

"这里。"

拇指沾了溽热酒气，心随意动地刮了刮那寸许的细腻皮肤，完好无损，皮没破，可能是磕青了，这会儿停电也看不清。

他忽然使坏似的用力一按，孟听枝应激地朝上弹，下意识地想躲，被他不动声色地按住。

秀致的眉蹙起，孟听枝将额头抵在他肩上，弱声抱怨："好痛。"

纤细的脚踝被抓住，让她痛的那人没费半点力将她往前一拖，她刚缩了半截的小腿又回到了原位。两人又重新紧贴在一起，这一次甚至贴得更近。

孟听枝顿时脊柱发麻，一股热气冲上脑顶，立马连呼吸都克制地轻了再轻。

"像个鹌鹑。"

他察觉她的僵硬，胸腔里低低哼笑了声，大手从她白皙的后颈往下，遇到叠起的衣料，便把她蹭翻的睡裙角往下拉，仔细地捋平褶皱，将她完好地裹住。

隔着衣服，程濯轻轻拍了拍她："不闹你。明天早上还是七点半去集训？"

"嗯。"

"去哪儿？"

"木雕楼和潭西书院。"

过了好一会儿，她浑身的紧张才松懈下来。

程濯又轻轻揉了揉她的后脑，手指顺她的发："孟听枝，你聪明点。"

孟听枝抱着他摇头。

他衣襟上那股玫瑰调的香水味无孔不入，她闻着有点难受，却怯怯着没胆子生气，但唱反调的本事还有点儿，手指轻攥着他的衣服，嗫嚅着说："我都笨死了……"

好像在求他，她都这么笨，能不能不要再欺负她了？

他抚着她后背的那只手，移到她脸颊上，房间里的灯忽然回跳，一瞬的光明又极快消失，像流星擦过一样。

她朝他侧脸纯情地亲了一下，便搂住他的脖子，一句话也不说地靠着他。他轻轻地动，摸来打火机和烟盒。

他把夹烟的那只手搁得远些，一侧头，唇就不偏不倚地贴在她耳边，问：“呛不呛？”

小姑娘的脸埋在他脖颈间，摇了摇头。

室内灯光回跳一下，霎时，走廊传来人声和脚步声。孟听枝知道，风雨止住，是电要来了。她更明白，有些事不能也不适合挑破讲明，灯光大亮之下哪会有什么旖旎滋生，暗夜花不适合在烈阳下赏。

她是不够聪明，也没那么笨。

这晚，有周游内应，也过了点名时间，孟听枝就没有回去。套房里还有别的房间，程濯让她挑一间睡。

第二天早上，程濯刚一醒来，就听到阳台位置有搓洗声。

他连短衫都没套，简单洗漱后睡意还没全散，眼眸微有惺忪，裸着白皙精壮的上身，往阳台去。

盥洗池里续了一半水，他昨晚那件衬衫浸在一片泡沫里，孟听枝吃力地搓着，像是洗了一阵子，手指都有点红。

程濯瞧着新鲜又好笑，环臂往阳台门框上一靠：“一大早就洗衣服，哪来的贤惠？”

孟听枝垂下头，拧一下衣服，展开凑到鼻子前闻，那股玫瑰精油的香终于被干净的洗剂味道压了下去。

“我做梦了……你衬衫上有别人的香水味，”孟听枝转头委屈地看他，“真有。”

程濯完全不拿这当回事，连表情都没一丝一毫的波澜，眼皮懒懒敛着，揉两下还睡意蒙眬，自己幸自己的灾，乐自己的祸：“哦，那我完蛋了。”

孟听枝一副被欺负到没话说的样子，不理人了，把水流开到最大，用力搓衬衣。

“生气了？”

他没穿上衣，宽肩窄腰，不过分锻炼身体的肌肉线条很赏心悦目，从身后严丝合缝地贴上来，手臂亲昵地环过孟听枝的腰。

她整个背上都是热的。那热度像烧到脑子里了，根本拿不准自己能用什么身份问。如果是普通的校园恋爱，男朋友身上沾了别的女人的香水味，那能大吵特吵，周游就是因为这个跟前男友干脆地说了拜拜。

可她跟程濯不是。

他们都已经那么亲密了，但亲密就只是亲密，远没有知根知底、心意相通那么深刻具体，亲密，仅仅是一条需要用自知去维护的安全线。

压抑的憋屈，几乎要在梦醒后把她吞没。

“不是……”她犯难地措辞，企图用一种寻常的口吻问，“她是谁啊？跟你关系很好吗？”

程濯用眉梢蹭了蹭她的脸。

她洗漱过，无妆，脸蛋干净又柔软，触感很好。

她垂头的动作，让后颈的小巧秀隽的骨头凸出来，泠泠似玉石，瘦得让人生怜。

程濯兴由心起地低下头，细密地吻了吻，薄唇干燥滚烫，未醒透的嗓子沙哑磁性地喃着：“不知道，谁啊，我之后去问问。”

之后程濯洗漱，孟听枝去阳台上抖开衬衫，用衣架撑起，理好皱褶，挂在阳光下。

这是采风的倒数第二天。

暑假期间，学校并不强制他们回去，返校自愿填表。

周游此行无艳遇，急着回去找施杰，抱着平板写了一个“是”，又用胳膊肘戳戳孟听枝。

“枝枝你回吗？你是不是要跟程公子一块儿？他什么时候走？”

孟听枝走神过头，跟没听到似的。她没谈过恋爱，这会儿憋不住要问周游恋爱经验。

“周游，你说如果男人敷衍你，是不是就不要太计较了？”

周游初恋谈得也跟玩似的，她想了想，很有大小姐性子地说：

"我是可以不计较啊，但我为啥要一个敷衍我的男人？我缺男人？"

孟听枝叹气，后悔问她了。

要问那趟云安之行孟听枝最大的收获是什么，她大概会说，是对程濯有了更深入的了解。

他这个人竟然真的不撒谎。他说不知道是真的，他说去问问也是真的。

自愿表格上孟听枝最终填了"否"。

周游的话可能有道理，但对她而言毫无参考价值。谁会缺男人呢？她又不是没有人追，只是除了程濯，她再也没对任何人动过心。

下午酒店大厅动静很大，万向轮的声音密密匝匝，一大波学生拖着行李箱离开。

孟听枝这两天跑景点有点累，弄完学校布置的采风报告，回房间补了一觉，一直睡到天擦黑。

醒来的时候，昏黄暮色透过窗户充斥整个房间，奶油似的橘光铺在床尾，床头手机嗡嗡振动。

她迷迷糊糊地接起程濯的电话。程濯问她睡够了没有，吃饭了没有，同学走了没有。

孟听枝坐在床铺上一一作答。

"晚上带你出来玩。"

那是离云安主镇区三十多公里的云城，高楼霓虹，让刚刚脱离古镇飞檐红灯的孟听枝怔怔地看着车窗外，有种古今穿梭的不真实。

程濯不在车上，来接她的是个本地司机。目的地是一个会所，门脸不同，跟柏莘又有点异曲同工之妙。这种不真实感在她踩上会所地毯时还在延续。

门厅迎她的服务生领着路带她往楼上走。

包厢门还没开，孟听枝就听见多个女人的笑闹声，是那种只有在男人面前才会故意表现出来的巧笑倩兮。

门侍推开门后，伸手请她进去。

她眼里立刻浮起提前准备好的忍辱负重，她甚至在想那个早上是不是自己太放肆了，有些后悔耍什么小聪明，她有什么资格介意？彼此心知肚明的暧昧，他几时说过她是可以随便吃醋的女朋友？

可是，所以呢？她逾越了舒适线，他就真要拿点事出来敲打她一下？甚至要她当面看，瞧她受不受得住？

那种百转千回里，忧心忡忡，懊悔深深，也难过忐忑地想着，她和程濯可能也就到此为止了吧，本就山南水北的两个人，能再遇到都不容易，一点缘分怎么经得起折腾。

她绷住嘴角最后一点体面笑容，走了进去。

灯光昏昧，沙发上就坐着三个男人，程濯、贺孝峥，还有不知道什么时候来云安的徐格。

程濯第一个看到她，没说话，转头跟身边的徐格挑了挑眉说："猜得准不准？"

徐格看着孟听枝的表情，惊服于程濯的预测，翻出皮夹的十张纸钞递出去，奉上大拇指："濯哥哥厉害！"

孟听枝一头雾水，完全不知道现在自己处在一个什么位置上。

程濯走过来，把那十张钞卷一卷，厚厚一沓钞票塞到她柔软的心手里："刚赢的，赢了就是你的。"

她懵懂地望着，还来不及问他们打了什么赌，就被程濯推了一下。

"不知道你在我衣服上闻到什么味道，去闻闻，把人逮出来罚三杯，害我们枝枝一大早就爬起来洗衣服。"

微微踉跄一步，孟听枝站稳回头。

他从来都是喊全名，"孟听枝"这三个字，总被他喊得有种逗弄感，头一次听他喊自己"枝枝"。

"我们枝枝"，宠得人心酥。

孟听枝一时回不过神来，眨着长睫，糯糯说："我……也不记得了。"

他浸在光里，修长白皙的拇指与食指松松捏着杯子，无名指揉着眉梢，笑声里透着一股子纵容："那完蛋，衣服白洗了，气也白生了。”

孟听枝抿着唇，一汪才经历忐忑的心海仿佛被灌满了糖水，盈实甜蜜，太熨帖了。

包厢里其他人都在看着。徐格看热闹不嫌事大，还替孟听枝打听，问是谁惹孟听枝生气了。

靠社交吃饭的交际花们开起玩笑都比寻常人更会，当即就笑着打趣说：“我看孟小姐不像生气，倒像是吃醋了。”

“是吧，我也觉得是吃醋。”

一个两个都这么说，孟听枝急坏了，往程濯身边走，忙说着：“我，我没有！”

“我们枝枝说没有就是没有。”程濯顺着她说，说完凑近她，“我闻闻醋味酸不酸？”

没在会所久待，他们逛回了云安。

古镇夜晚还是日复一日的热闹，孟听枝在这儿待了十天，这样的灯火和喧嚣几乎是复制。小摊上买走一只香包，客人走后不久，店主就会补一只一模一样的上来。

跟程濯牵手走在闹市里，孟听枝心头有一股久久不能消弭的热。她脑子里一遍遍回想刚刚的场景，依旧震惊于她随口一句话，他都会放在心上。

路过一家水果店，夏天水果不易存，迎面夜风有种甜腐的香，灯源冷白。

程濯侧过脸，眼神几乎洞穿她一路的沉默：“想问什么？”

孟听枝先一愣，然后慢慢摇头，露出一个温温软软的笑：“没。”

旁边有装货的拉车经过，程濯揽了她一把她才没有被撞到：“怎么都不看路？”

孟听枝望着他说：“我光顾着看你了，我一直都在看你。”

千山万水，时隔经年，无几分敢言道。

这一刻，她已经很知足了。

离开云安那天也下了雨，路面潮湿，有点暑气将退的降温趋势。

孟听枝和程濯坐飞机回的苏城。

车子停在小广场，推开门就是文人铜像。他应该是很多年没有来这里了，目光看向远处古老又熟悉的秀山亭，转回来，话音里都有了一点惊讶和感慨："你家住这一带？"

孟听枝从司机手里接过箱子，也朝秀山亭看去。

他们有着相似的回忆，但回忆重叠的部分少之又少，甚至他一点也不记得了。

山水跋涉，这个人是怎么兜兜转转再出现在她的世界里的，如今想来都有些如梦似幻。

孟听枝重新拉开车门。

程濯目光松散地朝四周看，以为她落了什么东西，一转头，两人唇角相触。

她停了两秒，正要将这个告别吻结束，后脑忽然有一股力将她不容反抗地朝他压去。

被他深深吻过，才松开。

"占便宜要这样才够本。"

孟听枝眼神迷蒙着，听到这话才徐徐清明过来，将他一推，人慌忙回到车外，红着脸，声音糯得不行，怪声受教道："程老师果然是资本家。"

程濯很意外这评价，勾手指的动作危险十足："来，过来说。"

孟听枝哪敢啊，拽着小箱子，打着小伞跑掉了，活泼得像一只丛林逃生的小鹿。

目送她拐弯消失，车子迟迟没有开走，来机场接机的是程濯的助理邓锐，这会儿隐形人一般坐在副驾驶等程濯发话。

好半天，后座传来男人质感清越、带着回忆意味的声音。

"我高中就在这儿读的，每天早上家里的车子都要停在小广场。看到前头那条长街没有，必经之路，秀山亭有三个门洞，旁边有个连锁网咖，十四中的学生很喜欢逃课到这里玩儿。"

邓锐接上话：“您那会儿也逃课约会？”

程濯拆了盒烟，动作慢条斯理，叫人看不出来他其实已经忍了很久了。

他在云安的房间里抽，自己没感觉，孟听枝闻了忍不住咳，咳声低且克制，分明呛烟，偏说只是有点感冒了。他点点头，没有戳穿，却去灭了烟蒂，抽烟的欲望无形中淡了不少。

此时点了火，烟气弥散在他的话音里，阴雨天里，有几分缱绻。

“逃课有，约会倒算不上。”

邓锐从后车镜里看，男人眉骨冷峻，桃花眼冷淡微挑，依稀可见那种顽劣不羁的少年气质。

“您高中应该很多人追。”

“也不太……”他回忆着，“那时候，有乔落在，她那会儿还挺挡桃花的。”

邓锐说：“也是，乔小姐太漂亮了。”

程濯吐了口烟，轻声嗤笑：“也就这一个拿得出手的优点。”

这话邓锐不敢再轻易应和，便扯开话题说：“孟小姐也漂亮。”

“她啊，她也就一般般……”程濯望着淅沥的雨，灰蒙蒙的天，脑海里是一个别别扭扭的小姑娘，心头讲不清的柔软，声音没断，“招人喜欢。”

第十章

暮偏西

八月末，大四迎来开学。

孟听枝从云安回来后，饭桌上，阮美云问过一句她之后有什么打算。

孟听枝将筷子搁在碗沿上，捧着杯子喝水。

“还没有，大四还有课的，先把课上完吧。”

课是少的，但院里的比赛很多。考研考公的，这个学期也要忙起来。原本孟听枝是打算再多参加比赛，给自己的简历再添点内容，到时候如果入不了陈教授的眼，她也想自己开个小一点的工作室。

现在什么计划都打乱了。

她从小就性子淡，比赛也好，学习也罢，除了一点天赋，更多的是因为情感匮乏的生活，内向的性格，时间不知道往哪儿打发。

可如今生活里忽然多出来一个人。

那人就像是黑白画册里忽然插入的一张彩页，即使和墨本的主题不搭，也叫人心甘情愿地把所有的内容滞后，以他为首章。

开学前，周游约着孟听枝去世腾国际中心逛了一趟街。苏城的夏天还留着一条炎热的小尾巴，商场里的靓丽秋装就已经挂得琳琅满目，两人从女装到配饰，逛了两个多小时，提了满手纸袋。

周游精疲力竭瘫靠在扶梯上，费劲地捧着奶茶嘬着吸管，两腮瘪到极致才把软糯的珍珠吸上来。她一边嚼珍珠一边抱怨TLu那个安保队长不解风情。

“他竟然说我影响他工作！在夜场上班的男人不应该很会吗？看不出来我在撩他？”

孟听枝说：“或许你直球打得太猛？”

“猛吗？不是网上说的，男人最喜欢主动的女人了吗？”周游陷入自我怀疑，想不通。

说完才发现她跟孟听枝不知不觉逛进了L牌的旗舰店，身后跟了两个穿小西装、系方领巾、正上下扫描她们着装的导购。

孟听枝选了包，照着镜子试背，最后在周游目瞪口呆的眼神里，很爽快地买下一只老花小水桶包。

出了店，周游还没缓过神，目光似扫描机器般看着孟听枝手上的袋子。

“枝枝，你中彩票啦？”

孟听枝摇头，弯起唇角：“没有啊。”

这话不太方便说，作为全宿舍唯一一个明面上的小富婆，周游在宿舍一直很注意说这些物质方面的东西。

只因为大一那会儿，有男生追黄婷，送了一只包，刚好周游也有一只，所以，周游一眼就看出黄婷手上那只是假的。

不想室友被虚情假意的男人用廉价手段骗到手，她好心提醒黄婷这男的光会花言巧语，但人不靠谱，结果导致整个宿舍气氛都挺尴尬，黄婷还反过来戗她真是有钱。

所以现在再提及这些，周游声音里都带着小心：“就是，你以前……不背这家的包啊。”

孟听枝笑容温软，坦白说：“那会儿觉得有点贵。”

这话实在，周游挠挠头也笑着：“是有点贵，不过，这家的包挺耐用的。枝枝，你是不是上个学期的比赛奖金发下来了？”

孟听枝说：“还没。”

比赛的奖金还在走程序，不过，她也不缺钱。之前大学三年，因为过淡的物欲，她也存了不小的一笔钱。被阮美云管出来的自卑，即使后来给她的生活费丰厚，她很少买贵的穿戴。

她总觉得自己不配，也不习惯去买那些价钱奢侈的东西。

但如今，一想起那个很好的人，她笑了笑说：“现在想用很好的东西。”她说完，像不好意思似的，轻咬了一下唇。

“用啊！”周游开心地推推她，像是终于找到了一个购物知己。

“唉，我在宿舍都不敢说这样的话，我就是喜欢就是想买嘛，我又不缺钱，还非得撒谎说是我妈硬塞的，蛮奇怪的。我明明花我自己的钱，还得照顾别人的感受。”

“那我们今天不照顾别人的感受，去买！”

一拍即合，周游亲昵地搂着她，笑得像朵左摇右摆的小花，彩虹屁也立马吹起来，捏着嗓子可爱道：“我们枝枝小富婆挥金如土的样子真迷人。”

我们枝枝……

孟听枝怔了一下，耳尖有点热，想起程濯也这样喊过她。

连续几天高温，苏城入夜空气夹着闷燥，丝毫没有夏末渐凉的意思。望府西京前车辆比往常多，甚至还有几个带着采访设备的记者。

孟听枝绕开门厅前的圆形花坛，进了大厅才知道今晚有个剧组的庆功宴在顶楼举行，男女主都是娱乐圈的当红明星，娱记估计是在酒店外蹲一手新闻的。

冷气扑面，大厅挑高的空间里，白檀香气古典又淡雅。

她去陈教授的工作室填了申请表，收到程濯的回复消息，就打车过来了。这间他常住的套房，房卡她有，程濯给的，但每次来她还是会按门铃。

开门的程濯身上穿着酒店浴袍，腰间带子系得松散，头发湿黑，但已经不滴水了，像是洗完之后好一阵子没打理，几绺搭在眉上，将眉眼间的疏离感无形加重。

包单挎在肩上，孟听枝透过缝隙看见房间沙发上还有一个穿小礼服的女人。呼吸瞬间一窒，她将包带死死掐紧。

就那么点距离，她目光收回，挪动起来如赘千斤沉，愣愣地移到程濯脸上。她没看到与这场景对应的心虚慌乱，自己先乱了。

她想问点什么，嘴唇微张，最后半点声音都没发出来。

程濯一直坦然与她相望，手臂自然搭到她肩上，把怔忡的她往里揽，声音轻似哄：“先进来。”

孟听枝陷入迷茫，这场景叫她产生熟悉的退缩，那个将暮未暮的傍晚，在枕春公馆看见乔落，她也是同样的浑身抗拒僵硬，难再靠近他一步。

她不行，再喜欢他都不行！

她声音虚得像魂被抽走了：“我要不等会儿……”

“先进来。”程濯打断她，手掌加一分力，揽着她的背心，不由分说地在她身后关上了门。

孟听枝屏住一口气，看到沙发上的红裙掉肩的赵蕴如。

赵蕴如微昂下颌，把滑露几分春光的肩带提回原位，礼服修身，胸前一片雪白肌肤。

孟听枝刷过赵蕴如微博，记得她粉丝对她的赞美，说她是娱乐圈少见的瘦而不柴的身材。

她童星出道，刚成年就能破次元出演言情剧，成功转型，还收获了一波粉丝，玲珑浮凸的外形条件加分功不可没。

“还继续吗？说到哪儿了？”

程濯冷冷淡淡的声音从孟听枝头顶上方传来。

酒意作祟，小插曲后，狼狈荒唐才一一袭上心头，都不必照镜子，看着被程濯护在臂弯下的女生，赵蕴如就能意识到自己此刻像一个女妖精。

贪欲尽显，不得成全。

赵蕴如目光从孟听枝身上划过，凄凄地看向程濯，她一身的傲气清高都被男人的熟视无睹痛击零落。

这种气氛简直难以形容。

短短几秒，也叫孟听枝度日如年，搞不清楚状况，茫然的忍耐让她无意识地发抖。程濯以为她冷，手掌蹭了蹭她穿无袖裙的肩头。他本来要跟孟听枝说什么，没来得及开口，就听房门又被拍得震天响。

有门铃，偏不按，不知道来人是有多急。

孟听枝自然地推开程濯，小跑过去："我去开门。"

自以为缓解尴尬，实则她一开门，迎来另一个尴尬。

门外的乔落皱眉看了她一眼，纳闷问一句"你是谁啊"就没管她了，径直朝里大步走去。不出意料地看到赵蕴如，乔落眼底的鄙夷情绪彻底释放出来。

程濯头疼："你又来干什么？"

下沉式的套房客厅，乔落抱臂抬颔，站在略高处，目光与赵蕴如对峙，话是回答程濯的："我掐指一算，你今晚犯妖祟，来替你降妖除魔喽。"

乔落说完便朝赵蕴如走近一步，啧啧有味地打量对方。

"真是玛丽苏演多了，艺术照进现实，酒不醉人人自醉？你挺会演啊！怎么，你们赵家是立了什么家规，不勾搭程家的男人就算是辱没门楣吗？你当程濯是什么人？人家在国外什么没见过，装醉脱衣要是有用的话，轮得到你吗？你跟你姑姑比啊，还是差远了。"

赵蕴如脸色难堪到了极致。

"乔落！"程濯不想看女人吵架的场面，适时地提醒一句。

乔落无辜瞪大眼，摊摊手说："干吗？我说的是事实呀。"

乔落这喜欢正面刚的性格，是她的粉丝们粉她的一点。乔落无所谓地跟程濯说完后，忽地注意到在场的第四个人，刚刚门口见过，现在程濯手臂护在她肩上。

乔落与孟听枝对视，八卦欲直从心起，不待她问这小姐妹是谁，旁边刚被她嘲讽过的赵蕴如就淡淡讽笑着还击：“剧组杀青，刚好在这儿办宴，听说程濯今天住在这儿，我不过是顺道来看看哥哥。”

赵蕴如说得云淡风轻。

乔落进来的时候，赵蕴如礼服肩带已经提起来了，不然这会儿又能做文章。

乔落用鼻子哼了声短气，拔起声调好笑道：“哥哥？他算你哪门子哥哥？你姑姑是什么见不得光的身份心里没点数？”

赵蕴如被激到白了脸色，但她不似乔落性子急，短短几秒就能不露情绪，反倒笑问：“那你算他哪门子的妹妹呢？一边撩着纪枕星，一边又占着程濯，我哪有你会？”

“怎么了？我爱撩谁就撩谁，男未婚女未嫁，我又不像你们赵家人，撩有妇之夫。”

对峙俨然要白热化。

程濯的忍耐力已经趋近于零，多看一眼都嫌烦，随意擦了两下头发，半湿毛巾往沙发背后一扔，姿态神情都很逐客：“够了，要吵就出去吵。”

他冷起来挺吓人的，赵蕴如和乔落都怕他。

临走前，乔落还不忘八卦，终于看着孟听枝问出来：“这小姐妹是谁啊？”

程濯一副“你看我理不理你”的表情。

乔落吃瘪道：“切，我去问徐格！”

偌大空间，很快在一声门响后，安静下来。

孟听枝仍然站在原位，手指在包带上掐出两道浅浅的印记。

她看门，又看他，一副状况外的样子，只觉得脑子里一堆乱线：“要不……我也先走吧。”

程濯抓了两下湿发，抬起眼，凌乱野性：“走哪儿？”

“回家。”

“家里有事？”

她这次不敢撒谎了，摇了摇头，细声说：“没有。”

“那你过来。”他把手伸给她，掌心朝上，见她有点不为所动的硬撑，声调朝下走，示弱似的喊她一声，“孟听枝，我头疼。”

本来她心里有怨有怪，有如临大雾的茫然无措，但那只无名指微瑕的手掌朝她伸来，那瞬间，她脑袋一下就空了，浓雾退去，什么想法都散了个干净，只想握住他。

他收拢五指，没用一点劲就把孟听枝拽过来，包包从肩侧滑落，掉在地毯上。

她跨坐在他腿上，摸到他湿冷的发，手心是润的，鼻腔是冷沁的香，心房瞬间不争气地软了：“哪里疼呀？”

他好敷衍，静静盯着她的脸看，随便报了个地方。

孟听枝叹气，拿他没办法，担心他湿发再灌冷气会让情况更糟，伸手拿来毛巾搭在他头顶上轻轻揉着。

他们保持相对着互为支撑的姿态，他把她的腰抱得很紧，滚烫的额头靠在她的肩上，满脸疲惫地闭着眼说：“等我缓缓，再跟你解释。”

她没反应过来，微愣住：“解释什么？”

她瞳孔清软，怔愣的样子有点稚气。

倏然，程濯唇角弯起一抹好看的弧，一股短促热气喷在她清瘦的锁骨上，乍惊酥麻：“孟听枝，你真没脾气是吧？”

孟听枝望着他。

追溯漫长的暗恋时光，除了一眼惊艳的少年皮囊，更让她刻骨难忘的是这个人的处世态度。

十四中的竞赛班出了名的魔鬼变态，曾有多个尖子生退班时患上了不同程度的抑郁症。

竞赛班上课地点在谭馥桥的辅教中心，孟听枝见过程濯从集训班参加完月末测试出来。

那是一个阴雨天早上，晨光黯淡，檐雨如绳，他打着黑伞，神情恹恹欲睡。

屋檐下躲雨的猫蹿起来，“喵”了一声，他只看一眼，就收回淡漠的目光，毫不感兴趣，跟和朋友通宵后的状态几乎没差。

很久之后，孟听枝才能恰如其分地形容——那是一种人生过分顺遂的惫懒。

他从不是传统意义上的好学生，风度礼教里乍现的桀骜反骨，让他与众不同到时隔多年回忆起那一届的学生，旁人都有标签，他却难以形容，只能说一个“绝”字。

十四中有三大社团，除校报社之外，还有天文社和击剑社。

孟听枝为了进校报社，当时做了很多准备。

面试时间在周五放学，日暮偏西，社团活动室都在文体楼，几位高三学姐依次审稿提问。

孟听枝那时的文章仅仅停留在八百字作文的水平，为了给自己加分，在入社申请稿里她引用了不少古诗谚语。

中间的学姐情绪欠奉地看着稿子，目光往外一撇，忽然就轻咳两声，直起腰板，拿起腔调来。

“高一（12）班的孟听枝是吧，说说你对‘少壮不努力，老大徒伤悲’的理解。”

问题来得突然又莫名，她站在讲台上，神情微微僵住，也记不得当时紧张状态下自己回答了什么。

她只记得程濯从隔壁击剑社出来，停在校报社门口，偏头看进来。

“为什么会徒伤悲，不努力的时候不是快乐过吗？”

他身后，是走廊外铺天盖地的橘色霞光，浓墨重彩，映亮了少女整个乏善可陈的青春。

她和程濯，是截然不同的两种人。

从没轰轰烈烈过的人生，万事先忍，能退则退，自甘渺小，这样的女孩子很难有什么脾气，更何况在他面前。

暗恋是无声又虔诚的匍匐，她匍匐了很多年。

可他这个时候说她真没脾气，还偏食指曲着，用指骨轻戳她脸，要求道：“你生个气我看看？”

孟听枝觉得他在故意为难自己。

她先是别着头犯难，然后瞥他，心思一活络，真装起脾气来：“刚刚那赵小姐是怎么回事儿？”

“哪个？”

孟听枝支支吾吾地形容：“她那个，那个……衣服这儿，都露出来了。”

他看她磕巴的样子，忍着笑意，眉宇稍稍一凛耸，悟了似的学她：“哦，那个。”

孟听枝面上又是一热，没出声，全神贯注地等他之后的话，却见他抓起自己的手，将她食指伸出，其他手指握拳，操纵着，用她的手指把她肩上的肩带往下一拨。

他轻轻撩起眼皮，声音也轻轻的：“就这样。”一本正经，像做什么科学演示。

孟听枝问：“她是不是喜欢你？”

话音脱口的一瞬，她留了一点心机，故意没说名字，只用她，在试探，想知道程濯会下意识先解释谁。

可他一个人都没答。

宽大手掌护着孟听枝那块缺了衣料的肩头，拇指轻刮，细腻温凉，像润了水的香皂。

他漆黑的眸看着她，问题单刀直入，将她那些迂回杀得片甲不留：“那你呢？是不是喜欢我？”

她温暾的性情里有千万句迂回不认，可一往他肩窝里靠，周遭被他那股黄桷兰的木质香密不透风地包围，心就地崩山裂似的，软得稀巴烂。

“喜欢呀，你不是早就知道了。”

程濯对赵蕴如的态度，她看明白了，不然他刚才没法儿那么坦荡地叫她进来说。

“你跟乔落现在是朋友吗？”

他没注意听话里的深意，“现在”这个词是有时态暗示的。他只吻了吻她脖颈的小片皮肤，不过心地随口说着：“我发小，跟徐格一样，我们三个一起长大的。”

“哦。”

不适合继续再深问，她在房间里环视一周后，转移话题：“你吃饭了吗？”

他作息不规律，三餐时间也不定。

这会儿刚从头疼劲里缓了过来，程濯喉腔无味，没什么胃口，经不住孟听枝唠叨他胃不好，要三餐规律好好养，他才松口说，那就随便吃一点。

吹干头发后，他随手拨了几下，在平板上看酒店菜单，试着透过冷冰冰的屏幕，从一例例精致的餐食照片上唤醒一点食欲。

孟听枝进了套房的西厨倒热水，又切了一小盘桃子出来，见他还没定好吃什么，暗暗带着一股期待靠近过来，杏眼灿灿，提议说：“我刚刚看厨房冰箱里有食材，你要不要吃我做的东西？”

一刻钟后，孟听枝用靛蓝色的宽口圆碗端出一碗面。

他不吃葱，不吃香菜，所以汤面干干净净，只卧着水煮蛋和一小把嫩绿青菜。

餐区的灯光很柔，衬得那碗面色泽鲜亮，格外让人有食欲。

他想起她以前说的话——想抓住一个男人的心，先抓住一个男人的胃。

他一边慢条斯理地拉开椅子，一边略抬一下眉梢，跟她说：“以前好歹还有三菜一汤，现在就一碗挂面，孟听枝，看来你是不打算抓住我的胃了。”

孟听枝被揶揄得脸色一窘，有些哭笑不得，坐在他旁边的椅子上，托着脸。

“那个，厨房好像没有米，我怕你等太久。”她挺了一下腰，又补充说，“其实，我会很多的！以后做给你吃嘛。”

程濯吃了口面，空空的胃里有了点热息，意外地很舒服。

乌木筷子卷着细面，他抬眼轻笑：“那先报个菜名？”

她皱起鼻子，一副奶凶相。

程濯见了反而高兴：“会生气了？”

之后程濯没有再住望府西京，回了他在城北的别墅。孟听枝大四课少，又刚开学，有时间就往枕春公馆跑。她自吹会很多的厨艺，在一个月内被程濯全部检验完毕。

“孟听枝真厉害。”他连名带姓喊人，总有种说不清道不明的逗弄宠爱。

孟听枝起初除了捂脸，根本没别的招架法子，后来直接上手去捂他的嘴：“你不许说了！”

他要使全力，孟听枝哪有拿捏他的份儿，偏偏他纵容她，又故意说：“夸还不让夸？”

“你那根本不是夸。”她越说声音越低，互相折腾的动作停下来，两人视线就黏在一起。

程濯凑过来，亲了亲她，笑着说：“怎么不是夸？”

她上周末来做饭，往程濯的厨房里补了大大小小、有用没用的做菜神器。接到物流电话时，孟听枝人在礼堂听学校安排的就业宣讲会。快递一天内都陆陆续续到了，是程濯的助理帮忙收的。

程濯也是闲，回家花了半个小时拆快递，然后连视频电话跟孟听枝说：“你那些小玩具都到了，你什么时候过来玩？”

耳朵尖红红的，孟听枝对着手机，有些哭笑不得：“什么小玩具，那是正经做菜的！”

周末，孟听枝就过来了，演示小玩具怎么正经做菜。

他来了兴趣，过来巡视，看她用一个腹部空空的小黄鸭打蒜泥，敷衍又夸张地亮了亮眼神：“孟听枝好厉害啊。”

他夸人从来都不正经的。

孟听枝跟他熟了才知道，程公子生人勿近只是表面，骨子里亦正亦邪。

软嗔了他一眼，她走过去掀起锅盖，把去了蒂的整个番茄放进去，沸水咕嘟咕嘟冒着泡。

番茄还没有煮透，腰就被人从身后极亲昵地抱住。

她象征性地扭了一下：“干吗呀？”

“饿……”他折颈埋在她脖子里，一边细密吻着，另一边，手掌落在她小衫下摆的花边上。

不属于自己的体温贴着平坦小腹，孟听枝倒吸一口凉气。

那只手掌有朝上游弋的趋势。

掌温灼烫，孟听枝险些不能拿稳锅铲，想叫他停，一偏头，猝不及防被他夺去了呼吸。她喘不上气，连舌根都酸。

程濯蹭到她红透的耳背。她觉得自己快站不稳了，脑子里仅剩的安全意识只够叫手指胡乱摸索着，把明火扭小，却拦不住另一股火越烧越旺。

忽然悬空，她的脚丫子从拖鞋里滑出，人被不容抗拒地抱到另一边的流理台上。

位置偏高，孟听枝只能俯身垂发与他接吻。

她没经验，但也不想当扫兴拖后腿的那个，情到深处，便捧着他的脸，喃软地说：“程濯，不要在这里……”

两人略微分开，唇间还有水光湿意。

程濯贴心地将她长发往耳后拨弄，声音苏倦带笑，仿佛捡到一个大宝贝，拇指就一直爱不释手地蹭她粉嫩颊肉，一下接一下。她想躲也只能别着脸，根本躲不开。

“这里？孟听枝想什么呢？你可以啊。”

这又算什么夸人！孟听枝恨不得原地遁走，可现在双腿悬空，人困在他双臂间。

他就是天地，她半步也挪不了。

孟听枝整张小脸上都在烧，羞耻得要命，觉得这人坏透了：“明明是你先……”

他一把握住她推搡的手，抵在自己胸口处，要她亲自感知，他这一刻有多心潮暗涌。

“孟听枝，我的期待值有点大了。”

闻声，孟听枝咬住下唇，脚背都不由自主绷了起来。

她可以什么呢？他期待什么呢？分明正常的话，根本不能细想。

对视间，她头皮都在发麻。

她喊他的名字，那一声软得跟求饶似的。修长手指攀上睡衣最上面的纽扣，轻松解开。

他微微偏抬着锋利的下颌线，贴近她染着红晕的耳朵，沉沉地应了一声：“在呢。”

孟听枝嗓子很干。

她不敢想，如果不是好巧不巧他的电话在这时候响了，之后会在厨房发生什么。

徐格组了局，三缺一，兴致很高，电话里嚷嚷着叫程濯赶快来。

程濯没一口答应，睡衣扣子解到第二颗，问孟听枝想不想去。

孟听枝本来纳闷，他还不至于到这种事也要问她的地步吧？看到程濯暴露出的锁骨线条才恍然，他是问她要不要中断另一件事的意思。

没完没了了！

她紧紧闭眼，再睁开就慌不择路地跳下流理台。见孟听枝要跑，程濯长臂一伸，毫不费力地把蹬着细腿的小姑娘拦腰抱回来。

手机开外音放在一旁，他又把孟听枝放回台子上，一本正经地责备她：“跑什么？穿鞋。”

徐格在那头没听清。

“穿鞋？什么穿鞋？濯哥哥，是不是要穿鞋过来？那我就不约沈思源了，跟他小妈打得火热，老子都替他尴尬。”

程濯蹲在孟听枝身前，把两只拖鞋捡起来，挨个套在她脚上。

客用拖鞋她穿起来大了很多，晃荡着要掉不掉的样子，显得脚又瘦又小，小巧如玉石的脚趾头挨个弯起来，挤在一起，像什么软体动物受惊蜷缩，可爱得要命。

“濯哥哥？”徐格还在电话里问。

程濯张口就来：“孟听枝不太想去。”

徐格估计喝了酒，声音咋咋呼呼：“为什么啊，乔落生我气就算了，孟听枝怎么又不爽我了？我跟赵蕴如真就普通朋友都算不上，我真没站谁，这都什么大气性啊？濯哥哥，你就不能认识一两个知书达理的？”

程濯眼角簇着不怀好意的光。

他面相矜贵殊俊，很正派的一个人，坏起来却特别有一股恶劣的少年气，就像学生时代喜欢故意扯女生马尾，逗女生脸红的坏男生。

“孟听枝有别的——唔——”

刚把拖鞋穿好，孟听枝赶忙跳下来，伸手紧紧一捂，堵住程濯后面的声音。

她对着手机快速说：“等一下，我们马上就来。”

等到了地方，一屋子人怪他们这来得也太慢了，更夸张的，说茶水都喝干了两壶。

孟听枝立马心虚地解释：“路上有点堵车……”

程濯闷沉一笑，手搭在她后脑，揉了一把她的头发。

乔落催着：“上上上，我着急赢徐格！”

她比谁都急，前阵子通告排得满，好不容易有两天休息时间，艺人的身份框着，不能随处消遣，搓麻将就是乔落人生第二大的乐趣。

程濯把孟听枝按到椅子上，孟听枝慌了，要起来：“我不太会呀。”

因为孟辉，在阮美云的影响下，孟听枝一直视麻将为洪水猛兽。

但又因为从小被阮美云指派去棋牌室喊孟辉回家，她喊不动，孟辉倒不凶，每次都哄着“等一会儿啊枝枝，爸爸打完这局就走，快了快了”……

一局接一局，孟听枝就乖乖等，逗留着耳濡目染，苏城麻将的规则倒是一清二楚，就是没有实战经验。

程濯手臂搭在她身后的椅子上。出门前，他换了件宽松的软料白衬衫，飘逸的褶痕似掬一捧水，举手投足都是贵公子的沉慵不羁。

按规则是年纪最小的坐首庄，程濯抬手替孟听枝拨了麻将机的骰子，三四点，从对家乔落面前的牌开始抓起。

机械声、码牌声里，他声线那么亲昵地依在她耳边，安慰着孟听枝说：“没事，你随便玩，输了也没事，重要的是开心。”

孟听枝点头，抓牌出牌。

桌上，话题不知道怎么转到孟听枝之前撞坏程濯车的事。

徐格将手里的牌一捋顺，打趣着说：“今儿不是咱枝枝妹妹开车来的吧？”

程濯：“我哪舍得。”

孟听枝拿不准主意，正想牌呢，只听旁边程濯又说：“待会儿我们去徐格的车库看看，你喜欢哪辆我们就开哪辆走。”

“真的啊？”她起初那股天真单纯透着一股傻劲儿，叫程濯爱得不行，星星月亮都肯摘给她玩。

“真的。”

徐格就没见过程濯这副样子。

一个能让一群漂亮妹子来自己跟前抱怨也太不解风情的男人，有朝一日，桃花眼含笑，静静地看着一个小姑娘。那种宠爱不需要有任何肢体接触，他就光坐在小姑娘身边，就如同替她撑着场子一样的纵容。

徐格没提他的变化，想着男男女女，开开心心，也不是没有这种玩法，只不过程濯开窍比较晚、眼光比较挑就是了。

徐格这人最会顺话闹，手里拿着一张牌，合着掌，朝孟听枝拜一拜：“女菩萨，我的破车可经不起折腾。你要什么牌，我出给你碰，放过我的车就行。”

“徐格，你出息！先出一张给我碰！”乔落嫌弃死了，笑着骂道。

孟听枝不要他的牌，表情怪无辜的，没道理她撞坏一回程濯的车，所有人就都拿她当马路杀手吧。

“我有驾照的，上次只是一个失误。”

程濯帮她力证：“失误，孟听枝的车技很好。”

那倒也没有。只是一提车技，她又想起他们刚刚来迟并不是因为堵车，而是堵在厨房，吻到难分难舍。

风月厮杀里，生手是如此欢愉难熬。

锅里的番茄在沸水熏天的热气里，被煮出甜烂的汁。水收干的浓郁番茄味充斥着整个空间，程濯去关了火，睡衣搭在裸背上。

从孟听枝的角度看，皮肤白皙，宽肩窄腰。

他没转身，只问：“煮番茄干什么？”

孟听枝拖鞋又掉到地上，一正一反，纤细脚尖无力垂落，面上是一种缺氧后的红润潮气，声音也微哑：“好去皮，做番茄牛腩。”

“去皮？”他回头瞥她，又转回去，挺有兴趣地亲自动手。

煮透的番茄，外膜一扯就掉，沾了一手酸甜的汁水，他嘬了一下手指尖，唇红且湿，转头看向孟听枝，眼梢熠熠生辉，说了一句：“皮留着下回去。”

孟听枝脸上一烧，盯着他修长白皙的手指，神经紧绷如弦，最后虚虚捂住了脸。

太艳了。

麻将机自动码牌，走完程序会“嘀”一声。

孟听枝偏头猛然缩了一下脖子。

“在想什么，耳朵红成这样？”

孟听枝轻瞪他，还不都怪他。

一方面真是技术有限，另一方面频频走神，孟听枝打了四圈，实实在在是输了。

倒是一贯牌技不好的乔落，头一回赢得这么痛快。孟听枝真没想给乔落放水，但拦不住总是出乔落想要的牌。

乔落喜滋滋的，当场宣布，孟听枝就是自己的完美牌搭。

几圈下来，孟听枝人也有点困，打了一个哈欠，眼底盈了一层薄薄水雾，瞧着很恹软。

徐格今晚手气也好，孟听枝不想打了他还拦着，好听话不要钱地哄，生怕牌局散了。最后牌桌没散，程濯补了位。

孟听枝跟他换了位置，乖乖坐一旁，轻靠在他手臂上问："你厉不厉害？"

"我厉不厉害，你不清楚？"

孟听枝一时语塞，最后憋出两个字："厉害。"

程濯就着她刚刚喝剩的花茶，灌了一口，眉间随之皱起，她喜欢喝的茶虽然都不苦，但都没什么滋味。放下杯子，程濯瞥了她一眼："你说话不诚心。"

又问她要诚心了，孟听枝笑着，装夸张地崇拜："程老师好棒啊。"

"可以。"

徐格和乔落默契地对视了一眼，神色都有点反应不过来：这在玩什么情调？这能是程濯？

当时也就屈于淫威，孟听枝随口夸他的，没想到程濯后半局真翻了盘。

她打牌都犯困，就别提看人打牌了，很快就在小沙发上睡去。

大四上学期那半年，孟听枝除了牌技小有精进，最大的收获就是学会了熬通宵。散局时，外头天都快亮了。不知道是谁开了窗，灌进新鲜的风，冷冷的。

孟听枝迷迷糊糊地睁开眼，先问了眼前的程濯一句："要回家了吗？"

她眸底盈着一层细细水汽。

那个她称作家的地方，对程濯来说不过是个住处之一，可听她这么说，那种通宵后的麻木就像裂出细缝，有温水一样的东西慢慢流进去，很熨帖。

他伸手拉她起来：“回家。”

孟听枝在枕春公馆再醒来，已经过了中午十二点。这一觉，她睡得又沉又倦，终于体会到那种过了饭点，饿也吃不下去的滋味。

烧了热水，拿出冰箱里上次买的椴花蜜，长柄铁勺挖厚厚一层，冲了两杯，等程濯打完电话过来，和他一起喝。

碰杯要有仪式感，玻璃相撞，清脆的响，薄锐又回音绵延不绝。

“庆祝我们一起熬的第一夜。”

程濯喝了一口，甜甜温温的，嗓子舒服了很多。指腹抹过她唇边的水迹，他淡淡一笑说：“这算什么第一夜。”

程濯昨晚赢了牌，换衣出门，想要消费一下。

手表专柜的灯光格外净透，衬得那些手表比钻石还璀璨。

导购推荐了一款限量典藏的。

程濯手里把玩着车钥匙，扫了一眼价签，又看向孟听枝。

导购舌灿莲花地吹着表上的工艺以及镶嵌的钻，孟听枝微皱眉也没打断。

程濯低“啧”一声，说：“孟听枝，这也太贵了吧？”

一本正经，生怕她硬要败家似的。

孟听枝差点儿要笑，眉间的褶舒开，抿了抿唇，认真地和导购商量说：“不好意思啊，我男朋友没有那么多钱，麻烦再推荐一款吧。”

最后，她买了一块香槟色的腕表，很好看，但太奢气了，孟听枝没有多喜欢，也没戴过。

当时买它只是因为价钱刚好合适。

那天她跟程濯买完表，然后又买了两只抱枕，去吃了一顿火锅。

番茄汤溅到了程濯的衣服上。

他身上穿的那个牌子在大陆没有专柜，孟听枝只好去男装那层给他买了一件类似的款。打完折四百不到，她自己掏的钱。

回枕春公馆后，男装的小票被他折成一只小小的飞机，从二楼飞到孟听枝跟前。

“超预算了，孟听枝，你还挺败家。”

孟听枝不肯背这口黑锅，搂着新买的抱枕，小声说：“那是意外。”

谁知道煮丸子会溅到汤。

他身上穿的就是新买的衣服，长衫下露出白皙有力的小臂，单手开了罐汽水，靠在桌边，朝孟听枝懒散地勾了勾手指：“意外？来，你过来抱着我再说一遍。”

孟听枝丢了抱枕，从地毯上爬起来照做。不知道他在不满什么，是很喜欢那件被弄脏的衣服吗？

她一颗心脏就跟他手里的汽水似的，小心思七上八下蹿着。

手臂环住他精瘦的腰身，她翘着下巴，软软地说：“真的是意外。”

他仰头喝汽水，眼睛朝下，分明深隽的喉结上下滚动，无数细小气泡炸裂压在他嗓子里，声调都有了低低的撩人音：“你看，你这样跟我说，我不就相信是意外了。”

果然爆炸。

那种意想不到的冲击里，她手指猛地抠住他后腰的衣料，脑子里像在放一场绚烂烟花。

后来还有几次类似的事，他不明说，都用这种方式教她。

教她撒娇有用。

教她当一个摆脱拘束和卑怯的女孩子。

他手肘懒懒地搭着桌角，垂眼瞧她，像是在认真回忆总结：“孟听枝，你真挺闷的，像乌龟，戳一下动一下。”

她也算聪明。

之前被沈思源说闷，她介怀到醉后掉泪，生怕他朋友一句不好的话，他就真的不喜欢自己了。

这一回，活学活用，她悄悄地把一张小脸放到他眼下，扑眨几下纤长睫毛，问他：“那你喜不喜欢乌龟？”

程濯险些笑呛水，平了平气，凑近她鼻尖，声音藏匿一股春风般的酥麻。

“那我可太喜欢了。”

第十一章

熔岩红

程濯国庆不在国内，孟听枝在牌桌上听到一些关于他在国外的事。

有人打趣似的说：“程濯一个正牌少爷，甩手掌柜当得溜，还不如贺孝峥在程家忙里忙外操心得多。”

徐格鼻腔吐着烟，嗤笑一声说：“贺孝峥？人贺孝峥那是程家准姑爷，怎么，你羡慕啊？”

话音刚落，忽的安静一瞬，连徐格脸上的笑都消失干净，几个人齐齐看向牌桌上穿着一身杏色旗袍的薛妙。

只有孟听枝在状况外，却也瞧出几分讳莫如深。

薛妙手指纤白，指甲朱红，像没听到刚刚别人说了什么，神情寻常打出一张牌，主动露出笑来，催下家接牌：“摸牌啊。”

尴尬的气氛这才如石破冰，慢慢活络起来。

之后又天南海北地扯起什么，众人都笑，薛妙也笑。

孟听枝有打牌犯困的毛病，后半场吃不消，一双倦眸里噙着盈盈水光，刚打出一张白板就被对面的徐格杠了。

坐她下家的薛妙见她犯困，招呼会所的服务生去给她换茶。

明天一早还有课，众人说要再续局，孟听枝摆摆手，实在力不从心。

散场时已经两点，孟听枝累得不行，跟着徐格下了楼。

别的不说，徐格牌品很好，今晚三家通赢他一个，他脸上都笑嘻嘻的。但孟听枝一直觉得徐格是纨绔性格，从输牌这点看，他倒算是情绪稳定，乐观活泼。

两人下着楼，徐格跟孟听枝闲聊昨天酒吧里发生的乌龙事件，“仙人跳”这个词就是徐格给她普及的。

走到大厅，碰见贺孝峥刚应酬完出来，那张精英面孔上染足了酒色疲惫，叫孟听枝自惊了一下。

这个时间，这个地点，她可能也好不到哪儿去。

贺孝峥问：“程濯还没回来？”

徐格嘴里咬着根烟，摸兜找着打火机，声音含含糊糊的：“谁知道猴年马月，连老婆都交给我了。”

孟听枝对徐格的好感就是这么来的。

这人的确说话没谱又夸张，但有时候就还……挺会夸张的。

前两天，牌局上谁开玩笑说徐二少不正经，徐格死活不认，还拉着孟听枝力证清白。

“谁不正经？你才满嘴跑火车。孟听枝，就你说句良心话，我这人不靠谱？”

孟听枝摸着良心说：“靠谱。”

众人痛心，说徐格把孟听枝带坏了，程公子屠金归国，肯定要找徐格算账。

徐格叉着腰，就两个字：“放屁！”

这会儿打火机摸不着，还是孟听枝给他打的火。

徐格凑过来，吸了口烟，看见另一侧走廊走出来两个身材发福的中年人，他都认得。堂正的西装打扮，此时身侧都搂着年轻的女伴，正往后门走。

徐格夹烟的手点了点，又侃了几句。

这些男人有时候说话像打哑谜，孟听枝经常听不懂，也不会留意去听。

徐格揉了揉眉毛，笑容促狭："这些人以前在程老爷子手底下混饭吃的时候，可没见这么大的谱。"

贺孝峥略勾嘴角，显得很沉稳老练："一朝天子一朝臣嘛，要是程濯来，可能好点。"

"得了，少来吧，濯哥哥他最烦当太子那套。"徐格啧一声，摇摇头感慨说，"不过，这年头赚钱真难啊。"

这时，有个助理模样的男人急忙跑来，递上贺孝峥的手机，来电显示是程小姐。

徐格见贺孝峥神色微变，顿时心领神会，摆摆手说："那你忙，我送孟听枝回去。"

司机去取车，两人在门口等。

烟吸到一半，徐格看到孟听枝手里那只银质打火机，底座绿芒盈盈。仰头靠着身后的柱子，他哑哑笑了一声："他倒是什么都肯给你，这玩意儿我都舍不得用。"

"这个？"孟听枝看着手里的打火机，不由想起了寿塔寺，"我当时不知道这是乔落送给你们的。"

徐格颓废地仰着头，笑意更盛了，点了点头说："是！是她，送给我们的……"

孟听枝记起徐格明明有一只一模一样的，刚刚又说舍不得用，她皱起眉，还没想明白，司机已经将车停在门厅前。

话题就断在这里。

回去时已经很晚，第二天早上，孟听枝极度缺觉，第一堂课迷迷糊糊睡了三分之二，好在是不太重要的选修课，发了一本《就业指导》，老师照本宣科，大半节课都让学生自己做性格测试。

一周就两节课，今天结束，这一周后面都放假，孟听枝打算回一趟家。

阮美云这两天一直打电话催她回来，说要给她买车。

下课铃响后，阶梯教室的学生鱼贯而出，周游侧身挽着孟听枝，顺着人潮往院外走。

孟听枝瞌睡连连，时不时就用手掩着嘴打哈欠。

周游看了，忍不住说："他们是住在酒吧吗？怎么每天天一黑就找你出去玩？他们是夜猫子吗？"

还真给周游猜对了，徐二少可不就是开酒吧做夜场生意的。

程濯临走前说，孟听枝无聊可以去找徐格，他那人消遣点子最多，孟听枝算是见识了。

孟听枝跟徐格也算不上多熟，这回托程濯牵线，两人都赏程公子的光，一个尽职尽责地带，一个劳心舍命地玩。

孟听枝的牌技没多大精进，一来二去，倒是跟柏莘的女老板薛妙玩到了脸熟，私下还约着逛过一次街。

孟听枝十月末结束大学课程，还有最后两门考试，说忙也忙，说闲也闲。

阮美云隔天一个电话催着，终于把孟听枝磨到了4S店。母女俩对车都不太懂，阮美云喊了在车企工作的大堂哥来。

经理招待他们，初步了解完购车需求，介绍了两款车，什么发动机，扭矩啊，性能啊，一堆孟听枝半懂不懂的专业词汇。

孟听枝很久没有这么强烈直观感受到阮美云的强势霸道了。

阮美云中意的那辆熔岩红汽车，孟听枝并没有多喜欢，太张扬打眼了。

在听到大堂哥说这车精致舒适，适合女孩子开后，阮美云就跟替孟听枝物色了个好对象一样得意，一直问孟听枝好不好，喜不喜欢。

孟听枝兴致缺缺，显然打击到她的一腔热情。等经理一走，阮美云就立马露出不满的表情："不哪儿哪儿都挺好的，这你还有什么可挑的？"

孟听枝合上打发时间的汽车杂志，她骨子里已经形成一种排斥跟阮美云争辩的惰性，想说自己明明已经说了不喜欢亮色，但显然阮美云压根没放在心上，或者她觉得她瞧上的就是最好的。

“既然你觉得哪儿哪儿都好，那就这个吧，不用问我了。”

阮美云被她那副听之任之的样子激起火，声音也不分场合地拔上去：“什么叫不用问你了，我花钱费力的是为了我自己？不是你大四快毕业，又要到生日了，想给你买个车当生日礼物吗？你一声不吭又是什么意思啦？你这个没筋没骨的疙瘩性子什么时候才能改改？”

周围立刻有人看过来，以为起了争执。

孟听枝怕被人围观，更怕被人议论，苦涩地咽了咽唾沫，哀求似的软了声音：“我没说不好。你声音小一点，别人也在看车呢。”

阮美云朝四周一看，对上几双探究的眼睛，这才收了火气，往孟听枝身边一坐，喝起桌上的饮料。

孟听枝看着不远处的红色轿车，像是硬要逼自己看出几分喜欢。

半晌后——

“就这个吧，堂哥不是说这个车安全性高，女孩子开倒车也方便吗？挺好的，就这个吧。”

阮美云觉得女儿终于明白了自己的良苦用心，十分满意地“唉”了一声。

“这就对了，你妈我还能害你呀！看了这么多车，就这个好，这个颜色多敞亮，你那个同学小晨来我们家我看她也开了一个红车，这个颜色就适合你们小姑娘。”

“小晨”说的是周游，她的确有一辆红色的车。

周游看《甄嬛传》喜欢华妃，把“做衣如做人，一定要花团锦簇，轰轰烈烈”当名言。

她跟周游又不一样。

可她没辩驳，乖顺地点了点头。懒得争，懒得吵，随便吧，没喜欢也犯不上多讨厌。

订车有赠品送，阮美云的热情比孟听枝高，先跟着经理去看。

大堂哥看着孟听枝，笑容温和地问：“真喜欢这个啊，不行再看看也行啊，你要不好意思开口，我跟三婶去说。”

孟听枝抿唇笑了下，从那辆红车上挪开视线说：“嗯，挺喜欢的。”

大堂哥拍她的肩，半开玩笑说：“瞧着不像喜欢啊。”

性格使然，人情世故方面，孟听枝一直不是很通透。

她只知道，她爷爷没去世前，大伯、二伯和他们家关系不太好，阮美云也经常说那两家的不是，说他们精明算计，两面三刀，瞧不上孟辉，没少在她爷爷那儿煽风点火，数落孟辉这个最没出息的小儿子。

直到孟听枝高二时，老人家去世，掖了十来年的拆迁款和房子铺子分得干干净净，各家都捞了好处，这几年亲戚关系好像又和睦了。

孟听枝在这方面比较麻木。

每次听阮美云扯着嗓子骂孟辉，说要是没她阮美云，他这摊爹不疼兄不爱的烂泥，当年一个屁也没捞着。

她不太懂，也懒得懂。

大堂哥跟她聊起小时候的事，说孟听枝从小就好文静。

好像形容得不对，大堂哥想想，又说：“有点孤单了，家里那帮小孩子在一块玩，就你一个孤孤单单站在旁边看着，不抢零食，也不争玩具；你还不挑食，大人给什么吃的都接着说谢谢，从没见过你闹脾气，比我弟乖多了。”

孟听枝笑笑没说话。

大堂哥却像打开了话匣子。

“你那时候是不是特别怕你妈？我记得有一次在我家，你还上小学吧，你妈那天丢了钱，二婶逗你说是不是枝枝偷偷拿去买糖啦，还说什么买了糖不能一个人吃，大家分分，好像就二十块还是五十块，没多少，都是大人你一句我一句在开玩笑。可你一下就哭了，安安静静地流眼泪，说你没有偷钱。二婶还继续笑，说这小姑娘怎么好当真的啊，你妈也觉得没面子，凶了你一句，你连哭都不敢哭了。唉，那时候看着你就觉得乖得可怜。”

语停，孟听枝也完整地回忆完小时候的事，心里有点堵，但并不难受。

因为太久远，因为习惯了。

她知道，那就像搁置在过去的障碍，早已经过去了，不会阻挡未来。

但每每回忆起都不太舒服。

话绕了一圈，大堂哥最后看着孟听枝说：“你现在怎么还是像小时候啊，都是大姑娘了，老忍着憋着不委屈死了？有想法要讲啊。”

孟听枝感念地“嗯”一声，点了点头。

大堂哥指着车：“真喜欢？”

好像随着年龄的增长，人会慢慢丧失去纠正错误的能力，小孩子才较真呢，成年人只会一点点地被磨掉棱角。越将就，越习以为常，能令人柔软心热的部分也会越来越少。

孟听枝长久地看着那辆车。

命运的馈赠往往是缺乏被赠者调查的，有时候无端端会得到很多，身心却并不会因此而丰富充盈，但会洗脑自己该知足了。

“还行，我其实不太挑。”

大堂哥叹了一声，笑着揉一下孟听枝的脑袋：“傻丫头。大学谈男朋友没有？记得找个对你好的，知道吧？”

话题一下跳到男朋友。

孟听枝倏然愣住，几秒后，脸色肉眼可见地不自然起来。

好在这时阮美云走了过来，问孟听枝选哪个颜色的脚垫，问题一下带过去，大堂哥也没有继续追问。

十月末，寒流南下，一连下了好几天雨，整个苏城陷在阴云阵雨里，泡得湿漉漉的。

女生宿舍楼下的桂花打落了半条道。

踏一路湿泞浓香，结束大学最后一节课的孟听枝走进檐下收了透明雨伞，甩了甩水。从教学楼到宿舍，一路打着伞也没拦住铺天盖地的秋雨。

旁边一同进楼的周游拍拍衣服，望着天发愁。

“这雨总算停了，果然是天要我执着，或许这就是真爱的指示？枝枝，你说对不对？”

孟听枝把包里振动的手机掏出来。临近傍晚，路灯跟她的手机屏幕一起亮了，刚入夜的校园忽地亮了几个度。

小臂上挽着包，她用手指抹去屏幕上的水迹，看着信息，唇角微微上扬。

“枝枝？”周游推了她一下。

“嗯？”孟听枝慢了半拍，才反应过来周游刚刚说了什么。

大学最后一节课，班里人都没到齐，实习早的同学已经离校。刚刚在阶梯教室，班里戴黑色圆框眼镜的生活委员很有仪式感地拿出一副塔罗牌，给班里女生算未来。

周游也去凑热闹，要算她跟施杰，最后得到一个结果——如果雨停了，她就去找他。

没想到，这会儿雨真停了，也不知道是不是命运的指示灵验了。

孟听枝说：“那你去吧，你其实就是想找他。”

周游扑上来抱紧孟听枝的胳膊，呜呜呜地假声哭叫：“知我者，枝枝也！枝枝，你陪我好不好？不然那个死木头又问我来干什么。我能干什么，不就是为了追他？非要问！搞得我还怪没面子！我想说我是陪你去的，然后高贵冷艳地摆脸子给他看！嘻嘻嘻。”

说完，周游没忍住脑补，嘚瑟地晃了下脑袋。

她连先甩哪边脸子都想好了，只听孟听枝替她尴尬，委婉地指出设想中的不合理：“你确定……他会关注你的……脸子？”

周游愣了一下，想到那个死木头估计看都不会看她，就别提看她高贵冷艳的摆脸子了，于是更大声地呜呜呜，差点当场真哭。

“我不想追了。凭什么啊，我哪里差？”

周游晚上有没有去找施杰，孟听枝不知道，她也没法陪同，因为程濯发了消息给她。

他回来了，她就见色忘友了。

整个十月，他行程都很忙。听徐格说，程濯这趟是去法国竞拍他妈妈很喜欢的一幅画。

认识这么长时间，孟听枝从没有听程濯说过他家里的事，而她高中对程濯家庭的了解也不多，只知道他爷爷是个很厉害的商人，老城区新建的万竞广场开业那天，场面盛大，是他爷爷和几个大人物一同过来剪彩。

当年十八岁的程濯也陪同着，但他没有下车。

孟听枝跟着邻居一家去新商场看热闹，众人都看着红毯铺就的台子，只有孟听枝挤在人海里，频频回头望着车窗里的少年。

那天没有下雨，灰青天色里蕴着浊光，他面无表情，却看起来湿漉漉的，接着很快合上窗，杜绝了外界的一切。

孟听枝没忍住去问徐格："他去买画是因为他妈妈喜欢收藏画吗？"

徐格没答，眼神黯了下说："阿姨去世很多年了。这事儿你最好别在程濯面前提，他跟他妈……"

徐格一时没形容上来，孟听枝却很自知地没有多问，所以她也不知道这一趟程濯去国外为他母亲拍画是什么心情。这几天的行程，她没有打扰程濯半分。

七点半，黑透的天色衬得校内灯火越发明亮。孟听枝走到相对偏僻的西校门，远远地看见一辆黑色轿车停在路边。没看到司机，程濯本人坐驾驶座。

她上了车，拂去开衫袖子上一层水雾，满脸惊喜地看着他问："怎么这么快回来了，徐格不是说还有好几天吗？"

"懒得应付了。"他一语带过，看着孟听枝放在腿上的包，很大，露出一角书脊，"今天有课？"

"最后一节，今天刚上完。"

刚刚临时去老师的工作室交策划，她忙着来见他，没回宿舍，还拎着上课用的帆布包。

他朝她伸手："我看看是什么书。"

孟听枝不知道他怎么忽然对她的书感兴趣了，也乖乖把包递过去，里头是一本《大都会艺术博物馆指南》，还有一本尺寸小些的《就业指导》。

他表示惊讶："没了？"

"没了啊。"孟听枝有点蒙，不然呢，他是想看他们专业的其他书吗？

程濯把书放回原位，像看天资愚笨的后进生一样担忧不已，长长一声叹气。

"那怎么办？孟听枝，你都快大学毕业了，也没人教你怎么主动联系男朋友？那你男朋友就这么一直等着，等你哪天无师自通？"

孟听枝先是在他的一本正经里忐忑，最后哭笑不得："我，我以为你很忙，怕打扰你。"

程濯从驾驶座倾身过去，捻起一缕她黏在脸颊上的湿发，轻轻勾至耳后，话音也随之拂来："如果真的到打扰我的程度，我会告诉你，先别怕，放心大胆地打扰我。"

孟听枝几不可察地将屏住的那一口气小心呼出去，她为刚刚的自作多情，以为他是要吻她而感到丝丝羞耻，将他抚过的头发，自己又抚了一遍。没说话，她直了直腰，在副驾坐好，用鼻音轻轻地"嗯"了一声。

事实上，她大可不必觉得羞耻，因为程濯就是要亲她的，甚至不仅仅是亲她，只是地点不在车里。

枕春公馆。

玄关处的感应灯才刚刚亮起，她刚放下包，一转头，被人往柜子上扳身一推，还没来得及说话，嘴唇就被猝不及防的温热感贴上。

他的动作又轻又柔，开衫在不知不觉间就被剥离肩头，只在唇齿间泄露一丝强势和急迫。

在抱起她之前，那双向来淡漠的桃花眼撩起灼灼的光，用近乎沸腾的克制，不动声色地烫到她的眼睛。

最后他哑着声音问："可以吗，孟听枝？"

她口干舌燥，喉咙吞了吞，他留在唇上齿间的气息仿若被咽进心肺，低软应一句：“可以。”

他双手交叉抓着衣摆，朝上一掀，利落脱掉，随意扔在地上，接着将孟听枝胳膊上半挂半垂的开衫扯干净。

在一声低呼中，孟听枝被打横抱起，他跨过地上的衣服，仿佛剥离世俗遮掩。赤诚相待之前的礼仪，他做得周全又细致。

这一夜，来得意料之中又有点猝不及防。

比孟听枝之前多次惶惶的设想都要自然顺利，她在潮红扑颊、不得喘息的时刻，被人渡以温柔刻骨的氧。

漫长的破碎后，是更漫长的盈满。

许久，余韵渐歇。她一身热汗被人细致地抹去，睡了很沉很倦的一觉。

醒的时候，天还没有亮，空无一人的身侧叫她睡意骤退，猛然撑起身子来。

即使休息了一觉，还是有点难受，她下床的动作比寻常慢。

衣服是程濯脱的，不知道被他乱甩到哪儿了。

地上干干净净，孟听枝裹着被子找了一圈，什么也没找到。

之前有换洗的衣服丢在这里，只是深夜爬起来穿紧身牛仔裤有点奇怪，所以她只翻出一件程濯的睡衣当短裙穿，光着脚下楼。

流理台位置亮着明亮温暖的灯。程濯在灯下，只穿着一条居家裤，弯腰研究着一个马卡龙色调的卡通电器，圆瓷碗旁边可怜巴巴地躺着几瓣蛋壳，像闹不明白怎么用。

“你怎么玩我的小玩具啊？”孟听枝故意悄悄走近，猛不丁吓他一跳。

他侧过来，露出被抓红的另一侧肩：“怎么下来了？不舒服？”

这个问题，孟听枝不知道怎么回答，不适感有，但羞于启齿。她走到他身边，转移注意力地指着这个小玩具。

“这个是做热狗蛋卷的，你确定要吃吗？”

他似乎在想热狗蛋卷大概是个什么东西，眉间一道浅褶，然后忽地转身朝黑色的大理石岛台上指去，好奇地问："那些呢？"

孟听枝买的一堆厨房神器大多是颜色可爱的动物造型，排排坐放在一起，像个卡通动物园，跟他这栋冷色调的别墅，形成了巨大的反差。

孟听枝给他介绍一遍，见他一副被幼稚到的表情，故意叫他选："喜欢小老虎还是花蝴蝶？"

他果然被逗得忍俊不禁，笑够了问："喜欢什么就可以吃哪个？"

"嗯！"孟听枝自信点头，这些小玩具她都完全可以胜任操作！

他从她白皙脖颈间的几处绯红上不动声色移开目光，俯身凑近她的耳际："那——我选孟听枝。"

用花蝴蝶做热狗蛋卷前，孟听枝因为下意识回头收到一记长吻，本来应该浅尝辄止的，偏她有大进步，竟然只愣了一秒就很主动地回应，让程濯很惊喜。

程濯拿来拖鞋给她穿，想起什么，他手臂搭在膝盖上，蹲在她身前，仰头认真地看着她说："如果有不舒服，一定要跟我讲；如果觉得不好意思，可以小声地讲；再不行，我们打个商量，你哼一声也行。"

光着的脚丫本来冰凉，如今往毛绒拖鞋里一踩，脚趾一下就暖起来了。她红着耳朵尖儿，细弱手指搭在台沿，悄悄攥了力，垂睫点了点头。

然后在他站起来的时候，她朝前一步，一把抱住程濯的腰际。程濯以为她要说话，没出声，任她抱着。

好半晌，一点动静都没有，他就笑了。

"抱上瘾了？我还以为你要说什么呢。"

孟听枝没松手，高高抬起下巴，脖颈呈现出一条纤细的弧，望着他："我说了，是你没听到。"

"什么时候说的？"

"在心里说的！"

孟听枝俏皮地一转身，去冰箱里拿食材。程濯跟来，她回头问他："好像没有热狗，换成培根可以吗？我可以把培根切碎放在蛋液里，或者午餐肉？"

"随便吧，凑合吃一口。明天我带你出门吃吧，朋友推荐的一家私房菜馆，淮扬菜，听说味道不错。"

孟听枝鼓起两腮，将培根片取出，声音低糯地说："你是怕明天中午继续吃我做的吧？"

程濯愣了一下，矢口否认："怎么会？你对自己厨艺这么不自信吗？"

他竟然还笑，好像她猜中了似的。

孟听枝声音小小的抱怨："是你从来都没有夸过我。"

这话程濯不认："我不是说过'孟听枝可真厉害'，这还不算夸？"

不说还好，一提这个，孟听枝更气更羞。这是什么夸？仿佛企图跟人讲理的时候，什么黑历史被挖出来。

手起刀落，案板上培根遭殃，"粉身碎骨"。

"你那根本不是。"

孟听枝后悔了，这话说得好小家子气，像在等他夸，他也的的确确听出来，倒没有借此笑话她，而是从身后把她抱住，下颌轻磕她发顶。

"搞不懂你。想要什么讲出来对你来说很难吗？怎么跟忍成习惯似的，什么都闷在心里？"

孟听枝抿住唇，听到他循循善诱的声音，在这个静谧的夜晚，在一盏孤灯下，在她耳边。

"讲出来，我有的，都给你。"

她动作停下的那几秒，足够热泪盈眶的情绪无声无息地缓过去。松开抿住的唇，她微微侧首，和他贴着脸颊："那我想让你去拿两个盘子，还有餐具，可以吗？"

他轻啄她脸颊一记："可以！"

孟听枝将东西分好摆盘，没有再折腾去餐桌，两人就靠在岛台边。

程濯这会儿才盯着她身上的衣服，忽然露出一点懊恼又好笑的表情。

“你们女生，是不是会期待男人做饭？”

孟听枝嚼完食物，咬着餐叉，水润眼底被灯色映得晶亮，“唔”了可有可无的一声。

“高中徐格偷看过乔落的本子，她有一个心愿单，有一个是什么穿男士衬衫，然后对方做好早餐端到床边。”

程濯和乔落如今的接触，好友界限分明，孟听枝从没多问过什么，她现在和乔落关系也不错。乔落还是高中那会儿大大咧咧的讨喜性格，她也一直记着乔落那时候抽纸巾给自己擦泪的好。

她自宽地想，也许是和平分手，再加上青梅竹马，他们就是可以继续做朋友的吧。

“那你帮乔落实现过吗？”

“我？”他很惊讶孟听枝会这么问，唇角微微翘起，哂笑道，“我怎么帮她？”

她觉得到了避无可避的时候了，大大方方地讲着：“你是一个很好的男朋友，给女朋友做一顿简单的早餐应该也不难。我知道你跟乔落在一起过，我理解。我也喜欢乔落。”

闻声，程濯面露疑惑：“你怎么知道的？”

问题不需要孟听枝回答，他自行找到罪魁祸首，笃定地笑了：“徐格！他跟你说的是吧？他跟你讲了哪些？”

孟听枝张了张嘴，还没来得及回答，就被程濯截断：“不管他说了什么，你只需要明白，那都是假的就行了。”

“乔落的心愿单，没有人可以帮她实现，她喜欢的是别人。我跟她之间，除了从小一起长大，没别的情分，高中时是误会，后来也不知道弄成了什么乱七八糟的谣传，总之不是真的，明白？”

“明白。”

她反应淡淡，忽地叫程濯多了想法，这一想就想深了。他蹙住眉宇，探究似的凑近过来，深深不解地喊了一声：“孟听枝。”

“嗯？”

过往旧账一下翻出来，很不得了。

“觉得我会同时有两个女朋友，又觉得我跟前女友分手后当朋友，我在你心里，挺不堪啊。还有什么？你一次性说完。”

孟听枝摇头：“没有了。”

“真的？”

孟听枝眼神真诚：“嗯。”

程濯没再追究，但还是有点气她什么事都不讲，拇指食指环一个圈，朝她额上轻轻一弹：“刚刚说我是一个很好的男朋友，评价不错。”

吃完这顿不知道算很迟的夜宵，还是很早的早餐，孟听枝又来了一点困意，歪靠在台子上，朝外头望。

落地窗外已见灰蒙蒙的一丝天光，玻璃外的树被风温柔地摇，耳边是哗哗水声。程濯在冲洗餐具和瓷碟，修长有力的一双小臂沾满了水珠。

她手掌搭着台子，轻弯起嘴角。灯光柔淡，恍然有一种和他彻夜长谈的亲密无间。

程濯洗好盘子和餐具，孟听枝递去一次性擦手巾，问他以前有没有吃过路边摊。

“以前？”

他大学在国外读的，孟听枝说：“就是你在国内读书的时候。”

从十四中南门到秀山亭那段路，早年没城管巡街，下晚自习时，各色小摊夹道而设，滚油猛火，一路上都是煎炸烹煮的香气。

他说不太喜欢。除了有时候会跟徐格他们一起去网吧，他高中基本放学就会回家。

他今晚各方面的探索欲都出奇地高。

“路边摊都有些什么？”

孟听枝说：“刚刚的热狗蛋卷就是路边摊会卖的东西之一。”

他恍然一笑，将碟子归位：“那我高中错过不少。”

灯光一晃刺目，孟听枝心湖倏然皱起。

舌苔有些泛苦，她睫毛短促地扑闪，低头看自己掌心不甚分明的纹路，也分不清是“高中”和“错过”，哪个词先戳到了她心里的酸柔处。

第十二章

夏入冬

孟听枝是立冬那天生的，一直过农历生日。

今年立冬在十一月七号，月初那几天她一直住在枕春公馆，跟闲下来的程濯过了几天黑白颠倒的日子。

四号下午，工作室的学长许明泽一通电话把她从床上喊醒。

女画家舒晚镜回忆展的承办地点就在美院的艺术公社，院里拿出十二分的隆重，为此特意成立了临时策展工作室。

今天下午，甲方正睿资本来开会，像孟听枝这种跟着老师实习的大四生本来没必要参加，但许明泽一贯严标准高要求，每次都会通知。

孟听枝不敢耽误，赶紧爬起来洗漱换衣，一边蹲在门口穿鞋，一边把手机放在换鞋凳上跟程濯打电话。

电话里问："早饭中饭都不吃了？"

孟听枝听到他的声音就觉得心头很暖，拔起第二只帆布鞋，系一个蝴蝶结。

"来不及吃了，许学长最讨厌别人迟到。"

枕春公馆离艺术公社太远了。

“我叫司机去送你。”

孟听枝挎上包，反身带上门，手机举在耳侧说：“不用了，等司机来也要时间，我自己打车就好了。还有我妈妈让我回家一趟，我晚上可能过不来了。”

“嗯，路上注意安全。”

自从跟着陈教授接触到舒晚镜回忆展，孟听枝就知道了程濯和舒晚镜的关系，策划里写的是正睿资本，两次开会的甲方也不是程濯本人。

他知道她最近在忙什么，只很淡地应了一声，什么都没解释，彼此都心知肚明，孟听枝只当是自己的工作，也从不跟程濯聊回忆展的事。

不过，八卦无处不在。

创意小组开会时，有人提起这次回忆展的规格，说这位从未露面的程先生真是孝顺。

孟听枝却不认同。

他可以劳心费力给他母亲办展买画，但是他不会提半个字，他非常回避家庭。

美院的艺术公社园区宽广，行车需要通行证，出租车只能停在门口。孟听枝付了钱下车，饿过头的肚子终于在一个小时的车程后反应过来，咕咕叫了两声。

她刚去附近的自动贩卖机上买了一瓶牛奶，就接到程濯助理邓锐的电话。

“孟小姐，您到公社了吗？”

“到了。”

“我给您带了点吃的，您怎么拿去方便？”

孟听枝顿了下，惊讶道：“他让你给我带的吗？”

邓锐笑：“那是自然，程先生不发话，我哪敢献这个殷勤啊。”

几分钟后，孟听枝在演示中心的岔路口拿到了一个印着金鹤的纸袋，里头有六枚咸点，还有一杯果茶和一杯桂圆红枣茶，都是温热的。

他们组里沈书灵经常缺席前期会议，许明泽一个男生还是同系学长，不好打女生的小报告，陈教授今天一知道，发了好大一通火。

孟听枝也跟着听了一个小时的训话，大体意思是这是美院学子都争破头想参与的实习项目，得 ·份好，尽一份力。

“不要以为裙带关系就是万能的，大学还没出呢，哪来这些歪风邪气！”

这通火，沈书灵本人不在场，倒叫其他人一整个下午都忙得不敢停。

孟听枝是最倒霉的，因为她是小组里唯一一个跟沈书灵同班的人，一堆本该属于沈书灵的任务落到她手上。倒也没人直接说叫她替沈书灵完成，只是一个两个都来催她，问沈书灵那边的消息，她是真的烦。

工作群里的消息没人回，她托周游要来沈书灵的电话，好半天才打通，对方半点歉疚都没有，跟吹吹指甲上不存在的灰似的。

“只是录个数据，不难的。我现在人在三亚回不去啊，你就辛苦一下。既然陈教授都发火了，就千万别再因为我耽误进度啦，谢谢你啊。”说完便将电话挂了。

孟听枝被气得半死，跟周游打电话，听周游骂骂咧咧了一顿，心情才好一点。

十几个场馆的数据测试完，天已经黑透。

其间，阮美云给她打了好几个电话，催她回桐花巷吃晚饭，她忙得连电话都没时间接，就叫他们自己吃，不要等了。

回到策展工作室，孟听枝翻出纸袋，把凉掉的点心和茶送进微波炉热两分钟，又从一沓资料里翻出一张打印的废纸，垫在大理石的台子上。

程濯把车停进艺术公社，看到的就是这样一幅画面。

冷白的光，深秋的树，大片玻璃里小姑娘长发披在肩后，拿一个笔套别着刘海，小口吃着凉了又热的酥皮点心。

一个女生走过来，递给她一个文件夹，她犯难地接过来，叹了口气，等人走后，一大口泄愤似的塞掉点心，鼓着圆圆的腮，边嚼边打开电脑开始处理文件。

她身后放着一大丛墨绿幽深的龟背竹，不仔细看，都能忽略那个角落还有个人。

给她发信息不回，打电话也打不通，好在找过来看到了人，程濯的手指在方向盘上轻敲了两下，这才安心地舒了一口气。

孟听枝手机没电关机了，她发现后就急忙找人借了充电插头，拢着裙摆，蹲在插头前等开机。

程濯坐在车里，远远地看着她的一系列动作，也在等。

不久，他手里的手机不出意料地亮起来。

看到一堆微信消息和未接来电，孟听枝急急忙忙地把电话拨过来，解释自己手机刚刚没电了。

程濯应了声，目光没有从她蹲成一小团的身影上移开半分。

“还在忙吗？”

“不忙了。”

她嘴上这么说，手指还是没歇，敲着电脑一行行录数据。

充电位置在地上，数据线长度有限，她只能抱着电脑蹲在那儿。艺术公社的建筑层高都不低，大片通顶玻璃，让程濯的视线无遮无拦。

说起那盒点心来，她声音软绵绵的，像上班累了回家要聊点开心的生活日常一样。

程濯原本静静地听着，忽的出声提醒：“头发要掉地上了。”

那缕耳侧的头发几乎跟他的声音同步，一下垂到前面来，险险要碰到地面。

“你怎么知道？！你在哪儿？”孟听枝找惊喜似的往周围看去，很快看向窗外。

她看过来了。但是车里很暗，她什么也看不到。

电话还通着，程濯换另一只手接，倾身按亮车里的灯，露出浅浅的笑来。

这回孟听枝是真看见他了。

孟听枝遥遥望着他，开心得不得了："你怎么会来这里？"

"打不通你手机，刚好在附近，过来看看——我进去，还是你出来？"

孟听枝拔了电量有限的手机，起身说："你等我一下，我去交个文件。"

她跑着去的，动作很快，十分钟后就跑出来了。

不在开放期，艺术公社这边，晚上人不多，那辆黑色的车停在路边，很低调。

孟听枝也低调地上了车。

"不是说要回家，我送你回去还赶得上晚饭吗？"

孟听枝把包放在腿上，摇摇头："我爸妈他们吃过了，我家吃饭很早的。"

声音在耳边一晃，程濯觉得熟悉。

想起来她家吃饭早，这话她不是第一次说，那时候还是苏城暑热的夏天，而现在，再过几天就立冬了。

乍一想，她来枕春公馆送晚饭，对着门口的访客记录仪懵懵懂懂地说"程濯，我来了"，已经是很久以前的事了。

见他没说话，孟听枝抿抿唇又补充："因为我爸妈他们都没有需要上班的工作，所以基本上天一黑他们就吃饭了，夏天会更早。"

"那他们平时做什么？"

她没有瞧起来就珠光宝气，但也没有那么小家碧玉，很节约，也不惜财。

程濯起初看不懂她。

她会特意记着他家小区外进口超市的会员日，买到打折的商品会赚大了似的开心，可他送她六位数的表也没见她高兴到哪儿去，淋雨也不会先护着包。

她有只老花的小水桶包泡了水，蹭破了皮，也没送修，自己拿颜料补了一个很别致的小 logo，乔落看了喜欢，之后还让她帮忙画了一只姐妹款。

用徐格的话来说，孟听枝有点奇葩。

很难看出家境的女生，大多是精于隐藏，善于经营，但孟听枝不是，她只是很矛盾。

“矛盾”这个词，是徐格想了半天才蹦出来的。

当时程濯是怎么说的？

哦，程濯还没来得及说，是乔落直接对徐格鄙视：“你当人家孟听枝是你身边那些花枝招展的烂白菜？切，臭猪。”

徐格气道：“你有必要为了护孟听枝就这么诋毁我吗？有没有意思啊你！谁牌桌上给你点炮，谁就是小天使是吧？”

想着那两个冤家斗嘴，程濯不禁莞尔。

“小天使”一脸纳闷地凑过来：“你在笑什么呀？”

程濯回过神：“你爸打牌那么多年，还总输？”

这问得孟听枝多尴尬，不过，这个问题她妈阮美云女士早就参悟透了。

她老实回答：“可能……是技术问题吧。”

程濯认同，扫了她一眼，轻点下颌：“看来你们家的技术是遗传的。”

十月份，程濯不在，孟听枝被徐格拉着攒了好几回局，的确是输多赢少。

程濯把她包里的一沓 A4 纸抽去，翻了翻，想起她刚刚接过来时的犯难表情。

“你不是负责墙绘，怎么现在统筹的工作也要做？”

孟听枝有点惊讶，他开会都不自己出面，怎么会连这么细的小组分工都清楚？

“因为我跟管统筹的是同班同学，她今天没来。”

程濯想了想：“周游？”

孟听枝摇头。

“不是，周游不在，是另一个同班同学，我们关系没那么好。对了，你应该记得，你来会展中心看画，沈院长本来给你推荐的讲解员，沈书灵，就是她。”

修长的指骨随意地按了几下太阳穴，程濯头疼地失笑：“我应该记得吗？”

“就是上个学期的事啊，也就半年。”

程濯：“想不起来了。”

“那你记得什么？”

“你——”程濯回忆，慢慢说出关键词，“脖子，发梢，后脑勺，就一直用后脑勺对着我。”

孟听枝真没想到令他记忆深刻的竟然是她的后脑勺，她为自己不平，软声抱怨。

“你怎么都不记我的好啊？什么后脑勺，明明那天我跟你讲了很多专业知识，你还问过我后现代主义画派，我们还从塔德玛的《枉然之恋》说到英国维多利亚时代的新古典主义啊！我每次问你感不感兴趣，你都说讲讲啊。别人都是敷衍地介绍两句，就我讲得最认真了。”

透过现象看本质，由画面挖掘内涵分析视角的那种认真。

程濯也承认。

沈院长跟他母亲有一层校友关系，那天是顾着情分去赏光，主要是捐款，他根本没打算认真听什么，是这个小姑娘认真过头了。他要是不配合听一听，都要歉疚的。

“是吧，你们院其他女生都挺风趣幽默，就你闷死了，一大段一大段像背书似的解释。”

“你——”

不知道从什么时候起，这人说话就越来越嫌弃，孟听枝厨艺一般，孟听枝性格好闷，孟听枝烂好人，孟听枝胆子小……

但那个嫌弃的意思又不对劲，带点教育和指引的意思，听着又很宠，就好像她千般万般不好也无所谓。

也不知道从什么时候起，她不再是那个被人说一句不好就耿耿于怀，忙着自我否定的孟听枝了。

孟听枝气呼呼地扑过去吻他，咬他的下唇。这个由她发起的吻持续了一分钟，她缓够了气才慢慢停下，撒娇般地哼声："你夸夸我好，不行吗？"

"夸了你又不信。"他将她刻板自疑的性格一下说中，将她按回副驾，倾着身，给她卡了一下安全带后，手回到方向盘上，启动了车子。

公社园区很安静，灯光点缀常绿灌木。

车里也很安静，引擎低频响着，程濯看着前方忽地说："要夸你一百遍，你才可能承认自己有一点好。"

孟听枝被戳中似的沉默。

"工作的事，既然不是你的朋友，关系又不好，你不要帮，也不必帮，谁要你学这种顾全大局的慷慨善良？这世上多的是得寸进尺的人，脾气呢拿出来用，怎么我教会了你，你就只会对我撒？"

车子开到园区出口。

夜里，荧光的感应护杆自动升上去，轮胎压过减速带，轻轻一震。

孟听枝朝前一晃荡，手指跟着抖，一边在导航上输入秀山亭桐花巷的地址，一边下定决心地说："好！那我下次开会就去冲她发脾气！"

市郊马路上车很少，程濯伸手拧一记她的脸："傻不傻？"

她笑着偏开脸。

程濯看她，不由想到乔落后面说的话。

乔落说："是啊是啊，孟听枝就是我的小天使，就算她之后跟程濯分手，我也能继续跟她当朋友！"

徐格唱惯了反调，"嘁"了一声。

"就她那性格，真跟濯哥哥分手了，估计你也就见不到了。她还真有点艺术家气质，犟脾气，吃不开的，不是分手后当朋友的那种，现在好好珍惜你的小天使吧。”

程濯今晚能在附近，是因为刚从他爷爷那儿出来。

今天一早，孟听枝还在睡，程濯被三令五申催回程家。老宅子里坐了一桌子人，聊程舒妤和贺孝峥的婚事。

从贺孝峥本来不高的出身，如今重病的母亲，还有那位风言风语里金屋藏娇的情人，满屋子明嘲暗讽，话里有话，饶是在商场上手腕了得的贺孝峥，也要备足了精神应付。

程濯打定主意只当话都懒得说一句的坐陪。他跟贺孝峥是有几分交情，但就算有人故意想拉他搅浑水，那也要看看老爷子的脸色。

他光坐着喝茶，喝到茶味变淡。

听着桌上的机锋，他忽然想起孟听枝，她如果坐在这儿，看着一大帮人搭台唱戏，估计吓得连话都说不出来。

舒晚镜在他读初二时因抑郁自杀离世，他外公那边记着仇，他爷爷要顾着脸面，至于他爸……这男人三言两句讲不清楚，那位赵姓影后也一直没机会进门。

他妈妈是搞艺术的，又很感性，说难听点，就是敏感神经质，情绪易失控，没他叔伯的老婆们会忍、会让、会敲打、会拿捏，所以也死得早。

他不喜欢舒晚镜，也不喜欢桌上这些八面玲珑、舌灿莲花的女人。

“在这里停一下，我要买关东煮。”

车子开进老城区的文人广场，孟听枝看着窗外，急忙喊停。

车子慢慢减速，孟听枝解了安全带，朝对面的停车区看了看，她跟程濯说：“你就把车停在这儿好吗？我们去逛逛吧，好像待会儿就要下晚自习了。”

程濯打着方向盘，往后视镜看，找到临时停车位。

“徐格说谭馥桥铺了新路，晚自习还有人往这边走？”

“有啊。”

孟听枝拉着他往灯火通明的铺面走去。关东煮的香气隔着街道飘过来，饿了一天，晚上那几例精巧点心，她根本没吃饱。

这会儿她鼻子一动一嗅，瞬间食指大动。

冒着淡淡热雾的关东煮每一种看起来都好有食欲，尤其是这种密密匝匝煮在一起的食物，热腾腾的，不仅勾人味蕾，而且色调温暖，给人一种视觉上的治愈。

孟听枝把食物往圆圆的纸杯里装。

“这边有网吧，而且，你不觉得老城区的房子一入夜就黑压压的？这条街店面又多，看起来很适合谈恋爱。”

“你谈过？”

程濯这才反应过来，孟听枝的家就在附近，不出意外，她高中也是读的十四中，而且他读高三的时候，她高一，他们应该还算同校过。

“你读的十四中？”

手指突然被煮锅的边沿烫到——

她“咝”一声弹回手，程濯没追问，只拿过她的手，从铺面服务生手里接过纸巾。

还好没有烫伤。

程濯替她把手指擦擦，不让她再碰：“你指，我帮你拿。”

孟听枝捧着纸盒，探眼说：“海带结！”

程濯照做。

“鱼豆腐——我读十四中，比你小两届。”

程濯反应很快：“所以之前你说我跟乔落，不是徐格告诉你的。”

孟听枝点头，“嗯”一声。

“还要那个豆皮。”

他没什么情绪地勾了一下嘴角：“那你误会我还挺久的。”

说完，一串散发着热气香味的豆皮被放在孟听枝的杯里。

纸杯递上去，由服务生结账、添汤。

他们买得及时，再迟几分钟就要跟下晚自习的十四中学生挤在一起排队了。这么多年，十四中的晚课铃声都没有变。

逆着晚自习的人潮走到十四中附近，孟听枝很快解决掉一杯热食，回头看灯火煌煌的秀山亭，穿着校服的少男少女打打闹闹，哪怕陈砖旧瓦，长街也鲜活。

“我读高一的时候，你人气很高。”

他记着她呛烟，便站在下风位置，低头拢火，点了一支，再说话，声音就浸出几分沉哑：“听了不少八卦，都信以为真？”

孟听枝想想：“嗯。”

孟听枝想起他们在十四中天台上的交集，想去看他手上的那块表、牵起他的手，却只见一只茶褐色牛皮表带的休闲男表，环在他冷白腕骨上。

“之前那块表呢？”

程濯也低头看：“坏了。”

那表是有年头了。

“送去修了吗？”

程濯唇角露出一道清冽的弧：“不修了，可能也修不好了。”

“那表是我妈妈送我的最后一份生日礼物。我跟她，”他斟酌着说，“不太亲。她送我时，我也没戴。她去世之后，我倒是一直戴着。”

冷淡白烟渐渐弥散，他隐在烟雾之后，面目模糊。

这是第一次听他提起他家里，孟听枝静静听着，没有放开他的手。她指尖温软，从他的手腕慢慢摩挲到他的手指，最后停在他无名指的那道细疤上，一下一下轻柔地用指腹描绘着。

愈合得不够好，伤处有一点增生的凸起。他这双手骨相极佳，硬是叫这瑕疵似的疤痕，横出了一种因破坏而更真实深刻的美感。

她记得他高中在窗口阳光里转笔时，手上是没有这道疤的。

“这是怎么弄的？”

打火机底座有颗绿钻，他不记得就算了，自己手上有条细疤，竟然也要恍然再打量一番，才能慢慢想起相关记忆。

“这个？”他垂眼看，睫毛在下眼睑映出很浓的阴影，“留学的时候打架留下的。”

“你打架？”

程濯看着她的反应，笑了：“怎么比我说我不会同时交两个女朋友还要惊讶？我看起来体力很差？”

“不是。”她将脸上的惊讶收拢起来，摇摇头说，“只是，你看着不像喜欢和人动手的人。”

“在徐格的酒吧，我打过，当着你的面。”还是为了她。

孟听枝抿住唇，细细手指一根一根往他指缝里滑。他有感应，顺着她的动作放松了力，然后五指严丝合缝地被她扣紧。

“那……留学的那次，也是英雄救美吗？”

程濯将烟头扔进路边的垃圾桶。

“在旧金山，离唐人街很近，那个女人来这边探亲，一头黑色卷发，穿着旗袍，披着丝巾，手里拎着一个布包，刚一下车就被一个黑人抢了，她用中文喊‘抢劫’，我刚好在附近，就帮她抢回来了。”

“她很漂亮吗？”

程濯回忆了一下，觉得这形容不准。

“不能说漂亮，应该是有韵味。六十多岁的一个老太太，还踩着高跟鞋追出去半条街，爬起来第一件事就是哭着理头发，挺讲究的。”

孟听枝“噗”一声，一双杏眼不可思议地瞪圆，亮灿灿的：“六十多岁的老太太？”

“嗯，”程濯看着她的表情，“被保护又不是二十出头小姑娘才有的特权。”

孟听枝又想起那只黑白配色的表，想起那年天台的风。

她一直以为他从不是什么热心肠的人。那年在天台，他能走过来，解下表，递给哭得抽噎的自己，孟听枝一直很惊讶，甚至有过一丝不切实际的暗自猜想，如今才明白。

可她心里并不因这份迟来的通透而感到愉快，甚至有几分淡淡的、不可回顾的空。

不知不觉，他们走回了秀山亭下，恍然间能听到那家三生有信门檐的风铃在响，清脆叮当。那扇门很多人都踏进去过，但不是每个人都走出来了。

耳边是十四中晚归的学子填满长街的欢声笑语。回程至此，孟听枝却也清醒。

这世上没有所谓的殊途同归，十四中的天台不过是书页里乏善可陈的一行，疾翻而过的是她一厢情愿的交汇。

程濯把孟听枝送到桐花巷。太晚了，巷口黢黑，刻了棋盘的石桌孤零零摆在树下，白日里下棋溜达的老头老太不见踪影。但孟听枝还是怕会有熟人出来看到，抓着包跟他挥手："就到这儿吧，我回家啦。"

程濯单手插兜，另一只手提着车钥匙，站在几步外，故意说："不请我去你家喝杯茶？"

阮美云不是没提过，遇到适合的男生，可以带回家来看看，但她知道程濯不是。

他不合适。

"你真的想喝吗？"

不是没人以建议或者以玩笑的方式跟程濯说，孟听枝这样的女孩子，看着乖，话少性子倔，处理不好，以后分手怕是要闹得难堪。但那些人真的想多了，她比他有分寸。

之前有次，约好了一起吃饭，从学校接到人，刚把车停在餐厅的停车场，老宅保姆打电话提醒他今天要回去吃饭。

他想都没想，把安全带卡回去，准备发动车子跟孟听枝说："我带你回我爷爷那儿吃吧。"

她却不动声色把安全带解了，说："其实今天周游也约了我，刚好你有事，我可以去陪她。她最近感情不顺，挺需要我安慰的。"说完，车门就被她关上。

他特意错峰过来，此时空旷的停车场半个人也没有，她形单影只，站在车窗外跟他挥手，催他说快点回去吧，路上小心。

车子缓缓前进，他在后视镜里看着她，有种说不出来的滋味。她越懂事，他越觉得不该留她一个人。连带着回他爷爷那儿吃饭，他也心不在焉，胃口欠佳。

老保姆看着他长大的，晓得他的胃口，又特别疼他，见他不动筷子，一直在问他要不要吃这个要不要吃那个，跟报菜名似的忙活了好久。

他说不麻烦了，老保姆说哪儿麻烦，硬是照他平日的喜好又添了两道热菜。

他爷爷哼哼着，瞧不惯他，说他是顶难伺候的胚。

“哪家姑娘以后嫁给你，也是受罪。”

程濯没来得及开口，老保姆就护着他，盛半碗撇了油的汤放在他手边：“那了不得了，天底下的姑娘估摸着抢着要受这份罪。”

程濯赏光地捧起碗说：“我不叫她们受罪。”

倒是有个姑娘老提醒他，让他照顾好身体。他享受和孟听枝的相处，喜欢她身上无欲无求的温淡，也喜欢她偶尔黏人的甜，但再往深点儿，大雾茫茫，空缺的部分是什么，他也不清楚。

当下，在桐花巷口，他轻轻一笑：“是我自讨没趣了。”

人在感情里一旦贪得无厌，就会变成最下等的赌徒，连筹码都吝啬拿，却想着空手套白狼，通赢全场。

孟听枝望过四周，然后走上前去把人抱住，脸蛋隔着衬衫贴着他。

整个老城区的深夜都是暗的。她陷在那片黑暗里，声音低柔而清晰，说：“程濯，我已经很开心了，我希望你也开心。”

阮美云忍着睡意在客厅等孟听枝回来，电视里放着打发时间的重播电视剧。

孟听枝进门换鞋。

听到声音，阮美云走过来，忍不住数落：“你们学校安排的这都是什么实习工作，三天两头这么忙，做着累吗？”

因为沈书灵的缺席，孟听枝今天下午加晚上的确过得憋屈，但有了程濯的开导，回家时阮美云竟然还能这么关心一句，她心里忽地就温暖充实起来。

她摇摇头说："还好。"

家里今天炖了乌鸡汤。乡下买的散养乌鸡，阮美云托了关系才买到的，自己杀自己煮，很得意，孟听枝说晚饭吃了，吃不下了，她都要热了盛一碗出来。

"喝半碗，鸡汤又不占肚子。"

大事小事，孟听枝从来拗不过亲妈，最后坐上饭厅的椅子，拿着瓷勺一小口一小口喝。阮美云就坐在她对面一直看着她，看了一会儿，忽然很温情地伸手别了一缕发丝到她的耳后。

孟听枝人一顿，觉得今天阮美云有点不对劲。

"怎么了妈？"

阮美云看着她叹气，过了会儿说："你堂姐要订婚，带了男朋友回家，今天下午还来咱家了，喏，还提了几样东西来。"

孟听枝顺着阮美云的视线看去，客厅地上摆着果盒和茶叶。

"然后呢？"

"没什么然后。你堂姐打小眼尖，也是真会挑人，那男的据说是个机长，一米八的个子，面相也挺好，独生子，家里条件也行。"

孟听枝喝了一口汤："那不是好事吗？"

阮美云又叹："是好，见了都说好，隔壁小莉她妈都说好。"

"哦。"

"小莉她妈还说了，你比你堂姐好看，读的大学也比她好，她下头有个弟弟，你是独生女，你样样都比你堂姐好，以后肯定能找一个比你堂姐更好的。"

孟听枝头疼地喊着："妈……"

阮美云知道她的意思，恨铁不成钢地一声叹，扬声夺了话："我立马就说了，那可不一定，我们家这个闷疙瘩，一点事儿都不会来！"

阮美云接了孟听枝的空碗，去水龙头下冲洗。

孟听枝就坐在饭厅椅子上看着她的背影，好像已经没有以前追着孟辉满巷子打时那样挺直了。

正发呆，阮美云归置了碗，转过身擦手说："我现在对你是不抱希望，你就找个踏实可靠的，健健康康，手脚勤快，条件嘛，差点就差点，只要能入赘到我们家，我们家也养得起。"

孟听枝目瞪口呆：入赘？

阮美云没顾及孟听枝的脸色，顺着这个思路继续说下去。

"我跟你爸也还年轻，到时候还能帮你们带孩子。现在这房子住五口人是有点挤，过阵子，我跟你爸去附近新开的楼盘看看。到时候你们住外头，平时常回来吃饭就行了。

"我这辈子算是被你爸害惨了，二十年，我是打啊骂啊，他半点志向生不出来。也倒好，我现在也跟他差不多了，日子嘛，混混也就到头了。"

孟听枝轻声打断："妈，你是不是想得太多了？"

"我倒是想想得少一点。"阮美云不快活地哼了一声，按灭厨房的灯，单方面结束话题，恢复硬声硬气，"赶紧上楼睡觉。"

孟听枝上楼，走到一半又被阮美云喊住："过两天生日在家过吗？"

孟听枝顿了下："跟朋友过。"

阮美云有些不是滋味地撇撇嘴："也好，你们现在年轻人的时髦我们是赶不上了。"

第二天早上孟听枝醒来，手机里躺着两条新消息。

一条来自沈书灵。昨晚听了程濯的话，她没有"顾全大局"帮沈书灵做剩下的扫尾工作，虽然会耽误设计组今早的工作，但是谁失职谁背锅，谁也不欠谁。

估计陈教授又发了火，沈书灵把怨气发到她这儿来了。

孟听枝公事公办地回复她——

孟听枝：工作上的事，在工作群里聊。

孟听枝说完翻出昨天还没弄完的文档，直接发进群里 @ 沈书灵，让她直接找设计组的对接。

沈书灵之前的会议都没来，跟设计组那边基本无联系，又找孟听枝私聊。

沈书灵：我哪知道是设计组的谁？孟听枝，我们无冤无仇，你这么搞我有意思吗？

仇怨是算不上，但是同系同班，同为美女，旁人老拿她们做比较，就是无冤无仇，谁当真谁较劲，也多得是心生芥蒂的时候。

孟听枝以前容忍过她几次，现在懒得以和为贵。她自己有实习，要做毕业设计，还要谈恋爱，没那么多精力去帮别人。

孟听枝：我们非亲非故，你老占我便宜有意思吗？

过了好半天，沈书灵应是被她气到了，直接把电话拨过来，声音气急败坏。

“你现在让我怎么去对接？许明泽都把我微信直接拉黑了！”

这点孟听枝倒是意外。

许明泽做事稳妥，看起来不像这种会跟女生计较的，但她一想，沈书灵也不是一次两次挑战许明泽的行事底线，也是情理之中。

孟听枝把许明泽的电话号码发过去，说：“最后一次帮你。”

忙完沈书灵的事，孟听枝点开另一条消息，阮美云又给她转了一笔钱。

阮美云：跟朋友好好玩。

孟听枝收了钱，换了衣服下楼。

歪在沙发跟七大姑八大姨打视频的阮美云忽然喊住她：“天阴，

你多穿件衣裳。”

孟听枝上楼，在蓝色的布裙外搭了一件白色的羊绒衫，发尾用金属质地的抓夹随意挽住。

黄婷换了新男友，已经搬出去跟男友同居，上个月那辆车开进学校，停在女生宿舍楼下，戴金表的男人替黄婷拿行李箱。

周游靠在门框上啃苹果，拿下巴点了点黄婷的桌位：“就说她那些包是假的，要是真的，她能不带走？”

结课后，孙淑淑跟男朋友去西藏自驾游，浩浩荡荡一帮人，也不知道什么时候回来。

周游提前在中心区那边租了一个精装的三室一厅，实习期也要出去住，孟听枝惊讶她居然找实习了。

周游说：“没啊，哪儿是工作啊。”桌子上那两张打印纸被她捏起来潇洒地挥挥，“实习的证明文件我爸已经给我弄好了。”

“那你怎么租到中心区那边了？”

周游理所当然地说：“那不是离金霖路近，附近吃的喝的也多吗？”

大四实习，只是要拿些穿的衣服走，宿舍也没搬空，书、镜子，各种小零件还是摆在桌上，人一空，倒也不显得那么清冷。

孟听枝本来实习期打算回家住。艺术公社离老城区倒不远，就是偶尔跟程濯出门会有点不方便，总得想些七七八八的理由。

所以，周游邀请她搬过来一起住时，她想了一下就答应了。周游说这房子整租一年，租金她爸已经交过了，只要孟听枝拎包入住就行，她俩还能有个伴。

但孟听枝不想白占周游便宜，坚持要付她一半的房租，两人争了半天，最后定了孟听枝付三分之一房租，周游则蹭孟听枝的水果零食。

这话说得孟听枝想笑。她买零食根本没有周游频繁，也没有周游那么五花八门。

生日前一天，孟听枝和周游一起出门吃了顿饭，地点就在新小区附近的商场。孟听枝从桐花巷赶过来，路上堵车耽误了一点时间。

近中午的天色阴灰，她身上那抹蓝白清透似一滴纯露，迎面小跑来，叫人看了神清气爽。

“路上太堵，我来迟了。”

逢周末，商场人多，这家网红火锅店门口更是排满了人，周游捏着等号单子的手往孟听枝肩上一搭：“不迟，排到我们估计还有半个多小时吧。”

“那我去买点喝的。你喝什么？”

周游说了个奶茶名字，在这儿继续排，孟听枝去了负一楼的奶茶店。

自助点单成功，显示前面还有十二单，孟听枝叹了口气，避开人群给周游发消息说，这边也要等。

正排着队，没想到会看到熟人。

薛妙推着坐在轮椅上的男人，面带微笑跟他说话，旁边还跟着一个中年阿姨提着大包。

那男人看起来三十多岁，双腿上盖着厚实的灰色羊绒毯子，宽肩瘦骨，像是病久了，就算笑起来都有些力不从心的病态。

他们停在玻璃花房前，原木架上摆着许多花筒，花筒里插着艳丽又新鲜的花卉。

孟听枝才注意到，薛妙今天穿了一套宽松舒服的针织裙，没有穿着旗袍时有女人味，却格外温馨居家，尤其蹲在一片花海前回头盈盈微笑，问轮椅上的男人喜欢哪种时更甚。

等他们买完花走了，孟听枝才回过神。奶茶店的窗口里已经在喊她的号码，她急匆匆地应了一声，接过奶茶说谢谢。

她在柏莘撞见过贺孝峥吻薛妙。旗袍盘扣严正规矩，男人手下毫不爱惜的动作越扯越凶，隐晦光线落在沙发一侧，将明暗勾勒得分明。

他们栖身冗热黑暗，有裂帛的声音。

孟听枝当时惊得跑出来，迎面遇上停好车从门口闲步过来的程濯。他看她神色不对，把人拉过来，摸了摸她的脸问怎么了。

孟听枝虚握着他的手，最终摇摇头，什么也没说。

就像徐格老爱开玩笑提到的沈思源的小妈，孟听枝第一次见到本尊，怎么也没想到会是美院那位鼎鼎有名的学姐，还是旁人先反应过来问她们是不是一个学校。她只是淡淡地应着，不多说，不多问。

吃完饭，周游又拉着她看了一场电影。

赵蕴如的首部大荧幕女主戏，男俊女美的都市爱情，最大的卖点是息影多年的赵姝特别客串。

影厅的灯随着片尾字幕亮起，散场的观众踩着厚重的静音地毯出来。

多数女生都用一种惊叹的口吻提及赵姝。

这么多年一点也没老，谁能看出来她今年四十岁了。女明星冻龄实在太绝，不说她是赵蕴如的姑姑，说是姐姐也有人信。

第十三章

立冬日

生日怎么过，程濯问过孟听枝的意思，孟听枝当时想了想说，不想过得太热闹。

连自己的生日都懒得操心，何况是别人的生日。程濯没有半点经验，去问了一年三百六十五天，能把三百天过得像过节一样热闹的徐格。

徐少爷倒大方，一听程公子能有这份闲情雅致，拿出为发小两肋插刀在所不辞的架势来，说能在那天把 TLu 挪出来，场子热炸了给孟听枝庆生，小姑娘怎么喜欢就怎么操办。

徐少爷认识一票国内顶级策划师，搞浪漫现场，分分钟能给出八百个方案，包孟小姐满意。

“到时候呢，让孟听枝把她的那些朋友，姐姐妹妹的都喊过来，谁瞧了不羡慕死她。小姑娘嘛，不都喜欢这种全世界围着自己转的调调。”

徐格自己说完都快感动了，真是满分生日。结果，孟听枝一句不想过得太热闹，直接把方案毙掉。

徐格还来问后续。

程濯在电话里跟他说："你那场子用不上了。"

"那你怎么给她过？出国是来不及了，濯哥哥，咱可不兴搞热气球玫瑰花海什么的，俗死了，给乔落知道，她能笑话我半年。"

程濯回道："就简单吃顿饭。"

徐格停了几秒，无话可说地挤出三个字"那行吧"，挂掉电话，扭脸就摇头叹气地跟人感慨："孟听枝算是跟错人了，程公子是真不会，跟这种无聊的男人在一起，人生又有什么乐趣呢？"

角落有人吐出一句："程公子秀色可餐。"

"滚滚滚！"徐格翻着白眼骂，"老子不可餐？"

那人敷衍笑着说："可餐可餐，不仅可餐，还能天天把人气到饱，程濯不如你。"

徐格："……"

生日那天，孟听枝一早就收到了不少生日祝福，从昨晚过了十二点，手机里的消息就没停。七大姑八大姨给她发了红包，早上起来，她迷迷糊糊地躺在被窝里挨个领，回了好一阵子的"谢谢"才放下手机，穿上拖鞋去卫生间洗漱。

她出房间时，客厅的门也正好打开。

平时有课都赖床赖到极限才起的周游，竟然一身运动装，手里拎着早饭回来了。

孟听枝站在客厅，一整个看傻眼。

周游放下东西，往沙发上"大"字形一躺，累瘫了。

"他早上六点下班，七点到家，不睡觉，提着包直接去健身房晨练，随便一跑就是五公里，这还仅仅是热身。高中毕业的学历能在TLu混成这样，他是真有厉害之处，也是真难追。"

周游说的是住同小区的施杰，之前说什么这房子附近吃的喝的多，都是假的，她那是打听好施杰也住这儿，特意搬过来近水楼台先得月。

近是近了，只要费点心，三不五时就能制造一场偶遇，但那月，周游也没得着。

“你吃那个，给你买的。”

孟听枝拆开还热着的小煎包，葱油味很香，咬半个在嘴里问：“你跟着一起跑了？”

周游还在喘气：“那可不？”

孟听枝去厨房倒了一杯水，放在周游手边，定定地说：“我感觉到你这次是认真的了。”

“那可不？连他常去的那家理发店我都办了卡。”说完，周游拉住孟听枝的衣角，“他的理发师告诉我，他还喜欢看书呢。南门对街不是有个自习室吗？他一休假还喜欢往那儿跑。枝枝，你家里有没有什么旧书，带几本给我，最好是那种翻旧了的。”

“我下次回去给你找找。”

周游嘻嘻一笑：“枝枝真好！生日快乐啊枝枝！你就穿这样出门约会啊？”

孟听枝看自己，休闲白毛衣配牛仔裤。

“不是，我们晚上才出门一起吃饭，待会儿去艺术公社。”

周游捏了捏拳头：“沈书灵要是敢找你麻烦，给我打电话，我替你去对付她。”

周游的嘴就跟开了光一样，说找麻烦，孟听枝还真被沈书灵找上了。

这位货真价实的名媛在美院因为有院长侄女的身份，一直风光无限，孟听枝还是头一次见她这么面色灰败。

她拿出的方案被许明泽说得一无是处，出了会议室，她几步追上前，把这笔账算在了孟听枝头上。

“要不是你上次让我在陈教授那儿出了那么大的丑，里面那些人今天敢这么挑我的刺？”

现在人人都敢拿着陈教授来压她。

孟听枝只觉得好笑：“是我吗？不是你屡次缺席，又信心满满不会被发现，才出的丑？即使你习惯了享受特殊待遇，也应该明白没有人有义务帮你，而且我希望你清楚，之前那么多次，我并不是愿意帮你，是我闲得无聊，是我乐意施舍。”

沈书灵眼睛瞪大，被怼得说不出来话，惊讶之余，又暗暗打量起孟听枝来。

艺术学院向来美女如云，孟听枝算不上拔尖，却是很有个人风格的一个。

这种风格也不是外在的出挑和奢侈的打扮。

大二上美学概论，授课老师是个长发艺术男，他说过，这世界上有两种美，一种是不饱和的，例如红花需要绿叶配，红花就是不饱和的美，独艳不成芳；另一种是饱和的美，例如她们班的孟听枝，她的气质就很完整很独立。

贴吧里还有人说，美院多的是喜欢搞特立独行的美女，只有孟听枝，穿着黑色吊带裙，能穿出那种艺术生特有的空灵气，像林间扑簌簌飞来又转眼消失的鸟，同时具备尖锐和柔软这两种矛盾的特质。

这种评价，沈书灵从来不屑。

也不单单不屑孟听枝一个，所有评价高于她或者可能高于她的美院女生，都多多少少受过她的嗤之以鼻。在她看来，孟听枝不过是一个不太爱打扮的寡淡女生，连性格都没特点，撑死了五官底子不错。

可这一刻，沈书灵像从没见过孟听枝似的，真从她身上看出授课老师说的那种完整独立。

那是一种自顾自的专注。就像她说的，之前她帮自己，不是什么性子软、烂好人，就是单纯无聊，能做就做，谁来了，她都会帮。她也不说“我都帮你那么多次了，之前也没见你谢我”这种话。她对外界的反馈是麻木的，喜或恶，她现在根本就不在乎。

她本来憋了一肚子想跟孟听枝吵的话，忽然就显得很多余，孟听枝变化太大了。

孟听枝走了没多久，小组里的一个学姐追出来，手里还提着一份包装精美的礼物。

“孟听枝走了？”

沈书灵看着学姐手上的礼物袋，面色不爽地回答：“走了，怎么了？”

学姐说：“今天她生日，我们给她准备了一份生日礼物，刚刚开完会，忘记拿给她了。”

这群人刚刚集体嘲讽过自己，现在给孟听枝准备礼物倒是积极。沈书灵跟孟听枝同班三年多，一直觉得她属于做好事也落不着好，没存在感的人，不知道什么时候，她竟然能跟刚熟悉不久的学长学姐打成一片了。

集体送礼物这种事，肯定是先要有人带头提议，她立刻多了一个心眼。

“你们怎么知道今天是她生日的？”

学姐回答：“是明泽说的，礼物也是他选的。”

沈书灵冷笑。

白天艺术公社人多，之前邓锐开会来过两次，怕被人认出来，没把车开进园区，停在了门口的花坛附近。

接到人，他先送孟听枝回了一趟家。再出来，她换了小巧的拎包，小黑裙搭配白色休闲西装，领口坠着细细的链子，显得脖颈白皙又纤细。

上车时，邓锐看着她，被孟听枝回看过去。他笑一下，解释：“孟小姐，你过生日穿这么素啊？”

“没人规定，过生日要穿大红吧？”

“也是。”邓锐发动车子，又在后视镜里看了眼孟听枝，由衷地说，“你穿黑色真的很好看。”

她是乍看很柔的一类长相，深色、纯色更能体现她身上那股清冷的气质，凛凛如弯月，散发着温柔的光，不失棱角。

餐厅是半露台设计，穹顶玻璃能将苏城中心区璀璨的夜景收归眼底，暖气足，孟听枝进来，很快脱了外套。

吃完饭，她手上多了一串手链。四叶草红玉髓将她整个细白手腕都点亮，链子不便宜，也不算小众新奇，山寨版多的都有些烂大街。但就是因为这份烂大街，才叫对送女生礼物一窍不通的程濯有了主意。

孟听枝在云安古镇买过一条红色的猫眼石链子，一百八两条，后来弄丢了。也不是什么贵重东西，她没有在意，程濯却记着。

“你戴红色的手链很好看。”

孟听枝点头说喜欢，想起来时邓助理说她穿的素，她倒不在意别人，只想问他。

程濯抬头看她，目光从她修长脖颈移到被黑色细肩带搭着的平直肩线，深邃的眸子里熠着光。

“穿黑裙子也很好看。”说完，他弯唇一笑，“就是太瘦，有点硌手。”

孟听枝本来想说时间还早，去看场电影，出了餐厅，看见世腾中心的楼体珠宝广告，中短发的乔落又飒又美，忽然想起了赵蕴如的新电影正在上映期，宣传力度十足，电影院里随处可见她的海报，于是作罢。

她扣着程濯的手，迎风挽了一下自己的头发说：“我们回家吧，回家看电影。”

附近就有电影院，程濯自然而然地问：“不去影院看？”

听乔落提过赵蕴如和赵蕴如的姑姑，话语间，程濯好像很不喜欢她们。

“不去。”孟听枝摇头说，“就想我们两个。”

“那包个场。”

孟听枝：“……”

她忽然问他：“程濯，你知道我刚刚吹蜡烛许的什么愿吗？”

“什么？”

“我希望你能听我的话。”

闻声，程濯一笑，看着她好认真的样子，伸手捏她下巴，左右摆了摆说："行，愿望成真。"

愿望半路出了岔子，车子坏了，开进时安路就熄了火。

孟听枝看了一眼外头，已经出了中心区，高楼林立后有一片老建筑，围着大片建筑绿网，正在动工拆迁中。不远处，矮窄街道间有个灯火热闹的夜晚集市。

"看来愿望真的只能在心里许，说出来就不灵了。"孟听枝趴在车窗上小声说着。

身后传来一道声音："那你再许一个试试？"

"啊？"孟听枝蹙着细致眉心，转回头，为难地问，"这怎么许啊，都没有蜡烛了。"

"有。"

闻声，孟听枝看着他。

程濯从兜里摸出来打火机，拇指指腹抵着按压处，打出一朵橙蓝火焰。他抬了抬下巴，示意孟听枝许愿。

她先是笑，然后闭眼合手，几秒后，睁开眼吹灭火。

她歪头，笑意浅浅地说："这次愿望不告诉你了。"

邓锐找人来拖车修理，他们从这段路直接下去，顺路去逛附近的夜市。

夜市走近要比远看热闹得多，卖什么的都有，有的摊位上还自带音箱放着音乐。有个小摊上卖乌龟，他们走过去停了步。摊位老板是个中年大叔，热情地递来捞兜让程濯挑。

浅浅的水，氧棒冒着细密的白泡，一池龟在里面横七竖八地活动。

他用兜沿戳了戳趴在玻璃缸边沿的一只。那只小龟像怕他似的，他戳一下，小龟就慢吞吞地朝前挪一下，几下就把他逗笑了。

他指给孟听枝看："像不像你？戳一下，动一下。"

孟听枝看到那只小龟费力地爬着，哪是程濯的对手，最后，它干脆一动不动地靠在他的捞兜旁，任他怎么逗也不爬了，只蹭来蹭去。

程濯："还挺黏人。"

刚刚他说这小龟像她，她现在看这小龟就像在瞧自己撒娇，还挺羞耻。

程濯转头：“买这只送你？”

孟听枝咬了咬唇，没拒绝，目光在水池里挑选着：“那得再买一只像你的。”

程公子耻于与小乌龟为伍，一本正经道：“没有像我的。”

老板察觉商机就在眼前，朝玻璃缸里快速一扫，立马手落龟起，溅出几滴水，抓住其中一只大力推荐。

小青龟四脚在空气里扑腾着。

“瞧这只玉树临风龟，四肢有力，身手矫健，气质不凡，就很像帅哥你嘛。”

程濯能信才有鬼，不以为意地继续逗那只慢吞吞的小龟。

老板劝着：“买了吧帅哥，我看你喜欢这只小的，不是说像你女朋友嘛，你就忍心让你女朋友一个人孤孤单单的啊？”一咬牙，老板拿出优惠力度来：“买两只，我多送一包龟饲料！”

付了钱，两只龟被装进带把儿的塑料水箱里，老板笑容满面地递给孟听枝。

半个巴掌大的透明饲料袋在程濯手里晃着，米黄色的小颗粒在薄膜里簌簌响。

他唇边有淡淡的笑意，说：“我可不是图这饲料啊。”

孟听枝一手捧着小水箱，另一手戳着那只体型大些的玉树临风龟，正低眸看两只小乌龟在里面追追爬爬，闻声，倏然抬起了头。

昏灯盏盏的闹市尾，人来人往，空气里有隔壁花摊的香。

她在程濯的眼里看见那些灯光的折影，温温柔柔地聚拢在一处，听见他同样温柔的声音说：“我不想让你孤孤单单的。”

那辆车自从买回来后，孟听枝就没开过，一方面驾照是大二拿的，她早生疏了，另一方面那次碰坏了程濯的车，也确实给她留了点心理阴影，握上方向盘手就有点虚。

趁着入冬后第一次家里亲戚聚餐，阮美云找了大堂哥孟宇带孟听枝练练车。

周五下午，她在艺术公社开完组会，就打车到了常林新区的百汇城。这边有几家 4S 门店，近郊有不少封闭路段，附近还有个规模不小的赛车场。

孟宇前几天已经把孟听枝的车开过来了，约在这里练车也方便。

孟宇穿得休闲，脱了外套，穿着一件灰色高领羊绒衫坐在副驾驶，很有车企高管的精英感，指点孟听枝慢慢上手。

路宽又没人，孟听枝开起来很顺。

她不懂车，也分不清什么模式怎么玩，孟宇都耐心教她：“这推背感还不错吧？”

孟听枝点了点头，握紧方向盘，有点懂了男人为什么喜欢开超跑，挺刺激的。

“等你开顺了，我那儿还有一辆跑车，你可以来试试。”孟宇看天都黑了，拿手机扫一眼，也到了饭点，“枝枝饿了没？哥哥请你吃顿饭。”

他在软件上找了一个评价很高的杭帮菜。城郊的店面很阔，三层小楼装修得气派又漂亮，假山鱼池，水排哗啦啦淌着，为初冬季节添了一丝湿润寒气。

里头灯火很亮，孟听枝拢着外套站在风口里等堂哥。

刚刚在车上聊到二叔家堂姐订婚的事，作为家里长子，孟宇这几年也是被催婚催得厉害。

停了车，他一手拿车钥匙，另一只手往孟听枝肩上一揽，给她挡着风朝里走说：“我头疼死了，不想结婚。”

孟听枝：“为什么呢，有个家庭不挺好的吗？”

孟宇一笑，没跟妹妹说得太白：“不想被人管着，结婚哪有我一个人自在。”

孟听枝却知道，堂哥不是一个人，他下午刚到那会儿在车上接了个电话，娇娇的女孩儿的声音，催堂哥月底带她去泡温泉。

进店后，先点了壶热茶暖身，孟宇把菜单递给孟听枝：“想吃什么随便点。”

孟听枝接过菜单，看了眼对面的孟宇。

像堂哥这样的苏城本地人，家里有房有铺，父母都是编制内的体面工作，自己三十出头就在车企做到了高管位置，个子高人又帅。优秀的男人能有的选择太多了，不想定下来也是常情。

勾了两个清淡些的菜，孟听枝忍不住问：“哥哥，那你以后会想和什么样的女生结婚呢？”

孟宇喝着热茶，刷手机上的新消息，没过心地笑着说：“结婚……那太早了，过几年再想吧。怎么，我妈收买你来问我的？”

孟听枝赶紧摇头：“不是。”

“那怎么忽然问这个？”孟宇看她没点什么，又叫服务生拿了一份菜单来，催着孟听枝，“别光吃素，你这么瘦真要补补。”

孟听枝小幅度点头：“我就随便问问。”

一顿饭吃了一个多小时，最后一道干笋老鸭煲上得慢，就聊了一些家长里短。热汤很鲜，孟听枝喝了一碗，从店里出来时浑身都暖。

附近不知道在办什么活动，在放烟花，声音很响。

孟听枝的手机在这时候响起来，她从口袋里翻出手机，振动的手机屏幕上，来电显示是程濯。

她跟着孟宇往门口的停车坪走，接通电话“喂”了一声，下一秒，她从听筒里听到了烟花的声音，几乎与她所在的位置同步，只是由电流传递过来，多了一层灰膜似的空洞，忽然觉得距离很远。

孟听枝先是仰头看烟花，听到一声轻轻地笑。

她几乎没有想地转过头，看见了室外楼梯上的程濯。木窗玻璃里临摹着古色古香的山水，红光，墨迹，清清明明。

他从落拓灯影里走出来，白衬衫黑风衣，和她今天的打扮倒像情侣装。

挂了电话，看着就要走过来的程濯，孟听枝又看了看堂哥。她从没有想过要让家里人知道程濯，但现在这个情况无可避免。

孟宇也注意到那道晦暗处的黑影，眯起眼：“朋友吗？”

孟听枝做不到撒谎，如实地小声回答：“是男朋友。”

程濯走近，刚好听到孟听枝的声音，眉梢舒朗，目光朝孟宇示意：“那这位呢？”

“我堂哥。”

程濯的表情明显变了几分。

孟听枝忽然很怀疑他刚刚是不是误会了什么才给自己打了这个电话，不过这人一贯能做到喜怒不形于色，这会儿很自然地就朝孟宇伸手：“枝枝的堂哥，你好，我是程濯。”

孟宇脸上的表情变化比程濯还要大，薄薄镜片后的眼睛觑着，有惊讶也有疑惑。

“孟宇。”孟宇看着程濯，面上淡笑，同他握手说，“程先生，久仰大名。”

“你认识我？”

孟宇看了眼孟听枝，笑容加重几分：“你跟我妹妹都能认识，我认识你，很难吗？”

程濯不置可否。

孟宇说：“下午跟枝枝在附近练车，刚好过来吃饭。”

程濯说朋友在附近赛车场办了活动，刚结束，就近在这儿聚，说完，就见赛车服都没脱的沈思源从二楼探头：“程濯，抽根烟这么久？回来啊，真不灌你酒了。”

“遇着孟听枝了，跟她哥哥聊两句，你们先吃。”

那帮少爷堆里，看热闹不嫌事大的，徐格排第一，沈思源就是第二，手比个喇叭状朝孟听枝喊：“孟听枝，程公子是真听你的话，今晚一滴酒都没沾。”

程濯只给他一个字：“滚！”

沈思源回去后，二楼包厢里明显热闹起来了，人影乱蹿。

程濯收回目光，温温柔柔地看孟听枝：“练车？怎么都没跟我说？这样吧，你别麻烦堂哥了，我闲得很，我教你。”

孟宇接过话，露出不咸不淡的一个笑："论车技，肯定是程先生好。"

"哪里，叫我程濯就行了。附近那个赛车场是我一个朋友弄的，有兴趣可以过去玩儿。"程濯看向停车场，"你们开车来的？回去方便吗？"

孟听枝这时才出了声，乖乖"嗯"了一下。

孟宇不是不上道的人，立马懂了程濯的言外之意。

"我还有事要去趟公司，不方便送枝枝，那我就先走了。枝枝，你随时来我家拿车。"

对话比她想象中轻松，孟听枝松了一口气，点头说："好的，那哥哥你路上小心。"

那辆熔岩红的车从程濯面前开出去。

他意外地笑："你的车？"

孟听枝知道自己的车和自己有多格格不入，但阮美云女士要的就是这个效果，恨不得这如火似的颜色能把闷疙瘩孟听枝感染成一锅像周游那样的胡辣汤。

"嗯，我妈选的。"

他一直都好懂她的那些小心思："你不喜欢？"

她又别扭起来："还行。"

他笃定："那就是不喜欢。"

孟听枝跟他回包厢待了会儿，一行人吃完饭，打算回 TLu 继续第二场，提前叫人安排好了。他们到 TLu 的时候，卡座已经热闹。施杰过来跟徐格汇报，顺便跟孟听枝打了声招呼。

他们在小区门口的水果店见过两次。

"很熟？"

程濯从施杰身上收回目光，见孟听枝摇了摇头说："也不算，只是同一个小区，见过几次。"

"周游在追他。"想到周游数次碰壁，孟听枝客观补充，"不好追。"

程濯恍然，干脆好人做到底："那你喊你朋友过来一起玩。"

至于那个安保队长，也就是徐格招呼一声就能过来的事。

孟听枝给周游发了消息，但总觉得有点不对劲，看着被徐格喊过来的施杰，手机里躺着一句周游的“马上马上”，总有种按头的感觉。

好在之后的场面没有朝这方面发展，太不凑巧了，周游是跟乔落一块儿到的，施杰是意中人，那乔落就是周游的心头宝。

“啊啊啊啊，我见到活的了！我的天，是活的！乔落你好，我是周游，我是枝枝的朋友，就之前你还让枝枝送我签名专辑的那个。”

“记得，你也过来玩啊？”

周游紧张得不行：“枝枝喊我的。”

乔落干脆爽快：“哦，那我们一个局，走啊，一起啊。”

偶像的平易近人，在乔落搭上周游肩膀的那一刻就叫她失了智。那晚周游估计连施杰来过包厢都不记得了，从预售专辑说到乔落即将参加的飞行综艺，周游在乔落身边聊疯了。

程濯难得好心帮人牵红线，竟然没牵成，他自己都纳闷：“你朋友真喜欢他？”

孟听枝挠挠耳朵，看着圆梦和偶像一起合唱的周游：“真的，但是她更喜欢乔落。”

凌晨下了雨，地面潮湿，车子从地库开出来，孟听枝看见外头被雨水模糊的世界。

稍稍把车窗开一点，刀口似的冷风就剜进来一道，孟听枝打了个激灵，赶忙把车窗合严实。

回到枕春公馆。

刚刚在车上，孟听枝打了几个喷嚏，换了鞋，程濯接过孟听枝的外套和包，催她先去泡个热水澡，去去寒。

淋浴很快，程濯套了件松垮的浴袍出来。手机亮着提示灯，看完新消息，他一边回复一边去楼下倒了牛奶送进微波炉，一分钟后取出来带上楼。

浴室的推门被拉开，眼前是这样一幅画面。

墨蓝潮湿的冬日雨夜，热气氤氲，浴泡如雪，乌发松松簪着，只垂着细细几缕，蜿蜒在瘦白似玉的背脊上——像画，松枝梅骨一般的水墨。

趴在浴缸边缘的画中人扭过头来，柔净面庞带着软笑，泡出粉红晕泽的手指着单面玻璃外一处闪烁灯塔。

“那是什么啊？”

程濯走过去，在木台上放下热牛奶，顺势看去：“一个新会所。”

孟听枝往水里缩了缩，捧着热牛奶，双肩凹出深深的窝。她喝了一口，甜热气暖到心里。

“挺好看的，那个塔尖像孔明灯。”

程濯手指抚她唇侧：“喜欢？等开业了我带你去。”

“还不知道里面是干什么的呢。”

“那就去看看，瞎看看。”

他少年时代的那股懒惫劲儿在多年后被发挥到极致，乍看就是个游手好闲的公子哥，倦气又将就，经常挂嘴边的两个词就是“随便”“凑合”，二十来岁就透着一股暮气。万事不过心，他懒得往任何事情费力气。

除了亲她。

他一直很温柔，最初几回亲近，她实在生涩，半点配合也不会，他都耐心引着她进入状态。唯独接吻，总是凶悍得很，见她脸红到耳朵尖儿喘不过气来，他像使坏得逞似的高兴，捧着她的脸，将她的眉眼鼻尖细密地一再啄吻。

牛奶还剩半杯，杯壁挂着余白，一层层往下渗。

孟听枝手臂环上程濯的脖颈，淅淅沥沥地被人从浴缸里抱起来。他一手托着她，另一只手扯出宽大浴巾披在她的背上，把人抱进柔软的床铺。

睡到下半夜，程濯听到身边窸窸窣窣的声音，睁开眼，只见他搁置在床边的黑色衬衫被拉高，挡住纤细映光的肩背。

他还没醒，探出手，在没开灯的房间里准确无误地抓住她的手腕：“去哪儿？怎么不开灯？”

不开灯自然是怕打扰他。孟听枝折身趴回他身边，想叫他继续睡，用低柔的气音在他脸侧说：“我突然想起来龟缸摆在窗边，雨下大了，我怕有冷雨打进来，我去楼下看一下。”

细听，玻璃上有急雨砸出的唰唰水声，隐隐和着闷顿冬雷。

手腕上的力道加重，又把人拽回来。

“我去吧。”呼出一口未醒透的浊气，他声音哑哑的，作势掀被起身，又想到在云安那次孟听枝怕雷，躲在被子里。

“你要是怕，就一起？”

孟听枝手指滑进他干燥温暖的掌心，紧扣住，俏皮说：“我不怕，我跟着你，保护你。”

他闷闷一笑，头一次听女生要保护他，他牵着她说用不上。

程濯是真没醒，眯着眼下楼，脚下半踩空，在楼梯上虚晃了一下，孟听枝撑着他的胳膊拦了一份下坠的力，之后便笑起来。

“还说不要我保护？”

程濯微哂，点头配合：“是，我离不开你。”

孟听枝闻声抿了唇，松开他的手，先一步跑去看两只小乌龟，果然被扫进来的冷雨淋到。两只小乌龟深夜活跃，瑟瑟缩缩，还在石子缝里爬来爬去。

孟听枝给龟缸换了一个位置，程濯去关窗。

抽来一沓纸巾，孟听枝把缸上的雨珠细细擦干净。关窗的程濯肩臂也被打湿了一点，虽然也就几秒的工夫，但他裸着上身也是真不怕冷。

孟听枝擦完两只龟，又去擦他：“你小心感冒。”

他笑她太贤惠，贤里有娇：“身体好。”

孟听枝一努嘴：“骗人。”纸巾丢进垃圾桶，她手指在他身上戳两下：“你老仗着年轻乱来，胃啊肺啊以后都不好了。”

程濯扑哧一声，孟听枝拿他一点办法都没有，捏着拳，气呼呼地打他一下，声音闷软：“你还笑！”

程濯身子顺着力故意朝后一摆，好像被她打得不轻似的，看她鼓起腮生气，笑意没停，反而更盛。

他拉着她的手，贴在她刚刚戳过的位置说：“这地方不叫胃，是肾。”

孟听枝的脸唰一下红了。

手还被他按在身上。男人的皮肤跟女人不同，不柔软，但光洁滚烫，蕴藏着力量和火焰。

手指不由自主地在那寸皮肤上蹭挠了一下，孟听枝抬起眼，忽然就很想亲他。

冬夜，雨声，暖室，心上人。

这样的夜晚太难得了，人处于美好里总是不由自主地往未来设想，即使一早提醒过自己，也难免有迷失放纵的时刻。

过了一会儿，她温声温气地问：“程濯，你之后还会这么闲吗？”

“怕我没时间教你练车？”

“不是，就问问呀。”

小腹一暖，感知到细密的抚慰，扭身挪出一点空间，供他肆意妄为。那抹热移到她背部，瘦弱的脊骨似一个个琴键，他手指灵巧地弹着夜曲。

“恐怕难，我家里早就想着治我了。”

他的声音像开玩笑，但话意都是真的。

老爷子催过好几次，他一直敷衍应着，今晚他那位神龙见首不见尾的父亲还难得给他发消息，下个月有个惯例的集团年会，叫他必须参加。

很多想问的话，没出口就在思忖里收了声，最后，她只蹭蹭他说：“我毕业那天，你可以来吗？”

“毕业？六月份？”

“嗯。”

“那还远着呢。”

孟听枝低声：“就是太远了。”

没听清，程濯偏头：“你说什么？”

“你能不能来？”

他一贯是懒得想未来的人，连当下的日子过得都有几分浑噩，可夜暗灯明，她眼里灿着星，看着他，他也肯拨一层厚雾，回应她的期盼。

“嗯。”

“真的？”

程濯才是真拿她没办法：“又不信我，非要拉钩？”

孟听枝不认这娇纵的罪名：“什么时候说非要拉钩了？”

他更夸张了：“写保证书？”

孟听枝服了，偏头一笑。过了几秒，她认真肃容，朝他伸出小指说：“那拉钩，答应了就不可以骗人啊。”

程濯勾住她的小指，由着她一本正经完成幼稚的盖章仪式：“不骗人，保证不骗孟听枝。”

那两只乌龟不睡觉，默契十足地前爪贴在玻璃上，转着黑溜溜的小眼睛看着他们，像是在见证重要时刻。

孟听枝被盯得发笑，太蠢萌了。搭在程濯肩上的手臂晃两下，她突发奇想：“给它们起个名字吧？”

程濯看着玻璃龟缸，一只大一只小。

“不是有？”

孟听枝微惊地眨眼：“什么时候？”

“摊主起的，”他指那只大的，说出“官方”认证的名字来，“玉树临风。”

孟听枝失笑：“那另一只呢？”

“我起的。”

“什么？”她怎么记不起来他给乌龟起过名字？

程濯贴到她耳边，慢条斯理地说出三个字。热气卷耳，孟听枝眸光瞬间一漾。

他点她鼻尖讨夸：“是不是好名字？”

雨声转静。关了客厅的辅灯，她拉着程濯上楼睡觉，跟两只乌龟说晚安。

第二天果然降了温，湿漉漉的冬雨顺着透明伞沿往下滴，到了艺术公社雨才停。

孟听枝收了伞，迎面看见从文印室出来的许明泽，露出一个笑打招呼："许学长，下午好。"

许明泽微笑，看着她脖子上那条白色的围巾："下午好。"

孟听枝捏了捏羊绒的软糯质地，这是之前生日，组里的学长学姐一起给她买的礼物，一直放在枕春公馆，今天降温，没找到厚外套，她就拿出来围上了。

"C 区墙绘主图还有几天？"

孟听枝将伞放进门边的收纳筐里："这周内吧！第二次买的拼图木料纹理不对，有一部分在拆除重构。"

许明泽闻声冷冷一笑，眼底闪过的鄙夷毫不掩饰："人走了还要添麻烦，那辛苦你们了。"

沈书灵退出了项目组，原本进来就是为了给实习镀金，现在彻底得罪了陈教授，留下也是自己找罪受。

陈教授学究做派，沈书灵当初能进来已经算是她给沈院长最后的面子。

孟听枝告别许明泽，提上自己的画包去了 C 区。没过一会儿，墙绘组的另一个学姐也拿着画包过来，一看见孟听枝就夸她的围巾真好看。当初礼物就是由这位学姐交到孟听枝手上，并跟她说"生日快乐"的。

孟听枝笑笑："是学姐的眼光好。"

学姐摊开册子，人一愣："我？"

孟听枝手里的画笔停住，神情纳闷："这不是你给我挑的生日礼物吗？"

学姐恍然："哦，不是我啊，我只出了一点钱，礼物是明泽去挑的。"说完，她深深地打量孟听枝脖子上的围巾，"明泽看起来有点直男，没想到，他的眼光还挺好的，很适合你的气质。”

孟听枝轻轻应声，心里很意外许学长师承陈教授，一贯是公事公办、极少容情的人，没想到竟然是他去挑的礼物。

室内没暖气，过了一会儿，孟听枝说有点热，把围巾摘了，放在一旁干净的架子上，顺手拧开自己的保温杯喝水。

学姐也走过来休息。

整个回忆展按舒晚镜的作品风格分为三期。一期主题叫“黑白光影”，是初期作品，个人风格非常强烈，用极简的色调来体现画面的多元。

二期主题叫“荆棘边境”。这个时期她的创作风格发生巨变，色彩明艳跳跃，以大面积晕染为特色，在杂糅的同时保留棱角，也是唯一出现人像的时期。

第三期，也就是现在的C区，主题叫“感官印象”，很难提炼出具体风格，甚至有多幅未完成的画作，色调大多寡淡抑郁。也是因此，C区的墙绘以枯木为底图来呼应作品里陈旧的破碎感。

孟听枝发着呆。她经常在休息时间发呆，看着册子里舒晚镜的个人作品，她会不由自主地去联系与之相关的那个时期的程濯，他的状态是跟他母亲一起变化的吗？是什么导致了舒晚镜的作品从明艳跳跃转向了寡淡抑郁？是那位赵影后吗？

孟听枝有时候会觉得彼此已经亲密无间，有时候又会觉得，自己对他的世界一无所知。

至今，程濯只提过一次舒晚镜，在长街。

那只表他戴了那么多年，但是沉吟须臾，他只说了三个字“不太亲”。

学姐第二次喊孟听枝无果，直接伸手在她面前挥了挥：“枝枝？”

孟听枝回神。

“方便问一下你这条手链多少钱吗？”学姐压着声，带着笑，“我想买一条手链给自己当年终奖励，老同学那边给的代购价有点虚高了，我想比比价。”

穿着长袖，手链一般露不出来，刚才调颜料的时候，她撸了一把袖子，这会儿那串稠艳流光的红玉髓在她手腕发着光，满怀奢气。巧在她气质清冷柔净，不仅撑得住这份明艳，还格外的互补融合。

东西是程濯送的，他不会说价，她自然也不会去查。

“这是别人送的，我也不知道价格。”孟听枝想到周游，她经常代购，“我有个朋友懂这个，我帮你问问。”

学姐开心道谢，孟听枝说小事，就给周游发去信息。

周游回复得也很快，还好心提醒现在的行情。

周游：超过这个价铁定亏了。

学姐一听价格脸色都变了，愤愤道：“还老同学，跟我玩杀熟呢！”

周游又来了信息——

周游：枝枝，你下次回家别忘记帮我带旧书啊，尤其是那本施杰在找的绝版书，你一定找到带给我啊！

上次回家太匆忙，哪能想起来去翻高中的课外书，这事一直搁置着，孟听枝这回记在心里了。

孟听枝：我记着呢，我这周末回家就给你找。

恍然一想，高中时代竟然已经过去那么久。

孟听枝去杂物室翻书，翻出一层厚厚灰尘。无论是课外书还是教科书，都按学期归置保存着，每个纸盒都一模一样，翻起来很费劲。

阮美云从门口路过都呛了一声，不能理解地问：“你忽然翻书干什么？”

“朋友要。”

“小晨啊？那你把窗户打开，一股霉味。你好好翻，看看哪些要，不要的就扔了，堆着像垃圾。”

“我知道了。”

阮美云声音一扬，喜道：“哟！孟宇，今天怎么想起来到三婶这儿了？”

刚刚进门的孟宇说：“我爸单位发了东西，让我给你们送过来。枝枝最近在练车吗？”

阮美云接过一大盒礼品包装的水果，下巴朝杂物间一抬：“练呢，小晨带着她练。你来得巧，她今天刚回来，在翻书呢。枝枝啊，你堂哥来了，先别找书了。”

孟宇笑笑，径直走过去。

杂物室是个狭长少光的空间，孟听枝穿着灯芯绒的白色冬裙，长发随手扎着，垂了几缕碎发在白皙脖颈里。

椅子上、地上摆了一堆没处下脚的杂物，旧书这儿一堆那儿一沓的。她抬头看见孟宇，笑着打招呼。

这会儿阮美云已经去客厅看电视了，还是经典的港台警匪片，音量老大。

孟宇歪靠在门框上，索性直接开门见山，笑容平和，声音爽气：“我今天可是特意来找你的，想了想，还是要来跟你聊聊。”

孟听枝翻书的动作停住，心里已经有了点预知，故意装傻：“聊什么啊？”

“你的男朋友。”孟宇扫了一眼客厅，收回目光说，“三婶他们还不知道吧？”

停顿须臾，她点头：“我没打算告诉他们。”

这话里的意思已经很明白了，她清醒，她自知，但是，孟宇想到那个人的身份，还是忍不住忧心。

其实那天不是他第一次见程濯。

“早两年，我去国外总部进修参观，那天程濯刚好也在，跟几个朋友在试车。他那时候在国外有一个车队，很出名，我老板特意替我引荐过。你知道那天跟他同行的有谁吗？”他直接说出名字，“乔落。”

孟听枝并不惊讶：“他们不是那种关系。”

孟宇没反驳，反驳也没意义，他只笑笑，笑得很体谅。

“你的男朋友，自然你了解得比我多些。哥哥只是想提醒你，他们那个圈子很不一般，怕你现在糊里糊涂的，以后会不开心。”

“我知道的。”

那天程濯对孟听枝的态度，孟宇也看在眼里，要是不上心，程濯不会说让他有空去朋友的场子玩。那个赛车场从不对外开放，单纯是个烧钱的地方。

怕堂哥多想甚至乱想自己和程濯的关系，孟听枝决定先坦白一部分。

“我跟他是在我们学校认识的。上个学期他来我们院里看画，我给他讲解，然后慢慢就熟了，他对我很好的。”

孟宇不敢太严肃，伸手揉揉孟听枝的脑袋：“你觉得好就行。他嘛，”停顿一秒，客观评价，“出身好，长相帅，也的确是个没得挑的人。”

他优秀，她一直清楚，但亲耳听到堂哥肯定程濯，孟听枝还是由衷的开心。

“哥哥很了解他们吗？”

“听人说得多，我跟沈思源的一个朋友熟。”

孟宇一言带过，没提这位朋友身边嫩模小明星常换常新的事。

“那程濯风评不好吗？”

孟听枝这么问，孟宇忽然就笑了：“那倒没有。他要真是个混蛋，那天我能把你丢下？我绑也把你绑走。”

孟听枝也抿着唇，弯起弧度。

孟宇正了正色：“起码据我所知，程濯是还不错的。徐格和沈思源都不是什么好人，论家世，他比那两个还要好，人倒是低调，也算出淤泥而不染吧。唉，”孟宇忽然反应过来，笑说：“他这名字还挺合适，人如其名。”

孟听枝抱着两本旧书，面上神色柔软又明亮，灿灿地应着：“是吧。”

临走前，孟宇回头，又叹一声，拍了拍孟听枝的肩说：“现在相亲都不靠谱，能好好谈段恋爱也不容易。既然你是真的喜欢，那别想那么多，开心就好，不过如果有事的话，一定要给哥哥打电话啊。”

孟听枝答应下来，孟宇才放心走了。

孟听枝费了大力才找到的几本书，带过去了，最后周游也没派上用场。再从 TLu 回来，周游整个人从头丧到脚，手包往沙发上一甩，扬言不会再追施杰，甚至放话，等找到合适的房子，就从这里搬出去。

估计那位安保队长这次真的说了什么重话，彻底让周游死了心。

过了两天，周游打游戏的间隙，看着客厅那沓旧书，忽然叹气，最后一甩手机，连游戏也不打了。

“我长这么大都没这么丢脸过，都说了多少遍喜欢他喜欢他！结果他转头就跟人说，他知道我只是三分钟热度！三他个香蕉棒槌！就离谱，他聋了还是健忘？我真是气死了！我就是花这么长时间追一条狗，狗都知道冲我摇尾巴了！狗男人，连狗都不如！”

周游一口气骂完。

“好了好了，别气了。”孟听枝走过去，搂着周游的肩，安慰了她两句，顺手把茶几上的几本旧书塞进旁边的包里，眼不见心不烦。

第十四章

慢吞吞

周游租的这个中心区公寓，在艺术公社和枕春公馆之间，位置好，孟听枝两头跑都方便。

只有艺术公社偏郊区，公共交通差些，有时候开组会弄晚了连出租车都不好打。

有一半时候，程濯都会叫邓锐来接她，开来的车子经常变，但每次都规规矩矩停在园区门口的杨树下。等她上了后座，驾驶座的邓助理就会转头笑着打招呼。

邓锐健谈，有时候孟听枝也会在路上跟他闲聊。她一直不太懂他这份助理工作的详细内容，在她看来，他更像司机。

邓锐开朗地应着，疯狂在背后说老板的好话："程先生是个出手阔绰的好老板，他开的工资，别说司机，再干份家政也是我赚了。"

孟听枝喜欢听别人夸程濯。车子平稳地在夜里行驶，她开亮头顶的读书灯，从挎包里抽出随身的小本子，就着一旁夹的水笔画起来。

她分心问：“他们怎么想到来这边庆祝的？”

邓锐回答：“这房子程先生入夏才搬进来，他不爱闹腾，一直没开暖房 party，不知道今天谁想起来了，刚好乔小姐拿奖，就凑一块，在这里庆祝了。”

“哦，这样，还是那些人吗？”

顿了两秒，邓锐这样说：“一起热闹嘛，估计都是携伴的。”

孟听枝无声地点头，懂了，也有了心理准备，估计有不少生脸。下车前，她将那页速写纸撕下，递给驾驶座的邓锐：“瞎画的，送你。”

邓锐接过一看，Q 版小人生动形象，由黑线勾画的小蜜蜂勤劳得要命，黑框眼镜把他的相貌特征表达出七八分，大片花海也是可爱的金钱符号。他很意外会收到这样的赠予。

“很好看，谢谢孟小姐。”

孟听枝跟他挥挥手：“谢什么呀，又不是什么礼物。”

即使有邓锐的提前预告，打开门，孟听枝还是被里头的热闹冲击到。乔落连周屠榜的获奖金曲改成 remix 版，鼓点节奏顺到一听就想跟着晃。

乔落接过孟听枝手上的包，掂了两下：“什么啊，这么沉。”

乔落穿着咖啡色连体裤，戴着夸张的金属几何耳饰，明艳飒气。几个小时前，她一身致敬《乱世佳人》的高定礼服，绿绸阔摆，人刚站上领奖台，就已经上了好几个微博热搜。

她今天连拿年度金曲、最佳创作和最受欢迎女歌手三座奖杯，尤其是最受欢迎女歌手，这已经是乔落第五年蝉联这个奖项了，美貌才华都值得夸。

此刻，三座水晶奖杯搁在绿绒布上。

“有书在里面。”孟听枝脱了大衣，回答乔落的问题，露出里面白丝绒的方领复古裙。

九色球一杆四散的撞击脆响里，她听见许多陌生音色，又问乔落：“哪来的台球桌？”

“徐格弄来的。”乔落扫一眼那些庆祝的装饰和鲜花，“都是他搞的。”

玄关柜里挂满了外套，孟听枝将大衣搭在自己臂弯处，跟乔落一起走进去。

生脸的确很多，乔落几个做音乐搞艺术的朋友也在。

徐格搞气氛真的有一手。程濯这栋冷淡风的别墅大厅已经彻底换了面貌，来的人里有个专业的摄影师。男人留着长发，脑袋上扎一个小揪揪，此时被几个女生围着。他凹几个造型再凑到镜头后看，看表情满意得不行。

沈思源斜倚在台球桌上，转着杆，扬声喊接电话回来的程濯：“救救场，这杆打不好，徐格估计就要清台。程濯你来，别让他赢。”

“沈思源，尿不尿？二打一？”

程濯接过杆子，擦完巧粉，弓背瞄球，视线忽然从6号球上朝前一跃，就看见了孟听枝——她松了发绳，长发自然卷，柔媚地披散肩头。

沈思源催促着：“程濯，打啊。”

程濯直起身，不慌不忙地说“等会儿”，杆子搁在台面上，走过去。

他穿着一件黑色宽松衬衫，茶色的亚麻长裤，腕上一块机械表。他睡觉都这么穿，这么多人来家里，他也不换身正式点的打扮，随意到极致。

他走过来，很正式地介绍她：“我女朋友，孟听枝。”

一群人起哄说知道知道。

孟听枝先低声跟程濯说要上楼放下东西，然后大大方方地朝那些人微笑：“你们玩，我待会儿就来。”

沈思源拿着杆子戳了戳对面的徐格，笑容有几分讥讽，也有几分不得不信的惊讶：“瞧着没，我以前还说她闷，现在气质还挺正。”

徐格摸着乔落的奖杯，像在撸一只活的小宠物，眼皮都没抬：

“什么正？你又瞧上了？”

沈思源怀疑他耳朵不好，笑骂道：“你放屁，正宫的正。”

徐格“哦”一声，心不在焉地问：“什么叫不正的？你小妈那样的？”

落地窗附近有个挽着松松低髻的女人，脱离人群，独自品着红酒。

“你少这么喊她！”

那位美院的天花板跟他们这些人又没瓜葛，当初是沈思源死了爹，发现遗嘱上有一大笔财产划给了一个沈思源连名字都没见过的女艺术家。沈思源能怎么想？那肯定是他爹出轨了，于是一脚油门堵到了曾珥的工作室。

曾珥表示了对这份遗产的惊讶，也表明她跟沈思源已故父亲之间清清白白，沈先生只是单纯欣赏她的作品。

沈思源冷冷坏笑，把曾珥逼到退无可退的桌边，垂眼看她一身法式红裙，眼神直白轻浮地打量她脖颈的肌肤，最后停在遮蔽的、起伏的地方。

“大艺术家，我爸欣赏你哪儿啊？也让我欣赏欣赏。”

“小妈”这恶称还不是沈少爷自己作出来的？徐格见人急眼，更来劲了：“一笑泯恩仇，可以啊兄弟。”

“差不多得了。”

沈思源当初还因为对曾珥的恶感，直接连坐，面对和曾珥同校的孟听枝，觉着艺术院出来的女人都爱慕虚荣，能装会演，那时候瞧孟听枝闷闷的，他只觉得是做作手段。后来，程濯几次把人带出来，他也没说过半句好话。

他只知道程濯挺宠那位，但今天是亲眼所见。

那会儿孟听枝还没回来，一个朋友拿了几瓶酒，从西厨位置过来，夸张地笑着：“你们猜我在岛台上看到什么？一堆马卡龙厨具，堆在一块像个玩具屋，我差点以为进了儿童乐园。”

程濯在龟缸边拆着一个快递。

之前里头放着浮岛，但是乌龟太小，经常因为爬不上，爬上去又滑下来累得半死。孟听枝心疼小乌龟，买了新的树脂晒台。

听人说厨房的玩具屋，他一心给龟安置新的活动地，头也没回地直接说："不要碰孟听枝的东西。"

都知道程濯很宠那位，但不知道已经到了这种程度。

孟听枝跟她那位同校学姐差别还是很大的，程濯也不是沈思源。

乔落这晚都心不在焉，时不时地翻开手机，像在等谁的消息。她今天风风光光地包揽了三项奖，自然不缺道贺的人，但频频点开新消息，眉头都不曾舒开，久等的那一条始终不来。

孟听枝被程濯教了一会儿台球，实在没慧根，只好作罢，在安静的窗边找到龟缸，从柜子里拿出饲料。乔落也走过来，对喂乌龟的兴趣很大。

可能之前已经有人喂过，一点玉米碎撒进去，两只小乌龟都不赏脸。

"程濯从来都不养宠物的，他爷爷那儿养了两只猫、一只鸟，他都很烦。"

孟听枝说："养龟挺方便，而且也不闹。"

乔落捻了捻手指上的碎末："不是嫌闹腾，他不喜欢跟这些小动物产生联系，要负责任，一直养一个什么东西，对他来说非常难。"乔落随口说着，看两只小乌龟在假水草里追爬，被逗笑了，"这只小的是不是生病了？怎么老往人家身上爬。"

孟听枝查过，说是正常现象，小乌龟养在一起，喜欢互相爬背，但这两只体型差别明显，一直都是小龟爬大龟。

她用程濯的话回答："小的黏人。"

女孩子都是有共同性的，飒气如乔落也不例外，例如见到小宠物就爱问叫什么名字。

孟听枝指着："大只的叫玉树临风。"

乔落指着另一只，胸有成竹："那这只小的就叫貌美如花？"

孟听枝摇摇头，托腮软笑："不是，叫慢吞吞。程濯起的。"

乔落撇撇嘴，整张脸的表情都在嫌弃，看着小乌龟的目光里都是同情，大叹程公子不会起名字。

“什么啊？慢吞吞？什么鬼名字啊？给乌龟起名叫慢吞吞？那给狗起什么？汪汪叫？程濯是真变了，指不定就是徐格带的。”

想起之前一夜，他告诉她这个小龟名字的场景，孟听枝说：“他觉得自己起得很好，他非常喜欢。”

他不仅自己喜欢，还要人夸呢。

那晚，他答应一定会来看她的毕业典礼，孟听枝高兴得不行，心情大好，手臂环着他脖颈，笑靥如花地夸了，一本正经地说：“‘慢吞吞’这个名字真好，程老师真棒。”

程濯说：“照着你起的。”

孟听枝皱着眉问：“怎么就是照着我了？我什么样啊？”

窗外，夜雨渐歇，室内香芒色的地灯铺在角落。

他轻抵着她的鼻尖说：“孟听枝是贪心的贼，是温柔的乌龟。”

这帮人是不熬通宵不罢休。

孟听枝睡一觉醒来，楼下还没散。苏城冬夜四点多，她穿着白色长袖睡裙，披着淡紫的羊绒勾花披肩，迎着麻将声下楼。

这会儿楼下人已经很少了，贺孝峥是孟听枝上楼睡后才过来的，碰了面，点头致意就算打过招呼。

他摸牌的动作跟薛妙简直如出一辙，标志性地拖牌到跟前，食指捋过牌面的凹处，不用看就了然地将不要的牌翻出去。

整个娱乐室烟味很重，孟听枝一走进去就呛起来，程濯闻声回头看她一眼：“睡醒了？”

她“嗯”一声，去旁边把推窗开了一点。凛冽干净的风吹进来，跟室内的空气汇合。她走到程濯身后，从后搭着他的肩。

“你们不困吗？”

程濯这一局赢面很大，他捏着孟听枝搭在他肩上的手，淡淡地说：“困了，但他们输得太多。”

徐格瞬间脸黑，立马告起状来："你听听！这是人话？再困也被这人给气醒了。"

贺孝峥敲敲牌桌，提醒道："你先出牌。"

徐格打出一张牌，继续跟孟听枝说程濯这晚的牌运多么凶残，她下来看见的这已经是第二摊了。

怪不得沈思源不在。

孟听枝疑惑地眨眨眼："你们把沈思源输走了？"

她有一本正经搞笑的本事，但并不自知，徐格笑得烟都掉地上了，乐不可支地抖着肩，将烟捡起来往旁边垃圾桶一丢。

徐格说："可不是，一把鼻涕一把泪被他小妈带走了。"

孟听枝一偏头，跟程濯对视上，像在跟他确认真伪。她只信他。

程濯唇角微弯，被她瞪圆杏眼的样子取悦到，轻声地说："别理他，满嘴跑火车。"

徐格可不认："怎么就跑火车啦？沈思源不是跟着他小妈走的？那傻子早晚被人玩进去，自己几个段位拎不清，还跟我吵呢！他就护吧，老子等着看他笑话。"

乔落最爱干阴阳怪气损徐格的事，当时摸了牌就故作可惜地说："徐格，你不去当月老真可惜了，鸳鸯谱到你手上，那是撕一张就少一桩孽缘。"

徐格跟她斗，意味不明地说："是吧，你跟纪枕星那页我一早就撕了。"

乔落咬牙切齿地说："给你三秒，撤回！"

徐格直接无视地冷哼。

两圈牌转下来，程濯赢了牌。他那手好牌一摊开就刺激人，徐格和乔落也不斗嘴了，对视一眼，意外默契，只想着把人支走算了。

"濯哥哥，你困了就去睡吧，枝枝妹妹来打也是一样的。"

乔落举双手同意。

"枝枝，你上！"

孟听枝笑着摇摇头，搂紧了程濯的脖子："我太差啦。"

徐格说："谁敢嫌你？上啊。"

乔落更是哄着说："你差也可爱，快来！程濯你让让，让枝枝打嘛！"

看他们一个两个眉飞色舞，程濯简直没眼多瞧，十分嫌弃地"啧"了一声："看看你们的嘴脸，收敛一下。"说完看墙钟，大发慈悲地说："到六点吧，六点就散，我也赢累了。"

徐格和乔落屏息凝视，目光里都是程濯不说人话的意思。

孟听枝明天还要去艺术公社完成最后一部分墙绘，程濯叫她上楼睡觉。开了窗，这里烟味重，她过来不到十分钟，趴在他肩头闷闷地咳了好几声。小小的动静，完全叫程濯分了心。

孟听枝点了点头，先去厨房给他们泡了醒神清目的茶，配了几例小点心当夜宵，这才上楼去了。

贺孝峥一直话不多，等孟听枝走了，看着她离开的位置，浅嘬了一口热茶，静然敛眸说："孟小姐真好，哪儿哪儿都好。"

贺孝峥自从担上程家未来女婿的名头，在商场上如鱼得水，跟人来往虚与委蛇，却从来没有这样夸过一个女人。联想到他婚期将近，不难猜测他在感叹什么。

他夸孟听枝好，也不是羡慕程濯的意思。哪儿哪儿都好的深意，是一种不易察觉的、犹有预兆的遗憾。

其他人的小瓷碟里配的都是附近一家面包房的点心，孟听枝知道程濯不喜欢吃甜食，他的热茶旁边是两块果肉粉白的桃子。

桃子是"肺之果"，这话也是孟听枝告诉程濯的。她总爱买桃子，自己不怎么吃，爱催程濯吃。她说他抽烟，吃桃子好，她爸爸也爱抽烟，好多年戒不掉，比程濯抽得还凶，她妈妈一边骂一边削桃子。

她说话的时候也很认真地在削桃子。

程濯有点难想象她妈妈的样子，人情冷暖他感知的不多，市井妇人更是从没见识，凑到她身边说："那你也骂骂我？"

她就笑，塞一块切好的桃子在他唇上："还有人讨骂的呀？"

那时候还没入冬，桃子是真甜。

她仔细得像有强迫症，让细窄的桃皮顺着小刀一点点延长不断，低眉顺眼地说："我不会骂你的。人生来就有劣根性，甚至有的人会有些不体面的爱好，也无伤大雅吧。只要这个世界上有一个人能理解这样不完美的你，陪着你，哪怕只有很少很少的爱，就足够了。我小时候觉得我爸爸很惨，我妈对他又打又骂，可是这么多年过去了，他和那些牌友叔叔一样成了生气抽闷烟、喝酒乱吹牛的中年人，才发现他根本不需要我的同情。"

说完，粉色的桃子皮削到头。

她用手指挽一下耳边的碎发，侧过头来，后知后觉地扑了下睫毛问："我是不是话很多？就是会忽然之间，说些叽里咕噜不知道是什么的话。"

程濯从她手里接过桃子，沿着圆润桃核切成小块，喂了一块给她说："我知道你在说什么。"

她懵懂地看过来。

程濯补充说："听得懂你的叽里咕噜。"

潋滟水眸望着他，孟听枝含着块桃子一动不动地惊讶着，仿佛被什么了不得的话震到。

程濯用手指戳戳她的脸颊，好笑地提醒："怎么，还要人嚼碎了喂？"

她缓缓动了动腮，果肉变成甜甜的汁。

贺孝峥的一句话，叫程濯脑子里胡思乱想了很多。而桌上，徐格的神色微变，手指顿一下继续轻敲，乔落一副没听懂的样子，专心研究怎么拆牌。

程濯看向瓷碟里熟悉的水果，拿小叉送进嘴里一块。

反季节的桃子，吃不到果香，反而有点青涩。他冲对面的贺孝峥不显山不露水地笑了笑说："她是挺好的。"

孟听枝回到楼上了，也没立马睡着。

下楼一趟，那些深夜瞌睡虫都被驱逐得所剩无几，她越躺越精神，怎么睡都不舒服地翻了几次身，最后干脆捞来床头的手机，把白天的会议纪要翻出来看。

这是她第一次参加这么正式、规模这么大的画展策划，虽然辛苦，也学到了不少东西，陈教授更是因此抛出橄榄枝，问孟听枝之后要不要来自己的工作室。

她会那么认真，一方面是性格原因，不争不秀，本分踏实都是刻在她骨子里的；另一方面，她会认真到这个地步，也有程濯的原因，连开会的时候，她都会格外留意听甲方那边的负责人说话。

他们时不时会说："程先生的意思是……"

他这个人口是心非，嘴上说着跟舒晚镜不亲，实际上还是尽心尽力的。

回忆展里有一个非舒晚镜作品的区域，孟听枝看过草拟作品的名单，一部分是舒晚镜生前的个人收藏，还有很大一部分都是程濯这几年天南海北地买回来的。舒晚镜欣赏的那几个画家，他记得比谁都清楚。

翻完会议纪要，孟听枝把微信里昨晚的未读群聊也看完了。

墙绘组只剩扫尾工作，散伙饭必须安排得热热闹闹，几个学姐在群里商量去哪家店，说吃完要不要去唱歌，也问了孟听枝，听她的意见。

孟听枝回复"随便"后，听到门口渐近的脚步声。她一看手机右上角的时间，已经是数字六开头。楼下散场，程濯上楼了。

孟听枝本来睡在床边，见人进来，往里挪了挪，说："困了吗？"

程濯没朝床边走过来："等会儿，我去洗个澡，身上烟味重。"

熬夜后的嗓音沉倦，他神情倒是没倦色。孟听枝特别喜欢他在这种状态下笑，唇角微微一翘，不走心，却很招人。

他解开衬衫扣子，进浴室快速淋浴，头发吹成七八分干出来。

孟听枝刚刚听着浴室哗哗的水声，一直在等他，等他真出来了，她把温暖的被子一掀，像将自己的小天地敞开一般邀请他光临。

程濯抱着她往床中间挪了挪，用手关了床头的灯。

“你怎么还不睡？今天几点过去？”

“下午。”

程濯从后将脸埋在她肩窝里，闷闷应声：“那睡吧，我下午送你过去。”

孟听枝微讶：“你送啊？”

“瞧不起谁呢？”他装凶，把孟听枝的下巴捏转过来，他在她余光里懒懒地撩了一下眼皮，又低了声跟她说，“邓锐明天女朋友生日，请假。”

孟听枝的惊讶更上一个层次：“啊，邓助理有女朋友？”

程濯真笑了：“这话我要拿去告诉邓锐。”

孟听枝反应过来，估计是怀疑她又瞧不起邓助理了。

这人很坏，老爱不动声色地在外头散播她的坏话，孟听枝不太灵光的厨艺已经众人皆知，开车技术也惨不忍睹，现在他又要传她见人就瞧不起了。

“不许说！”

“你还挺霸道。”他低笑一声，在被子下捏她的腰，她哪里怕痒哪里敏感，他一清二楚。

霸道？新坏话又来了。

“不是！”孟听枝抗议，从他环抱的双臂间费力地扭了一个身，“我不是惊讶邓助理为什么会有女朋友，我只是惊讶，你那么奴役邓助理，让人做这做那的，跑断腿还要当司机，他怕不是二十四个小时掰碎了在用，哪有时间交女朋友啊？”

这番体恤邓锐的话，程濯没怎么听进去。

她不常住这边，一周来个一两次，频率不高，存在感却极强。浴室里充斥着她用的那款身体乳的味道，连床也被她睡得温暖馨香。

他刚刚一躺进来，抱着软乎乎的孟听枝，没一会儿就神经放松，来了困意。

本来困意渐深，她这么一说，程濯不睡了，彻底睁开眼，轻蹙眉梢，慢条斯理地吐出一个关键词质疑道：“奴役？”

话可以草草听，罪名要细数。

“天都没亮，不睡觉，在我耳朵边心疼别的男人？孟听枝，你可真好。”

第十五章

特等奖

艺术院的学子很讲情调，连每次决定去哪儿聚餐都像在讨论画展主题一样，你一句我一句争个半天，往往前几个提意见的愣头青都会成为炮灰。

等消息刷到“99+”，一位学姐像宝剑出鞘一般总结：“不就是好吃、好玩，还要出片率高的地儿？榆钱门大街，先吃地道的苏菜，再去新室馆，刚好曾珥的‘纸雕时空’挪到那儿了，现在团票还便宜呢。”

一锤定音。

收尾工作结束，几个有车的学长学姐分配了怎么坐车过去。

孟听枝也有车，可就算经过程濯手把手地教导，她也欠缺胆子开出来载人，默默坐上了许明泽的车。

有女生说吃完饭，热气熏天，妆估计花得都不知道怎么下手补，怎么去拍照啊。

一想也有道理，于是先去了曾珥工作室的纸雕展。白色主调，油彩纸雕，大片纯色和集中性的解构主义，让场景复杂又分明。

赞叹完曾珥不愧是美院的天花板后，拍完照，一行人步行去榆钱门东街。

这片都不是老建筑了，翻新又做旧，古城底蕴的腔调拿得很重，在这儿开店，不起个一听就觉得是个老字号的店面，都愧对这条街的历史风情。所以，哪怕是家川味冒菜店，也得挂一个墨绿吊牌写着“古方秘制”。

孟听枝他们一行人在冒菜店对面的红泥馆，酒酣耳热的下半场，暖气太足，孟听枝去开了窗。

街上人很多，星星点点的灯火延伸到尽头。

“孟听枝，你不吃了吗？”

桌上推杯换盏，许明泽喝了酒，脸色也红，擦完眼镜上的雾气再戴回鼻梁上。

孟听枝摇摇头，说吃饱了。

散场时，醉了一半的人，孟听枝费了好大的劲才扶着闹腾的学姐乖乖上了车。一开始学姐还好好的，忽然说到分手，再说到渣男劈腿，学姐流着眼泪跟孟听枝大吐苦水。

“男人靠得住，母猪会上树！”

孟听枝使劲把卡在车门边的学姐往里头推，学姐纹丝不动，顶着张火烧似的醉脸，扭身大着舌头问：“你就说我说的对不对？！”

孟听枝哄小孩似的点头：“对对对。”

顺了毛，人终于上了车。等车子都走了，孟听枝看到最后结账出来的许明泽，除了小票，手里还拿着两瓶酸奶。

“老板送的。”他笑着朝孟听枝递过去，孟听枝接了一瓶过来。

两人就站在店前，人来人往，刚刚包厢里的热闹还在脑海里没散尽。

许明泽看着孟听枝。

她始终温和清醒，这样的女孩子起初存在感极淡，可一旦当你开始注意她的好，在意她的好，她身上那股静水流深的气质，会叫人难以自控地被牵引。

“年后你会来工作室吗？”

孟听枝拧开酸奶喝了一口，宽瓶口碰到上唇，留下细细一圈白，她伸手抹去，一抬头，干净的眸子放大，微惊的样子像被临时抽查到作业。

“是陈教授让学长来问我的吗？”

陈教授的工作室在美院不是一般的难进，资历差的某届甚至一个名额都没有，孟听枝清楚这是个很好的机会。

“不是，是我想知道你会不会来。”

许明泽不能说谎，也不想说谎，眼神里有一种豁出去的坦白。

可惜孟听枝并没有看他。她在看微信，刚刚吃饭的时候邓助理就问她在哪儿，说要过来接她。

孟听枝惊讶不已——

孟听枝：你不是给女朋友过生日？

那头好久没回复，等桌上又上了一道菜，才有新消息进来。

邓锐：过完了。

孟听枝：不会是他只给你放了白天的假吧？刚天黑你就上岗了？

邓锐：差不多。

孟听枝真心同情。

孟听枝：那你女朋友没意见吗？你应该跟他多争取一下，多陪陪女朋友的呀。

邓锐：怎么争取？

点菜的时候，孟听枝没有发表意见，桌上的菜没几道对她胃口的，刚好也不饿，就一心一意地跟邓锐聊起了天。孟听枝给他支招，教他怎么攻略那位程老板，说程濯吃软不吃硬，特别好哄，虽然有点资本家的腹黑，但大抵做到卖惨示弱，就算成功一大半。

程老板这个人很有同情弱小的好品德。

聊完，孟听枝给邓锐发了自己的用餐地址，让他到了再给自己发消息。这会儿邓锐说已经到了，问孟听枝在哪儿。

孟听枝回复他，自己待会儿会去小十字路口那里，回完消息才发现晾了一会儿许明泽。她抱歉地笑了笑，坦白地回答："应该会去的。"

许明泽眼里亮起光，追问下去："你犹豫的是什么？"

"或许是觉得自己能力还不够，工作室的节奏太快了。"

许明泽松了一口气："你不用担心这个，到时候会有人带你的。"

孟听枝点点头，应了一声"好"。

"那我送你回家吧？还是你想在附近再逛逛？"

"不用了，"孟听枝大方婉拒，"待会儿有人来接我。"

恰好这时，手机里跳进一条新消息——

邓锐：孟小姐，我看见你了。

孟听枝回头，看见不远处停靠在路边的黑色汽车，在榆钱门这种网红街，倒也不算打眼，倒是车牌号很值得细究，八是好数字，七上八下，在某种风水论调里，七比八更好。

跟许明泽告别后，孟听枝朝车子走去。

走到一半，驾驶座的邓锐也下车来迎她。

从这儿看红泥馆门口，视线无遮无挡，邓锐跟在孟听枝身边，小声又着急地问："孟小姐，刚刚那是谁啊？"

孟听枝对他的八卦有点意外，他们这种给资本家做特别助理的，不说十八般武艺样样精通，那也得会十六七样，装聋作哑只是基本操作。

不过，孟听枝不心虚，也无须遮掩：“是工作室的学长。”

邓锐走在前头，给孟听枝拉开车门，欲言又止地站到一旁。孟听枝一脚刚迈出又收回，转头看向邓锐，跟他打商量：“邓助理，就是你刚刚看到的事，能不能不要让程濯知道？”

邓锐神情一僵，朝孟听枝身后快速看了一眼，收回目光，欲言又止的意味后又多了一层自求多福的祝愿。

孟听枝凝目，还没看明白邓助理这副表情是什么意思，身后敞开的车门里就传来一道清越又熟悉的男声：“行了，你别为难他了，跟我讲，你不想我知道什么？”

阅读灯被按亮，当头柔和照下，孟听枝直接看傻了。

他手里转着一个套着灰蓝格子壳的手机，邓助理的。

怪不得刚刚吃饭的时候，孟听枝跟邓助理聊天忽然觉得对方说话的语气，好像和平时不太一样了，原来是换了人！

而她刚刚讲了不少程老板的坏话，她这会儿疯狂在脑袋里复盘，当时顶着邓助理名头的程老板是怎么回答的。

——嗯，孟小姐说得对。

她那会儿还沾沾自喜呢，是吧，哪怕是程濯的助理，现在都没有自己了解他。邓助理都认同自己对程濯的深刻剖析，自己也太厉害了吧。

孟听枝咕囔着，说不出羞和窘哪个成分更高，飘上红云的小脸一皱，娇声似嗔：“你怎么还耍人啊？”

他端坐在后车座里，稍一倾身，那双熠着光的眼眸盯住孟听枝，逻辑清晰地问：“只说示弱和卖惨有用，转移注意力又算什么招式？”

孟听枝气鼓鼓地说：“我还有绝招呢，没教给邓助理。”

“哦，那我看看？”

孟听枝轻哼一声，手里的小包往车座里的空处一丢，人一下扑进车厢里，叫猝不及防的程濯抱了个满怀。

她腰肢柔，朝后弯着一道细弱又纤美的弧，长发蓬松盈香，密密地蹭着男人的颈侧。

她得意地问：“有用吗？”

这还是他亲自教的，她是真长进了。

程濯捧着她的脸，薄妆似无，脸上是冷风口里冻上的胭脂，两颊冰冰软软，程濯手心很热，替她捂着，凑近一闻：“怎么这么香？”

孟听枝歪着身子，从口袋里摸出来一小截花枝，黄玉色，三五朵一簇，是蜡梅，红泥馆后院开的。

她去洗手间时路过，实在太香，就问过老板能不能摘一支。

中年男老板见她穿着绒绒的冬裙，靴子外的小腿纤细笔直，巴掌脸白绢一样无瑕，一笑起来好温柔，忙从柜台后绕过来，嘴里说着俏皮话领她去后院剪。

花在她口袋里放了一会儿，拿出来有点皱了。她手指纤纤，好爱惜地捋一捋花瓣，往他耳边轻轻一放。

“刚刚饭店的老板说，花要配美人，这花刚好配你。”

霞明玉映的一张脸，怎么看都当得起“美人”两个字，尤其是眼睑走势朝下的一道弧，一双桃花眼光影错落，如暮色增辉。

孟听枝赏完花和人，软软地搂他脖子说：“你好香啊。”

刚刚没注意，程濯手边还有几份文件，他向来在孟听枝面前不避讳这些。她下意识地翻了一下，长标题里有几个陌生的词，她没试着断句，也不在意到底写的什么，手指一松，硬质的文件壳又落回去。

“你是去开会了吗？”

他将耳旁的花拿下来，搁在手指间有一下没一下地转，以问代答：“不然怎么会剥削邓助理不让他跟女朋友过生日？”

话题又转回去了。

邓助理不敢再在这两个人之间掺和。刚刚车子停在路边，他陪老板一起看老板的女朋友跟别的男人说话已经够胆战心惊了，倒不是程濯反应激烈，正相反，他半点反应也没有，那才是真正的吓人。

邓助理耐不住车里的高压气氛，转头说那男的好像在艺术公社见过，应该是孟小姐同事吧。

程濯敛了一下浓睫，神情里是一种不计较也不上心的平静，几秒后，才淡淡地说：“这人眼光还不错。”

是指喜欢孟小姐吗？邓锐没敢问。

同性之间才是最了解的，男人可能不会像女人那样脸红害羞，但一个男人在一个女人面前目光柔软的欲言又止代表什么——只有一个意思。

邓锐在驾驶座，连忙规规矩矩地撇清关系：“程先生开玩笑的，是我女朋友今天公司临时加班，她走不开。我刚刚在路上开车不方便回你消息，所以拜托程先生帮忙回复。”

一番话，滴水不漏。

这才是十八般武艺会十六七样的特别助理，哪像刚刚在微信里套她话的职场菜鸟，还什么“嗯，孟小姐说得对”，害她白开心好一会儿。

车子到了枕春公馆，程濯望着窗外，喊了停。

他和孟听枝要去一趟超市，就在这里下，邓锐负责把车子开进车库。待会儿买完东西，他们步行回去就好。

孟听枝问：“怎么突然要去超市？”

程濯把她衣服最上面的一粒纽扣摁好，牵着她的手径直往灯火通明、进进出出的超市入口走去。

“会员日，打折。”

迎面冷风一吹，孟听枝想起来了。

今天早上天色蒙蒙亮那会儿，这人打算“奴役”她的，重要关头，计生用品只剩一个空盒子。他一贯懒，懒到脱离情绪，懒到懒得跟人置气，那一刻，小盒子承受了不该承受的压力。

孟听枝像只粉团子一样躲在被子里，被面一抖一抖的。

“孟听枝，你在笑？”

被子因为人在里面摇头，出现相应起伏褶痕，她憋着温糯的声音，比直接说在笑还要气人：“没有没有，怎么会笑你？”然后她从被子边边露出一双清软的眼，无辜地眨巴眨巴：“怎么办呢程濯？”

装无辜失败。

虽然没到最后一步，但程濯也把她欺负惨了，身体力行告诉她，有的是办法。

等他冲完澡回来，孟听枝已经睡了。中午起来，她身上穿的睡衣，还是那会儿迷迷糊糊，程濯拉着她的胳膊帮她穿的。

可怜巴巴的小盒子还在床边，她下了床，一脚踢飞三米远，又捡起来，狠狠丢进垃圾桶里。

这根本就是替盒消灾！

会员日的超市的确比往常热闹，入口处还弄了一个类似盲盒抽奖的活动，围了不少人，得结了账，凭购物小票才有抽奖机会。

超市里人也多，好巧不巧都是年轻男女推着一辆小车。

空空的小车在程濯手里。他们找到计生用品的货区，牌子多到琳琅满目，但是和会员日格格不入的是，没有哪一排贴了红牌说要打折。

小时候孟听枝跟阮美云逛超市，阮美云结账，她在收银台边眼睛都不敢乱动。

偏偏这类商品不知道秉持的是什么设计美学，很爱把有关特点和性能的字眼放得老大，无意扫到一眼就忘不掉。

有一次阮美云提着超市的马甲袋，看到像罚站一样的孟听枝，纳闷问她怎么像块木头。她不说话，拉着阮美云就跑，之后，她再也不在这个区域等着阮美云结账了。

其实这会儿孟听枝就是不好意思进去。头大如斗，她不受控地悄悄扫了一眼，也没扫明白。

程濯一只手松松地搭在她肩上，见她好几次欲言又止，脸色也不对劲，也想多了。

他怕早上那会儿把人欺负过头了，叫她现在害怕了。程濯侧过一点脸，找到她躲闪的眼睛："怎么了？"

孟听枝不自在地用指背蹭了蹭脸，有点没话硬找话的卡顿："嗯……你有没有发现，这个货架，会员日好像……也不打折。"

程濯"扑哧"一声笑了，一只手搭着推车扶手，另一只手乐不可支地单手扶额，叹声悠长："我真是捡着个大宝贝。"

他胳膊底下拐着孟听枝，把人带着往里走，停在某处，双手搭着她的肩，由身后凑近她耳朵，像是身临其境地教学："我记得十四中不管文理，都要学政治的吧？难道政治的课本里没有跟你讲？"

孟听枝挨个儿在看那些小盒子上的文字信息，努力保持平静，听程濯这么一说，她保持不下去了："政治课上怎么会说这个？！"她死也不信。

程濯躬身，一张好看的面孔在她抬起的眼里清晰地放大，声音一字一顿："我说的是概念。刚需不打折，政治没教吗？"

"噌"的一下，孟听枝只觉得脸上有团火在烧，唇齿间磕巴着："刚、刚需？"

程濯被她茫然的结巴逗得不行，好笑得可爱，真不忍心再笑她了，于是板着脸色，做好严厉的教条先生，曲了食指，敲一敲她光洁白皙的额。

"是啊，刚需。"程濯扫了一眼货架，"要我解释什么叫刚需吗？"

孟听枝立马变成小拨浪鼓，摇头回答："不用了不用了！"

除了计生用品，又零零碎碎买了好多吃的用的，结完账拿了小票去抽奖，从一到一百要选一个数字，穿红马甲的阿姨笑眯眯地问他们选哪个。

孟听枝看了看还剩下的号码："选'14'可以吗？"

程濯拎着一只沉甸甸的袋子，被孟听枝回头看着，他点了点头，顺口问了一句："幸运数字？"

阿姨拿了14号对应的盒子给她，孟听枝拿在手里拆，长长的睫毛像小婴儿一样乖乖垂着两道扇子形状的阴影。

"不是，是我喜欢的数字。"

程濯想起什么："我高中球服好像就是14号。"

本来要拆纸粘胶的拇指，关节生锈般地顿顿缩回，落在食指上用力地按了一下，清晰的痛渗入表皮。

明明还站在他面前，骨骼却像是变成了十六岁的孟听枝。

十四中的室外篮球场，烈阳顶天，她在人山人海外，看着众星捧月的天之骄子。所有人都在尖长的哨声后疯狂欢呼，那么多女生撕心裂肺地给他加油。

她泯然众人，也喊过他的名字，只是他没有听到罢了。

"程濯。"

有身高差，她每次喊他，程濯都会下意识地垂眼去看她，温和地应一声。

手指被粘胶弄得黏糊糊的，她搓着两指，抬头露出一个软笑："我觉得，我好幸运。"

程濯纳闷："嗯？"

孟听枝把里面的奖品拎出来给他看，是一个写着限量版的乐高娃娃，迷你又精致，红卡纸上印着三个字：特等奖。

从超市出来，东西程濯拎，孟听枝手里只拿着特等奖的奖品，一直在研究那些彩色的小格子要怎么组合。空出来的两只手自然垂落，两人十指相扣，踏进人潮里，像所有的普通情侣一样。

艺术公社的墙绘工作告一段落，离过年还有大半个月，程濯带她去了一趟平城。

平城比苏城靠近北方，入冬后早早下了雪，车子在度假酒店前停稳，窗外一片银装素裹。

近山临湖的好位置，望一眼岁尽时分的漫天落雪，只觉得天地辽阔。

来之前，孟听枝就窝在公寓里做了不少攻略。平城有中东部规模最大的滑雪场，这家酒店以温泉出名。

孟听枝叫周游陪着，去买了滑雪的装备。

见酒店的门侍帮忙从后备厢拿出她的箱袋，她下了车，看了一眼，还不放心地问程濯："我真的一次都没滑过，我可以吗？"

门廊生风，将她围巾里的碎发吹得毛茸茸的。她扑闪着睫毛，穿着白色羽绒服，一圈蓬松细密的浅灰毛领，衬得她粉面盈光，像个小雪人。

程濯怕她在风口吹感冒，揽着人先往酒店大堂走。在前台站定，他一边从钱包里抽卡一边问她："不难。你平衡感好吗？"

孟听枝歪头想了想有什么能证明平衡感的。

"我会滑冰，两排轮子的那种。"

程濯顿了片刻，把身份证递给酒店前台，摸了一下高挺的鼻梁，似笑非笑地说："差不多吧，大道至简，都是一个道理。"

孟听枝本来一听，信心满满地点头，下一秒看见给他们办入住的小姐姐一边专业地录信息，一边努力憋着笑，她就觉得有点不对劲了。等她在滑雪场摔到乌龟屁垫都快扁了的时候，她终于悟了什么叫"大道至简，都是一个道理"。

程濯伸出手扶她："是不是跟滑冰一样，摔几回就明白了？"

孟听枝摔得没脾气了，又想笑自己，一手握着程濯的胳膊，另一只手撑着滑雪杖站起来，没说话，光急促的呼吸都冒着成片白气。

她咕哝道："我越摔越糊涂了。"

他笑着，在雪地里搂着软绵绵的小姑娘，拍一拍她，说："嗯，也正常，属乌龟的。"

她那会儿屁股后面还绑着一只小乌龟呢。

同行的还有程濯留学时的朋友，四个对中国文化兴趣很大的老外，其中有一对随时随地就能接吻的热恋情侣，另外两个是极限运动的发烧友。

孟听枝光是看着他们在高级赛道从急坡上凌空再落地，都替他们心惊胆战。

对方见她不长进，一直热情地说要教她，她缩在程濯怀里死也不肯，不管这些人把可遇不可求的大师课吹上天，她也一直摇头。

老外说话好夸张，向上帝发誓一定会教好她。

孟听枝抱着程濯不撒手，脸蛋贴在他黑色的冲锋衣上，很㞞地吸吸鼻子说：“请让我自己慢慢摔吧。”

几个老外笑得前仰后合，说程濯的女朋友可爱死了。

程公子双手环着自己的小㞞包女友，摸一摸她因为过分运动红到发烫的小巧耳垂，像纠正老外的口音一样，在她耳边亲昵地重复：“孟听枝可爱死了。”

孟听枝英语还行，但她英语口语不好，难为老外时不时跟她说中文。

他们跟程濯聊天，聊到兴头上，中文词汇不够用，也会忽然蹦一大串英文出来，孟听枝只能模模糊糊听个大概，程濯每次都会转头跟她解释一下说了什么，不叫她落到话题外。

不知道说到什么，老外们忽然齐齐换成看热闹的表情。孟听枝刚刚在回复手机里的消息，没注意听，转过头看着程濯，等他翻译。

她好像隐隐听他们提了几次外国女人。什么女人？

程濯浅浅一笑。

那家度假酒店的中餐做得一般，程濯作为东道主特意开车绕了半个城区，带他们去吃一家很地道的特色江鱼店。

活鱼现杀，大厨把白色的鱼片倒进热汤里之前，浓郁汤底滚出大片袅沸热雾。程濯捞出两片鱼肉，放进孟听枝面前的盘子里。

他这人无论真淡定还是假淡定都特别拿手，仿佛刚才什么事都没有发生似的，轻抬下巴，催她多吃。

孟听枝偏不，直接问：“他们刚刚说的什么啊？”

没指望程濯坦白，她又径直地看向对面的本森。

刚见面这老外就热情地介绍了自己的中文名字，但孟听枝实在做不到对着一个金发碧眼的外国男人喊他蔡文姬。

本森说这名字是书法班的同学给他起的，那个同学不仅书法一绝，还懂诗词歌赋。那同学说蔡文姬这名字特别好。

蔡是蔡伦的蔡，古代四大发明造纸术的那个蔡伦；文是文武的文，是文人墨客的文；而姬这个字就更妙，男取女字，这其中贯穿的阴阳平衡之道，跟中国的古老太极文化完美呼应。

本森听完一愣一愣的，不明觉厉，也觉得这一定是个好名字，深深认同之后，逢人就大大方方地自我介绍说："嗨，你好，我是本森·查尔斯，你也可以叫我的中文名字，蔡文姬。"

孟听枝真的很想问问本森，你那个书法一绝又懂诗词歌赋的同学是叫程濯吗？但她又想，程濯好像干不出来这么缺德的事。

可再转瞬，她又想，眼睁睁看着自己对博大精深的中华文化一窍不通的朋友被起名蔡文姬，也不阻止，这好像也有点缺德……

本森从孟听枝看过来时，就一直和她真诚地对着目光，在孟听枝欲言又止的那几秒，他自信地问："是想请求我教你滑雪吗？"

滑雪？滑雪简直是噩梦。

孟听枝立马摇头，停了几秒说："本森，你可以把刚才说的什么外国女人再说一遍吗？"

本森答应了，但是他微笑着提醒孟听枝："完全可以，但是甜心，你可以称呼我蔡文姬吗？我非常喜欢被中国人喊中国名字。"

那你考虑过中国人喜不喜欢用这个名字称呼一个外国男人吗？

孟听枝太好奇外国女人到底是什么事了，她屈从于好奇心，抿了一下唇，点头微笑说："好的，蔡文姬，说说外国女人吧。"

孟听枝表示了对"外国女人"的好奇，那一对热吻情侣很惊讶。

他们用夸张的肢体动作向程濯表示不理解，并说："为什么不和你的甜心说？那正是你魅力的体现。"

这下孟听枝更好奇了。是什么女人让程濯展现了魅力？

最后由本森复述，是程濯在国外读书的时候，曾被一个洋妞跟踪。他某天晚上开车回家，发现家里亮着灯，一个洋妞穿着性感睡衣横躺在客厅沙发，搔首弄姿跟他说晚上好。

说到性感时，本森比了一个辣极了的S形。

旁边的情侣立马补充，铁证如山地说，程濯在校时期很招辣妹喜欢。

孟听枝吃了程濯捞给她的鱼，小表情故意吃味，向他确认："是吗？"

他不语，只轻轻挑了一下眉，看不出认与不认，但那副心无旁骛、不甚在意的样子极好看。

对他的人气，她在高中时代就领教过，孟听枝说："不只是招辣妹喜欢吧？"

程濯见她夹地瓜丸子很费劲，夹一次滑一次，拿了筷子好心帮她夹到盘子里："什么意思？"

丸子不大不小，她嚼在嘴里，右边腮肉鼓起白白圆圆一团，像只进食的小青蛙，糯唧唧地说："也招不辣的妹喜欢啊。"

程濯忽的失笑："谁是不辣的妹？"

"你猜呀。"

他神情矜傲不配合，一本正经地说："不猜，晚上来尝。"

孟听枝瞪眼，地瓜丸子第N次从筷子尖滑落。

中华文化的博大精深实在可怕，寻常两句话，字词简单，老外像是听懂了，但又完全没听懂。

一顿饭快到尾声，孟听枝才反应过来似的既担心又疑惑，眉头皱得紧紧："你被人跟踪，虽然对方是个女人，但你不会害怕吗？"

事情已经过去很久了，当时在当地还引起不小的影响。私闯民宅是非常严重的事，警局来逮捕时，不仅带走了衣着暴露的辣妹，还带走了收了辣妹贿赂的家政阿姨。

那位家政阿姨是港城人，早年过去，一直在唐人街的中餐馆打工，养着一大家子人，身世说出来挺苦的，机缘巧合，才被推荐到程濯的别墅里工作。他支付的薪水要比市价高出很多。

说来话长，程濯没细讲。

他对着孟听枝的目光，淡淡地“嗯”一声：“我当时怕极了。”

演技很烂。

孟听枝“扑哧”一笑，信他才有鬼。

“怕什么，怕女人脱衣服吗？哦，怪不得在望府西京赵小姐那次，你看着很淡定，原来是有经验了。”

他们并排坐着，椅子贴一起，只要稍稍偏头就近得像耳语。

鱼锅腾腾飘着白雾，在悬垂灯泡下聚了又散，这个场景下看人，仿佛自带柔光。程濯从没见过她这么活泼的神情，眉眼灿烂，甚至有几分故意揶揄。

他顺着话，从容回答：“我是挺怕的，你打算用这招对付我吗？”

什么招？脱衣服吗？孟听枝险些没绷住淡定的表情，心道：徐格疯且皮，沈思源嘴损，那两个人在他这儿都半点好处也捞不到，就该知道这人脑子有多灵光；大多数时候他不爱说话，但噎人戗人逗人，只要他想，他好厉害。

话接不下去了，孟听枝就假装没听到，转头去看菜，指着汤头正滚的砂锅说：“我还要吃鱼。”

程濯看她一眼，拿公筷捞鱼片。本森见状也伸出碗，因为那副长公筷他也无法灵活使用。

吃下那几片鱼，本森忽然想起什么，手指凌空点着，激动地跟孟听枝说：“程濯特别厉害！”

孟听枝问：“什么？”

本森说，程濯总能发现最好吃的中餐店，因为他嘴好挑，他推荐的店一准好吃。

其他三个老外深有同感地点头，热热闹闹地讲起有一次跟着程濯去吃小龙虾，因为实在太好吃了，暴食导致两个同学当晚进了医院肠胃科。

孟听枝融入老外们的欢乐气氛，和他们一起笑的时候，内心深处也有一点纳闷：她不觉得程濯嘴挑啊，她的厨艺一般，他每次都还挺赏光的。

滑雪摔惨的后遗症，等晚上回到度假酒店才暴露，像麻药过了效。洗完澡躺在床上，孟听枝翻了好几次身，怎么躺都不舒服，强撑着刷着朋友圈。

屏幕一滑又倒回，破天荒地看到程濯今天发了一条动态，她眼睛一亮，立马来了精神，把图片点开来看。

是今天的滑雪场。

她那时候实在折腾不动，任程濯怎么哄也不可肯再往前滑半米。她把防护的乌龟屁垫抱着，拍一拍碎雪，费力地往旁边走，任性地哼哼说："我不滑，乌龟累了，我要带它去休息！"

照片也不知道是程濯什么时候偷拍的。

她抱膝坐在滑道边沿的木块上，旁边是一只和她并排坐的屁垫乌龟，身后是墨绿色的杉林，前景是坑坑洼洼的白色雪地。

整张照片唯一的亮点就是她——低着头在玩地上的雪，戴着一顶很醒目的枣红色贝雷帽，小巧细腻，羊绒的质地，看起来软乎乎的。

这是来滑雪场前，程濯非要她戴的。

她从没戴过这么鲜艳的帽子，心底里她还是没完全摆脱对他人关注的排斥，站在镜子前，不自在地挠了一下帽子说："我不想当小红帽。"

程濯拍拍她的头顶说："好看。人多地大，你这样，就算滑到哪个雪坑里，我也能找到。"

孟听枝被逗笑了，怎么把她说得跟撒手没的小孩儿似的。

"我哪有那么容易丢啊？"

程濯牵着她往外走，不给她再犹豫换装的机会："我怕丢，行不行？"

人倒是没丢，新手上路，摔惨了，倒也没伤着胳膊腿，就是一整天的小废物体验，也没那么好。可那样郁郁的心情，却在看到程濯这条朋友圈时，散去大半。

那张图配的文案很简单。

乌龟累了，在休息。

是她说过的那句话，但她又知道，他说的乌龟不是那只屁股垫。

他朋友圈设了一个月可见的限制，点开就这么一条，孤单又惹眼，评论区却热闹，他们的几个共同好友都在调侃“小红帽”。

徐格更夸张，一长串问号之后问程濯——

徐格：你人呢？你今天什么造型，枝枝小红帽，你演大灰狼？

孟听枝正笑着这句大灰狼，身后豁然一声响，浴室的门被推开，一扭头就能看到“大灰狼”出浴的场景。

黑T灰裤，被吹得七八分干的头发蓬松搭在额前，沾一点温热水汽，显得人格外的明澄好看。

她脸上还挂着笑，程濯被她看得纳闷，走近两步，也笑着问：“干吗看着我笑？”

看你像不像大灰狼，孟听枝在心里说着。

人长期不运动，某一天运动过头，是会起不适反应的。等快关灯睡觉了，该疼的地方开始有点越来越强烈的胀痛感，她翻来覆去，就裹在被子里哼唧。

程濯兜头俯身下来，肩背挡住光，手就撑在她脸旁边，问她哪里不舒服。

孟听枝怎么说得出口，她好像是屁股摔狠了。

“……没事。”

她以为这事儿，只要自己逞强嘴硬就能瞒过去，但万万没想到，疲劳过度的人半夜竟然会说梦话。

程濯半夜被吓了一下，黑暗里睁开眼，起初以为是幻听，静了一会儿才等到她的第二声呓语："别过来，啊，让一让……"

程濯听人说过梦里强行惊醒容易被吓到，这只乌龟胆子小，估计会吓得更狠。他从床头摸来手机，调低亮度再照近。

孟听枝睡得不安稳，她的眉头紧锁，两只手死死推着程濯的一侧胳膊，生怕两人之间会撞上。

程濯第一次见人说梦话。

"让——"

大半夜，他望着她笑，兴致颇高地把手机调成录像模式，轻手轻脚地举起来，整个房间里就只有这么一点光，柔柔笼罩着她，录她说梦话的样子。

又念了模糊不清的几句，她手上的力道忽然松了下来，颈子朝下一垂，紧锁的眉头也舒展开了，像是梦境已经过去。

程濯准备收回手机，高举手的状态，看不清屏幕，不小心按到什么，录像结束后跳成拍照模式，闪光灯刺眼一闪，不偏不倚地照在她眼皮上。

程濯赶紧将手机息屏，孟听枝低低地"唔"了一声，人更加蜷缩。

以为她这是要醒的前奏，程濯微微屏息，像偷偷做了坏事一样手足无措。停了几秒，他手臂伸过去，毫无经验地揽着孟听枝，手掌轻拍她的背，像哄小宝宝，睡吧睡吧。

明明是想让她睡好的，可不知道哪一步出了错，又或者是她在梦里都能下意识地识别靠近过来的人，整个人一下就躁动起来，浑身抗拒地呢喃着："不滑了，不滑了。"

到第二句，程濯才听明白，无声一笑。他手下力道放轻了，应着她，轻柔地耳语："好，不滑了，保证不滑了。"

她真醒了，像那种在夜间幽幽开放的花骨朵，四肢格外软的抻了一下，才发现自己被人抱着，后背还在被人轻拍。

“你怎么……”她又蒙又莫名其妙，不知道他干吗这样。

“你刚刚说梦话了。”他在黑暗的近在咫尺的枕畔回答着。人失去视觉，其他感知会变得格外敏感。

例如，她察觉到，被子里有只手顺着她的后腰往下滑。

“白天是不是摔到哪儿了？”虽然防护做得好，但也不保证就一点小痛都没有。

睡前那会儿，她还羞于启齿，但现在可能是人刚刚一觉睡醒，又软又蒙，连那点羞耻心也支棱不起来了。

他摸到什么地方，孟听枝轻搂他脖子，缩起肩骨，低声说：“就是那儿……可能也不是受伤了，就是我平时太不爱运动了，忽然运动起来有点吃不消。”

程濯帮她轻轻揉着：“在滑雪场的时候怎么不说？”

她要是说了哪儿不舒服不适应，他就不会兴致那么大，哄着她一遍遍学了。

“嗯……”她收紧手臂，鼻尖全是他身上男人才有的味道，声音闷闷糯糯的，“都很笨了，如果还娇气，不是很讨人厌吗？”

“谁说的？”

她手软腿软，一点点靠近，一点点抱紧他，柔得像一团可塑的棉花糖，不留一丝缝隙地黏着她，身上还带着同样甜暖的香气。

她哼哼着：“就是这样啊。”

他唱反调：“不这样。”手掌按在她后颈揉了一把：“孟听枝又笨又娇气，一点也不讨人厌。”

明明处于一种昏昏欲睡的状态下，感知力应该不再敏锐，可她已经因为这句话，清晰地感觉到胸口袭上一股暖流，像冬日黑夜，壁炉里忽然升起的火焰。

她好喜欢在一些未曾预料的夜里，因为一些日常小事忽然和他聊起天，有时候是半夜上厕所回来，有时候是口渴喝水。她一躺进被子就被人圈到怀里，彼此随便说点什么，总是她先不知不觉地睡去。那股温柔力，好像叫她更清醒了些。

她跟程濯说她近期因为娇气而不讨喜的事。

“我妈妈都说我了。”

“说你什么？”

“我以前吃饭都不挑食，现在会说不想吃什么了。以前她给我选什么衣服，我都照收不误，我上次说她审美不行，把她气坏了。她说我现在可挑剔，挑三拣四的，不知道跟谁学的坏毛病。”

那只是阮美云惯用的语气，倒不是说自己的女儿真有什么不好，她如今巴不得孟听枝多说想法，改掉闷疙瘩的性子。

好像人长大就会和父母无声和解，阮美云少了年轻时的棱角，孟听枝也释怀了一些暗自倔强。有些对与错一经时间的淘洗，就少了细究的必要。

说完，在黑暗里，她抬起下巴，很生疏地咬住男人的耳郭，像初次尝试风情万种的语调，不艳俗，话息似软缎拂进耳里，青涩又欲气。

“是谁教我的坏毛病呀？”

程濯僵了一下脊背，声音暗哑：“孟听枝。”

没察觉出危险的孟听枝，还沉浸在角色扮演的快乐中，嗯，今晚是一只风情万种的小乌龟。

“本来就是你教的。”

她说得理直气壮，下一秒，被子被翻身的动作掀开，晦暗视线里仿佛腾起什么庞然大物，黑影扑覆，她被程濯压在身下。

“我还有别的坏毛病也可以教给你，顺带能锻炼你不常运动的差劲体力，学吗？”

那只风情万种的小乌龟傻了。

呆愣几秒，孟听枝伸手指扒拉来一些被子，头朝下缩，一点点把自己乖乖埋起来，躲在被子里闷闷地回答：“我暂时不想学，想睡觉……”

程濯沉闷着发笑。

大半夜，他也就是故意吓唬她。而且她根本都不怕的，小姑娘聪明得很，她现在知道程濯对她好，事事都由着她来。

孟听枝抱着他，蹭一蹭说：“等我睡一觉，睡饱了，体力就好了。”

第十六章

他的仙

这次来平城，见程濯的几个朋友只是行程凑巧，主要原因是集团的年会今年定在这边的子公司。

提到这个，孟听枝兴趣很大，问他在他家里的公司是什么职务，程濯说没有。

因为舒晚镜回忆展，之前在工作室看了资料无数，孟听枝对正睿资本比较了解，主营艺术品投资，其中很大一部分都是和舒晚镜有关，但程濯出面也很少。

这样想，他那天能来美院的会展中心，也真是机缘巧合中的机缘巧合。

“那你有名片吗？你名片上都写了什么？”

他折臂，一只手搭另一只手的手腕处系着纽扣，质地硬朗的衬衫袖口环着线条分明的腕骨，一本正经地开玩笑：“写着‘一个闲人’。”

宴会从今天下午开始。

冷餐前的社交时间安排得很长，孟听枝怕饿，又怕吃多了，穿身上这条绿色的丝绒吊带裙会有小肚子，就着酒店送过来的葡萄司康，小口地啃一点边边。

程濯一出来就看见她跪坐在软垫上，秀秀气气地进食。

她身上这条绿裙子，明艳纯粹，乍一眼，叫他想起一部叫《赎罪》的外国电影。

可能是怕面包屑洒在身上，她身子前倾，腰臀在窗前光里，绘出一条凹凸有致的软弧。孟听枝除了四肢很瘦，其他该长肉的地方并不单薄，只是平时穿衣宽松，很少这么掐腰显身材。

程濯靠在墙边默默打量片刻，倏然出声："这不是挺辣的妹？"

孟听枝闻声一转头，唇边簌簌掉了一点屑。

她起身，眸光盈盈地朝他走来，墨绿裙子裹一身如雪的皮囊，发尾微卷，淡妆面庞显得柔凛清透，更有电影女主角的风情。

"你看过《赎罪》吗？战争时期的爱情片。"

孟听枝说："看过。"

她不仅看过，还重刷过不少经典片段，印象最深的就是敦刻尔克大撤退之前，罗比那句"我们缘分未尽"。

孟听枝反应过来了，低头看了看自己身上的裙子："很像吗？"

她这件裙子虽是吊带，前后开口都不深，浑身一色，柔软的褶和飘逸的裙摆，很有女人味，但不过分性感。

程濯握着她的手，捏一捏，很温和地说："不那么像，是穿绿裙子一样的好看。"

他摸到她手腕上戴的红玉髓链子。她手腕细白，几个松垮的链坠更有灵动的珠红流光，柔净的气质很能压得住这些深红墨绿的艳色，半点不俗，只觉得恰到好处。

"这链子你喜不喜欢？"

孟听枝不知道他怎么突然问这个，点点头说："喜欢呀。"

"真的？"

孟听枝更纳闷了，笑一下说："当然是真的，周游和我师姐都夸我戴这个好看呢。怎么了？"

他顿了顿，似乎本不想提，后来又觉得没有遮掩的必要。

“乔落说，我对你不用心。”

原话可没这么委婉，他们这三个从小闹到大的损友，说起话来从不给对方留面子的。

乔落说的是：“拜托拜托，这么烂大街的款你也好意思送给女朋友？你没发现徐格身边那些女生几乎人手一条？其中还一半都是假的。你就算不会送女生礼物，你说一声啊，枝枝还说喜欢，我真心疼她，她还不如跟我谈恋爱。”

徐格见缝插针，故作中肯地说：“是，我也心疼枝枝妹妹。”

乔落一个眼风刮过去，像箭似的钉在徐格身上，语气更无情嘲讽了：“就你也敢笑别人，你当你是什么好猪？”

程濯当时没说话，心下思考，面上却平静，一副“聒噪得像两只喇叭，你看我理不理你们”的高冷表情。

孟听枝看着自己手上的链子：“怎么不用心啦？我觉得很好看。”

被这么一说，程濯忽然勾唇一笑，拇指摩挲着她细腻的手腕内侧：“她以前也说过我别的不好，我不在意，可她说我对你不好，我不知道怎么了，就不受控地反省。”

“反省什么？”

“反省对你是不是真的不够好。”

孟听枝露出一个温温软软的笑：“够了，很好很好了。”

宴会在酒店顶层举行。

下车的时候，夜色里飘雪，孟听枝一伸手就接住好几点冰凉白色。她穿着厚厚的大衣，被程濯揽着很快进了暖气充足的酒店大堂。

手上的雪化了，程濯在电梯里给她擦手。

他低眸，认真擦拭的动作说不出来的温情细致，只叫孟听枝愣愣地想起来很遥远模糊的记忆。

她小时候上的幼儿园，有一个大姐姐似的年轻老师，对小朋友们总是耐心温柔。

程濯对她，像照顾小朋友。

想到这儿，她心里一甜，弯弯地抿着唇角。

年会上来的人很多，百分之九十九孟听枝都不认得，但是这一刻，她挽着程濯的手臂，款款从电梯走出来，并没有那次在柏莘参加生日会时的局促不安。

不认识人没关系，在这种社交场合被别人盯着看也没关系，不知道从什么开始，她慢慢有了这份从容的底气。

看到的第一个熟人是贺孝峥，而那位传闻中的程濯的堂姐，她今天也见到了。

穿着一身材质极佳的单肩珍珠色礼裙，尖头细高跟，优雅高挑，不仅有名媛的高贵气质，也不失敏锐的时尚嗅觉。

程舒妤和薛妙都属于第一眼美人，五官明艳大气，但程舒妤更有锋芒。

彼此轻轻碰杯，喝着香槟，浅谈几句，聊到贺孝峥和程舒妤的婚期在开春时候。

程舒妤看了眼孟听枝，暗暗打量，随后露出一个不至眼底的笑，转去看程濯说："有机会的话，你可以带孟小姐一起来参加。"

她将"有机会"咬得格外清晰，听着并不像什么友好邀请。

程濯极淡地撩了一下眼皮，四两拨千斤地回道："我肯不肯去都要另说，更别提我女朋友会不会去了。"

程濯在社交场合不爱主动，但有人上前打招呼，他也会自然地向人介绍孟听枝。

对方往往会露出一种恍然大悟之后更加惊讶的表情看着她。

至深夜，外头雪又下大了一点。从酒店高层落地玻璃窗朝下俯望，墨蓝夜色里，远远近近，雪碎与灯火不易分清。宴会厅很暖，内外是两个截然不同的季节。

想到苏城还没有下雪，或许过几天再降温就会下，孟听枝忽然感叹："今年的冬天好长啊，感觉冷风已经吹很久了。"

"不喜欢冬天？"

孟听枝转过身，摇了摇头："怕冷，喜欢夏天。"

想到夏天，就想到离毕业还有好几个月。

她睫毛敛一下，将手放在温温的玻璃上。飞雪落上来转瞬就会融化，过分美好的事物都如上天恩惠，不期而遇，也会不期而失。

“夏天什么时候来呢？”

那只是她当时走神随口说的一句话，没想到在隔天的早上，她还睡得迷迷糊糊，程濯把她从温暖的被子里挖出来。

她抬手揉着眼，长睫颤颤，在程濯臂弯里惺惺忪忪睁开眸子，初醒嗅觉闻到一股冷淡好闻的须后水的气息，她往他身上靠，蹭了蹭问：“怎么啦？”

话音刚落，膝弯和后腰都贴上一股力，不待她反应，下一瞬就被人腾空抱起。

温热的唇轻轻落在她额头，那人说：“带你去过夏天。”

雪停后的平城天色没有转晴，一片浑浊的灰青调，厚重云层将天际压得很低，冬季六点的早上，城市的车水马龙还没有完全苏醒。

酒店顶楼，高楼危宇如星罗棋布，立于最高那栋的顶端，冷风呼啸。

孟听枝纤软的睫毛被凛冽风刀戕害得快速扑眨，眼睛不能完全睁开，只得半眯着，小小一片水光里藏着未睡醒的浓浓倦意，眼角鼻头都冻得红红，稍稍一呼吸，就有成片白雾在面前飞舞，像是在梦里。

她震撼于眼前的场景，再慢一拍地转去看身边的程濯。他将她的肩一揽，好笑地说：“快走啊，不是怕冷吗？”

可能是今早才做的清理，积雪只被铲到四周，还未融化，顶楼宽阔到空寂的地面上，露出一个巨大的字母 H，上方停着一架通体黑色的私人飞机，机尾的 logo 有点熟悉。

孟听枝蒙蒙的，一时想不起来在哪里见过。

先转去机场，等再下飞机，已经换了临海城市。

从酒店房间直接带出来的大衣此时已经用不上了，她只穿着一条单薄的丝质吊带裙。

下了悬梯，兜头的晴天朗日，一股清爽咸热的海风直接扑涌过来。

这地方看起来不大像通用机场，跑道上另一架预备状态的飞机也不是常见的机型。

来接他们的男人，平头方脸黑西装，恭恭敬敬地站在保姆车外，一面替他们开车门，一面说沈先生都吩咐好了。

孟听枝坐到车上纳闷：“沈先生？”

程濯回答：“沈思源。”

到了地方孟听枝才知道，那栋她还没下车就惊呼漂亮的海边别墅，是沈思源那个爱艺术的爹留下的。

房子的主体是由一位很有名的西班牙建筑师操刀，后期由曾珥作为艺术顾问接手，参与室内设计，从最初的图纸到砖瓦绿植落实，总共花了三年多的时间，等正式交房，沈思源的父亲已经因病去世。

这栋海边别墅，理所应当地作为遗产落到了沈思源手上。

沈思源最近手头紧，打算把这房子出掉，在圈子里问了个遍，没人应。

倒不是这别墅不好，只是不大对口，一来离苏城太远，纯当度假都够折腾；二来这种完全经由艺术概念设计出的房子就跟艺术品一个样子，很够设计师吹牛，但经看不经用。

圈子里俗人成堆，欣赏不来。

沈思源碰了点小壁垒，报了个友情价，又在群里当起一个三流推销员：“别的不说，我爸的品位绝对可以吧。那地儿靠海，对面就有小岛，开游艇半个多小时就过去了，多夏天啊。”

就这么拉胯的推销，众人纷纷敬谢不敏，偏偏打动了顶精明的程公子。

他往群里回一句——

程濯：房子干净吗？

沈思源立马切私聊，给他回了一句——

沈思源：一直有人打理，拎包入住。

然后他不动声色地一通吹。

程濯淡淡回——

程濯：明天去看看，之后再说。

沈思源见有苗头，不仅立马安排那边的别墅管家去接人，还跟程濯详细介绍了一番，那别墅还有个名字呢，叫“绿野仙踪”。

程濯起初一听皱眉，觉得起个绿野仙踪的名字真真俗到顶了。

放以前，沈思源肯定溜须拍马地说：“俗，顶俗，我爹就好附庸风雅这口，老男人俗透了。”

可今时不同往日，他倒也不顺着程濯的意思，说：“这名儿是曾珥起的，艺术家的返璞归真，你得细品！”

程濯当时轻轻一笑，按着语音键，没筋没骨地回：“你爸没品到的，给你品到了，你细品。”

那房子从照片里看就漂亮，有点西班牙的建筑风格，也不纯，精挑细选的绿色植物顺着深红房顶野蛮生长，三层楼高，浪漫庄重。

“程濯，快点！快点啊！”

程濯脚下踩着柔软沙粒，应声看向前方，沿海的阳光如盛夏般明媚无遮拦，她兴奋地挥动小臂，翻飞的裙角鎏一层金粉般的光，叫人目驰神炫。

他这才恍然，要是能摆脱沽名钓誉，实实在在有个仙，“绿野仙踪”倒也算得大俗即大雅，极衬这个意境。

而前面那个发丝迎风，手里提着高跟鞋，赤脚小跑的小姑娘，是他的仙。

在海城待了两天，孟听枝围上厚围巾回到苏城继续过冬。年关底下事多人忙，到处都热闹，两人就没再碰过面。

孟听枝摸不准他平时在做什么，怕发微信会打扰，程濯就按孟听枝的作息定了一个睡前电话的时间，十一点。

每次打电话，他还是忙，有时候背景音里有小孩的哭闹声，像家里亲戚聚餐，吵得很；有时候是什么娱乐场所的音乐，分贝不高，他应该是找了个清净的地方，专门打这个电话。

那靡靡乐声空洞遥远，不如他那把敲金击玉的低沉嗓子好听。

孟听枝趴在床上，翘着小腿轻晃，柔软的睡裙边儿叠在白嫩膝弯，一手拿手机贴在耳边，另一只手抱着速写本，往缺色的地方补了两笔。

正聊着，她忽然跳出话题，敏感地问了一句：“你是不是在抽烟？”

电话那头一顿，除开夹烟的食指和中指，剩余手指正掐着一个金属打火机，悠然转着，在窗沿上轻敲。

她一问，过长的烟灰折断一截，簌簌掉进楼下树影里，那细微的敲击声也停了。

孟听枝猜对了似的说：“是吧是吧。”

明明也无人看见，他却捻了灰烬，长指将烟弹落到旁边的灭烟石上。

程濯无声笑着，摸了一下鼻子。

舒晚镜去世后，他搬去他爷爷那儿住，本来的野性子硬是被教出几分端方，习性里小动作极少，一心虚就会下意识摸鼻子的习惯，也没几个人知道。

但他自己知道。

他望着手里的打火机，手指挑开金属机盖，灵活地转了一个花儿，火光顺着风抖，颤成阵阵虚影，又在“噌”一声盖合响里消失干净。

“新得了一个打火机，挺好看的，下次见面送你。”

孟听枝小声咕哝：“我要你打火机干什么？”

那头哑哑笑了下：“那你回头数数，你都收走几个了？”

孟听枝是跟着他学坏的，爱看他咬着支烟，却四处找不到火的样子，最后目光往孟听枝身上一落。

恼火是假的，威胁也是假的，躬身靠近过来，咬着烟的样子恶劣又迷人，最后只有对她动手动脚是真的。

“赶紧的，不然搜身了啊。”

孟听枝底气不足地说：“我收走……是因为好看。”

程濯回道：“我手上这个也好看。”

年前孟听枝接了两家杂志社的约稿，一个是十二月份的印象集，另一个是书中的人物插画，交稿日期就在年后。

她和周游各回各家后，她就窝在桐花巷二楼的房间里把剩下的稿子解决掉。

一宅就是好几天，阮美云看不惯她睡衣丸子头从楼上到楼下的打扮。

孟听枝下楼到冰箱里找吃的，吸管还没来得及插进锡箔纸的洞里，酸奶盒就被劈手夺走。

阮美云粗声粗气地说：“我要出门买点东西，你跟我一起。”

孟听枝不想去都不成，直接被推到房间里换衣服。她随便拿了件牛角扣的杏色大衣，搭着直筒牛仔裤，素面朝天，插着兜站在门口。

打眼一看像高中生，又被阮美云一把推回房间，叫她重换。

孟听枝看着柜子的衣服，乍一下愁着不知道选什么，苦恼地对着门口的阮美云说：“出门买东西，又不是选美，干吗啊？”

阮美云性子急，挨不起磨蹭，走到衣柜前两手一扒拉，很快地就挑出一身搭配来，白色的短款羽绒服配一条枣红的格纹 A 裙。

“就这么穿！快换！”

孟听枝拿起裙子，看了半天，一脸我不认识这裙子的表情：“这谁买的？”

反正不是她自己。

阮美云“哼”一声：“谁买的，还能是你爸？！你做梦呢，快换吧。就搭你上次戴回来那个枣红色的小帽子，好看，配得很，一准亮眼。”

孟听枝翻出那顶程濯送的贝雷帽，帽檐上有一个小小的金属logo，倒是真配阮美云选的裙子。

她对着镜子戴上，理了理边沿的头发：“要亮眼干什么？！买个东西，又不是滑到雪坑里找不到人了……”

声音越嘀咕越小，后半句阮美云没听清，也完全不在意。她拉着孟听枝的手就往楼下去，母女俩一前一后，“噔噔噔”踩着楼梯。

只听阮美云在前头得意地分析着：“你也不看看日子，这都二十几了！不出巷子就能遇见李奶奶王大妈，人家儿子孙子什么的也都回来过年了，你得出去见见人，跟人交流交流。”

孟听枝无语地嘟了一声气：“我跟别人交流什么？我问人家愿不愿意来我们家入赘吗？”

按理说孟听枝这个年纪还不必着急，就是堂姐订婚的事对阮美云冲击比较大，难免未雨绸缪。

阮美云眉头一皱，劈手要打，孟听枝缩着脖子让到一边，真被她妈妈的虚把式吓到。

“你这跟谁学的牙尖嘴利！什么入赘入赘的，那是万一，挑不到好的，那不只能将就将就？”说着，阮美云更来气了，刚刚没落下的手，这时候往孟听枝后腰上一拍，“孟听枝！我发现你是真学了你爸去！你现在跟你爸那个死德行是一模一样！没志向！你爸不如他那两个哥哥，你现在也要输给你堂姐是不是？！”

“没有。你怎么老跟人比啊？堂姐都找了个机长了，那我找什么赢她？哦，她找个开飞机的，我找个开轰炸机的？”

一直在客厅装死的孟辉忍不住笑出声，被阮美云一个眼神瞪回去，又老老实实地看电视上的麻将比赛。

阮美云都给女儿想好了：“你要是能找个你堂哥那样的，我也就心满意足了，名校毕业，长得帅……”

刚数到第二个，孟听枝看了一眼孟辉，平声平气地打断了阮美云："你还要长得帅的？帅哥的苦你还没吃够？"

阮美云："……"

孟辉耳尖，一听有插话的机会，好做作地咳一声，清了清嗓子，手朝侧边发际一摸，像模像样地插嘴道："美云啊，别给枝枝提那么多要求，孩子多有压力啊！你们女人啊，有时候就是太贪得无厌了。"

孟听枝憋着笑，实在憋不住，以找鞋子的动作弯下身，这才抖着肩膀笑出来。

阮美云没管她，抽过旁边的痒痒挠狠狠打了孟辉一下，边打边说："给你点颜色就开染坊！我告诉你，臻南路那门面的事这两天你不给我解决了，有你好果子吃！"

撂下威胁，阮美云手一伸，拐起换好鞋的孟听枝出了门。

她今天这身打扮的确漂亮惹眼，一顶红帽斜戴，衬得巴掌大的小脸白皙又精致。

邻里邻居，许久碰见一面谁家的孩子，一准都是要夸的，不管有没有印象，往万能公式上套，年纪小的就夸长高了，年纪大点就说又俊了。

孟听枝今天收到的夸奖尤其频繁。

出了桐花巷子，阮美云对自己的先见之明相当满意，拍着孟听枝的手说："瞧见没，你就得多出来，多捯饬捯饬自己，不然以后那些阿姨大妈们帮人找对象都想不起你来。"

孟听枝没吱声，但她懂了，出来买东西是次要，最重要的是在年关底下出来了解了解"市场"。

到了附近的批发市场，阮美云在海鲜摊那儿遇着了熟人。寒暄几句，待人走了以后，她发现摊主给她装了只快死的螃蟹，一边眼尖地挑出来跟人吵吵，一边不分神地跟孟听枝说："就刚才那审计局的张阿姨，儿子大你两岁，在德国留学的，正经海归！"

"哦。"孟听枝没兴致地应声。

单单薄薄的一个字，好似当头一盆冷水泼下，阮美云什么热情都没了，恨铁不成钢地一声叹："我啊，是指望不上你开窍！"

孟听枝从摊主手上接过打包好的袋子，跟人甜甜软软说了句谢谢。

摊主年纪不大，看见个干干净净冒着仙气儿的小姑娘朝自己露出一个娇俏的笑容，顿时心都酥了，立马殷勤招待道：“妹妹，你们家买不买虾？”摊主拍拍白色的泡沫盒子，里头冰块撞着响：“就这虾，过两天就买不着这么大个头又新鲜的了。”

孟听枝一看，那虾的确又肥又好：“妈妈，买虾吗？”

一转头见着阮美云黑着脸，她立马放软声音，拾起之前的话题说：“我知道，海归嘛，住长林巷那边的，叫什么张晓鹏对不对？”

阮美云问摊主要了袋子和捞兜，这回她自己挑起来：“你还记得？你俩一个高中对不对？他大你两届。”

“嗯。”

阮美云想起什么，颇欣赏地点头：“他好像高中就挺聪明的，现在又是海归，有点本事的。”

这点孟听枝不否认，但她提醒阮美云：“可我记得，他不帅。”

阮美云无语半晌，把挑好的虾递给老板，转头一瞥孟听枝，道：“你现在是挑得很！”

“……”

明明是刚刚在家里你自己提的帅。

买完了海鲜，母女俩又去了一趟花鸟市场。阮美云打算给家里换几盆新鲜盆栽，看中了富贵金橘和粉百合，正跟老板讨价还价。

孟听枝有时候看不懂她妈。

夏天跟几个阿姨去老裁缝店做旗袍，选最好的料子、最花哨的盘扣样式，大几千的旗袍能一次性买个三四件；苦夏过去，阮美云长了点肉，穿不进去了，偶尔拿出来看看也欢喜，半点不心疼；买四盆盆栽，阮美云却割肉一样的舍不得，唾沫说干了都要让老板打折抹零。

最后，老板一边往本子上记她们家的地址，叫人安排送货，一边头疼地夸阮美云女士嘴皮子太厉害了。

孟听枝长这么大，遇见过砍价最厉害的两个人，阮美云当仁不让是第一，程濯紧随其后，也不逊色多少。

只是这两个人的砍价风格迥然不同，阮美云能说会道，磨人功夫一流，而程濯话少，每个字都砍在刀刃上。

在海城那两天，周边有个集会，别墅管家是当地人，当晚吃饭的时候就在说他们这次来得巧，刚好赶上一年一次的集会。那地方除了沿海风光好，玉石也出名，当地不仅有不少的玉石作坊，还有不少东南亚那边的人来这边做玉石生意。

第二天管家领着路，程濯和孟听枝去附近逛集市。

集上人好多，看打扮就晓得是天南海北聚过来的，有那种戴着大金链大金表，腋下夹包的，也有穿着领口、袖口都绣着传统花纹的缅甸人，背着竹筐问摊主收不收石头。

卖石头的多，也有吃的喝的和一些手工纺织品。

程濯穿着一件青灰色的软料衬衫，袖子随意翻折到小臂，牵着孟听枝，叫她走在里侧。

他俩都白，走在日头底下，亮得反光，回头率百分之两百，浑身上下透露出三个信息点：外地客，有钱，好宰。

只有第三点失误。程濯寻着个石料不错的摊子，摊上大多都是石料，玉料也有，还有一小部分石头开了窗，皮壳下的种水都非常好，压灯一看，肉细水长。

摊主一顿天上有地上无的夸，开了一个据他自己说是很诚心的价。

孟听枝本来在玩摊上别的石头，瞬间觉得这可能是自己消费不起的东西，悄悄放下。

程濯神情纹丝未动，拿着小手电自己看了一圈，平平问一声：“这什么场口的？”

摊主瞬间愣住，半晌后，犹豫不定地吐出两个字：“南齐。”说完，像是唬人的底气又回来了：“南齐的料子，好场口，而且你看这脱沙，开出来肯定种水好。”

他淡定似佛，连说话的声音都没有多大起伏。

“南齐的料子棉多，都要赌内化，开个流氓窗（翡翠原石的一个类别），要十二万，看不到，打电话给你老板，问他五千卖不卖？”

孟听枝见过最厉害的砍价，就是阮美云在批发市场跟人对半砍，程濯这种简直超乎想象。就在她担心摊主会不会气到夺走石头，直接赶他们走的时候，那摊主竟然真掏出手机，一脸为难地说：“那我给你问问，不过五千太低啦，帅哥高点看嘛。”

程濯利落关了手电，像是这块石头他已经摸明白了：“看不到高价，裂多，种也不够细。”

摊主打完电话说：“真的太低了，老板那边说起码再给一口，不然没法儿卖。”

程濯盯着他的表情，辨别了一下真假成分。

“五千实收，水钱我出，不能再高。”

最后一通电话结束，摊主拿个透明封袋把那块石头装起来，递给程濯，头疼地说：“这么压价，我们老板说他真不赚啦。”

孟听枝完全没有想到他在这方面会是行家，他自己说不是行家，他爷爷喜欢玩石料，他耳濡目染，懂一点皮毛。

买了石头，程濯要就地开出来，托管家联系，找了附近一家规模颇大的玉石工坊，甫进门就听见刺耳的机器开石声。

老板娘是缅甸人，特别热情，一见孟听枝就叽里呱啦说了好一通话。

英语还仅仅是口语吃力，缅甸语对孟听枝来说，那就完全是一窍不通，管家也不懂，还是老板家趴在柜台上写寒假作业的小女儿帮忙翻译。

“我妈说让你看玻璃柜里的那个菩萨，她说和你长得好像，就这儿，”小姑娘指了指自己的眉心，“差了一点红。”

孟听枝顺势看去，玻璃柜子内里贴了一层镜子，折射阳光，衬得那尊白中泛淡青的玉观音更加通透盈光，法相庄严，清冷又慈悲。

说话间，程濯从里面的工作间和老板一起出来，也在说石料的事，说现在好料子很难找，恐怕得等一段时间。

程濯看见穿着白色挂脖度假裙的孟听枝，梳丸子头，露出干净无瑕的面庞和纤细修长的脖颈，静立在入门处的光里，正看着柜子里展示的玉佛，瞳孔里曳着温柔水波。

缅甸那边结婚很早，老板娘虽然生的女儿都上小学了，但看起来还有姑娘家的活泼劲儿，语言不通都不妨碍她们一见如故。

老板娘从颜料盒抹来一点朱红，指腹在孟听枝眉心轻轻一抹。

她女儿又帮忙翻译：“这是我们家供了很多年的菩萨，一直保佑我们家无病无灾，保佑我爸爸走货平安。你真的和菩萨一模一样。我妈妈说你是女菩萨，问你要不要在我们家住几天。”

“那可不行。”

男人低沉的音质似与周遭所有的翡玉共鸣。

孟听枝闻声转头，眉间点红，跟程濯遥遥对上目光。

“这个女菩萨，是我要带回家的。”

第十七章
十六圆

除夕夜，谭馥桥一带被红灯笼和串灯装点得漂漂亮亮。十几年前老城区翻新就是从这儿开始的，拆到一半的篮球场，这么多年长久的搁置着，早就成了自由活动的地方。

社区居委会抓得严，巷子里不让放烟花，每年过年大人小孩都来这儿放，哪怕空手来，看着别人放也热闹。

孟听枝本来没这个爱好。

今年年夜饭刚吃完，隔壁小莉就找过来，要拉着她一起去谭馥桥放烟花。阮美云正嫌孟听枝整天闷在家里呢，围巾手套团一团，塞到孟听枝怀里，就把人推出来了。

“你跟小莉好好玩啊。”

到了谭馥桥，小莉把一大袋烟火往孟听枝怀里一塞，像个小炮弹似的冲进一头黄毛的年轻男人怀里。

刚刚在来的路上小莉已经全部交代，这是她们学校门口发廊的理发小哥，两人才见几面就爱得深沉，理发小哥就成她男朋友了。

不过，这托尼老师和小莉她妈妈的择婿标准一毛钱关系都没有，小莉恋爱了都没敢告诉她妈。

孟听枝瞬间共情了这种“不可为母上大人知”的隐晦甜蜜，答应一个人去放这一大袋烟花，顺便替小莉放风。

旁边已经有很多人在放烟花了。

孟听枝没放过，她先找了块空地，研究了一会儿使用方法，把里头方形的、锥形的、圆柱形的小烟花都拿出来，一字摆开。

头一个点燃，她退开几米，拿出手机录视频，发给微信里置顶的第一个人。

程濯看到视频，把电话打过来，问她人在哪儿，谁在带她放烟花。

孟听枝骄傲地说：“我自己呀。”

程濯做回忆状沉吟，几秒后说：“这种危险物品上不都写了，什么几岁以下的小朋友不可以玩吗？”

他的腔调太过正经，害得孟听枝反应过来自己是“小朋友”时，笑容都略显得迟钝。

她又点了一个，快速地退到一边，顺着话说：“那……有大人过来陪我吗？”

他声音有淡淡歉意：“太忙了，走不开。”

他习惯了不与人深讲近况，大多数时候一言带过，简单平淡到叫人甚至不能通过只言片语揣测他过得如何。可不知道为什么，在这个满城辞旧迎新的时刻，他忽然生出了倾诉欲，想跟人说一点什么。

“我堂姐，你之前见过的，她跟贺孝峥的婚事，家里有人同意有人反对。”

“那你呢？”

三个字拧成一道温柔声线，通过电话撞进程濯的心口，忽地心房瘫软。

他今天这一天，真的听了太多人自以为苦口婆心、语重心长的劝告，叫他多为家里考虑，叫他顾及他外公那边的意思，叫他想想他父亲这些年的处境，叫他别辜负了他爷爷多年的教导，恨不得叫他为着全天下，唯独没人来问问他，他自己有什么想法。

电话里许久没有声音。

孟听枝像被冷风吹清醒似的，倏忽间，也不知道自己刚才为什么会深问下去。

她这个人是最没有八卦心思和窥知欲的，当即便说：“是不是不方便说？那我们不聊这个了吧。”

程濯声音微哑：“不是。”

男人总在情绪无端冒起时，下意识地想抽支烟平复，想起孟听枝不喜欢自己抽烟，他伸到裤兜里的手稍一顿住，又作罢。

他还保持着寻物的动作，修长脖颈微折，驻在灯影边缘，隔着一间小厅就是高高低低的人声，比他还小一辈的小侄子和小侄女正在表演心算，脆甜地报着数字，逗老爷子开心。

一屋子人都在笑，他只有手里这部电话，显得离群。

程老爷子年轻时有过一段情，如今膝下三个儿子，只有排行老二的程靖远，也就是程濯父亲是老爷子明媒正娶的那房太太生的。

一大家子人，表面上都和和气气，私底下却心怀鬼胎，各有本账。老爷子也是睁只眼闭只眼的态度，只求面子上好看。

如今集团里也是程靖远主事，程濯从国外回来能一直悠闲着，也是怕惹另外两家不快，一碗水就算端不平，也不能洒太多。

可程濯的外公那边一直都觉得整个程家都欠着女儿和外孙的，现在女儿不在了，但凡程家风吹草动，谁敢欠着外孙的，那谁也别想好过。

现在的风吹草动，便是程舒妤和贺孝峥婚期将近，也是这两年，贺孝峥在程家实在爬得太快太高，多得是人想拉他下来，分而食之。

最厉害的一杆枪就是程濯。

偏偏程公子万事不上心，老哑火。

他不跟孟听枝说这些钩心斗角，只玩笑似的掏真心：“我自然同意，巴不得他们结婚之后贺孝峥把所有的事都揽去，懒得跟一群老头一起共事，我耐心不好。”

说完，电话里又陷入安静。

程濯："孟听枝？"

孟听枝吸一记鼻子，快速回道，声音清清软软的："别打断，我在倒数呢……三、二、一。"

话音刚落，某处的礼花声音骤响，晦暗苍穹，巨大一声，像是红尘烟火轰然间尽数乍现弥散，所有人都下意识地望天。

"程濯，新年快乐！"

程濯看着檐下的红灯笼，阴霾忽散地笑了笑："新年快乐。"

她许愿都很认真的。

"希望新的一年，你可以梦想成真，不用跟一群老头共事。"

忽而，他不合时宜地想到，她生日那次，说讲出来的愿望都不灵了。程濯没提这扫兴事，眼皮跳了下，他伸手倦怠地揉了揉。

正月十五，阮美云和隔壁小莉她妈聚在一起包元宵，本来喊孟听枝和小莉去学，因为她俩包得实在难看，又把人赶走了。

芝麻馅的元宵，里头夹了几颗红豆的，孟听枝吃了热腾腾的一大碗，一个红豆的都没吃到。阮美云非叫她吃到一个红豆的不可，又不顾孟听枝的胃口盛了半碗，孟听枝撑着肚皮吃，终于咬开一个红豆馅的。

甜糯的香气刚在鼻尖舌苔散开，周游猝不及防的一个电话，吓得孟听枝一激灵，红豆汤圆掉在了地上。

大四最后一个学期不安排统一的开学时间，只在班群里通知把搁置的实习报告尽快交过来，催了一下毕业设计的进度。

周游不实习，在家里也待不住，隔着电话都能感受到垂头丧气，问孟听枝年后怎么安排。

两人约了第二天晚上见面吃饭。地点是周游定的，在宝岱广场的西餐厅，跟金霖路近到只需要步行。

鉴于吃饭时周游望窗多次叹气，孟听枝结完账好心问她："要不要去 TLu？反正都很近了。"

“啊，”周游被戳中心思又不肯承认，顾左右而言他，“这……这还是正月里呢，没预约，现在有钱也没卡了，怎么进去啊，咱俩去蹭卡啊？”

室外电梯显示正在从底层上行，孟听枝朝外头望一眼：“你要去找施杰吗？你要是想，我可以找徐格。”

她从没借程濯的关系用过任何特权，但为了朋友，她愿意开这个口。

“我找他？我找他干什么？我对那种无趣的男人已经彻底丧失兴趣。”周游像听了个笑话似的一声声冷笑，全方位地表示不屑。

于是，孟听枝把掏出来的手机往回塞，周游又立马拦住，讨好地咧咧嘴：“哎哎哎，打一个吧，我进去看看有没有什么别的帅哥，我再物色物色。”声音越说越心虚。

孟听枝打了电话，但没陪周游进去。

明天她堂姐结婚，她得早一点回家。跟周游在路口分别后，孟听枝朝另一个方向走。

她手上提了个袋子，是年前某次聚会，她的外套弄脏，薛妙借她的披肩。披肩她已经拜托阮美云送去干洗过了，只是各种事情耽搁，她忘了又忘，一直没有还。

今天和周游约在这附近，她特意带过来。

柏莘不比 TLu 那种夜场酒吧那么热闹，毕竟是会员制，有门槛。

大堂经理认识孟听枝，立马带笑迎过来，还以为她今天是来参加沈思源朋友的局，就要把她往二楼引，说今天有个明星在这儿过生日。

“不是，我来找薛小姐。”

闻言，经理脸上的笑意瞬间黯淡。

“她有条披肩在我这里，我来还她。”孟听枝一抬头，才发现经理的神情不对劲，“她不在吗？那我把东西放在这儿，麻烦你帮我转交给她吧。”

经理没接孟听枝手上的袋子，讳莫如深地压低了声音道：

“这……还是你亲自给薛老板吧，放在这儿，还不知道她之后来不来呢。”

孟听枝疑惑地皱起眉：“什么意思？”

“薛老板的丈夫前两天突然去世，她已经好几天没来这里了。”说完，大厅楼梯那儿热热闹闹下来一帮人，经理跟孟听枝客气地先告了别。

柏莘进门就是一扇偌大的彩绘玻璃，整个大厅一角装修出了几分教堂的庄严来。

垂灯纤细而明亮，灯光晃进眼底有几分刺痛，孟听枝拎着这条披肩，陷入沉默。

她想起在商场看见过的那个男人，一身病骨坐在轮椅上，那是薛妙的丈夫吗？怎么会是丈夫呢？那贺孝峥又算什么？那个男人突然离世了？

孟听枝回过神来，场面已经变了，那位今日当寿星公的女明星刚被人簇拥着下楼，笑靥犹在颊，冷不防地被人扇了一耳光。

凌厉掌风“啪”的一声，震惊全场。

隔着人，孟听枝看见站在边缘的赵蕴如。

赵蕴如立场不明，那边正斗得如火如荼，她没管旁边的人怎么打架，幽幽冷冷地看了孟听枝一眼，仿佛恶意都是冲着孟听枝来的。

孟听枝从闹剧现场退了出来。内外两个截然不同的世界，叫她情绪不连贯，走到台阶附近，正遇整点，宝岱广场的喷泉应时表演。

她走神扭到脚，朝下一倒，手里的纸袋也摔在地上，柔软的浅灰羊绒躺在袋口，弄脏了一截。

随即，袋子被身旁路过的人捡起，那人也来扶了她一把：“没事吧？”

孟听枝轻声说着没事，很快站起来。

一抬头，正好是十六的月，已经圆到极致，不会再好了。

第二天堂姐结婚，天没亮，孟听枝就被阮美云从被窝里拉起来。

婚嫁是人生大事，能来的亲戚都来了，两家人凑在一块聊天，几个小孩子满场跑来跑去。

孟听枝差点被其中一个撞到，她避让开，走到一旁安静处打开手机。昨晚程濯没有给她打电话，她发去的消息到现在也没回。

倒是许明泽的聊天框旁亮了一个小红点。

许明泽：你昨晚脚没扭着吧？

昨晚在宝岱广场扶起孟听枝的人，正是许明泽。本来他还说要送孟听枝回家，但孟听枝也没扭到哪儿，站起来能自己走，就委婉拒绝了。

孟听枝打字回复——

孟听枝：我没事，谢谢学长关心。

婚宴快结束的时候，孟听枝才接到程濯的电话，他道了歉，说昨晚手机出问题了。

没聊几句，电话那头又有人在喊他，听着像个中年男人的声音，孟听枝很懂事地叫他先忙，有事之后见面再说。

苏城去年冬天，天气预报里说的那场雪没有下，干冷着。立春后雨水落下，生了潮气，晚上温度低，空气里就浮着一层伶仃春雾。

孟听枝在酒店门口吹了一会儿冷风。孟宇从旁边路过，眯眼识别出站在高高盆景旁的孟听枝，退回去，喊她进来。

他把今天送亲抢到的几个红包塞到孟听枝的大衣兜里，嘴里念着："找了半天没看到你人，不争不抢的，什么好事能轮到你？红包不香？"

这边的习俗是没结婚都算小孩，都有红包拿，但孟听枝不好意思凑这种热闹，要是被人忘了，她也不会自己提。

孟听枝把红包拆开，每个里头都有三五张崭新的红钞，挺香的一笔钱。

孟听枝清软笑着："谢谢哥哥。"

孟宇揉了一下她后脑的头发，笑着说："谢什么，怎么傻乎乎的？"

跟程濯见面是在两天后。

大半个月没见面，即使程濯甩上车门，风尘仆仆过来，眉眼间有疲意，那顿饭孟听枝也吃得很开心。

中途，程濯手机又响了。

他那天说手机出了点问题，没具体说是什么问题，但现在用的是一个新手机，可以猜想那个问题应该不小。

他接起电话，语气低沉，应付似的说了几句知道了，将电话挂断，扫一眼餐面，再也提不起食欲，过了会儿抬眼和孟听枝说："我得去趟医院，我堂姐有点事。"

她脸上的失望仅仅是一闪而过，却也被程濯捕捉。她唇瓣轻嚅，正打算说那我自己回家，程濯先问了她："今晚还有事吗？"

她摇摇头："没有。"

程濯把手伸过来，手指瘦长地摊开着，她没有犹豫地将手放到他掌心，下一瞬就被握紧。

"我带着你一起。"

他掌心很烫，将她的手妥当包裹着，孟听枝嘴角绽开一抹浅浅笑弧，点了点头。

路上，程濯开着车，简单讲了点最近程家发生的事，她才知道他最近在忙什么，的确是电话里三言两语都讲不清的。

薛妙的丈夫突然离世，初步判断死因是服用安眠药自杀。可一个腿脚不便，连一日三餐都需要疗养院护工在旁帮忙的病人，哪儿来这么多安眠药？

监控查到近半月里，程舒妤去过疗养院，事情一下就复杂起来。

贺孝峥和程舒妤的婚期也不得不延后，消息很快被压下来了，为了不影响股价，对外给出的理由是，年初新增的海外市场业务不稳，需要负责人亲自外驻把控。

隔着门，女人尖厉的声音传出来。

“我说了不是我！是他自己要死，关我什么事，我只是去告诉他一声，叫他管好自己的老婆，不要再出现在我和贺孝峥的生活里！如果我真的要害死一个人，那也不会是那个残废，我要薛妙死！”

一个中年男人厉声打断：“闭嘴！你还嫌你惹的事不够麻烦？”

当头一棒，什么狠劲也散了。

程舒妤哽咽地软下声调，泣不成声地哭求着：“爸爸，他要带着那个女人一起去国外了。那个女人没了丈夫，贺孝峥又那么爱她，他肯定不会再回来了。二叔怎么能在这个时候把他外派出去啊，我的婚礼怎么办？到时候整个苏城的人都在看我的笑话，我怎么办？呜呜呜……”

“你以为你闹的笑话还不够多？他和那个女人是这一年两年的事吗？那么些大好青年，是你好胜要强，非得挑这么一个，不然哪有今天？”

程舒妤哭声一噎，滞住片刻，人又像清醒过来似的，冷下调子嘲讽道：“爸爸现在知道怪我了？可这两年要不是贺孝峥，我们家在董事会怕是连个说话的席位都没有！要不是你的两个儿子不争气，我也不会有今天！”

父女对峙的声音，一次比一次高，声疾色厉，只差撕破脸皮。

不可开交时，一个雍容的女声出来打圆场，哀哀和事道：“好了好了，你们父女都不要争了，现在吵这些有什么用。待会儿程濯过来好好跟人讲，哪怕这事行不通，也不能叫你爷爷那儿动了火。”

手被人朝后拉了一下，程濯脚步停驻，没再继续往门前走，转头看着孟听枝：“害怕？”

说不上来，只是听着病房里头的声音，仿佛那是个光怪陆离的吃人世界，他一旦踏入，很可能就要折伤一部分。

她是担心他。话在唇边，她却说不出口。

程濯当她是吓到了，从兜里掏出车钥匙，放在她手心里，另一只手拢着她的脸，拇指轻蹭："去车里等我吧，我处理完就来。"

孟听枝看了眼病房的门。里头又提到薛妙，母女两个同仇敌忾似的说起这样的女人如何如何，话很难听。

她沉默几秒，叫那股刺耳的不适感在心头慢慢淡去，收拢手指握住车钥匙，也一并将程濯的手指勾住，很松的力道，稍稍一挣，两人就会分开。

深夜无人，医院走廊的灯源冷白空洞，落在她稍一抬起的明净眸底，清澈有力，还是那把好脾气的嗓子，说出来的每个字却都在暗暗护他："他们会跟你发脾气吗？"

程濯眼底的情绪怔了下，摇头道："不会。除了你，没人敢跟我发脾气，他们都哄着我，就像我哄着你那样。"

"我不信。"她执拗又耿直，盯着那扇门，像要洞穿里头的牛鬼神蛇。

程濯将她的脸一掰，不许她看，轻笑了声，直接把她往电梯位置推一把："不信拉倒。小姑娘家家的，怎么这么不好骗，赶紧走吧，在车里等我。"

孟听枝晓得，自己没有能言善道替他斡旋的能力，她在场可能只会给他添麻烦，乖乖坐电梯下了楼。

她出了医院，远远按亮车灯，坐进了副驾驶。久等无聊，她点开社交软件再退出，试遍所有软件后，把乔落年前那首获奖金曲点出来听。

她始终在分神，始终在游离，像力无着处地漂浮着，最后玩起车钥匙上的挂件。

工作室有一台迷你胶装机，年前孟听枝亲手做了这个油皮小书的挂件，不到女生半个巴掌大小，一组三十六张图，快速翻过，就是程濯一个点烟勾唇的动作。

拇指一拨，反反复复。

那神情都是她自己画的线稿，将他身上那股矜贵懒散的气质体现得淋漓尽致。

等程濯下来时，孟听枝已经在车里等到睡着，歪着头，合眼靠在车窗玻璃上。

本来带着一身火气下楼，程濯只想尽快离开这里，握上车门把手，一股压力抵着门，他心脏一紧，忽地放轻了动作。

将车门慢慢打开，里头靠窗而睡的小姑娘依着那道力往外慢慢滑坠，最后脑袋不偏不倚靠在程濯身上。

程濯的另一只手及时扶住她的后脑。鼻音浓浓的一声，她迷糊醒来，闻到熟悉的烟草淡香，仰头眨了眨眼。

“你来了。”

她睡得浑身发热，声音是糯的。程濯见她这副发蒙的模样，捏了捏她的耳垂。

“坐好了，回家。”

程濯刚走一步，察觉衣角扯着一股力，他回头垂眼，副驾驶的孟听枝正拉着他的衣服。

“怎么了？”

孟听枝松开手：“刚刚我等得无聊，去附近晃了晃，前面有一个红薯亭。你饿吗？我们去买烤红薯吧？”

被叔伯至亲指着鼻子骂冷血，他心绪毫无波澜；一个小姑娘在四下无人的街头，用力掰开热腾腾的红薯分他一半，他反倒愧疚万千。当得起他爷爷说他一句古怪胚的脾气，吃软不吃硬。

她也真的是太软了，软到心坎上。

年后半月，他忙得完全顾不上她，好不容易把人带出来吃顿饭，半途就要散，她没一句怨言不满，乖乖在车里等到睡着，醒来还记着他晚饭没吃几口。

跟孟听枝在一起半年多，程濯从没后悔过。他是万事朝前看，懒得回头反省的人，一直问心无愧，别人女朋友有的，他也都给了，谈不上亏欠。

这一刻，他才暗嘲无知，感情哪是一笔一笔能算清的？再也不会有第二个带着他凌晨时分沿街吃烤红薯的小姑娘，这种陌生的亏欠情绪，叫他心神不安。

不能欠人，否则无法自在坦荡，无法自如抽身。

“孟听枝。”他喊她。

“嗯？”

“你有没有什么想要的？”

天阴，夜空一片灰色，什么也没有，手心捧着的红薯飘出一段肉眼可见的甜香白雾。她微仰头，眼睛在路灯下纯净又明亮，认真地说：“我想要，我的月亮永远不会坠落。”

长风过街，他看向身边的人。

那得很久以后，他才能从她少女时代的信笺里读懂这句话的意思。

第十八章

恨春天

三月初，孟听枝在财经新闻网上看到程濯的名字，与贺孝峥一同赴美。

孟听枝查了之前程家海外新能源项目的前期报道，一直是由贺孝峥主导力推，而现在的新闻已经悄悄将焦点转移到了程濯身上。

单单是程靖远独子这个身份，就有足够的讲头，何况这是他首次以程家发言人的身份进入集团内部担任实职。

他没有把邓助理带走，起初给了孟听枝一种错觉，事情很小，他很快会回来。

在程濯登机那天，孟听枝入职陈教授的工作室。迎新饭结束，邓锐开车来接她，就这么接了一个多月。

四月下旬，整个苏城被融融春光包围，遍地暖阳，孟听枝也换了单薄的裙子，拎着两盒酥饼去工作室和大家分。

工作室前院里养的花都开了，姹紫嫣红，有位师姐一进门就打喷嚏，顶着个通红鼻头说恨春天，总逗得大家笑。

这阵子工作室难得清闲，一切准备就绪，就等着五月份“舒晚镜回忆展”拉开序幕，前前后后忙了一年，所有参与其中的工作人员都很期待开展。

令人意想不到的是，比舒晚镜回忆展先火起来的是孟听枝的个人“图集”。

一系列孟听枝下车的偷拍图片，直指即将毕业的美院大四学生孟听枝游走在多位豪车男士身边，私生活不检点。

其中邓锐多次出境，正面照清晰，给孟听枝开车门的图片被重点圈红备注，此为舒晚镜回忆展的甲方负责人之一，下方配图是邓锐与正睿资本的几个高管一起从会议室出来，同样圈红。

之后帖子里行文便是一通阴阳怪气。众所周知，美院陈教授的工作室出奇难进，往届学长学姐都是什么大奖在身，而孟听枝虽然大学四年成绩靠前，但论起实质性的奖项，那可是逊色了不少。

这届美院毕业生里，不乏拿奖出彩的学生，为什么偏偏是跟工作室甲方不清不楚的孟听枝得到了这个机会？

舒晚镜回忆展在美院是什么分量？那可是艺术公社问世后的个展首秀，稍微打听一下都会知道，天上掉馅饼，为什么偏偏给孟听枝？

整篇帖子，图文并茂，一环接一环，层层递进，显然是有备而来。

孟听枝刚看完，周游的电话就打来了，张口就骂：“有没有搞错？！连我爸也不放过！这是哪个傻子发的阴间帖子啊？！枝枝，那中间的男的是你堂哥吧？”

“嗯。”

所谓游走在多位豪车男士身边，是室友的爸爸，自己的堂哥，男朋友的助理，也拍到男朋友了。

但那张模糊不清的偷拍应该是日期最新鲜的，就在上周，程濯抽空回国一趟，两人没待到二十四小时他就走了，开的是那辆曾被孟听枝撞坏的车。

他穿简单的白T恤，来工作室接孟听枝，回头那一瞬，被路灯下的厚重树影笼着，个高腿长，看不清正脸。

图片上只能见捧着一束郁金香的孟听枝，微低着头，笑容很甜。

周游已经声音愤愤，在电话里盲猜是谁干的了。也不难猜，能费这么大周折偷拍攒图，再配这种文案的，也就那几个可能性。

这帖子写得很妙，看似在说她私生活混乱，实际上重点全落在最后，暗指她以色换权，她如今得来的一切都不干净。

翻开评论，孟听枝愣了几秒，又荒唐地笑了。这些顶着一串陌生代码的匿名ID，张口就来：没想到她是这样的人。

好像，孟听枝跟他们每个人曾经都很熟一样。

啊，怎么会这样啊？她以前不是这样的，挺朴素的一个女生，大一经常在食堂看见她。

一直以为她是美院女生里的清流，没想到是泥石流。大一军训差点被人怂恿跟她告白，还好没有。

楼上注意，你适合追孟听枝吗？能不能好好看看帖里的都是什么车？

这种车国内应该没几辆吧，往上查应该能查到谁是车主吧。

查啊，查到算你有本事！能买千万级别的车当烧钱玩具的人，你当背景很好查吗？

我怎么记得去年贴吧也因为一辆柯尼塞格炸过一次，也是黑色，就在大学城的湘桥居门口，还有人记得吗？

忽然细思极恐，好几次在图书馆遇见过孟听枝，一直觉得她属于那种温柔又话少的女生。太厉害了，这就叫闷声干大事吗？

就这样的人也配进陈教授的工作室？

这帖子算实锤了吧，就怕有人本事通天能叫院方不作为，有人去微博上发吗？闹大才有人管吧，希望出事！

这就是你们夸的美院清流女神？

……

苏大校内的帖子，不仅是院方，连陈教授也高度重视，事情刚出来就喊了孟听枝去办公室聊。

孟听枝没什么好隐瞒的，她之前不想说，就是不想搞特殊化，没想到，到头来反倒被泼了污水。

“那程先生那边，现在知情吗？”

陈教授桌上放了一个仿古的摆钟，到整点发出一声闷沉的撞击报时。

孟听枝在金属的落地垂灯下颤了颤，摇头回答：“他还不知道，他不在国内。”

“这件事，有关你的个人名誉和校方的声誉，院方肯定会去查。既然你说那些男士都是你的亲朋好友，那最迟明后天吧，校方那边主任会约你家长谈一下，后续会发一个公告，工作室这边也会发一个公告。”

孟听枝之前在电话里已经跟周游聊过，差不多知道后续的流程，此时只是点点头。

美院出这种有关女学生的造谣事件虽然不是第一次，但是，孟听枝的反应太冷淡了，没有委屈生怨，也没有哭哭啼啼，只是安静地等着事情处理过去。

陈教授不由得多说一句：“进工作室，奖项自然是加分，但我也从来没说过以奖项定名额的这种话。你在美院，也知道美院这几年的风气。那几个热门的艺术大赛，都去挤破头参加，评委喜欢什么，他们就画什么，还没出校园呢，就一身功利。你是我亲自选的人，不要让外界的声音过多地影响到你，知道吗？”

孟听枝点头，抿出一丝笑：“谢谢教授。”

“不知道你还记不记得我大一带你们班的立体构成，有次课堂作业，学委布置错了，导致下课没人能做完。我从教务处那边过去的时候，画室都走空了，就你一个人还在画，画完才走的。当时你们辅导员刚好也在，说这个小姑娘漂漂亮亮的，性格怎么这么刻板。我说刻板好啊，现在这些年轻人懂变通灵活过头的太多太多啦。”

陈教授在美院是出名的老学究，爱定死规矩，半点变通也不留，院里每学期都有教师评分，她从来都是不受学生欢迎的。

这样语调亲和的话，别说是孟听枝，估计工作室的其他学长学姐也极少能听到。

“别说社会，学校都这样，竞争无处不在，即使你不争不抢，也多得是人想尽办法要与你为敌。你挺有灵气的，得自己想想以后要走什么路。”

“知道了，谢谢教授。”孟听枝很感念地再次道谢，“希望我的事没有给您添太多麻烦。”

陈教授推了一下眼镜，淡笑着拍拍孟听枝的肩：“你们都是我的学生，没什么麻不麻烦的，我都要对你们负责。”

从陈教授办公室出来，孟听枝心情舒朗不少，松了一口气，路过走廊，看到许明泽。他穿着藏蓝色的日式中领衬衫，手里也没拿手机，像是站在那儿干等很久了。

孟听枝刚走过去，就听到他失意的声音，有点突兀：“你真的有男朋友？”

“嗯。”

他做深呼吸，慢慢露出一个笑来，就将话题转走了，像刚刚那个问题根本不存在一样。

“帖子的事，学校已经在查了，网上那些话你也不用太往心里去。”

孟听枝手机在这时候响起来了，来电显示是阮美云。孟听枝匆忙应一声，晃了晃手机朝许明泽示意，去外头接听。

处理及时，事情没有发酵也没有闹大，孟听枝一直心情平静，倒是阮美云知情后气得不行。

主任不太会说话，一句话撞到枪口上。

“毕竟孟听枝还是个学生，一个学生出行忽然都是豪车，难免会引起一些人的注意和猜疑。有些学生心性还不成熟，添油加醋，才导致这件事发生。不过你放心，我们院方……”

后面的话，阮美云完全听不进去，听到第一句，她的脸色就变了，一声明晃晃的冷笑，惊得主任都不自主地噎了声。

“我女儿怎么就不能坐豪车了？”

阮美云那把嗓子，想低调也低调不了，办公室里的其他老师闻声立时也看过来。

这样的场景孟听枝完全不陌生。她经历过很多次，但头一次不介意那些可能议论纷纷的眼神落在自己身上，没有那种如芒在背的敏感，也不觉得这么多人看着，阮美云这样好丢人。

她静静地看着她妈妈打算把敷衍了事的主任怼到脸色发白。

“臻南路半条街都是我家的，什么破车也敢扯我女儿闲嘴？！我们家一个月光租金都够买一辆豪车！一群烂舌头根的，怕是没见过钱！这件事必须好好处理！”

因为这件事，程濯的事也瞒不住了。阮美云不那么懂车，但认车标，不用多说，她也能把程濯猜个七七八八。

孟听枝已经做好了心理准备。

阮美云大概会说她不踏实，才多大啊，昏了头了知道什么叫喜欢！图人家什么啊，家里是缺了你了，还是短了你了？！

出了美院，回桐花巷。孟听枝稳稳地开着那辆招摇的红色沃尔沃，副驾驶的阮美云一直没说话。大嗓门的话痨沉默超过十分钟就叫人浑身不自在，好在孟听枝也能忍。

母女两个就跟比赛似的，各自不发一言，还顺路去超市买了菜。

进了家门，客厅安安静静，孟辉不在。

孟听枝放下包，主动说：“我去巷口喊爸爸。”

人刚走到门口，身后蓦然传来阮美云酝酿多时的声音，出乎意料的轻柔。

“你喜欢那个男人吧？”

空气骤然一凝，像掺杂了某种迟缓胶质，让声音落入耳膜都是闷闷顿顿的。

“你高一那年，站在世纪星城柜台前，跟我说想要那个表，就是照片里那种眼神，我知道，你就是喜欢。”

孟听枝鼻腔一阵酸涩，转过身来，眼眶里怔怔滚下两行泪，清澈的，温热的，老旧的。

人要花多久时间才能治愈童年？孟听枝说不清楚。

但她知道，时间并非万能的疗伤药，人可能会忘记十岁生日被亲友簇拥祝福时自己郑重再三许下的心愿，却会清晰地记着某年某月被人无意重伤的难堪和痛苦。

十六岁的孟听枝，一直在世纪星城的手表专柜爱而不得，没有人带她走出来。

时隔多年，孟听枝擦掉眼泪，这一刻才和过去的自己真正和解。

孟听枝忽然泪崩，也把阮美云吓得不轻，以为她在学校受了多大的委屈，抽了纸，忙上来给她擦。

歉意就像不慎撞开的一个小豁口，被情绪压力冲击得越来越大。

从小到大，孟听枝没耍过脾气，阮美云也没什么哄孩子的经验，一时手忙脚乱，声音一会儿拉高，一会儿又降低。

“是不是有人在学校说你？孟听枝，我告诉你，你可别虚！那男的特有钱是吧，你给我告诉他们，咱们家可也不差！咱们家可不缺那点钱！”话撂完，心头一股气还是没出，阮美云立马拿起电话，说风就是雨，“给孟宇打电话。那人开什么车来着？咱家也买，又不是没钱！买！”

屋子空空，都是阮美云要掀房顶的高分贝。

一通电话拨给孟宇，那头很快就接了，阮美云站在客厅里叉着腰，粗声粗气放着话：“孟宇，那个长得又黑又扁的车，那车怎么买的？给你妹妹买一个！”

几秒后，阮美云手还叉在腰上，面上表情却逐渐呆滞：“啊？几……几千万呀？”

孟听枝脸上还挂着亮灿灿的泪，闻声，“扑哧”一声笑了，咬了一下唇，看着阮美云愣住的样子，尽力给她台阶下。

“你别什么事都麻烦堂哥好不好？我根本开不了那种车，我开了一次就撞了。”

阮美云干干咳一声，顺话就下，挂了和孟宇的电话，慢慢地点头说：“是吧，我看照片里那个车也不怎么好，就能坐两个人吧？没多大用处说实在的。”

孟听枝应着：“嗯。”

“不过你也是啊，你谈个恋爱遮遮掩掩的干什么？连你妈我也不告诉。任他有滔天的富贵，唉，我们家又不缺这少那的，你就板正心思跟人处对象，又不短人什么。”

说着，阮美云拎着菜要进厨房，临门退回一步问：“他是苏城人吗？”

孟听枝情绪缓过来了，只是眼眶还有点红，被突然一问，慢一拍点头：“是。”

阮美云：“祖籍就是苏城的？”

孟听枝：“是。”

阮美云：“他是独生子吗？”

孟听枝：“是。”

阮美云：“……”

本来打算也挑拣一下对方，不料一点没切进去，阮美云撇撇嘴，没好气地说：“那也没什么了不起，我们家不也是？！”

孟听枝站在原地，后知后觉，她妈刚才是企图帮她强挣点面子，哭笑不得地弯了下唇，心口有股又闷又实的暖。

可这事也没那么快过去。

美院里小道消息还没停，只是舆论风向稍微变了，人人惊讶，有朴素清流标签的孟听枝，居然本身就是个苏城土著富婆。

都散了吧，别再酸了，人家本身就又富又美，交个开豪车的男朋友不是常规操作？

这不比美院某些背假包钓金龟婿的强多了？起码人家的

包都是真的，男朋友有钱也是真的，不像某些人，什么都是假的。

孟听枝挺低调的，要不是这件事爆出来，人家估计压根不想让人知道自己家里有钱，男朋友又巨富，这还不是清流？

现在还在上蹿下跳的，承认人家各方面都优秀，凭本事进工作室有那么难吗？

跟她同班，大学四年，孟听枝是我们班出勤率第一，综测没有掉过前三，拿奖不多是因为她风格比较固定，没什么功利心，不会为奖参赛，也拒绝了很多机会。这些都可以去查。她是真的很乖很有教养的女孩子，绝不是那些不知道从哪儿蹿出来的乱说的人讲的那样。

不懂谁还在带节奏，美院女生爱慕虚荣这些一棒子打死所有美院女生的话，怕不是就这么传出去的。

……

邓锐知情后，紧张万分地给孟听枝打来电话。那时候，孟听枝正在枕春公馆的衣帽间拆礼物。

落日浓橘，并着树影在窗口铺陈出一幅写实油画。

这间半开放式的衣帽间很大，大到因为缺少女主人而显出几分清冷空旷。

她没有多少东西在这里。

有一次，程濯从楼下游泳上来，深蓝浴袍的宽大兜帽压着额前的几缕乌黑湿发，眉眼冷涧，他靠在一边，看她把穿过的一件毛衣折起来，放进小旅行袋里。

“拿我这儿当酒店啊，拎包来拎包走？”

孟听枝咬唇，转身时松开力道，露出一个俏皮的笑：“不止呢，还白占便宜。”

他走过来，把人压在玻璃柜上吻。

“占谁便宜？”

孟听枝“唔”了声，什么都没来得及说。唇舌凶悍地长驱直入，她搂着他的肩臂回应。男人湿发末梢的水珠久积后滑落，冰凉一滴，落在她眉心。

那股不偏不倚的贯穿力，蕴凉抵心，有一种不可逃脱的宿命感。

她走神愣住，唇上微微一痛，被他咬住。

他用鼻音轻笑了声说：“跟你一起憋死算了。”

孟听枝匆匆收拢思绪，回了神，耳尖是红的，深深呼吸一下，胸脯起伏。

他掀了头顶的兜帽，从旁边抽一条毛巾随手擦着湿发，打量了一会儿略显清冷的衣帽间，转头对孟听枝说：“你留点东西在这儿，不然空空荡荡的，总觉得你不会再回来了。”

孟听枝不知道要留什么在这里，她一般只带两套换洗的衣服，就如他说的，拿这里当酒店似的，拎包来拎包走。

他上次回国，人没有待多久就走了，礼物倒是寄了很多回来，纸袋礼盒在衣帽间堆了一地，进来的时候，孟听枝都是寻着空处落脚。

手机放在一旁的黑色皮凳上。

她拆开一条花纹别致的丝巾，看两眼，又放到一旁，俯身往手机那儿凑，对邓锐说：“不要告诉他了，他那么忙，也回不来的。再说了，也不是什么大事，都已经处理好了。”

邓锐顿了两秒，尽职尽责地关心道：“那孟小姐你需要我再做点什么吗？艺术公社那边的负责人我都认识。”

孟听枝想想说：“不用了。你别紧张，就算程濯以后知道了，也不会怪你的，我保证。对了，邓助理，你知道他在国外的随行助理是谁吗？”

邓锐：“是温迪，程董秘书室的总秘。怎么了孟小姐？”

“哦。”孟听枝淡淡地应了一声，拆开另一个橙色的盒子，剥开包装严整的软袋，里头是一个松石绿的名包，她也只是看一眼就放在一边。

“她品位挺好的。”

程濯没骗她。

那晚在艺术公社门口，刚上车，他就跟孟听枝坦白，除了她手里的那捧郁金香是他路过快打烊的花店自己去买的，其他礼物都是随行助理帮忙挑的。很多很多，已经都送到枕春公馆，叫她无聊时就当拆盲盒，不喜欢也不要紧。

孟听枝今天有空，特意过来拆，拆了几个，暗暗咋舌，只觉得这盲盒也太贵了，万一拆出一个不喜欢的，不会觉得很浪费很心疼吗？

好在那位温迪总秘品位卓绝，深知女人心，选的这些衣饰皮包，既不是大热俗气的爆款，也不是曲高和寡的冷门。

她先拆到的一套限量画具，已经足够惊喜了，没想到后头还有几盒二手的古董水彩。

这个画具的品牌已经倒闭几十年，现在去网上淘也只能是碰运气，有价无市。奢侈又小众，外行人欣赏不来。

能送这份礼，要花足够的心思。

程濯是不会跟她说，我女朋友读美院是艺术生，挺怀旧的，喜欢捣鼓些复古货。

送什么都是那位女秘书自己的心思。想到这儿，孟听枝忽的一惊，单单他父亲的一位秘书都这样厉害，那么他父亲得厉害成什么样？他家里呢？

那都是不能深想的部分。

程濯不在，孟听枝基本不会一个人在枕春公馆这边住。东西一半都没拆到，她看天快黑了，就回了桐花巷吃晚饭。

一早有预料，阮美云知道程濯之后不会消停，这两天孟听枝一回去，不管聊什么，三五句话的工夫，阮美云就能把话题转到程濯身上。

今天更了不得，她自己不提，从厨房端汤出来，一个劲儿朝孟辉使眼色。孟辉看电视看得正入迷，临危受命似的，一声喊住提着包正要上楼的孟听枝。

“枝枝啊。”

孟听枝停在楼梯上，回身应了一声。

只见孟辉又在阮美云那儿收了眼风，神色一变，忙不迭说：“那个，不是交了男朋友吗？怎么也不带回来看看？你妈都……你妈和我都想见见。”

最后一句，孟听枝不信。

她转眸看餐桌位置的阮美云，唉声叹了下：“不是跟你讲了他不在国内吗？”

阮美云第一次自己问时，孟听枝就这样回答过。

“那他什么时候回来？就算是移民了，也是能回国的吧？”

孟听枝本来打算说，之前不是说了他工作忙，话到嘴边，她咽了回去，忽然意识到这根本不是重点，重点是，她妈对程濯的期待越来越大了。

“我跟他根本没有到要见父母的地步。”

说完这句，孟听枝转身上楼，木楼梯踏得砰砰响。

阮美云心里生了气，本来想追上去问什么叫“没有到要见父母的地步”，她跟孟辉又不是什么封建家长，还能吃顿饭就逼婚不成？

孟辉先一步拦住她：“算了算了，年轻人谈恋爱，我们还是不要过多干涉啊。”

自己这个女儿，孟辉清楚得很，看着乖顺，其实她的性子特别犟，但凡她打定主意的事，闷不吭声的，谁也改不了。

阮美云被孟辉几句话哄软了脾气，一扭身往厨房去，直性子忍不住，没过一会儿，还是要嘴上叨叨一句：“我还能害她啊，还不是怕她吃亏？你养的女儿你知道，顶笨的。”

孟听枝洗了手，扎着脑后的长发，刚从楼上下来就听到客厅位置飘来的声音。

她爸在夸她。

“怎么就顶笨了？我女儿不知道多好，前几天还有人问起枝枝有没有男朋友呢。”

后面的话孟辉还没来得及说，阮美云拿着碗筷从厨房出来先瞪了他一眼。

“你认识的那些人都是什么三教九流，能是什么靠谱人家？你可别在外面乱说。”

孟辉忙说知道，招招手，喊走到楼梯下的孟听枝过来吃饭。

阮美云厨艺越发好，四菜一汤做得不输附近的小馆子，色香味都很不错。

隔天一早，孟听枝洗漱完，正一边吃早饭一边在刷工作群里的消息。

阮美云去隔壁小莉家送了东西回来，路过餐桌，没忍住又说了一句：“你们年轻人现在谈恋爱也不聊天？就是唐僧去西天取经还有个盼头呢，他就不说一声什么时候回来？”

孟听枝正为这事头疼，也不知道怎么跟程濯开这个口。自从他去国外之后，他们已经很久没有深聊了，好不容易打个电话，大多时候也是结尾匆忙。久而久之，孟听枝拿着手机，点开程濯的聊天框后，不知道要跟他说什么了。

她不适应这种状态的时候，周游一句话让她恍然大悟。

“很正常啊，女生都不喜欢异地恋，何况你俩现在还是跨国恋。”

最后是程濯主动打给她的，声音低沉，说他要回来了。孟听枝看了眼墙上被周游画得花花绿绿的日历，本以为是舒晚镜回忆展开展在即，他终于挪出了空闲。

她怎么也没想到，是贺孝峥和程舒妤的婚事彻底崩裂了。

薛妙去世了。

面前仿佛一阵白垩扑来，神经颤晃着，孟听枝当自己幻听。

她虚着声，又问一遍。

程濯回答，声音平直如一条死亡线。

“……自杀。”

周游从房间出来，看到孟听枝弯着背脊，在沙发前似蹲似跪的站不稳，赶紧走过去扶了她一把，又见她手机也掉在毯子上，也一并捡起来。

“怎么了枝枝，肚子痛啊？”

周游的声音仿佛来自另一个世界，隔一层灰膜，一个字一个字都是迟钝的敲击，孟听枝只是茫然地看着她，很久才反应过来，眼波这才有了些动静，无声地摇了一下头。

周游这下更担心了，倒了一杯温水，塞在孟听枝的手掌心里，人就蹲在她身前，握着她的手。

帖子的事情在苏大还没完全过去，前两天她跟孟听枝去学校交毕业相关的资料，从文印室出来，一路上不少人看见孟听枝就跟看见什么名人似的，扭头神情各异地跟身边的同伴聊起来。

有些阴阳怪气的酸话实在不好听。周游想冲上去说几句，孟听枝拦着她，摇摇头说无所谓。可周游知道，怎么会无所谓，大学低调无争了四年的人，一朝到了风口浪尖，换谁也不可能好受。

流言蜚语的恶心之处，在于你即使有十张嘴解释也不可能彻底平息，因为故意抹黑的本质不是想听解释，而是就希望你一直摆脱不掉这些恶名。

周游问：“是不是又有什么人乱说话了？在哪儿？！”

杯子倾覆上热水的薄雾，暖意一点点顺进掌心的纹路，孟听枝又摇头，露出一个浅淡又挣扎的苦意表情，垂下颈子低声：“不是，我都不关注那些了……刚刚听到消息，一个朋友……”

她的声音在这里哽住，有些难以延续的颤抖，待她缓过情绪，抬眼那一瞬，眼泪直接从下睫毛上滚落，清澈完整的一大滴，在玻璃杯上撞得四分五裂，不留片甲。

“我也不知道我们算不算朋友，说起来，我一点也不了解她，也没有关心过她，只是她对我总是很好的，她还借给我一条披肩，至今我都没有机会还给她。没想到，我再也没机会还了。”

五月中旬，只有深夜的风还迟缓在夏季之外，车窗玻璃上密密的水珠将霓虹街景隔离，交通电台里主持人令人昏昏欲睡的声音正在分析某款热门车的跌幅惊人。

华而不实的东西，从来都是贪不得的。

“美女，你是去宝岱广场前面那个印刷城吗？”

出租车司机的声音突兀响起，叫正在核对数据的孟听枝抬了头。外面雨停了，她应一声，按下车窗。

湿闷的风兜头灌来。剥开眼前糊住的头发，司机刚好在红绿灯处拐弯，车子径直开进金霖路，柏莘极具复古风情的门脸猝不及防闯进视线里，只是灯火寂寂。

落锁快半个月了吧，从薛妙离世的消息传回国后，柏莘就一直是打烊状态。

有人说，薛妙不就只是明面上的老板，背后那位呢，放着大把流水进账不要了？

有人说不是打烊，是不会再开了。

佳人已去，柏莘不会再有昔日的光景。

那位爱穿旗袍，一颦一笑都是万千风情的女老板，曾是柏莘独一无二的标志，艳闻无数，越讲不清，就越难忘。

有人记起年初的一桩事。

女老板正月里也有些日子没出现，再踏进柏莘穹顶彩绘的门廊时，一身黑丝绒旗袍裹着娉婷身段，寡淡里也见媚骨天成的芳韵。听她与客人谈天才知道，原来是丈夫去世了。

明艳妩媚，她生来就适合笑，不过心不过眼，也赏心悦目。

当时数不尽的暗诽冷嗤，说她有了丈夫还在风月场里厮混，怕早就是不干不净的人；得知薛妙自杀离世后，纷纷换了一张嘴脸，似真的扼腕叹息，这样一个出淤泥而不染的大美人，当真对亡夫长情。

俗人最爱听这种痴心不悔的深情戏码。这事越传越真，连薛妙的丈夫都没见过，就敢信誓旦旦笃定女老板是追随亡夫而去。

香消玉殒，才得一段夸。

孟听枝想起薛妙手腕上的一只玉镯，青白山水，成色一般，大概是很有年头了，镯子被养得很莹润。

薛妙总喜欢抚着那镯子上一道沁进深色的暗裂。旁人问及，她只笑笑说：“好多年前磕坏的了，怎么也养不好。”

孟听枝记得第一次去柏莘，她在程濯的生日会上格格不入，在窗边透风时，薛妙好心来问她是不是第一次来不适应。

起初为了融入程濯的圈子，她多少笨拙吃力。

靠着夜风廊窗，薛妙长而媚的发在耳际轻舞，问她借一次火，便好心送她一句良言——

“女人呢，给一个男人爱，不打紧，但要是开始为一个男人忍，那可就要受苦了。”

孟听枝张口，没来得及出声，便见她吐一口袅袅娜娜的灰白烟雾，颊畔轻笑道：“爱昏了头，甘之如饴啊！”

那样一个通透清醒的人，怎么会自杀呢？

车子已经在印刷城停下，孟听枝多付了车资，拜托师傅在这里等，她去拿补定的伴手礼盒。

舒晚镜回忆展不对外售票，首展当天，受内部邀请的人会带邀请函过来观展。

今早最后一遍核对，发现缺了十几个盒子，她立马就跟供应商这边沟通加印，还是原来一模一样的制式。

临近傍晚接到电话，其他人都在忙，孟听枝就一个人过来拿，东西不少，塞了半个后备厢。

回工作室将事情处理完，工位上的台灯已经不剩几盏，她揉了揉眉心，拿出手机准备给程濯发消息，又想起下午落雨那会儿给他打了电话，一直没打通。

他可能是忙吧。

这么想着，孟听枝又没了话兴。

没必要提醒他下雨了，他身边那么多人，总不会叫他淋到雨的，她那会儿的担心，现在想想真的多余。

工作室外地面的积水还没有干，被路灯一照，映着光，像一轮小月亮。有人一脚踩进浅水里，光晕震荡，声音随之响起。

“这么晚还不回去？现在不好打车了吧？”

孟听枝抬起头，看见从陶室出来的男人，半截褐色的牛皮围裙上还沾了一些泥点，带着细框眼镜，笑容温和。

“学长也还没走，今天也加班吗？”

许明泽去池边洗手，水声哗哗，背身回道：“不是，弄点自己的事。对了，去年是不是你用迷你胶装机打印过一本油皮小书啊，有个客户想看样本，我今天也试着在弄，没弄明白，明天有空的话，方便教一下我吗？”

孟听枝点头：“哦，好啊。”

胶装机不复杂，只是那台迷你胶装机是台二手的老古董，很多按键都没标识了，也不大灵光。

许明泽洗好手，甩了甩水：“你等我一下，你今天没开车来，我送你回去吧。”

孟听枝推辞不掉，刚好还有另一个学姐要搭顺风车，她就跟着一起上车，车上还聊到她即将毕业的事。

一聊天，时间就过得飞快，刚说到美院八百年不变花样的毕业典礼，车子就停在了文人广场。

“是这儿吗？”许明泽问。

“是。”孟听枝拎包下车，道谢后，挥着手说路上小心，将车门合上。

这会儿离晚自习下课都过去好久，长街只见零星几个穿着十四中校服的学生，像是故意拖延晚归，少年男女一路说说笑笑。

孟听枝肚子有点饿，打算去便利店买点吃的。

夜风里隐约嗅到一点熟悉烟气，她下意识地转头看去，瞳孔一缩，声音顿软：“你……”

男人靠在路灯下，一点橘色的火在唇边。他抬步过来，顺手灭了烟，走到她跟前，烟味散去，被吹出一身清朗的模样。

“我什么？”

孟听枝久久地看着他，只觉得眼眶有点发热的趋势，好半天才说出一句完整的话：“你是不是瘦了呀？”

去年也是这个时候，他也是穿一身质地薄软的白衬衫，到美院来看展。一年一晃而过，眼前人经不住比较，有几分日月俱废的清瘦。

“入夏胃口不好，老毛病。”

孟听枝很久没细看他了，目光似笔，一点点描绘比量着他。贺孝峥和程舒妤婚约取消，程家要翻天，他也会卷进那些事里，没有人能逃开。

这些他不说，孟听枝都知道。

她看着他的唇，时间长了会有点干燥，淡红，柔软，她忽然共感那种苦涩，喉腔有几分难受，固执地低声说：“就是瘦了。我抱抱看。”

程濯任她抱，收拢手臂，一低头就能闻到她头发上清新的橙花香。

“我看你就是想抱我。真瘦了？”

孟听枝手臂环在他腰际，蹭蹭说：“就是瘦了。”

程濯眉眼舒展，这会儿一勾唇角，露出放松又懒散的笑来，捏了两下她的后颈，低头说：“之前不是说你家里人想见我？我这周有时间，到时候……”

怔忡后，孟听枝松了手，脸上表情不自然，只忽地打断他道：“我跟你说的话，你没必要都放在心上的，只是不知道跟你聊什么，随便说说，你、你不要突然就这么上心。”

词不达意的磕巴，程濯看着她：“我有时间。”

孟听枝紧捏包带，关节在暗处泛出一点白。

一辆车从身后开过去，她声音轻轻的，也像被什么碾压了一遍。

“不是时间，是……之后，不好解释……”

话没头没尾，程濯却在第一时间听懂了，撇开漆黑的眸，远远看了眼秀山亭的灯火，寂寥又刺眼。

谁不是在进退两难，谁又能成全谁？他收回目光，什么都没有问。插进兜里的手摸到一点金属质感，他就想到下午孟听枝的那通电话。

他不是没空接。一直听着振动，手机屏幕上落了雨雾，他只是不知道怎么接。

程舒妤在家要死要活，从偏厅出来的时候，程濯一身低气压，连廊下路过的用人都瑟瑟避着他，一个眼神都不敢多看。

他要去哪儿？雨帘如囚，踏出半步就会沾雨湿身。

手机在响，好半天，只有老保姆急急忙忙撑了伞来替他遮着，心疼地问他："怎么站在这儿啊？快快，往里站。"

他抬手将屏幕上的雨气抹掉，几秒后，长久搁置自动挂断了。

"怎么下雨了？"

他说这话，茫然得像个小孩子。老保姆就笑，又怕他受凉，催着他去房里换衣服："天气预报说要下雨的，那自然就要下啊。"

该来的，都要来。

外头廊上有人影闪过，老保姆随即推门进来，拿他换下的衣服，看着他，语重心长道："小濯，这不是特殊情况嘛！你都这么大人了，也要顾顾家里，事情顺利的话，一年半载的，不也就回来了吗？"

那不顺利呢？哄人总是只给甜头的。

不一会儿，门被突兀地敲起，"咚咚"两声，一个跟程濯差不多大的男人站在门口，看到老保姆立马露出很恭敬的笑，然后望向程濯说："爷爷喊你去书房。"

程濯扣好最后一粒扣子，冷冷淡淡扫过去一眼，那人站在门口立马不自然。

他拿着手机出了房间门。廊外是不休雨声，淅淅沥沥，院子里养的名贵花枝，风里雨里备受摧残。

廊内，身形矮些的男人频频看向身边人，走过一个弯口，终于绷不住话，笑着起了个听不出嘲讽的调子："这种事要是落在我头上，我高兴都还来不及，不懂你怎么跟二伯闹成这样，还要爷爷调停。”

程舒朗前几年还不姓程，也不叫这个名字，后来回了程家再改的。

早几十年前不讲究，如今都是有头有脸的人物，也没多少人敢提程舒朗他爸是非婚生的，不过程舒朗倒是像他爸，不，是一模一样——私生子的私生子。

程濯没留学前，程舒朗连回老宅的资格都没有，遑论在老爷子面前说上话，对程家的事情评头论足。他也像他那个招摇的妈，唯恐家宅有一日安宁，很惹人嫌。

“贺孝峥打下的江山，你不费吹灰之力就能坐，多好。你是怕大伯那边有什么不满吗？要不是他们家当初力荐贺孝峥，也不会有今天，自食其果也是他们活该。”

程濯听他说完，撩起眼皮看了他一眼：“你当然不懂。”

“什么意思？”

程濯声音似一层薄冰，一副欠奉的样子：“我不费吹灰之力就能得到的东西何止这一个，我自然不稀罕。”

而你当然不懂。

程舒朗神色一凛，忽而讪讪。程濯的目光像是将他洞穿一般，他的那点挑拨的心思几乎藏不住。

性子傲到极致的人，连嘲讽都是点到为止，偏是这种连心神都懒得分半点的孤高，叫人妒，也叫人恨。

程濯至今没有立场，他和贺孝峥的那点旧交情分从没有拿到台面上说过，他没亲近过大伯一家，自然也不会因为没了一个贺孝峥就朝三叔那边倒戈。他一贯懒得掺和这些事，但不代表不懂。

书房“吱呀”一声被人从里推开，出来的中年管家向着程濯面露温和笑容，手朝门里一指：“小濯来了，去吧，你爷爷在等着了。”

程濯冷淡应了一声，朝里走去。

程舒朗一个人站在门口。

雨声杂乱。

有时候人与人之间的差距，并不是拼尽全力认祖归宗后，一句“以后大家都是一家人了”能一笔勾销的，连老宅的这些老仆人都惯会看人下菜碟。在他们眼里，自己和程濯从来就没一样过。

或者说，只要在这个宅子里，所有的同辈，没有人能和程濯一样。

第十九章

毕业礼

周末，舒晚镜回忆展在艺术公社首次开展，一个早上园区门口的车几乎没有停。

邀请的宾客几乎都是舒晚镜生前的师友故交，以及少部分的艺术圈新锐。拟邀名单曾到过孟听枝手里，由她检查核对。

没有一位程姓人士，包括程濯。

他不来是意料之中，毕竟回忆展由概念到落实，他全程都在参与，却没有露过一次面。

孟听枝想，或许也是这样，从外界所有能搜到的关于舒晚镜的公开资料上，根本看不出她和程家有一星半点的关系。

可她名副其实，是至今都无人可以取代的程太太，甚至老城区的最大的商场万竟广场都取自她名字的谐音。

回忆展是非营利项目，目前没有设门票，现场也不以酒会形式展开，几乎没有什么社交性，简简单单，像只是为了了却什么人的一桩夙愿。

孟听枝之前看过温迪的社交平台，所以对程濯父亲的这位总秘一眼便能认出。

她不认识程靖远，但程濯除眉眼外都极像他父亲，加之温迪下车后，为中年男人恭敬地开门引路，不难猜到他的身份。

作为舒晚镜的丈夫，没有受邀，借着助理的邀请函才能入内看亡妻的回忆展，想来也是荒谬。

这一上午，孟听枝跑前跑后，要忙的事情不少，台子上的伴手礼发到最后一份，一身职业套裙的温迪出现在孟听枝面前。

孟听枝扶住桌沿，身形一顿。

素未谋面，两人之间却已经渊源颇深。她开口喊孟听枝，谈及上次替程濯挑选礼物，说自己那趟行程匆忙，恐有不周到，怕孟听枝不满意。

一个人的能力见识，有时候未必需要简历来条条框框地说明，单是聊天，三言两语也能窥知城府深浅。

“您的眼光很好。”孟听枝也夸赞。

温迪露出一笑，这才把话题引入正轨：“孟小姐，董事长在那边看画，他是行外人，难免看不懂，拜托我来请您过去讲解一二。”

孟听枝心脏乍漏一拍，面上只不动声色地缓笑，颔首道：“这是我的荣幸。”

挪开步子的时候，孟听枝就在想，程靖远会停在哪一幅画前呢？

进入展区，不出她意料的，他在看那幅舒晚镜未完成的遗作《未名七》。程靖远保养得很好，即使现在人到中年，依然有一副见之可赞的皮相。

商人气息很重，深沉，显得很不好亲近。

孟听枝走近，温声打招呼。

程靖远说的话也很有意思：“孟小姐，终于见面了。”

孟听枝面上不慎泄露一丝诧异，对方极细心地察觉，露出上位者温和又不乏疏离的浅淡笑容来，解释道：“听温迪提过孟小姐，程濯难得有这么上心的事，当父亲的很难不关注。”

光是站在程靖远面前，孟听枝都受到他无形威严的压迫，他们父子这种不说话都能轻易叫对方不好受的本事，当真是一脉相承。

她接不住话，让空气生生干滞了几秒。

随即，程靖远多了几分柔和，目光示意墙上："方才听沈院长说，这幅墙绘是孟小姐独立完成的。我不懂画，看着觉得很舒服。程濯母亲要是能看到跟她这样契合的创作，想必也会很高兴。"

"您太盛赞了。"

程靖远将余光收回："程濯母亲这一辈子都性格执拗，人情世故她处理得总不如对这些水粉颜料拿手。"

孟听枝第二次沉默。

她和舒晚镜的契合看似是夸赞欣赏，实际只是为了铺垫后面那句性格执拗、不通人情。

舒晚镜不适合，像她的人，也一样不适合。

心口仿若有一块巨石压着，越在这种不得喘息的时刻，她越是渴望自己能说出点什么来扭转局面。

她仰头，看着那幅笔墨肆意、色彩深暗的《未名七》，半晌后，唇微动。

"程董事长，您今天来得匆忙，忘了在入口处拿说明单。这里展出的每一幅作品，回忆展里都回顾了舒晚镜女士的创作历程，提供了一份解读，而这幅《未名七》，从某个角度来看，其实已经是一幅完整成熟的作品，我的老师曾经试图为之拟名，称其为'涅槃'。"

孟听枝不卑不亢地看向程靖远，凝视着他神情里细微的变动。

"涅槃是佛家语，是指幻想中死亡的最高精神境界，但策划到了程濯手上，他看过觉得不好，不好的原因是不实。涅槃的意境太过解脱，而世俗的情感，往往善变又不容易被人理解。

"程濯给《未名七》取名叫'悔'。悔，是一种无路可走的单向结束。

"您懂这幅画了吗？"

手里的单子被掌心攥出微湿的潮感，孟听枝绷着脊背，光是站立说话，仿佛就已经在透支她的全部力气。

如果程靖远继续说下去，她不知道自己还能撑多久。

声音停落那一刻，意气仍存的中年男人眉眼间忽然有了一点怔愣和感伤，很快收敛起，话兴也随之结束。

他朝孟听枝不至眸底地一笑："孟小姐解说得很好。"

程靖远离开展厅后，不久，孟听枝回到自己的工位。

桌边整整齐齐放了一沓入展手札，三折页，硬质铜版纸，首页用浮雕做了回忆展的主题 logo。孟听枝手指摩挲过，轻轻地翻开，翻到《未名七》那一页。

"悔，是一种无路可走的单向结束。"这句话是她添进去的，却是出自程濯之口。

他们从来不聊舒晚镜回忆展的事，那天开甲方会议，正睿那边的负责人否定了陈教授的拟名，提出了程先生的看法。

散会后，工作室的一帮学长学姐聚在一起吐槽，都纳闷不已，觉得陈教授这个名字明明已经很适合了。一个已故多年，颇具神秘感的女画家，未完成的作品拟名为"涅槃"，意象境界都有了，简直不能再适合。"悔"，又算什么？

"果然甲方最难伺候，那位程老板从不露面，一个外行人倒是怪会挑剔。"

孟听枝没忍住，去问他为什么要叫"悔"，"悔"是什么？

隔了很久，孟听枝以为他要么不回答，如果回答，多少要提及他父母之间的感情，或者要讲讲他母亲生前最后一段时间的生活状态。

可他只说了这一句话："悔，是一种无路可走的单向结束。"

他好像什么都没说，又好像什么都能猜到一点了。

孟听枝把这句话添进去，"悔"这个名字忽然就有了种豁然明了的注解意味。

陈教授看了，也咂摸过来："还是这个名字好，有种人间烟火百味终尝尽的感觉。涅槃是神的重生，悔，才是人的重生。"

展览快结束前，温迪去而复返，于无人处，微笑着递给孟听枝两张私人名片。

“董事长很欣赏孟小姐的艺术才华，有机会的话，希望您可以去更高的平台上发展。这是岛川集工作室的名片，如果孟小姐有兴趣，可以打这个电话；如果您还有其他要求，也可以打这个电话。”

孟听枝没有伸手接。温迪笑意加重，平稳的声线里多了点循循善诱的味道。

“孟小姐，不是人人都有这种选择的机会，好好把握。”

岛川集工作室享誉整个艺术界，对孟听枝来说，更是神邸一般不可触达的存在，她从小就爱的画家矢藤源斋就是岛川集出身的画手。

温迪将硬质卡片的一端放在她手背上，她不得不接过。

“您可以好好想想。”说完，温迪就转身上了车。

那张美术生人皆向往的褐蓝名片，印日式的松枝云纹，稍稍一碰，顿觉荆棘刺指。

展会上的人已经散得差不多了，孟听枝从后廊回去。天窗里灌进风，在狭管效应里呼呼作响，她迎着风走到垃圾桶旁边，刚一弯身，身后倏然传来一道女声。

“真舍得丢？”

孟听枝转头，看见曾珥。

米色的连体裤材质垂感皆精良，腕上是一只竹节包，稍稍抬头，法式宽檐礼帽下由红唇及上，露出一双极通透无澜的眸子来。

“如果我当年读苏大美院的时候，还没毕业就有人递岛川集工作室的名片给我，我不会随便找个垃圾桶就这么丢了。”

如秘密被人不慎窥知，孟听枝只觉得手里这张卡片烫手，紧捏后又松了力。

“所以，你有你的成功。”话语一出，便察觉语境里的歧义和冒犯，孟听枝立即说，“抱歉，我的意思是人和人的选择不同。”

曾珥沉吟，并不介怀，只露出一个浅淡又颇含意味的笑：“小学妹，你太年轻。人和人的选择不同，前提是人人都有选择，而现实是，同样一段关系里，被动的人，是没有选择的。”

孟听枝知道她在说什么，但没有应声，只是倔强地沉默着。

曾珥走过来，从孟听枝手上拿过名片，好心替她放进口袋里。

她收回手，声音也不再那么置身事外，温和道：“有时候，及时止损就是最大的收获，就算不要，也不要随便丢了，留着当个纪念也好啊。等过个十年八年你回头再看，看看人生的风口，你曾经抓住的东西还在吗？”

一墙之隔，有人在喊孟听枝，说陈教授有事要交代她。她在曾珥的问声里，仓皇低下头，匆匆说了一句托词就走了。

视频会议一直开到深夜才结束，邓锐敲门送进来几份待签的文件，又合上门出去。

程濯一目十行地翻阅完，拉开抽屉，才想起来公章还没有拿过来。他拿起内线电话，本要叫邓锐现在去拿，看见此刻的时间，再一想邓锐已经跟着自己连轴转好几天了。

“你那么奴役邓助理，让人做这做那，跑断腿还要当司机，他怕不是二十四个小时掰碎了在用。”

稍一闭眼揉眉，言犹在耳。

那个热闹散尽、水雾浓厚的冬日清早，气息，触感，还有蒙在被子里的闷软笑声，皆清晰。

四肢百骸忽然回过神似的陷入一种对照着的深深疲惫里，程濯“咚”地放下内线电话，往身后的皮椅里深深一靠。想起来今天他的私人手机貌似安静了一整天，正要查看，桌上的电话在安静的空间里突兀地响起来，是一个私人号码。

手指扶上眉骨，程濯了然地开头：“他到底还是去了？”

“是。”

程濯懒散地低笑：“演给谁看呢。”

电话那头说：“不过有件预料外的事情，董事长递了名片给孟小姐。”

程濯撩起眼皮，眼底的倦色顿空。

办展日，工作室没有加班，实习生也不存在散场后的应酬，孟听枝从艺术公社做完扫尾工作，回到桐花巷。

入夏昼长，天色才刚黑。

孟听枝手里抱着一叠材料。刚刚陈教授喊她去，是因为有人在展上看中了孟听枝独立完成的墙绘，那人有家咖啡店正打算重装，想请孟听枝去设计。

她不是室内设计出身，自觉能力有限，怕担不起旁人这样的爱重，犹豫了一下。陈教授拿了这沓资料给她，让她回去看看。

好巧不巧，她前脚刚从曾珥那儿离开，还没过多久，陈教授就提及了曾珥，说曾珥大学在美院主修的是国画，但后来油画纸雕，甚至是室内设计，很多方面她都有涉猎并且做得非常成功。

“你还年轻，未来无限可能，没必要现在就把自己框死，多去看看。”

这一天，她听了太多意有所指的话中话，或许她真的太笨了，和聪明人打交道，总有点排斥，疲累。

长街路灯下的棋摊未散，不知道是什么好局，里三层外三层围着好些嚷嚷的大爷。落棋声乒乓作响，有叫好的，有唱衰的。

正热闹的时候，城管来赶人，没一会儿路灯下就散了干净。有人从孟听枝身边路过，还意犹未尽地谈起刚才的局。

孟听枝家对门之前住了一个老大爷，早年在谭馥桥业余象棋界可谓无敌手。

那会儿管得不严，周六周末，长街上走几步就有个棋摊，不止大爷，十四中的学生也爱凑热闹跟大爷们下两局，胜负欲极强。

孟听枝见过胜负欲极强的典型有徐格，他下象棋跟孟辉打麻将有点像，都属于人菜瘾大。

那天，是十四中的百日誓师大会，几个学生代表着装严整上台演讲的时候，底下方阵里的女生都在窃窃私语，说着程濯的名字。

“不应该是程濯上台吗？”

“对啊，怎么没有程濯啊？”

“没程濯还有什么看头啊。”

……

那时候没人知道，十四中的一代天骄根本不会参加国内的高考，他很快就会没有任何预兆地消失在所有人的视野里，飞鸟拂云般地留下不可追寻的遗憾。

百日宣誓结束得比平时放学早，从校门口出来，孟听枝还听到奶茶店里女生的八卦。

“你说程濯今天无故缺席，是不是因为不想跟纪枕星同台？”

“可能是吧。”

……

刚走到长街，孟听枝脚步一顿。

刚刚处于八卦中心的男主角，正一脸不耐烦地等在棋摊旁。长身玉立，女生频频回顾，他毫无感知地闲散地刷着手机，徐格坐着一个小凳子，抓耳挠腮跟大爷厮杀。

孟听枝校服里穿着一件薄薄的连帽卫衣，她戴起帽子挡住小半张脸，走近他身边最近的那家租碟店，站在最靠近门口的货架上假装挑选。

等她磨蹭够了，随便选一张碟出去时，棋面正走到僵持。孟听枝低着头路过程濯身边时，悄悄扫了一眼。

这局她见对门的大爷下过，脱口而出一句“马走日”。

徐格对面的老头如有神助，立马打开了思绪，快马先行，几个来回，风向立马不一样了。

徐格气得不行：“喂！观棋不语真君子！懂不懂啊？”

孟听枝停步，咬住下唇，就在她犹豫要不要回身道歉的时候——

“就一小姑娘，还真君子，你是？臭棋篓一个，愿赌服输，少丢人现眼了。走不走？”

那声音，熟到不能再熟。

徐格拽起书包，低声怨着：“我这衰了几天了，这事儿千万别告诉乔落，让她知道得笑话死我。”

人声皆散时，她才恍过神来继续向前走，手里是一张05版的《傲慢与偏见》。

孟听枝看原著更早，记得那句“要是爱你爱得少些，话就可以说得多些了”。

近情情怯，从古至今，不分中外。

毕业典礼在六月初。

前一周，阮美云就重视了起来，拉着孟辉去商场给他挑了一身行头。孟辉本来说用不着，去年夏天还有一件新短袖，他一次没穿。

阮美云站在镜子前，正往脖子上试翡翠和珍珠的项链，拿不准哪一条更好，闻言回身：“就是我去年九十九两件买回来的打折货？你穿那个去枝枝学校？”

孟辉毫无防备地应着：“是啊，还是新的。”

阮美云眼一瞪：“你少给我丢人。我还喊了孟宇呢，到时候大家一起拍照都体体面面的，你像什么样子？”

一处不对劲，处处都不对劲。

阮美云多看两眼，不掩嫌弃：“还有啊，你那个头发也要理一理，理得精神点。走走走，去理发店找人给你设计设计。”

饶是孟听枝有心理准备，毕业当天也被阮美云的珠光宝气吓到。

她那头复古卷发，没有两个小时根本打理不出来，穿着她最得意的那身旗袍，配一串个大身圆、颗颗华润的珍珠，手指上是压箱底的老坑玻璃种的翡翠，一扯丝质披肩，任谁的视线都要从她手指的绿光上晃眼一下。

周游爸妈忙着生意，今天来不了，也不形单影只，挽着安保队长看得目瞪口呆。

“枝枝，你爸妈还有你哥这是来我们学校演豪门剧吗？”

“这也太有钱了。”周游咋舌完，目光落到孟宇身上，忽然感叹道，“你哥真挺帅的，你怎么不早点介绍一下？”

施杰比孟听枝先开口，冷声问：“早介绍，你想干什么？”

周游抿住嘴，发觉刚刚说错了话，扶了扶学士帽，立马干笑着把施杰往一边拽。

“没什么啊，能有什么啊？就……枝枝她哥懂车啊，我那辆甲壳虫感觉买亏了，早认识不走弯路嘛！走了走了，带你参观参观我们学校。”

孟宇手上抱着一捧花，走近了打量孟听枝手里那束包装精美的白郁金香，眼神暧昧：“哟，这谁啊，送得比我们还早？”

程濯人刚进机场，花是毕业典礼刚结束那会儿，孟听枝出了礼堂，邓锐送过来的。

孟听枝也接过孟宇的花，一手抱着一束，先带他们去参观学校。

今天会展中心有毕业展，不止孟听枝他们一个专业，来往有不少中年父母带着穿学士服的子女。

孟听枝跟周游约了一个摄影师，苏大摄影系的，刚毕业一年，技术暂时不知道怎么样，嘴很甜，教阮美云摆姿势，一通仪态气质的分析，把阮美云吹得合不拢嘴。

中午在学校附近吃饭，孟宇大方请客，一眼看中湘桥居。

周游立刻变了脸色：“啊，不要吧，这是我们学校这片儿的知名黑店，我跟我那个前男友就是在这儿吃了顿饭就分……手了。”

尾音低弱，周游讪讪地转头看身边的男人，脸色已经黑透了。

“你不是说你们分手是性格不合，你还有什么事是我不知道的？”

周游倒吸一口凉气，慌忙解释：“就……消费观不合，也是性格不合的一种啊。我早就不记得他了，真的。”

施杰不受她糊弄：“真的？那你上上个月还借给他钱？”

周游被问得脑袋一空，一脸呆傻，她借钱给前男友的事是怎么泄露出去的？

“那个……那个是他女朋友要打胎，我只是心疼他女朋友，想让他找个好医院，女孩帮女孩嘛。”

施杰：“钱必须还。”

周游保证：“我铁定要债的，你放心好了！”

进店入了座，小情侣还在前面你一句我一句的，阮美云收了和善的长辈笑容，扭头不满地看身边的孟听枝，低声说：“你看看人家小晨找的对象，男朋友可不得就这么陪着；你看看你那个，多长时间了见不到一个人影。”

孟听枝一声不吭，又气到阮美云。她心直口快，立马抱怨一句：“我看你俩聚少离多的，迟早得分手！”

忽然，一桌子都安静了。

孟听枝手里握着黑色的茶杯，还是湘桥居回味泛苦的大麦茶，她喝得嗓口舌苔都是苦味，怎么咽也咽不下去。

桌上几个人默不作声，目光都在母女之间来回看着，也不知道聊到什么，才叫阮美云忽然说了这么一句气话。

隔着屏风，只有别桌客人聊天的笑声。

半晌，孟听枝接了话：“本来就是要分的。”声线平柔，听起来一点也不像气话。

周游愣了愣，立马打哈哈笑起来：“现在年轻人谈恋爱就这样啦，动不动就喜欢把分手挂在嘴上。好饿啊，我们点的菜怎么还不上？我去催一下，这黑店真是把我气死了。”

吃完中饭，阮美云和孟辉就走了，孟宇也没有多待。

下午，学校没有早上那会儿热闹，人少了大半，但还是随处能见到穿学士服的女生拢拢头发，在苏大各个建筑前拍照留念。

因为要分离，因为有感情，因为很可能再也不会回来了，所以一花一木，一楼一路，处处都要拍，这样即使以后忘记了，翻起照片，也能想起自己存在过的印记。

暮色将至，美院的柳湖前人影寥寥。

程濯来得很晚，约的摄影师已经到时间走了，只有周游的拍立得还能用。她这一整天都活力满满，Tlu 的安保队长都被她东拽西扯的都跑累了。

她招招手示意孟听枝和程濯再靠近一点，“咔嚓”一声，画面定格。

照片里，孟听枝微微偏头，在看暮色，也在看程濯。

“好好看！你俩这颜值真的绝了呀！”周游手上甩了甩，把那张巴掌大的照片递了过来。

相纸上还有温度，半身照，孟听枝看着照片上的程濯。

西裤口袋有点微鼓。他结束一个长时会议后坐飞机返程，路上忙着看翻译传过来的新文件，领口被扯得松斜。

出机场上车，他才挪出工夫看一眼衣着，将已经皱了的领带解开，叠好，见孟听枝之前放进了口袋里。

“这张照片给你吧。”

程濯接过来，有点意外：“你不要吗？”

孟听枝抿唇微笑，摇摇头：“不要了。”

照片是一种纪念，能被纪念的东西，都是会失去的。

周游和施杰先离开，孟听枝跟程濯从美院门口走到会展中心。

昏黄路灯亮起，他们在隐晦树荫下并肩行走。不少路人都回头频顾，但没人会记得他们在一起的样子。

“程濯，你真的从来都不骗我，你说毕业那天你一定会来，就真的来了。”

这话程濯有些听不懂，答应了自然就会来。

穿过那段树影，遇见大二下课的学生，人流如织，只有他们在逆行。

孟听枝停下脚步，程濯回身看她。她抿着唇，通透又温淡地笑，忽而说：“你是不是忘了送我毕业礼物啦？”

大雨忽至，一连下了三天。

程濯入夏后食欲欠佳，睡眠也不好，半夜惊醒，他也没有开灯，梦魇未脱，盯着晦暗空间里所有的陈设。

周遭气息清冷。记不清孟听枝有多久没来枕春公馆了，或者她来过，彼此都恰巧地错过了时间。他们之间像默剧播放，无声无息到此，自然又不可抵挡。

之前的那批“盲盒”她都拆开了，衣帽间已经被温迪挑选的礼物塞满，由她的审美陈设，不同色调的包如何摆放都有讲究，格外精致舒心。

落地窗前，小案上摊开的一堆小东西，让暗色的衣帽间有了活气。

洗完澡的程濯走上前，捡起长绒毯上一张被风吹跑的纸。杏黄底色，手写的黑色字迹，潦草横折间可见瘦金体的笔韵。

他将纸放回案上，看着桌上一个个被拆卸出来的颜料格，才知道纸上记的是颜料修复的一些步骤和注意事项，旁边也试了几笔深浅不一的色调。

还没有修完。

将东西都放回原位，他回房间睡觉。

程濯已经很多年没有梦见过舒晚镜了。

那是一个他少年时代的记实梦，花瓶碎地，丝质桌布“嘶啦嘶啦”被扯成垃圾，用人一个个都缩在厨房不敢出来。

舒晚镜像狂躁症发作一样，拿到什么就砸什么，从程靖远骂到程濯身上。

“你以后千万别结婚害人，别让你的老婆在儿子生日当天，收到一堆丈夫跟别的女人乱搞的照片！你听到没有？”

十四岁的程濯站在那儿，面颊被飞来的叉子尖头划出一道红痕。用人胆战心惊地偷偷给老宅那边打电话，被舒晚镜一声吼。

“你干什么？！又要说我疯了？

“我没有！是程靖远，他才是疯子！他为什么要娶我，为什么要骗我，为什么都骗我？”

她冲上去抓程濯的衣服，眼底通红地质问：“你也骗我是不是？！你不是说你爸爸会回来吗？人呢？！我问你人呢？！”

闹剧一样的场景里，只有少年镇定到漠然，玉石般的音质企图安抚。

“电话打不通，他可能……”

舒晚镜厉声打断他，眼前相似的皮相让她就像紧盯程靖远一样的恨意灼眼，“啪”的一声打过去。

“你又骗我！”

程濯偏着脸，闭着眼睛，低沉的声音比发誓还要笃然：“我不会，永远不会。”

再睁开，他眼睛像冷雾弥漫的湖，哑声劝道：“你跟他离婚吧。”

舒晚镜像被戳到痛处一样，神色巨变地大叫：“不可能！不可能！我绝不成全他！除非我死！”

没有高墙一瞬坍塌的感觉，因为他所在的世界里，所有情感好像一直都是坍塌的，甚至从他叔伯老婆们的口中得知赵姝——一个在程靖远没结婚前就跟他的女艺人——他起初都很冷眼漠然。

赵姝十七八岁就在港城以模特身份出道，后来转行去拍电影，从初恋小白花、拼命三娘，到飒气女霸总，再到如今一派息影多年岁月静好的影后。出道二十年，她从不缺人设，早期黑历史也有，跟了程靖远后就没什么人去翻了。

那阵子，舒晚镜在程家闹得很难看。

逢节聚在老宅，舒晚镜怕见程家的人，怕听那些温声细语掀她伤口的假意安慰，每次都缺席。

几个伯母婶婶凑在小厅喝下午茶，提起舒晚镜便叹气皱眉，说这种事有什么可闹的，是不是这些搞艺术的女人就容易多愁善感，也太不体面。好像她们睁一只眼闭一只眼，即使跟丈夫两三年不同房，公共场合也能挽手臂演夫妻情深，这才是正宫太太该拿捏的体面。

再后来，她们不说舒晚镜不体面了。

她们的说辞更隐晦，只悄悄点一点太阳穴，压低声音道：“肯定是这儿受刺激了。”

几次三番，就连程濯也被接到了老爷子这边来住，搬行李那天，早晨阴灰，门口停着两辆保姆车。舒晚镜不许老宅的人进来，不分好歹地当恶人，对程家所有人都恶语相向。

程濯自己提着箱子从二楼下来。

舒晚镜拔了酒塞，半瓶酒在她手里晃，程濯欲言又止，她看都没看他一眼，从他身边过去。等程濯走到门口，她忽然踢翻松节油，铺开的画布上浊色翻驳，穿堂风凛凛似一道利剑掀过，味道极刺鼻。

少年稍顿，屏息，门口的两个老宅用人急忙迎上来，像拉他出苦海般地请他赶紧上车，又絮絮念叨起来，这些天老爷子多么担心他。

过了几天，程濯放学后接到电话。电话里的舒晚镜像变了一个人一样期期艾艾，低泣着问："小濯，妈妈真的有那么讨人厌吗？"

他到底还有多少耐心？又是多少次重蹈覆辙，他爷爷发火再也不许他回去了？

任何一个人从这世上突然消失，都足够震惊周围的人，更何况舒晚镜的死毫无预兆。

在叔伯的老婆们猜测她可能撑不下去的时候，她满身是刺地抗争。扇赵姝耳光，打程靖远的脸面，再招人嫌再不顾体面的事她也做得出来，程家把新闻压得死死的。

好不容易风平浪静，连叔伯的老婆们都开始假意欣慰，恐怕这位艺术家真学会怎么当程太太了。

她不当了。

从遗书里能看出，那一刻的舒晚镜有多清醒。

> 也许花点时间，我就会走出这段失败的婚姻，会原谅所有的谎言。毕竟人生那么长，可人生真的太长太长了，十年二十年，我怕有一天连我都会忘记这种痛苦，而给我痛苦的人都终将被原谅。我不想原谅。

消息通知到舒家那边时是深夜，舒晚镜的哥哥惊滞片刻，带着睡意的声音低低烦躁："怎么偏偏是这个时候？！"

那是什么时候？

由程舒两家主导的环能地产即将上市，多少人盯着看着，这种时候，半点风吹草动都会有不可预料的巨大变动，何况是上市公司的老总忽然丧妻，死因还是自杀。

多体面的豪门世家，在绝对的利益面前，连丧期都要瞒，都要改。

无比惊愕的少年，只是其中小小的一环。他沉默到像病了一样，能做的大概只有在葬礼上把一束带刺的白玫瑰，闷不吭声地抡在沉痛悼念亡妹的男人的脸上，咬着牙，声音似檐下冷雨往外泄。

“你最好少说话！”

他的失控迅速被解读为丧母过激，相安无事地传递出去，掀不出一点点波澜。

过了会儿，宾客稍清，程靖远叫人把一身黑衣的少年喊出去。在程靖远眼里，他的儿子骨子里流着程家的血，早熟聪慧，最懂体面世故。

他不掩失望地说：“你对你妈可真冷漠，那是你舅舅！你妈刚去世你就这样不给他面子，你叫你外公那边怎么想？”

那是舅舅吗？程濯只是冰冷地笑了下。

舒晚镜离世两年后，程濯高中有次去参加十四中组织的户外秋游，受了伤。不知道家里哪个女人起的头，说舒晚镜住过的地方不吉利，程濯不能老回去，无缘无故受伤，多半是被什么脏东西缠上了。所以，程濯病愈后，那栋别墅就被封了起来，连程濯也不能进。

他开始学着抽烟，混在一群青春期叛逆的男生里。他身处其中，不知道哪一次发呆被燃尽的烟头烫到了手指，无声地捻灭后，抬头看好朋友放肆狂笑。

他漠然地看着周遭飞速变幻近乎扭曲的世界。

他怎么就是上不了瘾呢？

刚去国外那会儿，他干了不少自甘堕落的事，只觉得自己不该这样清醒完整，他已经病了这么久了，身体里应该腐烂一部分才对。

中西部地区春夏多发龙卷风，六月份，他自驾去参加朋友的生日。雷雨云累积后的龙卷风遮天蔽日，如世界末日一般的场景在他的挡风玻璃外像灾难片一样真实上演。

他拿出手机，信号已经弱到快消失。车里放着黑人摇滚的电台自动切至气象频道，女主播紧急地通知堪萨斯州正面临的危险情况。

他关了电台，看着前方，把油门踩到最大。

两天后，他掀开啤酒拉环，瞥了眼客厅电视里的重播新闻。

那场龙卷风导致十五人死亡。

落地窗外在下雨，疯狂失序，高大的阔叶绿植被打得摇摇摆摆，一次次撞在玻璃上。

碳酸气泡争先恐后地从铝质罐口里往外涌，任由冰气沁进掌纹骨骼里。忽而，他想起自己离开苏城时好像也是六月。南方六月也多雨，苏城多温和，他印象里都很少打雷。

高中时无数次被雨困在屋檐下，明明打个电话，司机就会送伞来接，可他就像喜欢被困住似的，在雨帘里走神，浪费时间。

徐格从他身后搭住他的肩，示意他往旁边的书屋里看。

“这些女生好笨，她们不应该挤在一块陪你躲雨，应该把藏在书包里的那把伞英勇地拿出来，然后说要不要撑伞一起走。唉，笨哪。”

徐格笑嘻嘻地挤眉弄眼。

雨声淅沥，书屋清脆的风铃响起，敲撞出潮湿的叮咚声，一个瘦白的女生背着书包刚走出来，就被同学惊喜地喊住：“孟听枝！你有伞啊？你送我一段路吧，好吗？”

女生握着手里的伞，犹豫了一会儿，温声说：“好啊。”

两个小姑娘并头挤在不堪风雨的折叠伞下，“啪”地一下踏进台阶下的小小水洼。

程濯抬头，天色渐黑，雨也没停。

等他想从这种颓废放纵的留学生活里走出来的时候，不仅有了烟瘾，还有几分嗜酒。站在阳光底下，他倦睫轻抬，不知道腐烂了的是哪一块。

直到天际微亮，程濯再也没睡去，脑子放空，杂乱的思绪无数。

洗漱完，他边下楼，边打电话：“把我在苏城靠近艺术区的房产都整理出来，你这两天去看看车，往好的看，有现货最好，价格无所谓，挑一辆适合女孩子开的。”

邓锐在那头应着。

走到门口，程濯看见蒙蒙天光。浓雾似雨，忽地想起什么人，那张轮廓柔凛的脸，几分缄默，几分清艳。

邓锐正想问车是买给谁的，他好去挑车型和配色，只听见程濯倏忽放轻的声音。

“只要白色。”

邓锐再一想，不用问也知道是谁了。

艺术公社开展前，程濯见了程靖远，在舒晚镜的墓前。

遵从她的遗书，墓碑上干干净净，没有她自认为面目可憎的照片，也不是谁的妻子，只是她自己。

父子各自撑着伞，各自捧一束热烈恣意的剑兰，沉默不语地站立，都是孤高不可摧折的疏冷模样。

雨水在大理石台上噼里啪啦作响。

“你做事，向来令人生厌而不自知。”

程靖远是后到的，一年都见不了几面的父子在这种地方不期而遇。他穿严整的西装三件套，像个品位极好的绅士，先将花放下，直起身说：“等你到了我的位置上来，你会明白，很多事都是身不由己。”

“身不由己？”程濯冷笑，“我一直好奇，这几年你怎么好意思抱着她喜欢的花来看她，原来是这四个字让你问心无愧。”

“我后悔了。”程濯轻轻地说。

程靖远唇角抿着克制的弧，面具戴久了就会刻在脸上，仿佛凡俗的情绪都不会再影响到他。

“我后悔那年一气之下弄没了赵姝的孩子。如果那个孩子生下来，或许你会娶她，或许这个时候，你就不会对我抱有不切实际的幻想。你们一家人，夫妻和睦，子承父业。”程濯笑容讽刺冰冷，“多好。”

程靖远深沉的眸色转去看他，厚重声音里不乏警告：“程濯！”

他凝视着墓碑，忽然冒起的火气像是要将那张面具崩碎：“这是你妈墓前，你知不知道自己在说什么？！”

程濯目光无所谓地迎上去，那股子毫不在意的冷淡将程靖远的愠怒衬得有几分莫名。

“别说是她的墓前，就算她现在活着站在这里，听到这些话又怎样？她早就不在意了。你如今愧疚在意，不觉得多此一举？”

说完，程濯弯下腰，把手里的花放在潮湿的台子上，没任何情绪地转身，撑着一把黑伞，消失在雨雾朦胧的半山。

第二十章

苦碳酸

六月尾声，很快到了程濯生日。

那些由邓锐整理好的文件送到程濯手上，他仔细看过，在生日那天的晚餐上，静静放在孟听枝手边。

他话里没提分手，那么温和又一针见血的话，一定要斟酌很久，脱口而出才会这么妥当。

可长剑上即使装点了最柔软的剑穗，刀口都是伤人的。

孟听枝听出好聚好散的意思，愣怔片刻，垂了眼，倒也不那么意外。她手指推开文件，摇了摇头，声音略低说："我不要这些，我不缺。"

像是要留住轻松的气氛，烛火晃进眼底，程濯点了一下头，抿唇淡笑着："你不缺最好。那你缺点儿什么？"

缺什么？

孟听枝看向他，沉沉缓出一口气，开始难忍鼻酸，像要死死压住什么似的，一下一下掐着自己的手指。痛感太钝，好像怎么也不够。

她看着重重光影后的程濯，如薄帷后一道绮丽昏暗的剪影，露出一个克制的温淡笑容。

“我什么都不缺。”

她要的从来不多，偏偏都是他这时候给不了的。

从得知程靖远在艺术公社给她递名片，程濯就开始有这样的无力感。这一次是岛川集，下一次又是威逼利诱里的哪一个？就这么放任下去，好就是命，不好就说一句身不由己？

他倒是进退都体面，可对面这个小姑娘呢？她那样一个不爱出风头的性子，怎么全须全尾从风口浪尖退下来？

不知怎么，他又想起去桐花巷找她那晚，他说可以挪时间去见她父母，她当时支吾道，不是时间，是之后不好解释。

程濯沉默良久后，忽然说了一句：“孟听枝可真厉害。”

这话他以前说过好多次，明明一个字都没有变，往常她能跳起来去捂他的嘴，不许他说，偏这一刻，她喉咙苦涩，连发音都困难。

缓出一口气，孟听枝把身边的硬质的袋子提出，里头有个礼盒。她遥遥递过去，极限也就在烛台位置，他根本接不到。

“麻烦帮我拿一下。”她去求助不远处的侍餐生，整个人麻得像自心口下方全部被截肢，一动不能动。

侍餐生接过礼物，朝程濯送去。转身时风抖了烛火，一滴热蜡飞溅在孟听枝的手背上，她手筋战栗，温度极快褪去，烛油成了小小一方硬痂，像经年不愈的旧伤。

她缩回手，死死按着那烛痂。

盒子到了程濯手上，她说：“生日礼物，程濯，祝你生日快乐。能不能跟你换个东西？”

见过徐格跟他那些女朋友分手，当是惯例，她很怕他误会这是借口是纠缠，很诚恳地补充说：“就当是你给我的分手礼物可以吗？”

程濯静住，眸子像一片死掉的湖，任凭光影撩动，半点波纹也无。

那场面，仿佛一场严重车祸，虽然惨烈，但两个素质极高的车主在协商，处处给足对方体面。

分手明明是他提出来的，可由她温温笑着再说，甚至“分手礼物”这词都出来了，好像味道就完全不一样了。

说不出哪里不同，但那层措手不及的情绪当头扑来，立刻叫他心里滞涩着什么，越来越酸痛。

他喉头滚动，轻喃一遍“分手礼物”这四个字，似她不好受地说出来，他也要陪她不好受一次。

程濯问：“你要什么？”

那顿烛光晚餐草草结束，一旁的琴师止了音，看着浪漫的现场，比当事人都惊讶。

之后车子开回枕春公馆。孟听枝走在程濯前面，进了门，像往常一样换了鞋柜里那双白色绒拖。

程濯站在一楼错落垂吊的九格灯盏下，看着她上楼的纤细背影，这才注意到她今天头发上系了一条烟粉色的细细丝缎。

五分钟后，她从楼上下来。她好像直奔什么而去，拿了东西就下来了，双手空空，从容平静地站在他面前。

程濯低头，看她挎的那只L家的咖啡色小水桶包：“你不会把我家的钥匙都带走了吧？”

孟听枝捏住包口，无声地笑了。

本来只是想配合玩笑，没想到眼泪会忽然溢出来，那种好聚好散的轻松似一层薄薄的透明糖衣，一瞬间被咸苦洇透，黏湿又狼狈。

她望着他，一句话没说，忽然眼里全是怨，怨什么也不清楚，忍了好久的情绪功亏一篑，一塌糊涂。她弯下脊背，瘦弱的蝴蝶骨隔着衣服凸出来，人像在受什么酷刑，哭到不受控。

孟听枝记不太清后来的事。

程濯抱着她，哄她，安慰她，唯独没有说对不起，也没有为自己解释半句，只叫她朝前看，说以后不管什么时候，遇到麻烦可以来找他。

她一直在点头，不停地点头，泪眼蒙眬，什么都答应，也什么都没听见。

最后是邓锐把孟听枝送回了周游的公寓。

下车的时候，邓锐在后车镜里看着后座的孟听枝推开车门，夜风吹着长发，她眼底静得像没有一丝涟漪的海洋。

邓锐想说什么，终究什么都没说，目送孟听枝进了红光闪烁的电子门，然后把车开回枕春公馆。他拔了钥匙下车，怀疑程濯一动不动地在客厅站了一个小时。

一条烟粉色的丝锻，细弱地躺在程濯的手心。他就那么看着，走神到邓锐脚步声靠近都没有任何反应。

“程先生？”

程濯眸光解固似的松开，转了头，声音低倦透出一点病态的哑：“人送回去了吗？”

“送回去了。”

邓锐直觉程濯不会再细问，这位钟鸣鼎食之家出来的贵公子，向来是个干脆利落、万事不回头的性子。但没来由的，盯着那条丝缎，他又觉得程濯会想知道孟听枝路上的状态。

“孟小姐很平静，中途接了一个电话，跟电话里说月初要搬东西回家。”

去网上搜索“治疗失恋最好的办法是什么”，会弹出无数链接窗口，首页访问量和评论最高的那条里写着一个三步法则——恢复理性，转移注意力，步入新感情。

前两点，孟听枝都很顺利地做到了。

从枕春公馆回来后，她一心扑在工作上，为那家咖啡店的室内设计做准备，看了不少专业书，笔记都记了大半本。有时候太投入忘了时间，工作室里只剩许明泽没走，他伸着脖子看了她好几次，她也完全没注意。最后许明泽不得不敲出点动静，吸引她的注意。

孟听枝摘了耳机，从图稿里抬头，脸上是一种长时间静思的麻木。旁人这种状态只显得疲倦，她不是，杏眼一眨，有股不露声色的灵气。

“很晚了，你还不走吗？”

孟听枝看看时间，不仅很晚，连她长时间单曲循环的手机快没电了，也是这时才知道。

她找来充电宝，给手机充上电，收拾起东西说：“马上就走了。学长怎么也没走？”

许明泽在她的注视下，不自然地牵牵嘴角，又扶了一下眼镜说：“呃……有点事在忙。”

工作室有监控，只是几乎没人会去调，不然会知道许明泽这一整个晚上都几乎在看孟听枝，手边的资料也只是做样子翻翻就放下了。

开车回了桐花巷，孟听枝打包了一份关东煮放在桌子上。洗完澡出来，将电脑打开，资料摊满一桌，她继续研究。

毕竟是一个相对未知的领域，虽然现在室内设计很多只是纸上谈兵，大部分都是由后期工人去落实，设计师只是做一个监工把控作用，但这个案子，孟听枝投入了百分之二百的精力。

正因为是未知的领域，要学的、不懂的太多了，她放任自己废寝忘食到倒头就睡，连做梦时常都是客户的意见和那些图稿要怎么修。

八月底，到了苏城最热的时候，近中午的阳光灼得人在室外几乎睁不开眼。

孟听枝堵在高架上接周游的电话，那头把苹果啃得吱吱响，含糊不清地说：“毕竟四年的感情嘛，哪儿那么容易放下的。”

从西藏旅游回来孙淑淑和男朋友的感情就出了问题，没想到大学四年一直那么好，毕业季真就说散就散了。

孟听枝也唏嘘，她不懂，为什么同样一段感情，男人会那么快走出来。

周游：“她说她亲眼看到钱明跟人相亲，然后就跑到我这儿哭了。说真的，大学那会儿我就不看好她跟钱明。钱明他妈一看就是那种很难搞的大妈，死活要钱明娶个本地姑娘。早就跟她说了不合适，她非不听，那会儿恋爱甜，说以后还早呢，现在可不就给他妈搅黄了！”

孟听枝轻声：“也许是真的很喜欢吧，很喜欢，就想试试。”

“唉，女孩子还是要清醒点，为了一个男人死去活来的算怎么回事啊……”

路况已经疏通，孟听枝第一时间没反应过来，身后堵着的车子疯狂按喇叭催她，声音尖利，一下盖过了手机里的声音。

孟听枝跟周游说见面聊，挂了电话，立马发动车子，拥堵后的车辆间距极小，慢吞吞地下了高架桥。

那家咖啡店在四环，临近艺术区，附近经常有展览，店面也很大，说是咖啡店其实有点沙龙会所的味道。

咖啡店原来的装修就挺好的。老板是个三十出头的男人，开一辆红色的车，大概是手里有钱，店面翻来覆去倒腾也无所谓。

孟听枝拿着包下车。穿着涂鸦潮T的咖啡店老板从门口的绿植里迎出来，看见孟听枝就笑。

“孟小姐，抱歉抱歉，今儿路上堵吧，真不好意思，大中午的约你出来。我赶时间，晚上有班飞机出国，下次回来还不知道什么时候，所以就想早点跟你聊聊想法。”

孟听枝从包里拿出图纸和用作演示的平板，并没有听出“想法”那两个字的别样声调。

她做足了准备，刚坐下就要将那些图稿摊开，纸面上忽然压来一只手。

孟听枝不解地抬起头，只见对方笑嘻嘻地盯着她说：“孟小姐，你的专业能力我是很相信的，这个先不着急。”

孟听枝皱起眉：“那您想要说什么？”

手上的力道一松，那一小沓组图被男人收去，底部在桌面上拢了拢，合在一块。他对上孟听枝明澈的眼睛，心里对她这份单纯越发喜欢。

不枉他来来回回试探这么多次。这年头故作清纯的小姑娘太多，像这种真纯的已经少有。

那天在艺术公社的展览馆，他身边还跟着一个徒有新锐画家名头，日常却只有秀奢侈品堆砌人设的女朋友。

女朋友先注意到孟听枝。

“这种展上也有人穿假货来吗？这条裙子貌似刚刚才走完初夏的秀吧？现在山寨的跟风速度都这么快吗？”

听到女朋友嗤笑的声音，男人顺着她的目光注意到签到处的孟听枝，穿着一身剪裁不对称的小黑裙，材质垂顺，平领吊带，脸上几乎没妆，乍一眼挺寡淡。

忽而看见她笑了，挽着耳边的头发跟旁边戴眼镜的男人说话，他和那个眼镜男人眼里的惊艳停滞几乎是同时——太柔太柔，像春风吹皱刚刚融冰的湖水，凛然又干净。

男人忍不住替孟听枝说话：“你怎么知道是假货？”

“因为我太懂那些学艺术又爱出风头的女人了，而且那裙子现在是有钱也买不到的，除非从秀后直接下单。那得是什么样的 VIP 啊！你看到她胸口的工作证了吗？她能是？”

女朋友高高在上地说完，去旁边拍照，他去向工作人员稍做打听，以欣赏的名义要到了孟听枝的联系方式，这才有今天孟听枝坐在他面前。而那个新锐画家已经被他找借口用一只卡地亚的满钻手镯打发了。

前女友非常识趣，临走还在他耳边说想她可以打电话，“任何时候”四个字说得暧昧至极，不黏也不缠。

男人不庆幸，反而觉得扫兴，无味至极。这样的感情他已经谈过很多段了，也烦了那些光鲜亮丽却贪得无厌的女人。

他自认为追求孟听枝也是拿足了诚意的。

“孟小姐对未来有什么计划吗？”

孟听枝被他问得一愣：“我不是学室设的，我大学主修……”

她当他在问职业规划了，男人对她那副无论什么时刻都认真以待的样子喜欢极了，少见这么专注又纯粹的眼睛。如果能被这样的女孩子喜欢着，崇拜着，一定会是一件非常有成就感的事，他光是想想，就忍不住提前笑出来。

这笑声打断了孟听枝后面的话，叫她心慌。

“孟小姐，你真的太可爱了。”他实在等不及了，伸手上去握住孟听枝的手，“我的意思是你有兴趣当这家咖啡店的老板吗？我知道你是新手，室内设计也不是你的专业。没关系啊，你可以随便设计，一切随你心意，你喜欢的我都会喜欢。你明白我的意思了吗？”

对方胸有成竹的笑容，让孟听枝觉得自己仿佛是一条已经被网死的鱼，她猛地抽回了手。

她懂了。什么欣赏都是假的，对方只是在钓她。

孟听枝心里一阵恶寒。

“您的意思我明白了，很抱歉，我一点也不想当这家咖啡店的老板。”说完，孟听枝冷下脸色，从男人手里夺回图稿，一整沓塞进包里，转身就走。

男人追出来的时候，孟听枝已经上了车。

他拦在车子前，想要解释，孟听枝完全听不进去，避着他，只想要掉头。忽然“咚”的一声，车头撞上了水泥砌的景观池。

那一声巨响，像是撞通了某个夜晚的回忆，她素面朝天地从 TLu 出来，开着一辆全苏城找不到第二台的黑色汽车，暴殄天物地刮了车头，副驾驶的男人清冷悦耳地笑了，说“孟听枝，你真行”。

她多久没有允许自己想这个人了？

久蓄的情绪忽然倾巢而出，她只觉眼前生出一片浓雾，雾散去，方向盘上吧嗒吧嗒滴了好多泪。她合上眼，垂颈抵在方向盘上，几乎不能抵抗这个人再在脑海里浮现一秒。

车窗被人急促地敲着，男人在外头像是也看到她突然哭了。

“孟小姐，怎么了？我真的很喜欢你，能再聊聊吗？你对我还不了解，我相信你了解我之后，一定不会拒绝我的。这家咖啡店只是……”

孟听枝抹掉眼泪，用一脚油门，将那个男人甩在了身后。

她没下车查看车头撞伤的情况。那一声那么响，可以想到最轻也要补漆，孟听枝直接把车开到常林新区的 4S 店。

下了车，没想到后面也停了一辆车，男人甩上车门，锲而不舍地追上来。

“孟小姐，你一定是误会我了，我是真的喜欢你。”

孟听枝本不想再跟他多说，她从不爱和人吵架，可心里那股情绪急需一个发泄口。她侧目望去，冷冷一笑：“真的喜欢？”她眼睛通红，冷笑的样子很有种倔强不屈的美感。

男人看见希望似的点头：“当然，不然我怎么费这么多心思呢？”

这话只叫孟听枝的笑意更凉。

“你一定费过不少心思追女生吧？可能还从没有失手过吧？你以为你的咖啡店有多了不起吗？浪费别人的时间和精力，你一点也不羞愧，甚至为自己的手段沾沾自喜？我只是心疼我这些图稿，不过也没有关系，我根本就不缺这点钱。现在，你可以从我眼前消失了吗？”

男人被孟听枝一番话怼得面色涨红，尤其是这会儿 4S 店很闲，不少员工闻声都出来看，对男人指指点点，话也不好听。

男人恼羞成怒，忽然没了之前那副殷勤样子，梗着脖子道：“现在跟我装清高啊？我记住你了，孟听枝是吧，你给我等着啊！”说完，他边走边指着孟听枝，上了那辆车绝尘而去。

4S 店的女员工走过来，好心问：“美女，你没事吧？”

孟听枝摇摇头，按了一下眼睛：“没事，我来修车。”

沈思源刚从附近的赛车场出来就瞧见了这出好戏，他本来还以为自己眼花，孟听枝怎么会在马路边跟一个男人拉拉扯扯。

这都多长时间没见孟听枝了，听人说早跟程濯分了，和平分手，具体原因都能猜到点儿。程家那阵子破事很多，今天程公子能被迫外派打旗，之后又会被迫干点什么，谁也不能预料。

年纪到了，玩到头了，哪儿还有心思谈恋爱？

只有一点叫人震惊，不出徐格所料，孟听枝那姑娘还真是大艺术家的犟脾气，死脑筋。这圈子多难进，她是真不知道还是真无所谓？她真就跟程濯一分手，连半点消息都没有了。

搞得他们小圈子里有人怀疑，她是不是真喜欢过程濯。程公子是什么人，满苏城打着灯笼也再找不到第二个。跟这样的人分手，她不哭不闹，无声无息，半点挽留都没有？

都说这妞要是真弄点痴情手段，程濯跟她不会散得这么干脆，毕竟众所周知，程公子对这位是真的宠。也有半懂不懂的人乱猜，说程公子是终于玩腻了。

“那妞我见过啊，高尔夫俱乐部那次，程公子特意叫人去接。我之前只听过那妞把程公子那辆新车蹭了，还挺期待，当何方神圣呢，也就一般，皮肤挺白的，气质还行吧，不会来事儿，换我早厌了。”

沈思源早前也不待见孟听枝，这一回破天荒没应和。

这事儿估计也只有他知道，他爸留下的那栋绿野仙踪，程濯去年冬天真买了去，不为别的，就这位突然想过夏天，他就买了一个“夏天”送她。

程濯都上心到这份儿上，就算分手了，那也绝对不是玩腻了。

沈思源那天破天荒给孟听枝说好话：“少乱猜，留点口德，小心讨打啊，程濯这人护短又记仇。”

那人不信：“那也护不到吧，不都分了？”

沈思源斜唇冷笑：“死灰还有复燃的呢，万一那妞以后真有本事当程太太，你上赶着给人提鞋都要排队。积点口德吧，你管她跟程濯怎么分的，分不分那都是程濯的，你敢碰？”

徐格这人沈思源知道，徐二少的前女朋友虽然无数，但死都不吃回头草。

可程濯，沈思源不清楚。

他也没法儿清楚，毕竟程濯也就乱传过两段——乔落和赵蕴如，那都是假的，正经恋爱好像这还是第一次。

沈思源想着，觉得今天4S店这事没准有热闹看，一边拿出手机按，一边掀唇轻嗤道：“孟听枝厉害啊！”

缓缓一脚刹车，银灰色汽车停在红绿灯前。

手搭在方向盘上，曾珥转头看以往一上车就废话特多的缺德少爷。

缺德少爷今天一门心思捣鼓手机，微信页面进进出出点了八百遍。

她轻轻笑一下，妆容明艳简单的面上，抬眼弯唇自有风情流淌。

“这年头，还有你难追到这份儿上的妞？不如说说，我给你支招。”

沈思源脸色瞬间就变了。

他头发养长了，只有两鬓修短，头顶扎了一个自以为很有艺术味的小辫儿。他挠挠那嚣张的小辫儿，不是滋味地长“啧”了一声：“你这说的什么话。妞，哪儿来的妞？我最近连只母蚊子都不敢自己上手打死好吗？”

把手机屏幕坦坦荡荡往曾珥面前一放。

“好好看看，这是妞？这是祖宗好吧！程濯怎么回事啊，隔着时差也不至于这么久都不回我消息吧？这都多久了，他有这么忙？”

聊天的工夫，又错过一个绿灯，好在百汇城这边车少，曾珥瞥一眼路口，继续静等。

“你确定，他不是不想搭理你？”

沈思源说：“不可能啊，我要跟他说孟听枝的事，我不信他不感兴趣。”

听到熟悉的名字，曾珥按下车窗。热风灌进来，她朝倒车镜看了看，眼神微澜，声音却轻又自然：“听你上回那个朋友说，已经分了？”

沈思源一副看戏的坏笑：“是分了。回头草嘛，有人不吃，有人吃。”

“程濯不像。”

“你了解程濯吗？他以前不恋爱还不婚主义呢，小点那会儿说的。”

曾珥从他手上利落地抽走手机：“你既然要跟他说孟听枝的事，能不能不要这么卖关子？”她点进聊天页面，在“有件绝了的事，听不听”后面补发了一句——“关于孟听枝”。

消息没发出去多久，曾珥脚下给油，车子驶过路口，副驾驶的沈思源忽地怪叫起来：“程濯给我打电话了！”

车子就放在4S店修，孟听枝从常林新区打车回周游的公寓，开门还没见到人，就听到周游的安慰声传来。

“没必要为这样的男人难过，他那么听他妈的话，那就跟他妈过一辈子好了！”

孙淑淑吸着鼻子，接过周游递来的纸巾往自己眼睛上按，抽抽搭搭地说：“我知道，我只是没有想到这么快他身边就有其他人了。我们正式说分手才多久啊，他怎么能这样？”

“男人跟女人就是不一样嘛，男人没心。”周游拍拍孙淑淑的背，闻声转头看进门放包的孟听枝，“枝枝你回来啦？你买了什么，那么一大包？”

“买了啤酒和零食。”孟听枝将东西从袋子里拿出来，“你们要喝吗？”

孟听枝酒量不好又不爱喝酒，宿舍里都知道，不仅周游皱起眉，连眼睛湿红的孙淑淑都一下止住了哽咽。

“枝枝，你怎么突然买酒啊？”

周游也问：“是啊枝枝，你不是说今天去给什么客户看方案吗？”

孟听枝走过来，先打开一瓶啤酒，对嘴喝了一口，冰冰凉凉，碳酸迸着苦味在舌尖上跳。

她把今天在咖啡店的事说了出来。周游听完，手掌猛一拍桌子，直接开骂。

“世界上真有这么恶心的男人吗？你为了那个案子忙活了那么久，几个周末都在熬大夜。幸亏你不缺钱，你说要是换了一个稍微捉襟见肘点儿的妹子，被他这么哄几句是不是就上当了？还有没有兴趣当老板？这不就是画大饼钓妹子上钩吗？越想越恶心！”

孙淑淑听了也背后发冷：“而且他这样以工作为借口蓄意接近，除非放弃案子，不然根本摆脱不掉。你想啊，要是拒绝他之后，如果还想继续搞设计，这种人能平白无故挑出八百个不满意刁难你。”

“对！恶心死了。”

“枝枝，这是工作室的案子吗？”

孟听枝摇头：“是私人的，陈教授允许大家接私单。本来师姐他们还很为我开心，说我能这么快就得到赏识。”说完，孟听枝抿了一下唇。

周游在她背上安抚似的来回摸着哄着：“你别这样想，漂亮有才华又不是你的错，拦不住那些见色起意的人渣罢了！没关系的枝枝。”

“是啊枝枝，以后一定还有更多人欣赏你。之前的画册我买了，那么多图，我一下就翻到了你的，好好看啊。”

忽然意识到今晚本来是要安慰孙淑淑的，不知道怎么现在大家倒都在围着她说话。

孟听枝拍拍周游的手，浅浅弯起唇角对孙淑淑说：“我没事的。你呢，之后有打算吗？”

孙淑淑苦笑：“我也没事，之后打算先回老家，大概率会当个美术老师吧。”

周游在两人中间，一手搭一个：“都会没事的，一定会越来越好的，喝酒喝酒！”

光零食还不够，周游又点了一堆外卖，烧烤小龙虾摊满了玻璃茶几，喝空的啤酒罐被用力捏扁，横七竖八地躺在地上。

孙淑淑喝得最猛，已经躺在沙发哼哼着晕睡。

客厅主灯没开，投影仪上放着没人看的电影。

周游忽然说：“枝枝，你最近小心一点，晚上要是在工作室加班，千万别落单了。”

用指背擦掉上唇的啤酒沫，孟听枝转头不解地“嗯”了一声。

“我听施杰说的，他在 TLu 见多了这种半瓶子水乱晃荡的富二代，自己什么本事都没有，又死爱面子。之前有个男的因为被一个女模特当众拒绝，那男的放完狠话，转头就找人给那个女模特泼硫酸毁了人家半张脸，还录了视频。”说完，周游自己先打了个冷战，用力地搓了搓胳膊，“太可怕了！”

孟听枝想起下午在常林新区的4S店门口，那男人临走前狠狠指着自己的样子，深吸一口气，再吐出来，企图压下心里的虚浮的不安。

周游见她这样，忙绕过茶几去抱抱她：“没事啊枝枝，反正我闲着，到时候我去接你，不怕啊。”

孟听枝摇摇头，轻声拒绝道：“不用你接，我自己会小心的。”

周游跟施杰在一块后，经常去接施杰下班，往金霖路跑得频繁，社会新闻现场也给她见过不少次，想想还是放心不下来。

“那男的叫什么名字啊？枝枝，我回头问问施杰认不认识，多留个心眼总是好的。”

孟听枝也没多想，把名字告诉周游。

聊着天，桌上一片残羹冷炙，时间过了凌晨三点。

周游手机响起闹铃，忽地一下从地上站起来说：“枝枝，我得去接施杰下班了。你一个人照顾淑淑可以吗？”

孟听枝惊道：“你喝了酒怎么开车？”

周游拿起旁边的鸭舌帽压在脑袋上，嘿嘿一笑，晃着手里的手机说：“一早约了代驾。走啦。”

一声关门响后，偌大的公寓里只剩英文电影的台词声，光影变幻，对白里的情绪越是热烈跳脱，越是反衬寂静。

有时候，孟听枝真的很羡慕周游，就算一整天瞎忙活也充实开心，可再看到沙发上醉后都湿着眼角、蹙起眉心的孙淑淑，她又觉得大家或许都在互相羡慕。

孙淑淑半醉不醉那会儿，红着眸子向她讨教经验，问同样分手不久的她是怎么走出来的。

周游大概是怕她们聊到后来会互戳伤心事，先接了话去回答。周游是典型的两性关系口头研究者，即使自己的经历不多，大道理也能说出来无数。

“你毕竟是大学四年嘛，枝枝这个时间短点儿，就比较好走出来啊！所以你放心，失恋的伤痛都是短暂的，只要朝前看，一切都会好起来的！姐妹相信我！”

她走出来了吗？并没有。

她被困住的，又何止四年。

她不该遗憾的，明明已经拥有过了不是吗？

那个本该与之平行的人，她在费尽心思地偏航后，终于有了交汇，一直努力保持清醒，保持分寸，自以为没有牢牢抓住的东西，失去时会很容易释怀。她现在才知道，正因为这份连拥有时都一直存在的担惊受怕，这难过有多深，无时无刻！

自认是从善如流的智者，实际上，她是悍不畏死的愚人。

就像检票失误，进错了放映厅，看一场原本就不属于自己的电影，时间、地点、位置，什么都是错的，明明也准备好了随时退场，但依然遗憾没能看到最后的结局。

好像没有失去什么，又好像从一开始就失去了全部。

去房间里拿了毯子出来给孙淑淑盖上，孟听枝找到遥控器，一按键，放至尾声的电影戛然而止，客厅里彻底安静。

她把垃圾分类打包后，又将弄脏的毯子仔细清洁，做完这些才提着自己的包回了房间。

那沓废稿最后被她带回桐花巷，在一个梦醒后的深夜烧掉。

她这段时间就靠着这件事来转移注意力，烧了图稿，好似那些自欺欺人也一并被烧了干净。她终于可以坦然地面对跟程濯分手这件事了。

那晚从枕春公馆出来，回了公寓，她以为自己会天崩地裂地跟周游诉说这一刻的自己有多么伤心，但是她没有。周游笑嘻嘻招手喊她来吃炸鸡，她还去吃了一块，然后如常地回房间洗澡护肤，一切井然有序直至关灯。失眠一夜，连累枕头陪她一起湿。

天光大亮时，她终于因为疲惫不支晕睡过去，醒来肚子里胃酸翻涌，饿到痛，在被子里紧紧蜷缩着，手指伸了无数遍，才把振动的手机摸到手，按下了接听键。

电话那头是昨晚送她回来的邓锐，温声细语："孟小姐，枕春公馆里还有很多你的东西，程先生说门锁和密码都不会换，你随时过来拿都行。"

大脑昏晕，她想了一下，那些都是什么呢？昂贵的盲盒。

"不需要了。"她轻声说，那些东西和程濯一样，本来就不是她的。

"可是……"

"乌龟！"孟听枝想到什么，忽然担心，"邓助理，那两只小乌龟你能帮我送来吗？"

她实在不想再回去了。

邓锐犯难地回答："那两只小乌龟，被程先生带走了。"

"带去哪儿了？"

"这个我不清楚。"

昨晚送走孟听枝，程濯也没在枕春公馆待着，什么也没拿，出来时只捧了一个玻璃缸，放在后备厢，自己开车不知道去哪儿了。

邓锐自然也不敢多问，但他知道程濯的行程——今天一早，天还没亮的时候就上飞机出国了。

"程先生已经去国外了，这次去也不知道什么时候才能回来。孟小姐，这些东西放在枕春公馆也是浪费，我是说真心话，你随时过来拿走都是好的。"

孟听枝一次也没有去，甚至开始强迫自己忘记有关枕春公馆的所有密码。可笑的是，人根本无法忘记自己企图忘记的东西。

越回避，越深刻。

所有抗拒的时刻都在一遍遍地叠加印记，强行去复习那些不可磨灭的场景和画面。

半个月后，孟听枝从陈教授的办公室出来，手里拿着一堆新资料。工作室的工作节奏太快，她像是前一阵子累过头了，这几天晚上一过九点就有点头昏脑涨。

周游在这时打来电话。

孟听枝坐在工位上把灯光调暗一个档，支着额，疲倦地接听："喂？"

那头周游激动万分："枝枝，一个劲爆消息！"

孟听枝勉力一笑："多劲爆，你有宝宝了吗？"

"滚！"周游咋咋呼呼地回，报了一个人的名字来，"高俊阳，你还记得吗？"

孟听枝没反应过来："你前男友不是姓崔，叫崔什么阳吗？"

"什么我前男友啊，不是，那个咖啡店老板，跟你撂狠话的那个人渣，记不记得？"

孟听枝的脑子终于正常运转，想起来了。她拿着杯子起身去倒热水，一手按着出水键，另一只手拿着手机放在耳边。

"哦，记得，怎么了？"

之前周游还担心这人报复，但这半个月来什么也没发生。要不是周游再提，孟听枝就要把这人忘干净了。

周游说："我不是特意叫施杰帮忙留意打听这个人吗？他还真打听到了！在一个包厢里听高俊阳朋友说的，说他断了两根肋骨住院了。"

"住院了，发生了什么吗？"

"听他朋友讲，他是出差去国外被当地人打的，下手可狠了。"周游大快人心地哼了一声，"枝枝，你说这是不是人渣自有天收？你现在就放心吧，没个三个月，那人渣估计出不了院的。"

孟听枝一愣，忘了松手，热水瞬间从杯口满溢出来。

濯枝

下

咬枝绿 著

江苏凤凰文艺出版社
JIANGSU PHOENIX LITERATURE AND ART PUBLISHING

他说，
他将视孟听枝为终身最爱，
在死亡到来之前，
穷极一切来珍爱她、
呵护她，
不惧风霜，
不辞冰雪。

CONTENTS 目录

第二十一章

石榴籽

那天被热水烫到，孟听枝起初没在意，第二天早上洗漱才发现食指指节旁起了一个小水泡。她也没重视，擦干净脸，去房间拿针挑破水泡，撕掉皮，用纸巾随便擦擦就不管了。

隔天手指发炎，小伤处扩大了一圈。还是阮美云看见了，催她去医院弄点药膏涂涂，女孩子手上万一留个疤多难看！

还是留疤了。硬痂掉落，那一块都是病态的灰色。从工作室出来，她低头用手指按着，不痛不痒，但挺难看，不知道什么时候才能褪色。

“孟小姐。”

孟听枝闻声抬头，马路边停了一辆黑色的商务轿车，后车门打开，贺孝峥走了下来。

孟听枝之前见他多次，无论在什么场合下，这男人身上都不缺一股高深莫测、日进斗金的精英气质。

如今金丝边眼镜摘了，他那双无波无澜的眼睛仿佛也失去了距离感，穿一件浅灰色略修身高领薄衫，宽肩薄背，整个人显得格外清瘦。

“贺先生。”

从薛妙去世后，孟听枝已经有大半年时间没见贺孝峥，这人变化实在是大。

贺孝峥走上前去，声音温和：“孟小姐，今天来找你，是我有一个不情之请。”

即使如今贺孝峥已经从程家退出来，依旧不见落魄气质，只是人憔悴些罢了。

车子最后会开进这么老的小区，孟听枝暗暗纳闷，但她从车窗外器械老旧的活动中心移开目光，也没有问任何问题。

倒是贺孝峥洞察敏锐，目光扫过孟听枝一身樱草色的旗袍，松散盘发转过来，露出女孩清柔的侧脸线条，恍然间真有那么几分像她淡妆时。

贺孝峥不动声色敛去眼底的情绪。

“我妈喜欢热闹，青烟冷火的房子她住不惯。”贺孝峥看着车外，“听到隔壁夫妻吵架，闻到别人家的饭菜香，晚上下楼，看到一堆半大孩子疯跑，她喜欢这个。”

小区很老旧，但的确热闹，甚至门口就有菜摊，夹道吆喝。

孟听枝下车，听到身后传来声音。

“我也挺喜欢。”

缓过神，那句话如幻听，孟听枝往车厢里看去，男人用拭银布擦了擦眼镜，往高挺严肃的鼻梁上一放，唇畔随即露出温淡的笑弧。

“谢谢你，孟小姐，谢谢你愿意来陪我妈吃这顿饭。”

从未尝试过的衣服和发型，已经叫孟听枝举止有点不自然，更何况这一趟是真的要去骗人。

“我……真的可以吗？我怕老人家知道真相会更难过。”

贺孝峥做了一个请的手势，为孟听枝引路。

“她眼睛不好，几乎看不清了，你们身形声音都很像，我跟保姆也打过招呼，不会出错，只是，麻烦你了。”

这人对事情的掌控和安排像刻在骨子里的职业病，倒是最后四个字格外诚心。

六层双户的老房子，上了二楼，门铃是坏的。

贺孝峥抬手敲门，没过一会儿，一个四十来岁的阿姨来开，看着贺孝峥身边的孟听枝先是一愣，下一秒便笑着朝里屋喊：“阿姨，孝峥带着阿妙来了。”

隔一处简易玄关，老人家衰哑的声音欢欢喜喜地传来：“阿妙来了，快进来快进来！”

“张阿姨，你快把早上买的石榴拿出来，我来剥。阿妙，我们早上买的石榴又大又红。”

小小的屋子，老旧却干净，一下被人声填满。

老人家是真看不清了，只能摸索着，朝一个穿旗袍的身影伸手，孟听枝连忙伸手迎上去叫老人家握住。

贺孝峥说贺母病得很重，之前已经做过两次手术，病灶没切除干净，复发后身体衰得厉害，现在医院那边已经不建议继续治疗。老人家都不喜欢住医院，就回家自己养着。

孟听枝看着眼前面色病态却一直带着暖融融笑意的贺母，病了老了，也掩不住她脸上温柔和煦的底子。

贺孝峥从张阿姨手里接过空碗，放在贺母面前，自顾自地拿着水果刀剖石榴，剥得熟练又仔细。

“你怎么知道这石榴红？不是叫你就在楼下晃晃就行了，跑那么远，身体受得了吗？”

贺母不理他话里的担心，拉着孟听枝的手，笑着说：“我自己问老板的。我说我们家有个囡囡啊最喜欢吃石榴了，这石榴不包甜我到时候要来退的啊。”

赤红的籽哗哗散进白瓷碗里。贺孝峥背着光，低头专注，孟听枝看不清他的神情。

“阿妙，你的镯子呢？”

忽然被问及，孟听枝一愣，对上贺孝峥泛着冷雾的目光。

贺孝峥平直地回答：“碎了。”

贺母看不出他脸色的异常，微滞的面容很快换上淡淡笑意，拍着孟听枝的手，很和蔼地说：“没事的阿妙，碎了没事，碎碎平安呢。”

贺母就这么讲起那只镯子来。

“……他打小就这样，嘴笨不会说话，那天从学校回来闷了好久，我就看他不对劲，怎么问也不说。他从来不存钱的，后来我才知道，他在学校把一个女同学的镯子给磕坏了。

“我说，那你赔人家吧；他问，怎么赔，赔多少；我说你问人家姑娘啊，他又呆住了，说她不跟我说话了。”

贺孝峥剥好石榴，起身去洗手。

贺母从儿子高大的背影上收回目光，语重心长地跟孟听枝说：“阿妙，你别真的跟他生气，他嘴上说的话都不作数的，那都是气话。他爸那事早就过去了，他亲口跟我说的，他就是故意气你。”

孟听枝没太听懂，见贺母神情那么哀切，她只好先点头答应。

贺孝峥又回来。

贺母淡笑着问起：“小唐身体还好吗？秋阴落雨，他那个腿又要犯毛病了吧。要不找个中医看看，调养调养会不会好点？”

刚刚在车上，贺孝峥说了薛妙的丈夫姓唐，他妈可能会问起。

孟听枝只知道这么多，没接话，笑笑地看着贺母。贺孝峥说：“你去年不就说过了，什么记性？”

贺母问：“那找中医看了没有？”

贺孝峥被她浑浊灰白的眸子盯得不自然。

“找了。”

“你给找的？”

他语顿半晌，点头“嗯”了一声。

贺母这才满意。

“小唐也是苦命人，他对阿妙有恩，你多照应人家也是应该的。你多大的人了，别因为这个再跟阿妙置气。”

贺母转头，对孟听枝说："阿妙，有什么事你来告诉我，阿姨帮你说他。这都多少年过来了，什么话讲不开的呢。你半年不来，他老说你忙，我眼皮一直跳啊跳啊，担心死了，就怕他又说了什么难听的话。"

孟听枝认真地听着。

"我没有。"

一道男声突兀地抢白，音质低薄，像个固执的少年，好似大风大浪都云淡风轻，唯独这点儿女情长的误解受不得半点质疑。

贺母哼他一声："你没有最好。"手在桌上又摸索着，朝孟听枝推了推白瓷碗，弯起灰紫的唇："阿妙，你吃石榴。"

孟听枝拿起两颗石榴籽放进嘴里，本来应该很甜的，她走神咬得深了，猝不及防尝到石榴籽的苦涩。

贺母问她："甜不甜？"

她抿唇："甜的。"

"甜就好。甜就好。"贺母慨叹似的连说了两声。

贺母的身体状况确实不好，吃完饭，又说了半个小时话就有些撑不住了。保姆端来温水，一大把药放在手心，贺母费力吞咽好久才吃完。

贺母得回床上躺着，贺孝峥找了个工作忙的理由，嘱咐保姆几句，就把孟听枝带了出来。

楼下，他望着天，吐出一口气，又郑重其事地说："孟小姐，今天多谢。"

算不上多深的交情，有些客套寒暄说出来也不合适，孟听枝摇头回了句"没事"。

贺孝峥开车把孟听枝送到周游的公寓门口。

孟听枝下了车，迎头风里转身，眼眸清软朝车里看去，只见男人坐在晦暗里，有种行将就木的安静。

"贺先生，你方便给我一个地址吗？我有件东西想寄给你。"

收到国内传来的照片时，程濯刚出会议室。

自从他接了贺孝峥的位子，大伯家怨言横生，他再没跟程舒妤说过一句话。

他点开程舒妤发来的消息，一串连拍的照片直击眼底。

小图里认出贺孝峥，点开才发现那个拿笔和本子往车里递、身形颇像薛妙的女人，是孟听枝。

她从没在他面前穿过旗袍，这种极具风情的衣着有将气质改头换面的效果。他手指撑着冰凉的屏幕上，将那抹纤细身影放大。

细看之下，她也不像谁，还是那股默不作声的气质，像温柔皎洁又不失棱角的弯月。

不待他再看，屏幕里跳进电话，横冲直撞显示着程舒妤的名字。

程濯出了电梯，站在大厦前。温迪去买程濯要的咖啡。

黑西装白手套的司机，亚裔的长相，听不懂半句中国话，双手在身前交叠，沉默恭敬地等在车门边。

进入十月，纽约一直在下雨，灰天狂风，吹得程濯西装衣摆猎猎飞起，身边两个高鼻蓝眼的当地人骂着鬼天气，匆匆走进旋转门里。

程濯皱眉看着天，手指在屏幕上一划，手机放在耳边。

久候多时的声音气急败坏地跳出来："我真是小看你那个前女友了。你是分手费没给够吗？她有必要前脚跟你分了，后脚就去贺孝峥那儿东施效颦吗？她还挺能吃得开。"

程家人骨子里像是有遗传，都喜欢当自以为是又不合时宜的深情种，从程濯爷爷，到程靖远，再到程舒妤，无一不是。

"随便玩玩的女人，你应该也不在意了吧？那我就……"

程濯冷冷地打断："你想怎样？"

"贺孝峥就算不是我的，也轮不到别人。"

程舒妤的嫉妒心能到什么程度，程濯非常清楚。

他没管她在电话里又扯东扯西，说什么女人但凡吃上窝边草，多半是旧情难忘，这种小姑娘自以为有几分钓人的本事，实际上手段廉价的要死。

“我跟贺孝峥在一起那么久，他从来没碰过我。除了那个死人，他好像跟谁都没兴趣。你说你前女友这么像她，会不会早就……”

她企图用言语构建的画面，最终还是隔洋跨海地刺激到程濯。男人的下颌收紧，绷出一条深俊冷厉的弧线，字冷声沉地警告：“你管得宽我没意见，敢碰她，你试试。”

温迪回来时，察觉到程濯周身气压不对，但说不上来具体怎么不对劲。

他这一趟出国就跟之前完全不一样，上一次还是一副浊世贵公子模样，打发她去买礼物。他明知道他在国外的一举一动程靖远都会知道，却还是大张旗鼓地试探。

这位程公子顶聪明，永远知道在什么时机做什么事，城府本事样样不缺。

但也有叫人意外的时候。

之前他跟女朋友打电话，行程那么忙，看不见摸不着，倦眉怠眼里也要挤出一点温柔同另一片大陆上的女孩子说话。

那画面，叫人跳出他在各个会议里的雷厉风行、说一不二，不会停留在刻板的“哦，这是程靖远的独子”的印象里，脱离冰冷的世家豪门，恍然想起，他不过也是个普通人，也才二十来岁，也有要哄的女朋友。

可这一趟来，他不能再当二十来岁的程濯，好像也……没有女朋友了。

递上咖啡，温迪将百感交集的目光暗暗收回，从平板里调出接下来的行程安排。

车厢里只有翻阅纸质文件的细响。半个小时后，程濯放下咖啡，揉了揉疲倦的眉梢。窗外是高峰期拥堵的车流，车子不前不后地被卡在当中。

走神之际，温迪提醒他，手机响了。又是国内的号码，老宅那边打来的。

“……前几天只是看着有点犯懒，也没太注意，今天换水发现那只小的乌龟死了。”电话里半晌无音，老保姆和蔼的声线忽地小心翼翼起来。

程濯临走前把两只小乌龟送到老宅来，叫人照顾。老宅里还人人纳闷，他们家这位少爷从来不喜欢养宠物，老爷子养的两只猫一只鸟，连他半个青眼都没得过，怎么无端养了两只小乌龟？也就是普普通通青龟品种，没什么特别的。

电话里那种安静，空白又摄人。

老保姆有点慌，柔声说：“那只大的还好好的，特意找了人过来看，应该不会有事了。小濯，你看要不要再买两只小的回来一起养着？谁也没想到怎么就突然……”

听电话还有起调的意思，他这才出声，淡淡两个字叫所有后续戛然而止：“没事。”

老爷子就在一旁，见电话挂了，老保姆面上表情又有点不对劲。

玻璃缸里那只孤零零的小乌龟绕着树脂晒台爬，像找什么似的，这大半天都没怎么消停，喂食也不肯吃。

老爷子看着，紫檀手珠静拎在手里没动作，只问：“怎么说？”

老保姆如实道：“小濯就说没事。”

毕竟是从小看着长大的，多少有几分了解，老保姆按着心口，不是滋味地讲：“一个字也不多说，就说没事，我这心里空落落的。”

老爷子却懂了。不说没事又说什么呢？

事已至此，他这孙子从不是骄纵胡闹的性子，情绪匮乏到一旦他发现事情不如所料，也不能扭转的时候，他连个态度意思都不会给。

“早不爱跟人说话了。”老爷子拨了下珠子，忽然感慨道。

老爷子手往桌子角一比，半估摸着高度。

“就这么点大的时候，还喜欢跟着老徐家那个疯跑呢，傍晚热一头汗回来，他奶奶拿浇花的那水管子在院子里冲。他抱着个红苹果在水里又笑又啃，小玉人儿似的，说扰得他奶奶不能午睡的知了让他们抓住了，老大一只。那时候他收集卡片，老缺一张，天天拆啊拆啊也没有，给等不高兴了，人小鬼大地一通算，然后给人家生产商打电话，投诉人家中奖率写得不对。他爸一句玩物丧志就把东西扔了，后来人是乖了，再没喜欢过什么。”

老保姆说：“长大了性子自然就收敛了，他性格稳重，像他爸些。”

舒晚镜在程家是那样特殊的存在，可任谁都要说一句程濯一点都不像她，再者说，程濯跟舒晚镜一点都不亲，根本不可能像她。

“他像他妈。他怕被人知道他像，演得比谁都真。你真当他没脾气啊？那是假的，到底还是他妈那个性子，不懂变通，固执记仇。”老爷子意有所指地敲了敲龟缸，绵沉回音里长叹一声，“你看看，他都不回来了，中秋国庆，能回来也不回来了，平日里电话也没一个。他爸做初一，他就做十五，气人还是他会气人。”

老保姆时时都替程濯说话：“也就只有老爷子你能这么为小濯考虑，这一家子人谁还会惦记这孩子，摊上那么个妈，他奶奶又走得早……”

提起程濯奶奶，老爷子忽然眼底伤怀，被勾起不少回忆，数着珠子哀哀地说：“他奶奶是最疼他的，要是知道这孩子长大了这么不高兴，唉……”

第二十二章

雨水集

隔年入夏，程濯才回国。

他先回老宅过了个老爷子提前预订的“热热闹闹、阖家团圆”的端午，之后去公司述职。不久后所有员工电脑上都收到一份内部下达的任职通知。

这份通知的内容叫人舌挢不下，多少人押错了宝——程濯回来后没继承公司，反倒先任了个闲职。百思不得其解后，小道消息这么传——据说董事长那位独子身体不好。

徐格和沈思源把这四个字拎出来念了几遍，差点笑到抽。

传言身体不好的程公子，时差还没倒过来就被人拉出去喝了两顿酒。

徐格说：“现在又没人管着，你冰清玉洁给谁看？”

包厢里厚重的红光从程濯眼皮上掠过，他看着酒线在“咕嘟咕嘟”声里上涨，眼底情绪不甚明晰。

徐格倒好酒，杯子递了过来，他也接着。

过去一年，程濯不在国内，圈子里发生不少事，最震惊的就是徐格跟乔落在一块了。这事儿不止震惊这个小圈子，微博热搜和粉丝热议都没少。

前脚乔落接受采访回答了一系列婚恋问题，隐隐约约透露自己有个谈了很久的男朋友。

网友热火朝天地猜是谁，各种帖子，三百六十度全方位无死角地分析这位娱乐圈知名拽姐的择偶观。

终于，零零碎碎，从之前的采访物料里有条有理地列了几条出来。

“人要聪明，喜欢冷静又认真的。”

“气质干净，老干部那款的就很有魅力。”

“有一直坚持的热爱会加分。”

“肯定要帅啊。”

……

网友搜肠刮肚地猜，到底是谁呢？

后脚乔落就带着徐格先斩后奏，上了一档观察类的知名恋爱综艺。

网友：不能说一点都不像，可以说是完全不相干。

徐少爷这些年的放浪形骸都没白瞎，一笔笔被乔落的粉丝痛心疾首地挖出来，仔仔细细地列表总结，光知名女网红的名字就列了不下两位数，包括但不限于……

罪行昭昭，可谓罄竹难书。

随即，一条热评横空出世。

摘星不如养猪：谁管他以前有十几个还是几十个前女友，他以后冰清玉洁不就行了？

徐格大半夜在那些能把老徐家八辈祖宗骂到坟头冒烟的评论里，

忽然看见这么神清气爽的一条，就差顺着网线引为知己，立马截屏，感慨万千地发了个朋友圈。

徐格：这个世界上还是有懂我的人的！

二分钟后，朋友圈收获一条评论。

乔落：那是我小号……

自此，仿佛有了官方认证一般，徐格把人设换得板板正正，张口闭口就是冰清玉洁。程濯从下飞机到现在，已经听了不下十个有关冰清玉洁的句子……

把杯子里的酒喝完，程濯真不喝了。

“明天早上跟我舅约了，要去老城区拜访建筑局。”

枕春公馆那边这两年新建了一个娱乐中心，程濯舅舅是股东之一，开业在即。

徐格打个响指说：“那行吧。给你叫点别的？来点冰清玉洁的果汁？”

程濯笑着踢过去一脚：“得了，少恶心人，我出去抽根烟。”走到门口，手摸进口袋，他又顿住了步子：“我打火机呢？”

徐格手往前一丢，一块黑色漆面金属由着高抛弧线飞过去。

“用我的吧。你是真费打火机，你之前买的送的打火机，不下二三十个吧，用用就没了，也是厉害。”

说起打火机，徐格看向跟人摇骰子的沈思源，忽然想起另一件事：“沈思源！我上回那个打火机是不是你给我摸走了？给老子还回来，那是我老婆几年前送给我的。定情信物你也拿？是不是人？”

沈思源刚输了一局，正喝罚酒，没憋住半喷半呛，重咳好几声才缓回来。

“定情信物？”沈思源很不给面子地又笑一声，“你不是给冰清玉洁把脑子烧坏了吧？那不是乔落接代言，品牌方送的，你和程濯一人一个，你们仨定情？绝了，程濯，你那定情信物……”

沈思源笑着转头，门边已经没人影了：“程濯呢？”

徐格：“聋了？抽烟。”

沈思源纳闷：“他这非去外头抽烟的毛病怎么搞出来的，能呛着谁了？”

徐格拿下巴往门边点：“你去问啊。”

沈思源正要起身，就听徐格起了个回忆的调子：“他吧，估计这会儿心情不好。”

“留学那会儿，他一心情不好就爱往唐人街那儿跑，见谁欺负同胞，比警察都管用，冲上去就‘行侠仗义’，扭头还人人夸呢。这叫什么？”

沈思源：“……”

徐格给自己调了杯花里胡哨的软饮，抬手朝门廊一请：“你去啊。”

沈思源不动声色地坐了回去。

“怎么就心情不好了，又是家里的事儿？现在他家里还能有什么事啊？”

“这谁知道啊！”

沈思源掏出手机，有秘密似的朝徐格招手：“你过来，我这儿有张照片给你看。”

徐格眼皮子都懒得撩一下。新酒味道不对劲，他又兑了点柠檬汁在里头，手里捏着红心橄榄的梗，搅一搅酒液，早有预见地冷着脸说：“又是曾老师那些大作？俗人一个，欣赏不来，彩虹屁你自个儿吹吧。”

沈思源本来兴致老高，抿住唇，深深无语，最后嗤道：“你也配看？！”

单方面嘲讽完，沈思源又说：“曾珥工作室来了一个新人，我那天去，迎面看见就愣住了！”

“惊为天人？”徐格终于肯挪动金贵的身子了，拖泥带水地侃着，“兔子还不吃窝边草呢，你连曾珥工作室的新人都不放过？可以啊兄弟。”

沈思源翻了个白眼，心说，你跟乔落什么级别的青梅竹马，你徐格多少年贼心不死，又死灰复燃的，窝边草最后直接啃翻了，也好意思笑别人兔子不吃窝边草？

但接下来的话很重要，他懒得跟徐格争一时的口舌之快，只把话引到正轨上，点开手机里的照片，递过去给徐格看。

“你说我都多长时间没见过她了，我第一眼就差三个字脱口而出。”

徐格看了照片，黑长直，平肩瘦背，穿黑色的棉质吊带裙，寡淡温和，即使只有一个背影，也能叫人想象背影主人说话举止一定似凛春的风一般柔净疏离。

徐格眼里有稍纵即逝的微光，嘴上还是非要欠上一句：“是吧，你不记人的本事那是数一数二的。”

看够了，手机还给沈思源，徐格问：“濯哥哥看过没有？”

沈思源说：“没。去年他刚去国外还没几个月，我在常林新区最后一次看见孟听枝，她被一个姓高的富二代弄哭了，我当时立马跟他说了，他打电话给我。你猜他说什么？”

徐格不猜，只笑笑。

“他叫我不要多管闲事，”沈思源“啧”一声，耸耸肩，“绝了，他要是打算吃这口回头草，说一声，咱就打着程濯朋友的旗号上去狠狠教训，小姑娘不是最吃英雄救美这套？那不得感动死，这辈子非程濯不可，现在也不至于那妞半点消息也没有。就放圈子里一起玩嘛，还能亏待了她啊，不知道程濯怎么想的。”

一通嘀咕完，沈思源一抬头，发现徐格端着杯软饮，用一种看傻子的眼光居高临下地看着他，笑得沈思源心里发毛：“笑什么，老子说的不是实话？”

“那姓高的是不是叫高俊阳？”

沈思源惊道："你也知道？！"

这事在程濯那儿碰了钉子后，沈思源就没跟旁人说了，毕竟当事人都已经分手翻篇置身事外，说不要多管闲事了。

徐格："听我们家施杰说的。"

"你那安保队长，他知道？"

"知道，消息灵着呢。据说那孙子去国外出差被人打惨了，回来他老子身上那点漏税的破事就捅出来了。上头杀鸡儆猴，他家就当了头一个。"徐格一副瞧人好戏的大爷样儿，欠欠地比了一个大拇指。

沈思源立马敏感起来："在国外被人打了？"

徐格摊摊手。

沈思源："他叫我不要多管闲事，他自己上？"

徐格："你就猜吧，反正我也不知道。"

沈思源低头，看桌上的车钥匙，车标下头挂个油皮小书，不值钱的小手工，几千万的车都换了，这东西还在。

程濯没有久待，从徐格那儿喝了两杯就回了老宅。老爷子正经老年人作息，已经早早睡下。进了院子，两侧廊上都静，只有门口特意留了灯等他。

老保姆从饭厅热了汤，放一张竹编隔热垫，青花小盅端到他面前来："一入夏就胃口不好，可哪能晚饭什么都不吃，胃要出毛病。"

他按下那点闻到油腥的不适，没有说话的欲望，鼻子里没筋没骨地"嗯"一声，老实喝完才回了自己的房间。

第二天早上，没想到他舅舅舒斌的司机会来老宅接他，他提着车钥匙出门碰上，就没自己开车。

上了后座，车子先开去科技园把他舅舅接上，之后就往老城区畅通无阻地开去。

一路上，舅甥之间干巴巴地聊了两句。

舒斌透过后车镜看程濯那张始终没提起半点热情的脸，又搭话似的问了一句："回老宅没休息好？"

程濯："嗯。"

舒斌又好心地为他考虑起来："你在枕春公馆不是有套别墅，之前不是还见你住那儿，真不习惯，单独出来住就是了。"

程濯："太远了。"

舒斌绕到点子上去，从副驾回头说："离娱乐中心会所不是挺近的。小濯，开业那天，你带几个朋友过来玩啊。放心，这里有你们年轻人喜欢的项目。"

程濯唇边不冷不淡地扬了一分笑。

老城区拖了又拖的翻新，终于在十几年后重新动工，谭馥桥一带的老路被施工牌挡住，司机绕了两个路口，都没找到能进去的道。

舒斌也跟着着急。老城区他没来过，也不熟悉地形。他想起来程濯以前读十四中，可能对这片熟，但程濯刚刚那个笑实在冷淡，好像就差挑明"行了，我也就只能敷衍你到这儿了"。

待会儿还有需要他开金口的时候，舒斌就没再上赶着惹他不耐烦。

车子缓缓地停在路边，舒斌从车窗里朝前朝后都看了，临了，喊住旁边的一个年轻男人："你好，打扰了，我想问问，前面那路被封了，往长林巷那边怎么去呢？"

男人文质彬彬，戴着眼镜，顺着舒斌指的方向看了一眼："没被封啊，拐了弯就能进去了，我前几天还开车过去的。"

"里头的路也封了，刚才已经去过了。"

"是吗？"男人将信将疑地扶了一下眼镜。

"是，车上有东西，下车不方便，赶时间去长林巷拜访人，你知道还有哪条路能绕过去吗？"

"我对这一带也不怎么熟。"

旁边便利店的自动感应门发出一声"欢迎下次光临"的电动声响，原本爱莫能助的男人转过头，忽然扬起声音喊了一声："枝枝！你家住在桐花巷吧，长林巷怎么走啊，他们要过去，说路封了。"

程濯毫不关心封路的事，回国后这些天都睡眠不佳，他疲意沉沉地坐在后座假寐。那个指路男人和舒斌的对话，他本来左耳进右耳出，半个音也碰不到他冷淡的思绪，直到那个名字猝不及防地闯入耳中。

他猛然睁开耷拉着的眼皮，心跳加速，隔着一层茶黑的防窥玻璃，朝外面看去。

这世上有多少个枝枝？可如同输入法留存的记忆，他只记得一个枝枝，每当这两个叠音出现，所有信息都会迅速匹配上。

他眼里的热切，不动声色地藏在一片晦暗混沌里。

而车窗玻璃外，便利店门口，她穿着一身粉蓝碎花长裙，方领阔袖，极浓烈饱和的两种色调，碰撞融合出的浮艳被黑色宽封腰带妥帖系住，腰线细得不堪一握。

听到人喊名字，她抬头，波浪般的长卷发顺着肩线朝后去。

像是没听清男人刚刚具体说什么，她蹙了蹙秀致的眉心，淡妆面容，宜喜宜嗔，是一种翻天覆地的好看。

他几乎不能移开目光，隔窗盯住她脸上所有细小的表情神态，看着她的嘴唇随着回答动着。

如果他冷静下来，很容易就能通过口型看出她说的内容，但是此时此刻，他根本冷静不下来，对于她在说什么也完全不在乎。

只是在这个过程中，她和那个男人自然又亲密的互动，每分每秒地笞打他的神经。

传话结束，那男人从车窗边走回她身旁，自然地从她手上接过一瓶酸奶，两人并肩往前，一边聊一边走。

舒斌听到想要的回答，合上车窗，费劲地叹了一声麻烦。

司机在掉头，是截然不同的方向。

舒斌忍不住感慨说：“小濯，你那会儿在十四中读书是不是也这么麻烦？接送的车进不来吧？”

说完，舒斌才意识到要少搭话以免磨损这位金贵外甥的耐心，可话一出口，噤声已经来不及，他从后车镜里朝后带着小心地看了一眼。

没有不耐烦，他就跟没听到似的，或者是听到了什么别的，神情茫然，冷峻眉眼里有种像噩梦惊醒、不能回神的愕然。

舒斌声音更小心了，试探着："小濯？"

"没事，开车吧。"他抬起眼，阳光打进来，寒潭倏然照进强光，过分明清，什么暗涌都不见了痕迹。

舒斌虽然不信"没事"这两个字，但也不知起因，不敢多问，只当这外甥的心思是越来越难猜了。

车子按刚刚的指路开进去，终于畅通。

"那这一片的老房子会不会被拆掉？"

孟听枝拧上酸奶瓶盖，顺着许明泽示意的房区看去。

"应该不会，那儿都是住人的，以前教辅中心也在那儿，只有谭馥桥西边靠十四中那里可能会拆，听说是改建成步行街。"

许明泽最近跟几个朋友在做一个古城印象纪录片，水墨画加航拍的概念，来谭馥桥踩踩点。他不熟路，特意去孟听枝的画室把人找出来一起逛。

孟听枝去年年底就从工作室辞职了。

陈教授和工作室的其他人也都理解，她是骨子里就温暾避世的人，工作室不仅工作节奏快，各种奇葩的甲方也不少。

之前工作室有个师姐说，孟听枝过分清柔干净，一看就很艺术，话说得很抽象，但也没错。她是真的挺招人，不少男客户来工作室开完方案演示会，都点名要孟听枝负责对接。

这种事放在别人身上，大家能扯一堆社会经验，说圆滑世故点好啊，各行各业都这样，大家都是这么过来的，可换了孟听枝，就极其默契地没人这么说了。

小姑娘是本地人，家境好，自己开着几十万的车上班，衣包低调却也都不便宜，不是一份工资就能对付的，没必要受这份委屈。

孟听枝自己也懒，厌烦了一到饭点就有客户以对接需求为由约她出门吃饭聊天。她也晓得有的客户是纯外行人，对所谓艺术的追求，纯粹是为了附庸风雅，没必要较真，随便应付应付就行了。

可后来她连应付都懒得应付。

连凡·高和莫奈都分不清，张口闭口就是感觉自己和孟小姐很志趣相投，孟听枝心想，我能跟你志趣相投，那我美院四年白读了。但她脸上还得陪着和风细雨的淡笑，把已经不知道歪到哪儿的话题强行拽回来，问对方方案里的风格反馈如何。

阮美云那阵子见她瘦了不少，也不知道是失恋的原因还是工作的原因。

她本来就瘦，巴掌大的脸上没多少肉，大冬天穿绒绒的白色外套，裹着厚围巾，眼睛冰湖一样的清澈，眼下有浅浅的淡青，露出一截尖尖的白皙下巴，任谁看了都要心疼。

阮美云也不琢磨，当时就说："什么破工作啊，三天两头加班，累死人了，辞了吧，你那几千块的工资够谁塞牙缝的啊？"

孟听枝捧着汤碗，差点没笑出来，说："那我辞职？"

孟辉刚好回来，人还在院子里就喊起来："枝枝啊，你看要不你自己开个店呢？"

孟听枝是打算开个画室的。在大学时期她接过不少约稿，她也有点这方面的经验。

她把自己的想法说出来，家里也支持。

阮美云直接问孟辉："就臻南路那边是不是有个铺子要到期了？到期就不租了，留给枝枝开画室吧。"

孟辉扒着饭，一口答应下来："行啊，给枝枝。"

孟听枝觉得她爸妈可能是对画室有点误解，嘴角抽了抽，用筷子尖戳碗底，低声婉拒道："别了吧，没见过哪个画室是开在五金店和麻辣拌中间的。"

孟辉："……"

阮美云："……"

后来画室的位置是她自己找的，在老城区边沿的梧桐里。那里头有一个报出名字来十个有九个都不知道这人是谁的名人故居，说是旅游景点吧，连门票都没有，实在青烟冷火。

地方有点偏僻，没谭馥桥那一带热闹，交通也差，但孟听枝自己有车也算方便，关键是环境好，老梧桐遮天蔽日，巷子清幽干净，两层小楼，贴出来的租金也挺合适。

她回家后，开始上网搜。

“租房要注意什么？”

“整租好不好？”

“押一付一和押一付三是什么意思？”

“怎么租房才不会被骗？”

……

阮美云说：“你去问问，那小楼四百万房东卖不卖，不行再谈。”

打印了一堆租房注意事项的孟听枝蒙了。

不久后，她就自己当房东了。

那房子很老，但是孟听枝站在门口看着二楼锈掉的阳台栏杆，阳光在树叶缝隙里倾洒似金粉，老旧又温暖，好好装修出来一定很有味道。

之前恶补的那些室内设计知识到了这儿才没算白费，她自己花心思设计，跟着工人们一起动手，小半年时间，把房子里里外外装修了出来。

楼下是画室，楼上装成小客厅和卧室，平时也可以约朋友过来一起住，还起了个湿漉漉的雅斋名——雨水集。

画室正式开张那天，孟宇特意送了两个好大的花篮来，把她的小楼一打量，说小楼漂亮，装修也有腔调。

“咱们枝枝创业未半，中道先花了个几百万。好好好，真好，越来越有咱们苏城小妞那味道了。”

她这画室开了也闲，没多少生意，关键也是她自己不愿意多接商单。

真有人不知道从哪儿慕名来约画的，她也挑人，傲慢无礼的不画，要求古怪的不画，裸男……也不画！

许明泽来找她，一是让她领着路去逛谭馥桥，二是纪录片里需要一个有古城韵味的姑娘出境，他第一个就想到孟听枝了。

“就是不给钱的那种对吧？”

她穿一身花裙，长卷发，黛眉红唇是老天赏的好颜色，偏生眼鼻清冷，这时一笑，很有二十世纪港星的味道。

许明泽觉得她是真变了，大四那会儿刚进工作室时还怯怯软软，被人一盯都要下意识地闪避目光，现在随口开开玩笑，神情都好自然，也是真漂亮。

“给钱，肯定给，哪会让你白打工。”许明泽看这间充满个人风格的画室，复古涂鸦和大片留白都恰到好处，“孟老板现在肯定身价不菲，打个折，友情价吧！”

阮美云过来的时候，许明泽刚开车走。阮美云就看见孟听枝面带微笑跟一个男人告别，两个人看着挺亲密。倒也不是举止上亲密，而是孟听枝从小就很少和男生接触，多说几句话，在阮美云看来就算很亲密了。

车前脚走，阮美云后脚就提着绿豆汤迎上去问：“刚刚那小伙子是谁啊？”

“以前工作室的学长。”

“是不是对你有意思啊？”

鸳鸯谱说点就点，孟听枝都没法接话。阮美云走上来扯扯她身上这条花裙子，越看越满意：“唉，就得这么穿，多好看。”

这裙子是前年暑假逛商场阮美云非给她买的，买回来她就没穿过，放在衣柜里落了两年的灰。

今年入夏，孟听枝从家里搬行李来画室这边，阮美云跟着一起收拾衣服，再次翻到，她还是始终如一的欣赏，朝孟听枝身上一比量：“这多好看，怎么没见你穿过？”

孟听枝后来就穿了。

她清楚地记着购置这条裙子那晚的事。那时她结束了大三的期末考，准确时间是七月三号——程濯生日的第二天，乔落因为在机场行李被窃上了热搜。

那时候她和他还没有关系，误会他喜欢别人会满腔委屈。

两年过去，现在她和他，也没关系。

时间过得那么快，回忆起来有时候觉得像做梦，甚至会怀疑是不是什么都没有发生过，就像手里这条裙子，崭新如当年。可她又知道时间都过去了。

周游看见她就说："这不是前年最流行的复古碎花吗？说真的，这么艳的色，也就你这种气质特干净的压得住。我上回穿了一件还没这么花的呢，施杰就说我像村姑。他说实话气人真是一把好手。"

柏莘关门后，满苏城再找不到那么风格独特又评价颇高的去处了。

舒斌入股的合莱会所不太像柏莘，有点附庸风雅的讲究。大概是因为幕后那几位老板都不年轻了，就喜欢搞两袖清风的路子。

后半程，合莱来了很多女星，没红毯，却个个盛装打扮，都拿出了艳压群芳的劲儿来。

这就是舒斌说的年轻人喜欢的项目。

"你舅是不是对现在年轻人有什么误解？还当十几二十年前呢？"徐格拿串青葡萄，一颗一颗往嘴里送，吃得津津有味，也看得津津有味。

程濯拿出手机录音，低低懒懒的："最后一句，再说一遍。"

"哈？"徐格一愣，后才反应过来，立马圆话，"什么啊，乔落那是歌手，再说了乔落什么级别，这些人能跟乔落比？"

环视一周，徐格赤裸裸地不屑，话音刚落，就真来了一个跟乔落同级别的。

来人身材高挑，一条香槟色V领丝裙，碎钻颈坠垂到白皙肌肤上，再无其他装饰，艳压全场却毫不费力。

这两年，赵蕴如的风格全方位转变，凭着一副玲珑有致的好身材"杀"遍各大红毯，这种级别的晚宴更是驾轻就熟。那种自信是受千万人追捧养出来的优越感，从骨子里散发出来的。

她穿过人群，频频与同她打招呼的人应和，烟视媚行地走到程濯面前打招呼：“好久不见。”

像是一早预料程濯的冷待，她说完直接自给台阶，看向旁边的徐格，露出一个得体笑容说：“恭喜啊徐少，这么多年，最后还是你抱得美人归。”

徐格拿眼瞥程濯，说：“这不是濯哥哥不抱嘛，轮到我。我心说老徐家八辈祖宗多少年都没见过光了，也是时候拿出来给网友说道说道了。”

“徐少真幽默，怪不得 TLu 的生意那么好。”

徐格摇头：“别别别，我没本事，沾我们家乔落的光。她那票死忠粉都来捧场，进来就说渣男人呢，我们家 DJ 还没打碟暖场呢，场子直接热炸了。”

晚宴后，一行人挪步去后院赏灯。

中西合璧的建筑风格，后院才将古典美发挥到极致，莲池亭榭，船上有红纱轻覆的女人拨弦跳舞，据说美人们个个都有来头。

程濯懒得听，只看着最高处那盏红灯，目光幽沉：“那是孔明灯？”

站在程濯身边的合莱女主管忙答：“是。当初设计的时候，哪儿哪儿都好，就觉得缺了点灵气，后来找了人来看，说中式的灯没层次，就另建了这灯塔，这灯是专门找……”

一通如数家珍的介绍，末了，气势声音都越来越小。

原因无他，这位程公子面上的表情太淡了，怕有讲得不妥之处，女主管能言善道地话锋一变，试探道：“程公子一直看这灯，是喜欢？”

他脸上倏然露出一点笑，分明还是平直冷淡，但那点稍纵即逝的破冰感，还是忽地叫人察觉了他骨子里少见的温和。

“我女朋友以前说喜欢这灯。”

那还是前年那个没有下雪的冬天。

她畏冷，缩着肩泡澡，小口喝热牛奶，从浴室的单面玻璃里看这处灯火，问东问西，他回答了一部分，有的也不清楚。

最后程濯一本正经地起身说：“打电话给你问问人？”

她一下扑到浴缸边沿，水声哗哗，手上还沾着细腻浴泡，暖灯微芒下，分不清是泡沫白还是她的手更白，扯他浴袍一角说：“我瞎问的，你怎么什么都当真呀？你坐回来。”

他坐回浴缸旁的黑色皮凳上，长臂一伸，把香薰蜡烛放远些，目光转回来将她盯住：“就这么喜欢我看着你洗澡？”

本来皮肤已经被热水泡出一片粉红，闻言，小姑娘耳朵尖都像烧起来似的，瞪大了眼睛，好像听到了很了不得的曲解。

“……明明是你的浴室太大了，说话都有回音，你没发现吗？我……”她磕巴一下，低垂湿漉漉的长睫毛，“我当然会害怕。”

程濯平直无绪地看眼四周：“设计师说就是这种风格。”

她尝试理解，小声说：“这种空旷到让人害怕的风格吗？”

白皙深陷的锁骨上垂几缕细长乌发，看着她缩在浴缸边沿，程濯失笑：“设计师估计也想不到有一天会有人这么解读他的设计。要不你看着添点什么？”

合莱的女主管第二次轻声喊他，程濯这才回过神来，唇角那点原本就几不可察的情绪，顷刻间散了干净。

“程公子，舒总在喊您。”

舒斌一脸酒酣耳热，正与另一位合莱的股东站在一处笑谈，说到程濯，无不骄傲地为两人穿针引线：“黄总早年就收藏过一幅程老爷子的字，说起来还真是有缘分。”

那位黄总大腹便便：“听说程公子一手书法都是程老爷子亲自教的，不知道今天能不能沾你舅舅舒总的光，求一幅程公子的墨宝？”

话音刚落，穿旗袍的女侍者推着文房四宝的小车走来，那位合莱的女主管立马踩着高跟鞋上前磨墨。

黄总托着笔，候他：“程公子，请。”

一大帮子人，不声不响就围成了众星捧月的情景。

程濯在视线中央，看了舒斌一眼，唇边浮起几分敷衍又挑不出错处的弧度，从黄总手上接过笔，蘸一笔饱墨，目凝宣纸，稍稍一想，在众人围观里，笔走龙蛇地写下四个字——月照千峰。

不是常见的赠字，但在场不缺奉承人。他这边才刚刚把笔搁置下，那边已经你一言我一语地夸起来了。

合莱接近苏城的小春山，天气好时，从这儿能看见几座峰峦隐碧。

应时应景地吹赞张口就来，那位黄总面上增光，更是喜欢得不得了，立即吩咐人一定要好好装裱起来，挂在会所大厅里。只可惜程公子今天没有私章在身，不过也足够蓬荜生辉了。

只有徐格敢说敢问，撇撇嘴，在他旁边纳闷："人今天刚开业，光算这吉利日子你知道花了多大工夫？你不写个'四方招财''八方进宝'就算了，写什么'月照千峰'啊，听起来怎么还有点苦情？"

程濯没理徐格。他兴致不高，今晚在场有眼睛的人都能看出来，多少人来敬酒碰了壁，后来就没人敢扰他清净。

没过一会儿，意兴阑珊，邓锐开车过来接程濯。

舒斌亲自把他送到门口，下短台阶的工夫，很殷勤地劝着："这么着急走吗？要不晚上就在这儿休息吧，黄总今天特意给你安排好了……"

"替我谢黄总好意。"程濯出声打断，也没看舒斌，自顾解了束缚的袖扣，专心将衬衫折上几折。

"舅舅。"

舒斌连忙应一声，一个长辈，严阵以待听从吩咐似的望着他。

"好歹是生意伙伴，他想从程董事长那儿分一杯羹，你就算如今指不了明路，多少也告诉黄总一声，我们父子不和吧？"

话落，程濯抬起眸，眼底锋芒一闪而过，还是那点不走心的、勉力逾时已然懒倦的晚辈神情。

"舅舅，人生大起大落，你最知道情分经不起耗这个道理的。我能为我妈做到这个地步，你该感恩自己有个好妹妹了。”说完这句，邓锐走过来替程濯拉开车门，程濯径直地上了后座，目不斜视，由邓锐合上车门。

车子在路口绝尘而去，驶出一道迅疾的厉风，仿佛一个毫不手软的耳光打在这个中年人的脸上。

那感觉，舒斌竟然也不陌生。

舒晚镜葬礼那天，众目睽睽之下，那个十四岁的少年就用一束白玫瑰抽打得他一脸血痕。只是这几年，他这位外甥贵公子当得深入人心，半点出格事都没有，叫人忘了他天生反骨，恭顺都是一时假象。

第二十三章

意难平

车内的气压极低。

邓锐不动声色地从车镜里看了程濯多次。他极沉默，连驾驶座的邓锐都听到他的手机响了两次，但是他就如同没听到一样，任由屏幕兀自亮起，又在久耗后熄灭。

车子开过枕春公馆附近的小春山路，邓锐特意在那个弯道悄悄减了速，但是后座半个字都没有，他松出一口气，继续恢复了正常车速，朝前开去。

从会所到老宅的车程过半，程濯看着自己掌心的纹路，忽然出了声："那房子现在的密码是多少？"

什么房子也没提，他名下的房产何其多，偏偏邓助理就知道自家老板说的就是枕春公馆。

"还是原来的密码，门卫那边说没人过去。"

程濯知道那人指谁，脸上表情没什么变动，就像那天在谭馥桥隔窗看见截然不同的她，也没有任何人能发现他的异常。

邓锐自觉沉默，只当话题已经过去。半晌后，后座忽然传来一声意味难明的“哦”，隐隐叫人猜那是不是一种错觉式的委屈。

邓锐整个神思都被这声短音惊到，回顾后才恍然，应的是他那句“门卫那边说没人过去”。

他正犹豫着要不要找个台阶给老板下，只听老板倒是毫无扭捏地下了通知。

“前面掉头吧，去看看。”

这通知像等了许久，真听到了，邓锐的心才落地，沉沉应了声：“好的。”

房子定期有人打扫，桌柜上一点灰没有，干净倒是干净，只是长期没人住，灯明墙净就缺了一种烟火味。

邓锐心情极复杂地看着男人打开客厅的电视，形单影只立于光影中。

屏幕上连了这房子的入户监控和访客记录仪，就看着男人的操作毫无停顿，甚至不需要在数以千计的历史记录里多加翻找，就熟练调出来前年七月份某天傍晚的一段历史录像。

屏幕里的女孩提着一个保温盒，长头发，皮肤柔白，穿着灵气十足的小黑裙，一双干净的眸子懵懂地凑近屏幕，温声说着：“程濯，我来了。”

视频很短，没有人按暂停，就会一遍遍地重复播放。那句柔软锥心的“程濯，我来了”，听久了，像某种惑人的魔境一样难以逃脱地循环着。

邓锐不敢出声打扰，当个隐形人站在一边，直到程濯猝不及防地关了屏幕，声影兀静，他慢一拍才反应过来。

而眼前的程濯，目光始终清明。

他把遥控器往旁边一扔：“你就在这儿，我去一趟楼上。”

“好的，程先生。”

程濯径直去了孟听枝曾经说过空旷到吓人的浴室。

他那时候不觉得空旷，冷淡风的装修里必然就是要有足量的留白，才能在疏落有致的格局里体现出设计风格。可这会儿，他环顾这些睽违一年的大片深色与零星暗金，觉得真挺冷的，一看就是小姑娘不太喜欢的调子。

落地木台上还剩半杯手工蜡烛，程濯凭借记忆从旁边的储物柜里翻出一盒火柴。烛芯可能是沾了湿气，烧了好几根火柴才点燃，他捏火柴梗的手指都被灼得有些疼。

再打量四周，还是挺冷的，这点暖色根本不够用。

没再继续待，他吹灭蜡烛，去了隔壁的衣帽间。两侧通顶的玻璃壁柜里，琳琅满目仿佛女装店，鞋包俱全，排列严整又不失美感。

这大概是整个别墅最有活气的地方。

衣包崭新，新到他这样过目不忘的好记性，脑海里竟然没有一星半点孟听枝穿用过的印象。

中央的岛台上铺着黑丝绒方巾，有那块香槟色的宝玑，有那条红玉髓手链，有他自以为用过心送的诸多礼物，无一不陈列在此，她一样也没带走。

送的时候，她次次都欢天喜地，每每问及，都一脸温软笑意说喜欢得不行。那样喜欢，也不见她带走一件，小姑娘嘴里是不是没真话？

一掷千金，原本都是买来哄她高兴的，她心里跟他算得清清楚楚，从没当真，最后反过来哄他，几句话就叫他信了，当真以为自己是个可圈可点的男朋友。

徐格说孟听枝这姑娘不简单的时候，谁都不信这话，乔落说徐少爷这是狐狸见多了看谁都像妖。

程濯这会儿心想，狐狸那些招人人都见烂了，算不得好本事，他这只乌龟才是真厉害，钝刀子磨人，不声不响。

如果没有寿塔寺那一行丢了打火机，很可能他跟孟听枝就只有美院一面之缘，他很快就会忘了那个像背书一样讲解作品风格、只给他留一个后脑勺的美院女学生。她连句俏皮话都没有，乏善可陈到没有记忆点。

可偏偏那个镶嵌绿钻的打火机，在一个叫他厌了灯红酒绿的夜晚，给了他再联系她的契机。

后来程濯也问过她，那时候从寿塔寺回来为什么要偷偷留下他的打火机。

小姑娘坐在他腿上，环着他的脖子，目光纯软得叫人生不出一丝怀疑。

“我就是想，万一我以后真的很想你，可以借着去还你打火机，再见你一面。”

气氛太好，他都忘了问他们先前在美院的一面之缘，她那天都没怎么看他，怎么就忽然在寿塔寺偶遇后，回程路上就叫她忧心起万一以后很想他了？

她那时候怎么会很想他？

那时候程濯完全没往深处想，只暗自以为小姑娘太喜欢自己了。后来他送了多少打火机给她，她真要想借着打火机来见他，不知道见多少回了。

思绪如开闸的洪水，一发不可收拾，甚至他都开始想，还有什么是她演给他看，哄他开心，而他完全不知情的。

衣帽间这些东西还不够，他一间屋子一间屋子地翻，企图找到更多的东西去推翻过去。

他不愿意承认，这种忽然冒起来的病态一样的追究，是谭馥桥那仓皇一面给他的冲击。

他实在没有预想，她身边已经有了别人。

那两本孟听枝丢在这里的旧书被他拿起来，还没来得及翻，在这股颓丧情绪里，又被他丢回桌子上。

适可而止地敲醒自己，他今晚已经做了很多反常的事了，不能再这么放任下去。

两本边角都隐隐粉化的旧书丢回台子上，“砰”的一声，没吃住力，直接掉到了地上。程濯闻声回头，只见旧书摊开，原本夹在里头的一张折纸簌簌飘在了一旁。

程濯走过去，捡起来。

是一张纸页泛黄的试卷，看到十四中的字样，他屈从心底的好奇下意识地打开，以为是孟听枝过去的卷子。

皱巴巴的数学卷纸摊开，他看着侧边的姓名栏，瞳孔骤然一缩。

程濯，高三（7）班，149分。

是七年前，他的二模卷子。

那也是他在十四中的最后一场考试，甚至因为根本等不到这次成绩出来他就要出国了，最后一小题的答案，他算出来后，滞滞地留了空白。而如今，那一小题下方，不知道什么时候被人写了一句——

书上说至死不渝的爱情是违背天性的，

试卷泛黄，逗号之后，未曾落笔的那句，长久缺失。

还有什么也是他缺失的？

在这种迷惘心绪里，程濯再次看见孟听枝，这次只有侧脸，还是叫他隔着半片后湖一眼认出。

她卷发松垮地盘着，有个女人站她身边做妆造。她细细眉梢挑着一抹胭脂色，明眸善睐间都似桃花瓣扑朔零落。

那边架着不少专业的摄影器材，与程濯同行的那位男士也好奇，先问了这家私房菜的迎宾。

迎宾小姐回道："是拍纪录片的，他们在这儿取景，今天是最后一天了。"

孟听枝倏然朝这边看来——

程濯半侧身子冷不防地暗自紧绷住，空气都好似在这一刻渐渐凝滞，四肢百骸无一不在感受这种陌生的无所适从，甚至不能思考，不能动弹。

不比那天，有一层茶黑的防窥玻璃，晚照湖色，无遮无拦。可他很快就从顿涌的百感交集里走出来。

因为，孟听枝根本没有发现他。

那一眼比晚风都凉，似他面前有道屏障，她只是看着他所在的方向，露出一个与他无关的笑，就又转首回去，与身边的男人说话。

还是那天在谭馥桥给舒斌指路的男人，还是那么亲密。

身旁人轻声问程濯："程董事长还要稍后，要不咱们先进去？"

程濯敛下情绪，颔首。

迎宾推开雕花木门，薄锦屏风后，雅厅里头人人起身相迎，花样百出的客套话瞬间将场面活络得热闹又世俗。

外头湖边，是艺术。

孟听枝瞳色偏淡，今天为了配合一会儿的特写镜头，妆造姐姐特意给她带了一副黑色的美瞳。她之前从没戴过，有些不适应，眼睛里一直泛着水。

刚刚许明泽跟摄像在讨论空镜安排。

摄像笑说湖里那对野鸳鸯不好拍，待会儿问厨房再要点吃的，把那对光顾着谈情说爱的"小情侣"骗过来。

湖水在晚霞里反光，有点看不清，孟听枝兴奋地转头用目光寻，找不到又转头问："在哪儿啊？真有野鸳鸯？"

许明泽凑近她身边，指给她看："真有，就那水廊荷叶下面，互相啄毛的那个，看见没？"

她忽地瞧见了，莞尔一笑，明眸皓齿。

程濯出来抽烟的时候，暮色四合，天边只剩一抹暗橘，对面的水亭上也已经人影空空。

第一次打火没打着，他正要按第二次，身旁传来声音——

"一听说旁边那个摄影师不是她男朋友，孙经理开心死了，巴巴地追去停车场问人家要微信，结果美女姐姐说没有微信。哈哈，笑死啦。"

"孙经理之前不是说没有他搭讪不了的妹子吗？当场翻车，哈哈哈。"

一个从前厅过来的服务生，拉着另一个服务生分享消息，两人前仰后合，笑着朝后厨位置走去。

程濯手上动作顿了一下，没点烟，而拿出手机，按亮屏幕后，忽然忘了自己下一步要干什么。

不知道发了多久的呆，他机械地解了锁，在添加微信的搜索栏里，把烂熟于心的十一位数字敲到一半，又删掉，返回去，找到徐格。

程濯：在哪儿？

那头显示正在输入。这会儿工夫，程濯微侧首，点烟，浓橘火光似一层颗粒感滤镜，叫他皱眉那一瞬，倦怠感十足的清俊面庞格外鲜活。

那头一个字没发过来。

徐格打了电话，程濯接听重复："在哪儿？"

"你想我啊？"

程濯沉默几秒，忽然不想抽烟了，改抽徐格更降火气。

嬉皮笑脸没撑多久，电话里的冷漠仿佛已经习惯，徐格"唉"一声抱怨道："跟你当朋友都没意思，以后谁嫁给你，还不如直接去寿塔寺出家。"

程濯提醒他话不能乱说："寿塔寺不收女香客。"

"这你倒记得清楚！"徐格叹气，把前面没头没尾的话又接起来，"你都不看新闻吗？濯哥哥，你下载一个微博吧！你能不能在百忙之中关注一下我，今天酒吧刚开门，我就警局、医院、热搜跟集邮似的走了一趟。"

电话没挂，程濯听出他话里的可怜来。

他有微博的，以前孟听枝给他下载的，关注了陈可钦的工作室，但凡那会儿她参与的物料分享，他还都一一点过赞。

他毫不费力地在热搜前排里找到两位发小的名字，两个名字，一共四个字，一时间占了五条热搜。

不难看出，粉丝对徐格的不满已经到了顶点。

徐格在电话里叹：“她跟纪枕星前前后后八年，我经常想，我徐格虽然是个烂人，但全世界第一爱她，怎么就这么不招人待见呢？”

程濯声音平淡冷静：“她呢，怎么说？”

“她啊，”徐格低笑，“她说爱闹就闹，反正恋爱是她谈。”

话音刚落，程濯也翻到了乔落的微博主页，两个小时之前发了长文，才看三行字，就知道这不是乔落能说出来的。

程濯：“最近少见面吧。”

徐格：“她经纪人也这么说。”

“没考虑退圈？”

徐格声音扬起来：“你这人是真冷血，一点共情能力都没有。唱歌是她从小的梦想，退圈了你让她干什么，结婚生孩子做饭吗？那我跟纪枕星有什么区别？”

他一直在学着当一个知冷知热的人，但即使是发小，他都很难恰当地换位思考。

“纪枕星好歹是个科研新星。”

徐格自己接话：“我烂人一个，行了吧。出来喝酒？”

“刚喝过，程董事长的私交局。”

“又来父慈子孝那套？”徐格惊也不惊，“唉”一声说，“那再喝一顿吧，我估计你也没喝高兴。你发位置给我吧。”

从微博退出来，程濯不得不提醒他：“就你现在这个热度，怎么出门？”

还喝酒？再多条新闻？

“早就想好了，去老城区，就十四中附近那家大排档，现在学生都在晚自习。哦，那家大排档你洁癖从来没去过，走吧，带你找回丢失的青春。”

“喊沈思源吗？”程濯不太擅长安慰人，万一徐格到时候喝上头，要大吐苦水，他十有八九说不出什么好听话，恋情受创且不提，发小的情意也要跟着遭殃。

徐格忽地笑了，又无语道："我真的服你！目下无尘的程公子，你到底有没有好好看微博？是客人误伤！"

程濯看到了，但没有点开图细看，哦，原来误伤的是沈思源。

"他？"

徐格应着："嗯。"

程濯适时练习一下同理心，关切道："伤到哪儿了？"

"小拇指割了个一厘米的口子，人已经住院了，他自己要求的，我还给他开了 VIP 病房。"

程濯什么话都不想说了，只觉得魔幻，低低应了声："位置发给你了。"

有人就爱搞忆往昔那套。

烟熏火燎的大排档，半露天的灶口，重油重料呛出半条街的烧烤味，塑料的白桌红椅，程濯第一次坐。

徐格一瓶啤酒下肚，已经开始回忆了。

"她就在谭馥桥那个破篮球场跟纪枕星告白，我在旁边给她放的烟花。那硫黄味熏眼睛，给我整得眼泪哗哗的。她后来给我发消息说，好开心啊，我心想，行吧，你开心就好，被熏瞎也值了。"

程濯对高中没什么很深刻的记忆，那还是他不能自洽的沉默时期，他对外界缺乏交流与关注。

他给徐格倒上酒，劝了一句慢点喝，半点作用没有。

徐格一口闷完，眼角都是红的，看着程濯说："濯哥哥，你是真潇洒！我不是咒阿姨和奶奶啊，我就是说一句，没了谁你都无所谓，什么情都困不住你，不像我。我高中那会儿就觉得我完了，我从小跟她屁股后面，她理也不理我一下，转头就跟别人爱得死去活来，我真的失败透顶。"

"前女友都是失败透顶得来的。"

徐格脸色不自然："别戳我伤口好吗？我想不到有今天，我没指望过。"徐格问他："你还有指望吗？"

“指望”这词，跟“希望”又不同，两个字念出来就有种脚踏实地的安稳，程濯手里捏着透明的塑料杯子，自顾自念了一遍，良久后，松出一口气。

“我想过很市井温情的生活。”

“哪种？”

程濯也不能说清：“大概一日三餐，买菜做饭，修空调，买灭蚊水，算月账，去居委会兑米，在海鲜市场买到快死的鱼回来被骂。”

徐格顶着一张酒热烧面的大红脸，目露不可思议：“你……你这说的什么，这都在哪儿看到的？”

说时没有过心，程濯稍静下来就想起来了，这是孟听枝说的她爸。

啤酒见底，他开了新的放在徐格面前。

徐格激动地嚷嚷：“你跟我一起喝啊，我要你来跟我当监护人的啊？喝啊！我发现你这人特可怕，你是不是从来没醉过？你那么有分寸干什么？！我告诉你啊，少绷着，你要试试失控的感觉。”

程濯看桌上的绿玻璃瓶：“啤酒怎么醉？”

徐格：“……”

大排档能入口的红酒是不敢想了，徐格朝店面里的老板娘喊：“有白酒不？来一箱！”

程濯：“四五十度，你疯了？”

徐格笑嘻嘻的，他笑起来特蛊惑人，一排白牙，单单纯纯一条奶狗样：“早疯了，我不疯我敢跟乔落在一块儿？”

“我估计那会儿我没回过神来，就跟做梦似的，衣服都脱了，我不敢碰她，她一脚把我踢下床。没过两天，她二姨就过来领我去看中医。毕竟是长辈，我就去啊，我什么都不敢说。

“我寻思我虽然女朋友是交多了几个，但我也没滥交，体检也按时做，我没毛病啊。

“那老中医上来就抻我眼皮，又扒我舌头，看半天说，这孩子肾脏功能没问题，就是有点作息不正常，开点药调理调理就成。我就想说，谁肾有问题啊？真的是，我还要吃多少爱情的苦啊！”

声音一扬，别桌的客人都看过来。本来他们两个的颜值就是顶尖的，被人盯着看也正常。

徐格脸红，微卷的额发被自己一通揉，乱糟糟的，像只在外吃了败仗的大型犬。旁边那大哥先看他脸，接着目光往他肚子一挪，跟找肾似的。

徐少爷这脾气说起就起，一拍桌，梗着脖子看过去：“你瞅什么瞅！”

大哥不是闹事的人，一脸莫名。程濯上去劝住要借酒发疯的徐格，转头跟服务员说，隔壁那桌的单他们买。

服务生再过来，在他们的单子上又夹了一张，顺带送来了刚刚点的白酒。

徐格还拿喝啤酒那架势喝，半杯白酒下肚，差点喷了，不止脸红了，连脖子根都红了。

“咳咳咳——辣嗓子，这什么酒啊？”

程濯抽了两张纸巾给他，转头一看，烧刀子，不辣嗓子那估计是水货，徐格这一呛算是正品认证了。

“你慢点喝。”

程濯劝，但没管用。

徐少爷自斟自饮，形容落魄，从小一块儿长大，程濯也没见过发小这个样子。徐格一直是个挺没心肝的乐天少爷，满嘴跑火车，疯且快乐。乔落呢，算女版徐格吧。

他们性格还挺像，不然也不能从小到大斗嘴个不停。乔落和纪枕星的事，程濯一直知道，看到这两个最后在一块了，他倒没有旁人那种为徐格感到苦尽甘来的滋味儿。

“你不和乔落在一块不也挺好，都这么多年了。”

徐格忽然笑起来。

程濯：“你笑什么？”

“你完美主义过头了吧？你从小就这样，缺一张卡片想尽办法也要集齐，事事都要满分，没有十分把握的事绝对不做。”

程濯一直没什么情绪地听着，只当他是酒后话多，直到徐格嘴里忽然蹦出一个名字。

“之前孟听枝那次也是……”

氤氲红尘，他始终浮着雾色灯影的眸子，在那一瞬陡然清明，没说话，朝徐格看去。徐格唇角弧度加深，有所预料一般。

“不是挺喜欢的，你非把人放走干什么？磨着耗着，万一人家心甘情愿呢，万一最后有个结果呢？不是人人都像你这样，多的是像我这种的。没有百分百的爱。我知道她心里有别人，我也知道现在搞的这些也许只要那纪枕星一回头，就统统白费。”两臂一张，徐格姿态比谁都洒脱，“没关系啊，她愿意给我机会，那我就赌一把，反正我早就没什么可以输掉的了。”

说完，气尽力竭地往油腻腻的桌子上一趴，徐格嘟囔了一句：“好在……孟听枝对你来说跟乔落对我的性质不一样，她现在不是能影响你的人。”

露天排档，宽油猛火地爆炒，借酒消愁的人哪怕满脸憨笑，吹牛都爱说些意难平。

程濯听着这些市井之地人类不能共通的热闹，平淡地转向烂醉如泥的徐格，耳边犹有余音。

——她现在不是能影响你的人。

程濯低声道：“如果我说，她一直是呢？”

烧刀子还剩半瓶，程濯给自己倒好，又去给徐格倒，推推他：“起来，继续喝。”

徐格将脸埋在两臂间，手乱挥，瓮声瓮气地哼着：“缓缓，缓缓，上头了。嗯，你刚刚说什么？”

“没说什么。”

徐格晃荡着，正经八百地坐好，问程濯说：“濯哥哥，你看不看好我？”

幼稚到不行的话，程濯直接撇开脸淡淡地笑了。徐格拿出一百分的正经，程濯这一笑，叫他脸上酒热又多了一层臊。

徐格豁出去似的：“说真的，不管怎么说，你要支持我吧？”

“嗯。”他淡淡地应，喝一口苦辣呛喉的酒，似被灼出几分豪气干云的纯粹，“今晚就去把纪枕星‘暗杀’！”

动不动就说把谁暗杀，那是乔落的口头禅，程濯倒是精准学去，灵活运用。

徐格听了更不是滋味，她暗杀谁，也不会去碰白月光。

公关会议一直开到晚上，乔落从会议室出来，经纪人就在她耳边千叮咛万嘱咐，近期千万不要被拍到和徐格同框。

经纪人扶额沉痛：“宝宝，我是真的搞不懂你，你跟纪枕星都能地下那么多年，这次为什么要这么冲动呢？你跟徐少爷都多少年了，恩爱非秀不可？你是打算用高曝光逼纪枕星回头吗？”

乔落不解自己的经纪人为什么会有这么清奇的解读视角。

“这次分手是我提的，他回不回头谁在乎？我只是憋屈够了。”

刚刚在会议室已经积了一肚子火，大小姐的毛才顺好，经纪人又怕激着她，没敢再往深问，苦口婆心劝道：“好好好，先等风波平下来。你暂时别见徐少爷啊，千万别被拍到，你照顾一点粉丝的情绪。”

“知道了，我回去了。”乔落敷衍应着。

人刚走到地下停车场，徐格的电话就打来了。

从小一起玩，徐格每一任女朋友乔落几乎都跟对方吃过饭，里面几任不乏是她的忠实歌迷。她一直坦坦荡荡，两人忽然谈起恋爱也没有半点儿腻歪。

嘴里口香糖嚼没味儿了，她接起电话直接说：“公司不让我见你，要不你消停会儿吧。”

电话里没声音，乔落拿开手机一看，确认是徐格的电话，以为是信号不好的缘故。

乔落：“喂？”

那头传来一个女人略显尴尬僵硬的声音：“是……小祖宗吗？”

店里的女服务员看着屏幕备注，喊出羞耻的昵称。

“有一位徐先生在我们家的大排档喝酒，他跟他朋友都喝多了，说让打电话给小祖宗。请问你是小祖宗吗？你可以来接他们吗？”

还指望他消停会儿呢，事儿已经来了。

乔落：“我是，马上就来，位置在哪儿？”

“十四中西街天天烧烤。”

乔落再度无语，怎么想起来往那地儿跑的。

“好的，谢谢。”

电话就要挂，乔落忽然问：“朋友？什么朋友跟他一起喝多了？”

乔落心说徐格那群狐朋狗友，除了程濯就没一个成熟稳重的，徐格喝多就算了，那谁啊，心里没点数，也能喝多了？

烧烤味重，排气风扇马力十足。

那男人不像那位徐先生烂泥一样瘫在桌上，修长分明的指骨握着酒瓶细细的颈部，关节用力，似杵一把战损宝剑，清爽额发在强风里吹荡着，高挺鼻子都染上绯红，像混沌里垂颈的堕仙，呼出的酒气都克制又禁欲。

女服务员一时走神，电话里的小祖宗脾气不大好地问着：“请问在听吗？”

女服务员忙回：“在在在，不知道是谁，没说姓什么。”稍顿，女服务员补充道：“很帅。”

乔落把车停在天天烧烤门口，隔着车窗玻璃，精准看到那两个人。她惊了一下，那位朋友竟然是最成熟稳重的程濯。她正准备下车，就发现了外头那些打量过来的目光，估计是她这辆果绿色的跑车太招摇惹眼。

这么一想，人傻了。

小跑啊，一共就两个车位，要不待会儿把那两个醉鬼晃起来，叫他俩猜拳，谁输了谁趴车顶上？

乔落慌忙带上门，不下车了，从手套箱里翻出黑超墨镜戴上，打了个电话：“我发位置给你，快点过来接一下人。”

沈思源在那头无语，说：“大小姐，我现在住院哪，要不要发个照片给你看？”

乔落不听他扯：“可以了，别以为我不知道你就小拇指划了一道口子，住院手续没办完就不淌血了吧。行了，别跟我装，过来！徐格和程濯都醉了，我根本弄不了。”

“不是，曾珥现在在我病房。”

乔落这一天快要头疼死了，以前除了纪枕星，没有任何事能让她头疼，事事都有徐格摆平，不行再去求求程濯。好家伙，现在俩人给她来这手！

乔落做出最后的让步，破天荒地对沈思源好声好气：“你俩在医院能干什么？望府西京，你帮我把那两个人弄过去，程濯隔壁的套房，我掏钱给你开一个月。”

沈思源在那头摸不着头脑地说着“不是不是”，最后还是那道大方洒脱的女声先开了口：“行了，你让一个女孩子怎么处理，万一周围还有路人乱拍照呢？起来吧。”

沈思源和曾珥一起来的，开一辆黑色汽车。乔落没下车，降了车窗，戴着墨镜往外瞄。

贵公子就是贵公子，明明烂醉如泥，骨骼仪态却还能时刻保持最后的体面规矩，被女服务生一路星星眼送上车。

徐格不一样，他看着扶着自己的沈思源，不敢置信地揉揉眼，视线稍清明些就一下推开了人，扭头气汹汹跑去找女服务员，斩钉截铁地生气质问：“不是让你打电话给小祖宗吗？”

乔落捂着脸，没眼认，默默地升上车窗。

沈思源对酒鬼有好脾气，往路边一指，原本想告诉徐格，你家那位小祖宗来了，只不过不方便下车而已。

可他手指过去的时候，果绿色的跑车只剩一个车尾巴，眨眼间就消失了个干净。

沈思源：“……”

下一秒，他手机一响，乔落给他发消息。

乔落：酒店门口等你们。

沈思源搀徐格一把，好声好气："你那祖宗在酒店。走吧走吧，好兄弟，别闹了。"

徐格憋得脸色通红，像要跟人大动肝火一样。

沈思源被他盯得都有点心里发毛，就怕他六亲不认，随时挥来一拳，正预判着怎么躲闪呢，安静半晌，只听一句："我想吐——"

沈思源：白酝酿招式了……

把人安全送到酒店，沈思源和曾珥就走了。程濯偌大的套房里，大床上横着哼唧哼唧的徐格，客厅沙发上坐着刚去完洗手间的程濯。

这人真是时时刻刻绷着，不清醒都要装清醒。

乔落撇撇嘴，懒得吐槽，忽然看到桌子上放了一张试卷。她被十四中打头的字样吸引，两手捧起还没来得及翻，沉沉一声贯穿而来："别动。"

乔落被他的咬字清晰吓到，恍然以为灯影下是一位清醒人物，只听下一句："那是我的。"

稚气固执里透露出昏醉感。

乔落莫名其妙地走过去，把那张试卷递给他："喏，你的。"

程濯接过来。不用打开他也知道里面是什么，还有那行已经牵绊他多日的残句。

"我手机没电了。"

客房服务送来两份解酒汤，一份搁在床头，一份乔落端来放在程濯面前的茶几上，闻声看他："那我帮你充电？"

程濯："手机借我。"

"你要干什么？"乔落一脸茫然拿出手机来，解开锁屏。

"帮我打个电话，1、6、7……"

"等会儿等会儿，慢点报。"

乔落真怀疑他是不是喝醉了，手忙脚乱地在屏幕上按。这人喝醉了报号码想都不用想的？！

她按完，把手机递给程濯："这谁啊？"

程濯没说话，只低头看着另一只手里攥着的老旧试卷。

手机一声声响着，忽的一停，那头传来一道温软熟悉的声音。

"喂？"

第二十四章

玫瑰刺

从明裕庭完成最后的拍摄，一行人去榆钱门大街的红泥馆吃饭。路过二楼的窗户，孟听枝朝外看。

红泥馆院子里种了一株合欢树，渐变的粉色绒朵郁郁蓬蓬，正值花期。

走在前面的许明泽回头，见恰好有一朵飘进来撞在她的脸上，他弯身及时，伸出手将未落地的合欢花接住，再一抬头，就与孟听枝清柔的视线相碰，愣怔感稍纵即逝。

他直起身，扶眼镜一下笑问："在看什么呢？"

孟听枝望着那株合欢树，摇了摇头说："没什么，以前好像种的是蜡梅。"

楼梯下路过的中年老板忽地笑道："是是是，以前是种的蜡梅，花期太短，后来修院子就换掉了。美女好记性啊，看来是我们家的老主顾了！"

老主顾倒也算不上，只是前年凛冬日子，在这院里折过一枝梅，放在什么人的耳边，霞明玉映，东风第一枝的清绝孤艳。

孟听枝没接话，倒是妆造姐姐接上梗，笑着说：“那可不是？老板，咱们老主顾可要折上折哦。”

老板爽气答应，还说待会儿送自酿的葡萄酒给他们尝尝。一行人踏着木楼梯，噔噔上了二楼包厢。

今天没开车，孟听枝也喝了一点。

这一年里，她酒量见长，平日自己也喜欢淘点小众的酒喝，有十几块的米酒，也有几千的滴金。画室墙上有一排花里胡哨的酒瓶子，都是她陆陆续续攒下来的战利品。

散场时，老板送了两小瓶便携装，三百毫升的仿古酒盅，灰白底靛蓝花，瓷瓶倒有几分精致，给了孟听枝和妆造姐姐。

许明泽约了代驾，好意问孟听枝要不要回家，顺路送她，她笑着摇头拒绝了。

“想在附近逛逛。”

代驾已经来了，许明泽没法儿再说作陪的话，只好跟孟听枝说回去注意安全，就上车走了。

酒足饭饱谈天说地的一群人陆陆续续散去，只有孟听枝一个人站在路口。她哪是想逛，只是想一个人把刚刚刷到的微博看完。

从音乐作品到穿搭风格，乔落一直是热搜常客，但徐格是今年才跟着乔落上热搜的，连带着他的酒吧热度也刷了新高。男粉事件一时间成了全网热点，闹得不可开交。

孟听枝年前有次去市天文馆拿资料，遇到过乔落一次，对方墨镜口罩戴得严实，先认出她来。

“枝枝！”

乔落来天文馆等开会的纪枕星，等到无聊看见孟听枝，两人一起买完咖啡，纪枕星才从大厅跟着两位老教授走出来。

太仓促，没有孟听枝担心的叙旧部分。乔落挽上纪枕星，两人就挥挥手告别。

倒是乔落知道她在陈教授的工作室上班，后来给她寄了两张演唱会的票。票最后到了周游手上，五月份的时候，周游带着施杰一起去看。

孟听枝没去，当天在朋友圈刷到周游十几条直播似的短视频，每一条点开都是歌迷撕心裂肺的“乔落我爱你”。

周游也喊，施杰在旁边提醒她注意嗓子。

忽然响起的手机铃声拉回了孟听枝零碎的思绪，眼前依旧熙熙攘攘，阮美云打电话给她问她今天什么时候回来。

孟听枝看着眼前这条网红街的车流人海：“一会儿，一会儿就回去了。”

阮美云说：“那你回来先从臻南路那儿过一趟吧，七户那家今年的租金一直没交。他们一家明天要带小孩子去申城看病，不知道什么时候回来，刚刚说不租了，要清算。你过去时顺路买点牛奶营养品什么的给那个小孩子。”

“哦，知道了。”

那家只有男人和小孩在，东西都收起寄走了，店里空空的，门口堆了最后一点货，用蛇皮袋打包好，写了地址，等快递上门收。

孟听枝过去了一趟，收了钱。好大一沓现金，她就近找了一个ATM机存到阮美云的银行卡里。

晚上这片街上乱，男人不放心她一个人，还带着他的儿子陪孟听枝去存钱。他一路上很不好意思地说，自己是大字不识的粗人，他会识字、会存钱、会转账的老婆先去申城那边租房子了，本来租金就一直拖欠，还要叫房东两头折腾。

孟听枝这趟过来还买了那么多东西。

孟听枝冲他笑笑说：“没事。”

他的儿子是上小学的年纪，但因为眼睛有问题，一直没上学。

“是眼角膜移植吗？”

男人点头，掩不住儿子即将见到光明的激动说：“是，从他三岁我们就在等。”

孟听枝侧身，从随身包里翻出一本小册子，蹲在小男生身前，轻轻抓着他的手，把册子放在他掌心里。

他触觉格外敏感，一脸纯真，立马用手指仔细摸索着问："这是什么啊姐姐？"

孟听枝将册子翻开，拿着他的手，轻轻放在铜版纸的页面上："是我自己做的色卡哦，还抄了诗，等你做完手术就可以看见啦。"

男人习惯了自己先看，再用匮乏的形容讲给儿子听。他弯下腰，看了后轻轻推推儿子说："特别好看，还有图，写了好多字。然然，还不快谢谢姐姐，姐姐给你买了那么多吃的，还送画册给你。"

小男生紧抱着册子，露出极向往的神情，很珍惜地说："谢谢姐姐，我想很快就看到！"

孟听枝摸摸他的头发："一定会的。"

从臻南路回来，孟听枝没直接回家。

她路过长街，看见秀山亭后的热闹，黑暗夜空悬着几盏孔明灯，从谭馥桥的旧篮球场方向飘出，如浓稠墨布上的温暖火焰。走到三生有信门前，她略一停步，门口的画报已经换了，马利油彩换成了榭得堂水粉。

手机铃声和十四中最后一节晚自习的放学铃声几乎同时响起。

孟听枝看着手机屏幕上的陌生号码。

不知道从什么时候起，她一看到陌生来电就会蓦地激动一下，但都很短暂，因为她清楚地记得那人电话的尾号。

路边的玉兰盛放到极致，香气稠馥，她站在树下接通了电话。

"喂？"

几秒空白后，她下意识地看向屏幕，怀疑是不是打错了。正要挂断，盛极凋谢的玉兰花瓣从她眼前片片坠落，砸在她脚边，与此同时，听筒里遽然传来一道低沉男声。

"孟听枝。"

那声音哑得几乎变调，短短三个字，叫她蹙起的眉心滞了下，指关节生锈一般悬停在红色的挂断键上方。

早已散场的剧院里，上一幕戏的演员猝不及防被再度推至灯光下，该如何致辞开场？这又是什么戏呢？

孟听枝不知道。

她克制地一再屏息，如溺水之人不敢轻易开口，因为她非常清楚，稍有异动，她就有可能会毫无还手之力地被呛死。

刻意的沉默，衬得前方十四中放学动静格外热闹。那道哑得近乎变调的男声在她耳边，再度开口："孟听枝，你在我卷子上写的是什么？我们之间还有什么是我不知道的？你到底是从什么时候开始喜欢我的？"

情绪灼烧，成了水壶底那层年深月久的垢。

孟听枝听到他难受到不行的声音，在她沉默后，不肯罢休地在夏夜黏灼的电流音里响起。

"孟听枝，我是失主。"

水压超过阈值的一瞬，她不得不松开唇瓣呼出一口气，随之失重的，还有眼眶里早已经蓄满的眼泪。她转首，一双泪眼婆娑而斑斓，遥望灯火煌煌的秀山亭，光晕大大小小地模糊重叠。她一再忍住哽塞，这才倔强地出了声。

"你不是。"她抿唇，压住颤，喊着他的名字，"程濯，你高三出国那年，我给你写过一封信，只是……"她喘着气，说不下去地哽住。

"你知道我们第一次见面在哪儿吗？"

这话一出口，就仿佛将不见天日的漫长暗恋暴露开来。

何止第一次呢？是无数次。她无数次路过他的世界，他一次都不会记得了。那么老旧的少女心思，除了她自己，不会有谁会在意。

她在那头轻轻的抽泣声，压抑得几不可闻，可偏偏那点断断续续的声频，叫程濯心脏疼得像被人一把攥住并不断施加压力。

"你还会告诉我吗？"

那头，孟听枝没有回答。

几秒后，电话突兀地挂断了。

程濯看着返回主页面的手机，陷入了更大的迷惘。潮水四面八方地温柔包围，他是与外界半点联系也无的孤岛。

他保持垂颈无言的动作。

乔落也跟着拘束，自己的手机还在程濯手上，但她不敢轻举妄动地拿回。刚刚这通电话她已经听出苗头，推了推那碗醒酒汤，发出一点动静，好叫程濯回神。

她清清嗓子，故作自然地问："咳，你打电话给孟听枝啊？"

程濯抬起头，没出声，酒意混杂里眸子那点仅剩的清明依然有威压，叫她少说废话。

乔落又问别的："你们见过面了？"

"没有。"

说完，他又想起先前两次单方面的遇见，换了迷茫的声调："有吧，她没有见到我。"

乔落半懂不懂，"没有"和"有吧"之间是什么关系。

"她不想见你了？"

反驳的话就在嘴边，想到刚刚她突然挂断的电话，忽然他头疼得要命，有生理的，也有心理的。

"或许。"

乔落没见过程濯这样情绪外显的落寞样子，一时也有点不是滋味的安静，很多往常不会跟他提及的话，这时也有了倾吐欲："其实吧，你真的不太行。"

程濯抬头。

"你这人太适可而止，哪个女孩子想跟人谈适可而止的恋爱？哪怕再喜欢我都受不了。我希望那个人发疯、失控地爱我，爱到没了我就会死，而不是半点风吹草动，就把我放逐到安全的位置上去。就像今晚，你干吗打电话？你直接去找她啊！哪怕她说了拒绝的话，也好看看她是不是口是心非啊。"

闻声，程濯眸色微动："现在？"

"呃……"乔落打量着他，收回目光，"倒也不那么适合，而且你要想想见了面，你要跟她说什么呢？"

“她说她给我写过一封信。”

乔落一愣：“什么时候？”

“我高三出国。”

“啊？那么远！”说完乔落就反应过来，“她不会喜欢你很多年了吧？”

程濯没回答。

“我要回去。”

“去哪儿？你现在这样可以吗？”乔落担心地看着他。

程濯已经起身，拿起茶几上的那部手机，径直地朝门口走去：“回老宅。”

乔落亦步亦趋地跟着他，又频频回头，不放心昏睡的徐格。

“不是吧，你要回去翻信？得七八年了吧，怎么可能有？”

雨水集隔壁是一家花店。

老板娘三十多岁，几年前没了丈夫，带着上小学的儿子一起生活。梧桐里这边平时的人流不大，除了熟客，很少有人会来店里买花，大多都靠接网上的单子，所以生意时松时紧。

有时候老板娘忙不过来，孟听枝也会过去帮忙修修叶子，做点基础活儿。老板娘时不时给她送花，她推拒不掉，也算礼尚往来。

但因为自己那个笨蛋儿子，做作业特别费劲，经常不得不去请教孟听枝，老板娘总觉得孟听枝跟他们当邻居真是吃了大亏。

今天，孟听枝第三次剪玫瑰被刺扎到手，老板娘直接从柜台后弹起来。

“行了行了，大画家，再剪下去你这双手要搭在我这儿，我可赔不起。今天就那一小把，你赶紧放在那儿，待会儿我自己来。”

孟听枝用拇指指腹按着中指冒出一点血的小圆处，尖锐短促的疼，叫人骤然从走神中清醒。

她放下剪子，去洗了手。她的手机横放在柜台上，正放着赵蕴如近期大爆的电视剧——瓢泼大雨，男主角为了女主角雨夜开车狂奔。

“这年头有钱人真会为了爱这么不惜命？”老板娘方姐撇撇嘴，不太信，转头看从一堆姹紫嫣红花束里走出来的孟听枝。

“你今天怎么回事啊？心不在焉的，画室生意不好？”

孟听枝抽纸擦了手，笑道：“什么时候好过？”

方姐扭头往斜后方的墙上一指：“就你这样，逢人一开心了就免费送画，生意能好才怪。”

“哦，你这么说我倒想起来了，我答应给舟舟画的头像还没画。”

舟舟就是老板娘的儿子。

提起儿子，方姐就没有好脸色，手指点屏幕，浪漫煽情的男女对话戛然而止：“你千万别惯着他！”

孟听枝：“可是答应了小孩子的事不能撒谎。”

“你当他那个班级前十是怎么考的？”方姐嗤一声，“是他班里那个萌萌的小姑娘说不想跟笨蛋玩！别的不行，早熟这套我儿子那真是拔得头筹。他那天还特意跑来问我，明泽哥哥和枝枝姐姐是不是男女朋友。我问他，你知道什么叫男女朋友吗？他回答得头头是道，说明泽哥哥老是来找枝枝姐姐，所以明泽哥哥喜欢枝枝姐姐。我就这么跟他说，多的是哥哥来找你枝枝姐姐，枝枝姐姐不喜欢明泽哥哥。快点的方舟，赶紧把作业写了，别整天想有的没的。哇，气得那死孩子晚饭都不吃了。”

孟听枝“扑哧”一声一笑。这对母子相处不像母子，总之很可爱。

孟听枝被方姐塞了几枝粉红色的蔷薇，回了画室，拿玻璃瓶盛水养着花，放在背阴处的台子上。

酒瓶架上又多了一个新瓶——上周从红泥馆带出来的葡萄酿，喝酒的时间地点是在上周打烊的三生有信门口。

那晚，他把那句“你还会告诉我吗”问出口，孟听枝忽然清醒似的挂断了电话。

她在追究什么呢？告诉他也没有意义了。

她现在很好，也不是十六岁敏感自卑的孟听枝，可能还没有完全从过去走出来，但已经学会了凡事朝光明处想。

这两天，周游和施杰闹分手。

施杰母亲生病，他打算辞职回老家照顾，周游想陪他一起，他不肯，吵了两句想跟周游说分手，周游差点被他气死。孟听枝说出来的安慰，都叫周游吃惊。

“枝枝，你记不记得去年，孙淑淑和钱明分手，我说她当初就不该和钱明在一块，你说也许是真的很喜欢，所以即使知道机会渺茫，也想试试。”

听到自己过去说的话，孟听枝愣了一下，随着周游的话音，仿佛看见过去的自己站在自己面前。

无星无月的夜，天色黑得如化不开的墨，傍晚就变了天，阑风伏雨，这会儿外头雨势渐沉。

雨声很大，像一盆又一盆水在小楼屋顶上狂泼猛浇，房子成了一个紧闭又潮湿的空间，被哗啦水声密不透风地包围，闷沉雷声肆无忌惮地游行其间。

有一瞬，灯光短促地暗下，再明。

她陷落黑暗时，面色柔和，眼眸似静湖，清亮得如映着一捧月色，慢慢试着回答电话里周游的问题：“因为我忽然发觉，当人不够爱自己的时候，会觉得为人受委屈、为人牺牲就是一种爱。其实不是，爱不该那么难受。”

雨声注入她温和的声线里，像一种有安抚作用的白噪底色。

周游沉默了一会儿，忽地像被点透一般，低低地应了一句：“是，是不该那么难受的，可我现在跟他都很难受。”

又聊了一会儿，孟听枝又安慰了几句，周游心情舒缓了点，打算再去找施杰聊一聊，话题这才算过去。

外头的雷更大了。

周游在那边害怕地说：“枝枝咱们先挂电话吧，之后聊。这天气打电话会招雷吧？你在画室吧，回家注意安全啊。”

“好，那之后聊。”孟听枝淡笑着应答，挂了电话。

周遭陷入暴雨声下的空寂。她唇角弧度慢慢淡去，忽地想前年在三百公里外的云安古镇，也曾有过这样一个摧枯拉朽的暴雨夜。

停电后昏暗的酒店房间，她裸足下地，不小心磕到茶几，有一个人将她抱在膝上，薄薄酒热隔着衣衫，那把金玉嗓子含混地问她哪里疼。

雨势太大，孟听枝没打算顶着雨回去，给阮美云发消息说今晚不回去了，叫她不要留门。

她从抽屉里翻出上个月做的一杯蜡，用那个充气口旁有颗祖母绿的打火机，“啪”一下，点着了烛芯。

一拢昏黄光晕，颤颤巍巍，将画室空间映亮。她翻着几幅跟出版社约好的插画，交稿日临近，在一种发呆状态里做检查。

倏忽，隔壁的猫撞出一串乱响，哀哀尖叫。

孟听枝想起来隔壁花店的老板娘今天带着她儿子回娘家相亲了，她养的那只黑猫一直四处野，估计现在淋了雨想回家，但花店的玻璃门紧闭，回不去了。

大雨滂沱，雨幕几乎倾盖整个黑夜。

孟听枝把手里纤细的折叠伞抖开，伞布被迅急雨滴砸得几乎不能支撑。找到隔壁门口，小猫的叫声更惨更清晰了，她手机开着手电筒功能，微微弯身，将一束光照过去。

小黑猫缩在一个被淋湿的快递纸盒里，不知道是不是受了伤，一直在叫。

孟听枝想把它抱出来，一只手抖抖晃晃地撑着伞，一只手探出伞外，温软地哄着：“小咪，快过来。”

不料，那猫猛然一蹿，猝不及防地掀翻了她的伞。一瞬间她的头脸都暴露在雨里，她的眼睛顿时就睁不开了。

只是淋雨眯住眼的片刻，下一秒，就有什么将她完全遮蔽住。她恍然一抬头，脸上冰凉的水珠顺着发丝滑进纤细白皙的脖颈里，视线顺着头顶的黑色伞骨一寸寸往下移。

那张意想不到的、上一次见是在梦里的脸，猝不及防地闯进她的眼帘，不亚于另一种形式的暴雨浇头。

孟听枝瞬间失语了，愣愣地仰头看着他为自己撑伞的样子，连时间过了多久都不知道，神思解禁，又愣愣地看这淋漓尽致的雨夜，半晌才发出声音："你怎么在这儿……"

他面容平静，伞依然斜倾着将她护住，极自然地说："来避雨。"

三个字掷地有声，在脑子里绕了几圈后，孟听枝终于发现了不对劲。

她停下脚步，站在画室门口，差一点就要推开门，做梦似的回头看了一眼程濯——带着夜雨潮气，又湿又黑的长睫毛在冷玉似的面庞上脆弱扇动。

高大，活的。

刚刚还躁动的小黑猫，此刻乖乖缩在男人单臂之间，见她转头看来，还依偎着男人，娇得不行地"喵"了一声。

气氛已经尴尬到需要用猫叫来打破僵局了。

程濯在屋檐下收了伞，斜靠在墙边。积雨顺着伞布哗啦啦流淌，将水泥地面洇出一道细长的深色。

他视线扫向玻璃推门的金属门把，桃花眼里一片清明坦荡，又先开了口："门没锁，是推不动吗？"

声音悦人，配着檐下噼里啪啦的雨声，躁中显静，很有乐意代劳的温和。

她当然知道门没锁，她也并非在磨磨蹭蹭找钥匙，她只是纳闷，刚刚怎么就……那么顺理成章？

那会儿，伞掀了，猫跑了，程濯把自己的黑色大伞往孟听枝手里一塞，身手敏捷，弯身把猫捉回来，寻常到不能再寻常地问了一句："你养了猫？"

孟听枝答道："邻居的猫。"

程濯低头看了眼猫爪子，他手上也跟着沾了点血："好像是腿蹭破了，赶紧弄干吧，容易感染。"

孟听枝能怎么说？让猫自生自灭？把猫还给我？不需要你抱我邻

居的猫？

还真需要。

那猫就像跟他是亲的一样，他不过用手指撸了撸小猫的下颌，这只不争气的猫一声声软软叫着，扭头动耳，开心得不行。

他又说：“有吹风机吗？”

“有。”还是肯定的回答，但孟听枝的声音已经越发迷茫了。

“那走吧，把猫吹干。”

孟听枝：走去哪儿？

孟听枝与他对视，企图用眼底那点微不足道的谴责提醒他，这雨夜重逢的场景，不觉得离谱吗？你不要这么风平浪静，好像一切本该如此的样子！

他察觉不到，点到为止地用那种担心猫的眼神催促她。

顿了片刻，孟听枝压下心中一系列多余的问题，最后颇有牺牲感地看了眼正跟程濯撒娇的小猫，恨铁不成钢地暗自咬了下唇内的软肉，背过身朝画室走去，对他低声说：“那跟我来吧。”

他就自然而然地跟到了画室门口。

孟听枝咽了口唾沫，无声地转回身子，白皙潮湿的手指握着金属门把，稍稍一用力就将玻璃门推开。

那杯手工蜡已经燃到了干花和柠檬片的部分，一屋子清新暖香。

“那个毛巾可以用。”孟听枝指了一下小沙发，没再看他，唯恐共处一室，托词去找吹风机，径直噔噔一阵风似的跑上二楼。

身后的人在看她，她不回头也知道。

她找到吹风机和小药箱，又下楼，把东西交到他手上。

总有哪儿不对劲，孟听枝心想，那是她邻居的猫，他今天才第一次见吧。

一见如故？有必要这么热心地照顾吗？他不是不喜欢小动物吗？不是养小乌龟都已经算破例了吗？这种放养的小猫小狗什么时候他都能接受了？

一连串问题在她脑海里循环。

孟听枝衣服湿了一片，刚刚她去楼上拿吹风机的时候，顺便换了干爽的衣服，头发简单梳理后披散着，肩颈环搭着一条粉色毛巾，手里还拿了一条白色的毛巾。

孟听枝下了楼，往那儿一瞥，小猫站在他腿上，他的衣服也湿了，半肩的白衬衫都湿透，水汽氤氲地贴在手臂上。

小黑猫仰着头，玻璃球似的大眼珠子定定地瞧着他，他给消毒包扎也不乱动，半点没有方姐平日嫌弃的“这死小猫闹腾又费劲”。

他一手吹风一手拿毛巾，像照顾自己的亲生孩子一样细致妥当，小猫受用极了地软糯叫着。

直到吹风机呼呼的声音停止，他神情霁然，手掌稍稍一拍，小猫机灵地蹿下他的膝。

猫像电视剧里插播的短暂广告，刚一消失，正题部分就不可避免地迎面而来。

孟听枝站在画架旁边，问回最开始的问题：“……你怎么会来这附近避雨啊？”

话一出口，孟听枝就后悔了。避雨这理由好烂好假，他如果回答，那必定是更烂更假的回答！

果不其然，他又用那副即使显而易见在无中生有，也理所当然并一本正经的样子说：“在附近散步。”

孟听枝蹙起的眉心定格，她都为这份尴尬暗暗攥紧了手指，但他云淡风轻。

可以，够烂够假。

孟听枝想，如果再问下去，必定是终极烂和终极假，拦不住他的，他脑子比之常人起码多出两个处理器。

按常理，她这个时候应该问他上周那通深夜电话的事，然后他解释那通电话与这个暴雨夜他来梧桐里散步有什么联系。

说到底就是因为她，问不问只是个流程而已，总归不是去那处门可罗雀的名人故居赏风景。

但孟听枝不问，她偏这么说：“没想到你对近代文学那么感兴趣。”

程濯始终自若的神情，愣住一瞬。

孟听枝好心提醒，伸出一根手指，朝名人故居的位置指：“就是刘晟漆先生。这边没什么好逛的，除了那个故居。”

孟听枝确定他不认识刘晟漆，因为她从小住在老城区，也是搬过来才知道有这么一位名人。刘晟漆据说是小说家，也写过现代诗，但知名度很低。

很好，终于把他给尴尬住了，估计那比常人多出两个处理器的脑子此刻在“刘晟漆”后头跟了一圈循环问号。

半晌，他缓过劲来，不置可否地“哦”一声，将肩上黏住的湿衣服扯了扯，另一只手里还拿着猫用过的毛巾。

“雨很大。”程濯看了眼她手上多出来的毛巾。

“对。”孟听枝指了下他的手，“那条毛巾，猫用过了，你给我吧。”她伸出手问他要，接过来丢到折叠椅上，说，“我带回家洗。”

大概以为孟听枝手里的另一条白色毛巾是给他的，他一脸安静地等着下文的样子，孟听枝根本不可能视而不见。

她满身无事发生的平静，关切地看着他说：“你衣服湿了。”

他又看了眼毛巾，久候多时地“嗯”了一声，在等她接下来的话。

两人目光在空气里碰上。

半晌，孟听枝拿着毛巾的手伸出去，指向门口：“那你赶紧走吧，回家洗澡，小心感冒。”

说完，她不顾某人已经变掉的脸色，直接朝门口走去。玻璃门一推开，潮腥的夜雨气息涌进来。

孟听枝回身，告诉他一个好消息。

“雨小了。”

第二十五章

小飞蛾

开春后，程老爷子身体检查出了点问题，一直保守治疗，拖到夏天，没熬过暑热，这才安排去医院做了个小手术。

怕家里那些人一惊一乍的，没病也被关照出病来，程老爷子刚一入院就放了话，该忙什么忙什么，不必个个都到跟前来尽孝。

办了手续，还在做术前检查，连手术日子都没定下来，病房里鲜花水果营养品，已经堆满了桌柜，嘘寒问暖的一个没少。只有他那宝贝孙子肯听他的话，说别来打扰，真连个人影都没有。

“小濯最近都在忙些什么？”

“公司也去，到点就走，这阵子跟他爸也还好，就是……”老保姆想起一件事来，“就是上周末回来，一通翻箱倒柜，他出国那几年寄到家里的东西都给他原封不动存着呢，一个也没少，来来回回翻了好几天，也不要人插手。”

老爷子那天遛鸟也听到动静了：“要找什么？难怪他那天进进出出。”

老保姆说：“好像是找一封信。”

程濯被一个电话催到医院来。

他在病房门口遇见出来的大伯一家，里头有个脸生的斯文男人，客客气气地同他打招呼。程濯颔首，等人走到电梯那儿才反应过来，那是程舒妤的新男友。

新男友是IT新贵，据说也是白手起家，之前端午已经在老宅露过一回脸，哪儿哪儿都有点贺孝峥的味道。

不甘心和念旧混在一块，就是种毛病，替来替去，都是自欺欺人罢了。

“站门口干什么？叫你看我一趟都费劲。”老爷子佯装发怒的声音隔着半开的门传过来。

程濯推门进来，煞有其事道：“这不是空手过来，在想怎么解释不招骂。”

“你还怕被骂？”老爷子坐靠在床头，没什么病容，嗤起人来精神抖擞，“那你倒是给我解释解释。”

目光在这一屋子的礼品吃食上扫过，程濯拖来一张椅子，坐到床旁边：“响应政策，反对铺张浪费。”

老爷子被他逗得一乐，手边抄起个什么砸过去。程濯稳稳接住，是一串刻了佛经的小叶紫檀珠，牛毛纹密集，沉古润敛，自生暗香，这样精细，十有八九开过光，是有价无市的好东西。程濯不消多想，也能猜到是刚刚那位新贵送的礼物，叫老爷子把玩，图个趁手高兴。

“住着院呢，动静小些，你真当身子是铁打的？”

程濯把珠子归了位。

老爷子看着那珠子，想到送珠子的人，目光又移到程濯身上，看够了，忽地说：“你堂姐前前后后也带了两三个回来给我瞧了，你呢？小时候跟你奶奶在寿塔寺斋吃多了？你这都二十几了，就没个想法啊？”

吸盖合上，“啪”的一声脆响，那不掩手笔的好物件就绝了光，无人问津地被搁置在床头。

“你不是一早找人查过，明知故问有意思吗？”床头柜子上摆着新鲜水果，程濯将折叠的水果刀掰开，抬抬下巴，“吃哪个？”

都是心知肚明，彼此不提罢了。

老爷子也没想过干涉，他这一生感情也算不上顺，替程靖远安排的一桩婚事也没有好结果，临老心气都淡了，子孙缘分他只想着顺其自然。

“那个小姑娘，你爸不满意。”

程濯径自挑了一只洗净绒毛的桃子，削皮，唇角微弯出几分讥讽意味：“现在不是了。”

老爷子当风向有什么变化，只听低头专心手上动作的程濯说：“人家小姑娘也不满意我们家，主要是不满意我。”

“胡说八道！”老人家犟起来就是小孩子脾气。

“没胡说，你不是先前还说，谁嫁给我也是受罪吗？人家小姑娘不想受罪。”

这话真是老爷子亲口说出来的，他自己都有记忆，噎语片刻，见给花换水的老保姆走进来，立马有凭有据地一指：“那、那不是说天底下姑娘都抢着要受这份罪吗？”

老保姆一听，笑笑地应声：“那是肯定的，咱们家少爷多好！”

刀尖一停，明明已经用了十分的小心，薄薄桃皮还是不受控地被削断。

他盯着那半截掉在地上的桃皮，想起什么人总是低眉顺眼地削桃子，轻轻巧巧就接连不断地削出一米长来。

“她可不是天底下这些姑娘。”

她是天上的，是绿野里惊鸿一面的仙。

老爷子说：“那你带来让我看看。”

这话说得轻巧，别说是带来，就是他现在自己上赶着去，能不能见到都两说。前天晚上下暴雨，他开车去梧桐里已经很晚了，没想到小楼在雨幕里依然亮着灯。

他找不到任何理由去敲门。

老宅里的信他都翻过了，找了好几遍，所有积信，哪怕知道是消费账单，他都拆开信封看了，没有。

高三出国那会儿，因为赵姝流产的事，他跟程靖远关系闹得很僵，几乎不能调停，宅子里天天聚着人，劝啊哄啊，闹得没停过。或许寄过来被什么人弄丢了，或许真的时间太久，找不到了。

他形单影只地撑着伞，站在小楼外的暴雨里，没想到会忽然看见孟听枝出来找猫。他那时心存侥幸，死灰复燃般地想，或许是老天都在帮他，没想到，半途冒出来一个叫他话都接不上的刘晟漆。

翻天覆地的何止是外貌气质，她连里子也截然不同了，就像那晚忽然被挂断的电话，干脆利落。

不是陌生，而是切实体会到，这个小姑娘真的离他很远很远了。

他们之间隔着一整个太平洋的时候，距离感都不曾这样明显，现在都在苏城这片土地上，却觉得亲近半点都难如登天。

桃子皮越削越磕巴，他真的连不上了，拼命地提醒自己专心些，轻柔些，还是断。最后那些焦躁累计得叫人心乱，他手下一偏，刀锋划到了手指，血一下就冒了出来。

桃子从他手心掉落，骨碌碌滚出去好远。

老保姆大叫着不得了："哎呀！这好生生的，怎么割到手了！我的小少爷哎，你哪儿做过这些，喊我来就是了。这手，快去楼下找护士包扎一下。"

老爷子吩咐："你去把护士喊来吧，别叫他挪动了。"

老保姆心疼地给程濯递了纸，叫他把划出血口子的大拇指按住了，转身出去通知护士过来一趟。

老爷子面冷心热，从程濯没桌子高时就是这样，嘴上软话绝不说半句，指指他手上的伤口："你也就这点出息！多少年白教养你了！跟你爸不都是不服吗，怎么提个小姑娘，就这副样子？你像不像话？！"

程濯没接话，垂头丧气地按着手指。

伤口划得深，那几张叠在一起的雪白纸巾很快就被染红了，指尖有种发麻发刺的钝痛。那感觉，叫人有一种痛苦转移的松快。

他听完骂，抬起头，倏然露出一个惯常不经心的浅淡笑弧。

“有机会你见着就知道了，特别特别好的一个小姑娘，削桃子能削一米长。”他展示了一下手上这被称作不像话的伤口，“比我厉害多了。”

手放下，他又补充：“哦，她还会做饭。”

老爷子眼睛忽的微亮，这年头大小姐们个顶个的娇气，十指不沾阳春水，能照顾人的贤惠姑娘也少见。

“会做饭啊，手艺怎么样？”

程濯想了想：“以前还……挺难吃的。”

等半天等到这么一句，老爷子“扑哧”一声又笑起来，要不怎么说这一大家子人，就他这宝贝孙子能逗他乐。

笑声慢慢停住，病房里很安静，爷孙俩不声不响地对视着，一句多余的话都不必说。

老爷子也知道，他这孙子这些年孤僻惯了，叫他跟谁掏心掏肺他都做不到，已经到极限了，不然他提都不会提。

第二天，护士来病房给程濯换纱布，告诉他伤口恢复得很好，明后天看情况就能换成普通创可贴了，之后又叮嘱了一遍忌口和少碰水。

程濯没听清。病房里两个“喇叭”，的确有点吵。

小护士眼睛不受控地往病床边看，匆忙回过神，重复一遍，程濯点头。

在私人医院上班经常能看到名人，但工作以来第一次遇见明星，还是超红的那种。小护士实在没忍住，对正要走的程濯问道：“那个，是乔落吗？”

程濯扫了一眼那两个“喇叭”里戴着鸭舌帽的那个，回头看护士：“歌迷？”

小护士疯狂点头，激动地都快压不住了：“是的！”

但她又不敢上前问，这在工作范畴内属于打扰病人或病人的亲友，她所在的这家医院明令禁止，要是接到投诉，那她就完蛋了。

乔落正趴在床边跟老爷子连说带比画，整张脸的表情都攒着劲。

“真的！那个姑娘在苏大美院是学画画的，手特别巧，之前还给我画过一个包呢，下次带给你看啊程爷爷。”

徐格捡漏补充，顺带应和所有乔落说的话：“对对对，画画的，之前阿姨的展览是美院那边的艺术公社负责，她也在里面。”

程老爷子手里逮着一张照片，跟看现场相声似的专心致志。

程濯微叹，打岔道：“乔落。”

乔落话兴正浓，不满地嘟囔：“干什么啊？”

程濯懒散地勾了一下手指，又朝旁边的小护士抬了抬下巴：“你过来一下，你粉丝。”

乔落“哦”一声，下一秒，冲一直忐忑等待的小护士露出一个营业微笑：“嗯……是要拍照吗？”

两个人在窗边阳光里比“耶”比“心”。

乔落说可以晚一点发朋友圈，但不能发微博，万一有别的粉丝扒图追到医院来，会影响其他病人和医院的公共秩序。

小护士开心又听话，一直在点头。

徐格移回目光，像看什么稀有品种似的打量程濯，点着头，深深感叹道：“难得啊，这种小事你现在都肯管。是谁把你那颗刀枪不入的石头心焐化了？”

程濯懒得理他。不过是懂了爱而不得的滋味，能成全旁人就顺手成全一把。

徐格转头就去告状：“程爷爷你看看，他多闷。小姑娘嘛，都爱听花言巧语啊，你看他连话都没一句，多可怕啊。”

程濯眼风似刀，往徐格身上一刮。

徐格演上瘾似的，往老爷子身边靠，一脸的柔弱相：“不会吧不会吧，他平时不会就用这种眼神看小姑娘吧？程爷爷你看看，多吓人啊。”

程濯：“……”

自从乔落和徐格来了，程濯觉得自己已经把这辈子所有的忍耐力都搭在这间病房了。

那两个“喇叭”说相声，老爷子听得很认真，有的事夸张到程濯硬着头皮都听不下去，他刚一想开口，老爷子立马不客气地瞪他：“你别插嘴，让小格和落落说。”

徐格和乔落：“好嘞爷爷！”

程濯：“……”

老爷子越听越懂了，连连点头：“哦，他就这么跟那个小姑娘分手了是吧？他也不先回来跟我说说！”

徐格和乔落：“就是啊，他也不回来给爷爷说说。”

程濯：“……”

那姑娘越听越乖巧可人，老爷子真有点替孙子遗憾了。

“我哪知道他那么上心，心想着谁家孙子没结婚定下来前，不都在外头自己谈几个，本来就是没谱的事儿，刚好他爸知道了不满意，我想着分了就分了，干净利索出国也好，省得像家里那几个不成器的，在外头搞得那些个一哭二闹三上吊的。”

徐格啧了啧说：“爷爷那你可想错了，那小姑娘就跟程奶奶似的，就瞧着柔，出名的犟脾气，前脚跟濯哥哥一分手，后脚立马消失得干干净净，哪有什么一哭二闹的。”

老爷子琢磨着，皱眉摇了摇头说：“那这脾气可不好哄。他奶奶那会儿要不是程濯出生，怕是到死也不肯再回苏城。”

徐格和乔落：“那可不是？爷爷，太不好哄了！”

程濯：“……”

本以为自己的忍耐力已经低到迫近地面，没想到那两个人硬能在地上挖出一口深坑，叫程濯忍出另一番乾坤来。

他屏息，稍作舒缓，从阳台附近走到病床边，直接伸手道：“行了，可以了，你们说吧，把照片还给我，我先回去了。”

老爷子把手里的照片往身前一护，唯恐他要硬抢似的，又见他半点笑都无的冷淡脸色，瞧着就没喜气，忍不住说道：“你就图这照片？你光有这照片有何用？你这个性子啊，我都替你急。”

那是一张胶片照。

苏大去年毕业典礼那天，孟听枝的室友周游拍的，小寸照，跟身份证一般的大小，一直放在程濯的钱包里。

在徐格和乔落来病房看望老爷子的一小时内，两人从他身上搜去，狗腿子地呈到老爷子面前。

“爷爷你看看，就是这个小姑娘，是不是白净又温柔？”

照片没要回来，程濯还被老爷子下命令，老实坐在一边，陪他一起听相声。

乔落说：“那姑娘现在是真不好追了。”

徐格说：“是是是！不好追，这把回头草，濯哥哥够呛。”

乔落说：“她家里好像在哪个路有半条街的铺子，本地人，又是独生女。爷爷你也知道的，这种条件的在苏城，家里肯定是想找一个入赘的。连我妈都这么说，宝贝女儿嘛，舍不得啊。”

徐格说：“是是是！她妈妈的确这么说的。爷爷，我上头还有大哥呢，我爸妈孙子早都抱上，我没所谓的，我先入赘了！”

老爷子又看看相片，挺登对的，遗憾又纠结地道：“那不行！那怎么能行？不兴入赘的。”

乔落提醒道：“爷爷，现在是入赘不上好吗？”

徐格应和道：“是是是！那姑娘现在都不理濯哥哥了，估计是没戏了。”

那天，徐格宿醉后头疼欲裂地在酒店醒过来，坐在床上紧紧皱着眉，看着酒店房间，一时想不起来自己是怎么过来的，脑子里一片空白。“咔”一声门响，他就听见外头有乔落的声音，是客房服务来送早餐。

他走出来，搞不清状况地问：“你怎么在这儿啊？濯哥哥呢？”

“走啦。”

“走哪儿？”

乔落一脸难言，坐在餐桌前没食欲地搅和一碗奶冻桃胶：“他吧，昨晚干了一件特别让人意想不到的事。”

意想不到？脑仁还在发疼，徐格断片似的努力回想着昨晚发生了什么，不就是喝酒了？最后程濯也喝多了好像……

天雷地火间，他记起程濯放出的一句话——今晚就去把纪枕星“暗杀”。

徐格脸上的表情瞬间僵住，眼珠骨碌碌一转，接着说不清是感动还是害怕，试探地问一句：“濯哥哥……把纪枕星怎么了？”

乔落一口桃胶呛到喉管里，连咳了好几声才缓住气，瞪大眼，先是难以置信，最后就跟猫被踩尾巴似的火大起来，瓷勺“啪”一声撂回碗里，一副要算账的架势。

“你怎么回事？我说分手那就是分手，你动不动就提纪枕星有意思吗？还能不能处了？不能处趁早散吧！”

意识到自己可能猜错了方向，徐格顿时头大如斗，狠揉了一把头发，上前伏低做小地哄着。

他那张嘴，比阴阳怪气，能生生气死两个沈思源，什么场合接不来话？唯独恋爱后在乔落面前，她一变脸色，他就结结巴巴。

“能啊……能啊，这、这不是，处着呢吗？你二姨上回带我去开那中药，我都喝两个疗程了，我说什么了？我这、我这不全程配合吗？”

乔落也不是真要跟他吵。徐格那副“老子都已经任你欺负了你还要怎么糟践我”的委屈架势一出来，乔落就气消了。

可能也是她太敏感。

乔落就坡下驴，语气也跟着好起来，招招手说：“行了行了，你现在头疼不疼？我给你点了清淡的粥，过来喝吧，待会儿我让我助理送点药过来。”

粥喝到一半，徐格暗中观察乔落也没真生气，这才松了一口气。

这口气一松，紧绷的神经刚得到一丝舒缓，他又想到程濯昨晚做了一件意想不到的事，再问及。

乔落叹气：“他用我的手机给枝枝打了一个电话。”

徐格难以置信：“哪个枝枝啊？”

“孟听枝啊，除了她还有哪个枝枝啊？”

脑子跟着话转，问题说来就来。

乔落忽的眼神狐疑起来：“唉，你是不是想起来你那第几个女朋友也叫什么芝芝了？徐格，刚刚心虚了是不是？”

徐格大喊无辜，一副欲跳黄河以证清白的样子，指天誓日地保证：“真没有！我不可能想那么多，我怎么可能？我……我真的有一个叫芝芝的前女友吗？”

徐格怀疑这是虚晃一招的试探，然后实实在在被一片西柚皮砸到脸上。

“你真打啊？”

乔落忍住翻白眼的冲动，纳闷地一字一顿道：“孙羽芝啊，是叫这个名字吧，我都记得，我在国外跟纪枕星闹分手那次，我打电话给你，让你帮我订机票，她那天在世腾国际中心拍广告吧，你晚上去接她下班。”

徐格大惊：“你记这么清楚？”

“对啊。那天你没订成票，人也没接到，出车祸了嘛，胳膊脱臼，等我回国，你石膏还没拆呢。”

徐格全想起来了，果然喝酒误事，他到现在都没彻底清醒。

话题不能再朝前女友的方向深入，徐格及时地调转话锋：“濯哥哥真给孟听枝打电话了？”

“真的，通话记录还在我手机里呢。”

徐格纳闷，程濯回国后就没跟人提及过孟听枝，一身六根清净的孑然，沈思源起初还说这把回头草程濯估计不会吃了。

“但……”乔落撇撇嘴，挺同情地说，“孟听枝挂他电话了。”

哦，不是不会吃，是不一定能吃上了。

徐格早能猜到那姑娘脾气倔，但能挂程濯电话，也是出人意料。

他自己从不吃回头草，但一直都以为男女之间谈恋爱，实际上很容易分分合合、重蹈覆辙，乔落和纪枕星就是例子。没想到程濯真会那么喜欢孟听枝。

不能就这么看着发小爱情碰壁，他跟乔落一合计，就跑来医院吹风了，说得老爷子最后怎么着也想见那小姑娘一面。

程濯不肯打这个电话。孟听枝没理由过来，他也不肯诓她过来。她来了知道事实，是他爷爷想见她一面，以她的性子不可能当场走人，肯定温温柔柔的。

他不想骗人，也不想叫她那么被动。

收回照片，重新塞回钱包里，程濯铁了心不打这个电话。可拦不住徐格答应了老爷子之后，尽职尽责地帮他暗中牵线。

除了乔落，徐格骗起别的女人来，脸不红心不跳，假话一套又一套。

“就这两天吧，他那个伤，我不细说你应该也能猜到，你再不去看看，估计你之后去医院，也就见不到了。”

孟听枝一愣：“怎么突然就住院了？是……那天晚上淋雨的原因吗？”

徐格心想，只听说你俩打电话了，什么时候淋雨这种新剧情也安排上了？程公子这个人真是的，做事能不能知会兄弟一声，这也太考验我徐格的临场反应能力了！

“我估计是……十有八九吧！你也知道他那个人，什么事都放自个儿心里。淋雨这个事吧，也不能单方面就怪你，虽然可能是你造成的吧，但也不能就说全是你的责任。你要是有点过意不去的话，就这两天来看看吧。别的我也不想多说了，毕竟我也就是一个外人。”

徐格明明说了一大段话，但孟听枝脑子莫名其妙就只抓住了三个重点——就怪你，是你造成的，全是你的责任。

画室的辅灯坏了一个，孟听枝前几天在网上买了适配的灯泡回来自己换，A型梯是问隔壁方姐借的。

方姐来送梯子，孟听枝拿了一盒自己做的手工蜡烛让她挑。

方姐闻闻选选，最后挑中了两个拿在手里，一转头看见了接完电话的孟听枝，身影纤细，发呆似的坐在梯子顶上。

方姐仰头笑道：“怎么着，上层空气还新鲜点儿，你坐那儿发呆干什么？小心摔着，赶紧下来吧。”

刚刚徐格的一个电话，完全叫孟听枝分了心，她不确定新灯泡扭紧了没有，又探手确认了一遍，把手机放进口袋里，这才扶着梯子慢慢下来了。

“我就要这两个了啊。”

孟听枝点头，“嗯”一声。方姐没走远，又被她喊住：“方姐，你说人会因为淋雨生什么需要住院的大病呢？”

对于徐格的话，孟听枝保持一定的怀疑。好歹她之前关注徐格微博那么久，对他的多任前女友都如数家珍，知道徐少爷这人属性有点疯，满嘴跑火车也是常规操作。

方姐回头，乍然之间有点蒙。

“淋雨能生什么病？”忽的，方姐想起来什么，神色凝重地补充，“一般生不了大病，不过要是他之前就身体不好，那是很可能出大问题的。”

孟听枝眼眸一蹙：“哪种？”

“好多年前的事了，方舟他有个舅姥爷，原先身体不好，不知道在乡下赶什么集会，淋了雨，回家之后也没注意，先是发了几天烧，再送去医院看的时候已经转成肺炎了。他早年肺就不好，好像有病根来着，最后治来治去，一年不到人就没了。可不就是那场雨淋的，不然哪有后头这些事啊。”

说完，方姐看着脸色忽然发白发怔的孟听枝，担心地走上前问：“怎么了枝枝，刚刚就听你电话里说什么住院，谁住院啊？”

前男友吗？孟听枝不想说。

摇了摇头，她勉强露出一个算不上笑的弧度：“没什么，就是一个……普通朋友。”

方姐顺口道：“那你是不是要去医院看看啊，走不开是吧？方舟现在放暑假，我闲，我替你看着。”

孟听枝还没做好决定，去不去呢。

她一边上楼一边为自己开脱地想，就算真的淋雨生病又关她什么事呢？又不是她叫程濯暴雨天来梧桐里散步的，又不是她叫程濯冒雨帮她去捉小咪的。

这样的话，她在心里数遍重复，都难起安抚作用。

毕竟……是她故意不把毛巾给他用的，就让他在画室多待一会儿，擦干水，把湿衣服吹干再走，又怎么样呢？怎么那会儿忽然就那么小心眼呢？

叫人因故生病受灾，到底是不好了。

他好像真的身体不好。

孟听枝之前在网上看到过相关报道，说程濯作为程靖远的独子，外派回国后没有进入集团的核心管理层，官方说法是个人原因，小道消息加以剖析解释，说个人原因是程濯身体不好。

他皮肤太白了，是那种少见日光的白，腿长腰细，少有的能被媒体公开的照片里，矜贵自持的白衬衫、西裤完全遮住那身薄匀有力的肌肉，只一股端方清峻隔着疏离感叫人更想窥知。

孟听枝在梧桐里附近的水果店买了点水果，老板收了钱，正在果篮里头摆放装饰。

她在水果店门口等，犹豫了一会儿，把徐格的电话重拨了回去。

那头很快接通："喂？枝枝妹妹。"

徐格先是自来熟地喊着，然后做贼心虚地不等孟听枝出声就抢话道："真的，枝枝妹妹，我真就一外人，你要再问我别的，那我也不好替濯哥哥回答了，是吧？男人心思也难猜呢，你自个儿问他吧，你俩当面讲不是更好吗？别的我真不能多说了。"

孟听枝看着老板将透明的玻璃纸扭紧，利落地扎了一个蝴蝶结。她深吸一口气，对着耳边的手机说："可是你总得告诉我，他现在在哪个医院吧？"

电话那头，徐格立马狠敲三下脑门，套路差点玩脱了，最关键的信息忘说了！

他装模作样地清了清嗓子，咳了两声："那枝枝妹妹你这就是要去的意思啦？"

孟听枝从老板手上接过果篮，往自己停在路边的车子走去，声调朝下，隐隐有几分心不甘情不愿的意思：“我果篮都已经买好了。”

徐格一听，就跟孟听枝要来医院探望自己一样：“哎呀，太客气了太客气了，大可不必的呀，你费那功夫干什么呢？人来了就行。”

孟听枝都怀疑自己这果篮是要送给徐格的。

徐格把医院的名字和详细地址都发了过来。

孟听枝开车过去。

她之前没来过这种私密性和安保做得很好的私人医院，在门口做了详细的登记，保安还打电话去服务台那边确认了一遍预约，才把她放进来。

病房号徐格也说了，孟听枝知道，只是拎着果篮站在医院的挑高大厅里时，忽然不知道往哪个方向走。

正找指示牌的时候，一个年轻护士走过来，笑容温和，主动问：“请问是探病 708 的程先生吗？”

孟听枝点头：“对的，我来探望程先生。”

电梯直达 7 楼的 VIP 区域。出了电梯，走道宽敞明亮，扑面而来的不是消毒水的气息，干爽清新。

小护士先出了电梯，一面往前带路一面说：“你今天来探病刚好，不然明天下午程先生就要做手术了，之后术后观察，可能不那么适合过来探望，要等两天这样子。”

明天下午做手术？闻言孟听枝眉心凝起，真的已经严重到这种地步了吗？

孟听枝急忙问：“为什么会到做手术这么严重啊？”

小护士停步回身，眨了眨眼说：“你不知道吗？”

孟听枝心说，我当然不知道啊，一个净身高一米八五、单手能把一个成年女性从浴缸里直接抱起的男人，怎么会在夏天淋了一场夜雨就会生病到要住院做手术了？

孟听枝脸上表情就跟一块没醒好的面团似的，五味杂陈地喃喃着：“他到底是什么人间娇气包……”

小护士看着面前的漂亮姑娘一脸担心的样子，解释说："其实起初也不是很严重，就是——"不能说老人家都有讳疾忌医的毛病，"想看看能不能吃药自愈。但其实像他们这种身体底子差的病人，吃药自愈的可能性是很小的，再加上一些最近的外界原因，毛病突然就集中冒出来了，那现在肯定就是要做手术的。"

孟听枝听得认真，分秒不差地捕捉到关键词——最近的外界原因。

"淋雨"这词到了嘴边没说出来，孟听枝吞吞吐吐地换了话："是……天气原因吗？"

小护士立马点头："对啊！就是这个。"

那位老爷子可不就是因为年纪大了，身体底子又差，扛不住暑热才住进医院的嘛。

孟听枝拎着果篮的手不由自主地用力，秀气的指关节泛出一片青白色，心里的后悔越来越深。

为什么非要那么着急赶他走？晚个十来分钟半个小时的又不会怎么样。那晚雨那么大，梧桐里又偏，他万一不是自己开车来的，光等车就要等好久的。

孟听枝稍一合眼，满脑子都是那晚程濯湿了半身的白衬衣，打着一把黑色的伞，从梧桐里昏黄到几乎可以忽略的老旧灯光里落魄地走出去的样子。

小护士又领路道："走吧，这会儿程先生应该刚午睡起来了。"

孟听枝回过神，一看腕间的手表，下午三点半。

他现在已经娇气到需要午睡了吗？他以前不是通宵都面不改色吗？他虽然有点烟酒方面的嗜好，但身体一直很不错的啊！

孟听枝实在忍不住想，这一年他身上到底发生了什么？

小护士只把人领到 708 病房的门口，就笑笑离开了。

孟听枝一个人站在病房前，好几次抬起手想要敲门，都一鼓作气再而衰三而竭地放下了，不知道敲了门，要说什么。

直到医院走廊传来一道熟悉的男声。

恍如做梦一般，又轻又虚地喊，好似她是一阵烟，稍有惊扰，就会顷刻散去。

“孟听枝。”

程濯的反应极快，连“你怎么在这里”都不必问了，立马猜到是谁让孟听枝出现在这里的，除了徐格那个混球还能有谁。

孟听枝转过头，也愣了几秒。

男人站在走廊窗前，逆着午后即将衰竭的鼎盛日光，依旧高大，依旧鲜活，甚至右手上还扯着半截没撕掉粘纸的创可贴，左手大拇指上一道已经在愈合的暗红小伤口，暴露在外，正等着那半截创可贴来妥当包围。

这哪里像娇气包啊……

“你……”孟听枝视线被黏住一般地望着他，半天找不到合适的下文。

“你住院？”

程濯一步没挪，手上那半截创可贴都不敢擅自撕去，所有动作如定格一样，如实回道：“我爷爷住院，小手术。”

孟听枝恍然大悟，原来，程先生是指程濯的爷爷。那么徐格说的程濯受伤了，就这两天吧，再不去看看，之后再去医院就见不到了，那个伤，是指他手上的小口子吗？所以再不去看看就见不到了的意思是……过两天伤口就直接愈合了？！

孟听枝想着，倒吸一口凉气，再次叹服于徐格的话术，好像骗人了，但细究起来，又好像没有骗人。

见孟听枝一直盯着自己的手指看，程濯滞了下，撕去粘纸，快速将伤口裹住。废弃的小片粘纸团了又团，最后在他手心皱巴成一个小球。

“徐格说是我住院？”

孟听枝“嗯”一声，不想再提徐格误导自己，以为他生病住院是因为那晚淋雨，以及自己那些现在想想完全莫名其妙的脑补。

程濯目光下移，看着她手里提着的果篮，现在正是吃桃子的季节，那桃子看起来粉绒绒的，个大又圆。

“果篮是送给我的？”

“我……”

孟听枝没来得及回答，旁边“咔嚓”一声响动，708的病房门打开了，一个面容和蔼的中年女人站在门里，看见孟听枝就一脸高兴地笑着。

“是枝枝小姐吧？怎么在门口说话，快进来吧。”老保姆顺手提走果篮，“这么重的东西提过来累坏了吧？我来拎，枝枝小姐快请进。”

孟听枝面上有笑，但人还是略有些尴尬局促。盛情难却，她悄悄吸了一口气，正要在老保姆的邀请下朝病房里迈步，程濯出声喊住了她。

“孟听枝！”

“嗯？”她猝不及防地应声转头，鼻音糯糯地应了一下。

“你先过来。”

走廊的转角处背阴，刚刚那扇日光鼎盛的廊窗就在附近，投下明晃晃的光影。

孟听枝跟在程濯身后，走到这里，懊恼自己怎么就这么听话，好歹先问一句过来干什么吧。

程濯说：“徐格骗你的。”

孟听枝已经知道了，“嗯”一声，没下文了。

程濯又说：“其实是因为我爷爷想见你。”

孟听枝：“哦。”

她平淡的反应叫他猜不出一丝头绪，半点提示也没有。

人已经被徐格诓来了，这一面似乎难以避免，可她刚刚敛息鼓气的样子，明摆着是为难。

程濯望向不远处的电梯，面前的孟听枝一直看着他。

他纠结地转回视线，对上孟听枝的眸子，修长脖颈上喉结微微一动，撇开目光说：“你从这儿走吧，我待会儿回去解释。”

孟听枝讷讷地“啊”了一声，嘴巴张出一个呆滞又可爱的小口：“可是，我的果篮都……”

程濯索性和她挑明：“你知道我爷爷想见你是什么意思吗？”

孟听枝不想猜，摇摇头。

“他如果见到你，又很满意的话……”

程濯的爷爷她没见过，但程濯的父亲她见过，就那一面，双方都很不满意。

坏记忆，总沉疴不愈。

孟听枝带着一股倔，低低说：“怎么了，我不可以让你爷爷满意吗？他如果满意我，又不会让我当你奶奶。”

程濯：“……”

一年不见，她抬杠的本事见长。

话停在这儿，气氛生硬得似两个人都在赌气，孟听枝觉得这样的“对峙”莫名的尴尬又有点暧昧，因为刚刚旁边过去一个小护士跟同事说悄悄话，让孟听枝给听见了。

她们说那是小程先生的女朋友。

孟听枝盯着地面那道光，平缓了思绪，这才咕哝说着：“总不能每次你让我走我就走吧。”

话里有些翻旧账的怨怪。

程濯不由得神色紧绷，关于那次分手，他有太多要解释的，可甫一出声，就被孟听枝清柔的声线一击即中：“那我也太听你的话了。我现在不！”

说完，她一秒钟也没留给程濯，转身朝708病房走去。

她今天穿了件剪裁质地都很好的棉白裙子，泡泡袖衬得肩背极薄，人很娇软，转身风抖动高高束起的马尾，发梢在白皙修长的脖颈间柳丝一样荡拂而过，恍然间，如在佛寺树荫下那一面。

程濯左手拇指用力按在食指上，未痊愈的伤口在压迫下尖锐地刺痛神经。

他右手手心里，是一张皱巴巴的小粘纸。

程濯在廊窗边抽了根烟再回去时，推开病房的门，里面已经聊起来了。

差点忘了，他爷爷娶的也是艺术家，自己也精通书法和国画，就算隔了几十条代沟，也照样能跟小姑娘找到共同的话题。老爷子这儿问问，那儿问问，几句话就能摸清对方的底子，好作一副相谈甚欢的模样。

现在已经聊到年轻人就要勇于追求梦想了。

“有机会你来我们家看看就知道了，他奶奶原先也有个制陶的工作室，空了好多年了，现在给她的两个学生在开班，周末都是些小朋友在里头玩陶泥。”

这一聊就聊到日暮渐沉，晚霞笼罩大地。

其间没什么令人尴尬的话题，仿佛只是个恭顺小辈来探望和蔼可亲的长者，甚至很少提及她和程濯之前的事。

哪怕老爷子有心无心地讲到，也是自然舒心地一两句话带过，讲他自己更多。

“我跟他奶奶年轻的时候脾气不对付，也吵过架。那会儿在气头上才想争个高下，多少年过去，什么都忘干净了，再想起来，吵架拌嘴，分分合合，什么都是好的。”

临走前，孟听枝柔柔地叫老爷子好好照顾身体。

老爷子问她是不是自己开车来的，孟听枝点头后，他又把眼风使向程濯，叫程濯把人妥妥当当地送到停车场。

他们出了病房，走到电梯那儿，刚好错过电梯下行。

廊窗里的漫天暮色似油画般细腻温柔，将不远处高架桥上拥堵的晚高峰车流描绘得不急不缓。

孟听枝收回视线，刚刚听他爷爷说他奶奶，此刻心一静，不由自主地感慨了一句：“没想到，你们家的男人都喜欢娶艺术家，家族传统吗？”

身边一时无声。

孟听枝纳闷转头，忽地撞进一直看她的程濯的眼睛里，似浓荫下的潭涧，心头惊怔一瞬，他磁沉悦耳的音质蓦然追加印记地吐出四个字："家族传统。"

电梯亮起红灯，恰好在这时"叮"一声，提示到达楼层，厢门自动往两侧移开。

小时候看《动物世界》，热带雨林里的植物往往颜色艳丽而黏液充沛，小飞蛾一旦不慎被吸引弹落上去，要费好大的气力，才能摆脱那层香泽的束缚。

刚刚那一秒，孟听枝是小飞蛾。

她躲开视线，及时伸手去拦，即将自动闭合的电梯门有所感应地重新弹开。她压了一下呼吸，故作镇定地走进去。程濯随后，没有说话。

已然足够了，他一直都是寡言少语，几个字就能掀起惊涛骇浪的人。

电梯缓缓下行。

孟听枝盯着自己的脚尖。

电梯四壁反光，余光里，有一道视线不加掩饰灼烫地落在她身上，狭小封闭的空间，躲无可躲，她只能尽力叫自己平静一些。

电梯到三楼，打开，无人，再合上。

程濯忽然出声："你头发直了。"

"嗯？"孟听枝不解地哼了一声，没敢转头，只是小幅度地用眼角瞥他。

"你那两次都是卷发。"

关于那两次单方面的遇见，她毫不知情。

程濯说："之前在明裕庭见过你。"

暴雨那晚灯昏，她头发湿了，也细觉不出，今天近距离看，不是头两次那种波浪一样的卷度，柔顺自然的直发，很清纯。

明裕庭？孟听枝想起来了，拍纪录片去过那儿。

她神情恍然地回答："哦，那次啊，那是许学长要求的。"

她自己平时懒得那么精细地打理头发，那回穿那条粉蓝的复古花裙，阮美云瞧着满意，把她拉去托尼那儿做的造型。

之后拍片子定妆造，许明泽说她那天的卷发好看，就又叫妆造姐姐重新做了卷度。

可这话落在程濯耳中，叫他很不舒服。

“许学长？他要求？他还能点名要你怎么打扮吗？”

电梯到了。

孟听枝被他一句话噎得莫名其妙，这人脾气怎么说来就来？

出了电梯，孟听枝往大厅门口走，试图解释：“那是他的片子，自然是他想要什么造型就什么造型啊。”

程濯矜傲地嗤了一声：“他可真厉害。”

孟听枝侧目看他，那双桃花眼，长睫掩着一片阴郁，隐隐杀气。

这是在干什么？吃醋吗？

孟听枝头都要大了，视线朝下一瞥，他频频按压食指的大拇指上，肤色的创可贴边缘已经被红色的血浸透了，小部分血迹沁进指纹里。这场景出现在他那双骨节分明的手上，实在暴殄天物。

艺术家见不得艺术被毁。

孟听枝急忙抓住他的手：“你别按！还没好呢，伤口都崩开了，你不疼吗？”

她的指尖是软的，分别捏在他的指侧，像叫那一方伤处夹在其中，在受最小幅的电刑，连腕骨都是麻的。

孟听枝仰头担心又疑惑地看着他，像在询问一个扑腾摔地的小朋友。

程濯眼波仿若被什么烫化了一样，明明那么高的个子，俯看穿平跟鞋的小姑娘，长而分明的睫毛垂敛出脆弱的姿态，嘴里含混地哼出单音。

“嗯，疼。”低低的声音，短而软。

孟听枝瞳孔悄然放大，惊讶程度不亚于有人猛然在她耳边戳炸一个气球。怎么形容那种昏聩？完全措手不及。

什么淋暴雨、生病住院做手术才算娇气包，分明这人只要用服软的态度说两个单音字，就娇气死了！

孟听枝倏地松开手，不敢再问一句“你真疼啊”，万一他回答了“嗯”，那就是娇气包进化！

孟听枝四处看：“这医院你熟吗？要不找护士给你重新包扎一下吧！你这个伤口是不是要消一下毒？现在天热出汗，容易感染的。”

她目光游离间，一一照拂到大厅的每一个医患，唯独死也不扭头看此刻的程濯。忽的，秀致下颌上传来一道滚烫热度，稍一用力，她就不得不将目光移回。

那只手的主人俯身垂颈，话息极轻地问她：“孟听枝，你担心我啊？”

孟听枝只觉得有一整个夏天都住在她嗓子里，不断升温，无论她多用力地吞咽，这样近到咫尺的距离，分秒都在灼烤，暑热难消。

她底气不足地说：“我、我担心每一个与疾病做斗争的人。”

接诊间里还有其他做伤口包扎的人，之前给孟听枝引路的小护士也在里头，一眼认出程濯来，看到他的拇指流血严重，立马拿了铁盘和酒精棉球过来。

护士一边消毒擦血一边说：“这怎么弄的啊，这两天不是已经要好了吗，怎么伤口又重新裂开了？”

说完，疑问的目光下意识地就朝一旁的孟听枝探去，好像是他们干了什么不该干的事才叫程濯的伤口裂开了，而孟听枝是罪魁祸首。

孟听枝深觉无辜，但不想解释任何，只想赶紧弄完，她就回家。

程濯也没回答，淡淡问：“这种伤算得上疾病吗？”

小护士“扑哧”一笑，立马说：“哎呀，就算伤口裂了也不要紧的，什么疾病啊，哪有那么严重的，不过之后真的要注意了。”

待“官方”回答后，程濯回头跟孟听枝说：“不算疾病。”

他不在“与疾病做斗争的人”范围内，因为她的“博爱”还轮不到他头上。

孟听枝忍无可忍，两腮微鼓，最后硬邦邦地说：“那我收回我的担心！”

程濯：“……”

小护士给伤口止住血，重新贴上创可贴，目光在程濯和孟听枝之间递了一个来回，弯着嘴角，显而易见地说：“小程先生，你女朋友好像生气了。”

程濯轻瞥了孟听枝一眼，分辨片刻，又转回去，轻轻地说：“嗯。”

第二十六章

远山雾

那天在医院，孟听枝就该有所感知，程濯变了，他不是以前那个目无下尘、矜贵自持的程公子了。

这人现在性狡诈，颜略厚。

这天早晨，雨洗晴空。推开小楼二楼阳台的门，梧桐叶尖湿漉漉坠着水，风一吹，几滴水珠落在孟听枝细白的肩臂上。

她用手指抹去凉润，两臂朝上，伸了个懒腰，等残余的睡意慢慢在晨风里醒透，趿着凉拖跑回房间洗漱。

她刚换了衣服，桌上的手机嗡嗡振动起来，是之前约画的一个申城顾客定了交稿时间，周末亲自过来取画，现在临时行程变动，希望孟听枝今天就能把那两幅挂画寄过去。

画早已经完稿，孟听枝答应下来，一面下楼，一面手指在屏幕上点着，约快递上门。

之前那卷包装纸不够用，她包到一半，去隔壁问方姐借了一卷。

等快递上门的工夫，孟听枝去隔壁还东西。方舟正咬着笔头，趴在柜台上做数学卷子。

暑假还没有快乐几天，方姐就把儿子送去一个奥数兴趣班。最近几天孟听枝见这孩子，他十次有八次都是垂头丧气的。

方舟一边写卷子一边说奥数辅导班的题目都好变态，当头被方姐敲了一下。

“你个小孩知道什么是变态？人家都说奥数学好了数学绝对差不了。认真写！去里头写，不许偷偷玩平板电脑啊。”

方舟拖泥带水地哼唧着：“可是，好多题目我都不会，看着答案我都不会。”

方姐把他那浑身充着懒劲的小身子一推：“不会就慢慢想，实在不行就问你枝枝姐姐。”

孟听枝没敢接话。她是艺术生，高中学的又是文科，虽然是小学低年级的奥数题目，但有些题目真的挺烧脑，她也得对着答案想半天才能理解。

打发走方舟，店里也闲，方姐拿了一大袋瓜子放在柜台上跟孟听枝闲聊，说前天来找孟听枝的那男的之前没见过。

方姐把葵花瓜子嗑得又快又响：“那谁啊？瞧着还蛮斯文的，但不像你们学校那种学艺术的。”

方姐看人是真的准，孟听枝说：“对，不是苏大的，他在德国留学的，今年刚回来，是我爸爸牌友的儿子。他家新房最近在装修，他想在书房里挂一幅画，我爸非在外头吹我，他就来跟我聊了一下。”

方姐笑眯眯推她一下：“什么吹你，别谦虚啊艺术家，你爸这给你招揽生意呢，不挺好的。”

孟听枝不想说张晓鹏单身，阮美云女士的意思是让她多跟人处处。跟许明泽他们一起吃饭 AA 惯了，上次张晓鹏请她那顿，她还得找机会还回去，想想就头疼得很。

孟听枝轻叹了声，转移注意力，看到小咪在窗口一蹿而下的黑影，唇边露出点轻松的笑容：“小咪回来了。”

方姐瞥一眼，说起这猫就烦，三天两头不着家，起初还担心它在外头饿着冻着，现在懒得管了，猫粮放外头，这位猫大爷爱吃不吃吧。

孟听枝见方姐烦多了，忍不住问：“小咪这么惹你烦，你也没想着把它送人，看来心里还是喜欢。”

说到这个，方姐神色一变，凑近孟听枝煞有其事地说：“这小黑猫天生招桃花，讲不出来原因，就是吸引帅哥。”

怕孟听枝不信，方姐说：“真的，那猫真有桃花体质，平时它在外头四处野四处浪，时不时逛回来一趟，准是有帅哥出现。那狗鼻子，灵着呢！”

孟听枝扶着柜台，笑得不行，一只猫怎么会有了狗鼻子啊？

“方姐，猫鼻子也灵的。”

方姐深信不疑地开始举例子：“就那回，它从小院子墙上一下蹿出来叫。我当它又怎么疯闹呢，拿着苍蝇拍出去看，你堂哥就站在我店门口，说早知道这儿有花店就在我这儿定花了。哎，枝枝，你那个堂哥是真挺帅的，就又帅又有点坏又有点正人君子的感觉。”

孟听枝真觉得方姐说话有意思。坏和正人君子乍听对立矛盾，但放在堂哥身上，那的确是有几分只可意会的契合感。

“还有之前那个来找你约片的摄影师，姓童的那个，也帅啊。我那猫是真灵。”

孟听枝想起摄影师来那次了。

她跟周游在大学社团的朋友童卫，今年在榆钱门大街开了写真馆，之前约她拍了一组风格清冷的图当客片例图。

柜台上摊着的瓜子被方姐嗑得咔咔响，外头忽地传来一声绵长的“喵”，只见小黑猫轻巧又机灵地从花架上跳下来，散尾葵的枝叶被猫尾摆得簌簌作响。

方姐朝外一看，手里瓜子皮猛一扔，眼睛忽地放光，大惊道：“我的天，帅到顶了，这死小猫今天放大招了啊！”

孟听枝手肘支在柜台上轻轻托腮，这时，顺着方姐的视线不设防地一转头。

程濯穿着白衬衫，风姿殊秀，正站在花店门口。

“买花吗？”

孟听枝那点怔住的思绪，在两秒后被方姐一声打断。

他对答如流：“来看看刘晟漆先生的故居——顺便买花。”

花店两侧是通顶的黑色铁艺花架，中间放了一张吃饭用的折叠桌，明明空间不小，可他一走进来，目光无处落脚就算了，哪儿哪儿都显得逼仄。

程濯进来后，眼神第一时间落在孟听枝身上。方姐眼尖，立马察觉两人之间暧昧又别扭的磁场——一个眼神不动声色地追，一个目光故作自然地躲。

方姐问完他要什么花，目光由孟听枝身上移到程濯身上，再移回，破局似的来了一句：“你们，认识？”

孟听枝简单回答，意图一笔带过：“就之前，医院。”

“哦，普通朋友！”方姐恍然，再看程濯，从头到脚，再从脚到头打量一遍。

这人气质矜贵，身骨清绝，那股心无旁骛的从容叫他往花店一站，周遭都蓬荜生辉般的亮了一个度，一看就不是一般人。

方姐打趣道：“枝枝，你这朋友可不太普通啊。”

程濯听到孟听枝称他为普通朋友，表面神情未变，礼貌地跟方姐说：“拿一束白色的郁金香。”

“好。”方姐这就去忙活。

方姐前脚刚走，孟听枝的手机就响了。

阮美云打过来的。那头很吵，不知道放着多少年前的老港台片，还当背景音似的高分贝播放，阮美云一开嗓便将其余的声音压住：“枝枝啊，你大伯二伯他们今天过来了，你今天中午早点回，要不就现在吧，正凑人打牌呢，还缺一个，你回来给他们搭一搭。”

还要等快递员上门取件，孟听枝这会儿回家有点不方便，但眼风扫到正在等花的程濯，忽然觉得，也不是那么不方便。

她喊住拎着一本试题卷出来正倒水喝的方舟：“舟舟。”

方舟捧着杯子：“嗯？”

“我有点事，现在要回家。你帮我跟你妈妈说，待会儿有快递员上门取件，东西我已经包装好放在画室门口了，地址电话什么的我写在这里。”

说话间，孟听枝已经唰唰写好一张便利贴，利落一扯，淡绿色的黏性纸贴在柜台旁写着今日花价的小黑板上。

“叫你妈妈帮我寄一下。”

方舟那孩子估计被奥数题折磨傻了，耷拉着肩，面无人色地应着：“哦，知道了。”

孟听枝转头看向程濯，好似这一眼他们才刚见彼此，礼貌微笑，挥了挥手道：“那你等花吧，我先走了。”

孟听枝跨出花店，裙角荡进阳光里，先是去了隔壁一趟，手上多了车钥匙，很快走出他追寻的视线。有点措手不及，程濯修长白皙的五指虚虚一收拢，又认命地重新舒展开，指端在架子上轻敲了两下。

方姐的声音在窸窸窣窣的翻找动静里传来：“客人，客人，那个，包装你有什么要求吗？大概是送给什么人的呢？”

方姐一手拿着包装纸一手拿着郁金香走出来。

程濯想了想：“漂亮女人。”

“漂……”方姐下意识地跟着念，一出声，眼珠疑惑尽解地往旁边画室瞥去，不问了，直接点头说，“行，那我给你包漂亮一点。你现在急吗？”

人都已经走了，他还能急什么？急着去看刘晟漆先生的故居？

“不急。”

“不急就好，不急就好。”方姐舒心一笑，拿着手机回复网铺里的单子。

方舟想起孟听枝的嘱咐，忽然喊：“妈。”

方姐一瞥，见他手上拎着皱巴巴的试题卷。就没见过谁像方舟似的学习费劲，写张卷子写出大太阳底下捡了半天破烂的颓废感，方姐立马气不打一处来："妈什么妈！一张卷子你写一上午，你喊什么妈，你干脆喊佛祖！"

方舟嘟囔着："我都说了奥数卷子难！"

"不是让你去问枝枝姐姐吗？"

方舟有底气似的扬起声音："枝枝姐姐都走了！"

方姐目光往屋子里一寻，是没看到人。

"那……"

程濯刚刚把那张便利贴上的内容看完，指关节轻敲台子，两声清脆的响："我教你。"

方姐正头疼，闻声再看程濯，那就是救兵来了，赶紧打发方舟："快去，让哥哥教你，你好好学，天天费劲的呢！"

方舟半点精神打不起来，脚上跟拴铅条似的朝程濯的方向走，嘴角还不情不愿地挑剔着："可是，哥哥都不一定会的，他们都是学艺术的，那之前来找枝枝姐姐的明泽哥哥、小宇哥哥，还有那个胸口挂相机的哥哥，他们都还不如枝枝姐姐呢。"

方姐差点忍不住要动手了："就让你学个习，怎么废话这么多？"说完，方姐换了和善脸色对程濯："你随便教，那个花材还要等一会儿，我尽快帮你弄好。"

程濯有些心不在焉地应着："麻烦了。"

方姐一走，方舟跟干尸一样瘫在柜台上。

程濯看着"小干尸"，脑子是他刚刚抱怨出来的话——那之前来找枝枝姐姐的明泽哥哥、小宇哥哥，还有那个胸口挂相机的哥哥，他们都还不如枝枝姐姐呢。

越想，程濯的眉头蹙得越深。

哪来这么多哥哥？

这种最低阶的奥数题，对程濯来说属于闭着眼睛都能解，甚至有些题，连纸面验算都可以直接省，过一下脑子就能报出答案。

"小干尸"慢慢有了活气。连续几题对了一下答案，全都对，方舟眼睛晶亮放光地看着程濯："哥哥，你好厉害啊。"

程濯倒不至于因为这种小事心生骄傲，他心里还装着别的事，手指缓慢又有规律地在玻璃柜台上轻轻敲击，一心二用。

按照程濯教的解题思路，方舟又去做了几道同类型的题目，彩虹屁还没停，好奇地问程濯：“哥哥，你是什么大学毕业的啊？”

“问这个干什么？”

说话间，方姐把程濯要的那束白色郁金香包好了。做旧的棕色牛皮纸，间缀奶杏色的玻璃纸，衬得那一大束白色花朵格外干净清透。

方姐说方舟：“你认真写作业，别问东问西的！”

那花被放下，眼看方姐就要跟他张口，程濯不动声色地偏转开目光，一瞥方舟的卷子，手指迅速朝一处数字指：“这道题错了。”

方舟张大嘴“啊”一声，立马去翻答案。

“没有啊，答案就是48。”

程濯：“12。”

方舟：“可是答案……”

程濯笃然：“答案错了。笔拿来。”

方舟老老实实地把笔递上，看着程濯演示解题步骤。

方姐对学习的事一窍不通，不然也不会那么头疼方舟，但心底里看重学习，也尊重学习，这会儿看他们一个认真教，一个认真听，没有上前打扰，把花轻手轻脚放在了一旁的桌子上。

“客人，这花我给你放在这儿，你之后扫门口那个码付款就可以了。”

程濯笔尖不停，应一声“好”。

方姐接了网上的单子，要出门送货，手里抱着一束玫瑰叮嘱方舟：“你做完那张卷子才许玩平板啊。”

方舟不情不愿地哼唧着：“知道了。”说完，方舟抬头，眼神期待地看程濯：“哥哥，你刚刚说你不急，你能把后面的题目都教完再走吗？”

程濯掩下一股正中下怀的意思，眉眼舒展，显出一副清隽朗正又好脾气的样子。

“可以。”

方舟雀跃地说“谢谢哥哥”，走到门口的方姐先是骂一句方舟自来熟，脸皮厚，之后感念地说：“你跟枝枝应该是关系很好的朋友吧？”

程濯略一停，回道：“看她怎么说。”

门口有引擎发动的声音，那辆蓝色的小电驴，很快被方姐骑走。

程濯始终清明的思绪，此刻运转到一个关键节点。

他给方舟解释完为什么答案是12，还顺手教了他怎么讲解题思路，如果他们老师也没发现这个答案错误，那么确保他可以在同学面前要一波帅。

小孩子没有防备心，容易慕强，尤其是方舟这样天生自来熟的小孩，很快就对程濯信任满满。

程濯问：“你妈妈送单，一般要多久？”

方舟咬着笔头含含糊糊地说：“看送去哪儿吧，可能一个小时，有时候要更久。”

白皙指尖刚好敲落在台上，程濯唇边露出一丝笑意。

之前的问题还没回答，方舟又问：“哥哥你应该不是学艺术的吧？”

程濯没有顺话回答，套着问：“学艺术的怎么了？”

方舟抿唇，细细一措辞：“就之前来找枝枝姐姐的几个哥哥，不是学画画的，就是搞摄影的，还有一个年纪看起来挺大的，可能年纪大脑子转不动吧，感觉他们都不是很聪明。”

程濯下意识地转着笔，笔杆在他玉竹般修匀瘦长的手指间灵活翻转，不置可否地说一句：“哦，是吗？”

方舟立马说：“是啊！哥哥，你的大学一定很厉害吧？我感觉你比晓鹏哥哥还要聪明，他高中参加过奥数比赛，读的好像是一个德国大学，我不记得名字了。哥哥，你是什么大学呢？”

某一刻，方舟的聒噪让程濯想起他爷爷养的那只鸟，叽叽喳喳，叫得一时不停。鸟叫得尖又轻，方舟喋喋不休更厉害。

忽的，他又听到新人物，黑色的笔从他指间卡顿一样，“啪”的一声，摔在卷子上。

“晓鹏哥哥？谁又是晓鹏哥哥？”

方舟等于在说废话，一脸你应该知道的样子说：“晓鹏哥哥就是来找枝枝姐姐的晓鹏哥哥啊。”

程濯：“……”

“听我妈说，晓鹏哥哥跟枝枝姐姐高中是一个学校的。”

程濯眉头又深深拧住：“十四中？”

“对！”方舟听到这三个字就兴奋起来，因为萌萌经常说她以后要去读十四中，那是苏城最好的高中。

“哥哥，你觉得，我以后可以读十四中吗？”

程濯这会儿正心烦，很难分心琢磨一些委婉的话哄孩子，看着方舟那张满怀期待的脸，最后只挤出一句：“可以有梦想……”

有些话，乍一听不懂其中深意，但第六感已经能快速反应，告诉人细究下去绝不是什么好的意思。

方舟脸色如一朵晒蔫了的花。

正垂头丧气，门口传来一个男人的大嗓门：“有人在吗？雨水集画室寄件，备注说来找隔壁花店，要寄的东西在哪儿啊？”

方舟神色一凛，恍然间，看着程濯摊手无措道：“完蛋了！我把枝枝姐姐跟我说的寄快递的事情给忘了，我妈走了，现在怎么办啊？”

孟听枝回到家里，牌局已经搭好了，隔壁小莉过来凑了个人数。

按照阮美云的吩咐，孟听枝在巷口买了很多卤菜熟食。那家店是老字号，经常一到饭点就要排队。

孟听枝在店外排了半个小时，天气热，后背黏了一层汗。

刚一进门，孟听枝先跟长辈们打招呼。

阮美云从她手上接过熟食袋子，瞧着外头明晃晃热浪似的日光，心里琢磨着这阵难挨的暑热不知道什么时候才能退去。

她叫孟听枝先上楼洗个澡。孟听枝应着声，目光环视客厅一周，没看见孟辉。

怪不得呢，往常大伯他们过来，准能立马凑成牌局。刚刚在路上孟听枝还在想，今天是少来了谁，才会三缺一，没想到是孟辉。

“我爸呢？”

阮美云端了冰好的西瓜出来，提到孟辉就没好脸色：“一大早不就跑去老电视台了。”

孟听枝一看墙上的挂历，恍然大悟，是到日子了。

苏城地方的综艺频道，每年夏天都要举办麻将竞技比赛。

节目开播，孟辉不仅每天准时为收视率做贡献，也积极报名参与，目前已经勇战三季，最高历史成绩是老城区四十强。

重在参与，开心就好。孟听枝没多问，吃完一瓣西瓜上楼洗澡了。等她吹完头发出来，桌子上的手机亮着提示灯。不待她看一眼微信里的新消息，阮美云又在楼下喊：“枝枝，快下来！”

孟听枝当是要开饭了，一边下楼，一边点开微信，通讯录上有一个写着数字“1”的红圈圈。

有人添加她为好友。

她点开来看，头像还是那幅舒晚镜的抽象画，水彩，带框，蓝色。

CZ：邮费62。

孟听枝差点儿在楼梯上一脚踩空，一头雾水：什么邮费？

见她愣在楼梯上，阮美云已经抱着一大束白色郁金香走过来了。郁金香的花香很淡，阮美云嗅了两下，满脸喜滋滋的：“快下来啊枝枝。这花谁送的？”

阮美云那副表情，像是已经猜到是谁，故意问出来打趣女儿一下。

手机屏幕亮着，孟听枝下了楼，还没缓过神来，清软视线往那束白色郁金香上一落，看了好一会儿。

再看那条“邮费 62”的添加消息，所以，是送花给她，还要她报销邮费的意思吗？

牌局恰好在这时散了，两个伯母和堂姐见着这么大一束包装漂亮的花，都凑过来看热闹，脸上是乐得探听晚辈八卦的笑容。

堂姐直接撞了撞孟听枝的肩说：“哟，都处到开始送花啦！不是听说是在德国留学，读理工的吗？不木讷啊，还挺懂浪漫。”

阮美云跟张晓鹏熟一点，感觉之前两个孩子相处还远远没到这步，挺意外，不过只当自己可能不了解年轻人。

她看着手里的花，往孟听枝怀里一塞，很满意地下了定论：“唉，就这样的孩子一看就会来事儿，你这种闷性子，就要配这样的才好，你还天天说不合适不合适，不挺合适！”

伯母们和堂姐纷纷应和。

“是是是。”

“男孩子嘛，会送花还蛮细心的呀。”

“枝枝啊，我跟你说，找老公一定要找懂情调的！”

孟听枝抱着花，一瞬间头都大了。她就算有一百张嘴都讲不清，无从解释，如果说花不是张晓鹏送的，那势必要当着大家的面说出个甲乙丙丁来。

前男友，怎么说？

而且，太过分了吧！哪有人前脚送花，后脚就问人要邮费的？花都送了，还计较邮费？

她懂，这不过也是一种蓄意接近的方式。可这也太烂了吧，比暴雨天参观刘晟漆先生故居这样的借口还烂。

阮美云张罗着大家洗手吃饭，菜正一道道往桌子上端。

孟听枝趁空把花放下，走到一边，重新点开微信，手指在屏幕上方犹豫半天，最终同意。

她决定先发制人，“嗒嗒”打字。

你为什么不选到付？这样还方便一些。

发完这句话，孟听枝上了餐桌，一边喝果汁一边听堂姐说自己的婚后日常。

饭菜丰盛，一大桌子人吃吃聊聊，气氛融洽和睦。

忽的，孟听枝手机响了一声，屏幕自动亮起，显示是程濯给她回了消息，两条，还有图片。

孟听枝以一种我倒要看看你还能怎么解释的心理，手指狠狠一戳，点开微信。弹出来的消息，叫她瞬间傻眼。

CZ：这是挂画的快递单。

CZ：知道你怕麻烦，我特意问了，你约的收件员说之前跟你讲好了，到付不行。我不跟你说一声，显得像要用几十块叫你欠我人情，我知道你不喜欢这样。

餐桌上，一个两个忽然都断了话题，纷纷将目光投向孟听枝，就看她拿着手机，凝视屏幕，一脸骑虎难下的尴尬。

阮美云问："好好地吃着饭呢，怎么了？"

孟听枝抿唇，放下手机，拿起筷子随手夹了一块土豆，一面笑笑地摇头说："没事，画室的客人。"

她性子柔是众人皆知，遇到个别难缠的客人也的确够叫她棘手。大家都没多想，只劝着孟听枝，别事事都这么好脾气。

阮美云了解女儿，好脾气是一方面，另一方面还不是孟听枝太懒。是懒得跟人计较。她小时候就经常被同学占便宜，傻乎乎的，一贯都是能让就让。

这些好声劝导，孟听枝都一律应下。待话题转走，她又悄悄打开手机，光是看着"CZ"这两个名字简写，头皮就不由自主地一阵一阵尴尬发麻，何况她理直气壮地质问还悬在最上头。

她自虐似的看了老半天，半点回复的头绪也无，最后一咬牙，发了一个红包过去。孟听枝赶忙把手机关屏，眼不见心不烦地丢在一边。

他们吃完饭，又聊家常。下午三点，孟听枝才去了画室。

一贯垂头丧气的方舟，这会儿没趴在作业里受罪哼唧，得意扬扬地抱着平板，不知道跟谁在发语音。

“真的不是48，答案不对！我只告诉你一个人，我保证！全班只有我们两个人知道！”

孟听枝走进去，一脸认真地问：“舟舟，我上午不是跟你说了吗，让你妈妈帮我寄一下快递，你是不是给忘啦？”

问到这个，方舟刚刚一脸的意气风发统统偃旗息鼓，缓缓尴尬起来，小声解释说：“没……没忘。”

孟听枝：“嗯？”

方舟挠挠头：“就是，就是想起来有点晚了。那会儿我妈已经送单去了，那个收件员在门口喊，我就……我拜托早上那个哥哥帮你寄了。枝枝姐姐，是快递弄丢了吗，还是什么？”

见方舟想多了已经开始自责，孟听枝立刻摇摇头，安抚地说：“没有没有，快递没问题。”

就是寄快递的人不对劲。

方舟肉眼可见地松了一口气，自己拍拍心口说：“那就好。那就好，我一下忘了，吓死了，就怕耽误你的事情，我求了那个哥哥好久，他才答应帮我寄呢。”

“什么？”孟听枝目瞪口呆，“你还……你还求他好久？”

方舟小鸡啄米似的点头，如实转告收件员来了之后发生的事。

“哥哥就说他来寄不好吧，我就求他帮忙，我怕快递耽搁了会误事，就像上次那个男的要表白，我妈骑车送花过去，路上摔了，迟了半个小时，他上门投诉，还要我们赔钱。

“哥哥一开始特别不愿意，他说他不能帮忙，帮了你就会生气。我不信，枝枝姐姐最好了，我就一直求他来着。”

方舟一双天真纯净的眼睛，眨巴两下，毫不设防地望着孟听枝问：“枝枝姐姐，你真的会生气吗？”

孟听枝捏紧了拳，几秒后，露出一个弧度完美的温柔假笑。

“不会啊！我怎么会生气呢？谢谢这个哥哥。”

方舟立马很有同感地应和：“我也说谢谢哥哥了！他真的好好。他上午来买花，我刚看到他的时候，还感觉他很高冷呢，其实一点也不是！”

方舟说得煞有其事，仿佛短短半天时间，他已经透过现象，看到程濯的本质。

“哥哥特别好！他教我写完两张奥数卷子呢。”方舟手上狠狠比出一个数字二，如馈赠过于丰厚，感恩戴德，很了不得地说，“我明天早上都不用做卷子了！”

孟听枝已经不想听了，敷衍地应和着，在门口撑开遮阳伞，挎着包往隔壁雨水集走去。

方舟一头钻进大太阳底下，喊住她：“对了，枝枝姐姐，告诉你一件开心的事！”

孟听枝笑不出来，不知道此时此刻还有什么事可以让自己开心，她饭前给程濯发的那个红包，他到现在都没有领。

她不得不怀疑，以那个人的聪明脑袋，可能是会什么读心术，知道这 62 块钱的瓜葛一旦一笔勾销，他就会有被删的风险。现在，那个待领的红包，像是一把随时会砍落的屠刀，久悬不下，偏偏不痛快地磨着孟听枝的神经。

方舟走到她的遮阳伞下，把开心的事眉飞色舞地说出来：“你走廊上不是有一把坏掉的折叠椅吗？”

孟听枝已经开始有不好的预感，皱眉淡淡“嗯”了一声。

方舟嘿嘿一笑说：“修好啦！哥哥修好的！”

孟听枝脸上一点合适的表情都挤不出来。

他可真有本事，先是诓小孩儿，后又修椅子，还有什么是他不会的？！

方舟大大的笑容挂在脸上，不解地盯着孟听枝：“枝枝姐姐，你不开心吗？”

孟听枝抿唇，讲不出。她看着眼前的方舟，很想说一句“舟舟，你好好看看我，你觉得我开心吗”。

鼎盛日光隔着一层伞面，都叫人热得发躁，孟听枝握伞的指骨紧了紧。

小孩子注意力转移得快，方舟没纠结孟听枝开不开心。

他一脸好奇：“枝枝姐姐，早上那个哥哥叫什么名字啊？”

什么？他连名字都不告诉你，你就被人三言两语一诓，心甘情愿、乐颠颠给人当快乐迷弟了？他到底是有什么万人迷属性，不分男女，老少通吃的吗？

孟听枝抹了抹额上冒出的薄汗，声音低低的：“程濯，他叫程濯。”

方舟念了一遍，刨根问底：“哪个 zhuo 啊？这个字我会写吗？”

孟听枝颇有同情地看着方舟满脸的求知欲，委婉地回答：“你估计是不会。‘濯清涟而不妖’的‘濯’。”

方舟又很感兴趣地把“濯清涟而不妖”念了一遍，声音渐小地一遍遍咂摸着：“而不妖，而不妖……”

孟听枝心想，挺妖的。

她要走，方舟又亦步亦趋跟上来，抛出新问题：“枝枝姐姐，那程濯哥哥读的什么大学呢？我感觉他比晓鹏哥哥还要聪明。”

因为亲妈的一句“你看看人家晓鹏哥哥学习多好，高中参加奥数比赛，到国外读名牌大学了，你好好跟人学学”，方舟就记上了张晓鹏。

孟听枝看见了那把被程濯修好的瘸腿椅子。

“你怎么不直接问他呢？”

方舟跟着进了画室：“我问了，哥哥不说。”

孟听枝连叹气的欲望都淡了，稍作屏息，不解地看着方舟问：“他什么都不告诉你，你都跟他聊了些什么呢？”

方舟用手指蹭蹭汗津津的鼻子，回忆着说："就是哥哥教我写卷子，然后他问你平时几点过来，几点回去，我说你只是偶尔回家，平时都住小楼上，有客人就起早，没客人就起迟；他又问这边的治安好不好，晚上人多不多，平时都有什么人来找你……嗯，反正我们聊了好多。"

孟听枝："感觉到了。"

那画面，孟听枝可以想象——程濯漫不经心地问，方舟一个人畅所欲言。

又回到老问题上："那程濯哥哥是读什么大学的呢？我感觉他比晓鹏哥哥聪明。"

已经没有什么是需要回避的了，孟听枝打开小冰箱拿了两根雪糕出来，跟方舟一人一支。

她低头，一点点卷着包装纸说："你下次自己问他吧。"

估计这么一句话，打发不了方舟，孟听枝一回忆，倾吐欲就出来了。

"不过，他的确比晓鹏哥哥聪明。晓鹏哥哥参加的那个奥数比赛，他也参加过，他们同届，他是那一届里……后面好几届，直到十四中取消竞赛班制度，他都是竞赛成绩最好的那个。"

可以说，有他石破天惊在前，十四中无人敢称后起之秀。

方舟舔着雪糕，眼神晶亮，"哇"了一声："真的可以又帅又聪明吗？"

孟听枝"扑哧"一声笑了，转头，用食指轻戳了下方舟脑门："哦，绕了半天，你是想问这个呀。"

方舟不好意思地哼着应："枝枝姐姐，程濯哥哥下次什么时候来啊？"

窗口折进来的一段午后阳光，不可抵挡的明亮灼烫，看久了有点晃眼。

抿下喉腔里的雪糕甜味，她摇了摇头，轻轻说："不知道。"

吃完雪糕，拿出手机，孟听枝想了想，在待收的红包下面，又发了一条新消息。

孟听枝：谢谢你帮我修椅子，邮费在上面。

那笔62元的邮费，程濯最后没有收，到了时间自动返了回去，孟听枝没再提。

而那句谢谢，他想了半天是回“没关系”还是“不客气”，都不太好，最终只回了一个叫孟听枝皱眉不解的“嗯”。

程濯平时不怎么刷朋友圈，微信加上孟听枝之后，格外留意朋友圈的动态。

十次有九次刷不到孟听枝。

十次有十一次必刷到二十四小时、时时更新生活动态的徐二少。

乔落养了一只狗，最近出国拍广告，狗绳交给徐格，那只狗吃顿饭，徐格都能发三条动态。

九分钟前——

徐格：带我们星星饭后散步~

三十八分钟前——

徐格：大口干饭的星星！

一个小时前——

徐格：星星好挑食，只吃这个牌子的狗粮，快递终于到了！

沈思源直接在评论区留言。

沈思源：你发第一条的时候，我以为你被和情敌同名的狗逼疯了；这几天朋友圈直播看下来，我恍然大悟，你徐格真是个对狗视如己出的好后爹。

程濯懒得关注徐格，兴致缺缺，正准备退出朋友圈，手指随意一划，忽然看到一张眼熟的照片。他点开看，对比细节，确认图中露侧脸的姑娘就是孟听枝。

照片里，背景像是谭馥桥的老广场，孟听枝和一个四五岁左右的小女孩正在摊位上一起做手工，给陶土模型上色。

他退出图片再看。

张晓鹏：美好下午。

程濯看了眼窗外的天气，暮色渐衰，墨蓝在天际橘云里肆无忌惮的洇散，已经不是什么美好下午了。

门恰巧在这时被敲响，“咚咚”两下后，邓锐走进来给程濯汇报晚上的行程。

“程先生，你晚上的局，现在要动身了，环岛高架桥那边晚高峰可能要堵。”

“知道了。”

等车子真上了高架桥，堵在红灯成海的车流之中，程濯淡淡地瞥了一眼车窗外华灯初上的景象。

冷风口低频运作，车内清爽蕴凉，却浇不熄那股隐躁。

他外表看起来无比的风平浪静，冷白修长的手指有一搭没一搭地开合一个旧铁皮盒子，毫无障碍地跟邓锐沟通下周的工作安排。

合上文件，邓锐照程濯刚刚的吩咐勾掉几项安排，通过反光的操作台，看出了程濯此刻的心不在焉。

车流疏通时，程濯拨出了一个电话。

邓锐屏息敛声，只听后座传来一道清冷似竹间风却掺杂着浓厚疑惑的男声。

“张晓鹏是谁？”

电话那头，先是莫名其妙地笑一声，随即调侃起来。

“你信不信，你拿这话去问百度，百度都给不了你想要的答案。什么张晓鹏，你倒是说清楚啊，哪个张，哪个晓，哪个鹏？不是，濯哥哥，人口普查都没这么笼统的吧？”

徐格刚说完，狗叫起来了。听那杂乱的汪汪声，应该不止一只。

徐格把狭路相逢、箭步逞勇的星星使劲往回拉，老父亲般劝着：“星星乖，不闹哈。”

程濯更烦了。

“十四中的张晓鹏，应该跟我们同届，他参加过奥数比赛。我今天忽然发现有他微信，一个多月前加的。他是不是你的什么朋友？”

之前不少人搭徐格这条线，跟程濯攀过亲近，程濯第一时间就想到徐格身上来了。

徐格拽着汪汪叫的星星，找了个僻静长椅坐下。

“我想想啊。他哪儿人啊？”

“老城区长林巷。”方舟那儿来的消息。

徐格散漫地拖音，一路“嗯嗯”想着，忽然说：“我想起来了！绝了，我说真的，你干脆给我开份工资吧，我真的什么破事都替你记着。张晓鹏！张晓鹏你都不记得了？！”

程濯忍耐力即将告罄，稍闭眼，尽量声音平缓：“说吧，工资我开。”

“你失忆了吗？高三啊，就在谭馥桥的教辅中心，十四中的竞赛班不是搞了一个什么帮扶小组吗？你跟张晓鹏一组，给那哥们儿学抑郁了吧，退了班，之后好像去考雅思出国了。”

程濯眉心逐渐敛起：“真的？你记得这么清楚？”

徐格一边逗着狗，一边说：“对啊，他跟纪枕星一个班嘛。纪枕星是他们班班长，那阵子天天关心他来着，怕他想不开，然后乔落去劝他，我就也跟着去劝。”

乍然间，程濯都想起来了。

仿佛他刚刚只是被那张照片短暂冲击到，此刻，来龙去脉一一在脑海浮现。

是他陪着舒斌去长林巷拜访那次。车子开不进去，停在巷口，在巷子里巧遇张晓鹏。张晓鹏一下认出他了，但没有叙旧，因为那天他状态也不怎么好。

张晓鹏说，老同学加个微信吧。微信就这么来的。

他现在在追孟听枝？长林巷和桐花巷那么近，他们从小认识？他不会跟孟听枝是青梅竹马吧？照片里的小女孩又是谁？

徐格在电话里失联似的喊着："喂喂喂，程老板，说话啊，我这工资怎么开？"

程濯没理会他，打开微信快速翻了翻张晓鹏的朋友圈，翻到第二条关于孟听枝的图文，并确认了小女孩的身份——张晓鹏的妹妹。

孟听枝还很喜欢这个小姑娘。

徐格还在喊："就给我们星星买半年的狗粮吧。"

程濯忽然想到什么，对着电话说："我给你开个宠物店都行。你哥的孩子是不是要上幼儿园了？"

徐格还没反应过来话题怎么跳得这么快，"嗯"一声："九月份开学呢。"

"下周借我两天，我带他出来玩。"

徐格瞬间傻眼，嘴里"不是不是"念了老半天，都没顺过思路来："不是……你不是遛狗都嫌烦吗，怎么借孩子啊？"

程濯把张晓鹏的事简单跟徐格讲了一遍。

徐格险些笑疯："跟老同学抢前女友？不愧是你濯哥哥。"

徐格的小侄子没借成。

倒不是不能，而是徐格好声劝着，他那侄子小魔头一个，到哪儿都螃蟹似的横着走，比两个沈思源加在一块都烦人。

"别人带着妹妹是加分，你带我侄子纯属要命。"最后，徐格口头鼓励道，"你就一人单枪匹马挑战他们兄妹俩，以你的姿色，一打二绰绰有余。"

程濯：“……”

事情就这么戛然而止地搁置在程濯心里，他手上的那个旧铁皮盒子“咔吱”一声合上。

老颜料修了修，只剩一点几不可察的气味，他确定自己是按照步骤修复的，但太过一窍不通，所以时刻心惊胆战，总怀疑是不是修错了，是不是再也修不好了。

车窗外，不眠不休的灯火飞速后退成迷幻光影。

再打开盒子时，是在两天后的老城区。谭馥桥的老广场夜晚摊铺热闹，正到饭点，店里人头攒动。

车停车走，车水马龙，整个世界都像被人按了加速键一样，唯独那六十秒的红灯慢得像过了几个世纪。

他站在路口，看着那对从饭店出来、正往路边走的年轻男女，不由攥拢手指，仿佛替那红灯用力，求它跳得再快一点。

身边慢慢积满了行人，他被围困似的枯等在熙攘的路口。车鸣尖锐那刻，他急到将她的名字脱口而出。

“孟听枝！”

人群中响起惊叫声，货车司机急刹，探窗大骂抢道的外卖员：“赶着投胎啊！不要命！”

庞大的货车如屏障一样阻拦视线，车厢上印着整幅的婚庆广告——喜庆背景，大红色铺天盖地，新人相拥而笑，花瓣飘飞，老土台词写着“一生一世，就在此刻”。

司机和外卖员对骂了大概三生三世，已经严重阻碍交通，一圈又一圈路人指指点点，各种评价，水泄不通，等附近的交管过来才慢慢散了。

终于散了。

对面那家古色古香的饭店门口停着几辆车，檐下红灯笼静滞，人影空空。

上车后，孟听枝朝后犹疑地看一眼。

身边的张晓鹏也顺她的视线回望，温和又疑惑地问道：“怎么了？”

孟听枝摇摇头：“没什么。”刚刚好像有人喊她。

她注意到人车拥堵的路口，没多看，随口问了句：“那儿是不是发生什么事了？”

张晓鹏说：“可能是交通摩擦吧。老城区这边的路况复杂，新手很容易出问题。”

“嗯。”孟听枝收回视线，笑笑说，“谢谢你送我回家。”

“唉，你真的太客气了。咱俩同校，家又住得近，你爸跟我爸还是牌友，你又是女生，我请你吃一顿饭，你真不必记着非要还我一顿，让你们女孩子付钱怪不好意思的。”

孟听枝说：“没事，礼尚往来嘛。”

她不喜欢这种所谓的性别优待，宁愿自己吃点亏，也不想占男性的便宜，平白欠了人情，心里总不舒服。

车子平稳开着。老城区的夜色总能在静谧与喧嚣之间，恰如其分地平衡，有一层古城底蕴在，灯火煌煌里，瞧什么都温柔。

张晓鹏忽然不好意思地说：“其实我回国之后也没什么来往的朋友，所以约你约得有点频繁。”

“你在国内没有朋友吗？”

话一出口，孟听枝就暗咬住牙，开始后悔头疼。

和张晓鹏必不能叙旧！她到底要多久才能长记性？！

张晓鹏已经洋洋洒洒接上话了。

“朋友是有的，不常来往。你也知道的，我们那届十四中真的是牛人辈出，厉害的人太多了，你那会儿是不是读高一，你知道程濯吗？”

孟听枝没有开口的欲望，只想他快点把话题带过去。

偏偏红灯前刹车，张晓鹏忆往昔，话兴瞬间大增，追问着：“你应该知道程濯的吧？”

孟听枝捏着包带的手紧紧用力，像被逼得没办法了，硬着头皮“嗯”了一声。

张晓鹏听她应声，才从程濯这个坎上翻过，继续说起来："还有那个大明星乔落，我们班班长纪枕星，对了，还有徐格。徐格昨天不知道从哪儿加了我微信，约我去他酒吧玩呢。感觉以前在学校跟他没说过几次话，不知道他怎么想起我的。哦，上上个月，我还遇到程濯来着，就在我家门口。你知道吗？他高三那时候忽然出国，我们班女生哭死了。他真的一点都没变，就成熟了好多，其他方面跟高中那会儿一样，看着就挺不食人间烟火的。"

孟听枝心想，挺食人间烟火的，以前半夜给他做夜宵，多难吃他都能下嘴。

"胃口大，体力好。"

张晓鹏疑惑出声："你说什么体力好？"

孟听枝一愣，后知后觉自己刚刚走神时呢喃出了声，瞳色霎时惊滞，一股窘热从脖子立马烧到耳根。

"我……"

正愁解释，张晓鹏善解人意地恍然大悟："哦，你想说他打篮球也好对吧？"

孟听枝呆了呆："嗯。"

张晓鹏感叹说："他篮球的确打得好，不过他好的也不只是篮球。我那会儿真的好羡慕他。十四中的竞赛班简直是魔鬼，好多人都被各种测验考怕了，每个月都有人申请退出，只有他会跟着徐格他们通宵玩，之后到教辅中心参加月测，写完就走，提前交卷回去睡觉。"

孟听枝听了一路。

车子在桐花巷口停下，张晓鹏心满意足地说："那我们下次再约。"

孟听枝客气地点头："好啊。"

大概是晚上听了太多有关十四中的旧事，这一晚，孟听枝梦到十六岁的自己。

桐花巷的二楼窗边，那棵酸枇杷树还没有到遮天蔽日的程度。

书包搁在一边，她磨磨蹭蹭地系着鞋带，目光透过窗子看着文人广场。

少年穿着校服衬衫，清俊身影从车上下来，像远山的雾，明明已经收拢进眼底，却遥远，不可触及。

她立马系紧鞋带，瘦小的身子背着沉重的书包，在阮美云的唠叨里，飞快跑出桐花巷。

这条长街都是赶早读的十四中学子。

她不偏不倚，跟在他身后，什么也不做，只是寻常地去上学。

三生有信的风铃，忽地被撞出一串急促地响。少女刘海细软，懵懂慌张地抬头，看着眼前不知道什么时候已经停步转身的少年。

他清风朗月，端方如旧。

“孟听枝，我们一起走吧。”

天光大亮，一切归于清明。

紧紧攥着被子的手疲惫地松了力，手背凸起的青筋淡去，回血的指尖密密地发麻。

那股失落，仿佛在高处坠下一般，冲击强悍，在她心底剖开一个大口子，多少年积攒的冷风都穿行其间，猎猎呼啸。

孟听枝不愿睁开眼，蜷缩身子，将被子拉高，密密实实地裹住自己，直到许久后，床头的手机振动起来。

周游“叮叮叮”发来一串消息。

周游：枝枝，我完蛋了！童卫那个派对我前男友也去！

周游：疯了，我现在就想让童卫消失！

周游：怎么办啊？我好不容易劝施杰跟我一起，我现在怎么办？

周游：好尴尬好尴尬！

孟听枝慢慢回神，刚看完消息，屏幕里又立马弹进来一条新的。

周游：童卫这辈子但凡能点对一次鸳鸯谱我跟他姓！！要不是他大学那会儿乱牵线，我能摊上我前男友那个渣男？！他就是要毁了我的爱情！呜呜……

周游：枝枝，我不想去了。

第二十七章

小楼娇

童卫是艺术院出名的社交达人，那会儿大学社团里百分之八十的聚会都是靠他一己之力攒起来的。除了掌握了摄影技术，这哥们儿月老转世一样，热衷于当红娘。

毕业后，童卫在榆钱门大街开的写真馆，他自己找团队运营，人缘好，靠一帮学艺术的朋友捧场，已经在网上打开知名度。最近他说什么周年纪念，要开派对，又是聚着一帮人玩。

孟听枝也在受邀之列。

本来周游说不去，孟听枝就说陪她，也不去了，周游立马不肯，头摇成拨浪鼓，当即改了主意。

“不行不行，我想看你穿那条裙子！”

程濯比周游先看到。

刚入夜，梧桐里暮色四合，昏黄路灯应时而亮，照在被傍晚薄雨打过的叶片上，金灿灿，泛着湿漉漉的光。

他站在门口，看着画室二楼的灯灭了，不多时，室外楼梯上婷婷袅袅走下来一道倩影。

系脖露背的珍珠色丝裙，掐腰款，深V，软云般的卷发，妆面精致，唇色正红，勾勒得饱满又稠郁，小巧手包捏在掌心，连慢慢下楼的步态都叫人移不开目光。

乍看像淑女版的玛丽莲·梦露，一眼就能看出是隆重的打扮。

昨天降温，暑气已经退去。程濯看着她，却觉得心火不可抑制，一瞬即燃。

她穿成这样去跟别人约会？！他们恋爱的时候，她都没有穿成这样过。

“你要出门？”

凭空出现的磁沉声线，叫踩到楼梯尾端的孟听枝吓了一跳。

她扶着栏杆，抬头看去，昏昧光影里，站着一个身形高挺的男人，逆着光，单一个朦胧轮廓，头肩比都堪称完美。

她走下最后的台阶，认出来了：“程濯？”

如果要隐藏为他出现感到的开心，那必须暗讽一番他的到来。

“你又来看刘晟漆先生吗？”

他略过调侃，比任何时刻都正经严肃：“不是。”

孟听枝：“又来买花？”手往隔壁灯火皆灭的花店指，她声音轻轻的，“打烊了，方姐带着舟舟相亲去了。”

薄雨后的潮润气息没有全部散去，老巷子里充盈着浸透陈朽的苔腥，像有什么在缓慢滋生，是复苏的味道。

程濯走进矮院，侵入她的领地。

面前的人，叫孟听枝感到陌生。他一贯八风不动，平日连撩个眼皮都透着一股矜贵懒散，可此刻，他不声不响，强硬的沉默，像是在忍。

忍什么？她下意识地朝后退了一步。纤细的鞋跟磕到水泥台，幽微一声，如某种提示音。

程濯敏锐的目光从她脚上挪开，眼底一片深色。

“你怎么又怕我了？”

她以前怕他吗？在云安古镇，她回答过的，如果近情情怯是一种怕，她真的，太怕他了。

原来现在还是。

孟听枝松开手指，下意识去抠手包上的小装饰：“才不怕你。你来干什么？”

迂回有千百种，他偏说最直截了当的三个字：“来看你。”

孟听枝心口猛然一滞，呼吸发紧，唇瓣才嗫嚅一下，就又听他的声音传来。

距离拉近，只觉得他就着夜色看她的眼神十分烫人，似最精细的笔触，外在的单薄衣饰不过一张临摹纸，隔一层淡淡透明度，她如赤裸般暴露在他的视线里，供他一心一意地描绘。

“你要去见谁？”

孟听枝回过神思，下意识地用小手包挡了一下胸口的深V，不自然地答：“朋友的派对。我现在就要去了。”

程濯眉梢微展，开始猜测：“什么派对需要你穿得像玛丽莲·梦露？”

孟听枝一愣，半晌后挺尴尬地说：“就是玛丽莲·梦露啊——电影主题，之前抽卡的，大家都会配合。”

程濯点了点头，又看向她的高跟鞋：“你开车不方便，我送你去。”

开车不方便，她可以打车啊。

“地点在哪儿？”程濯往外走两步，转过身来，看着不为所动的孟听枝，补充道，“你这样打车也不方便。”

孟听枝不服气地咕哝：“怎么就不方便了……”

程濯目光柔软地看她，唇角微抿后，克制地挪走视线说：“你太漂亮了。”

一口气冷不防地顶上来，悬在孟听枝胸口久久不落。

程濯都已经走出院子，她依然处在一种心悸余潮里，发着愣。最后，她迈出步子跟上去，低声又慌慌地呢喃着：“这个人刚刚在乱说什么啊。”

派对地点就在榆钱门大街。这条网红街，从入夜到晚上十二点前别指望车流通畅。

程濯今天开的车，孟听枝之前没见过，是罕见的白色。

他之前车库里从没有白色的车，黑色偏多，还有几辆颜色极出挑浮浪、摆着落灰的超跑。

车子开一段停一段，时不时地被车外的行人赶超。

孟听枝坐在副驾驶，目光落在一整排复古的霓虹招牌上，实际心思飞出去老远。

她不知怎么想到了男人视车为老婆的说法，再想到程濯换车很勤，喜新厌旧特别快。

她侧目批判似的扫他一眼，嘴角嫌弃似的微抽，仿佛他是什么妻妾成群的封建余孽。

程濯手搭在方向盘上，一直关注着车况，无意捕捉到她那个异样的小眼神，眉宇轻蹙："怎么了？"

孟听枝："没什么，之前你那辆黑色的车呢？就是那个车牌好多7的。"

程濯没多想，直接回答："停在我爷爷那儿，好久没开了。"

孟听枝抿抿嘴，小声吐槽："说不要就不要……见异思迁……"

拥堵车流，噪音很大，程濯没听清："你说什么？"

孟听枝摇摇头，指着车前空出的一段距离，提醒道："没什么。前面的车开走了。"

大学毕业后，童卫的红娘属性没有削减半分，艺术院最强社交达人这把交椅也是坐得稳。

孟听枝缓不过来。

他是怎么跟程濯聊上的？分明上一秒，她跟程濯才前后脚下车。

程濯问："你这边大概几点结束？"

她这一身裙子，前面是深V，后面露了半个背，凸起的蝴蝶骨单薄纤细，干净至极的白，合衬清冷纯粹的气质，玉骨冰肌，美得不像话。她半条路走过来，回头率高到程濯用眼风拟刀，杀退了不下一只手数量的男人。

程濯烦躁不减，半点也不想把人往写真馆送，直接掳回家藏起来才好。

孟听枝踏上台阶，回头纳闷地问：“问这个干什么啊？难道你还要到点来接我吗？”

程濯垂在裤线旁的修长手指攥了攥，好脾气地说：“如果你不反对的话。”

什么叫不反对？是不合理好吗？他以前就没追过她，现在也不像追人，他到底知不知道自己最近三番两次都在干什么？

孟听枝越深想越恼得无话可说，秀致眉心蹙着，只一味谴责地盯着程濯。

童卫如迎客老鸨的声音就是这个时候插进来的。

他先是欢天喜地一惊，然后夸张喊着：“哇哇哇，谁啊谁啊，这不是我们的孟大美人吗？不行了不行了，鼻血收不住了。这是什么仙女下凡啊！”

孟听枝知道童卫平时的话风就是这种滥用修辞的夸张调子，没多大反应，只问了一句“周游到了吗”。

扎着头巾扮演杰克船长的童卫说：“到了，早到了。”

暑气渐消，早晚温差慢慢拉大，入夜没前阵子那么燥，但也不至于凉飕飕的。童卫顶着一张见谁都笑的杰克船长妆效脸，视线移向冷气来源。

搞摄影这么些年，又爱天南海北地跑，童卫自诩阅美无数，对帅哥一早就欣赏免疫，但程濯依然叫他第一眼就惊艳。

锦绣底子上的一抹烟青留白，珠玉在旁，只是衬着，他的那部分端矜不羁，供人遐想。

“帅哥！”童卫惊喜喊着，迎下台阶，仿佛跟程濯早已相识，“帅哥怎么称呼？”说完他又望向孟听枝，指指两人：“你跟枝枝是？”

程濯和孟听枝几乎同时回答。

“你问她。”

“前男友。”

前者略存期待，后者干脆果决，六个字，两两相叠，瞬间气氛凝结一般的尴尬。

童卫不尴尬，恍然大悟，长长地“哦”了一声，连连点头说：“看出来了看出来了，挺像的。”

程濯冷冷地扫视着他，像什么？像分过手吗？

孟听枝已经不耐烦了，站在台阶上，拿手包的手轻拢着另一只手臂：“童卫，我们进去吧。”

童卫绝对是最没有眼色的红娘，当得起周游骂他鸳鸯谱没有一次是点对的。

他眨眨眼，看着程濯，手也指着程濯：“不是，要不再聊聊吧？我们走了，这帅哥怎么办啊？”

孟听枝：“他就，就回家，随便去哪儿啊。”

童卫今晚扮的是假的杰克船长，实际是苏城的哥，朝程濯一抬下巴。

童卫：“帅哥，你去哪儿？”

孟听枝：“……”

程濯忽然对这个自来熟的男人有点好感，甚至隐隐窥见一丝徐格的影子。

他的神色柔和下来，淡淡地说：“暂时没地方去。”

孟听枝瞪大眼，难以置信。

那回分手，邓助理拟出来给她看的房产，她花半个晚上也看不完，他竟然说他没地方去？！

童卫跟他一拍即合，不当苏城的哥了，自动切换成店小二模式，手朝里一摆，痛痛快快地说：“那正好啊！我们今天晚上热闹，正开派对呢，你要不嫌弃的话，一起来？”

孟听枝怀疑童卫是不是没听清她刚刚说的“前男友”三个字，转瞬一想，常规操作。

他连周游的前男友都直接邀请了，还有什么红线是他不敢牵的！她此刻只想打电话给周游，想问问周游当初的“杀心”还在吗，一起“杀”童卫！

孟听枝咬了咬牙，企图提醒童卫：“不可以！他不能来。你忘了吗，你这个派对是电影主题的，大家都在角色扮演，他要是来的话，多格格不入。”

程濯看向孟听枝，眼里的幽怨稍纵即逝。

行，都听她的，随她怎么说。

偏偏童卫不听，把那头假卷发往后撩撩，上下打量身边的帅哥，很不拘小节地说：“没事啊，怎么会格格不入？白衬衫不挺电影的，很多电影男主角都穿白衬衫吧，就当他也在角色扮演好了。”

孟听枝：“……”

孟听枝很后悔，她不该在周游骂童卫的时候，还替童卫说好话，说童卫那个性格，就是有点爱玩爱闹。

童卫简直，丧心病狂！

“帅哥贵姓？”

“免贵姓程。”

“哦，姓程。那你当过模特没有？我感觉你镜头感好强啊。”

“没有，很少出境。”

“啊，那也太可惜了。你对拍片感兴趣吗？我之前给枝枝拍过一套图，你看过没有？”

孟听枝以前不爱喝酒，沾酒就醉，后来慢慢喝出一点酒量，也慢慢喝明白一点说不上道理的道理。

人一旦郁闷不解了，就很容易嗜酒贪酒。有很多痛苦和烦恼都是不可解的，试过短暂麻痹，会容易上瘾。

倒是程濯，一整晚滴酒不沾。

童卫社交广，朋友太多，孟听枝勉强眼熟一半，就看着程濯做一朵高岭之花，不断地招蜂引蝶。

周游不跟前男友扯旧账，催他还钱了，小碎步挪到孟听枝身边，惊讶地问：“枝枝，你前男友怎么也来了？他跟童卫怎么认识的？”

孟听枝一口喝掉杯子里的余酒：“以前不认识，两个小时前刚互通姓名。”

“童卫牛啊！”周游惊得目瞪口呆，转瞬，看着人群里的程濯，忽的淡了声音，深思着说，“不过……我觉得程公子更牛，别人顶多回头吃草，他一回头吧，感觉直接野火燎原了。果然，顶级帅哥，必须要放到这种帅哥堆里，才能对比出鹤立鸡群的效果！”

孟听枝浑身没劲，看着又一个女生要微信却无功而返。

“有那么夸张吗？”

周游说：“有啊，不夸张。我十分钟前去洗手间，一个女的打电话，势在必得的样子，说她看上一个帅哥了，我一听形容，宽肩长腿白衬衫，是程公子没跑了。”

孟听枝叹气，觉得心里烦，去取了新酒，只想喝得再昏一点。

“他不会的。”

周游说：“那是肯定的，程公子一晚上眼睛没从你身上移开超过五分钟。”

孟听枝不想接受这份众人皆知的暧昧，她还说服不了自己。这算什么？

她对周游说：“你前男友也是。”

周游瞬间无语加爹毛，一个白眼不客气地翻出去，冷笑说：“那可不一样！他那是心虚！他怕我问他去年借他前女友打胎那五千块什么时候还我吧！”

程濯又欠她什么呢？

手臂忽然被猛晃，周游努力压低的声音也难掩激动：“快看快看！那女的出手了出手了！”

“什么？”

恍然间，孟听枝没听懂，一知半解地顺着周游的目光看去，只见一个穿修身墨绿丝绒裙的女人走到程濯身前，给他递酒。

是周游之前在洗手间碰见的女人。

她本身硬件就很好，孟听枝甚至记起来了，好像那是大他们一届的隔壁系学姐，在校就是个挺有名气的主持人。

两人不知道说了什么，程濯忽然俯身凑近她说话。女人听完后，愣了两秒，恋恋不舍地看着他那张脸，点了点头，提着裙子风情万种地走了。

周游瞠目结舌："说了什么悄悄话啊，点头是什么意思？"

孟听枝又喝了一杯酒。

干马天尼，调酒师的技术很差，金酒比例放得不对，辛辣又甜呛，从舌苔淌下去，像一把沾满糖粉的薄刀子在嗓子口划了一下。

咽下酒，孟听枝咳了一声，太阳穴那儿像有一根细针，隔两秒就突突地扎她。

她最烦这种醉态，人没晕，头就开始疼了。

之后派对上还有个抽奖活动，由刚刚那位穿墨绿丝绒裙的学姐主持。她人专业，几句话就炒热现场气氛。

孟听枝无心参加，只是凑个人头数，可能是衰极运转，偏偏就给她抽到了电影之夜的 queen 牌。

那顶作为 queen 牌奖品的皇冠，出自童卫某位设计师朋友之手，秀致典雅，最后在众人的欢呼声中，戴在了孟听枝的头上。

她站在灯光璀璨处，面庞带笑，连喝了三杯酒，为这份幸运说谢谢。

散场时，人已经醉了。

怎么看出来的呢？

她笑得甜软，原本清透干净的眸子随笑容弯成小小月牙，娇得不像话，不停挥着手，像个超有礼貌的小朋友，遇见不认识的人，都亲昵大方地与人告别。

"再见再见，路上小心哦。"

有男人见有美女这么热情，起了歹心，得寸进尺地要上前搭讪。

人没走到跟前，一道冰冷眼风杀过来。

那人高大冷峻，就站在孟听枝身后，面无慈色，字冷声沉地警告：“她说再见，听不懂吗？”

对方迫于威压，再不敢近一步，讪讪地挠头走了。

孟听枝发顶戴着精致漂亮的小皇冠，转过头来。程濯就那么和她对视着，坦荡直白，一副要杀要剐悉听尊便的纵容。

这份游刃有余，她多久都学不会。

她越想越气，硬声道：“我也跟你说了！”

他们也早就说再见了。

程濯靠近一步，毫无原则：“听不懂。”

那一刻，孟听枝的心情无法形容，眼眶酸热。她怕丢脸，直接下台阶，没想到步子急匆匆，最后扭到了脚。

人没摔，程濯在身后扶了她一把。

童卫脸上杰克船长的妆效，经过一晚的糟践，头巾拆了，折一折拿在手上扇风，已经看不出半点电影角色的样子。

他叉腰站在门廊下，看着程濯打横抱起蹬着小腿的孟听枝朝停车区走去，一脸按捺不住的八卦欲：“真是枝枝的前男友吗？老早学校不是还传过枝枝男朋友开豪车吗？真的假的？是这个帅哥吗？”

周游环着手臂：“嗯，就是那个。”

“那也谈了挺久了吧？”

周游：“毕业就分了。”

“不是吧？”

那辆白色汽车掉转方向，一脚利落的油门，绕过写真馆前的花圃，并入夜间车流，很快消失。

童卫目光追寻出去，细品道：“怎么分的啊？不像啊，感觉他俩挺好。那哥们儿看着挺有品，不像是持帅行凶那挂的。”

周游看着来来往往的车灯，再眺远些，能看到中心区的高楼大厦。她指着一个方向跟童卫说：“那位程公子何止有品，人家有的，是正常人都难以想象的好吗？你知道苏城有两条金缘路吗？”

童卫点头：“知道啊，去万竞广场必经金缘路嘛。怎么了？”

“万竞广场是以他妈妈的名字取的。”

童卫的面色瞬间惊住：“所以他姓程是那个……”

“就是那个程。”周游点到为止，“他那种家庭可能让他身不由己？不清楚，反正他对枝枝一直都很好。我们大四有课那会儿，他还经常自己开车来接枝枝，后来不知道怎么就散了。枝枝好喜欢他。”

深夜，路况畅通，车子一路无阻地开到梧桐里的巷口。

程濯停车，解开安全带，看了一眼副驾驶上始终保持看窗外姿势的孟听枝。

他们一路上都没有说话。

程濯下车，绕到副驾驶拉开车门。她没有昏睡，甚至没有闭眼，一双清柔似月的眼，嵌着细碎空茫的光，很僵持地望着车门外的程濯。

程濯问：“脚还疼吗？”

她摇摇头，手臂往下，伸到车座暗处，动了两下，只听两声闷闷的咚响：“我想光脚。”

话音刚落，一双摆脱细高跟束缚的白皙脚丫，从车门边探进路灯光晕里，伶仃瘦骨，像即将坠地而毁的脆弱瓷器。

程濯躬身探进副驾驶，先是解开她的安全带，手臂捞起她的膝弯，妥当熟稔地把人抱出来，再抬脚踢合车门，车灯快闪后熄灭。

周遭安静得像一场默剧，只有树叶间彼此摩挲的沙沙声。

他抱着孟听枝走进梧桐里。

不知道谁家院子里木姜花开得盛，夜风馈赠，馥郁香气灌满整条老巷子。

裸露在外的细白手臂搂他脖子，他身上熟悉的、带一点残余烟味的清冷气息，叫她懈怠多时的记忆开始被迫重温。

她缩起肩骨，那顶金属皇冠碎钻锋利，和她柔软温热的皮肤一样抵着他的脖颈，皆似柄刀，凌迟呼吸。

她像意识到了，一低头，手指摸进发间，摘了夹扣在发顶的皇冠。

程濯没有感到轻松。

巷子安静，她再小声说话，他都能听见。

“这个皇冠，是不是你故意让那个学姐抽给我的？”

程濯步子稍顿。

孟听枝的音腔里，渐渐生起湿意。她强撑着平稳，怪他说：“你怎么老这样？我都不喜欢的，一点都不喜欢！你为什么总要给我我不喜欢的东西，你为什么不能……”

声音在这儿哽住。

她不重，他一路抱她都轻松，唯独这一刻，滚烫的眼泪浸透着他的衬衫，一滴接一滴，洇成沸腾的海。

他攥住拳，手背青筋一瞬分明。

“孟听枝，把话说完行吗？”

她在他怀里轻扭起来：“放我下来。”

“鞋在车上。”

孟听枝又怪他：“我都说了，我想光脚。你总是这样为我好，我明明都不喜欢。”

雨水集就在不远处，这段路垫着年深月久的青石板，侵蚀痕迹重，半腐的砖，背阴处缝隙里有浓绿的薄藓。落地的一瞬，脚心泛凉，她脚趾不由地蜷缩起来。

盯着他衣服上那团湿迹，她感觉那种不受控的状态又回来了。就是在这个人身边，他越是端着一派矜贵自若，她就如有纵容般的，越想做一点出格的、试探他底线的事。

她早就想做了。

她上台戴这顶皇冠时，看着台下的程濯，像报复，像发疯，竟想在众目睽睽之下跟他接吻，想看他那张波澜不惊却总能左右她思绪的脸上浮现不受控的错愕。

跟别人接吻也行，那就叫他发疯。

可是，她都没做。

为什么不呢？她总是胆小，总是犹豫，总是顾虑重重，也总是一无所获。

孟听枝裸足站在他面前，抬头问道："你是不是忽然想起我来了，就想把我捡回去？"

自贬的作用是伤人伤己，程濯那部分，她做到了十分。

他神情恓惶："不是，我从来都没有忘。别这么说，枝枝。"

她冷眼看着他，笃定又悲愤："就是！"

他不解释，叫她不要动，在这里等，又不放心她一个人，把电话打通，哄她别挂，人折回巷口的车里。

没有人说话，手机听筒那端，是他跑起来的呼呼风声。

那阵风，从旧时光里吹来，肆虐多年，最后停在她面前。

他伸手，掌心里躺着一盒铁皮旧颜料。

"你留在枕春公馆的，我怕它就这么放着会坏了，按照你那张修复记录上做的。"

孟听枝拿起那盒图案复古的铁皮颜料，是曾经那堆他托温迪购置的昂贵盲盒里，她最喜欢的一个。

老物件修起来要倍加细心，她当时做足了准备，可还没修好，人就从枕春公馆离开了。

东西一直搁在衣帽间的小台子上。分手后，她也曾想起过这盒旧颜料，可能被打扫的阿姨当垃圾收走，也可能再无人问津吧。

她觉得遗憾。

可再想想，她那么多的遗憾，遗憾与遗憾交叠，这一个也算不上遗憾了。

轻翻一个面，她瞧见一串编号，真的是记忆里尾数和她的生日重叠的那盒，一时有点不是滋味，手指在断漆处蹭着，粗糙的颗粒磨着柔软指腹，旧尘被抹去。

“吧嗒——”一整滴眼泪砸落在盒子上，她手指握着拳，快速又用力地抹去，抬起头时，眼眶里泪意犹在，折射着一片碎星似的光。

她喉咙里哽得难受，就像少女时期无数次路过他身边的那种欲言又止，像被迫当哑巴。

“程濯。”她轻软地喊他，和过去一样，那时她在人山人海外，此刻她在他身前眼底。

他应声：“嗯？”

她用力攥着那盒旧颜料，指节有点发疼，期盼地望着他的眼睛，问：“你会把我喜欢的东西都送给我吗？”

他点头：“会。”

“全部？”

“全部。”

“所有？”

“所有。”

她所有的疑问，他都毫不犹疑地给予肯定答复，直到她问：“包括你吗？”

他一瞬愣住，在她眼底那点失望还没来得及流露出时，手掌贴上，扬起她的下颌，直接俯身吻下去。

“早就是了。”

这个吻和这句话都让孟听枝有些蒙，好像酒劲到这时才开始上头，但她清楚，她没有完全醉，她甚至能细致地辨别出刚刚被亲那一刻，唇瓣酥麻，她心里那股软意叫失而复得，就像攥紧手里这个铁皮盒子，一模一样的安全感。

她另一只手抓住程濯的衣服，泪眼婆娑，哽着声音：“程濯，我那次爱你，没有尽兴。”

她哭得楚楚动人，程濯替她擦眼泪，喉咙紧得发疼。

他声线克制地问她："孟听枝，你清醒吗？"

她摇头，声音滞得难言："没有，在你面前，我没有清醒过。"

像钥匙插进锈掉的锁眼里，每个关卡凹槽都对上了，锈迹磨顿，偏要一股大力才能扭开。

可此时此刻，程濯不敢对她做任何事。他目光低垂，落在她的脚上，她脚背的筋秀气地绷起来，小巧的脚趾互相磨挤着蹭着。

"我抱你回去？"

"再来！"

程濯怔了怔，刚要抬头，后脖颈上钩来一道柔韧的力，叫他不得不垂颈朝下，迎上带着熟悉香气的热吻。

踮起的脚后跟慢慢落回地面，小腿有点久抻的酸，孟听枝慢慢抽回自己的胳膊。

她的呼吸乱掉了。

程濯凑近的声音清哑，手掌拢住她的脸，拇指轻轻蹭刮着她的面颊。

"还要再来吗？"

孟听枝抿唇，似还有他留存唇齿的气息能被捕捉，目光顺着他衬衫领口上深隽分明的喉结，一路朝下延伸。

最后，她伸出一根纤细白皙的食指，曲起来，勾住他的裤袋边沿，朝自己身前拉。

几分算不上力的力度，却叫人看着眼热，像什么小钩子不声不响地戳到心上。程濯偏移开视线，喉结上下滚动了一下。

她低着头，看不清脸，可只要看她，单是头顶一个小巧的发旋都叫人想入非非。

大概是夜太静，花香浓得过分的缘故。

久等不来她的声音，他都快要忘了自己刚刚问了什么，正想去捉她那只手，她抬起了头。

她的手指还勾着他的裤袋。在路灯下，她的眼睛像清水洗过软星，明亮灼人。

“程濯，我可以带你回家吗？”

颅内发麻。她太厉害了，寻常一句话就能叫人抵挡不住，分明一张脸清清纯纯的，眼角眉梢却都是不设防的风情——有几分露几分，毫无矫饰，愿者上钩。

他终于握住她的手，没有从裤袋上拿开，只是一种覆盖跟随的轻柔动作，声音低低沙哑，又像信徒一样虔诚。

“你要带我去哪儿啊，孟听枝？”

她扭头，用另一只手，朝不远处的雨水集指，软软地说：“想带你回家，可以吗？”

他的瞳孔随着她的指向，不动声色地缩紧成一个深浓的点，所有因她而起的波澜都藏在里头。

等她再一回头，程濯不给她再窥知自己情绪的时间，一句“求之不得”，就将她的声音再度封缄。

孟听枝“唔”了一声，反应过来，配合地搂他脖子，还他一个湿漉漉的吻。

等亲完，两人之间动作已经换了，孟听枝被人掐着腰往上提，很默契地用腿环住男人的腰，脚踝交叠，脚趾害羞地蜷起。

程濯抱着人往小楼走。她圈着他的脖颈，跟他近到只差贴面。

“以后我说光脚走就光脚走，不要你抱。”

程濯贴在她耳边的声音，不复清冷，轻微带喘地说：“以后。”

孟听枝收紧手臂，把他抱得更紧。

香软的头发从他耳际、面颊、鼻梁一一划过，细细麻麻，神经末梢都不由地跟着轻颤。

她几分醉态娇憨，微微鼓着腮，忽地咬住他的耳郭。

“以后听我的话，嗯？”

程濯尽力克制近乎灼烧的声线，重复，肯定：“听你的话。”

进了小院子，他提醒说：“开门。”

孟听枝轻巧落地，从小手包里翻出钥匙，开了锁。门在他们进去后弹回原位，自动合上。

孟听枝没有开灯。大片玻璃透进外面路灯的昏黄，将厚重的树影压进来。她往入门的台阶上一站，回身踮起脚，捧着他脸亲亲他的鼻尖，又亲他唇角。

他眼里有溺毙夜色的迷恋，满眼都是她一个，目光空浮似一片星雾。

“这是奖励吗？孟听枝。”

孟听枝将颜料盒和皇冠放在一边的台子上，手指顺着颈侧拨开头发，香风浮动，接着扯开脖子后的一条系带。

她歪着脑袋，一脸烂漫天真地看他：“如果是的话，你想要更多吗？”

像一把蓄力弓在韧力极限弹回，程濯把她往墙上一推，俯身垂颈，沉哑音质从他喉咙里难以抑制地溢出来：“想……”

刀口舔蜜，这一刻用命换，也难说一个“不”字。孟听枝没有喝醉，他才是酩酊不醒的那个。

“孟听枝，饶了我吧。”

她终于看到那个她一直期待的程濯，巨浪翻涌，深陷其中，也终于心满意足。

她仰头亲亲他的下巴，声音甜软：“好啊。”

房间里光线昏软，木姜的香气越发浓郁，幕天席地。他撞碎春梦，成为春梦本身。

夜风轻轻扑起白纱窗帘，桌面上零星掉落几瓣盛开的花，已经艳到极致了。

第二天临近中午，夏末阳光从窗帘缝隙里肆无忌惮摊洒在床尾，光影撩动。

手机在床头柜上嗡嗡震响。程濯先醒，不适应地皱眉蹙眼。孟听枝枕在他臂弯，脸贴在他胸口，还在熟睡。

他垂眸看着她的睡颜，情难自禁地低头吻了一下她的额头，另一只手臂从被子里寻声探出。

昨晚结束已经很晚，去清洁洗漱，本来路都不能走，缠着人抱到洗手间的孟听枝，对镜一看，玛丽莲·梦露的妆几乎都没了。她又卸妆，又护肤，戴着软软的兔耳发箍，在镜子前一通忙活。

程濯穿着她的淡粉浴袍，靠着洗手间的门框，陪着她，眼睛就黏在她身上，哪怕她扔个棉片，他的目光都要跟着做一次抛物线。

孟听枝透过镜子看他，一下词穷了。好看的人何止穿麻袋都好看，穿女生的长浴袍都依旧矜贵清冽。

最后合眼时，隐隐见窗外透出一点朦胧晨曦。

孟听枝睡得很沉，程濯轻轻晃了她好几下，她才惺惺忪忪睁开眼。日光迎面而来，刺到眼睛。

她低下头，用手背揉眼，像乌龟往壳里躲一样往程濯怀里缩。

程濯把她的手机递过来，笑看着她刚醒的软萌样子："你妈妈，要我帮你接吗？"

当然不要！

一瞬间，什么睡意都没了，孟听枝立马摇头，把手机从程濯手上拿过来，对他比了一个不要出声的动作，心虚地调整呼吸，平平稳稳接通。

"喂，妈妈？"

阮美云在那头抱怨着："怎么这么长时间才接啊，还在睡觉吗？这都快中午了，你今天怎么睡到这么晚？快下来开门！我就在你门口了。"

孟听枝手机还举在耳边，人瞬间从床上弹坐起来，瞪大眼睛："什么？你在楼下？"

阮美云说："对啊。早上去弄那个保险的事，刚好路过这里，买了点吃的给你送来，顺便给你收拾收拾屋子。"

孟听枝脑子瞬间空了，声音都软到结巴："不不不，妈妈，不用，不用你收拾，就一点脏衣服，我之后自己拿回去。"

"哎呀来都来了。什么脏衣服啊，我给你直接带回去吧。点心还热着，你赶紧起来洗漱吃吧。"说着，电话里"咯吱"一声，阮美云声音一惊，"你这门没锁啊，一推就开。你瞧瞧你！就说你一个人住不行，怎么这么粗心大意的，门都能忘锁了。”

自然是昨晚进门就亲，完全忘了还有锁门这回事。

挂了电话，孟听枝从床上弹起来，急忙推身边的程濯。

“快！快躲起来！我妈妈进来了！”

第二十八章

红枣糕

这栋小楼，说小不小，说大不大，藏一两幅画可能还有余地，但是要藏一个身上没穿衣服的大男人，这太为难小楼了。

更何况，阮美云已经到了楼下。

程濯还没反应过来为什么要躲，就被孟听枝推起来。室内的气息早已被吹淡，地上四仰八叉地散着一地的毛绒玩偶和羽毛抱枕。

原本这些都是摆在床上陪孟听枝睡觉的，程濯来一晚，统统惨烈挪窝，甚至还有一只在程濯下床后被他不慎一脚踢出半米远。

程濯弯腰捡起来，人醒透了，看着手忙脚乱的孟听枝，几分无语。

“躲哪儿，没地方躲，我隐身？”

楼梯上的声音一步步渐近渐响，已经传来，孟听枝“啪”一声拍他胳膊，气呼呼道：“你还开玩笑！”眼珠一转，她看浮起的窗帘：“去那儿，你去阳台，快呀！”

程濯手臂微张，好叫她瞧清楚自己这一身痕迹明显的赤裸上身：“我这样，怎么去阳台？”

衬衫呢？孟听枝握拳按着太阳穴，实在想不起来，昨晚程濯的衬衫被塞哪儿了。明明没有喝多啊，她怎么连这个也忘？！

可这会儿已经来不及再找了。

孟听枝哄他：“没事的，早上梧桐里没什么人，你去躲一下，我马上就把我妈妈送走，我保证。”

程濯一脸不情愿。

孟听枝不等他再出声，半撒娇半威胁地软瞪他一眼：“不是说以后听我的话吗？”

程濯：“……”

阮美云提着两盒红枣糕，推开房门，站在房间门口，目光刚一落进来就狠狠皱住眉头：“你看看你这房间，还说不要我收拾。”

一路进去，一路拾垃圾似的捡了两个小枕头往乱糟糟的床上一丢，阮美云放下红枣糕，越看越嫌弃。

“我当初就说，这床小，还不到一米五，睡着不舒服，你非说好看就要这个。你看看你这堆娃娃，现在都没地方搁。好话呢你从来是一句不听！”

孟听枝局促地站在垃圾桶前，鞋子已经藏起来了，目光暗暗且快速地打量房间里，还有什么可能暴露的物品，根本没心思理会阮美云的抱怨。

她一个劲地应着：“嗯嗯嗯，我知道了，我下次听嘛。”

阮美云目光一聚，落在她的脖子上，眉头又皱出一个新高度：“你那儿怎么红红的……”

孟听枝手往脖子上捂，刚刚扫一眼镜子，她已经看见了那是什么，小小一枚暗红，明明他以前不喜欢弄这种恶趣味的，这人现在真的是……

哑口无言时，阮美云重重一叹气：“我之前叫你爸给你送过来的驱虫水，你是不是没用？”

孟听枝愣住。

阮美云气得点名批评：“孟听枝！你怎么就不叫人省心呢？什么味道不好闻，你弄完，再开窗通通风，什么味道不都散了？我跟你说，这夏天还没过，巷子里潮气重，有的虫子毒着呢，你不注意哦，到时候有你好受的！”

孟听枝捏着自己的手指，已经觉得不好受了。

阮美云说着就要走过去开窗户，孟听枝脑子里神经骤然绷紧，连忙上前张开双臂，拦住人，嘴里急急喊着：“妈！妈！我自己来，我保证今天就把驱虫水用上。我自己来，你把我脏衣服带回去，赶紧给我爸做饭吧，我下午画室还有客人要来。”

“行吧！什么脏衣服？”阮美云性子急，话还没说完，就已经自己找起来，“这块小毯子要洗吧？”

“嗯！”

孟听枝根本没看，只想尽快找几件衣服出来，把人打发走。

阮美云从床尾的被子里扒拉出一件白衬衫，抻开领口，沾了一抹浓郁口红，啧啧两声，又数落起孟听枝来。

“跟你说了别老穿这些白的黑的，一天天的有没有小姑娘的样子了，尽买那些男人穿的似的衣裳，这白的还不好洗呢。”

她从孟听枝找出来的衣服里，把一件浅色的丝裙和白衬衫并在一块。

“这两件我给你送干洗店，到时候你自己去拿啊。红枣糕我放在那儿了，趁热吃，我走了啊。”

“妈！”

孟听枝盯着阮美云手上的白衬衫，手指使劲扭着睡裙的裙摆，太阳穴一阵突突地锥疼。

阮美云没察觉出她的异样，走到楼梯口，她随手找了个袋子把衣服装起来拎在手上了，回身睨她一眼，又拿手指狠狠点了点孟听枝：“驱虫水，必须给我用上，听到没有！”

白衬衫能还我吗？

孟听枝说不出口，眼睁睁看着阮美云带着衣服走下楼梯。

程濯看着小院里撑起一把遮阳花伞，就从阳台回来了。

窗帘送风，地上的光影也在动。

他看着孟听枝，他们之间隔着一整个由他们创造的凌乱房间。

那双清冷潋滟的桃花眼梢，此刻懒戾垂着，一脸无声的欠哄暗示，“程公子长这么大就没受过这种委屈”的意思很明显。

孟听枝假装看不见，将自己滑落肩头的细细吊带拉回来，不自然地咳了一声：“一个好消息一个坏消息，你想先听哪个呢？”

程濯不信这种时候还有好消息。

“坏消息。”

孟听枝朝他走近两步，想从他手里把毛绒玩偶抽出来，免得待会儿坏消息刺激性大，他一个不小心把玩偶扯坏了。

程濯手上没松力，她压根抽不动。

收了手指，她只能直接说：“那个……就是昨晚那个衬衫，不是没找到吗？我妈妈刚刚一来就翻出来了。坏消息就是，她刚刚把你的衬衫带走了……她要送去干洗……”

孟听枝紧盯着他的脸，不错过他一丝一毫的微表情。

程濯只是稍愣了一下，没追究。

“好消息呢？”

孟听枝说：“好消息是，我会赔你一件新的。你开心吗？”

程濯脸上的情绪深沉，叫人一点都捉摸不透。孟听枝还静望着他，等一个反应。

他直接翻篇，玩偶往旁边一丢，两掌按着孟听枝的肩头，居高临下地望她问：“不说这个，先说说你为什么要我躲。”

孟听枝鼻音里哼出不解的一声：“嗯？”

“你可以跟你妈妈说，我在这里，叫她稍微等一下，我们一起出去见她就行了。”

孟听枝顺着他的话，想象了一下画面，内心抗拒，嘴上的话尽量委婉：“这不好吧。”

程濯扬一分声音，将她拉到跟前，眼睛不解又探究地望着她：“怎么不好？如果你觉得唐突的话，我之后可以再正式地去拜访一次，没什么不好的。”

她面庞白皙软净，一双眼也柔柔的，光脚踩在毯子上，跟面前的男人差了那么一大截身高，那画面叫谁看了，都会觉得，她是不占上风，被欺负的那一个。

可就是这么一个清清柔柔的小姑娘，委委屈屈一开口就气死人。

“不好，我们还没有到那一步。”

程濯不可思议。

他惯常从容，极快速就能掩藏住情绪，只是手指间多用了一份力。她分明察觉，肩膀微微一扭，挣开他的手掌，去捡刚刚被他丢掉的玩偶。

程濯的声音从她身后传来：“那现在是到哪步了？”

她把几只羽毛枕头整齐摆在床尾沙发上，细白手指一下一下顺着紫得浓艳的羽毛，闻声，动作一顿。

孟听枝想了一会儿，眼眸纯粹地望着他，低声说：“也说不上哪一步吧……”

又轻又软的话脱口而出，像块巨石瞬间压在程濯胸口，他难以想象她什么时候有了这样一份直白坦荡。

聊斋里，书生回家看到美人老婆撕下人皮面具，会当场被狐妖的真面目吓得半死。程濯不是，他只是惊愕，原来你是这样的狐狸精。

无声的眼神对峙，起码持续了一分钟。

她跪坐，膝盖抵在柔软长毛的毯子上，穿着单薄又清纯的棉白睡裙，平领吊带的款式，两只纤细白嫩的小腿裸在裙外乖乖并拢着，脚底板透出浅浅的粉红晕泽，手指有一搭无一搭地拨弄那些小羽毛，一副乖乖女听人教导的模样，就差在脸上写着“你怪我吧，我都不反驳”。

程濯先移开胶着的视线，虚虚攥了一下拳，还是想不通。他蹙起眉，想再度问她，可一开口就不知道该问什么，又要怎么问，最后别扭成一句：“难道，你就不用对我负责？”

她眼里有软软的愕，怯怯的羞，却小幅度地摇了摇头：“不啊。”

程濯措手不及。

这场面，这对白，都叫人觉得像在做梦，不真实，完全不真实。

他是一个逻辑严谨的人，企图去追溯昨晚发生了什么，现在的情况不合理。他条理清晰地筛选分析，最后拿出有力证据：“孟听枝，不是你说之前没爱尽兴吗？”

她看一眼凌乱的床铺，所有印记尽数袒露其上，似乎什么都不必再多说。

孟听枝小声：“昨晚不是爱了？”

她的自我逻辑是顺的，但程濯此刻完全跟不上，他不能理解：“这就是你说的爱？”

孟听枝也不理解他忽然出现的恼火，眼神极明澈地看他，真是贴心地询问：“你难道不喜欢这种吗？”

这根本不是喜不喜欢的问题，而是为什么偏偏只有这一种。

程濯背过身去，闭上眼冷静片刻，再睁开时拿起手机给什么人发消息，然后等消息的耐心都无，手机直接丢在一旁。

“我叫了邓锐送我的衣服过来。”

孟听枝摆好枕头，起身说：“哦，那我去给你找找，好像有一次性的新牙刷。”

一次性的。

程濯看着她快快乐乐跑去洗手间翻找，然后深蓝暗红一手一支，体贴地给他选择：“你喜欢哪支呢？”

程濯拿走那把深蓝的，神情并没有因此缓和一丝一毫，反正怎么选都是一次性的，那股郁闷从那一刻就在不断发酵。

想不明白，又急不来，他开始思考，他是从什么时候这么被动的。

孟听枝先洗漱好，手里拿着毛巾，递给他擦脸。他实难生出什么好心情，草草给自己擦了两下，极其敷衍。

孟听枝盯着他喉结上淌下的晶莹水珠，接过毛巾给他擦，凑得近，擦得仔细又温柔，还跟他说俏皮话：“你说我换一张更大的床好不好？”

程濯面无喜色，任她搂任她抱，声音平直如一条死寂的线：“随你。”

孟听枝眨巴眨巴眼，面庞在他胸前抬起来，望着他：“你睡着不会觉得床有点小吗？那个床只有一米五，我是看它好看才买的。”

程濯的声线依旧平淡：“我觉得小？我觉得小重要吗？”

孟听枝点点头，理所当然：“当然，你也要睡啊，总不能一直睡着不舒服。”

他压着脾气，清冷的眸底不露一丝情绪，只在低头看她时，唇角露出一丝淡讽弧度，故作恍然：“哦，原来我还有机会睡。”

孟听枝：“……”

这尴尬一刻，恰好程濯在外头的手机响起来。两人从洗手间出去，程濯接电话，孟听枝趿着拖鞋直接往楼下走。

“肯定是邓助理来了！”

提着深色纸袋的邓锐站着雨水集外。小院子没有锁，但他不会冒昧进来一步，规规矩矩地给程濯打电话，听程濯下一步的意思。

孟听枝打开门，好久不见邓助理，友好微笑，寒暄了一句：“这里有点偏，你开车过来是不是还挺麻烦的？”

邓锐把纸袋交给孟听枝说：“第一次来是有点绕，现在开熟了就挺顺的。”

孟听枝拎着纸袋的手指微微一僵。

她没换睡衣，只在外头套了一件短短的针织外套。她刚出来不觉得热，这一刻切肤体会到暑气未消，心脏像在被盛夏灼烤。

“开熟了？你来过这里很多次吗？”

接到电话来梧桐里送衣服，邓锐起初惊讶，转瞬欣慰，自家老板终于有了进步，不用一下班就把车停在梧桐里巷子口，不下车，不进去，等小楼的灯一灭，就低低吩咐，叫人把车开走。

孟听枝提着袋子上楼，见程濯给玻璃瓶里的花换了水。

“换吧。”她把袋子里的衣服拿出来，递给他，又问，“你饿吗？”

“还好。”

他穿上衬衣，扣上面的扣子，孟听枝走近他身前，替他扣下面的一粒。

“你不高兴？因为刚刚的事吗？”

程濯：“怎么会？我简直喜上眉梢。”

孟听枝：没从眉梢看出来。

扣子就那么几颗，很快扣完，程濯垂眼，抓住她即将离开的手腕。

他的手指干净修长，手背青筋明晰有力，无名指上有一道细疤。

目光沉黯，程濯拽着她，往身前一拉，一忍再忍的声音清冷迫人地响起：“孟听枝，我以后要等你找我吗？”

她已经晓得他有点生气了。

想想也是，刚刚说的话的确有点缺少分寸，是个男人大概都会被激到，明明这时候，该顺着他了，可孟听枝心底那点反骨还没消。

她刚刚听邓助理说他之前偷偷来过好多次梧桐里，说没半点触动是假的，但也只是心境稍软了些。

她掀起翘睫，依旧任性：“如果你猜对了呢？”

腰际被他手臂扣拢，程濯俯下面孔发狠地吻她。

孟听枝以为他真生气了，缩了缩脖子，没躲开。

磁沉的声音，像浪潮卷着湿润海风不容抗拒地扑过来，叫耳朵上所有小绒毛都跟着战栗心悸。

“别让我等太久。”

像情话一样的警告。

午饭在巷口外的面馆解决，程濯面前摆着一碗热气腾腾的小馄饨。刚刚点餐的时候忘了跟老板叮嘱忌口，宽口的圆白瓷碗端上来，上头漂了一层绿。

程濯第一不喜欢的香菜和第二不喜欢的葱花全员到齐，满满当当，一看就知道，这家面馆的老板大方又实在。

邓锐跟他们同桌，一筷子面条嘬到一半，不上不下地变了脸色，煞白不安地望向程濯，再一看回复手机消息认真到忽略周遭一切的孟小姐。

邓锐立即机敏地想着，要不要自己主动背锅，说怪自己忘了提醒店家？

孟听枝抬头了，瞧见那片绿，微惊一下：“啊，你不吃这个的，我帮你捞出来吧。”

程公子点头舒眉的意思很明显，她还记得。

邓助理悬起的心也安稳降落，孟小姐还记得。

吃饭时，孟听枝还贴心地问一句："还有香菜味吗？"

程濯没有正面答，说凑合，已经算是给足这家小馆子体面了。毕竟，他爷爷那儿的厨子，做过国宴的手艺，到了他这儿都能挑拣出一二三四个小毛病，也就以前孟听枝半夜给他烫青菜煮一碗素面，才能叫程公子赏脸夸出句真厉害来。

那碗小馄饨他只动了半碗，以一个正常男人的胃口绝对填不饱肚子，但孟听枝也只是淡淡地掠了一眼，不多问。

可能真的口味欠佳到叫他难下咽，也可能暑气未消，他还是有之前没胃口的老毛病。

出了店门，孟听枝从包里翻出糖盒，倒出一粒糖来，往他嘴里一塞。舌苔上忽地落了一小颗甜物，口腔立马充盈开一股叫呼吸都清爽的气息。

"什么？"

孟听枝合上包说："山楂糖，不含糖的，就是山楂味。喜欢吗？"

"嗯。"程濯伸手，"你把那剩下的也给我吧。"

再度打开包，孟听枝没有直接拿出来，握着小小的糖盒，轻歪着头，斜斜一看他："用打火机换？"

程濯撇开头，轻笑出声。

人醒透了，嗓子似还有那种未醒的哑，空空沉沉。

他整个人站在老树浓荫下，穿着白衬衫，一身的静影盈然。明亮与荫翳都毫不折中地落在他身上，皆挥洒至极致，碰撞出的矛盾在这个人身上承载得那么好，清矜不羁。

他少年时代，在窗口阳光里转笔做题，听徐格他们聊擦边球的艳情传闻，露出的浅淡笑容就是这样。边界感即使破碎，他也是极远的。

她手里攥着小盒子，微微发汗。

"你换不换？"

面对面的姿势，程濯躬身，偏把那副她已经不敢多看的俊朗眉眼摆到她眼前来，极近，压低声音，一说话，山楂糖的清甜气息，直扑她面庞。

“昨晚我们都‘坦诚相见’了，你哪里见我有打火机？”

孟听枝咬住唇内的软肉，痛感与巨大的窘迫相抵，耳尖慢慢红了。憋到最后，她将软白的手掌朝他摊开，任他拿取。

“我，我不记得了。”

他拿过糖盒，手指尖带细小电流一样在她掌心的纹路上若有似无地划了一下。就在孟听枝以为这个拿取过程已经结束时，他连她的手和糖盒一并握在掌中。

“那你记得什么？”

她倏然抬起眸子，眼波在泄光树影里细碎一跃，泛浅金色的光，脑海里快速播着一部风月旖旎的电影，不至尾声。

孟听枝答：“木姜花很香，你站在我房间里，借住地灯的光，影子落在白墙上，很好看。”

程濯松开手指，把糖盒拿去，在手里把玩两下说：“先欠着，下次还你一个。”

孟听枝已经不想着打火机了，手指滑进男人的指缝。

他刚刚在店里给孟听枝拧过冰酸奶，指节修长，有蕴凉似玉的触感，亲近之人贴他掌心才有机会感受到他热烈的温度。

“我以前也问过你差不多的问题。”

程濯：“嗯？”

孟听枝：“我问你记得什么，我那天把新古典主义说到口干舌燥，结果你后来说你只记得后脑勺。”

老街午后行人寥寥，他面朝前方，目光却缺乏焦点，像光柱里飞舞的细尘，空且柔，转头，待视线落在她脸上，才视之有物，豁然清明。

“大概一辈子都忘不掉了。”

十指相扣，孟听枝挽着他的手臂，闻声呼吸微顿，只听他的声音，带着恍如隔世一般的清晰明朗。

“那时候只觉得你特别，没想到后来会那么无药可救地喜欢你。孟听枝，我是第一次喜欢人，做不到满分，你多指教。”

越是直戳人心的话，越是不敢轻易应和。

孟听枝抿着唇，叫那股急潮暗涌从心上荡涤平息，才轻轻地出声，比一个数字二。

“现在是第二次了。”

程濯点头，当即从善如流：“是，我现在已经是一个有过初恋的成熟男人了。”

孟听枝失笑，心里像被人塞了一大块蜜糖，这夏末好时节，化开了，心肺俱被甜味蔓延覆及。

“有过初恋的成熟的程先生，你能在这儿亲一下你的第二任女朋友吗？”

程濯愣了一下，不确定地问：“在这儿？”

他目光带过四周，不是什么繁华的街道，但依旧店铺夹道营业，行人车辆来来往往。

孟听枝仰着头，巴掌大的脸，脂粉未施，柔淡又干净地摊露在他的视线里，很郑重地“嗯”了一声。

程濯的吻应声朝下俯来，蜻蜓点水。孟听枝闭上眼，任由那片关于他的影子将自己完完全全地裹住。老街有风，他是比夏日树荫更叫人舒心惬意的存在。

“你不问问为什么吗？”

程濯配合：“为什么？”

孟听枝牵着他，朝梧桐里走，说：“因为我太想光明正大地喜欢你了。”

说完，莫名地生起闷气，她硬声补充：“我以后都要！”

程濯莞尔，点了点头，庆幸地说：“还好。”

“还好什么？”

“还好是光明正大地喜欢。”

孟听枝眉心轻敛，不解道："不然呢？还有什么？"

程濯："没什么。"

咳一声，孟听枝一本正经地通知他："不管有什么，总之，你等着吧！"

最后一句，四个字，颇有几分飒气狠绝，仿佛好日子没几天就要到头了。

程濯简直哭笑不得，以认命的语气回复："好，我现在就开始翘首以盼。"

孟听枝：翘首以盼？

她正琢磨着，两人已经走进梧桐里。

花店柜台写作业的方舟目瞪口呆地走出来，站在门口，揉了揉眼："枝枝姐姐！"

孟听枝看过去："嗯？"

方舟看着他们："你们牵手了。我妈妈说只有女孩愿意和男孩谈恋爱，男孩才可以牵女孩的手，不然就是耍流氓。"

孟听枝完全没想到方姐的情感教育已经详细到了这一步。

程濯将孟听枝的手扣得更紧了一些，朝方舟点头："你妈妈说得对。"

方舟挠挠头："所以你们谈恋爱了？"

孟听枝："……"

程濯大方地回答："大概是。"

小孩子可不管什么概率问题，"大概是"就是"是"了。

方舟眼睛发光，艳羡地吞吞口水："那什么时候我也可以谈恋爱啊？"

孟听枝："等你长大。"

程濯补充："等你妈妈同意。"

孟听枝挥挥手，催他赶紧回去写作业。

回到雨水集，孟听枝先进，程濯跟在她身后。

"那你什么时候带我见你妈妈？我好问她同不同意。"

孟听枝斩钉截铁："不带！"对上程濯的目光，她忽然又软了一截，改口道："……暂时不带。"

也算是为自己争取到了一星半点的利好，程濯没再深究"暂时"的问题。

"那封信呢？"

雨水集一楼几乎无隔断，开阔似一个小型展厅，阳光漫进来，将程濯的影子延伸至孟听枝脚边。

她刚从冰箱里倒了一杯冰水出来。近零度的纯净水脱离储藏环境，很快地在透明玻璃杯上氤氲出一层冰雾，白茫茫的一层。

她捧着杯子转过身，望着他清俊认真的面容，骨子里那股迂回胆怯又像触及了什么应激反应，十六岁的孟听枝一瞬间弹回她身体里。

她怯软地问："哪个？"

程濯："你之前在电话里说的那封信，我找了，找不到，可能时间太久，也可能我不在国内的时候被什么人弄丢了。你能告诉我写了什么吗？"

他不会问，你是很久以前就喜欢我吗？之前她从来没提及，或许那段她单方面认识他的时光，并不是什么好记忆。

什么叫近情情怯呢？

大概因为阴差阳错与她的一整个青春擦肩而过，他也不敢去细究。那么冷淡反叛的少年时期，他不曾对任何人温柔过，他满身荆棘的时候，伤害过她吗？

他目光太沉，孟听枝咽下一口冰水，低温流淌，叫嗓口凝滞般的僵。她在那股在感官蔓延的凉与麻里，目光闪烁着。

"其实，其实没写什么，我也不太记得了。"

程濯不信："真的？不记得了？"

孟听枝握着杯子的手指，关节处绷出几分青白之色，好似那冰雾嵌进去了，指骨泛冷。

她点头："就……就是随便写的。你那时候在十四中的人气很高，给你写信不过是很寻常的一件事。我都不太记得了，就、就大概是什么祝你出国之后，前程似锦什么的吧。”

程濯目光笼着她，没什么迫人气势，浅淡的，很执着又不敢急切探究的样子。

重复他人的话，会叫说谎者心虚，程濯再次重复确认：“就只是祝我前程似锦的话吗？”

她没看他，轻咬着杯子边沿，低垂的长睫毛柔软地扑闪着。

“你不知道吗？你刚走不久，那时候十四中的贴吧里还有你的帖子呢，有很多女生祝你前程似锦的。”

程濯：“你在其中？”

隔一段光影，孟听枝看着他，以低声回答：“我只是其中的一个。”

平平无奇的一个。

那种捉摸不透的感觉，对于程濯来说是完全陌生的，比任何赌局都叫人心里没底，就像虚浮在一段明明关于他，可偏偏他本人一无所知的记忆外。

“我——”

他试图在孟听枝的眼睛里找到蛛丝马迹，但她目光太软了，如同一层不透明的软膜，只朦朦胧胧地窥见一部分情绪色彩，却什么都看不清楚。

“我伤害过你吗？”

孟听枝摇头：“没有。”她又补充：“怎么会呢？”

程濯浅浅舒出一口气，微张双臂。

“过来，枝枝。”

他这人仿佛天生就冷感寡情，所有人之常情的亲昵，在他这里都难寻踪迹，无论对谁都是。认识那么久，他们恋爱都谈过两次，他喊她枝枝的次数，屈指可数。

甜言蜜语不可信手拈来，都是在特定的场景下，他当头被什么情绪压着，暴露出最真实的状态，不能抵抗，也甘愿臣服。任惊涛骇浪，他半分不讲，只是疏疏落落地站着，带一点笑，喊她枝枝。

已经爱到不行了。

孟听枝走过去，环腰把他抱住。

程濯俯身，收拢两臂将人严丝合缝地嵌在怀中，手掌落在她后脑，温柔地抚她的长发，贪婪地嗅属于她的香。

他的声音格外珍重："我会对你很好的，别人有的，我都会乘十乘百地给你。孟听枝，我会好好护着你，不叫你的人生再有一丝一毫的缺憾。"

程濯是下午走的。他前脚走，预约的客人后脚就来了，跟孟听枝聊了半个多小时，确定了方案就走了。

之后，孟听枝上楼收拾房间。

她看着那张床，越发坚定了要把床换掉的心思。

木姜香气浓郁，花期却短，昨天夜里就已经开盛，早上程濯换了水，也养不久了。

孟听枝洗净瓶子，换了一束新的花来。馥郁花香一散，将驱虫水残余的气味完全盖住。

日光西斜，渐衰成一抹明艳的橘调。白纱帘似画布在光里铺开浓郁底色，风扇悠悠。孟听枝横坐椅子上，晃着小腿，吃着红枣糕。

杏色绣花的棉质桌布上静置着一张褐蓝色的名片，熟悉的松枝云纹。

岛川集。

她的书架上还有多本矢藤源斋的画册，几乎齐全。少女时期，她曾在大雪天去青体中心排队购书，却爱而不得。

那时的难过，至今可忆，总以为错过了就再也不会拥有了。

上大学后，她手头宽裕，一直留意各个二手平台。她从来没有一刻的放弃，所以不管多难得，最后还是有了。

刚刚无意翻出这张曾经险些被她丢进了垃圾桶的名片，孟听枝第一时间想到的不是程濯父亲过去的轻视和刁难，而是曾珥。

是这位美院近十年来的天花板学姐，劝她把这张名片留了下来。

那时曾珥说："有时候，及时止损就是最大的收获，就算不要，也不要随便丢了，留着当个纪念也好啊。等过个十年八年你回头再看，看看人生的风口，你曾经抓住的东西还在吗？”

孟听枝就着灿烂霞光，看着自己的掌心。

她的掌纹很少，也很淡。这样的人，似乎什么感情都不会深刻，及时止损好像很适合她，可偏偏很多年前，她就是一个孤注一掷的人。

人生的风口，她抓住了什么呢？

她什么也没抓住。她从来都不是喜欢死缠烂打、掏心掏肺的人，不想轰轰烈烈，只想平淡长久地喜欢一个人，平淡长久到即使你不知道，不回应，也完全可以。

可那个人知道了，回应了。

她看不懂使用说明。那人临走前还帮她把楼上楼下的驱蚊水用上，定了闹钟，提醒她什么时候关掉电源。

阮美云送来的两盒红枣糕，孟听枝留了一盒自己吃，一盒给程濯带走。

孟听枝把纸袋递给他。

“你不要看这个红枣糕平平无奇，其实很好吃，而且很难买的，整个老城区就这一家店，还每日限量，不是想买就能买到的。”

程濯接过来，看着说：“这不是你妈妈买给你的吗？你给我，我有点受宠若惊。”

孟听枝面上一臊，学他的一本正经：“那……那我以后会经常这么宠你的，你也不必吃惊。”

程濯用实力证明还是他更会一本正经：“行吧，我做好被宠的准备了。”

孟听枝：“……”

程濯从梧桐里出来挺开心的，算得上有几分神清气爽。

邓锐看自家老板的眼神不对劲。

邓锐打量完他，再看他手上拎着的小纸袋，那种只可意会的眼神，就像是看到自家老板被人吃干抹净，所得是一盒红枣糕，而老板本人对此还挺满意的。

今天是周六，程濯没有其他的行程，昨晚自己开了车过来，这会儿也不用麻烦邓锐，见邓锐一直盯着自己手上的袋子，程濯心情好，大方分享。

“社保所前面那条街，马记糕铺，据说是限量，明天放你一天假，早点去排队吧。”

不知道怎么，明明还是一贯那种清清冷冷、不食人间烟火的腔调，邓锐忽然就从这位贵公子话里话外的大方慷慨里听出了一股炫耀的意思。

一个随随便便就能买下一条街的人，能拿一盒红枣糕出来炫耀？

邓锐猛地摇摇头，觉得自己一定是想多了。

程濯已经不再关注他，朝自己的车子走去，手机这时响起，是徐格打来的。

“濯哥哥，你现在有空吗？”

程濯拉开副驾的门，准备放糕点盒子，目光下瞥，看见一双黑色的丝绒细带细高跟鞋躺在车底的毯子上，是昨晚孟听枝脱下的。

弯下腰，程濯将歪掉的那只摆正，合上车门，一边朝驾驶座走去，一边跟电话里的徐格说：“有空，但我的时间不一定朝你开放。”

静了几秒，徐格说：“濯哥哥，你现在说话有偶像剧那味儿了。”说完，徐格补充：“但女主角不是我。”

程濯坐进车里，拉出安全带“咔”一声扣合，露一丝冷淡笑意：“你还挺有自知之明的。”

徐格上头地拔高调子：“就是这个感觉！”

程濯皱眉嫌他聒噪了：“说吧，什么事，少废话。”

徐格没直接说，不知道把手机挪到哪儿了，程濯的蓝牙里忽然传来沈思源含含糊糊的声音。

“他在你那儿？”

徐格立马叫苦不迭：“我今天酒吧刚开门，沈思源这货比保洁阿姨来得都早，就曾珥那事儿吧。”

“人家大艺术家的前男友从国外回来了，估计最近有复合的苗头，沈思源那傻子立马不对劲了。我寻思着你们不是一开始就说好各玩各的，好聚好散吗？现在来这套怪跌份的。

“他喊了一大帮人来我这儿喝酒，还说照顾照顾我生意。我缺这点儿钱？他要是在我这儿喝挂了，我酒吧以后还开不开了？门口已经挂了禁止打架的牌子，改明儿再挂一个禁止喝酒的？”

程濯生平最不爱搅浑水。徐格高中那会儿干什么缺德事都不怎么敢招呼他，知道他烦这个。

自从徐格和乔落在一起之后，他那酒吧越开越冷清，其他分店好点，尤其他自己管的苏城 TLu，这一阵子事情就没停过。

太多双眼睛盯着了，网上大批不知道真粉假粉的粉丝来得比官方都勤快。

据说那个标志性的午夜 DJ 撕衬衫的环节已经被取消，徐格怕越闹越大，万一影响了乔落就不好了，最后直接整改。

TLu 也有不少小股东，各方压力徐格没少挨。

徐二少哪儿还有半点昔日的潇洒肆意，直接向粉丝势力低头，敢怒不敢言。大半夜的，他怨妇似的转发了一条官方关于就业压力的时讯微博。

也关注一下 DJ 的失业问题。

这个关口，沈思源要整点事出来，徐格是真怕。

程濯也就同情他一下，声音依旧冷淡无情：“你别指望我去哄他吧。”

徐格说：“没，哪儿敢，哪儿到那地步了？你就来一趟，我劝不动，你说话，他多多少少听呢。”

程濯开车过去。

他有一阵子没来 Tlu，这才留意到门口真挂了个印有警徽的立牌，上头写着“禁止打架，打赢坐牢，打输住院”，还有某某警局分局特别提醒的字样。

还没到暖场时间，酒吧里放着鼓点紧凑音乐，施杰出来迎接他，打了声招呼，多看了一眼他手上拎着的纸袋。

古朴的红褐色，印着老字号的标志，马记糕铺。

施杰领路："程公子，这边。"

程濯问："沈思源来多久了？"

"有一个多小时了。"

程濯抬腕看表。这个点，喝一个多小时，耗到半夜，徐格是真有机会把人往医院送。

包厢门一推开，烟酒气息混着女人的浓重脂粉味扑涌过来，叫刚从梧桐浓荫里挪身的程濯瞬间嫌弃地皱鼻，脑子里就剩一个词——乌烟瘴气。

那点仅剩的情分叫他走进去。

沈思源坐在女人堆里，没吃一旁美女递来的剥好的葡萄，看清来人后直接招呼："程濯，你来了啊，一起玩啊。好久没见你，最近忙什么呢？"

程濯清冷眉宇矜傲敛着，光站在那儿，就有一股迫人的气势，冷沉声音欠奉情绪地提醒沈思源："场子清一清。"

没过一会儿，包厢里就剩几个程濯熟脸的。

那些人也认得他，规规矩矩地给程濯让出来一个单人沙发，谁也不敢叫程公子沾上半点尘埃。

男人之间聊天也就那些，贴心话没有，点到为止劝两句就算了。

沈思源已经喝多了，面色烧红，忽然想到什么，直勾勾地盯着程濯傻笑："唉，听徐格说你吃回头草了？"

程濯压沉声音："他跟你说这个？"

"是啊，拿你劝我呢。嘿嘿，说我黑王八钻泥，洗不干净了，少装。"

程濯了然一打量他："那的确。"

沈思源没介意，酒意熏染的眼睛里头不知怎么冒出了一点清澈的光，挺罕见的。

"我买你个经验吧，程公子，你怎么追人的？"

这是把孟听枝和曾珥放到一块了？

程濯正要开口，他的手机又响了。老宅那边的电话，他得找个安静的地方接。

电话是老保姆打的，说到下个月月初家宴上有什么安排，估计是要谈程舒妤和那位 IT 新贵的婚事，还暗暗提了一嘴，老爷子说虽然是惯例的家宴，但也寻常，方便的话，可以带人回来。

带人？他倒是想。程濯敷衍地应了两声，之后又说起别的。

再回包厢，程濯只见几个人抢救似的围着沈思源，又是喂又是灌。

“空腹喝酒起反应了，吐了好，吐了好。”

“是是是！吐了说明胃排斥。”

“先喝点牛奶，吃点东西填一填，休息一会儿就能缓过来。”

吃什么东西？进来的时候就见桌上一排花花绿绿的酒，沈思源能吃什么？

一瞬间，程濯脑海里警铃大作，目光往他之前坐过的位置上看，前方的矮台上原本放着一份包装严整的红枣糕。

第二十九章

最心动

程濯跟孟听枝复合，当事人没声张，甚至好些人都八百年没见过孟听枝了，偏偏一阵风似的都在传，讳莫如深地传。

程公子栽了，真栽了，坠入爱河，一发不可收拾的那种。

有人不信："不可能啊，都哪儿来的歪风？我一好哥们儿沈思源，跟程濯、徐格走得特近，没听他说之前那位有动静啊。"

另有人纳闷："不可能。沈思源和程公子不是一个圈子吗？不可能不知道啊，你确定沈思源是你好哥们儿？"

那人放话，他跟沈思源一块玩赛车的，好几年了，关系容不得质疑。

众人气氛一顶，他当场就给沈思源的电话拨去。

沈思源和徐格都不是苏城本地人。

徐家上上一辈靠木材和船运起家，到徐格出生前，一大家子都长住新加坡，后来遇着国内行业风口，产业调整，才在徐格出生后定居苏城。

徐家跟程家老一辈是故交，到程靖远那一辈淡了联系，到程濯和徐格这辈又密切起来。

徐家的宅子跟程家老宅也离得近，故邕园夹萝十八巷，程家在东头，占七，往后顺巷子朝南，徐家是双八。

而沈思源出生就喝洋墨水，小学没上完就回国，先在申城读完小学，之后跟他那位热爱艺术，为艺术四处跑，也为艺术而死的爹一起到苏城来。

沈思源从没住过苏城的老宅子，灯红酒绿泡久了，只当苏城是国际化大都市。

他今天早上醒来，点了周边几家酒店的特色早点，刚收到外卖，打开就食之无味。他忽然想起来，上周六囫囵吞枣尝过什么味儿，越想越惦记。他兴冲冲地跑来老城区，光是禁车的窄街就先把这位缺德少爷气得半死。找车位停好他的宝贝车，人再步行进来。

马记糕铺倒是好找，那么老大个红褐招牌，敞敞亮亮，那么多个本地阿姨，乌泱泱一片。

社保所都不用参照，目的地就到了。

他戴着潮感十足的琥珀色半框墨镜，脑袋上顶着一个不是一般人能驾驭来的小揪揪，涂鸦T恤是当季的设计师联名款，宽宽大大，连烫了几个洞的大裤衩都价值不菲，是一个国外小众潮牌的限定系列，帅是有几分帅的。

但大妈们纷纷鄙夷地看着他，交头接耳，窃窃私语，那表情听不到声音都可以放心大胆地猜测内容。

正经人谁这么穿啊？有钱买条好裤子穿穿不行吗？谁家正经儿子留这么个中不中洋不洋的发型哪？一看就不像什么好人，谁家女儿摊上他这辈子算毁了。

诸如此类。

沈思源可以忍受大妈们叽叽喳喳，但是，有一点他不能忍受——

“你能不插队吗？”

大妈立马瞪眼，反过来教育他：“什么插队的呀？我是迟来，但我一早就叫我老姊妹帮我占着位子的呀！啧啧啧，现在的年轻人啊，尊老爱幼也不懂的吗？”

沈思源没受过这份罪，正要发火，忽然听见一声：“沈少爷！好巧啊沈少爷！”

沈思源摘了墨镜，寻声眯眼看去。

程濯的助理邓锐左手右手都拎着马记糕铺的纸袋，正笑眯眯地看着他。

“你怎么也在这儿？”

邓锐：“我来买红枣糕。”

沈思源不排队了，直接朝邓锐走去：“你怎么买这么多？”

“哦，程先生要的，还有我女朋友要的。”

沈思源说起来就火大：“你排了多久？什么玩意儿，怎么这么难买？有没有商业头脑，就不会搞个 VIP 通道？”

邓锐从乌泱泱的大妈身上收回目光，传递商业机密似的压低声音：“有啊，我就没排队。”

“你没排队？”

邓锐点头：“没啊。这家老字号是孟小姐父亲的牌友的表侄女婿开的，我上周日来排队没买到，孟小姐就给了我一个电话号码，可以直接打到后厨，也算 VIP 了吧。这种老店嘛，很讲人情的。”

复杂的亲友关系没理明白，但不妨碍沈思源露出错失一亿的表情：“你不早说！”

他在大妈堆里排了半个小时！

邓锐无辜：“你也没问啊，这不是刚巧才遇到吗？”

沈思源朝店里看，拿车钥匙戳了戳邓锐的胳膊：“你再去帮我弄点儿？”

邓锐好脾气地又打电话问，只是心里纳闷，听说上周在 TLu 因为一份红枣糕，程先生差点跟沈少爷闹掰，徐二少直接把门口“禁止打架”的牌子搬进来劝，沈少爷还敢吃红枣糕呢？

周遭的大妈们嚷嚷着，嗓门又尖又大，都跟装了个隐形喇叭似的。

早几年沈思源他爹还在的时候，时常很有艺术腔调地劝沈思源，艺术来源于生活中的点点滴滴，叫他多接地气，他实在是太浮躁了，说他缺乏感受生活本质美的能力。

沈思源望着周遭的大妈，心想，这能感受到什么生活本质美？这不是叫人更浮躁？

这时他的电话响了，是平时一块玩车的一个朋友打来的。

沈思源郁气未畅，皱着眉头接起来："喂？什么事啊？"

那头一听就热闹，热闹得不符合早上的时间，很可能是什么通宵party，来新人，续上了。

沈思源一听就烦，比听这些大妈吵吵都烦，一下想起来自己上周六喝多，差点儿被程濯打的事了。

电话里问："源儿，听人说程公子跟之前那位又好上了，我们这儿聊呢，假的吧，没听你提啊。"

那倒是能提。又好上了，怎么好上的？

估计那天TLu在场的人摇摇头说，怎么和好的不知道啊，就程公子的一份红枣糕被沈思源糟践了，据说那是他未来丈母娘买的，他要不是看沈思源不省人事，当场就要动手了。

又问程公子哪来的未来丈母娘，没听过消息，至今不就公开过一位？这回又是谁？

说不是谁，还是之前美院那位。

他沈思源也多多少少要面子的好吗？

电话里已经在催了："源儿，你说啊，假的吧？"

沈思源咳一声，硬声劝导："社会上的事儿你少打听，我还有事要忙呢。"说完就把电话挂了。

之后，沈思源拎着两盒邓锐替他搞来的红枣糕去找徐格，想着徐格开酒吧的阴间作息，估计这时候还没起，按门铃的时候又多了一份耐心。

不到半分钟，门打开了。

乔落一身黑色金属流苏裙，肩上搭着材质硬朗的外套，手里端着香气袅袅的咖啡，一副白天见鬼的嫌弃表情上下打量沈思源。

“你这个点儿来？”

屋里传来声音，乔落一整个造型团队在商量她今天活动的配饰。

莫名有种去找同学玩，撞见同学家长的尴尬感觉。

沈思源摸摸鼻子说：“徐格没起？”

乔落穿着拖鞋，保持即使矮人一截也依旧鼻孔看沈思源的姿态，折身往里走，留出身后的空间让沈思源进门。

她悠悠答：“起了，天不亮就在厨房包饺子了。”

沈思源脚步与表情同步黏住，刚进九月份，哪来的愚人节说这遭天谴的话？

沈思源声音轻飘：“他包什么饺子？”

“你自己去看吧。”

乔落手懒懒一摆，慢慢悠悠地坐回客厅软椅上，两个化妆师立马一左一右开始给她做妆前保养，一边替她涂抹一边温声细语跟她聊里头的成分。

小助理拿着本子跟她说下午行程的注意事项，像是要去参加商业活动。

沈思源手里拎着两盒红枣糕站在客厅里。乔落一整个团队，六七个人满屋子忙活，光礼裙衣服都挂了两个架子。

有人不时看看多出来的沈思源，但没人跟他说话，除了服装师。

“帅哥，让让。”

沈思源浑身上下就四个字——格格不入。

徐格真在厨房，在面粉堆里忙得热火朝天。沈思源一进去，就被鸡飞蛋打的场面冲击得舌挢不下，一股大可不必的无语和不解蓄着力，直到满值。

沈思源开口：“兄弟，你这是干什么？”

徐格闻声抬头。

放着教学视频的平板电脑，此时恰好传来人工智能的女声：“下一步，案板撒上薄粉，将醒好的面团分成拇指大小的均匀小团。”

徐格只分神一瞬看了眼沈思源，立马手忙脚乱地撒粉跟上步骤。

看着好兄弟手忙脚乱的沈思源：真是白天见鬼了！

徐格倒腾好跟均匀半点不沾边的饺子，压上锅盖。

“有个户外观察的恋爱综艺，下个月乔落就要去，我估计也要去吧。她经纪人说要给我整一个什么爱妻人设，展现一下我这个上得厅堂下得厨房的好男人形象。”

沈思源看着他，一声比一声问得更直击心灵：“爱妻人设？就你还要整？怎么整？你就差为乔落失智了吧？”

徐格如遇知音。手没闲着，紧跟步骤，掀盖子看了看锅里饺子煮沸的情况，合上盖子，徐格长长一叹：“网友要是有你这样雪亮的眼睛就好了。”

沈思源：“……”

“也都是照剧本来的，不可能叫我做满汉全席。包饺子就包吧，反正也不是多难的事。”

徐格斜斜往岛台上一靠，腰上系围裙，手里杵着一把木汤勺。

要不是刚刚目睹了那几个大小不一、这修那补、裹得跟包子露馅一样的磕碜饺子下锅，沈思源听这句“反正也不是多难的事”，再看徐二少这潇洒姿态，真当他有几分“家庭煮夫”的天赋，很是成竹在胸。

沈思源慢慢收住表情，含蓄地一颔首：“有自信也是好事。”

之后由排队买红枣糕遇见邓锐，两人在厨房里聊起程濯。

最近晚上约不出来了。

旁人都是金屋藏娇，矜贵如程公子，这方面倒是朴素不讲究，一栋小破楼就叫他五迷三道。

而被评头论足的程濯本人，正在家具城陪着孟听枝选床。

床没选好，孟听枝先钟情了一盏台灯。

含苞玉兰的造型，天水蓝的灯柱和灯托，描着细致的淡铅纹理，古朴写意，一打开，光透过薄如玉的灯罩散开，像一个发光的月亮。

买完灯再去买床。

孟听枝不似沈思源和徐格他们那样消息灵通，她有大半年没有去过 TLu。午夜场 DJ 撕衣环节取消有一阵子了，她是最近听周游无意说起来才知道，很惊讶。

这会儿她跟程濯确认："真的取消了吗？"

程濯说取消了。孟听枝抿唇，嘴角向下，轻叹了一声。

她以前去过 TLu 不少次，但那个 DJ 不是每天都表演的，固定周日，偶尔调到周四，偏巧一次都没有遇上过。

只有第一次跟程濯去 TLu，他曾经录过一个九秒的小视频发给她，非现场版。

"还没亲眼看过呢，就没有了，以后还会有吗？"她看着他，仿佛这事由他做主。

程濯："你还挺遗憾的，那么想亲眼看？"

其实也没什么，不过就是气氛到了，露露胸肌罢了。

孟听枝收回目光，摇摇头："也没那么想看。"

程濯没错过她那道从自己身上细细扫过的目光，好笑一声，喊住她："孟听枝。"

"嗯？"

"你不想看就不想看，看我干什么？比较什么呢？"

孟听枝没想到会被抓包，搂着自己心爱的那盏小灯，手指摩挲着凸起处，摇摇头，绝不承认："没比较啊……"

选好床后，继续闲逛。

孟听枝总想着程濯住过来要不要添点什么东西，不然显得他的到来好像不太隆重似的。

她一路嘀咕着："买点什么呢？买点什么呢？"

程濯下巴一抬，不远处的展厅中央是一张中式的大床，横杆垂帘，铺着蓬厚的大红喜被。

孟听枝："还买床呀？"

程濯说："'喜'字。"

孟听枝不解地抬头瞧他。

程濯看着那张红床，神情淡然，凝去的目光几分空软，说：“买两张红纸，贴个‘喜’字，立马隆重了，不能再隆重了。”

家具城里，原本井然有序的人群忽然朝一个方向跑去。他们静立在原处，听到嘈乱中有人喊赵姝的名字，粉丝蜂拥。

那位三金影后保养得极好，穿着一身驼色丝裙，淡妆也难掩明艳气质，大大方方挥手，任由四面八方的镜头拍摄，连眨眼频率都不改分毫，从容优雅，只是带着疏疏淡笑劝大家不要扰乱公共秩序。

没想到会在这里遇见这位赵影后。

孟听枝握住程濯的手。

他表情无任何起伏，如见一个寻常至极的陌生人，不会刻意闪避，只是淡漠地掠过一眼，望着孟听枝说：“人好多，先逛另一个区？”

电光火石间，她忽然读懂了他刚刚看那大红喜字的空软目光，是一种隐藏极深、无法付诸唇齿的惧怕。

订好的床当天下午就送上门，几个工人开车运过来，不到半个小时安装好了。

收拾好屋子，孟听枝画画，程濯被方舟拉到隔壁当老师。

人在画板前，有点心不在焉，孟听枝挑起一抹正红，落在画布上，浓郁色调被碾透，拖至渐淡渐无。

晚饭后，程濯用电脑处理了一会儿邮件。

这张桌子也是新的，摆在楼梯边，像在她的个人展厅里，独独为他隔出一处小书房。

回车键已经按下，屏幕上显示发送成功。

他目光缺乏焦点地走神，直到楼上哗哗的水声停了，孟听枝的声音从湿热的小空间里闷闷传来：“程濯，我毛巾忘拿啦。”

他应声上楼，去阳台收了毛巾，淡粉色，短绒柔软，带着洗衣剂和阳光曝晒过的味道，还有她使用留存下的气息。

他手指微微用力地攥了一下，放到鼻尖嗅，很香，香得自然又舒心，是一种俗世浮生落到实处的味道，叫人心安。

孟听枝擦干净身子，穿着白色的棉质睡裙从浴室出来，赤脚踩在毯子上，在床边捣鼓她那盏心爱的小灯。

关了所有灯，只开着这一盏，她蹲在灯前，回身朝阳台的程濯欢快招手："快过来呀！"

他走近，孟听枝与他一起守在灯前，像隆冬寒夜里一起烤火的旅人，不问你从哪里来，只问你要到哪里去。

孟听枝隔着灯，眼波纯净地看他："好看吗？"

程濯从灯色上移开眼，再柔的光，久看都有晕感。他初看她有一点朦胧，待看清她眉眼轮廓，温平一笑，出声说："好看。"

孟听枝将膝盖抵在毯子上，倾身去拉他的手，指骨相交，与他十指相扣。

她刚洗完澡，整个人都是香的，掌心柔润有一点湿度，那张抵着彼此掌心的小纸也跟着软了些。

程濯拿出来。因为叠了好几下，他小心翼翼地摊开红纸，巴掌大小。

是一个双喜字。

"我下午剪的，送给你。"

他手指轻轻摩挲着红纸喜字的笔画。灯将他低垂的面庞映得格外柔软。

"程濯，我希望你无所畏惧，更希望你时刻开心。

"如果不能摆脱阴影，我想和你一起站在这灯下；不管身后的影子有多长，我想陪你守着这点光。"

喉咙处的滞涩像一个锈死多年的关节，无人有机会去触及，可这一刻，他愿意袒露给她看，毫无保留，叫她看清那斑斑劣迹。

"孟听枝，"他低声喊她，"你不怕遗憾吗？"

孟听枝闭起眼，在这淡薄昏旖的灯下，吻了吻他的眉心。

"我没有遗憾了。"

再次恋爱，一路细水长流到十月。

晨起，梧桐里的落叶上沾了薄霜，中午太阳一晒，水汽散去，天高云淡，人走在阳光下又觉得暖洋洋的。

孟听枝没去老宅赴程家的家宴。晚上程濯过来，手里提着一只纹饰讲究的餐盒，里头放着两只熟蟹。

现在是吃蟹的时节，但这么个大膏肥还是少见。

程濯那双堪当模特的手，掀个螃蟹壳都像开启什么稀世宝匣一样赏心悦目，将膏厚的那半先递给孟听枝。

“老爷子特地叫厨房留了最好的两只，叫我带过来给你。”

孟听枝手里拿着细细的长柄勺，撬一大口塞嘴里说：“那我多不好意思，还没送你爷爷点什么呢。”

不好意思是一点没看出来，螃蟹好吃是看出来了。

程濯：“之前不是送过水果，可以了。”

孟听枝舔舔唇，边回味边说：“那都是当季水果。那时候徐格诓我，我以为是你住院，我在巷口随便买的，嗯……好像不到一百块吧。”

什么叫“是你住院”“随便买的”“不到一百块”？

程濯细致地撬开蟹钳，剥出蟹肉，放进孟听枝面前的小碟子里，手里捏紧了小剪刀。

“孟听枝，我不值得你花三位数吗？”

孟听枝眨眨眼，用勺子另一头干净的柄戳戳他，催他剥快点，速度要紧，不必剥得那么斯文秀致，这又不是拍纪录片，潦草粗鲁些不妨事。

程公子一动不动，只侧目看她，大有不回答就直接怠工的架势。

孟听枝只好慢吞吞地想着说：“三位数，一百出头，三位数可以的呀。”

那语气，好像撑死就一百出头三位数了。

程濯继续剥，剥一点，她吃一点。他怨气渐重，明明已经尽心尽力，还要时不时被一道清软的声音嫌弃速度不行。

徐格要是在这儿，肯定要说这耗时费工的东西，平时上桌子，程濯估计自己都懒得费功夫动筷，就别提为旁人的口腹之欲亲自动手了。

解决掉那两只蟹，两人并肩在水池前搓泡沫洗手。

程濯想起来一件事："还有两箱燕窝，临走前搬到我车上的，你不喜欢吃可以送给你妈妈。"

孟听枝苦恼："可是，我怎么解释我突然送她这么贵的东西？"

程濯擦手，看她的画室："可以说你挣钱了。"

孟听枝更苦恼了："可是我还没有……"

哪儿到赚大钱能给阮女士随随便便买燕窝的地步了。她妈妈从来都瞧不上她这画室的，也没指望她赚什么钱，嘴边常挂一句"不行就回来收租"。

她是真挺没什么商业头脑的，画室开张以后，她没怎么闲着，作品倒是画了不少，除了一些商稿，就当橘子苹果似的，经常随手送人。她都不敢跟程濯说，张晓鹏跟她约的那幅摆在书房里的挂画，她最后也没收钱，被程濯知道就完了。

程濯给她擦手，撩睫看她，目光自带锐意，隐隐探究："没有就没有，这是什么表情？"

孟听枝心虚地摇摇头，乖乖摊着手掌给他擦。

擦干净，程濯捉她的手，放在唇边吻了一下："晚上十二点的飞机，我再陪你待一会儿就走了。"

孟听枝钩住他的手指，不松开："去哪儿啊？工作上的事吗？"

"嗯。"

本该到此就结束了，他一贯是倾诉欲寡淡的性格，连宴席至尾声，接到程靖远助理的电话，一家子人慌慌乱乱地问着有没有事，他也只是将手机放在桌旁，重新拾起筷子说："没事，我明天过去一趟。"

"我爸病了，医生叫他静养一段时间，这趟是照例巡视申城的子公司。现在人在医院，明天早上八点有会，我得去替他。"

孟听枝："住院了，这么严重吗？"

"没有多严重，过劳吧。他这个人猜忌心重，我堂哥毕业就在他眼皮子底下工作，一步不敢错，他治人很厉害。"

"也包括治你吗？"

程濯顿了下，轻笑道："那病情要加重。"

孟听枝也笑了，上前一步，手臂搂着他的腰，紧贴着他，跟他商量："那你爸爸要休养，这两天是不是要回苏城来？我要去看望他吗？"

程濯半晌无声。

孟听枝纳闷抬起头，发现他不是没听到，而是认真思考，晃他，又问："怎么了？"

程濯说："还是算了吧。"

孟听枝点头，虽然心里也觉得这么早接触不太好，但还是忍不住去乱想，可能他父亲还是很不喜欢自己吧。

程濯捧起她的脸，一本正经："省个果篮钱，毕竟我也就值一百出头。"

这一趟去申城，程濯最快也要一周后才能回来，慢的话可能要到月底。

申城跟苏城温度相近，临海，最近都是降温天，湿冷气比苏城重，孟听枝提醒他带厚些的外套，注意三餐规律。

啰唆完，发现是白啰唆。

她打开手机说："跟你说你也不一定记得，还不如跟邓助理说。"

而程濯留下的两箱燕窝，孟听枝正头疼怎么带回家，想着怎么着也要先预告阮美云一下，她又有男朋友了，还是之前那个。

她没有预告成功。

周末，跟曾珥聊完画展，她直接从艺术区开车回家。她没进门就听到一道洪亮嗓门从客厅传至小院，是不输阮美云的分贝，甚至因为语调里带着几分绘声绘色，更似魔音钻耳。

等孟听枝站到门口听清在说什么，只觉得振聋发聩。

“怎么没有？真有！那都是上个月的事了吧，我去社保所，路过梧桐里，就枝枝那小楼上嘛，有个男人在阳台。”

阮美云：“唉！别瞎说，那也有可能是什么修空调修冰箱的，有个男人上门，再正常不过了！”

“那就不像那些修空调的啊！高高大大的，还在收衣服呢。修空调的不可能帮枝枝收衣服的呀。”

阮美云快憋不出话了：“那……那怎么就没有？兴许人家就是好心，也说不准的。”

“不是啊，真就不是！”那阿姨据理力争，“不信你回来问问枝枝。”

说完，阮美云就跟孟听枝很有母女默契地回头了，目光落在她身上，孟听枝还没完全听懂她们在聊什么，只暗道不妙。

她小楼藏娇的程公子，貌似被人看去了。

事情起因是这位阿姨以为孟听枝有男朋友了，寻思着张晓鹏可以介绍给自己侄女，肥水不流外人田嘛。

结果阮美云一听，手直摆说不可能啊，我们枝枝没男朋友，她跟晓鹏还刚处呢，我们枝枝上个月还给晓鹏送了一幅画，俩孩子挺好的。阿姨说不可能，她亲眼所见。

阮美云将事情前情讲给孟听枝。

阮美云靠在沙发上环抱手臂，摆出一副审讯的架势，四个字撂在进门的孟听枝跟前：“你说说吧。”

孟听枝露出一个微僵的笑容，点了点头说：“可以啊，介绍吧，祝他们一见钟情，早生贵子。”

那位阿姨欢欢喜喜地出了院子，阮美云就差拿着电蚊拍劈过来打她，恨铁不成钢地说：“你又交了什么见不得人的男朋友？孟听枝！我真要被你气死！晓鹏多好，住那么近，我跟你爸晚饭散步绕两步就能去看你，人家又是海归，在外企上班，你还有什么不满意的？”

孟听枝歪到一边躲着，忙解释着：“我没有我没有，没有又交见不得人的男朋友。”

阮美云粗声粗气：“那你说，一五一十地说啊，他是谁啊？”

孟听枝乖乖站好，咽了下口水做准备。

就这么一会儿空档，又给阮美云回味出不对劲了，没等孟听枝开口说，自己就先琢磨起来。

“他在你阳台上收衣服？什么男的，住女孩子家里，要不要脸？孟听枝，我问你，你是不是跟人家掏家底了？你是不是让人知道咱家在臻南路有铺子了？你是不是全跟那男的说了？”

一声比一声问得高，问得亮，问得孟听枝脑袋嗡嗡响，都不记得最开始的问题是什么了，完全被亲妈的声音带着走。

阮美云表情犀利，拿电蚊拍一指孟听枝：“说！是不是？”

孟听枝小幅度点了下头，声音也软：“是，我告诉他了，我觉得……”

这也没什么好隐瞒的。

孟听枝的话没说完，先被阮美云大事不妙的一声“哎呀”长叹打断。她糟心地看着孟听枝，痛心疾首地说：“你觉得？你能觉得什么？我怎么跟你说的？财多难守，露富招灾。他住在你那儿是吧？”

孟听枝更小声了：“是。”

“那小楼也是咱家花几百万买的。”

孟听枝开始莫名：“我知道啊。”

“你知道个屁！孟听枝，我就生了你这个蠢女儿！你爸说要二胎我死活不要，我现在真后悔了。我白养你了，你怎么是非不分呢？”

不是要讲程濯吗？怎么又扯到是非上去了？

秉持着妈不动我不动的原则，孟听枝不敢轻易作声，只在心里暗暗期待着，快问呀，问我程濯是谁。

这副乖顺样子，落在阮美云眼里异常刺眼，就像看见孟听枝毫无反抗情绪地和一个男人说我人傻钱多，快来骗我。

阮美云心里火气又旺了一层，指着孟听枝叹气：“我问你孟听枝，什么男人能沦落到住女人的房子？这是什么人哪？小白脸！”

她没等来她妈问程濯是谁，先等来了一字一顿的定论。

“他骗你钱了吗，我问你？”

孟听枝还没从“小白脸”三个字里反应过来，立马摇头说：“没有，怎么可能啊！”

阮美云早有预料地点头：“我就知道！”

孟听枝：这又怎么知道的？

“他为什么不骗你的钱？”阮美云自问自答，“因为他想跟你结婚！”

孟听枝：“啊？”

阮美云：“他呢，放长线钓大鱼，这是图上咱家铺子了！”

孟听枝终于反应过来了，也实在不能理解，她妈像是家长里短的本地新闻看多了，居然开始把自己家代入这种奇怪的剧情。

“妈！”

阮美云冷哼她一声：“妈？你还喊我妈？你一天天都在外面瞎搞什么？上回你谈的那个什么样，这回你谈的又是什么样，你自己想想吧，都二十多岁的人了。”

孟听枝想了想：“……是一个样。”

阮美云转过身来，瞪大眼：“你说什么？”

孟听枝如实招来。

“我们复合了。他对我很好，我真的特别喜欢他，然后我保证，他不会图我们家的铺子，真的，妈，我跟你发誓，他绝对不会。”

对于孟听枝说的话，阮美云细细盯她一番后，收敛了目光。

相信是相信的。

她还有记忆，上回在孟听枝学校受了气回来，她一个没忍住打电话给孟宇，说不就是什么豪车，咱家也买，最后被孟宇几千万的报价惊住的冲击还没有消失。估计，这辈子都不会消失。

孟听枝之前那段感情她没多问，分也就分了。阮美云心直口快，脾气暴躁，唯独那回格外沉默，如同默认了女儿和那样的人之间不能长久，再多问一句为什么分，不仅多余，还像往伤口上撒盐。

孟听枝是真的喜欢那人，阮美云知道，那阵子的伤心失意都是肉眼可见的，之后倒腾起梧桐里画室的装修，她才渐渐开朗起来。

阮美云："还是之前那个？"

孟听枝："嗯。"

阮美云沉下一口气，抿抿嘴，忽然就不知道从何讲起，放下手里的电蚊拍，又将茶几上的零碎物件稍做整理。

孟听枝知道她还有话要说，没上楼，就这么一直克制呼吸地等着后文。

茶几上整齐到再无收拾的余地，阮美云抬起头，极少见地语重心长："你现在还小，再谈两年恋爱也不是不行，只是枝枝啊，你也不会一直都是小姑娘，你总要结婚的呀。"

孟听枝也没预料到阮美云的反应会这么温柔，没有大嗓门，没有冷嘲热讽，只是轻轻地提醒一句。

那一瞬，她眼眶就有点酸了。

"我知道的。"孟听枝低低闷闷地应。

阮美云问："他那样的家世，是不图我们家什么，那你呢，你图他什么？"

一个从她十六岁起就存在于她心底的人，经年累月，印记深刻，忽然被问及，她竟然一时哑口无言。

阮美云没为难她。门口有动静，阮美云起身迎买菜回来的孟辉，话题自动翻篇，屋子里又被唠叨日常的声音填满。

饭后，她回到楼上自己的房间，翻出许多高中时期的东西，忽然想起一张程濯的试卷，却怎么也找不到了。

那是第二十七次发校报，她路过高三（7）班门口。最后一节课，高三（7）班课表上是体育课，临近高考，已经默认改成自主复习。

班里人很少，甚至很多人都提前走了。

程濯班上那个羊毛卷双马尾的文艺委员，就站在（7）班门口。

徐格一副缺觉的纨绔相，黑色的斜挎包带子上挂满了五颜六色的小玩偶，是学校门口娃娃机特供的款式。

徐格被堵在门口，一副烦躁模样，手掌搭在脖子后面，捏了两下，看见杵在走廊的孟听枝，眼睛一亮，就跟看见救星一样，忙跟双马尾说："你赶紧发一下报纸吧，你们班校报来了。"

双马尾把徐格往旁边一拉，让出一点进班的位置，对规规矩矩穿着夏季校服的孟听枝说："学妹，我们班没什么人，你帮我发一下，谢谢啊——徐格，你给我说清楚！"

"好姐姐，放过我吧，我约了人呢。"

孟听枝没再多听，抱着一大沓报纸走进高三（7）班。

夏日傍晚，粉橘暮光从一侧窗户斜铺进来，黑板上的粉笔板书还没有擦掉，一旁留着高考倒计时。

头顶的吊扇在动，小股热风呼呼啦啦吹送着，各个桌上课本高高堆起，摊开的试卷讲义也在哗哗翻动。

旁人的青春还在旁边鲜活地拉扯吵闹。她一路将校报发到最后一排的靠窗处。那张桌子尤其干净，桌屉和桌面一本书都没有，只有今天才发下二模试卷，孤孤单单摊在桌子上，页角随风轻颤。

高三（7）班，程濯，149 分。

那边已经吵完，双马尾一气之下猛推徐格一把跑走了，徐格踉跄着进了班里。

孟听枝攥着厚重的校报边角，看着那张二模卷子，鼓起勇气出声："请问——"

"嗯？"

"请问，他是生病请假了吗？"

她连他的名字都不敢付之于口，印刷墨迹陷入指纹的手指，落在他的课桌上，像触碰他本人一样小心翼翼。

徐格只看过来一眼，还是没心没肺的声音："你说程濯？他出国了，下周一升旗学校估计就会说。"

闻声，孟听枝颅内一片白雾。

"出国？那他还会回来吗？他的试卷还在这儿。"

"这谁知道呢？那试卷啊，不要了吧估计。"说完这句话，徐格就出了教室。

晚霞依旧，周遭那么静，走廊上偶有一闪而过女生们的笑声动静，也那么空，那么远。

孟听枝指尖轻颤，拿起那张二模试卷，细细看着。她不知道自己在看什么，她也看不懂这些题，但依然迫使自己一行一行看他的字迹，像寻求他最后存在的印记。

翻到背面，她看到最后那道唯独空缺了答案的数学题，眼眶里久积的泪意，终于凝结坠落。

她也终于懂了，是空。

她的五脏六腑都完好无损地待在原位，世界也没有骤然坍塌，只是空，一种急雨之后，夏天骤然过去的猝不及防的空。

夏露未收，隆冬雪至。

她明明有很多话想说，但无人可说，无话可讲，只是难过到无以复加，沉默地将自己落在他卷子上的湿意轻轻抹去——那是她单方面留下的印记。

她将他不要的卷子折起来，藏进书里，红着眼睛，发完一整栋高三楼的校报。

晚霞已经衰竭成不甚明亮的样子，将暮的夏天不再迸发热度。合上最后一扇门，孟听枝走出学校。

暗恋是什么呢？

是跋山涉水来和你说再见，是大段大段没有台词的废片，是连个能说出口的身份都没有，却要在罅隙里用尽全力地仰头铭记，与你的千山万水毫无瓜葛地告别。

晚上回家，孟听枝在桐花巷二楼的台灯下，重新摊开那张二模试卷。灯光过亮，她眨了眨，眼睛又湿了。

她努力安慰自己，每个人的青春都会结束，她不过是结束得早一点罢了。

手背上忽然砸落一点温热，孟听枝按了一下眼睛，回过了神，合上手里随意翻开的书，搁置在一旁，捉回游走的思绪，重新想起阮美云的话。

图他什么呢？

程濯出国后，她曾在三生有信给他写过一封信，地址是她从学校的旧档案里翻出来的，快速记在手心里，跑出教务楼。

她在一场雨里开始落笔，在高考那天石沉大海地寄出去。

一旁的手机忽然响起，显示是程濯，孟听枝吸了一记鼻子接起。

程濯今晚在申城应酬，是个雅静的地方，局散得早，附近有画展，往常他从车窗里略过一眼不会在意，今天兴由心起，叫司机停了车。

他对艺术没有什么热烈追求，或许受舒晚镜影响，有几分审美。他记得孟听枝很喜欢岛川集，展方的画报很懂噱头地凭这三个大字把他引了进来。

车子在门口停下，展厅很有眼力见的主管拾阶来迎，比司机更先一步替程濯开门。

程濯也没亏待这份郑重。

主讲人要为他详尽阐述这一期的主题，他适可而止地点停，声音在空旷展厅里透出一股极悦耳的清冷质感："我女朋友跟我讲过。"

对方立马不动声色把彩虹屁重点放到了"女朋友"身上，程濯寡言，但全过程都听得很舒服，神情也柔和。

离开前，他订下了一整个系列的木雕画。

孟听枝听了之后，起身走到窗边。

"你以前也是这样给你妈妈买画吗？"

程濯顿了顿才发现其中的联系，如实道："我很少自己去。"

孟听枝知道，正睿是一个结构完整的艺术投资机构，这些事有人专门负责。

程濯补充道："以后频率会更高。今天去看画展，忽然只能想起来你喜欢矢藤源斋。你还有什么别的喜好都可以跟我讲，我会记着。"

孟听枝无声弯了弯唇角，将窗户推开，依窗抬首，霜宵夜里，盈光当头，再想起白天她妈妈说的话，那种空茫感里倏然充实温暖起来。

他像是黑夜里推窗就能见的月亮。

不想图他什么，她只想，她的月亮永远不会坠落。

孟听枝心境轻盈，忽然说：“你记错了，我不喜欢矢藤源斋。”

程濯不确定地“嗯”了一声。低沉的鼻音，叫人直接能脑补他微敛眉心的样子。

孟听枝说：“喜欢你，喜欢程濯。在世间所有美好的事物里，你拔得头筹，无可比拟，最最心动，最最喜欢。”

电话里迟迟无音。

孟听枝反应过来，察觉自己刚刚有点肉麻过头。那一点窘迫在难为情里逐渐放大，她有点懊悔地咬住下唇。

半晌，耳边有声音了，柔哑至极。

“想了半天不知道说什么。孟听枝，我的心跳乱了。”

第三十章

山与月

这一趟申城之行，程濯接手程靖远去巡视旗下子公司，虽事发突然，但仍无一纰漏。

这位的工作能力，之前外派就叫人见识过。比之贺孝峥，他少有老派资本的拖泥带水，坊间也有人说，这份雷厉风行的魄力也不是人人都能有的。

他近年还是低调，商界传言都半真半假。

不久前，董事会已经将管理层换届投票的事告知全体股东，现在苏城商圈都在看程家下一步的动向。

之前外派后程濯未能登高位，已经叫众人大跌眼镜，如今，先是程靖远病倒的消息被授权放出，管理层换届的消息紧随其后。

不乏人猜，按惯例，这种青黄交接的关头，一旦有联姻消息出来，基本可以确定，程濯即将全面接手父业，而放眼整个环能系布局，程濯很有可能是从万竞地产开始收割。

如是云云，财经报纸分析得头头是道。

从申城回来后，程濯先去看了程靖远。

他身体休养得不错，一身素净衣裳，坐在院子里晒太阳看报纸。日光稀薄，男人也难得温和，温和到因为一个人坐在院子里而显出几分寡静来。

就这么一个少有厉色的人，程濯同辈的兄弟姐妹里没有一个不怕他的。

“来了，坐。刚沏的君山银针，尝尝？”程靖远折起报纸放在一边，手指轻敲乌木桌面。

小炉生火，茶盖上飘着白色水汽，高冲后的茶芽已经舒展，白毫显露完整。

程濯随意喝了一口，将杯子放回原位。

程靖远暗暗敛回目光。这份父子之间一分不肯多给的敷衍，是从什么时候开始的，他不知道，他只知道，已经持续很多年了，久到他半点儿想不起来程濯小时候的样子，好像他的儿子忽然就长大了，就开始体面周全地跟他针锋相对。

父子缘淡，偏每每只有这种相对无言的僵持时刻，程靖远才能感受到血脉相连的感觉，他的儿子和他一样，封闭，固执，不爱和人交心。大概人经老经病才会柔软。

医生按时上门给程靖远量血压，检查完毕，天色渐晚，程濯也觉得待够了。

程靖远没有留饭。临走前，他喊住程濯说：“你要是能承担后果，可以去做你想做的事。”

程濯背影滞了下。

“你注意身体。”程濯没回头，说完就走了。

车子朝西郊的墓园开。

临近傍晚没什么人，停车区都空旷到可闻猎猎风声。程濯抱着一束火红恣意的剑兰，去门卫处登记。

翻页本有固定编号，最新的一次记录就在最近几天，写的是程靖远助理的名字，那就是他本人来了。而台子上放的那一束剑兰，花瓣干萎。

程濯放下自己带来的那束花，摸兜找出打火机，点了一根烟，火光在他拢起的掌心亮了一瞬，转瞬暗淡。

良久，他看着墓碑，出了声。

“你跟我发过多少次火，你不会记得了。

“每次你打电话说你只有我了，老宅那边怎么拦，我都会回来陪你。我真的尽力了。

“你恨我爸，连带着要恨所有姓程的人。你没有错，但我也无辜。

“我那么小，连离婚具体要做什么都不知道，我就开始觉得离婚是解脱，这些都是你教给我的。你发过多少次疯，我多听你的话，我什么都答应你了——

“你还是要死在我面前。”

烟草烧到尽头，他轻呛了声。他用脚捻灭烟头，忽而凉凉地笑了：“你也从来没有为我考虑过，对吧？你叫我以后不要结婚，我那会儿真没这个想法，我早就对婚姻失望透顶了。这次我就不听你的话了。”

程濯郑重地说着，从西装内侧的口袋里拿出来一个什么小物件，用黑色的丝绒布裹着，叠得仔细整齐，摊开来，是一张双喜字的红色剪纸。

他低头看着掌心里的薄纸，目光温柔。

“还没跟你说过，这是我喜欢的女孩子送我的。她叫孟听枝，又漂亮又温柔，会做饭，画画也很好，是我想娶回家的人。”

月初，曾珥来找孟听枝谈过画展的事，月尾事情就定了下来。晚上曾珥做东，一行人在合莱会所聚餐。

宴上，几位投资人对孟听枝的作品大加赞赏，宾客尽欢，这顿饭才结束。

孟听枝社交是短板，之前没有考虑过办个人展，很大一部分都是考虑到这方面。这次多亏有曾珥来当中间人，她轻松很多。

送走投资人，孟听枝和曾珥坐在合莱的大厅里，要了一壶清茶和儿例清爽的点心。

同校同专业同领域，能聊的话题太多，话题回到接下来的画展上，孟听枝跟曾珥又说了一声谢谢。

茶雾袅袅，曾珥倾身捏起小巧的杯子，只赏着没入口，说："太客气了，小学妹，我们是互利互惠的关系，如果可以，我希望我们可以合作愉快，彼此成就。"

孟听枝浅嘬一口热茶，几分心虚："我成就你吗？"

曾珥提醒她："小学妹，我现在是商人。"

近年，曾珥身上的称号越来越大，她在艺术界的地位更是与日俱增，可她自己参与其中的已经寥寥无几，大部分的精力都放在工作室的日常运营和挖掘扶持新人方面。

"你别看我现在顶着华枢奖特邀评委的身份，很多落选的画，我都画不出来了。"

曾珥淡笑着对孟听枝说："小学妹，你觉得艺术有寿命吗？"

类似的话，孟听枝刚上大学时，就有老师在课堂上问过。

答案是什么呢？

艺术是不朽的，遑论有寿命一说。

孟听枝那时候刚上大学，课堂上一知半解地沉默着，而现在她拥有完整的艺术思维和更广阔的视野，也有与之不同的一点看法。

"我觉得，没有准确的寿命可言，但它会慢慢在一部分人的眼里死掉，又在另一部分人的眼里活起来，此起彼伏。"

曾珥接上话："就像爱情，有人不爱了，有人爱得死去活来？"

曾珥今天照顾孟听枝，替孟听枝喝了不少酒。

这会儿孟听枝还神思清明，曾珥已经有几分细察可觉的微醺姿态，那双情绪稳定、眼波清透的眼睛里，绕了一层远远近近的薄雾，很曼妙勾人。

孟听枝一时看走神，不禁去想，她这样清醒而不浮于世故的人，如果有一天甘心泥足深陷，拿出七分的风情去试探情爱，什么人能抵挡得住？！

曾珥实在是太有魅力了。

孟听枝应声说："有点吧，但感情，可能更看人为。"

曾珥托腮打量她："你还记得自己之前是随波逐流、听之任之的人吗？"

孟听枝点了点头，不惧谈曾经："人是会变的。"

曾珥微仰着头，眸色在垂灯下倏然迷离起来。

会所里的暖气很足，加上酒热上涌，她这会儿觉得脖子后面有点黏，本想把头发扎起来，包里没翻到那根黑色的细皮筋。她想起来什么人也扎小辫子，从她这儿拿走了，从来都是霸道土匪的德行，还是不可能还的，不仅不还，还要戴着招摇过市，幼稚死了。

曾珥合上包，撩了一下头发，意味深长地感慨道："是啊，人是会变的。"

孟听枝今天来的时候就听曾珥说了这家会所有程濯舅舅的股份，看见后院水榭的孔明灯，她忽然想起这会所还没开业的时候，她就在枕春公馆的浴室里瞧见过。

她很喜欢这灯，程濯说等开业带她来看。

大概因为沾着程濯的缘故，她欣赏会所内饰格外仔细，正厅一侧的墙上，疏落有致地挂了不少字画，和中式的会所风格很呼应。

曾珥说："仔细看，都是真迹。"

暗叹一声大手笔，孟听枝留意起落款的朱章，直到看见一幅字。

"月照千峰。"

那一杆浓墨，笔力遒劲，鸿惊鹤飞。

只有今年夏的时间留款，没有章印。

脑海里，某段记忆猝不及防地被打开，孟听枝凝望着，情不自禁地伸手去触摸。

他要是写别的，她绝对不可能认出来，偏偏是这四个字，他在她面前写过，还握着她的手教她写过，这横竖撇捺，她实在太熟了。

那是前年冬天了，细枝末节记不起来，只晓得是夜晚，她一觉睡醒，不见身边人，披衣下床。

国外的紧急工作隔着时差传过来，他不得不处理。视频会议结束，他神情倦怠地在灯下揉眉心，抬眼就看见孟听枝趴在书房门口，柔声问他：“我能进来吗？”

他没说话，将笔记本合上远远放到一边，淡笑着朝她伸手。

孟听枝赤着瘦白的脚，欢快地跑进去，握住他伸出来的手，再被轻轻一拽，人就不偏不倚横坐在他腿上了。

他以为是下雨打雷吓醒了她，窗帘一按，月色皎皎，清朗夜幕里隐隐可见小春山连绵起伏的轮廓。

孟听枝从来没有见过包装得如此精致的墨条，木盒油润，镶金嵌玉，是桐花万里雏凤清声的纹样。

“这是别人送给你爸爸或者你爷爷的吧？”

他曲起指骨，刮了刮她的脸，眼眸微漾道：“孟听枝好聪明。”

孟听枝每次被他夸，是真是假，都觉得难为情。他那把嗓子一旦染上情绪，撩人得厉害。

她坐在他腿上把玩着，小声地说：“我又不是文盲，我上过大学好吗？还选修过中国古代史呢。”

“知道了，女大学生。”

什么女大学生，他一说话就又变调了。

孟听枝不顺着这话继续讲了，回到手中之物上：“这是你家里转赠给你的吗？”

她说话严谨又官方，程濯本来如夜般沉的心境也被她误打误撞搅出几分波澜。

“我爷爷给的。”

她继续问：“很珍贵吗？”

程濯反问她：“你觉得呢？”

孟听枝垂着长睫毛，认真看认真想，然后认真地说：“我觉得……是不是这个盒子更贵呢？”

他点她鼻尖：“好聪明。”

孟听枝轻缩了缩脖子，满脸藏不住的温软笑意。她将里面暗藏纹饰的墨条拿出来，看着程濯问：“那我可以开这个墨吗？有点想玩。之前美院安排我们去一个制砚制墨的小镇采风，我那会儿有点中暑，就没有进那个工坊，周游后来说好玩来着。”

程濯一手拉开书桌一侧的抽屉，另一只手还护在她腰上扶稳她，侧身去取什么东西，问着：“怎么会中暑？”

那都是大二的事了。

孟听枝想了想说：“可能是水土不服吧，采风坐大巴每次都很累的。”

程濯陪她在云安古镇待过，她这么说，他就懂了。

他找出一块砚台，往书桌上一放。他抱着她，不想挪动去翻宣纸了，见旁边有一沓单面印的资料，他抽过来看看不是什么要紧的内容，翻到空白背面。

“玩吧。”

孟听枝惊喜道：“真的可以开吗？可是，开了就不能再送人了。”

孟听枝不内行，却也不是傻子。

这种端着风雅送人的礼，还是别人送给他爷爷的，不可能是什么随便买的物件，搞不好就出自某个大师之手。

程濯替她铺纸：“不送人，留给你玩。”

孟听枝心脏怦怦跳，看着他的侧脸，淡淡的，有一种消沉的冷峻，可每每看她时，那双眼格外温柔。

她横坐着，白皙脚尖悬空，自己都没有察觉地轻轻晃着说：“那我玩啦？”

他失笑，扬起一抹弧。

她玩得认真，将墨细细推开，磨好，又拿笔蘸了墨，落纸前脑子一片空白。

“写什么呢？”

他状态轻松又纵容，回首看向窗外：“随便你写什么。”

孟听枝提着笔，顺着他的脸看，灯影与月色之间，瑕玉一般，目光再稍稍往前，窗子远远框住小春山的夜。山峰薄冷，如他一般，浅浅映着皎皎光辉。

孟听枝说："那我写'月照千峰'好了。"

她已经下笔，他的声音，忽然靠近在耳边，幽微品味着："月照千峰为一人，不写'为一人'？"

她高中练过瘦金体的字帖，书法不通也能写出几分顺畅，偏他一出声，字和心都乱了。

耳边的绒发被人拨至耳后，露出线条极柔的侧脸。

她目光专注在纸面，克制声音里的酥颤，说："那一人……他知道，就不写了，有意象就够了。"

那一人知道。

后来多久，他见这山这月，都能牵肠挂肚地想起她来。

"我'照'字和'峰'字写不好，笔画太多了。"孟听枝声音苦恼。

"你写我名字都能写好，这也叫笔画多？"

她下意识地回答："你的名字那是我练了好久的……"声音渐弱，她铺开新纸："我瞎写的。"

程濯笑："也没必要变脸这么快吧？"

孟听枝咬住腮肉，准备当哑巴，手背上忽地裹来干燥温热的触感，妥当地将她的手包住。

他那双手，微微用力绷起手背筋骨的样子，像玉质的修竹，干净到泛冷，掌心里却是滚烫的，只有她知道。

"孟听枝，认真点。"

她收拢起走神的心思，乖乖点头："知道了，程老师。"

直至那一沓纸用完，她才停了笔。

"玩尽兴了吗？"

刚刚程濯在身后扶手教她，她披发不便，就找一支干净的笔把头发绾了一个松松的髻，这会儿一点头，笔端蹭了一下程濯的脖颈皮肤，他很敏感地滚了一下喉结。

孟听枝“嗯”了一声。

他手掌一挥，清了桌子，写满“月照千峰”的黑白纸张满天飞，翻转零落。程濯掐腰抱起腿上的人，把孟听枝移到桌子上。

忽然坐到一个比他更高的位子，孟听枝心脏倏忽一紧，漏掉一拍。

只见他覆身而来，灼烫的拇指蹭她下巴不慎沾到的一点墨痕，蚀骨揉心地拭去，声音也哑：“那现在到我了？”

孟听枝杏眼清软，反应不及：“嗯？”

最后一丝束缚力如弦崩断，他利落地抽走笔，长发尽数披散下来，发尾微荡。

她手掌撑在桌上，脖颈后仰成一道孱弱的弧，唇齿间的声音被吞没。

那山那月都看着，看着他如何身溺情海，疯魔不自知地为一人。

孟听枝从字框上收拢手指，软濡指尖有点发烫，大概是酒意开始散了，浑身都有一股热气轻罩着。

可看那幅烂熟于心的字，恍然又有凉风从小春山的夜雾里扑来，扑在她心上。

一旁曾珥遇见熟人，跟一位秘书随身的中年男人在大厅里聊起来，讲到今晚的聚会，自然而然提到孟听枝。

“是我一位很有才气的学妹，孟听枝。”说完曾珥替孟听枝引荐，“枝枝，这位是黄总，合莱的老板，平时最爱收藏一些字画古玩。”

孟听枝微笑，与对方打过招呼。

那位大腹便便的黄总目光从孟听枝身上朝后移，无遮无拦地看见那幅字。

那天程濯留这幅字，没有印章在身，事后圆滑世故的女主管深觉遗憾，曾有提议：“不如托舒总当中间人，咱们找时间去拜访一下程公子，好把这章补上，之后挂在厅里，也好叫人看了一目了然。”

黄总当时笑着摇头。

要那么一目了然做什么，就这样挂着才好呢，谁也认不出，但周围一众真迹簇拥着，谁也不敢小瞧了，到时候有人问及这幅墨宝出自谁手，再说出来，那感觉可不比一目了然差。

黄总问："孟小姐喜欢这幅字？"

孟听枝回头再看一眼，点头说："喜欢，字如其人。"

字如其人地喜欢。

喝了酒不能开车，孟听枝也没有着急找代驾，就把车停在合莱会所的停车场。

司机很快过来了，曾珥要送孟听枝回家，孟听枝本要拒绝，后又改了主意。

合莱会所离枕春公馆很近。

那幅字勾起不少回忆，她忽然很想回枕春公馆看看。本该先联系程濯或者邓助理，她现在没有门禁卡，也不知道别墅现在的密码，或许进都不能进，但心底里默默的，有一种想去碰碰运气的孤意，进不去也没关系。

曾珥把她放在枕春公馆门前。

孟听枝下车，曾珥隔车窗远远打量一番园区，忽然笑了："我听人说枕春公馆很适合买来当婚房，不知道是不是真的。"

孟听枝在风口里拨了一下头发说："应该是假的吧。"

不然程濯应该不会买，他是抗拒婚姻的人。

曾珥点头说是，估计假的，贵死了，又嘱咐孟听枝注意安全，这才叫司机把车开走。

孟听枝转身朝门卫处走去，抱着试试看的想法，想问问自己能不能进去看看。

门卫望着她，很快将她认出来："孟小姐？6号别墅的孟小姐！"

孟听枝差点忘了，跟程濯分手那会儿邓助理劝过她，说枕春公馆里还有很多她的东西，她自己的，还有很多程濯送她的，东西搁置着也是浪费，叫她随时可以过来拿。但当时她太深陷情绪，一次也没回来。

或许是领了谁的嘱咐，邓助理每个月都会来门卫一趟，看看孟听枝来过没有，还把孟听枝的照片留给门卫一张，叫他不要忘了，如果哪天孟小姐过来，务必让她进去。

门卫说完，声音里有几份苦尽甘来的惊喜："没想到你真的过来了！我送你进去吧，孟小姐。"

还是记忆里的宽奢园区，静谧，风里有怡然花香。

"这路灯是改了吗？"她目光一一比对过。

年轻的门卫望了一眼说："哦，这个啊，对！年前换的，因为之前有业主反馈说这种地灯聚光不好，城西二期就把这边的地灯一起改掉了。"

站在 6 号别墅门口，孟听枝看着小灌木里笼着的一丛盈光，很童话很少见的一种鹅黄色，是以前的那款灯。

她指过去，不待问，门卫就已经解释起来。

"整个枕春公馆的地灯都换掉了，只有 6 号门口的这一盏留着。之前也有人来问过，好像是 6 号户主特意留下的，不许拆。"

那是一段更久远的记忆了。

前年夏，有火烧云，傍晚暮色里，她从桐花巷提着保温盒，怯怯地来按他的门铃。

他那时候胃病刚犯过，胃口极差，穿着白色的丝质睡衣来开门，徒有宽正肩骨，人很清瘦。孟听枝软声磨着他，多吃一口都是好的。

他坐在露台的小桌旁，拿着筷子，笑了声说她像在哄小孩子。她不太好意思了，跑到阳台边吹风。

昼夜接驳，园区的灯火，皆在那一刻齐齐运作明亮。

天暗了，人间亮起来。

她惊喜地看着，指着草丛里的一盏地灯给他看，口吻天真："像一只好大的萤火虫。"

他问她喜不喜欢，她托着腮说喜欢。

可莫名喜欢一盏灯有点奇怪，她好像又说了好多废话来解释，不是喜欢灯，是喜欢萤火虫，也不是喜欢萤火虫，是喜欢那些渺小微茫却不可思议会发光的东西。

他那时寡言淡笑，她曾以为那是有礼貌的敷衍。

他记得，他都记得。

那些渺小微茫，最后都不可思议地发光了。

门卫轻声地喊她："孟小姐？"

"嗯？"孟听枝从灯上回神，寻声望去，只觉得面庞热热凉凉的。

门卫小心翼翼给她递一张纸巾："你怎么哭了？"

孟听枝手指往眼下摸去，点点湿意。

她也不知道自己怎么忽然掉了一滴泪，接过门卫手上的纸巾，她说谢谢，往脸上轻按了按。

"谢谢你送我过来，谢谢。"

她久久地站在6号别墅门口，比第一次来按他的门铃时还要紧张，是另一种近情情怯。

这房子装了她太多回忆。

倏然，手机振动的响声打破安静，她从黑色的外套口袋里摸出来，屏幕上，6号户主的名字直接跳进眼帘——程濯。

脸颊刚刚被热泪滚过的地方，经风一吹，凉凉的。

那点酒热早散透了，她穿得单薄，手指也是凉的，在屏幕上一划，如凑近火光取暖一般，把手机放在耳边，温温软软地"喂"了一声，又不够，还是要喊他。

"程濯。"

心脏像被捏了一下，她垂下眼，望着眼前的盈绿地灯。

"孟听枝。"

熟悉的声音从手机里传来，除了这三个字，他不再说话。

孟听枝隐隐听到那边有纸页翻动的窸窣声。

“你在哪儿啊？在公司吗？我可不可以……”

克制的声线忽地打断她，他音质沉沉：“孟听枝，你骗人。”

孟听枝没反应过来：“什么？”

那声音钻进她的迷茫里，拨云见雾般地找到开端。

“你骗人，你根本就没有祝我前程似锦，一句都没有。你说你想见我……孟听枝，你还想见我吗？”

第三十一章

摘月亮

从墓园回来后，程濯接了电话，去老宅吃饭。饭桌上老爷子提及他们父子，破天荒地讲到了舒晚镜。

话落那刻，给程濯盛饭的老保姆递上碗，暗暗觑了一眼程濯的神情，见他并无任何变化，只是静默地听着。

多少年，这一大家子人都拿“舒晚镜”三个字当忌讳，其实都心知肚明，细究起来是程家理亏，不提，便就是无错，甚至在舒晚镜离世后，程濯想回那栋别墅也不被允许，要叫那三个字彻底抹去。

此时，老爷子忽然感叹一句：“你妈妈当年也不容易，感情的事强求不来，总归是对不住她。”

四周的用人神色都下意识地变了变。

程濯筷尖停了一下，下意识想说一句“都过去了”，但他忍住了。这种时间一过就不再分对错潦草翻篇的话太世故冰冷，也太不负责任，他不想说。

“年纪大了还是少感慨吧。”半晌后，程濯说起别的，“我那两只乌龟交给你，你给养成十六只了，动物世界也没这么繁衍的吧。”

老爷子一听，被他逗笑了："那都是别人送的，养在一块儿热闹。"

老保姆端着最后一道汤来，在旁边笑着应和道："可不是热闹。上回小格过来看见了，还说这也太多了，说要领老爷子去夹萝巷口支个摊儿卖乌龟呢。"

老爷子退休这么多年，已经很少出席社交场合，公司的事他不过问，但实际权柄还在手里。一大家子明面上的和和睦睦都靠这个撑着。

老爷子虽然对外已称抱恙多年，但下午四点后不见外客的规矩都拦不住推拒不得的人情往来将老宅的门槛踏破。但凡叫人晓得老爷子新增了半点喜好，从来都是不缺殷勤逢迎的。

人老了就少了锐气，看淡是非就少了那些与人周旋的耐心，事情都是应付着做，唯独那些机灵小辈来看望他，插科打诨说赖皮话，他嘴里骂着，心里却是开心的。

程濯说："那不正好，挂你的金字招牌，徐格负责来往吆喝，不愁卖。"

老爷子说："你呢？你倒是也做点事。"

程濯想了想说："我把我那只玉树临风接走，它是非卖品。"

气氛融洽，一顿饭才算圆满吃完。

之后程濯的大伯回来，跟老爷子在书房聊了半个小时。程濯在茶厅喝茶，等老爷子再过来，手里拿着一把钥匙。

程濯很眼熟。

高二开学，十四中组织秋游爬山，他意外受伤，又连着发了两天的烧。他从没病得这样来势汹汹。家里几个女人一扯闲嘴，这把钥匙就被没收了，不许他再回舒晚镜住过的地方。

小物件磕在桌面上，轻声咚响。老爷子苍老的手指按在钥匙上，缓缓推到程濯眼前。

"后来我也想，要是那时候不那么强硬，你高三那会儿兴许也不会和你爸闹成那样。你做事总不爱跟人商量，何必呢，她什么身份你什么身份？平白脏了自己的手。”

程濯握着那把钥匙，没说话。

他本该因为一个老物件记忆翻涌的，但是没有，他很平静地在脑海回顾，甚至想不起来很多细节。

他好像一整个高中的记忆都是混沌虚浮的。

从老宅出来，车子径直地往梧桐里开，堵在晚间车流里时，他又瞥了一眼扶手箱上的钥匙。

下了高架桥，他鬼使神差地掉头转弯，将车开到铂悦天城来。

这是舒晚镜和程靖远的婚房，程靖远极少回来，程濯小时候待在这儿的时间还不如在老宅多，他和舒晚镜之间也少有温情。从他有记忆开始，他的母亲就是一个冰冷脆弱、浑身是刺的女人。

这边的用人是老宅那边支过来的，半点儿不对劲就往老宅打电话。他模糊的记忆里，有无数个舒晚镜和程靖远大吵的场景，都是极深的夜。

灯火那么亮，一抬头，天黑得像兜头压下来的浓墨，避无可避。

他面无表情地被老保姆和管家接走，他没有害怕，只是很木然地随这些人挪动，不知道什么时候才能安稳下来。

程靖远也会走，他几乎不在这里留宿，那是舒晚镜一个人的地方。

但从小到大，但凡需要填写家庭住址，他看着“家庭”两个字，最后都会写铂悦天城的地址，总想着舒晚镜说过，她只有他了，如果他也不认这个家，那她就真的什么都没有了。

再清烟冷火，他也始终当这里是自己的家。

明明已经很久没来了，但有种骨子里的记忆，叫他轻车熟路。

车子停在门口的停车位上，他解了安全带，没下车，隔窗看着二楼自己的房间。从落锁开始这房子的水电就停了，那扇窗不会再亮。

他下车走到门厅下。入户铺的是整块的石板路，石缝里的杂草已经挤满空隙。门口立的绿色信箱，风吹日晒败了色，驳了漆，连投信口都生了一层黄褐色的锈。

旁边挂的是四位的密码锁。

锁芯应该也锈了，他转动舒晚镜的生日有几分卡顿，第四位数直接卡死，怎么拨也拨不动。他打算放弃。

好多年了，一个旧信箱里也不会有什么。

可偏偏这个时候，蓄力的转锁似迈过了一个艰难关隘，“咯噔”一声，夜色里，指引一般地转到了初始的位置。

锁环猛然弹开，程濯将锁拿下来。没有了锁环束缚的铁质箱门自动朝外打开，发出“吱呀吱呀”的声响。

里面真的有信，好几封，程濯一把拿出来看，有艺术机构的邀请函，公益活动的感谢信，还有消费账单，都逾时了。

翻到最底下，一封普通的、写着“致程濯”的信笺赫然闯进他的视线里。

指尖难以自控地颤了一下，他凝目，不可思议地看着“程濯”两个字，熟悉的瘦金体，第一次是在哪里见的呢？

是从金霖路出来的路上，路过宝岱广场，昏暗的后车座，醉酒的小姑娘小心翼翼地拉着他的衣角。

他明知她有点麻烦，见她眼角通红，还是忍不住心软哄她，叫车子开回柏莘，托人翻找，取来那个并不出色的蛋糕。

蛋糕和贺卡上都写着“程濯”这两个字，祝他生日快乐，是走势纤细却傲骨稠芳的瘦金体。

程濯觉得呼吸里哽住什么，将其他信搁在信箱上，打开手里这封。

年深月久，连信封口的纸都有些粉化了，他动作磕巴又着急，一时撕断一角，信封没有完全打开。

他指端悬在空气里，很麻，又轻微抖着，像一层陈年锈迹被剥落，那些新稚的、隐藏的部分乍然接触氧气，措手不及。

缓了两秒，他将信口完全撕开，抽出里头的信纸，屏住一口气，将那两道规规矩矩的折痕摊开。

程濯：

你好！

我是高一（12）班的孟听枝，想给你写信很久了，得知你出国的消息，冒昧写下这封信。

看到这里，你大概会皱眉孟听枝是谁。

你不会记得高三开学，你在食堂窗口给一个高一新生指过相思奶茶。那天你穿着14号的球服，微微流汗，从窗口取走一个球队的饮料，路过门口的冷气帘，一步踏进阳光里。

我愣了好久。我不知道你是谁，也不知道红豆奶茶为什么要叫相思奶茶，窗口的老板告诉我，因为此物最相思。

军训后，我晒黑了一个度，开课后很怕在校园哪个角落遇见你，可我时刻在期待遇见你。

班里课间总有女生提程濯这个名字，我模模糊糊听着，直到国庆放假前。那天下午学校提前放假，据说是有校际篮球赛。我被前桌的女生拉去球场，人山人海外就有人撕心裂肺地在为程濯加油。

前桌的女生拽着我挤进人潮。你投了一个三分，她在我耳边尖叫，指着你说，程濯学长帅死了。

那一刻，我像是误闯了一个独属于程濯的星球，这个星球的文明刻板，所有的文字和语言都与程濯有关。

最后我心无旁骛又静默至极地和她们成了同类。

可我不能说话，我是你国度里的一个平民哑巴。那些为你而来的欢呼排山倒海，沸反盈天，我只是其中一个微不足道的环节。你下场擦汗，掠过看台的那一眼，甚至不会为我停留0.01秒。

我不该再有太多妄想，可十一月，高一期中考，我在天台哭，你解开手表借给我，我又开始贪心。

每天早上，你路过秀山亭的长街去十四中，我跟在你身后和你同行一段路，觉得这样的日子已经很好。

或许别人的关注对你来说已经成了一种困扰，可我太想见你了，哪怕远远地看一眼也可以。

我作文一直写得很差，我也不喜欢写作，但我太想在不打扰你的情况下见一见你了，所以我参加了校报社。大概是有才气的人太多，校报社缺我这种任劳任怨的，我很顺利地进入。

每周我都可以去高三楼发校报。高三一共四十三个班，我发过二十七次校报，你有十一次在班里，从我手里接过报纸，看也不看地塞进桌屉里。

发完报纸，每次都会沾一手的印刷油墨，我洗很久才能洗干净。就像对你，很喜欢很喜欢，但我藏得很好，没有人知道。

你也不会。

我从没想过，在意一个人原来会如此难受。那些戛然而止的欢喜和猝不及防的伤心，将我本该乏善可陈的青春填得那么满。

你出国的消息来得毫无预告，隔周的升旗仪式结束，贴吧里很多女生难过失意，她们祝你如何如何。我没有祝福给你，你那样光风霁月的人，去到哪里应该都会顺遂的。

你本来就是发光的，我只希望，我的孤月永不坠落。

我心里的程濯，永远快乐。

你出国后，我恍惚了好多天。今天我在我家二楼窗边系鞋带，我之前就是这样磨蹭着等你出现的。可我忘了，你不会再出现了，不会再出现在我的窗户里。

我要迟到了，干脆就翘了课。

外面在下雨，苏城从来没有下过这么大的雨。夏天真的来了，你也真的消失了，我在写这封信。

我忽然能预见自己的未来，是波澜骤歇的海，所有风浪都离岛很远，你也是。

我试着问过自己，你连我是谁都不知道，这样算什么呢？

直到今天，我才想明白。

暗恋是带着所有金银细软，在你的海域沉船。

不出意外再难见天光，别人救不了，而你不会来，我心甘情愿的蒙厄，束手就擒的沦亡。

可我仍有贪心，以后的许许多多年，程濯，我还能再见到你吗？

落款是孟听枝。

时间是七年前的六月。

良久，末尾那八个字像一记重锤般落在心上，那种无孔不入的挤压力，叫程濯每个呼吸都开始酸胀疼痛。

他合上眼，仿佛能看见那个十六岁的少女穿着十四中的校服站在他面前，胆怯又勇敢地问他，以后的许许多多年，我还能再见到你吗？

说完，那双温软的眸子就湿红了，将七年后的程濯，破碎地映照着。

信里的话，一字一句在脑海里挥之不去，他难以承受地捏着信，轻垂脖颈，调整气息，想将那股从心脏上蔓延开的酸痛缓过去，但无济于事。

他看着这个老旧的信箱，想着她的信在这里不见天日地搁置了七年，不受控地就要去想，倘若他没有在美院的会展中心和她重逢，倘若他没有机会再打开这个信箱，还有多少个七年要搁置？

倘若他真的不知道孟听枝是谁，他此刻打开这封信，或许只会毫不挂心地看一遍，甚至没有耐心看完就会放在一边。

没有人会去在意，没有人会在意十六岁的孟听枝。

吐出一口肺部淤着的浊气，程濯又将信看过，目光停在末尾那句。

他曾以为时间太久，信已经丢了，明明也问过她，问她在信里写了什么，好怕她有一个什么遗憾，是他过去欠她的。

可她不说，她说她只是祝他前程似锦的其中一个。

她又骗他。

可真看了这封信，他心绪难平，他欠她的遗憾又何止一个。

程濯给她打电话，说她骗人，她根本就没有祝他前程似锦，她说的是，她仍有贪心，以后的许许多多年，程濯，我还能再见到你吗？

他最后问她："孟听枝，你还想见我吗？"

电话里静了片刻，似是反应过来他知道了什么，那声音忽然就软了，微带一点颤抖鼻音，先是"嗯"了一声，又补充道："我想见你。"

程濯："告诉我，你在哪儿？"

孟听枝抬头看着6号别墅，又看身边那盏特意留下的地灯，微哽着回答："我在枕春公馆……程濯，我在我们曾经的家。"

他缓住一口气，声音极具安抚力度："等我，孟听枝，我一定会来，你不要哭。"

她想答应他，可刚应了一声"嗯"，垂下脑袋，眼泪就不受控地吧嗒掉落了。她很快速地抹掉，握着手机难受地说："我等你，程濯……我一直在等你。"

孟听枝在枕春公馆等着，脑子里想了很多事，想到那封信。

她其实只能记个大概。

碎片化的记忆，印象更深刻的是那天三生有信外下了好大的雨，上课期间，店里人少，老板在卸货码货，门口风铃来来回回被撞出声响，混在细密的雨水气息里，清脆潮湿。

她买了印有"三生有信"鸦青色logo的信封，老板收了钱，看着她身上的十四中校服，惊诧地问她："今天不上学吗？"

"我翘课了。"

她那副留着细软刘海的乖乖女样子，叫老板的嘴巴张得更大，但她没有看。她坐到靠窗的座位上，从书包里翻出一支笔，望着空白信纸，长久地发呆，不知道怎么跟那个已经在天涯海角的人说我还能见你吗。

明晃晃的车灯从转弯处乍然出现，孟听枝的走神终止，在那道光里慢慢站起来，看着车门打开，那个曾经天涯海角、杳无音讯的人一步步朝她走来。

十月末，入夜降温，起了风，他看了一眼旁边灯火暗淡的6号别墅。

“怎么不进去？”

孟听枝指尖虚虚一握，没逻辑地低语：“我怕你不好找我。”

“怎么会？”程濯伸手一把将她揽到怀里，手掌落在她颈后，轻轻地抚，“冷吗？”

他明明穿得更单薄，孟听枝侧脸隔一层衬衫布料贴在他的心跳上，干净的气息很好闻。她没管从肩头滑落到手腕的包包，径直伸手环住他的腰，只想把这个人抱紧。

程濯摸到她颈后的皮肤都是凉的，当她吹冷风吹傻了，手掌又摸到她脸颊，虎口贴在她的下颌，抬起她的脸，垂眸看她。

“冷吗？要不要先去车上？”

孟听枝摇摇头，保持仰头的姿势。

这个角度，叫她眼睛里的东西全部袒露在程濯的视线里，包括刚刚哭红了的眼角。

程濯拇指指腹移至那里，轻轻地摩挲，望着，一身是话地抿着唇。孟听枝没等来他出声，额头落下一种温热的触感。

仿佛心里的空缺处被填补上什么，极熨帖，她闭了一下眼，再睁开时，那人轻抵着她鼻尖，还是沉默。

她感受到他的呼吸，不似一贯的平静。

她只好当先说话的那个，斟酌着用低低的声音问：“你，是不是看到我的信了？我信里——唔——”

他堵她的声音，唇齿相依，吻得又深又重，像是积累了什么情绪，要传递给她。

直到孟听枝手脚虚软，程濯才将这个深吻缓慢结束。

她擦的浅色口红溢出唇沿，晕染开，清凌凌的眼抬起来，望着程濯，是一种柔软的艳。

她嗫嚅了须臾，所有细小的动作在他眼里都如慢镜头，又要张口，却再度被程濯吻住。

这一次他只是贴了一下，随即退开寸许。

他的手指微颤着，抚拭她唇角溢出的口红，像强迫症一样，一次又一次，像在疏解什么。

他眸色极沉地看着她，声音有种哽滞的哑，哀求一般的轻声：“别说话，孟听枝……我要疯了。”

一种前所未有的温柔迷惘。

他捧着她的脸，目光一分不错地细细描绘着，最后问她：“我要给你一些什么呢？孟听枝，我要给你摘月亮吗？”

仰头姿势，眼角溢出一线透明水迹，细细坠落，她弯起笑眼，摇了摇头说：“我要月亮亲我。”

程濯俯身照做。

孟听枝没想到过了这么久了，枕春公馆里的一切都保持着原貌，甚至浴室里她用过的香薰蜡烛都放在原来的位置上。

蜡烛沾了潮气，更加不好点燃了，打火机的金属烧到发烫，那一簇火才透着香气明亮起来。

孟听枝事后有些倦懒。浴缸里熏着厚重热气，她歪着头，将脖子卡在瓷白浴缸边沿上，看着程濯俯身点蜡烛。

他还是和以前一样，坐着那个黑色的皮凳，在一边陪她洗澡。

点完蜡烛的打火机被他丢在木台上，金属方块滑了一段距离，停在孟听枝眼前。

他对孟听枝说：“你的了。”

这是主动上交。

可孟听枝一想，她前前后后收走他的打火机快有小半个抽屉了，他是什么时候养成这种自觉的？

湿漉漉的手指在旁边的毛巾上擦干净，孟听枝拿起打火机。

他以前的打火机大多是黑色或者银色，简约好看的款式，自从她喜欢收他的打火机以后，他的打火机里就开始出现各种材质的拼接镶嵌，花哨得过分，好像不是为了点烟，而是为了被人收走。

看了一会儿，孟听枝拿着打火机，忽然问他："我老收走你的打火机，你会不会觉得我很像那种凶人的老婆，就是控制欲很强，不许这个不许那个的那种？"

他应该直接给否定答案的，可他竟然开始思考！

孟听枝咬了咬嘴唇，心思都被吊起来，心焦地等他的话。

"不凶——"

孟听枝下意识要反驳，你都想了那么久，这话说出来好假的，却只听他随后跟了一句："但像老婆。"他更严谨地拿她原话里的词补充，"很像。"

她本就被咬住的下唇，此刻被更用力地咬了一下。她松开打火机，像丢开什么烫手的证据，肩骨一缩，躲进盈满泡泡的热水里。

他在看她，她余光看到了，但她不回应，偏把头转向单面玻璃外。

枕春公馆地势偏高，远远瞧见合莱的灯火，深夜凌晨，周遭几分清寥，衬得孔明灯的红光格外亮。

她伸手指了指："我今天晚上在合莱刚和曾珥一起见了投资人。"

之前聊过，程濯知道一些她后面的工作计划："画展的事？"

"嗯。"

"你想过自己开美术馆吗？收集所有你喜欢的画。"

怎么可能没有想过，只是感觉还有点远，这个月她跟曾珥见了很多次，也聊了很多。

"我想一步步来，可能现阶段还是要多学习。我知道你能帮我很多，但我想自己努力变好，配得上我所拥有的一切，我想很踏实地握住。"

她身上有种成人世界少见的纯粹和专注，有点倔，又很柔软。

程濯身子前倾，将手腕搭在浴缸边沿上，手掌向上，朝她摊开。

孟听枝把手伸过去，软糯潮润的手指从他指缝里一根根滑进、扣紧，很踏实。

没握一会儿，她就起了玩心，用另一只湿手朝他洒水。

“我以前也偷偷用过你的沐浴液来着，但总跟你的味道不太一样。”

程濯视线落在她平直深凹的锁骨，蓄起水，又叫那些水迹颠簸滚落，淌在白皙皮肤上；目光朝上移，看她那张被热水熏得干净粉嫩的脸，发际的碎发半湿半翘，像一只洗净绒毛的小桃子，多汁又甜脆的品种。

“我什么味道？”

孟听枝正要想形容词，唇上一软。

刚刚还坐在一旁的人，忽然单膝跪在浴缸边的垫子上，手掌扶着她的后脑，侧过脸将她吻住。

他遮住灯影，成为她视线里的全部。

近在咫尺的距离，孟听枝扇了扇软睫，叫对视的画面不再静止。

他淋浴后穿的是白色浴袍，前倾的姿势露出前襟下的大片皮肤。

抿了抿唇，孟听枝的心跳不由加速，觉得自己就像一个做了坏事却没得到老师足额惩罚的叛逆少女，越发胆大肆意。她的手指悄悄在他柔软的料子上攀爬，攥住他的浴袍领口。她白皙关节泛出有力的痕迹，狂浪是暗涌，骨子里的淑女气质叫她依然彬彬有礼。

她眼神炙热地盯着他，有几分烫人的孤勇：“我想把你拽进来。”

浴缸的水猝然满溢，哗哗漫出，她不管不顾，只想叫月亮为她沉溺。

第二天孟听枝睁开眼，最后的记忆还停留在程濯给她吹头发。

他坐在椅子上，孟听枝与他相对，坐在他的腿上，眼睛都不睁开，只管享受服务。

那过程称不上浪漫，有几分好笑吧，见多识广如程公子，第一次打开新世界的大门。

“你们女生的头发这么多、这么难吹吗？”

那时候明明连手指都不想动一下了，人在笑，使坏还是张口就来："难吹吗？那我明天去剪短。"

"不行！"他果断拒绝，手掌揉揉她半湿半干的脑袋，吹得更认真了，"不难吹。"

那呼呼的暖风声好催眠，听得人神思发软发倦。她被抱回床上，没一会儿就睡着了。

她一路睡到天光大亮，隐隐记得半梦半醒的时候还跟程濯说了话，但一时想不起来了，主要他说，她负责点头。

她拿起床头的手机给程濯发消息，问他去哪里了。

程濯很快回复："合莱。"

意外的回答叫她睡意一瞬间醒透，不是说今天不工作吗？她昨晚才敢那么疯的。他不是上午就有工作应酬吧？

孟听枝立马把电话打过去细问："你怎么去那里了啊？"

程濯帮她找回记忆："不是你昨晚求我，让我来帮你取车？"

孟听枝愣了两秒，反应过来，蹙眉懊恼。

她把自己的那辆小红给忘记了，明明昨晚睡前还心心念念来着，勤俭持家地在他耳边说："那边的停车费好贵！"

她昨晚睡前迷迷糊糊，没有说清楚，她停车的地方根本不是合莱的停车场，程濯去帮她取车，闹了好大一个乌龙，连昨晚在这里休息的黄总都被惊动。经理战战兢兢地给黄总打去电话，说那位程公子来了。

黄总又惊喜又纳闷："他是约了谁？你怎么不早说？不是，他现在来了？"

会所这会儿根本就没有到正常营业的时间。

经理看了一眼正跟前台核对车子信息的程公子，更加战战兢兢了，压着声音回复道："没约谁，说是来拿车的。"

"拿车？拿谁的车？"

经理道："黄总，你现在要是方便的话，下来一趟吧，程公子女朋友的车好像在咱们这儿丢了。"

的确没有找到孟听枝的车。

后来经分析，合莱会所的停车场对会员开放，从不收费，昨晚车位紧张，孟小姐很可能是把车停在了旁边的收费停车场。果不其然，由经理和黄总陪同，程濯找到了孟听枝那辆红色的车。

车程很近，等绿灯的时候，孟听枝的电话打来。

程濯解释完，孟听枝声音还有点蒙："那你现在要回来了吗？"

"嗯。饿吗？"

孟听枝按了一下小腹，"嗯"了一声："有点饿了，想吃以前那个面包房的白桃可颂和芝士千层。"

"那你先洗漱，我一会儿就回来了。"

"嗯。"

她昨晚回来后已经把房子看过一遍，再进衣帽间还是有种暌违多时的温热心境。

她边走边看，所有东西都按原位放置，平时只有阿姨来打扫保持房子的整洁，等着她再次到来。

手指摸上质地柔滑的黑丝绒，上头放着她熟悉的饰品，那条红玉髓手链她曾经戴了很久。

她轻车熟路地拉开表台。

分手那晚，她一个人上楼，从这里拿走了一块于他们两个来说都意义非凡的腕表。

她站在这个位置掉过泪，看着坏掉的手表，指针停滞，想着很应景，表停了，他们也就到此为止了。

抽屉打开，熟悉的位置上没有空。

几排男士手表里簇拥着一只红翡手镯，高冰近玻璃种的底质，干净通透，有三分之一的鸡冠红。红翡多棕红和暗红，少见这样纯的俏色。

阮美云爱戴翡翠，孟听枝一直觉得这种玉石要有阅历的人才能压得住，不然不显富贵，反而俗媚。

可这只镯子太干净了，像薄冰上淌过艳色，透明感十足，光是放在盒子里，就极惹眼。

孟听枝刚拿起，熟悉的脚步声就走到门口。她手里拿着镯子，回头和程濯对上目光。

即使再亲密，随便翻动旁人的东西总是有些不尊重。

孟听枝先是解释一句："我无意翻到的，觉得好看就拿起来了。"说着说着，她有点尴尬，不知怎么就蹦出一句："这不会是什么你家的传家宝吧，就是那种婆婆传给儿媳的手镯。"

说完就觉得离谱，她大概是陪阮美云狗血剧看多了。

她正要放回去，程濯走过来，从她手上拿走镯子，另一只手握着她的手，往镯子里套。

他说："可能有点痛。"

没有给她预知痛的时间，孟听枝拇指骨节就被硬物碾了一下，算不上痛的压力，她下意识地哼了一声。

那镯子垂在她手腕上，艳红衬肤白，宝光灿灿。

程濯欣赏了一下，唇角一抹浅淡却代表满意的弧度，接上她的狗血台词："那你先戴着，以后传给你的儿媳。"

嗯？崽还都没有，已经考虑到要给儿媳传手镯了吗？

孟听枝晃了晃手腕："什么啊，说这个也太早了吧？"

程濯应声："那一步步来。你先下楼吃点东西，然后跟我说说你爸妈有什么喜好，我好准备东西，之后去拜访他们。"

差一点踩空楼梯的孟听枝："拜访我爸妈吗？"

之前梧桐里那回，差点儿要见到她妈妈，他也问过什么时候能见，孟听枝当时说暂时不给。

程濯记得清楚，此刻回身，看着站在楼梯高处的孟听枝，故意调侃，还一本正经："就给我一个机会吧，孟小姐。"

孟小姐只是觉得好突然，就像所有好梦接连发生，叫人觉得不真实。她想说一些真实的。

"可是……可是我妈妈很霸道的，你去见我妈妈，她会让你跟我结婚的！"

她的语速很快，尾音扬高，似在宣布什么恐怖惩罚，故意讲出来吓他，连望向他的眼睛都微微瞪大，像在问你怕不怕。

程濯笑了：“真有这么好的事吗？”

闻声，孟听枝也笑了。

第三十二章

新雪霁

手上这镯子，红的艳，白的透，孟听枝越看越喜欢，问程濯是什么时候买的。

她对玉石了解不多，听过黄金有价玉无价的说法，只晓得种水这么好的翡翠可遇不可求，总不会是他们和好后程濯才买的。

可她想不到还有什么别的时机能叫程濯买下这只红翡镯子，放在那只手表的空缺位子上。

程濯回忆。

那真有段时间了，要推到前年冬天。

他一提海城的玉石工坊，孟听枝立马就想起来了，记忆瞬间涌起，那个说一口她根本听不懂的缅甸话，说她像女菩萨的玉石工坊老板娘，还有那栋红色屋顶、植物疯长的绿野仙踪海边别墅。

可是那次他们没有买红翡镯子。

她只记得逛集市，他不动声色地砍了一笔猛价，淘了一块原石，在工坊开了皮壳，是南齐场口的黄翡，料子也不足镯子那么大。

程濯解释，因为先前送她红玉髓那次被乔落和徐格那两个“喇叭”阴阳怪气地说他不够用心，那回在玉石工坊，他开完皮壳，就托老板替他寻一块好料子，价钱不是问题。

公盘上的白标石料，之前二十几个买主在竞拍，后面走价已经高得离谱。即使程濯事先已经说了价格不是问题，工坊的老板每报一口价都要跟程濯沟通确认。

他记忆清晰，料子拿下来的时候是正月刚结束，出图在苏城开春，那时他人不在国内，在私人庄园的马场见一个在投行任职的老同学，谈后续合作。

他从温迪手里接过平板电脑，浏览工坊那边发来的图样。

金发碧眼的老外看到精美的图样，很感兴趣，先感叹这是中国人的奢侈品，说完又好奇价格。

程濯靠在阳伞下的椅子上，鼻梁上架着的茶色太阳镜没有摘，稍一抬头，看着草场被驯马师牵出来的马：“是你这匹新宠的四十来倍。”

的确到了可以传给儿媳的级别。

孟听枝大开眼界地望着自己的手腕，另一只手上还捏着半块正在掉碎渣的白桃可颂。

半晌——

“所以，我现在手上拴了四十匹马？四十匹马是什么样子？”

孟听枝没见过那么多马，她见过《八骏图》，张狂浓墨勾勒出的疾驰感，平面上，已经叫人能感受到万马奔腾的磅礴气势。

四十匹？

“五张《八骏图》叠加在一起的效果吗？”

程濯看她小声嘀咕着，还忽然掰手指算起来的样子，不由失笑，好奇地盯着她问：“你在说什么？什么《八骏图》？”

“不告诉你！”孟听枝回过神，嗔他一眼，抽出几张厚厚的纸巾，把手腕上的镯子摘下来，放在上面，才将那口剩的可颂塞进嘴里。

鼓着圆腮，她一边嚼一边说：“等你以后做生意赔了钱，可以把这个卖了。”

她是真有一本正经说笑话的本事。

程濯唇边笑弧更盛，原本捏着杯子喝咖啡，放下杯子，连肩膀都跟着抖了两下，缓了气才曲起食指，越过桌子，用指节轻轻敲了一下她的额心。

“倒也不至于！”说完，他又告诉她，“环能旗下的子公司几十个，万竞地产也只是业务板块的其中之一。要是真有一天赔钱到需要我的太太卖首饰去填的地步，多少个镯子也不够的，你安心戴着玩吧。”

后面的话，孟听枝没细听，只停在那四个字上——我的太太。

太具象了，不为人知的期待像一把火在心里灼烤，忽然就口干舌燥，她拿过桌上的玻璃杯，喝了一大口凉凉的果汁。

她放下杯子，对面的位置空了。程濯走到她身边来，帮她把那只冰冰润润的镯子戴回去。

她看着那截被他握在手里的细白手腕，稍一抿唇，唇瓣上残余的果汁又叫舌苔尝到甜味，一路甜至肺腑。

“那卖你停车场的那些车？”孟听枝着重强调，“就是那些落灰的，你好像都不开了。”

他回国那会儿还闲，很多消遣，现在他工作忙，自己开车的频率都在慢慢变低，几乎没有场合再开那些出挑的超跑。

“不卖。”他执起孟听枝的手，在她手背上轻轻落下一吻，“有的都绝版了，留着吧，定期保养，以后可以给小朋友玩。”

又说这种话！

孟听枝咬住唇内的软肉，努力不让自己的愉悦过分泄露，看着手上的镯子说：“跟这个一样，传给你的儿子吗？”

程濯蹲在她身前，微仰头，虔诚地看着她说：“那要看你愿不愿意生一个小朋友。”

“假如我不愿意呢？”

“那听你的，我们就一直过二人世界。”

这话过分纵容了，孟听枝抿唇，跟他开玩笑道："可是，你们家有王位要继承。"

程濯稍顿，几分哭笑不得，声音明晰地给她说明："你可能有一点误解，我爷爷有三个儿子，我虽然是独生子，但我不缺堂兄弟。"

孟听枝脑洞大开："很多吗？那你们会打起来吗？"

程濯开始思考，小朋友的事根本不用着急，因为孟听枝现在跟小朋友几乎没差别。

他忍着笑，轻咳一声起身，摸摸她细软的头发说："放心，你未来的丈夫很能打，各个方面。"

孟听枝这才发现他们越聊越跑偏，不再延伸话题，她又被他说的"未来丈夫"弄得有点脸烧，转移话题地说起阮美云和孟辉来。

阮美云对程濯的印象，说实话，不怎么好。

第一次分手，阮美云连人都没见到过，加上孟宇那回提到几千万的车给她的冲击，她一直觉得他们不合适；而且，她一直以来的理想型女婿，是像张晓鹏那样的——知根知底，门当户对，即使没夸张到入赘孟家的地步，但婆家离家很近，就隔条巷子，她和孟辉晚上遛弯儿，多走两步就能去看女儿，多好。

程濯，好像不太符合。

孟听枝提前给阮美云打了电话，说她要带男朋友回家。

阮美云电话里语气也不怎么好："哦，就之前那个？叫什么？那个程濯是吧？他自己说要来，还是你让他来的？"

孟听枝回答："他说想来拜访你们。"

阮美云"哈"了一声。

孟听枝都能想象自己的妈，搓搓指甲，吹了口风凉气的样子。

"真好，这会儿想起来了，早干吗去了？现在想起来拜访我们了？"

孟听枝被怼得接不下去话，顿时头大如斗。

难以想象，万一真见了面，以阮美云现在这个姿态和语气，程濯能不能撑得下去，场面会尴尬到什么程度。

阮美云开口就是一句：“你小子终于想起来我们家了？”程濯要回答什么才能让阮美云之前的积怨消下去呢？

孟听枝走神这会儿的沉默，忽然叫阮美云心思活络起来，她也正纳闷着，怎么突然就要来拜访？怎么这么急？为什么要这么急呢？

“孟听枝！”

电话里声音忽然拔高，孟听枝被喊得吓了一跳，耳膜都被震得发麻。

“你俩八月份复合，现在十一月还没到呢，就要见家长了？上回可不见你这么着急啊！老实跟我说，一五一十，你是不是有了？”

孟听枝被凶得一愣：“有什么啊？”

“你还问我什么？能有什么？奉子成婚！”

阮美云已经煞有其事地说起来：“我绝对不许！搞不好对方还觉得是我们家逼婚，你以后嫁过去直接矮人一截，我跟你说，你以后绝对没好日子过！”

孟听枝无力地解释：“不是啊。”

怎么忽然全世界张口闭口都是崽？但凡程濯和她妈其中有一个乌鸦嘴，她当场成妈。

阮美云在电话里就半信半疑。

等孟听枝真带着程濯回去，她皮笑肉不笑，像在演刻薄后妈，一把拽走孟听枝，眼风一扫，跟孟辉说：“你快把茶叶拿出来泡。那个程濯是吧，你先坐，我跟枝枝去厨房切点水果。”

水果明明都放在客厅茶几上，孟听枝两手空空被拉进厨房。

推拉门一关，阮美云狐疑地伸手摸了摸她的小腹，确认平坦后，都没有完全放下心来。

“你不许再骗我！知道没？你别没出息似的被男人一哄就五迷三道的，他有什么呀？不就长得帅、个子高、学历好、家里有钱吗？”

孟听枝像是被审讯似的，抵在厨房门上，弱声反问："还不够吗？"

阮美云被这么一噎，尴尬地吞吞喉咙，半晌后正色地重咳一声，讲起大道理来："孟听枝！你听好了，我不许你这么上赶着，听到没有？咱家也不差！掉价的事不许做！"

孟听枝一个劲儿地点头："我知道，我真的知道，妈妈，你别这么担心好吗？我跟程濯真的是正常恋爱，绝对不会奉子成婚，我发誓！"

阮美云一瞥女儿竖起的三根手指，气势稍微软了些，隔着厨房门缝朝外一觑。

外头泡茶的人是程濯，不仅跟孟辉相谈甚欢地聊起苏城麻将，还提到了今年夏天的麻将比赛。这是孟辉心头好的宝藏节目，话匣子瞬间打开。

有备而来，这绝对是有备而来！

孟辉今年惜败十强，程濯明评暗赞。他身上那股清冷孤高的气质，就如同一个真话外挂，让人下意识觉得，这样的人绝不会说假话，句句属实。

聊着聊着，孟辉谦虚地摆手，嘴角就差咧到后脑勺了。

手指一勾，阮美云将门缝合上，再看孟听枝就更加不顺眼了，嗤之以鼻地哼一声："你跟你爸就是一个德行！亲父女没跑，不成器，没出息说的就是你们老孟家！"

孟听枝心想，骂吧骂吧，骂老孟家就骂吧，不骂程濯就行。

母女对视，好一会儿，阮美云平心而论一句："其实吧，也还凑合，小伙子蛮帅的。"

火气头上，能叫阮美云说出这样的话，"蛮帅"这个词，程度至少乘十。

孟听枝就喜欢听人夸程濯，唇角带着隐隐笑意，一个没忍住抬起杠："那之前隔壁小莉带男朋友回家，你不还跟小莉她妈同仇敌忾，说男人长得帅有什么用，花里胡哨的，绣花枕头一个。"

之前小莉谈的黄头发托尼老师，两人感情一直顺利，告知家里后，遭到小莉她妈妈的严重反对，今年春天奉子成婚，先领了证，婚礼还没办。小莉妈妈至今看女婿不爽。

所以，阮美云才这么怕女儿奉子成婚。

听到孟听枝抬杠的话，阮美云新纹的眉毛猛然一横：“那不就是绣花枕头！你要是敢给我找一个那样的回来，那我也不活了，给你腿打断！”

孟听枝小声地说：“人家小黄老师也挺好的，现在都是艺术总监了。”

阮美云哼一声：“这话你可别在小莉她妈那儿提，什么艺术总监？理发店里全是艺术总监！”

孟听枝吐了吐舌头，不说别人了，眼神软了软：“妈，我出去拿水果吧？”

“去吧。”阮美云扬起下巴，“我来跟他聊聊，待会儿你可别插嘴。你敢护着……”

孟听枝鼓了鼓嘴：“我就护！”

阮美云抬手作势要打她，手还没举起来，她已经拉开门跑出去了。

她爸正跟程濯相谈甚欢，她避嫌似的坐在孟辉身边，拿水果刀削水果，先递给孟辉，再递给程濯。

没一会儿，端着瓜子坚果一些零食的阮美云来了，坐下后，和和气气地开腔：“小程平时喜欢吃点什么？待会儿让枝枝她爸再去添两个菜。你说你也是，来就来，带这么多东西做什么，我跟枝枝她爸也用不上，怪浪费的。”

得了新鲜玩意，正兴头十足给孟听枝演示怎么剪雪茄的孟辉动作一顿，默默放下了雪茄剪，又默默将程濯送的那盒雪茄合上，作一副认真听阮美云女士乖巧说话的姿态。

程濯不卑不亢。

“阿姨，只是一点简单的心意，不知道您和叔叔喜欢什么，所以什么都带了一点。其实早该来拜访你跟叔叔，只是我之前工作忙，人不在苏城，一时怠慢了你跟叔叔，真的很抱歉。”

一番话说得滴水不漏。

孟辉当即就拿出宽慰的长辈姿态："哎呀哎呀，太客气了，年轻人肯定是事业要紧的，都能理解，都能理解。"说完就收到阮美云怪他快舌的冷眼一枚。

孟辉缩缩脖子，当即弱下去，看着阮美云小声又讪讪地辩解说："小程挺好一个孩子，真的。"

阮美云用眼神告诉孟辉：这才多久，就给你看出来了？二十多年麻将你都没给打明白，就你现在也会看人了？

不动声色，冷嘲热讽。

孟辉重伤沉默。

收回目光，阮美云客套笑着，又拾起话对程濯说："是挺好的。小程啊，听枝枝说了，你家条件很好，我们也不是喜欢高攀的人家，我们家呢也不短吃短喝，对枝枝就一个想法，想着她以后能过得开心顺心就行了。"

"阿姨你言重了，哪有什么高攀。之前跟枝枝分手那次，是我家里还有些事处理不好，我也担心照顾不好她，因为我跟你一样希望枝枝开心顺心；至于现在我家那边，你可以放心，如果还存在问题，我不会在这种时候来拜访你和叔叔。我爷爷很喜欢枝枝。"

阮美云这时才露出一点满意的神色。

中午程濯在这里吃饭。他身上或许真有点万人迷属性，加上说话诚恳，事事向着孟听枝，一顿饭过后，阮美云态度就好了很多，洗碗的时候已经从最初"那个程濯"转变成长辈语气的"小程"，还特意叮嘱孟听枝，程濯的家庭情况不要对邻里细说。

还是以前那套话，财多难守，露富招灾。

孟听枝擦着碗，乖乖点头说知道了。

阮美云忽然感慨："看着家教很好，虽然瞧着有点面冷吧，但脾气还挺温和的。行吧，我以前还愁你这软性子，万一给人拿捏住了，那就完了！"

"怎么会？"孟听枝反驳，拿出实际例子来，"爸爸都被你拿捏住多少年了，他也没说他完了。”

孟听枝心里还有一句：二十多年，对你那是打不还手骂不还口。

眼角眉梢都溜过一段藏不住的得意，阮美云哼哼着道：“这叫御夫之道，你好好学吧！你爸能娶我，那是你们老孟家八辈子烧的高香。”她话题一转：“你生日是不是快到了？”

立冬就在十一月初。

孟听枝放好碗，擦了擦手说：“嗯，快到了，八号。”

阮美云先拿了主意：“今年就在家里过吧，到时候，你带着小程回来，把你大伯二伯也喊过来，人多热闹。”

孟听枝不知道他之后的时间安排，不敢轻易答应：“那我待会儿问问他。”

阮美云拿眼瞥她，疑心道：“怎么，那么帅一个小伙子还怕见人？”

行，从“蛮帅”已经变成“那么帅”了。

孟听枝说：“他有工作的，又不是一直闲着。”

“你生日，他都不闲着？”阮美云撇撇嘴，嘀咕着说，“那么有钱还忙东忙西，还没咱家舒服呢。”

这点孟听枝同意，点头道：“他也说他不想努力了，收租真好。”

阮美云鼻子哼一声，喜滋滋的：“那可不是！他条件好归好，像你这种姑娘，那也不是轻易能找到的。”

没到孟听枝生日前，程濯又来了桐花巷一趟。这次就他一个人，孟听枝和曾珥在申城参加行业聚会。

他过来送点东西，顺便问一问孟听枝生日那天见她的大伯二伯要准备点什么，一切都要按照她家的风俗规矩来。

巷子里头不能行车，也没有正规停车场，他将车子停在附近下了车。

午后太阳暖洋洋的，巷口老头唠唠下棋，几个大妈坐在一块嗑瓜子聊天。

一个黄头发的年轻男人格外打眼，跟那些大妈们有问有答的，大妈们还不时扯扯自己的头发。

那黄头发的年轻男人正讲着，连说带比画。

“你这个脸型，这儿打薄，剪到这儿，再染个酒红色，绝了，过年走亲戚都比旁人喜庆，我是说真的……”

随后来了个没好脸色的阿姨，高喝一声把黄毛喊走，程濯有点印象，好像是孟听枝家的邻居小莉妈妈。

程濯正要进巷子，就见有大妈指指他，把话题引到他身上来了。

“那不是美云家那个吗？”

“哟，好像还真是，这小伙子长得是真帅，这大个子，体体面面的，跟明星似的。”

“唉，桐花巷这一辈儿的小姑娘找对象怎么一个两个都找这种中看不中用的，脸能当饭吃？年轻啊就是糊涂，老了有罪受。她们都不如长林巷那个婷婷，前年嫁到港城去了，婆家是搞房地产的，资产几个亿。”

“枝枝那个堂姐嫁得也挺好，是东航的机长。”

“美云家这个叫什么来着？”

“好像叫小橙吧？”

“啧啧啧，一听就不是什么好名字。小黄小橙的，名字都带色儿，一听就花里胡哨的，靠不住。”

大妈扫扫腿上落的几片瓜子壳，和气劝着结束讨论：“好了好了，说小声点吧，别被人给听去了，怪不好的。”

强装镇定的程濯脚步微微一顿，合着大妈们以为他刚刚没听到吗？

他爷爷说，他要常来孟听枝家这边感受感受，一个人常居高处，容易失真，市井百态才是真正熨慰人心的人间烟火。

熨慰人心就说他名字带颜色吗？

他正有些郁结，从棋牌社散场出来的孟辉一眼看见他，热情喊着：“小程！怎么过来也不先打声招呼呀？吃过了吗？”

都快下午四点了，前后不接的，正常人谁会没吃饭。

程濯喊过叔叔，回答道：“吃了。你之前不是喜欢那雪茄吗？我收了一盒新的，刚刚路过老城区，给你送过来。”

倒不是什么人最近送他的礼，很时髦的牌子，从徐格那儿看到的，就这么收来的。

孟辉满脸堆笑：“太客气了你这孩子，带什么东西，我那天也就随口一说。你跟我先去趟超市吧，枝枝她妈在炸酥鱼，说裹粉不够，我买一袋带回去。”

再次路过那群大妈，孟辉都熟，跟人笑呵呵地打招呼。

他们买了裹粉回去，阮美云和小莉妈忙得热火朝天，烟气混着油香有点呛。

孟家厨房此刻有三个男人，除了孟辉，还有彼此初见但已经被巷口大妈放在一处的小黄和小橙。

烟熏火燎中，黄头发的青年人率先递出一张名片：“你好你好，我是小莉的老公，你叫我小黄就行，这是我的名片。”

这种级别的人间烟火，程濯真是第一次感受，握拳连呛了好几声，接过印着某某发型屋艺术总监的名片。

“抱歉，我今天没带名片。”

对方不拘小节地摆摆手：“没事没事，之后补也行啊。对了，我怎么称呼你？我就叫你小橙行吗？”

程公子：“行吧。”

孟辉刚刚听到程濯咳，挥了挥眼前热油炸出来的浓烟，拽着程濯往外走：“呛死了。你俩杵在这儿干什么？出去聊。”

阮美云其实不信佛，守戒吃素的事一件都不干，只一样——勤。

逢冬逢春，寿塔寺对外放素斋，她很喜欢跟几个老姐妹去捐点香油钱，带两块油馍糍粑回来，这便算虔诚了。

春天去，还要多一样活动，开车从郊区小路过去，几个阿姨拜完佛祖，带铲子，到山脚底下挖半篓子野菜回来包饺子。

孟听枝不爱吃野菜，总觉着野菜有股怪味。阮美云不许她嫌弃，拿筷子塞到嘴边也硬要她吃一个，好似佛祖眼皮子底下天生地养的野菜，那都是开过光的好东西，做馅料包出的饺子那都不是一般寻常饺子。

孟听枝要是敢蹦出一句难吃，阮美云立马“呸呸呸”地说不许对佛祖大不敬。

那种时刻的阮美云女士不是大嗓门的市井妇人，手里盛饺子的碗仿佛成了玉净瓶，筷子朝孟听枝嘴里一塞，她就是讲究佛法无边的观音娘娘。

孟听枝年纪稍微大一点，就再也不肯跟她参加一年两次、雷打不动的拜佛活动。

立冬生日过后，画展的筹备工作也暂时停下，孟听枝终于得了几天闲。阮美云约上几个阿姨，也把她一同带到了寿塔寺来。

孟听枝上一回来，还是前年初夏。

她那时候还在读大三，翘了陈教授划重点的理论课，单刀赴会，扭伤了脚。

那天她没有拜佛，佛赐了她一场艳遇，后续所有的机缘都从这一天开始。

今天寿塔寺的游客格外多，孟听枝在蒲团上拜了三拜后，添过香火，从莲花经幡下走出来。

围巾一端掉落下来，她围回脖颈上，看着眼前的盛景。

香客如织，宝鼎香灰在冬日里一一弥散，天灰得很虔诚。

她将掌心凑到鼻子下面闻，陈朽又清冽的檀香，是红尘印记。

越声色犬马，越逢场作戏，越清心寡欲，越能直面人心。

当个凡夫俗子，有所求有所欲。

山上信号不怎么好，接到方姐电话，听筒里先是“呲呲”了两声，孟听枝往僻静的月洞门处走，捂着另一只耳朵问：“什么？什么灯？”

方姐提高的声音传来：“我说，巷子里路灯，今天换成新的了。唉，这破烂地儿，我当上面不管是这几年要拆呢，忽然就换新路灯了，还挺好看的，你回来就能瞧见了。”

孟听枝晚上过去，方姐拉着她聊天，纳闷这巷子这么长，里头好歹还有个什么名人故居呢，怎么灯就安装我们这一截。

孟听枝回了画室给程濯发消息才知道，这灯是他叫人来安的。

天气预报说要下雪，那灯暗，他担心她晚上回去不好走路。

孟听枝晃着脚丫，搂着怀里的毛绒玩偶，藏不住的开心：“那你什么时候回来呀？我今天跟我妈去寿塔寺，给你求了一个平安符。”

“大概要到下雪那天。”

苏城今年的雪，不仅下得早，还下得特别厚。

连下三天，终见雪日晴光。整个老城区覆着皑皑白衣，银装素裹，阳光从高大古老的秀山亭上折射下来，衬得行人熙攘的长街格外热闹祥和。

孟听枝昨晚熬夜看曾珥发来的新方案，睡得又迟又沉，窗帘外天色隐隐发亮的时候，她懒懒翻了个身，头朝下，又钻进温暖的被子。

她梦见了高中的程濯，在十四中的露天篮球场。

他进场后脱了外套，里头是白 T 恤，外面穿着那件 14 号的红黑球衣，他把外套丢到她怀里，倒着走。少年意气惹眼至极，仿佛所有光都落在他肩上。

他对她说：“孟听枝，记得给我加油！”

她抱着他的衣服，清冷皂香叫人神思迷惘，她觉得不真实，低声说：“可是——你不会听到。”

他望着她，扬起唇角，抢白说：“我会听到！”

梦里一切都太美好了。

模模糊糊听到手机振动了几下，但她不肯醒来。梦境里，她将脸贴在他外套上，躲在被子里延续梦境。

最后周游的夺命连环 call，叫她不得不睁眼。童卫在年底又攒了局，周游提前吐槽。

周游：童卫这次要再敢约我前男友，我就跟他绝交！老娘把他的局搞成要债现场！

周游：谁都别想好过！

周游：枝枝，你带程公子一起吗？

孟听枝揉揉眼，从被窝里坐起来。程濯不在，那堆毛绒玩偶和羽毛抱枕又继续回到床上陪着她睡觉。

她舒舒服服靠着，正要说程濯不一定有空，忽然看见半个小时前程濯给她发了消息，是一张画室门口积雪的图片。

程濯：还没醒吗？

真没醒，那会儿她还在梦他呢。

孟听枝掀开被子，下床趿起拖鞋，外套披在毛绒睡衣外头，打开阳台的门。

冷风一下窜进来，但她刚从被窝里爬起来，也不觉得冷，趴到阳台上，朝小院门口看去。

遍地厚雪，她的门口多了一个初具形状的雪人，一大一小两个男人正堆得起劲。

方舟就是个小话痨，一见到程濯就有问不完的问题。

方舟往雪人脑袋上戳上一截胡萝卜，拍拍手，大功告成。

估计是她开阳台门的动静，底下的两个人站在雪人左右，都朝她的位置看来。

程濯微笑。方舟戴着绒绒的瓜皮帽子手舞足蹈，两手比着喇叭，大喊着，嘴边白气直冒："枝枝姐姐，我和哥哥给你堆的雪人！快下来看！"

孟听枝关上门，没再换衣服耽搁，一边下楼，一边把胳膊塞进大衣袖口里。她打开画室的门，程濯已经走进小院。

她踩着"咯吱咯吱"响的积雪跑过去，扑到他怀里。

程濯一手扶腰，一手轻按在她脑后，被她撞得朝后退了半步，却稳稳护住她。

雪天里，他的声线温柔干净："慢点跑。"

他外套上是冷的，但孟听枝无所谓，贴着他就有心满意足的愉悦，手上力道半点也不松，吸了一记鼻子，娇娇地问："你今天回来怎么也不提前跟我说啊？"

程濯回答："想给你一个惊喜。"

他从来没做过这种事，说完，低下眉眼，又很生手地问她："算惊喜吗？"

孟听枝用脸蹭蹭他，从他胸口处仰起头，软软地"嗯"了一声。

新雪初霁，梦里的人，跋山涉水来见她，再惊喜不过了。

这场雪持续一周才化干净，各个社交平台都被雪景填满，冬日氛围浓厚。

程濯时隔一个冬天发了一条新动态。

配图是孟听枝穿着奶黄色的毛绒外套蹲在雪人旁边，比耶甜笑，看向镜头的眸子柔软又晶莹。

程濯：乌龟和雪人。

他把朋友圈的时间限制打开了，可以清楚看到，上一条动态还是前年冬天，在平城滑雪场，也是短文案配一张图。

程濯：乌龟累了，在休息。

图片里的孟听枝低头玩雪，戴着一顶枣红色的贝雷帽。她那时候怎么也想不到，她会在这个男人的镜头里住那么久。

他的镜头里，只有她。

他说她像乌龟的时候，她还拿俏皮话问过他，问他喜不喜欢乌龟呢，他那时候漫不经心地笑，说"那我可太喜欢了"，也是真的。

那条新动态发出去不久，下面很快有了多条评论。

徐格：今日份狗粮已接收，谢谢，饱了。

沈思源：一个乌龟梗玩三年，不愧是你程公子，深情美学，学到了学到了！

乔落：小乌龟好可爱！帮我跟你老婆说我要约她逛街看电影做美甲喝下午茶！

周游：全世界都知道程公子喜欢小乌龟了！呜呜呜好浪漫，又是嗑绝美爱情的一天！

童卫：咱就是说直接早生小小乌龟吧！记得拍婚纱照找我啊，免费！一定记得啊，我太喜欢拍帅哥美女了！

……

年关底下，又下了一场雪。

这次降温厉害，程濯休了年假。傍晚天色刚暗下来，他从公司开车去桐花巷参加家庭聚会。出发前孟听枝给他发消息，叫他路上注意安全。

孟听枝的大伯二伯都拖家带口来了，一大家子人吃饭很热闹。

程濯待会儿还要开车回老宅，饭桌上没喝酒。倒是孟听枝在饭桌上喝了很多酒，脸蛋红扑扑的。

饭后，程濯被孟辉拉着跟两个伯伯打了一会儿牌。他了解孟辉的出牌路数，放水放得不露一点痕迹，孟辉还当自己今天手气好，高兴坏了。那两个伯伯调侃程濯跟孟辉亲儿子一样。

孟辉招呼大家继续玩，笑呵呵地说：“都一样都一样，女婿跟儿子一样。”

孟听枝跟孟宇他们开了一瓶气泡酒。本来今天她的堂哥堂弟是要灌程濯喝酒的，但程濯要开车回去，没喝上，所以孟宇时不时就激上一句：“枝枝你行不行？不行喊你男朋友来！程濯！”

孟听枝已经喝醉了，坐在茶几边上，拿抱枕砸过去，哼着气说：“不许！不许喊他！你们好坏！为什么非要灌他喝酒？都说了他胃不好，而且他还要开车的！”

“我胃也不好啊，也不见谁心疼心疼我，妹妹白疼了。”

“枝枝这还没嫁出去呢，就护上了。”

任他们调侃，孟听枝不管，她就要自己喝，最后喝得不省人事。

热热闹闹散了场，小院子灯火还亮，声音清静了。

阮美云扶着晕乎乎的孟听枝，程濯要上来帮忙，她笑着拒绝说：“我来照顾枝枝就行了。你不是还要回你爷爷那儿吗？小程啊，你回去路上小心啊。”

阮美云朝后院喊：“枝枝她爸，你送一下小程！”

后院立马有人应声，说就来。

程濯看着孟听枝，她耳朵尖都是红的，身子绵软无力地窝在沙发里，咕咕哝哝说着什么。但她亲妈在这儿，他总不好越俎代庖。

他从她身上收回流连的目光，温和地弯着唇角，对阮美云说：“不用了阿姨，来过好多次了，我认得路。那我走了，你照顾枝枝吧。”

他迎着年关底下的寒风，从这条灯火昏黄又温暖的小巷子里走出去，初初体会到一点市井百态熨慰人心的滋味。

车子开出老城区，他想给老宅那边打个电话，才发现手机落在桐花巷了。在路口掉头，他又把车开回去。

他走进巷子，推开小院的门。

屋子里明亮的光，隔着老式的刻花玻璃透出来，光晕朦胧又温馨，院子里摆满盆栽，被阮美云打理得井井有条，冷涩的空气里有富贵橘清新的香气。

程濯走到敞开的门口，还没踏进去，先听到了孟听枝甜甜糯糯的声音。

“妈妈你爱我吗？”

像缠着阮美云在撒娇，她清醒的时候情感很收敛，温淡柔和，不会有这种黏人的举动。

阮美云也是头回听她说这么腻歪贴心的话，还是大嗓门，故意没好气地说：“爱啊，不然我生你养你找罪受啊！好端端的，问这个干什么啊？”

程濯在门口处听到，唇畔也漾开笑容。他正笑她可爱，却又听到她的声音传来。

“那妈妈你也爱程濯好吗？”

停了一秒，她忽然好心疼地软了声调，跟阮美云说着：“程濯没有妈妈爱他了，妈妈你也爱他好吗？你爱我们两个，多爱他一点。”

阮美云给她缠得不行，哭笑不得地拧了热毛巾给她擦脸：“好好好，我爱你们两个，我都爱！快别闹了，擦完脸就去睡觉，我给你煮了梨汁，你睡醒了就喝，不然明天嗓子肯定疼！”

屋子里的对话声，清晰传来。

程濯站在明暗交接的地方，方才脸上还漾着的笑容渐渐消失，极短的停滞后，唇角轻微抽了抽。

这种不设防的冲击，叫他不知道此刻要露出什么表情才好。好像，这种感情完全超出他有限的认知，他一时缓不过来。

明明她已经很爱他了，可是还不够，她还要她的妈妈来爱他。

他没有的，她都想弥补。

那种直击心脏的瘫软，叫他根本无力招架。良久他松出一口气，去院子外面抽了根烟，平复完再进来。

孟听枝已经被扶上楼，客厅里就阮美云在收拾茶几，抬头一看说：“哟，怎么回来了？落东西了？”

程濯说：“手机好像忘拿了。”

阮美云在客厅桌子上找到手机，递给程濯，又叫他等一下，快步去了厨房。再出来，阮美云手里提着一个保温桶。

“刚给枝枝煮好的梨汁。喝这个对嗓子好，你又抽烟，平时更要多注意。你带回去尽快喝啊，别放凉了！”

程濯接过来，点头应好，又说了句谢谢。

“这有什么谢不谢的！”阮美云说着，见程濯没有要动身回去的意思，问他，“怎么了呢？”

紧握着保温桶手环的指节，因用力而泛白。

他嗓子像被寒风吹哑了，低低地说：“阿姨，我可以上楼看看枝枝吗？”

阮美云当他要说什么呢，忽地一笑，手直摆动着：“去啊，去去去！你这孩子老是怪客气的，咱们以后就是一家人了，自己家里，舒服点，别老谢来谢去的。”

程濯把下意识脱口而出的“谢谢”咽回去，换成柔柔的一个字：“好。”

阮美云满意了，笑着拍拍他的胳膊，拽着人往楼上送：“你去吧。枝枝睡着了，刚刚还跟我闹呢。你们俩恋爱之后，她性格变了不少，她小时候都没现在这么活泼。”

程濯踏着木质楼梯，上了二楼。

门锁轻轻拧开，床头开着夜灯，她睡着了，脸上被酒热熏出来的绯红还没退，估计觉得热，被子蹬开大半，整个身子如小婴儿一样蜷缩，两只手搭在枕边，虚虚握着。

程濯单膝跪在床边，摸摸她的脸，她鼻子下面呼出来的气都是烫人的。

他拉过被子给她盖好，捏了捏她的手，倾身过去，把她的手放在自己的脸上，又不够似的送至唇边，细细吻过她的手指，看不腻一般地望着她，最后手指拢一拢她耳边的碎发，吻在她额头上。

忽然，她一下抓住他的手腕，蹙眉咕哝一声：“程濯。”

程濯放轻力道，将手空悬在那里，任她抓着，凑近她，安慰她说：“我在，枝枝，我在这里。”

轻手轻脚地合上房门，程濯刚出去，阮美云也刚好从隔壁屋子里出来。

后院是开着灯的，灯光昏黄。他站在二楼窗户边，忽然想起孟听枝十六岁写的那封信里提过这里，她说她每天在这里磨蹭着系鞋带，看着文人广场，日复一日地等着他出现在窗户里。

可他朝外看去，只能看见遮天蔽日的枇杷树，透过些许婆娑树影。

“阿姨，这树一直都这么高吗？”

阮美云一笑：“你这孩子，说傻话呢，那自然是一点点长大的。这树是枝枝上小学时她爸爸种的。”

像是被勾起了回忆，阮美云又说起来：“这窗户朝着门，枝枝高中那会儿我们本来想着把窗户封起来，她怎么也不让。那会儿这枇杷树还没有这么高呢。”

说完，阮美云下了楼。

外头冷风吹进来，枇杷树叶之间像流淌着什么似的哗哗响动，雷霆万钧化成一场无声细雨，能付诸唇齿的，只有这冬夜风声。

程濯站着窗边，就这么静默望着文人广场的方向。他明明什么也看不到了，可又像什么都看见了。

她的暗恋时光，她的少女遗憾，她和他之间无数次阴差阳错的交汇。

他终于站在这扇窗前，他终于看见了。

第三十三章

濯枝雨

这场雪，断断续续一直下到年后。

程濯初三来桐花巷拜年，跟阮美云和孟辉说了结婚的事，想约着时间，两家人先见面。

晚饭后，外头还冷。

孟听枝想去谭馥桥的老篮球场放烟花，说管控越来越严，以后还不知道给不给放了。

阮美云没好气地睨她，说她磨人："雪还没化呢，大晚上的冷死了，你又要折腾小程跟你跑那么远受罪！"

孟听枝撇撇嘴，望着程濯软软地问："受罪吗？"

程濯笑着没说话，手里的打火机直接蹿出一簇火，就是答案。

孟听枝开心死了，跑到储物室翻出一大袋烟花。

阮美云看着女儿笑，转头又跟程濯说："你可别事事都惯着她，我看她是跟她爸越来越像了，可劲儿烦！"

程濯一副乖巧后生的模样，点头说："嗯，不惯着。"

他在孟家一直是从善如流，脾气温和的样子，该点头点头，该惯着还是惯着。

孟听枝裹了厚厚的羽绒服，围巾帽子和连线手套都装备全，阮美云才又叮咛又嘱咐地把他们两个送出门。

小巷子里灯色昏黄，照着雪碎闪闪发光，毛茸茸的雪地靴踩上去，窸窸窣窣地响。

程濯一手牵着孟听枝，一手提着烟花。

积雪地面，走路慢，两个人走了好一会儿才到谭馥桥的老篮球场。

已经有人在放烟花了，大人带着孩子，也有小情侣。从老球场望去，沿湖一串火树银花，并着时不时传来的欢声笑语。

孟听枝要摘手套，程濯没让。他蹲在那一心一意地把烟花的纸壳护膜全拆了，问孟听枝想放哪个。

孟听枝指着仙女棒，他塞一根到她手里，她隔着毛线手套有点笨拙地握着。程濯跟她确认拿稳了之后，点燃烟花一端。

仙女棒粲然发光。

他站在下风口，望着那个挥舞仙女棒的姑娘，眸色旖软。

放了一半，周围人也少了一点，她忽然朝他走来，指指他的肩说：“你把那个帽子戴起来。”

他衣服上有一只大大的带雪白毛领的帽子。

程濯用脚碾了碾地上的余烬：“我不冷。”

放完的烟花被孟听枝一丢。

程濯又点了一根新的，递到她手上，只是这会儿，怎么瞧她放烟花的兴致都像淡了似的，执着于让他戴帽子。

程濯哭笑不得，问她为什么。

手里捏着的烟花还一闪一闪的，孟听枝清软的眸子眨了眨，不好意思地说：“你把帽子戴起来，然后……偷偷亲一下，不让人看到。”声音越说越低。

程濯先是弯起唇角，头一低，将毛领帽子戴起来，把人往自己跟前一拽，俯下身，如她所愿，不让任何人看到地亲了她。

但不是一下。

感官上荡过一阵细小电流，孟听枝微微瞪大眼，“唔”了一下，分心地将手里的仙女棒举远了一些，踮起脚回应。

深沉夜空倏然有烟花炸裂，似杳杳的、灿烂的、梦想成真的声音。

她在这一刻无尽沉溺。

山水跋涉，误我俗世春梦。

云雾散尽，吻你烟火人间。

开春后，苏城回暖，山林绿意复苏。

阮美云雷打不动去寿塔寺拜佛吃斋，回来挖了一筐野菜，饺子皮还没擀出来，就喊孟辉打电话，通知孟听枝和程濯晚上回来吃饺子。

孟听枝接了电话就开始头疼，嘴里咂摸一下，时隔一年，野菜饺子的怪味好像还没从舌苔上消失。

饺子被连汤带水端上来，盖子一掀，热气腾腾。

阮美云往几个空碗里分，跟桌边的程濯说：“小程，你没吃过野菜馅儿的饺子吧？”

程濯的确没吃过。他打小出奇挑食，他爷爷说他是顶难伺候的胚。

他刚回答完，对面玩着筷子的孟听枝嘀咕一句：“又不是什么好吃的。”

这话被阮美云听到，考虑到程濯在，就没“呸呸呸”地说什么对佛祖大不敬的话了，瞪了孟听枝一眼，手指一推瓷碗，把她那份饺子推到她眼前。

“一人五个，不够再加。”

孟听枝扶着热汤碗，不敢有怨言。

阮美云去厨房拿醋，走远了，孟听枝把碗推到程濯碗边，和他的碗贴着，拿筷子迅速夹了两个给他。

程濯看着碗里多出的两个白胖饺子，再看看孟听枝。

孟听枝快速将碗收回，瞅一眼阮美云还在厨房忙活，听声音像在打电话给孟宇。估计是人没到场，她也要把她的宝贝野菜饺子冷冻了给孟宇送去。

孟听枝收回鬼鬼祟祟的目光，对程濯说："快吃！就当那两个被我吃掉了，待会儿我妈来，你就说你吃不下，她不会怪你的，但她会往我嘴里塞。"

程濯尝了一个，正嚼着，有孟听枝的提前预告，倒没有太大的味蕾冲击，不好吃是真的。

这还不算完，野菜饺子只能算是开胃菜，后面还有正式晚餐。去年厚雪，今年是好春天，山底下野菜长得都比往年好，几个阿姨哼哧哼哧挖，各个盆满钵满。

阮美云收获颇丰，做了野菜烙饼，干丝拌野菜，野菜炒肉，蒜香野菜，以及野菜汤。

孟听枝趴在厨房门口，野菜汤还没好，满屋子都是野菜味，做好的菜摆在一块，扫一眼，绿得人心头发麻。

孟听枝实在忍不住抱怨："佛祖也太会种野菜了吧……"

阮美云拿着木汤勺扭身就要打她，孟听枝"呀"的一声低叫，转头要躲，一下撞到从后头来的程濯怀里。程濯用手臂环着她，手掌落在她脑袋上护着，阮美云就没打下来。

看着两个人那么好，阮美云心里也高兴。她一直是刀子嘴豆腐心惯了的人，回身去掀汤锅盖子，嘴上狠狠一嗤孟听枝："就瞧你吧，越养越回去了，娇里娇气的！"

本来只是无意撞上，可这么一听，孟听枝有恃无恐地直接抱着程濯的腰，像搂着大靠山似的，把她妈说的娇里娇气演个十成十来。反正这是她家里，怎么腻歪都行。

晚饭桌上聊到结婚的事，正月里两家人就见过面，考虑到各个方面的准备需要时间，婚期初定在十月。

年后刚暖，就办了订婚仪式。

本来是不用这么着急的，是程濯着急，他担心以后工作越来越忙，会挪不出时间来做足这些仪式感，到最后很多事会不了了之，成了将就。

孟听枝心里自是知道他的好，翻着婚纱杂志给乔落和周游选伴娘服，很体贴地说："仪式感这种东西嘛，其实可有可无的。"

程濯没说话。手上的彩页掉落回原位，孟听枝抬头，发现他一直在看自己，她正想问怎么了。

他走到沙发边，与她平视道："可有可无，那为什么要无呢？不管是缺之不可，还是可有可无，孟听枝都要有。"

他说到做到，婚嫁方面的事，一直听孟听枝的意思。她本身不是一个很爱挑拣计较的人，是他太不将就了，事事要给她最好的。

她甚至有过担心："你这样娶我，你家没有意见吗？"

程濯理所当然地说："是我娶你，他们凭什么有意见？"

阮美云之前担心的，她在他家里矮人一截，完全不成立，他家的叔伯婶母待她算不上亲厚，明面上的客气规矩都守着。有程濯和老爷子在，她几次过去吃饭，半句刺耳的话都没听过。

阮美云知道后很得意，春风满面藏不住，对程濯更是认可到不行："唉，这就对了，小程做事是叫人放心。"

婚礼定在十月，不可能大改，但阮美云去寺里求了一个好日子，在六月，想让他们在六月先把证领了，婚礼筹备的事再慢慢来，也不打紧。

签上说了，六月好，别春入夏，吉雨普降，恩爱绵长。

平时不守戒，乍一下搞起来，阮美云比谁都较真。

孟听枝也能理解，她妈是心里想着她。就像野菜饺子，别人都吃了，她女儿也不能落下，万一哪天佛祖就想起来保佑了呢？

所谓好日子，不过是个好意兆，她诚心去求了，不过是想着自己的女儿和女儿喜欢的人能沾尽世间万般好，求他们美满顺遂。程濯答应下来。

这顿饭，孟听枝没怎么吃饱，饭后跟程濯在长街散步。她出门前漱了口，却还是能感觉到嗓子里有野菜味，挺难受的。

春夜微风，吹在薄薄的碎花裙摆上，衣褶拂动，又柔又滑，空气里只有一点点醉人的凉。她微拢着手臂，远远看着秀山亭的灯火发呆。

直到耳边传来闷闷的“噗”声，吸管捅破封纸。

程濯从排队的人群里走出来，把买来的温热奶茶递给她。

她双手捧着，纸杯上的暖意瞬间传至掌心，捧在手里就很舒服，低下头喝了一大口，嗓口漫过甜味，孟听枝的眉眼总算展开了。

程濯脱了黑色的风衣外套，搭在她肩上。她只觉得肩臂骤暖，所有风都被挡住，嚼着嘴里软糯的焦糖珍珠，眼睛笑意弯弯地吐槽道：“什么佛祖眼皮子底下的好东西，我妈好喜欢弄这个，每年都弄，你以后就知道了。”

孟听枝低头又喝奶茶，瞥见旁边有一阶矮矮石台。她站上去，踮起脚，吻在他唇瓣，蜻蜓点水，随后便无痕迹的一个吻。

灯火盏盏，长街行人照旧来往。

进入六月份，苏城水汽蔓延，雨滴淅淅沥沥敲着玻璃窗。

农历五月初八，夏至将至，首宜嫁娶。

到了签上说的好日子，程濯记着丈母娘的叮嘱，辰时最吉，一大早就开车来桐花巷接孟听枝。

领完证当天，孟听枝就正式搬到枕春公馆去住。

缱绻雨声落了一整夜，好眠醒来，身边的枕头是空的，孟听枝伸手拂拂枕上被人睡出来的褶痕，想起这人昨晚喊她程太太，唇边不由漾出一抹笑。

雨中的老城区，清新安宁。

路过谭馥桥，十四中第一节课的铃声刚刚打响，程濯停好车，步行至秀山亭下，收伞进了那家叫三生有信的书屋。

风穿进去，门上的风铃多年不改地轻撞作响。

做学生生意的书屋，这个时间点店里没什么人，老板正在看苏城地方台家长里短的早间新闻，忽听动静，又见一道高大身影停在柜台前，立马按了暂停键。老板弹身起来，看着这个气质清俊却与场景有点格格不入的男人问：“你要点什么？”

高中时代，程濯和徐格在隔壁熬过不少夜，也在檐下躲过雨。唯独这家书屋，他从没进来过。印象里，这家店一到放学总是有很多女孩子，门口的风铃声清脆。

他目光在四周找寻印记一般的流动着，最后收回来，清澈眼眸淌着淡淡情绪，依稀可见少年一样真挚的光，对老板说：“我想回一封信。”

拿到熟悉的、崭新的信纸和信封，他又一次重温了十六岁的孟听枝给他写信时的心境，也是这家店，也是这个时节。

这场濯枝雨一直在下。

雨声初停时，他落了笔，给十六岁的程太太回了信。

——以后的许许多多年，程濯，我还可以再见到你吗？

——以后的许许多多年，程太太，我们岁岁朝朝见。

（正文完）

番外一

赴余生

关于婚礼的筹备，大到场地和婚纱的挑选，小到伴手礼和宾客的安排，程濯全程参与陪同，但基本都听孟听枝的意思。

他挺喜欢那些时候。

例如，孟听枝剥一颗巧克力塞在他嘴里，笑眼弯弯地问他好吃吗，跟之前那种比喜欢哪个。

乍进舌腔的苦味慢慢变成一种厚重的甜醇。

程濯曾经真说过不婚主义这样的话。从有记忆开始，他就没有期待过婚姻，他目睹的现实婚姻跟美好沾不上半点边；再到舒晚镜离世，他本能地畏惧婚姻，也不认为自己适合走进婚姻。

是孟听枝的出现，让他转变了观念。她让那些他原本根本不敢去期待的东西，全部一一落实，真实鲜活地展现在他眼里。

都说完美的婚礼是为了完成女人的梦想，这道理放在他和孟听枝之间，更像是他的梦想成真，是她在治愈他。

婚礼的地点在海城，那栋红色屋顶、绿植疯长的海边别墅。

他们两个都不是喜欢抛头露面的人，所以婚礼当天，只有公司的社交平台推送了婚讯，婚礼现场不对公共媒体开放，只请了双方的亲友。宾客虽少，但规模盛大。

婚礼的誓词是他们分开写的，婚礼前并没有互通。

那天，十月的海城，阳光明媚如夏，风也温柔。

他们相对而立，眼里只有彼此。在亲友的视线下，牧师温和的声音读着程濯写给她的誓词。

他说，他将视孟听枝为终身最爱，在死亡到来之前，穷极一切来珍爱她、呵护她，不惧风霜，不辞冰雪。

眼泪在极短的时间里蓄满又溢出眼眶，孟听枝完全忘了一个小时前周游还叮嘱她，童卫的团队一直在下面拍着呢，一定要美美的，别把妆哭花了。

可她真的忍不住，好像心里被填满了，总要从眼里溢出点什么来。

她手上带着薄薄的白色蕾丝手套，轻盈又圣洁，握着小束捧花，只觉得脸上有点热热凉凉的，抬了抬手，又不知道怎么下手擦，只傻傻地挂着泪，抿唇笑着。

周游和乔落本来要帮她的，程濯先了一步，手指贴在她眼下小心翼翼地擦拭。

孟听枝一动不动，耳边的碎发和头纱轻轻摆动着。

她看着眼前的人。

记忆最初，也是这只骨节分明的手，像天外陨星一样，在一个平平无奇的夏末，毫无预告地出现在她的视线里。奶茶店的窗口，她找不到“红豆”这两个字，他屈指敲响相思。

后来多少年的念念不忘，当初她不懂，红豆奶茶为什么要叫相思奶茶，老板说因为此物最相思。

第一眼就心动的人多难忘。

在那些不见天日的暗恋时光里，她想过也许三年五年不够，十年二十年，只要时间够长，爱而不得总会被治愈的，她总会走出来的。

她没想到会有这样一天，她走不出来了，那个人以终身最爱为名，叫她余生都活在他的珍爱和呵护里。

璀璨的戒指缓缓抵至纤细的无名指根，程濯轻捧她的脸，在众人瞩目下亲吻她，那些掌声与祝福持久而热烈。

所有人都见证了这一刻。

只有孟听枝听到程濯靠近过来时，说的那句话。

他说：“孟听枝的月亮不会坠落了。”

她差点又要哭，清澈眸底立时就泛起盈盈水光。

他在这个关头还想着护她的新娘妆，只用手指轻轻蹭了蹭她的腮边，温声温气地哄着她说：“不要哭，孟听枝，这不是你人生最盛大的时刻。”

孟听枝没听懂，软愣住：“什么？”

他朝台下那些所谓的盛大看去，眸色清明而认真，转回视线，再温柔地看她。

“这些鲜花、掌声、祝福，不止这一天，这只是刚刚开始，程太太，你还会拥有更好的。”

当天晚上，婚宴散了。

程濯洗漱完从浴室出来，一眼就看到阳台上红色的丝质睡裙摆在夜风里飘动，裙长未及膝，那双白皙纤细的小腿露在外面。

他身上穿的睡衣同样是喜庆的红色，只是稍暗一些，这一抹稠艳更衬端矜禁欲的气质。

程濯走过去，在身后将她轻轻环抱住，下颌抵在她的发顶上，问她在看什么。

孟听枝从他出浴室就听见脚步声了，只是心下被风吹得很柔很静，所以就没动，直到被人从身后抱住，她也没说话，只是唇边绽开一点笑意，身子顺势往他怀里靠了靠。

听到他的问话，她才抬起手，指着一片夜色里的沙滩给他看：“那里。”

程濯的声音从头顶上空传来：“怎么了？第一次，你在那儿脱了鞋。”

他记性很好。

孟听枝点了点头说："嗯，我当时好开心，真的，那种开心都难以形容。平城还在下雪，这边是春夏的天气，阳光，浪潮，海风，我脱了鞋光脚站在这里都感觉像做梦。"

停了两秒，她像陷在回忆里，又低低补充一句："好不真实。"

程濯两臂收拢一分力，垂颈靠近，蹭了蹭她的脸颊，问："哪里不真实？"

她想了一会儿，有点不好意思地放软了声线回答："就是觉得，你怎么那么爱我呀，我说喜欢夏天，只是随便说说的。"

由这番话，孟听枝忽然想到别的，转过身来，手扶在程濯腰际，仰头看着他说："我那时候太小心翼翼了，我没调整过来。你对我很好，但我老是觉得那并不是我的，我只是短暂地拥有一下，我不许自己太当真，我也有点不好。"

程濯看着眼下的这张脸，的确觉得从认识到现在，她成长了很多，最开始在美院重逢的时候，她看他的目光都是有些躲闪的。

但程濯没有觉得不好。

无论是之前还是现在，他都始终如一地喜欢眼前这个人，不带任何滤镜地喜欢她身上的所有特质。

好与不好，千人有千种评价，程濯不在意，他是骨子里固执、认死理、事事要做足十分的人，同样的，他明白爱意有十分，就够了。

程濯低头吻她，只是唇瓣与唇瓣的触碰，眼底漾着浅笑地问："感受到了吗？"

孟听枝眨了眨眼，没太懂："什么？你吗？"

程濯回答："我是你的，你合情合理且合法地拥有我，请程太太务必当真。"

一一对应她刚才的话。

——但我老是觉得那并不是我的，我只是短暂地拥有一下，我不许自己太当真。

他这个人明明看着就寡情冷性，他不会像其他男人时不时就说我爱你，但每每他们聊起什么，他总会这样很认真地说出很戳人心的话，叫人溺毙在一种自然而然的错觉里，好似那不是浮于表面的爱，而是本该如此。

我是你的，本该如此。

孟听枝踮起脚，搂住程濯的肩颈，以吻当真。

这旖旎夜色里，她赴风月，也赴余生。

婚礼过后，他们只在海城度了半个月的蜜月，没再往国外折腾，因为婚礼筹备期间，孟听枝的个人画廊也一直在准备。

她从大学入学开始专业成绩就好，各种奖项没少拿，很多老师也夸她有灵气。她放弃过很多机会，以前不争不秀，只是物欲淡，但是能力方面一直很强。

这一年跟曾珥合作下来，她各个方面都在快速成长，还有之前对她青眼有加的陈教授也给了她很多很好的指点。

从她去年十一月几次成绩不俗的画展之后，个人画廊的事宜就开始准备。

程濯知情，但不干涉；她遇到问题想和他聊，他也会认真听，从不一样的商业角度给她建议，并不是一味地夸奖鼓励她。

她好喜欢那种时刻专注又专业的程濯。

蜜月也是因为她后续还有很多工作安排才缩短成半个月，这么一看，比起程濯，她好像事业心很重。

阮美云女士因为这个还说她来着，结婚是大事，什么事情不能先滞后，程濯还替她解释。

那晚他们就睡在桐花巷，她的房间，她的小床，腻腻歪歪地挤在一块。

临睡前她还凑到程濯耳边问他：“你是不是真的不介意？”

“没什么好介意的。蜜月以后可以年年补，喜欢的事情，当下就要做。你忙起来开心、充实就够了，不用想太多，睡吧。”

黑暗中，她后颈被人揉了揉。她依靠着他，像依靠着支柱。

回苏城的第二天，孟听枝跟曾珥约了望府西京的下午茶。

因为堵车，曾珥来得稍晚些，一进门看着巨幅落地窗边穿珍珠色套裙的孟听枝。

垂顺的料子在领口处系了一个蝴蝶结，长发披在身后，脊背弧度秀直，孟听枝正翻看着手边的资料。瞧着并不是很刻板的知性，还是一眼就能看出她骨子里的通透和灵气。

曾珥提着包走到桌前，人未到声先到地故意打趣道："真厉害，程太太现在真是事业爱情双丰收。"

孟听枝帮她点好了咖啡，拿自己的杯子轻碰一下曾珥的杯沿，以咖啡代酒的意思，回了一句："也托你的福。"

"不敢当，不敢当，是程太太赏我的脸，不然随随便便放话出去，那位全世界都知道她嫁了，就是搜不到消息，不知道她是谁的程太太，要办画展，一帮人抢破头要为你效劳，哪儿轮得到我这么一个眼里只有钱的三流经纪人。"

孟听枝笑："太自谦了，曾老师。"

调侃几句，说回画廊正题。

画廊在艺术区，她和曾珥之前实地考察，多次比较，最后定下来的。签完合同的当天晚上，程濯陪她再到这儿来了一趟。里头没人，就他们两个。

那时候已经很晚了，程濯从公司开完会过来，孟听枝拉着他往里走。

主厅是很封闭空旷的环境，近六米的层高，一侧斜着天窗，外头的灯火夜色照进来，层次分明地落在她身上，光影温柔到有几分失真。

她满脸笑意，跟他讲自己未来的计划——要什么风格，怎么装修，门口怎么设计，灵感是怎么来的。

她在讲，他在听。

程濯脸上是一种工作了一天，疲意渐渐散开的轻缓神情，很好，一切都好。

徐格曾经在十四中的西街喝得烂醉如泥，问过他还有什么指望。他当时想了很久，很不具象地回答，他想过那种很市井温情的生活。

现在，他看着眼前，那些指望，具象了。

画廊开业刚好到了圣诞节，节日气氛浓厚，孟听枝从世腾国际中心路过，看到乔落新一季的珠宝广告。

新系列的钻饰以星云为灵感，极温柔，广告里的乔落也仿佛应时而变，她还是那个一提名字就很有个性的女明星，大牌代言接不停，混迹时尚尖端，但是身上的棱角感淡了。

孟听枝对纪枕星了解不多，印象里这人书香气很重，看着就温文尔雅。可跟纪枕星在一起的时候，乔落离经叛道，反而是和看着就不正经、不靠谱的徐格恋爱后，乔落瞧着很快乐也很有人情味。

孟听枝把车停好，进了商场，看见许多保安才知道，乔落今天就在这里，为品牌站台。整个一楼大厅乌泱泱围满了粉丝，应援牌是一小片蓝海。

孟听枝只从扶梯上草草看了一眼。她过来世腾主要是刚刚突发奇想，想给程濯买一个礼物，不想上了二楼，又遇见熟人。

纪枕星，烟灰色衬衫，米色长裤，记忆里的正派书香，分毫不差。

他站在二楼室内栏杆边，目光一瞬不瞬地看着楼下的活动现场——乔落正在跟粉丝互动。

孟听枝想，又不熟，纪枕星估计都不认识自己，便没再多看他，就要进旁边的男装店。

纪枕星却认出她来了。

孟听枝都纳闷："你，认识我？"

纪枕星浅浅一笑说："程濯的太太，我在徐格的微博上看过好几次你的照片。"

"哦……"

那场景实在尴尬，也没有寒暄的余地。

已经要进店了，孟听枝没忍住，回头又说了一句："其实我们之前也见过，在市天文馆，我跟乔落一起买咖啡，只是当时你没有注意乔落，也没有注意我。”

话音刚落，面前的男人脸上就露出怔忡又伤怀的神色来，孟听枝当即就后悔了。她不该点他一下的，很没有必要，都是回不去的事了。

买完东西，孟听枝开车去艺术区，跟画廊的工作人员小聚后，回了枕春公馆。

她晚上打过一个电话给邓锐，问程濯今晚的应酬情况，邓锐没敢自己回答，问过程濯后，才如实回复孟听枝。

“程先生说晚上 12 点前能回去，叫你不用等他。”

孟听枝又问：“他今天喝酒了吗？”

邓锐含蓄地答：“喝了一点。”

等孟听枝晚上给程濯开门，才知道这“一点”说得有多含蓄。程濯平素自持，哪怕喝上头了，都能装出一副若无其事来。

就一样，他一喝多，看孟听枝的眼神就不对劲，仿佛酒意烧尽君子皮囊，什么正经也不装了，什么都要赤裸裸地摊在她面前，瞧人都带着钩子。

之前有次在桐花巷，晚上一家子聚在一块吃饭。

孟宇起头说的拼酒，程濯最后把孟宇和另一个堂弟都喝得找不着北。阮美云忙着煮醒酒汤，家里挺热闹。

程濯像没事人一样坐在沙发上，不说话，就耳尖和脖子很红。

孟听枝扶他上楼休息，他脚步都是稳的，只是握着楼梯扶手的手背青筋暴起，关节泛白，仿佛这平衡，是他费了泼天的力才得来的。

孟听枝想叫他别那么撑着，可以靠一下自己。

把人扶上楼，她的话音还徘徊在唇间，男人猛地将她一推，按在门板上。

楼下是残羹冷炙，家宴散场，楼上是灯火昏昏，夜风幽微。他凑近过来，修长脖颈上的深隽喉结不停滚动，眼神又亮又烫。

下一秒，他粗重的呼吸伏到孟听枝耳边，说：“孟听枝，你亲亲我。”

孟听枝贴在门上，正对着那扇窗，心脏扑通狂跳，嗓子眼仿佛烧了一把火，他的每次呼吸落在她的脖子上都在意图燎原。他不管不顾地吻着她，仿佛她才是刚刚桌上的下酒菜，手也不老实。

孟听枝不敢大声，楼梯道就在附近。她轻喘着，用手无济于事地推着他。

她也是这个时候才知道，平时打打闹闹这人多让着她，他但凡在情欲当头的关口下使一半的力，她根本就不能动弹分毫。

“程濯！程濯！”孟听枝压着声音低声喊他，“你喝醉了吗？”

他也喘着，却咬字清晰地答：“没有。”

他还不承认，孟听枝都想笑，下一秒唇瓣就痛了一下，被人咬住。他唇舌太烫，叫人几乎不能呼吸。

孟听枝呜呜着劝他，声音软得像哄小朋友：“你真的喝醉了！程濯，你去睡觉吧，好不好？”

他又吐出两个字：“一起。”

恰好这时楼下传来阮美云的声音，问程濯怎么样了，孟听枝立时瞪大眼，先回复阮美云，违心地说了一句“程濯还好”。随即，她压低音量跟程濯说：“胡来！”

这里是她家！什么一起睡觉，那时候他们还没结婚呢。

她确认自己是用一种很凶很批判的语气说的，可程濯不知道是喝多了不清醒，还是故意曲解她的意思，一把将门锁拧开。她脚步一踉跄，人被带进去，下一秒肩骨被他按住，以她的背将门压合。

孟听枝嗡嗡响的脑子，就剩被他拖进黑暗里的一个字——

他答应得缠绵而又郑重：“好。”

孟听枝要疯了，这是什么理解能力啊？

孟听枝去厨房倒了杯温水，走过来，就看见程濯仰靠在沙发，左手用力拽开脖颈上的领带，第一颗纽扣被解开，露出一截修长脖颈，酒意烧尽的红。

他喝酒不怎么上脸，而是红脖子和耳朵尖儿。孟听枝把杯子递过去，看他那张酒意未浓的脸，想想就要失笑。天意都要他扮正人君子，真是好硬件。

大概喉咙干烧得厉害，他将杯子里的水一口气喝完。孟听枝接住空杯子，蹲在他身前，柔声问他："还要水吗？"

他用扯下的灰蓝领带系在她白皙手腕上，明暗分明。他用力一扯，孟听枝栽到他滚烫的怀里来，听他说了一句很俗的话："要你。"

他身体像个烫人的火炉，孟听枝解开他衬衫的第二颗扣子，悄悄地朝他一眨眼说："胡来。"

那双本来就带着小钩子的桃花眼，顷刻间热浪翻涌，孟听枝坐在他腿上，与他对视着，在他眼里被推至浪潮尖口，却变本加厉地伸出手，指尖顺着第二颗纽扣处径直往下划。

倏然，手上那根领带紧绷——

他扯着另一端控制住她，像是被她几个字就撩拨得不行，声音像从牙缝里咬出来的，字字用力："孟听枝，你！"

孟听枝手指悬空，鼓了鼓腮，眼角睨了他一眼，小声抱怨道："男人好善变哦，怎么每次都不一样的啊。"

之前她说胡来，他还说好来着。

程濯不太想提那次。那次在桐花巷没胡来，准确说，他是没胡来成。

黑暗中，孟听枝被程濯按进柔软的床铺里。

她的那张小床上满满都是她的气息，他第一次入侵她的领地，兴奋又急躁，在她耳边又亲又喃着："怎么这么香？孟听枝你是妖精变的吗？"

到底谁是妖精？

"程濯！"孟听枝被压得有点喘不过来气，喊着他。

他不应，他什么都不听。

这时，他还居上俯下，挑拣了她一句："你怎么老喊我名字，不会叫点别的什么吗？嗯？孟听枝，你不会说点好听的吗？"

这暗示性太强了。

孟听枝脸上顿时一阵烧，好听的话难以启齿，脆弱的木质门板倒是在这紧要关头突兀地响起。

“咚咚咚——”

阮美云隔着门关心道：“小程要喝醒酒汤吗？快下来。”

孟听枝“扑哧”一声笑，刚笑出来，立马大事不妙地捂住自己的嘴，紧紧藏住声音。那股想笑的气息，在她胸腔里蹿了一个来回才堪堪停住。

她尽量温和地通知：“我妈妈在关心你。你要喝一点醒酒汤吗？”

程濯：“……”

半晌，撑在她身体上方的男人，像是终于挣脱那股心热迷瘴。他垂着头，碎发遮住一点深峻眉眼，几分颓废，几分勾人，呼吸依旧粗重可闻，但叫人能感觉到，他身上的气息已经克制收敛起来了。

孟听枝仰起脖子，亲了一下他的侧脸，像奖励一般，手掌不消用力地一推，男人便倒在了一边。

她起来整理几下衣服，回身说：“我下楼帮你拿。”

孟听枝把醒酒汤端上来，又看着他喝完，摸摸他的头发说：“乖宝宝。”

他好凶地瞪她。

孟听枝无辜，杏眼柔柔的，软声说：“这不算好听的吗？”

程濯把人拽过去，手掌捏着她的下巴，不容反抗地亲过去。孟听枝在他怀里几乎被困死，手按在他胸膛处，不断使着力，嘴里低声呜呜，最后一偏脸，终于躲开了。

他又俯身下来，好温柔地吮吻她的唇瓣，像什么亲密无间的疗愈，然后把脸埋在她柔软又盈香的肩窝里。

孟听枝还有点被亲得发蒙，就听到他闷闷沉沉的声音传来：“孟听枝，你变了。”

“哪里？”孟听枝不明白。

她手掌落在他肩后，摸到他单薄衣料上的闷潮气，想是被汗洇的，后知后觉，她这才想起来，不久前这人差点要吃了她一样。

他用一种恍然大悟、看透渣女本质的语气跟她低低地说：“你以前，不会因为别的男人为难我。”

闻声，孟听枝一头雾水，外加一脑子问号。

什么啊？他真的喝多了吧？

“我什么时候因为别的男人为难过你了？”孟听枝有点急了，连平时自认肉麻的话，这时候也毫无顾忌地说出来，“从始至终，我心里只有你一个人。”

他立马否定：“不是。”

孟听枝纳闷地皱住脸，正不知道怎么接话的时候，程濯公布谜底了。他说出三个字，接近咬牙切齿地厌恶：“刘——晟——漆——”

孟听枝“扑哧”一声笑，这一次笑得肆无忌惮。

那晚的记忆，被第二天的程濯列为不可再提的黑历史。孟听枝时隔这么久又讲出来，他一时心情也有点复杂，干脆堵住了她那张嘴。

如她所愿，彻底胡来。

次日醒来是周末，程濯睁开眼，看见床头挂了一只被塞变形的毛绒绿袜子。他刚醒，没什么情绪的脸上，倏然露出一点柔和笑意，发出短促的气音，有种春冰乍破的暖绒感。

他想起来了，圣诞节。

再一想，昨天半夜，某人从他怀里爬起来，程濯惊出一点睡意，半梦半醒地问她干什么去。

她要是下楼喝水或是饿了找吃的，他得陪着，他知道她有点怕，他也做习惯了。

孟听枝说不是，就去上厕所。

程濯下意识地翻过身，要去按床头的灯，她一下扑过来。程濯没睁开眼，迷迷糊糊地按着她的后脑，在她脸上亲了一下。

“干什么啊？我开个灯你也缠着我。”

某人把他伸出去的手拽回来，支支吾吾地凑在他耳边说：“不用开灯了，很近的，我自己去，一会儿就回来了。”

她真没一会儿就回来了。

程濯没睡沉，保持着那么一点神思，等她就着黑手脚并用爬进被窝里，再一点点挪到他怀里来。

孟听枝抱着他说："睡吧睡吧，做个好梦。"

好梦没做，但一醒来就看见她挂在床头的惊喜，比做一百个好梦都熨帖舒服。

他把那只大大的绿袜子拿过来，人靠坐在床头，在温暖的晨光里，专心致志地拆礼物。

袜子里是硬质的吸扣盒子，他打开来，是一条银桦色的细纹领带。她前两天穿过一条同色的冬裙，他夸过她好看。

缎质的领带，拇指蹭过一路，很顺滑的手感，随之他心里也荡过一句怪不得。

他转头去看还在睡觉的孟听枝。

她趴着睡，像一只美梦里的小乌龟，长头发永远铺陈在靠床外侧，怕被他压到，系着领带的左手手腕轻轻软软搭在枕面上。

是一个蝴蝶结，他昨晚系的。

事后，孟听枝哼唧着推他一下。他有分寸不会弄伤她，她看着红红的手腕，正用另一只手解那条领带，咕咕哝哝地说："都快被你拽坏了，之后也熨不好了。"

解到一半，她不解了，眼神一亮，白皙如玉的裸肩从被子里滑出来，凑来他腿上枕着说："你把这个领带送给我吧？"

程濯垂眼，拧她翘挺的鼻子："什么不是你的，我都是，哪来的送。"

她立马不满地说教他："要分一下彼此的，不然一点都不郑重了。"

一个好的丈夫，必须要让妻子打十分。程公子当场纠正，笑了笑后，肃住面容，手指捞起那条皱巴巴的领带一端，呈送到孟听枝眼前说："我郑重地把这领带送给你。"

孟听枝抓住他的手，笑出来："那我收下了。你帮我把它系在手腕上吧，系好看一点，系一个蝴蝶结。”

她这会儿像个小婴儿一样熟睡着，程濯没闹她，只俯下身在她脸上亲一下，又亲亲她的手腕，掀了被子下床。

洗漱完，程濯穿着浴袍再回床边，又看了孟听枝一眼，捞起床头的手机看消息。

他今天没有工作安排，所以邓锐没有给他发任何汇报消息，倒是徐格冲进首排，在孟听枝的置顶下面。

徐格：你知道绿帽子长什么样？

程濯阅过信息，对着床头拍了一张照片发过去。

程濯：我知道绿袜子长这样。

徐格看到那只被塞变形的毛绒绿袜子，还有旁边深色的礼物盒子，秒懂了。

徐格：我们不一样！！

徐格：乔落昨天见纪枕星了，就在世腾，她参加活动。

程濯站在冬日温暖的房间里，看着自己熟睡的妻子，只觉得自己人性里的温度拔高了好几个层面，难得温情地安慰发小。

程濯：她是明星，能遇到并不奇怪，你不要多想。

徐格：可他们还一起喝咖啡了！她还让她助理不要告诉我！还好死不死给我听到！好难受！我为什么不是一个聋子？！

程濯看着屏幕里的字，脑子里下意识蹦出来一句话：因为你是一个喇叭。

细想无逻辑，但又觉得是不是有点道理呢？

走神的工夫，徐格发了新消息来。

徐格：我感觉就到这儿了。

徐格：我这两天眼皮就在跳，来了来了，果然来了，我是不是该卷卷铺盖准备走人了？

真是缺乏安慰经验，程濯一时不知道说什么，回答是或不是都有几分伤人。他看着手机，思量片刻。

他智慧果决的大脑，灵机一动，决定用一种委婉朦胧的方式回复。

程濯：也不是不可以准备。

好半天，那头没回复。

程濯凝眉，正思忖，徐格虽然学习成绩烂，但双重否定句是小学生的知识点，没那么难理解吧？

不待他想明白，手里的手机振动起来，屏幕上赫然是徐格的名字。

程濯接通，听到徐格诚恳请求又异常低迷的声音："你让你老婆跟我说会儿话吧，我真需要人安慰。"

程濯不理解："我刚刚没有安慰你吗？"

徐格："说实话，我对你已经没什么要求了。你跟枝枝妹妹结婚，我比你都开心，你真需要一个这样的好老婆。不多说了，就现在，让我和你老婆说话，我很需要。"

程濯觉得徐格缺乏一些必要的自知之明。

"我老婆在睡觉，她很累。"

"这都几点了？！哦，你昨晚折腾人了是不是？"

程濯收敛住一口气息，戛玉敲冰的声线，端得朗正不折，十分正经地说明："出于我的好心，我并不想说一些我和我老婆之间会令你羡慕发疯的事。"

徐格声音沉下去，怪声道："你觉得我离发疯还远？"

恰好这时，被子里的孟听枝翻了一个身，低低"唔"了一声，程濯把手机放在耳边，目光盯着她。

见她不适光线地颤了颤睫毛，慢慢地睁开眼睛，在她看他的第一时间，程濯露出一个微笑来。

孟听枝也笑，看着他懒懒抻了一下手臂："早上好呀。"

程濯把手机递了过去："徐格不太好，你要跟他说两句吗？"

那也不是说两句的问题了。

孟听枝昨晚刚好就在世腾的活动现场见过乔落和纪枕星，而且她看纪枕星当时的状态，徐格的担心不太能成立。

她安慰徐格："乔落的性格就是爱恨分明，她不会那样的。她不让助理告诉你，也许是因为她也不在意了，所以才不告诉你的。"

说了好久，最后通话结束，孟听枝把手机递给程濯："我们跨年去海城过吧，和徐格、乔落一起。"

本来的计划是跨年四人行，顺便挽救一下徐二少自认岌岌可危的爱情，后来跨年去海城的事，不知怎么被沈思源知道了。

那位缺德少爷也要凑热闹，他跟程濯打招呼，说他还要带人。程濯没多想，答应了，以为缺德少爷是要带那位大艺术家来。

因为行程不同，不是同一班飞机，孟听枝和程濯先到海城，随后徐格一个人过来。

人来了，行李袋往楼下客厅沙发上一甩，轻车熟路地打着电话，去租游艇，飙得一身透湿才回来。

晚饭不吃，徐格说他累了，要上楼去补一觉。

晚餐是附近酒店送过来的，冰箱也一早通知当地管家准备好食材，孟听枝刚刚跟乔落发完消息，乔落说她出机场了。

孟听枝拌着一大碗蔬菜沙拉，看着徐格上楼梯的背影，纳闷地收回目光，对程濯说："徐格今天好奇怪哦。"

半开放式的厨房有一扇巨大的推窗，正对着料理台，正大开着，夜风朝里灌着，树影摇晃出沙沙声响，很有度假的氛围。

程濯跟孟听枝并肩站在料理台旁边，把酒店送来的打包盒一一拆开装盘。盘子大小、颜色、形状都不一致，古古怪怪的好看，都是孟听枝淘来的。

他看都没看徐格一眼，自顾自忙着说："他什么时候正常过。"

孟听枝说："这两个熟食不要拆了吧，放冰箱，万一他晚上饿呢？给他留着吧。"

"好。"程濯闻声照做，把孟听枝指的两个盒子塞进冰箱里。

乔落是天黑后和沈思源一块儿过来的。

他们也不是同一班飞机，甚至连出发的城市都不一样，只是凑巧落地时间相近，在机场大厅碰上。

海城最近气温如夏，机场人来人往，女人穿着飘逸长裙，男人穿着沙滩裤衩，都清凉。

沈思源一眼发现乔落鬼鬼祟祟的，墨镜、口罩、帽子戴得严严实实，宛如一个隔离区的病患，脚步生风一般，径直推着箱子，关键是闷头走路不看人，气质里都隐隐透着一股拽劲。

沈思源"扑哧"一声笑，拨出去一个电话。

那鬼鬼祟祟的拽人脚步一停，再环顾四周，鬼鬼祟祟地接起电话，张口就没好气："干什么啊？我刚下飞机呢！我出场费分分钟大几万，你骚扰得起吗？！"

沈思源看着她，嗓子里"嗬嗬"笑着，被骂惯了似的厚脸皮："大小姐，你朝你三点钟方向看看。"

乔落望去，隐隐约约看见一个穿黑T恤和豹纹裤衩，头顶扎着一个小揪揪的男人，二二地朝她比了一个耶。

乔落眯眼，又把鼻梁上的黑超墨镜往下移了两分，帽檐下露出眸子，再定睛看一眼。她看着那个耶，直接朝三点钟方向，狠狠回了一个鄙夷的中指。

沈思源乐了："你再比？小心被人拍到发网上去，你那票疯狂粉丝再把徐格骂个狗血淋头，说就是他带坏你。"

听到徐格的名字，乔落收回手指，脸色立刻冷了下来，声音硬邦邦的，依然拿捏住高冷感："他自己不来接，叫你来接我是吧？行，他可以啊。"

乔落本来就不爽，结果沈思源走过来告诉她，自己也才刚下飞机。

徐格不仅自己不来，也没让人来接，乔落的脸色直接黑到底。

沈思源那几个酒肉朋友里，有一个带了女朋友，是个还在电影学院读书的网红，看见乔落后眼睛发直，想拍照搭话的念头明晃晃挂在脸上。但上了机场外七座的车，她跟乔落坐一排，连声都没敢吱一下。

那张少女时期就红遍网络的神颜，此时还是神颜，但温度已经降至冰点，上车后墨镜都不摘，绷着一股气似的挺直腰脊，浑身上下就是一句话——一点就着，谁碰谁死，不信你试试。

所以就有了度假别墅前的这一幕。

乔落戴着墨镜都藏不住脸上的嫌弃，站在嘻嘻哈哈的人堆儿里，周围是沈思源和他带来的人，有男有女，但没有大艺术家。

孟听枝有点吃惊。

徐格感情不顺，沈思源……直接分手了？

程濯也惊讶，但他只是单纯地觉得这事儿挺意外，本质上根本不关心，只丢给沈思源一句话："你自己安排怎么住，住不下别来问我，我和我老婆不分房。"

乔落黑天鹅一般昂着修长脖颈，摘了墨镜，转头也去看沈思源，再往自己手边的行李箱上一瞥，像在示意酒店老道的门童一样，无须言语：请自觉帮大明星提行李。

然后，她径直朝孟听枝走过去，一把将孟听枝的细腰抱住，呜呜囔囔地撒娇："枝枝，我好饿。"

区别对待，有点分裂。

孟听枝也搂着她，软声说："那怎么不先在飞机上吃一点东西，肚子要饿坏了。”

乔落揉揉小腹：“飞机餐好难吃。”

不只是沈思源看不下去，程濯也受不了。

程濯眼角微抽，伸出两个手指，勾着乔落手腕上层层叠叠的手链，将她拽离，以通知的口吻说：“好好说话，不要动手动脚。沙拉拌好了放在冰箱，徐格在三楼左手边第一间，你爱找不找，找不找都别废话。”最后结束通知：“松手，我要跟我老婆去逛夜市了。”

沈思源刚搬了一趟行李出来，听到这话，下意识地问：“啊？你们现在就去夜市吗？不等我们一起吗？”

程濯牵着孟听枝走了几步，闻声转头，清冷声线好心提醒：“你要是把自知之明落在苏城了，可以现在就找人寄，明天就能到。”

沈思源：“……”

一双般配的背影很快走远了。

沈思源半晌才反应过来，虚虚往前方指了指，恍然感叹道：“结了婚的男人也这么冷漠？”

乔落抱臂进门，直接开腔嘲讽：“程濯这种才适合结婚呢，像你，对多少女孩子热情过你数得清吗？那位大艺术家呢，这回又是你的一头热是吧？”

沈思源无语地舔了一下腮，忍着气说：“你好端端的，提曾珥干什么啊？”

乔落一脸不在意地耸肩：“随便问的，你那么应激干什么？这房子不还是她设计的，提一下不行吗？你心虚什么？”

沈思源直接朝开放的厨房位置看去，像找到救兵似的扬声：“徐格，你不管管？今天吃枪子了吧！”

正对着沙拉盆一顿猛扒的徐格，动作停住，碗盆边沿露出一双不知道发生了什么的茫然眼睛。

看到一身黑衣的乔落后，徐格眨了眨眸子。乔落也看着徐格，直接冷笑，盯得徐格心里直发毛。

“行啊徐格，不来机场接我，还偷吃我的沙拉，很好——你给我出来！我们好好聊聊，你最近几天都在干什么啊？你是女人吗？姨妈期矫情啊？出来！”

在海城一共待了三天，一群人玩得充实热闹。

回苏城的时候，飞机上，乔落就已经靠在徐格肩上睡觉了，睡得迷迷糊糊的，还伸爪了往徐格脸上摸了摸，一路摸到徐格额头，停了几秒说：“退烧药你今天吃了吗？”

徐格一脸病态。

孟听枝怀疑前天晚上他跟乔落单独去对面的小岛餐厅，饭没吃上，人是不是给乔落踹海里了，回来后就发烧了。

徐格本身就有点卷毛奶狗相，脸色通红，病得眼睛水光脆弱，好惹人怜惜的一朵小白花模样。乔落手忙脚乱地照顾他，两个人别别扭扭地就和好了。

但小岛上发生了什么，谁也不知道。

孟听枝收回目光，有点替他们开心。程濯打发时间，翻着飞机上的报刊，眼风未动地淡淡吐字：“男人有时候要学会示弱。”

孟听枝靠在他胳膊上，夸张地“哇”一声：“哇，程老板好懂哦，谁教你的？”

程濯顿了顿说：“纯粹悟性好，无师自通。”

那份期刊是旅游杂志，一连几页都在介绍碧海蓝天的海岛风光。

孟听枝闭眼靠着他，过了一会儿，也快要睡着了。半梦半醒间，她听到一道悦耳的声音，柔柔在旁，像在读睡前童话一样。

“等我们老了，就买一个大一点的岛，开餐厅和民宿，卖新鲜又好吃的海鲜，这样就不用去天南海北折腾，也能看到形形色色的人。你可以画画，挂在墙上当纪念品卖。夕阳正好的时候，海在退潮，沙子又软又湿，我们就去捡贝壳。你喜欢做手工，可以把贝壳做成风铃送给那些游客。”

舷窗外的光金粉一样地洒进来，落在孟听枝白净的侧脸上。她看见一片海，熟悉又陌生，好像见过，又好像第一次来。

她有点分不清梦境和现实了。

十月份结的婚，到年底，满打满算四个月，他们也不是男主外女主内的模式，各自忙，一有空就见，常常给孟听枝一种他们还在谈恋爱的感觉。

上回被周游调侃了一句“程太太”，她一时没反应过来，周游搭着她的肩膀揶揄道：“不行啊，程太太，你这人妻感不够强啊！”

程濯也暗示过，说她是不是还没有适应程太太的角色，不分场合地喊他全名是怎么回事。

他说：“程太太的进步空间还很大。”

那时的场合是在床上，这人三分钟前还喊过她心肝。孟听枝自愧不如，程先生甜话满分。

新婚后的第一个春节，他们在老宅过。程濯家的叔伯婶母、堂兄弟姐妹都来齐了，还有几个活泼淘气的小萝卜头，一口一个“小婶婶”喊她，喂她吃糖果。

小朋友真的太可爱了。

程濯说，等年后她再过来，陶安堂开了课，有一帮小萝卜头在那儿玩陶泥。

孟听枝之前就听老爷子讲起过，陶安堂是程濯奶奶早年的制陶工作室，他奶奶去世后，留给了她的两个学生开课。

年夜饭吃过，孟听枝和几个婶母聊了好长时间的天。

平时交流少，一讲起来没完没了，各个都好心地提醒她这个提醒她那个，无非是给她讲讲程家默认的一些规矩礼仪，都是找不出错的话。但听久了，心里有点厌烦，她转着桌上已经喝淡味的红茶瓷盏，虚心应着。

程舒妤婚后不久就怀孕了，春节后待产。桌上话锋一转，大伯母便笑着问孟听枝打算什么时候要孩子。

孟听枝也笑着回答：“不急，我和程濯都不急。”

大伯母睨她一眼，过来人似的劝她：“男人嘛当然不急了，孩子又不是男人生，你不能这么想的呀。结婚久了一直没消息，容易叫人传闲话。”

另一位婶婶应和道：“是呀枝枝，事业心不要那么重，画画嘛就是个乐子。你看程濯他妈妈不也是去世后才……”

倏地，那道尖柔女声惊悟地停了话。一桌子人忽然都露出讳莫如深的表情来，围簇了半个晚上的热闹，就这么不上不下地停了。

窗外在下雪，落满木芙蓉枯败的枝丫，不承力时，倏然掉下来一大片，纷纷扬扬。

孟听枝往自己的杯子里注入热水，瓷杯外壁很快暖了起来。她的声音在偏厅暖室里，有一种润而透的质感。

“我上大学的第一课，我们院的陈教授就在开学典礼上对我们说，真正的艺术是存在壁垒的，时代的局限性和他人的不理解，很多很多都是作为艺术践行者不可抵抗的，我们所能做的只有坚持本心。孤独始终与你同行，但不要忘了那些微小的灵感火花迸发时的光亮，有这一点光，你会走得很远。”

孟听枝顿了顿。

“然后教授说，这段话出自已故的舒晚镜女士，以后你们将有机会在教科书上看到她的作品。”

程濯就站在门外，身后是夜幕雪光。

他没进去，跟路过的用人嘱咐，过五分钟进去通知少夫人回房。

孟听枝昨晚听了一通教导，定了早上六点钟的闹钟，准备早起陪老爷子喝早茶。她临睡前还跟程濯说了这件事。

第二天早上，将近十点，被窝里的一小团才有点翻身的动静。

房内又暖又暗，是冬眠的好去处。

孟听枝穿鞋下床，随意抓着亚麻的遮光窗帘，向两边一拉。院子里银装素裹，天光就雪色，一瞬间亮到刺眼。

这亮度不对！她站在窗前愣了几秒，揉揉眼，难以置信，连忙去床头找自己的手机。她定了六点起的闹钟，怎么没有响？

而现在……别说陪老爷子吃早茶，老爷子估计鸟都溜八百回了，哪儿还有她这个孙媳妇什么事。

孟听枝越想越不对劲。这可是大年初一早上！这是她嫁过来的第一个春节！新年伊始，太失礼了太失礼了。

昨晚她还收了老爷子那么大一个红包，实在于心有愧。

梳洗好，风风火火地出了房间，孟听枝撞见程濯从院子里回来。

他发梢和肩上落了一点雪碎，衬得整个人冰雕玉琢。

用人替他拂去肩上的雪，他顺势脱了外套递过去，目光看向孟听枝问："早饭吃了没有？"

孟听枝摇摇头。已经过了早饭时间好吗！

程濯想叫她去吃点东西，正要叫用人。

"可是，现在快中午了。"孟听枝凑到他身边，咬着牙小声说，"你是不是把我的闹钟关了？"

程濯问："你要早起做什么？"

孟听枝小声说："你婶母她们说……"

话没说完，程濯就打断她，手掌搭在她肩上揽着人往里间走："我家没有这些规矩，老爷子从没说过，有些人闲着没事瞎琢磨出来的。你记着——"

孟听枝随他话音一停，抬起头问："什么？"

他微微垂颈，看着她的眼睛："你永远随我，只随我。"

孟听枝觉得他好正经，正经的样子好好看。

她问："那你也随我吗？"

程濯失笑："你说呢？我陪你住桐花巷的时候，没少被人说是小白脸吧？什么忍辱负重的事我没做过？我就差把命给你了，你还问我随不随的。"

孟听枝抿唇，弯起嘴角。

"你好好哦。"说完还不够，她踮脚亲了一下程濯的脸，"吧唧"一声脆响。

比这更响的是一阵孩子的尖叫。

原本趴在门边的小萝卜头双手分叉、捂着眼睛往外跑，也不许其他小萝卜头再进来，嘴里奶声奶气地喊着："啊啊啊——羞羞，小婶婶他们在玩亲亲！"

整个走廊都是小孩子银铃一样的声音。

孟听枝脑门上瞬间拉下三条黑线，尴尬得只差当场找一个地洞钻进去。

地洞实在没有，她埋着羞愤欲死的脸，往程濯怀里躲，嘴里喃着："完了完了，带坏小孩子了。呜呜呜，程濯，你快去抓一下，不要再喊了，我完了……"

何止是羞羞，简直是羞疯了。

吃完中饭，孟听枝像乌龟一样躲在房里不肯出来。她怀疑小萝卜头凭一己之声播报了整个宅子，没脸见人了。

直到老爷子叫人喊她去书房，她去的路上还瞎脑补是不是要批评她有辱斯文、伤风败俗之类的事。好尴尬，真的好尴尬。

没想到，老爷子在画国画，程濯在旁赏玩一些摆件。老爷子见着她，只字未提早上的事，只露出和蔼的笑来，问她在这里是不是很无聊。

孟听枝掐捏着手指答："还好，不无聊。"

那只老爷子的爱鸟，在笼子里叽叽喳喳叫得热情。

桌上摆着文房四宝，笔架上长短不一悬着笔，歙砚精致，雕琢着松下童子的纹样，雅趣横生，墨色镇纸压着宣纸两端。

停了笔，老爷子喊她过去："你看看，是不是缺了什么？"

画上是一幅《千里江山图》，词也写得大气磅礴，只差一枚落章，就是能框裱拍卖的大作。

孟听枝主修油画，不太懂中国水墨。这样的手笔，以她的资历根本就看不出门道来。

但构图技巧她精通，孟听枝大胆地指了一处留白说："这里好像空了一点。"

老爷子会心一笑，提笔扫过朱红，在孟听枝指的地方落下，轻碾出一轮浅浅红日，细照万里山河。

“好看。”她在桌旁托着腮，柔柔笑着说。

夸的词汇匮乏，但她的笑容很真。

老爷子来了兴趣，抽出一张纸，铺在一旁的桌子上，亲自用镇纸推好，指指笔架对孟听枝说：“听程濯说，之前那墨条是你开的？来，写几个字我瞧瞧。”

孟听枝瞬间头大，那是瞎玩的：“爷爷，我不会书法。”

她是真不会，上一节正经的书法课可以推算到学前兴趣班。

“写着玩。”老爷子哄着她。

孟听枝拿起笔，还没想好怎么落，望望墙上的字画，兴许可以临时模仿，毕竟她学美术，临摹能力很强。

她仰着头，忽然眼神亮起来：“爷爷，那幅《后赤壁赋》是谁写的啊？”

“程濯写的。”语落，老爷子脸上神色无不骄傲，“他很小就能写一手好行书，商会的叔伯都夸他。”

写行书的正主这时走过来，老爷子忙收拢了笑容，换成苛责面孔，啧啧点评起来：“性子极差的，连我做寿送的礼也要糊弄。”

他正主不服，望着自己少年时写的字：“怎么又是糊弄了？”

老爷子嗤道：“好端端的，送什么《后赤壁赋》？”

孟听枝也跟着好奇，《后赤壁赋》不如《赤壁》出名。

程濯答得坦荡荡：“《后赤壁赋》字少，我实在懒得在一群人面前表演，像只猴子。”

“心高气傲！”老爷子骂他，不再看程濯，转头对着孟听枝和颜悦色，“写几个字我瞧瞧。练字静心，写不好也没关系。”

孟听枝深受鼓励，蘸一蘸浓墨正要落笔。

程濯走到她身后来，忽然很亲昵地在她耳边出声。

“我爷爷前几年一直有个愿望，要开个书法班，想教小朋友写字，一来不方便招学生，二来他身体也不合适长期操劳，后来不了了之。今天刚好，你当第一个学生，他估计很乐意教。”

老爷子出去了，古色古香的书房里，就他们两个人。

孟听枝写着字，分心说：“这么厉害的大师课，我上不起。”

“你要是肯学，他会哄着教你，你信不信？”

孟听枝低笑一声：“那我学了，以后也写一幅字，挂在合莱？”

程濯说：“那换成我舅舅开心坏了。”说完，他感慨道：“孟听枝，你怎么这么招人喜欢？”

面上发窘，无端难为情，孟听枝不接他的话了，把自己写好的字轻轻扬起来打量，看了一会儿，总觉得不好。

“你那时候教我，我这四个字还写得很好来着，现在又不行了，好久没写，乱七八糟的。”

行草隶篆，一个沾不上，有点瘦金体的秾芳韵脚，勉强算个混搭风。

程濯捏着她沾了一点墨色的食指，轻轻摩挲着，四个字看了半天，转头朝外头喊了一声：“去找找看，有没有我的章。”

不一会儿，老保姆捧来一个小木盒，里头卧一块瑞兽黄翡石。

孟听枝认得，是他之前在海城的玉石工坊开过皮壳的那块。

他提笔补写上日期，某某年正月初一，龙飞凤舞，笔墨勾连不断，随后拿出盒子里的印章盖在“月照千峰”四个字上。

她好烂的一幅字上，落着朱印白文，方方正正。

濯之鉴藏。

老宅有很多程濯小时候的印记。孟听枝翻他刚上幼儿园的相册。

这人真是从小就好看，睫毛精，粉雕玉琢，好冷漠的一个小正太，像那种阿姨姐姐围一圈逗他，怎么哄他也不肯给人亲亲抱抱的傲娇小孩。

他的这些成长足迹里，少见父母，乔落和徐格的出镜率极高，还有其他小孩。那些打打闹闹的场景，可以想象就在夹萝十八巷的某棵树下、某个湖边。

孟听枝正翻得入迷，根本没发觉身后不远处也有窸窸窣窣的翻动声，直到忽然被程濯喊了一声："孟听枝，你有没有发现你还挺口是心非的？"

口是心非？没有呀，孟听枝觉得自己越来越勇敢，越来越敢直面了，喜欢就是喜欢，爱就爱得坦坦荡荡。

孟听枝沉浸在自我表扬的内心快乐里，并没有发现程濯手上拿的东西她很眼熟，她甚至压根儿没注意。

程濯摊开某页，举起来，摆一摆。

"自己画室里头挂着牌子，规矩写得清清楚楚，'傲慢无礼不画，要求古怪不画，裸男也不画'，嘴上说着不画裸男，偷偷摸摸画得好积极。"

孟听枝认出来了，那是她随身的速写本！

她脸上噌一下，冒出一股被抓包的窘烧。可偏偏他把举起来的本子放下来，又草草翻一遍，还给出了点评。

"画得真是……连细节都不放过。"

两颊上立马腾起烧热感，吃上回的亏，孟听枝谨慎地先看一眼门口，并没有什么扒望着的小萝卜头。

她这才放心地扑到程濯怀里抢本子，为自己辩解："什么啊，半裸都不算的。"

程濯一本正经，淡淡恍然道："原来我提供的还不够。"接着他好无辜地补一句："可我并不知情，我认真刮胡子，并不知道有人拿我当模特。"

"灵感……灵感就一下一下的那种，我是、我是记录习惯了。"孟听枝解释得稍显牵强磕巴，"我大学就画过人体了，我都画过的。艺术就是艺术，就是单纯地画一下，不是那些……"

她越说越小声，那些后面的词都找不到合适的了。

程濯逻辑极强，迅速跳脱语境，找到新角度，先是肯定地点点头："是，说起来，还是我见识浅薄了些。"然后他垂睫惭愧道："我太小家子气，半裸而已，就一惊一乍。我太太见多识广，什么都画过，还请程太太多指点。"

他真是虚心求教。

晚上吃完饭，他们出去散步。

除夕夜的那场雪化得七七八八，入夜一降温，雪化了水，小水洼里结了冰，路灯下反光。

从徐家门口逛了一趟。徐格的大嫂好热情。她刚好给儿子煮了奶茶，孟听枝说要回去了，不在这儿喝东西了，他大嫂连杯子直接送给孟听枝，叫她捧着路上慢慢喝，刚好还暖手。

回程，孟听枝小口嘬着，食管到胃里都暖暖的。冬夜里，喝着热热的奶茶，人像摆脱厚厚的棉衣束缚，一整个都轻盈起来。

她遇到反光的地方就要踩一踩，小小的冰面，“嘎吱嘎吱”破了一路。程濯看着她一条路左左右右走成蛇型，一个小坑都不放过，通通踩碎！

他听着那脆响，好笑地问：“那么好玩吗？”

孟听枝捧着热雾袅袅、香气浓醇的奶茶，大方让到一边，面前一个完整小冰洼，看着程濯问：“挺好玩的。你要试试吗？”

程濯：“……”

程濯手一伸：“还是你来。”

孟听枝当仁不让，毛绒靴一脚上前。

“嘎吱嘎吱——”

她忽然意识到自己有点幼稚，又很想继续踩，于是开始在冬夜路灯下，一边踩冰，一边跟程濯讲暴力美学。

什么叫暴力美学呢？将暴力仪式化，来缓解暴力内容所产生的不适感，从人为破坏中，体现出一种割裂美。孟听枝如是说。

所以呢，她现在做的，绝不是简简单单踩冰这么简单，这是以体力付出，得到一种美学里的满足感的过程。

程濯当时好捧场：“孟老师讲得对。”

孟听枝以为程濯只是单纯捧场，开开心心地跟他拉手回了老宅。

没想到，他真是个天赋异禀的好学生，举一反三，当天晚上就学以致用。

“以体力付出，得到一种美学里的满足感，这样算暴力美学吗，孟老师？”

过程已经结束，孟听枝眸色迷离。她把脸埋进枕头里，一身水浴一样的热汗，声音微微哑，不乏厉言地批评：“你这是恶意歪曲知识点！”

某人求知若渴，俯身来亲她，声音近而又近，灼得人耳朵痒：“那孟老师以后再教教我。”

孟听枝闭着眼睛，一通猛摇头。

不教了，再也不敢教了。

正月里，孟听枝要跟程濯一起去他外公那边拜年。舒晚镜去世多年，这一点年节里的来往更是不能懈怠。

孟听枝一想到要去见他妈妈那边的亲友，就紧张得睡不着。除了婚宴，孟听枝只见过两次程濯的舅舅舒斌，还都是在应酬场合，并没有深聊。

她跟程濯复合后，第一次见舒斌也挺有意思的。

说起来，她之前就见过，那次他们要去长林巷拜访人，找不到进去的小道，是孟听枝给舒斌指的路。

舒斌破天荒地对她有印象，只眯眼半晌就想起来，又恍然记起不久前合莱的黄总给他打过电话，说他那位矜贵外甥一大早去合莱会所给女朋友找车。

这下亲眼见着，舒斌看完孟听枝，再看向程濯的惊讶眼神，内容很明显，好像在说，怎么人家小姑娘给指个路，就成你女朋友了呢。

这些年，程舒两家的关系很微妙，几乎都靠程濯在中间维持着。通过舒斌，孟听枝就能猜到一点，他外公那边应该是很重视程濯的，可这份重视里的关切和讨好，细想又有几分叫人心寒。

越想越睡不着，床头的壁灯被拧亮，孟听枝掀被下床，赤脚蹲在长绒毯上，“哗啦”一下拉开抽屉，从里头翻出本子和笔来。

程濯适时地看过来："找什么？"

"我想做点准备。"

程濯："嗯？"

"你外公那边亲戚很多对不对？你跟谁比较好？"

她手肘撑着，趴在床边，翻开本子的空白页，唰唰写字，然后递本子给程濯。

"你就这样写，喜欢后面写名字，然后备注下面写关于这个人，我需要注意什么。"

程濯接过本子，迎目就看见"喜欢"这两个字，一个冒号紧随其后。

孟听枝怕他不配合，扯扯他的睡衣："写嘛，你总得告诉我点什么，不然我老想着，心里没底，睡不着。"

他看孟听枝一眼，被子下曲起长腿，给本子垫着，修长白皙的手指握着笔，很快写完，递给孟听枝。

"现在能睡得着了吗？"

孟听枝纳罕他写得这么快，接过一看，睫毛扑扇一下，目光软软愣住。

他在喜欢后面写了"孟听枝"，在孟听枝的备注下写了"相信程濯，保持快乐"。

笔"啪"的一声扔在床头，他伸出空空的掌心："上来睡觉。"

孟听枝捧着本子还在发愣。

程濯说："睡不着的话，我哄你睡，再不行，做点助眠的事也可以。"

孟听枝听懂他的话里的意思，耳尖忽热，再看此时穿着月白丝质睡衣的男人，打心里觉得这就是赤裸裸的纯情表象，实际上，这人分分钟就能黑化。

她想到之前那次叫她睡到下午才缓过来的暴力美学，瞬间就㞞了。

"你吓我啊？"

程濯扶额，偏头弯唇，露出唇红齿白颇有少年意气的一个笑。万籁俱寂的夜，他弯背前倾，又将手伸得更往前：“怎么是吓？”那声音越发低沉，磁性又勾人：“这难道不是诱惑？”

他又问一句：“要不要我？”

孟听枝中了他的蛊，灿灿弯起杏眼，两根手指在被面上走路。他耐心等着，等她走进他摊开的手心。

“要。”

闻声他掐住她腋下，朝床上提，不费力地将人扯到怀里，用被子宝贝似的卷着，吻她的额头和柔净眉眼，然后亲到她耳边，气音低低的，灼烫得厉害。

助眠是真奏效了，这一觉，孟听枝睡得很沉。

这一年春天，孟听枝终于不用吃野菜饺子了。

苏城迎春，寿塔寺山底下的野菜还没冒好头，阮美云就中了欧洲十国双人游，让隔壁的小莉妈羡慕不已。

“人人都去超市抽奖，怎么就你抽中了特等奖，你手气真的好。”

阮美云喜滋滋的。

环能旗下的公司太多，阮美云也就记着一个万竞地产，一个名字八竿子打不着的文旅公司，她想不到程濯身上。她也不晓得，那个超市门口的抽奖到顶的一等奖也就是新马泰七日游了。

特等奖是程濯专门给阮美云准备的，掐准了日子，毕竟兑奖有期限，可不得风风火火收拾行李，拉着孟辉上飞机。

可一想自己这一趟要去大半个月，阮美云不放心的事太多了，临上飞机前都觉着自己是不是有什么事给忘了。

程濯和孟听枝今天都挪不出时间来机场送——临市的画展刚结束，孟听枝还没回来；程濯忙着开例巡会议，人在申城。

给阮美云提着行李箱的是邓锐。

邓助理深知老板的丈母娘是比自己的丈母娘都要更难伺候的存在，半点马虎不得，于是谨遵老板的吩咐，有求必应，事事都应。

嘴上说着，你就放心走吧，有什么事，你就给我打电话，我肯定第一时间就汇报给程先生，一定给你办妥；你放心，你慢走，你旅途愉快。

脸也笑酸了，手也摆累了，邓助理才把两尊大佛送上飞机。

本以为事情到此就结束了，没想到阮美云真在几天后，给邓锐打了电话。看到“老板丈母娘”的来电显示，邓锐肾上腺素飙得比任何一场紧急会议都高。

他正陪着程濯在望府西京应酬，参加某奢侈品牌的开春典礼。

程濯以品牌大秀多年赞助商的身份到场，只在内部会场和品牌方高层有合影，并不参与红毯，也不接受任何媒体采访。

品牌主设正在发表第二阶段的答谢讲话，阐述新一季的设计理念，由致敬到创新，洋洋洒洒讲了一大段先锋发言。

众人正一齐鼓掌时，程濯也敷衍着拍了两下。邓锐坐在程濯后方，弯腰附在他耳边，低声道：“程先生，阮女士的电话，我出去接一下。”

程濯微微侧目，没说话，敛眸示意了一下。

邓锐接了电话回来，主设的发言已经结束，开始以纪录片的形式回顾品牌的发展史。

光影变幻，会场下方极安静。邓锐走到首排，再次弯腰，将音量放得更小。

“程先生，阮女士说她想起来有一家租金没收。据阮女士说，七户这家已经拖交了三个月，上一次商定过程不是很愉快，说是这周六交。阮女士说了，希望一天都不要迟。”

程濯皱住眉宇。很不对劲，以程濯对阮美云的了解，这样的话，似乎不像是他丈母娘能说出来的。

自然不是。这是邓助理文雅简洁的翻译版。

阮美云原话如下——

“邓助理啊，我跟你讲啦，七户那个店铺现在是租给汽修店，当初租给他们，打承重墙的事就搞得乱七八糟的，说了不让不让，搞七搞八的。那个水电费必须算在租金里，合同里写了，清清楚楚，白纸黑字，他们洗车收费，水电费就要另付。那个合同枝枝知道在哪儿的，小程也知道，不过小程肯定工作忙，你就不要跟他说了。你周六呢就陪着枝枝去一趟臻南路。汽修店那帮人很凶的，你千万不要跟他们讲理哦。不租最好，叫他们趁早给我滚。什么年头了啊，收租都受罪。邓助理，你都记得啊！”

邓助理忙应着：“记着了记着了。”

跟程濯汇报完，邓锐小心翼翼地问：“这事要通知夫人吗？”

台上的百年光影终于圆满结束，众人又是一阵鼓掌。

程濯再度敷衍，拍了两下，只给了邓锐一个眼角余光，音质低平地反问：“你觉得呢？”

邓锐反应过来，又问道：“那我就通知张律师够吗？”

程濯又给他一个冷淡眼风，声音依旧低平：“不然呢，通知整个万竞法务部？对方开的是汽车修理店还是律师事务所，你听清楚了没有？”

不重不轻的话，叫邓助理后背生寒。

他就是紧张过头了，立马点头说：“听清楚了，是汽修店。我现在就去通知张律师，叫他准备。”

灯光瞬暗，概念秀已经开始。开场模特出现在追光下，踩着鼓点节奏，昂首阔步。

程濯无语，情绪一闪而过，压低声音：“你叫他做什么准备？我是要去臻南路欺男霸女吗？天经地义的事，你叫他来一趟就行了。”

邓助理点头。是是是，老板替丈母娘收租，是天经地义的事。

周六上午，春日阳光正好。

程濯自己开车，副驾驶坐着张律师，该带的东西全部备齐，车子一路行至臻南路。

车子本身已经很打眼了，那个孟听枝一直记着好多 7 的车牌更是打眼。

车子在汽修店前停稳，休闲打扮的程濯拔了钥匙下车。

店里的员工迎上来，很有自知地说："这车我们这儿修不了，哪儿坏了得返回原厂吧。洗车不？办卡打八折。"

"不办卡，来收租。"程濯的声音毫无感情。

说完，提着公文包的张律师上前一步，先是介绍了一下自己的律师身份，张口就是"我谨代表阮美云阮女士"。

根据之前的租赁合同，张律师罗列出了七八条可以追责违约的条款，以及相应的损失赔偿。

张律师是程濯的私人律师，在业界口碑颇高，民事纠纷还算不上他的看家本事，但对付七八个法盲完全绰绰有余。

程濯就坐在汽修店里，看着那张铺满文件的桌子。张律师端坐一侧，汽修店两个膀大腰圆的老板坐在另一侧，身后还有五个文身染发一个不落的员工，几个人互相递着目光，大眼瞪小眼。

"啊？这也要我们赔钱？"

张律师回答："是的，阮女士有追究的权利。"

收租，顺带开了一堂普法课。

程濯手机响了，徐格打来的，听声音都能想象徐少爷的眉飞色舞："你老婆今天不是在临市办画展吗？已婚男人的自由时光，不好好把握？出来玩啊！"

张律师还在一二三四点展开来讲，程濯懒懒地晒着太阳，对着电话回："走不开，人在臻南路。"

徐格纳闷："你到老城区那边干什么？你丈母娘他们不是去欧洲旅游了吗？没有半个月回不来吧？"

"是，但铺子到期，租金要收，我老婆没空，我过来。"

张律师解决完，对方交了租金，并保证之后不会再拖交。程濯打电话给人在欧洲的阮美云，叫她查一下账户确认。

阮美云看了看手机消息，说租金收到了，又说："这么小的事怎么麻烦你的呀，不是跟邓助理说不要麻烦你嘛，你工作多忙。"

程濯回道："没工作，闲着也没事。我刚刚把张律师的微信推给你了，之后还有什么事，你找他咨询就好了。"

阮美云应着，又叮嘱程濯工作不要太辛苦，钱嘛是永远都赚不完的。

程濯好脾气地应着："知道了妈，你跟爸爸玩开心点。"

通话结束，程濯和张律师出了汽修店，朝旁边的车子走去。

人没走远，身后传来汽修店一帮男人羡慕不已的声音。

"女人真肤浅啊，果然，男人还是要长得帅！长得帅才有前途！"

"帮老婆收租都开上豪车了。"

"老子也想少奋斗二十年啊！"

桐花巷的院子里有一棵枇杷树。

孟听枝上小学那会儿孟辉种的，品种不好，酸得要死，除了一点阮美云自以为很好的纯天然，夸不出半点长处来。

程濯有幸尝过，枇杷果很酸很酸。

婚后，他经常陪孟听枝回桐花巷吃饭。他很喜欢这个院子，每回过来都喜欢站在二楼的窗边，静静打量，思忖什么一样。

孟听枝有一回从身后抱住他，问他在看什么，问完又自问自答："什么都看不到了，以前从这儿还能看见文人广场。"

程濯侧首，垂下眼说："不用看文人广场了，我就在这儿。"

那是婚后第一年的端午节。

那棵遮天蔽日的酸枇杷树结了好多果子，黄澄澄的，旁边摆了一把梯子，孟辉买了一大捆青艾在后院扎。

穿堂风吹动枝叶，传来客厅的热闹笑语。

隔壁小莉的宝宝已经会走路了，被黄头发的艺术总监爹抱来孟家串门。小孩子踉踉跄跄迈着腿，逗得一帮大人合不拢嘴。

阮美云跟小莉妈聊着天。

孟听枝抠石榴吃，指尖沾了汁，红艳艳的，越听越听不下去，忍不住转过头跟程濯小声吐槽："我妈怎么老这样啊？太假了。"

说完，孟听枝自己都忍不住笑了。

明明阮美云对程濯这个女婿满意得不得了，硬要跟人说也就那样吧，对枝枝好就行了。

明明自家人吃饭还吐槽小黄总监都是孩子爹了，一点都不稳重，头发三个月一个色儿，花花绿绿的，看着就闹心，当着小莉妈的面儿，奥斯卡欠一座小金人的阮女士硬是能夸出艳羡不已的声调来。

“小黄这孩子多好啊！你说说，理发店离咱们这儿又近，天天都能回来陪小莉和孩子。你瞧你家一天天的，多热闹。我家枝枝讲不听的，结了婚还忙这个忙那个，画廊开那么大干什么呢？早点生个孩子不挺好吗？小程也是，非惯着她！一问两问的都不着急，我倒是着急当外婆了。羡慕你啊小莉妈。”

小莉妈有苦说不出，叹了声气，撇嘴道：“唉，我有什么好羡慕的，外婆嘛你迟早能当的。你这个女婿多称心，我羡慕你才是呢。”

阮美云摆着手：“不行不行，俩孩子都不着家的，还是你好，招了个女婿回来，女儿外孙都在跟前，天天家里都热热闹闹的。”

挑拣孟听枝可能是假的，但阮美云想当外婆倒是真的，只是孟听枝不配合罢了。

阮美云多少次劝她：“画廊忙归忙嘛，孩子生下来之后，我给你带呀，又不费你的工夫，你跟小程该干什么还干什么就是了。都结婚一年多了，不生孩子像什么话！”

孟听枝就是不答应，一直用一句“不着急”搪塞应付。

在晚上睡觉前，孟听枝坐在梳妆镜前，往手臂上涂着身体乳，一边涂一边认真地跟程濯聊聊这个问题。

“我知道我妈妈肯定能带好孩子，但这样不对，这样对宝宝很不负责，我们肯定要陪着宝宝长大的呀，你说对不对？”

程濯从书房过来，手里翻着文件，心中有数地看过后，搁置在床头。见孟听枝扭回头问他对不对，他望着她的眼睛，点了点头，吐出一个字：“对。”

得到认同感的孟听枝，继续发表自己的养崽想法。

“宝宝虽然很小，但也是需要爸爸妈妈的呀。如果生了宝宝，就把宝宝丢给外婆，或者送到老宅那边，大家当然都会对宝宝好，但老是见不到爸爸妈妈，宝宝会觉得爸爸妈妈根本就不爱宝宝，宝宝不会快乐的，你说对不对？”

程濯掀被，靠坐在床头，再度被孟听枝看着，又吐出一个字：“对。”

孟听枝张张嘴，又欲展开来讲，忽然发现不对劲。

她擦好身体乳，整个人都散发着淡淡的茶花香气，从凳子上起身，孩子气地扑到床上，跷起小腿，手肘在松软床铺上撑着，狐疑地盯着程濯，像在他脸上寻找什么蛛丝马迹一样。

程濯被她盯了一会儿，实在忽略不掉，文件朝下一放：“你看什么？”

孟听枝眼珠一转：“之前我跟我妈说我们俩都暂时不打算要宝宝，我妈说不是，她说不想要的只是我一个人，你不是，你只是惯着我，在说假话。我说不是。我理直气壮地跟我妈讲，我跟程濯想法一直都是一样的，但刚刚我忽然动摇了——”

灯光只聚在床头，更多的地方是昏暗的，程濯问：“动摇什么？”

孟听枝看着他，越发笃定了：“你说也暂时不想要宝宝，就是在说假话吧？”

他刚动唇，孟听枝指着他，命令道：“如实回答！你是不是骗我？”

程濯无奈耸肩，很渣男地说：“我们男人不就这样吗？”

孟听枝被他气笑了：“什么啊？”

程濯神情坦坦荡荡：“老婆说什么就听什么，完全被爱冲昏头脑，男人就是这么肤浅的。”

结婚这么长时间，他还是老样子，我爱你之类的肉麻话从来不说，三五不时、一本正经地讲点什么，比什么肉麻话都让人难以招架。

孟听枝心里像沁了一汪温热的甜水，浑身骨头都跟着酥。

她没说话，从床铺上爬起来，掀开被子，挤到程濯的怀里，抱着他的脖子，闷声闷气道：“你老这样，我就感觉我们根本没有结婚，像一直在谈恋爱。”

程濯隔着单薄的睡裙，摸摸她的背：“结婚是仪式感，谈恋爱是一辈子，本来就不冲突。”

孟听枝没听过这样的道理，她只听过另一句话——

“可是人家都说婚姻是爱情的坟墓。”

程濯淡笑。

孟听枝不知道他在笑什么，两人就那么近而又近地相望着。孟听枝在他清澈的眼瞳里看见自己，听见他的声线似春风般拂来，温柔又广阔，以她为天地，也是她的天地。

他说：“我陪你在这坟墓里待着呢，怕什么呢？”

孟听枝没出声，良久点点头，又搂住他的脖子，将脸埋在他颈窝里，先“嗯”了一声，过一会儿又有了决定似的说：“等明年，明年我们要宝宝吧。”

备孕顺利，隔年春夏交接的时候，孟听枝在医院做了第一次产检。

那会儿孟听枝的画廊已经走红。在孟听枝同意的情况下，程濯从正睿资本那边调了人手过去帮忙打理一些运作。

她工作清闲了很多，但人没闲下来，因为孟听枝有了新计划——给没出生的小朋友画绘本，小一点的时候色彩明艳，看图开心就好；等小朋友大一点，可以编一点小故事帮助他识字辨物。

闲着也没事，有时候，程濯会带着她一起去公司上班。

他去开会，开完会回来，时间到傍晚，孟听枝窝在他办公室专门给孕妇准备的躺椅里，盖着小毯子，手里还抱着草稿本。

去的次数多了，程濯办公室那层的员工也认得孟听枝，也知道她怀孕了，宠妻如命的程先生不放心妻子一个人在家里，又怕她烦闷，除了长途出差，基本走到哪儿就带到哪儿。

孟听枝好脾气又没架子，她在办公室待得无聊了，下楼买热牛奶。员工们看见她热情地打招呼，都喊她“孟老师”。

虽然孟听枝也不喜欢“总裁夫人”之类的称呼，但她还蛮好奇，大家是怎么这么统一地喊她“孟老师”的？

后来她跟秘书办的人聊天才知道，原来程濯之前接受过一档采访，被问及私人问题，对方开口就把孟听枝称为万竞的总裁夫人，程濯当时就纠正过采访者：“我太太有她自己的事业。”

所以，大家看过采访就自动称呼避雷，而且“总裁夫人”一听起来太过富奢，见过孟听枝本人的，都能感觉到这词也不太适合她，还是“孟老师”好，温柔又专注的感觉。

孟听枝对他们说的那档采访完全不知情，但想想时间，那阵子她在申城和苏城之间两头跑，连阮美云的电话都没空接。程濯一贯低调，又不是什么娱乐频道的媒体，她稍稍忽略，不知情也是情理之中。

程濯这会儿在下楼开会，她一个人回了程濯办公室里，用电脑搜刚刚问来的网站，输入关键词，视频跳转出来。

还挺长的，三十七分钟。

孟听枝没有耐心听前面大段的行业分析，那些专业术语，她也不太懂，随便看了一会儿，把进度条往后拖。

果然涉及私人问题，后面的访谈气氛都变了。

采访记者问程濯对婚姻的看法。

程濯之前的回答一直流畅，唯独到这里停顿了一下。

孟听枝看着屏幕里西装革履的男人，又想起来他曾经在十四中留下的传闻。他在谭馥桥的魔鬼集训班，做卷子时闲散转笔，看司汤达的《红与黑》却会不解皱眉。

他真是一点都没变。

正这么想的时候，孟听枝听见视频里程濯回答的声音。

他在很长的停顿后说：“我对婚姻没有什么看法，我太太就是我对婚姻全部的认知，很好很理想。”

记者采访前做足了准备，知道孟听枝，自然地将话题移到孟听枝身上，先是称呼总裁夫人被打断后，接着又有几个简单的问答。

记者最后问："你和程太太之间的实际交集比较少，从某个角度来看，并不符合你之前说的相互成就。程太太一直被保护在安全范围内，这也是一种变相地站在你的肩膀上，你认同吗？"

程濯回答："我不认同。我不介意她站在我的肩膀上，但是她有选择自由奔跑的权利。保护她是我的责任，并不与她的个人能力挂钩。'程太太'这三个字仅代表她是我的合法伴侣，终生最爱，不提供给任何人来做任何框限。我太太独立、完整，也同样作为我的航灯。"

那年冬天苏城也下了一场厚雪。

待产前两天，孟听枝还看着窗外的雪说："如果是个女孩，我们就给她起个小名叫雪雪吧。"

程濯给她削苹果，切成小块地递给她。

他婚后削水果的手艺有大长进，现在也能削成一米的果皮了。

他说："你不是怕冷，不喜欢冬天？"

也是，她的确怕冷，也不喜欢冬天来着。

程濯很固执，产检那么多次，一直没在意宝宝的性别。

老爷子说："是男是女还不都一样疼？"

程濯说："那你就等着吧。"

雪停时分，护士从产房里抱出来一个孩子，生产顺利，是个男孩。程濯连孩子几斤几两都没细听，只担心地问道："我太太怎么样？"

护士通知他可以进去看望。

他摸摸孟听枝的脸，见她从来没这么苍白虚弱过。之前紧张的情绪散了，但程濯丝毫不见轻松，眼眶红了，隐隐有湿意。

他哑声问她疼不疼。

孟听枝溢出一丝笑，说好疼啊程濯，他那滴眼泪就掉下来了。

"吧嗒——"

坠散在她手背上，温温热热一朵小水花。

她第一次见他掉眼泪。他不说话，更像是说不出来，只是一直摩挲着她的脸，很久才缓过来。

程濯问她："宝宝叫什么名字你想好了吗？"

新手父母给宝宝起名字太纠结了，她之前起过好几个，程濯叫她慢慢想，不着急，被推进产房前一刻，他还跟她说："孟听枝，你一定要平平安安的，孩子的名字还要你来定呢。不然我不管孩子是男是女，就叫孩子雪雪。"

还好，孟听枝平平安安，也拯救了宝宝的名字。

她眼里灿着柔软的光，温声说："我想好了，叫程遇之。"

程濯一本正经地问："小名叫雪雪吗？"

她轻笑拒绝："不要，他是小男生！"

孟听枝要他再想一个小名。

程濯就想了三秒："那就叫小鱼。"

同音，也满顺口的，但就是充斥着一股敷衍感，孟听枝心想，总有一天你儿子会知道你这么随便对待他的小名的！

然而并没有。

后来小鱼宝宝大一点，能听懂人说话了，徐格就经常诓他，说你爸爸可爱你啦。

"高中那会儿我和你爸爸跟着学校去秋游爬山，你爸爸脚踝脱臼，肿那么老高，你爸爸没事人一样。你出生的时候，你爸爸高兴坏了，在医院头一回哭了。小鱼宝宝，你爸爸真的好爱你哦。"

程遇之真信了，我爸爸可爱我啦。

直到他能跑能跳，都开始上幼儿园了，他才迟钝地发现，他爸爸好像也没那么爱他……

入夏暴雨，傍晚擦黑才停。桐花巷的老路不平，积了浑水，哗哗朝巷口失修的排水口淌着。

程濯把手机的手电筒打开，塞到小鱼宝宝手里，叫他待会儿慢慢走，不要摔跤。

小鱼宝宝头发漆黑细软，跟他爸爸小时候一模一样的粉雕玉琢，眨眨眼睛问："那妈妈呢？"

"你妈妈我抱过去。"

小鱼宝宝小小年纪就继承了爸爸强大的逻辑思维，纳闷道："可是，不应该抱小朋友吗？"

爱他的爸爸理所当然地回答："是这样的，你妈妈永远都是小朋友——你待会儿慢慢走，回去让你外婆给你洗洗脚就行了，男孩子不要太娇气。"

小鱼宝宝说："懂了，那爸爸你抱妈妈也慢慢走。"

父子两个达成协议一样地击掌，大手合着小手。

隔年春天，植树节。

作为幼儿园小红花最高持有者的小鱼宝宝，认真地完成了老师布置的亲子作业。

他的爸爸带着他去花鸟市场选树苗，然后开车带他去外婆家。

铲子水桶都是一大一小的，他和他的爸爸在院子里选好位置，开始挖坑种树，他的妈妈负责监工，给他加油。

只是小鱼宝宝不太懂："外婆家不是有一棵枇杷树了，为什么还要再种一棵枇杷树呢？"

孟听枝望了一眼那棵已经有小楼高的枇杷树，告诉他："因为你爸爸以前只吃过我送的酸枇杷，他希望你以后的对象能吃到甜的枇杷。"

种完树的小鱼宝宝累得满头大汗，因为程濯基本没干，就陪着，小孩子自己实践也开心。

小鱼宝宝扇了扇浓长的睫毛问："什么是对象呢？"

孟听枝顿一下说："等你长大就知道啦！"

小鱼宝宝问："一定要给对象吃吗？如果这是甜的枇杷，我想给徐宝珠吃，徐宝珠喜欢吃甜的。"

孟听枝不知道怎么回答。

程濯洗完手，拧了湿毛巾来给小鱼擦汗，一边擦一边说："你可以给，但珠珠不一定吃；珠珠愿意吃，你徐叔叔也不一定同意，你得好好想想。”

作为一个成年人，孟听枝听完都觉得好绕脑：“小鱼才多大啊，你这也太难理解了。”

小鱼宝宝并没有把这个问题放在心上，抱着果汁跑到客厅跟阮美云说他想看徐宝珠。

遥控器霸权主义者阮美云女士当了外婆以后，彻底放弃霸权原则，把和蔼可亲发挥到峰值，立马转台到某档亲子节目。

电视里，徐格正给一个玉雪可爱的小姑娘扎头发。他有大面积的手臂文身，穿短 T 恤一直戴着黑色袖套，扎头发的动作很娴熟。

穿蓬蓬裙的小姑娘照照镜子，奶声奶气地说：“不要这个蝴蝶结！”

徐格忙应着：“好好好，爸爸这就来换。”

屏幕上立马跳出一个可爱特效——小粉猪头顶王冠，下面写着“猪猪公主不满意”。

看了一会儿，小鱼宝宝又有问题了，指着电视问：“爸爸，我可以和徐宝珠一样去那里吗？”

程濯看看电视里的发小，很认真地回答儿子的问题：“你不能。很抱歉，你爸爸一点也不红，你的爸爸只是一个普通人。”

小鱼宝宝懂了，并且举一反三地说：“我的爸爸只是一个普通人，所以我也是一个普通的小孩子？”

程濯点头，并附赠哲学语录：“要学会接受自己的平凡。”

小鱼宝宝又懂了。

只是他忽然想到别的，看着电视里的穿裙子转圈圈的小姑娘，眼神专注，喃喃自语说：“可徐宝珠不是普通人，她是猪猪公主。”

番外二

青梅赋

徐格一直觉得程濯是那种看着像四大皆空，实际上冷眼旁观别人的七情六欲，一瞧一个准的人。

那时候，初三毕业拍毕业照。

程濯和乔落初中一个班，乔落把程濯从班里拽出来，两人一个热情满满一个不情不愿，跟打完球从楼下上来的徐格迎面撞上。

徐格看着手里一直一个台阶一个台阶灵活上运的篮球，忽地磕到台阶边沿，离开了掌心的控制。橙色篮球倏然擦过手掌，径直朝楼下啪啪滚去。

徐格瞥开目光，脏兮兮的手推了推旁边的同班同学，大哥似的吩咐着："你去捡！"

"啧啧啧，一头汗！"少女的声音从楼梯上方传来，乔落走下来，从口袋里掏出一小包湿巾，递出去给他，"喏，擦擦吧。"

徐格从里头抽了一张，湿润柔软，有佛手柑和小豆蔻混合的香气。他一边擦脸上的汗一边问："你俩干什么去啊？"

徐格在另一个班，楼层都比乔落和程濯高一层。刚刚他身边一起打球的同班男生从旁边上楼，还没走远，就听到他们的老大徐格惨痛的嗷叫声。

“啊——痛——”

乔大小姐照着他的额头狠敲了一下：“上周不是跟你说了，今天约了摄影师拍照，程濯都记着穿校服了，你校服呢？”

徐格看着眼前这张隐有愠气的漂亮脸蛋儿，乍然间手足无措。湿巾擦过手掌，那点酒精挥发开，风一吹，掌心纹路里沁着湿意，凉凉的。

他吞咽几下喉咙，指了一下楼上自己的班：“等我！我去换！”

实际上，他真给忘了。

上周她是说过，但他没听清，也没记住。

一回到自己班，徐格把黑T恤外的那件紫金背心球衣兜头朝上一拽，脱衣服的时候就开始喊了：“快快快，找一件校服给我！我要去拍照！快点！”

兄弟们鞍前马后地忙活开。

“谁今天带校服外套了啊？”

“谁有校服？”

“英语课代表有！我看她今天穿了。”

徐格一脚踢过去，对方的椅子差点折了。

他笑骂着：“英语课代表一米六都没有，我怎么穿？滚，快去帮我找！”

二楼走廊处的两个人闲闲地站着聊天，但凡路过的，必然要回头，暗暗心叹一句男俊女美，金童玉女。

乔落的耐心特别不好，等徐格等烦了，朝三楼方向看了看，又继续照着小镜子，确认自己今天美得毫无瑕疵。

乔落找话似的跟程濯说：“我跟你说一件特逗的事，就我之前唱歌比赛认识的那个宏光初中的女生，训练的时候徐格来接过我两次嘛，那姑娘见了他，说徐格长得像一个男明星，就是那个演吸血鬼的。哈哈哈，把我给笑死了。那个男明星你知道吗？”

问题刚抛出去，乔落看着程濯一脸冷淡的样子，瞬间笑容都敛了三分，“啪”一声合了小镜子。她也不指望程濯接话了，摆摆手，自问自答。

“算了算了，你可能不知道，你能知道什么？！反正就是我把徐格的QQ给了她，结果徐格真是绝了。我把截图翻出来给你看，哈哈哈。”

乔落点开聊天记录里一张长截图。

时间22：38：23

Lucky：我们排练的时候我有一次看见你拿手机偷偷拍照了，你是拍我吗？你不会是……

徐格：当然。

时间22：42：21

Lucky：你为什么不继续说了？

时间22：45：14

Lucky：徐格，你不会是因为被我看穿了所以不好意思吧？

时间22：50：09

徐格：刚刚游戏忽然开团了，晋级赛逆风局，我实在顾不上回复。我想说的是，当然不是，但字没打完就发送了。不好意思啊，大误会大误会！

徐格：我现在心里只有学习。不说了，我继续排位了。

这聊天记录是Lucky截下来发给乔落的。

乔落看了第二遍还在狂笑。她看看没什么表情的程濯，手指戳戳他：“喂？不好笑吗？”

程濯耸肩，淡淡道：“笑过了。”

乔落："嗯？"

看乔落一头雾水，程濯一副"跟低智商的人多说一句话都累"的不耐表情："你觉得徐格不会告诉我？"

乔落恍然："哦，徐格跟你说过啦。"

"你们两个为什么每次都要做一模一样的事，好烦，像喇叭就算了，还是两个喇叭。"

程濯听到楼上急急忙忙的脚步声了，应该是换好校服的徐格下来了，他没理乔落手指着自己气急败坏的样子，直接拾阶下楼。

徐格风风火火地过来。乔落看程濯没影了，转头气鼓鼓地跟徐格抱怨："程濯说我像喇叭。他有病吧？他会说话吗？正常人会用喇叭来形容一个美女吗？"

徐格咳了一声，摸摸鼻子，应和上："是，他不正常，也没人用喇叭来形容一个帅哥。"

乔落草草看了一眼徐格身上的校服，没有注意到徐格腕口的位置短了一截，随手拨正徐格翘翻的领子，下巴朝下抬了抬："走吧，程濯应该在下面等着。"

徐格跟着她下楼："去哪儿拍啊？"

乔落高高的马尾一荡，掐手指数着："图书馆，升旗台，樱花小径，反正就那些吧，都拍拍。"

仲夏时节，樱花早就谢了。

学校挺懂审美层次的，樱花小径的短坡前种了一大片虞美人，五六月正是开花时候，簇簇拥拥，沿着坡度烂漫盛开，火红一片。

背景那样生机勃勃，他们三个站在镜头前，徐格和程濯身高差不多，刚一米八冒头，乔落矮了十几厘米，站在两个男生中间。

摄影师持着相机正在调焦，问着："你们两个往中间靠一点吧？要不要互动一下，摆个什么姿势呢？"

徐格伸出手，挠挠短发，烦躁又没心没肺地说："嗐，不知道摆什么。"

乔落摆弄着刘海，看着前方。

程濯不知所谓地动了动唇角，直接伸胳膊搭在了乔落肩上。

乔落弄好头发，只感到一侧肩上有力量，朝徐格道："快点啊！配合一点！"

闻声，徐格伸出手，学程濯搭在了乔落的肩上。在落下来前，程濯挪开胳膊，把手搭在了徐格身上。

徐格瞥了眼没事人一样的程濯，还没发呆两秒，乔落掐着他下巴，把他的脸扳过来，命令道："看镜头啦！"

乔落丝毫没察觉到什么，只对着镜头笑，两只手，一只手比一个"剪刀手"，各自放在徐格和程濯的脸边。

照片打印出来三份，一人一份，程濯和乔落几乎没再翻出来看过。纪念这种东西，好像只要走过一遍仪式感就很容易忘掉了。

可徐格不是。

他后来经常翻他们初三的毕业照。

那天拍完毕业照，徐格觉得他得跟程濯聊一聊了。

程濯看出来了。他将手里转着的笔放下，起身去把门关上，坐回原位，朝徐格抬额："想说什么就说吧。"

徐格沉默了很长时间。就在程濯以为徐格讲不出口，他准备把笔捡起来继续写的时候，坐在床边的人忽然搓了一把脸，像被什么击溃似的朝后一倒。

"差不多就是过年那会儿吧。"徐格开始讲，"我们去泡温泉，她忘拿衣服了，让我把她房间的袋子拿过去，我路上悠着玩，一下脱手，她的衣服挂树上了，然后她也来了。我们就想办法把东西弄下来，就找到一截小棍子，戳了半天，掉下来了，我仰着头，衣服就砸在我脸上。

"我不知道怎么说，就是那一下，劈头盖脸的香气，我就跟个傻子似的一瞬间恍然大悟——哦，乔落是女生，跟你跟我都不一样的女生。"

他开始不正常，开始有意识地避免一些触碰。

徐格说："我真的烦死了。我是不是青春期到了？荷尔蒙分泌异常了？”

程濯回答：“不是早到了，你现在才分泌异常？”

徐格：“……”

徐格凑近程濯问：“你有吗？”

程濯没听懂：“什么？”

“就是你有这种感觉吗？会不会其实大家都一样？”

程濯像看小傻子一样地看徐格。

为什么是小傻子呢？因为程濯还有一丝人性未泯的同情在里头，他声音无澜地说：“不一样，谢谢，我没有。”

徐格盯着程濯的眼睛，不死心道：“真的没有？”

“真的没有。”

徐格低低道：“你说乔落如果知道了，她会不会觉得我很奇怪，会不会？”

程濯：“你问我我怎么知道？”

徐格想想也是。

情感方面，程濯根本算不上什么学霸，但是人有一肚子顾虑和疑问的时候，哪怕对着一根树枝、一朵花，都会想揪一揪是或不是求个答案。

徐格看着脖子上挂着麦已经投身奥数题海的发小，一个大胆的提问从心中突破重重阻碍，到了嘴边：“濯哥哥，我问你。”

程濯斜眼看他，冷淡面容上就四个字——有屁快放。

徐格讳莫如深道：“假如，我是说假如，如果这个世界上有这么一个人，你喜欢她，很喜欢很喜欢，你会告诉她你喜欢她吗？”

程濯：“没有这样的人。”

徐格撇撇嘴，心想，程濯这人真的枯燥无聊透顶了：“都说是如果了，假设就是有一个这样的人。”

程濯停下笔，做事认真的人，哪怕对待任何一个情景问答都会足够谨慎，开始去设想这个世界就是有这样一个人。

可他从没有喜欢过人，很喜欢一个人是什么感觉？

他逻辑清晰，开始机械地一一比较并带入：像喝水吃饭？那不是喜欢，那是本能需要；像打游戏吗？那是打发时间；像数学？那是成就感。

喜欢应该是什么呢？

他慢慢想起来，很小的时候他集了很久，唯独就缺一张，最后被程靖远扔掉的一套卡片。

那张缺失的卡片，好像最接近喜欢。

是可以不要的，不影响生活分毫，但是得到了会非常开心，得不到就会一直惦记着的东西。

那套集卡早就停产了，但这么多年，他都没有忘。缺失的，永远在惦记。

程濯想明白了。

他说："如果有一天，这个世界上真的出现了那么一个人，我很喜欢，我想我一定会告诉她，但绝不仅限于告诉她，我要她必须属于我。"

说最后一句时，程濯眸色深得近乎偏执。

徐格听完缩了缩脖子，这样的程濯挺让他意外的。他怔了一会儿，很 地说："可我不行，我害怕，我怕她再也不理我，我们连朋友也当不成了。"

程濯低嗤一声："谁要跟喜欢的人当朋友。"

他们的三人友谊一直保持到初中升高中。

徐格要命地陷入和程濯的比较中。

乔落坐在球场刷蓝漆的阶梯看台上，看着徐格和程濯 1V1，徐格弯身运球，现在是进攻方。

不久前，乔落双手托着腮，美滋滋地回想道："你们知道图书馆后面有个实验室吗？"

"我追那只猫嘛，想把玉米肠给它吃。它估计怕生吧，就一直跑，我就一路追到实验室那儿去了。一个男生就在窗户里拆望远镜，对着窗外试看镜头。我刚好把猫一下抓住，忽然站起来，镜头里忽然出现一个人。哈哈哈，他吓坏了，因为我就像是凭空出现的。

“他看起来斯斯文文的，还蛮可爱的。我就说，‘看什么看啊，没见过仙女抓猫啊’。他好傻哦，竟然真的摇了摇头。哈哈哈，然后我就说‘那你抓紧看，以后就要收费了’！

“他在十一班，就在徐格班隔壁。徐格，你知道纪枕星吗？”

篮球“砰”的一声撞在篮板上，斜飞出去，落到场地上，以一种渐衰的频率自顾弹跳，直到平息。

徐格弯腰两手撑在两膝上，努力让自己呼吸正常些。

乔落还在喊他，声音带着显而易知的雀跃：“徐格！知道吗，你隔壁班的纪枕星，戴眼镜的那个，好像度数不高，偶尔也不戴。”

徐格去捡球，背对着她的方向，说：“知道，十一班的班长。”

乔落说：“他是不是挺聪明的？我看入学考他的排名很靠前。”

徐格沉声，以一种不屑的语气说：“一般吧，反正没程濯好。”

乔落立马不高兴了：“跟程濯比有意思吗？真的是，我就觉得他成绩挺好的，起码比你好多了！”

说完走两步跳下看台，少女的格子裙一角微微扬起，头也不回地朝球场外走去了。

程濯去场边拿水，只听身后“砰”的一声。

徐格狠狠灌了一个篮，起跳落地后，眉头痛苦地皱在一起。

程濯担心道：“徐格？”

徐格按着脚踝，慢慢地松开眉心弧度，抬起头，朝程濯露出一个忍痛又没心肝的笑容。

“我没事啊，只是脚扭了一下，没事，没事。”

后来考试程濯还是稳坐第一。成绩榜放下来那天是周五，高一的晚自习少上一节，徐格和程濯在长街痛痛快快地玩了一通后，两人折回学校。

程濯跟着他都嫌丢脸，一路不耐烦地问他要干什么，徐格说等会儿就知道了。

深夜的校园安静至极，徐格站在成绩榜前，一眼就看见名列前茅的纪枕星。成绩表是一张红底油皮，黑色的印刷字体，有人用彩虹色的油笔在纪枕星的名字旁边画了一个爱心。

徐格看着那个爱心，翻他那只挂着一串小玩偶的黑色挎包，也找出一支同款彩虹油笔，笔尖在第一排程濯的名字前戳了一个小点。

他本来打算写成“徐格的朋友程濯”，最后落笔时把乔落的名字也带上了。

第一名，徐格和乔落的朋友程濯。

周一升旗，徐格和程濯正往楼下走，忽然有道力从后冲过来，乔落一跳，两只胳膊分别搭着他们的肩。

她早上路过成绩榜，看到第一排几个皱皱巴巴的螃蟹字，一眼认出来这是徐格写的。

她搭着他们，笑嘻嘻地说：“行啊，够朋友，有第一名一起当是吧！”

说完又从校服口袋里掏出两个毛绒娃娃，没掌心大，十四中门口娃娃机特供的款式，热门崽是独角兽，此刻乔落手心里是一只其貌不扬的绿青蛙和一只过分肥胖的粉兔子。

“这两个都不好看，送你们，你俩挑吧。”

程濯望一眼，敬谢不敏：“都给徐格吧。”

“好！”乔落手往徐格口袋里一塞。

重量只有一点，今天放学就会出现在他的书包袋子上。

转眼又入秋。

三人的友谊依旧坚固，感情令人羡慕。

乔落从小被宠大，做事任性又不爱讲理，要是跟什么女生扯头发，打起来绝不顾及什么美女形象。

徐格觉得和他从小一起挤吊床的乔落，虽然性格沾不上半点乖巧温柔，起码脸蛋美得攻击性十足。

她那么热烈的一个人，将来应该有人更热烈地爱她。

乔落的高中生活也并非顺风顺水，高二的暑假，乔落萌生了要当歌手的想法，并迅速坚定了这个想法。

可她家里根本不同意。不过，乔落不是能听得住劝的人，只要她喜欢，不管人和事，她不自己亲自走到死胡同里绝不回头。

那年十四中附近的西街有一家餐厅，上下两层，面积一般大，刚开业不久。

门口贴着的那张招驻店歌手的纸被乔落撕下。

事情出奇的顺利，老板叫乔落随时过来，她真重视，连带哪把吉他去都挑了半天。

她在那家餐厅就唱了三首半的歌，就被惹怒。

后来徐格听转述，其实也没多大事，是他的小青梅太娇了，所有人都爱她宠她，谁敢做半点叫她不舒服的事，大小姐可不管什么忍一时风平浪静，当场就让你见识见识什么叫惊涛骇浪。

徐格问明白，去了一趟那家餐厅。一进去徐格就皱眉，跟人打听老板在哪儿。

徐格走到柜台前，客客气气地朝一个年轻男人招呼。对方光头，脖子文了点花。

徐格靠着台子边，跟餐厅的光头老板聊了一会儿。

会玩会混好像是徐格骨子里的基因，他这人特会闲扯，聊着聊着，就自然而然说起："上个星期你们这儿不是有个新歌手吗？"

说完，徐格招手，叫人开了一瓶这儿最贵的酒。

光头老板见这人年纪不大，却老道又阔气，互通完姓名已经捧场地喊上"徐少"了，然后跟炫耀谈资一般把那天的事全给徐格讲了。

言语间的意思就是，那姑娘太天真，也活该被人骗，我们不骗，还有别的像我们这样的人骗，就只当免费给她上一课。

徐格笑眯眯地道："那这样，我明天带几个兄弟过来。"

光头老板客套地笑说："嗐，这么照顾生意，徐少这就客气了吧。"

徐格脸上的笑意都在一瞬间消失。

那口气徐格最后是给乔落出了。

可乔落开心不起来。

她在奶茶店里托着腮，垂头丧气。

“我就是想让更多人听到我唱歌而已，怎么这么难？徐格，我真的好想唱歌，想想还挺酷的。再等等吧，看看以后有没有机会。”

徐格额发微卷，颧骨上还有一个创可贴，喝一口甜腻腻的奶茶，大方应着说：“肯定有啊，以后我就开家店，让你天天来唱歌，嗯——就定在 2 月 14 日情人节这一天，自带荧光棒，全场酒水免费，无数人过来听你唱歌。”

乔落忍不住想了一下，笑了出来：“那感觉有点像演唱会。”

徐格说：“对啊，就是你一个人的演唱会！”

高三那年，十四中的冬令营是去挪威看极光，也是那一年，乔落凭一套冰川少女的写真红遍了整个网络。那套原图是徐格拍的，回苏城后乔落找自己认识的后期修出来。

那位后期在微博上是个挺有名气的摄影博主。后来多少年，乔落那套图都是旁人谈之必提的白月光成名作。他跟徐格也熟，还曾笑着说沾了徐格的光。

徐格摆摆手说：“瞎拍的。”

徐格不怎么玩摄影，那时候手里就两台普通的机子，其中有一台还是乔落送给他的。

她爱记录，他就要配合着更新设备。

没什么特别的本事，可怎么把乔落拍好看，他学了很久，也学得很好。后来，这门技术惠及他多位女友。

而那年冬令营的纪枕星在干什么呢？他写了一篇极光观察日记登上了苏城科技报，开学后升旗仪式上还风风光光被副校长一通夸。

乔落把那则有纪枕星署名的报纸头条剪下来，和自己的冰川图片贴在手账里。

一切都和徐格无关。

徐格坐在她房间的秋千吊椅上，长腿支地，有一下没一下地晃着，偷偷看她写的必做的一百件事，每完成一件事，她就在后面打一个勾。

她做完手账，转头从徐格手里把那张小单子夺走，倒不是生气的语气，干巴巴地凶道：“不许看！这都是女孩子喜欢的事，你看得懂吗？！”

说完，乔落从抽屉里翻出一个小盒子，那是那年某大热韩剧的热门断货色号。她递给徐格说：“之前听到那谁说喜欢这个，送她吧，不用提我。”

她做好事都要扮一副趾高气扬的小孔雀相。

徐格接过来笑了：“大好人。”

乔落“扑哧”一声也笑了，踢他小腿：“屁！我是你爸爸！”

双马尾羊毛卷的女生开心死了，惊喜万分地问徐格怎么会知道，她明明上个礼拜才和好朋友在奶茶店说过好喜欢。

后来，这位身兼程濯班上文艺委员的女生送给他一段好文艺的话。

她说：“徐格你这人很好，你对女孩儿出手大方，也会考虑女孩儿的感受，但怎么说呢，你这个人特别金玉其外败絮其中。你太容易让人做梦了，你太像一个会为了感情失去理智死去活来的人。但实际上，你是点到为止，再多一点都不可能了。肥皂泡都是你给的，肥皂泡也都是你戳破的。”

徐格后来谈过的女朋友里，不乏有人说过类似的话。其中有一个叫孙羽芝的平面模特，也说过他是六十分男友。

那年徐格刚大学毕业，孙羽芝是对面舞蹈学院的。

朋友组局玩密室，几个女生吓得花容失色哇哇叫，就孙羽芝一个特淡定，见着鬼还搔搔耳朵。

徐格想起乔落来。

他们以前去鬼屋，忽然蹿出个长舌鬼出来大叫，乔落双手比着喇叭，更大一声吼了回去，他当时跟程濯相望着无语地笑。

鬼见了乔落都怕。

徐格点着头，挺欣赏地跟孙羽芝说："行啊，姐们儿，你胆子挺大。"

一帮人蹿去别处了。惨绿的灯光称不上任何氛围感，孙羽芝忽然一把抓他的领口，把人往下拽，亲到他嘴上。

吻毕，她长睫毛一掀问他："胆子大吗？"

那姑娘家境一般，上大学那会儿，最开始当车展模特，名声不是很好。

但徐格心里门儿清，有些男人爱而不得就喜欢乱泼点脏水，好像这样下回再提谁谁谁没追上孙羽芝，谁谁谁立马就能反唇相讥，那种女人倒贴老子也不要好吗？

恋爱的时候，徐格一直护着她。

她每每工作到晚上，徐格还亲自开车去接她下班。恋爱里该给的，出钱出力，他从来不怠慢姑娘家半分。

那天徐格从 TLu 出来，刷微博看到孙羽芝给乔落工作室的点赞，是乔落在国外时装周的行程图。

黑色抹胸配阔袖，两条锁骨瘦成一条平直的线，拳击辫绑得干净利落，明艳感里不缺少年气。

隔着时差，应该是昨天的事了。

徐格也点了一个赞。

车子还没开到世腾国际中心，徐格的电话响了。不久前图片里的人给他打电话，让人毫无准备的哭腔闯进耳膜里来，徐格一脚刹车，停在路边。

"徐格，我要回国，我现在就要回。"

徐格慌神地问："怎么了？你的经纪团队呢？"

电话里的女声哽了一下说："闹、闹翻了……"

为了挪出时间跟同在法国的纪枕星见面，她几乎和经纪团队大吵。

她前一天还那么帅气地放话："我有男朋友又不是最近的事，现在说我不以事业为重，好不好笑？我一早就说了他十七号开交流会，我十八号就是要挪时间出来的，你们到底是怎么安排行程的？！”

徐格听完经过，又问：“那纪枕星呢？”

乔落的声音忽地也软下去：“也吵了……我现在一个人在外面。”

徐格眼皮跳了一下，看着前方时不时就飞速划过的车尾红灯，只觉得很无力。

“怎么又吵了？”

“不想说。”乔落吸了吸鼻子，哭过的声音闷闷的，“你帮我订机票吧，徐格，我要回国。”

恰好此时，徐格的屏幕跳进一条微信。

孙羽芝：拍摄结束！我想请工作人员吃夜宵，你要不要一起来？

十分钟后，徐格在路口出车祸，车子蛮惨的，他搭上了一条胳膊。上了救护车，他还手机不离手，干了两件事——

叫程濯帮乔落订机票；叫沈思源去接孙羽芝，请她今天拍摄的工作人员吃夜宵。

起初孙羽芝见是沈思源来了，还有点不高兴：“他自己怎么不来？”

沈思源笑了一声说：“独臂大侠在医院打石膏呢。”

孙羽芝才知道徐格出车祸了，再望着拍摄现场一堆他叫人送来的吃的喝的，心里很不是滋味——都车祸了还记着夜宵的事，这也周到过头了吧。

那回恋情也不长。

和平分手后，孙羽芝跟朋友去 TLu 玩也不避嫌，有次遇上徐格送散场的朋友出来，两人碰上面打招呼，后半夜还一起吃了顿烧烤。

啤酒喝多了的时候，孙羽芝歪歪倒倒支着额，红着脸说起过去的事：“我跟我们公司那个人斗嘛，那回就忍不下那口气，跟你说我就想拍那期金九的内刊。我其实没指望你什么，没想到你真托人帮我去弄，我当时好感动啊徐格。”

徐格劝她少喝点，低着头，手指戳着手机找代驾。

忽然，对面那道醉了的女声说：“但不是觉着你好爱我，我当时脑子里就一句话——这男人真够义气。哈哈哈哈，徐格，你做人一百分，当男朋友就……刚及格吧。”

徐格手指在屏幕上停住，要笑不笑地无奈道：“就刚及格？我真尽力了。”

孙羽芝用力点头，通红的眸底有一点闪烁的泪光：“我知道我知道！你尽力了，就是没有那么爱而已。你前面几个女朋友也没有说你不好的啊。只是徐格，我跟你说，女孩子都很贪心的，我也贪心。你要是很爱我很爱我就好了，但我知道你不会，所以，我们分手也好。”

这些年乔落和纪枕星分分合合，徐格的女朋友常换常新，圈子里的朋友都习以为常，甚至再听到乔落分手或徐格分手，都会下意识反应，前者肯定复合，后者常规操作。

那次乔落和纪枕星分手还是在国外，甚至还是上次闹翻的同一家酒店。

跟上一次不同的是，乔落受邀看秀的品牌更顶级，纪枕星从为老师准备资料的助手成了独立参加行业论坛的天文才俊。

这些年，彼此都是在成长的，唯一不变的是纪枕星对她事业的态度。

高中那会儿，乔落告诉他自己想去酒吧唱歌，捧着脸幻想，感觉酒吧的驻唱歌手很酷。

纪枕星皱眉不解地问她：“你很喜欢抛头露面吗？”

后来出唱片，接代言，参加综艺，客串电影，乔落的星途几乎顺风顺水，天赋她有，好运也从不缺。

人人提及乔落都要说一句天之骄女，却唯独在纪枕星面前，她引以为傲、为之奋斗的事业从来不值一提。

乔落知道他家里很不喜欢自己女明星的身份，但这些年，她一直活在爱情里，觉得只要纪枕星理解就可以了。

实际上，他也是不理解的，他只是在忍。

就像过往多少次，他们为了躲狗仔躲粉丝，他不情不愿地戴着口罩帽子，坐在贴着防窥膜的保姆车里，看着外头那些为乔落接机的粉丝，甚至声音都有几分薄冷慈悲。

“这些人到底知不知道自己在干什么？大好的读书年纪，人生就是为经纪公司包装出来的人设摇旗呐喊、声嘶力竭的吗？”

深陷情爱的人昏了头，是不会去细究那话音里的隐约鄙夷的。

乔落只是摘了口罩，把脸娇娇地歪在他眼下说：“因为我太漂亮了，当然有很多人喜欢我啊。”

纪枕星摸摸她的头发：“可这样浑浑噩噩地活着，以后怎么办？你也是啊，说下半年准备演唱会，现在又改成去参加什么综艺，你不是歌手吗？怎么……总是乱糟糟的。”

“演唱会延迟是公司的决定，那个综艺我喜欢，又刚好有档期，我觉得挺好的。”

纪枕星叹气：“你对未来太没有计划了。”

乔落好笑道：“我又不想称霸娱乐圈，我只是想做我喜欢的事，这有什么不对吗？”

纪枕星看着她：“你现在二十几岁，你三十几岁四十几岁的时候，还要像现在这样任性，想做什么就做什么吗？”

“不是所有人都像你这样，从小就有明确的目标，大学读书就开始研究高精尖，你的人生目标当然明确——”

恋爱多年，本能已经可以察觉什么话题不可以延续，乔落听他说这些大道理就头疼。她撇开脸看车窗，最终还是让了一步：“好了，我们不要聊这个了。”

乔落不知道怎么跟他说，难道混娱乐圈很丢脸吗？行得正坐得端，我问心无愧有什么好非要避嫌的？你们家难道都是老古董吗？

她问不出。

异国他乡，露台餐厅气氛浪漫，勉力维持的对话终止在纪枕星一句深深不解的话里：“你还没有玩够吗？”

乔落的经纪人在圈里素有“毒眼女王”的称号，从乔落出道就带她，对她宠的时候像亲妈，正经起来说话也不会跟她客气。

她也认真跟乔落谈过，她觉得纪枕星根本不适合乔落。

“你跟他这么多年，你还没玩够吗？你才是大明星，怎么他一个搞天文研究的，次次都要你迁就他的时间？我倒是想问问他出场费一分钟怎么算？！”

乔落握着冰冷的银质餐叉，指关节泛白，忽然眼眶很酸。怎么所有人都觉得她在玩，可她又这么不开心呢？

对面的纪枕星放低声音，并不是商量，而是通知她：“你这一年慢慢‘淡圈’吧，起码不要再参加那些争议性很强的节目。你上次在节目上说择偶观，忽然提到我们研究所，你知道那一周有多少网友来门口打卡拍照吗？这种影响力太可怕了，不正常。乔落，你该玩够了。”

一直垂着的睫毛，在几次不正常的颤动后抬起，乔落松开手里的餐叉，倏地抬头，露出一个淡淡的笑。

“是，我玩够了。”

杯子里剩余的酒一口喝下，她为了唱歌一直好好保护的嗓子被醇厚的酒精灼烧。

乔落出了餐厅，冷风呼啸，身后并没有人追出来，手机里也安安静静的。乔落把手插进外套口袋里，迎着风，往异国的广场喷泉处走。

她忽然想起，两年前，也有一个一模一样的夜晚，她也跟纪枕星闹分手了，打电话给徐格，哭着说自己要回国。

这一次，她没有哭，也没有给任何人打电话。

她从没有一刻这样清醒过，像走到悬崖处的避无可避，所有少年幻想、所有自欺欺人都在这一刻醒透。

刚刚走到门边时，她还回头看了餐桌边的纪枕星一眼。他戴着斯文的金丝边眼镜，敞目望她，轻轻扶了一下眼镜，眼底尽是“你还要怎么闹”的意思，他大概觉得自己已经足够容忍。

她长长叹了一口气，真觉得自己任性了好久好久。

不由地，她又想起在十四中实验室的窗口抓猫，少年时的纪枕星愣愣摇头的样子。

那次接受媒体采访，问及择偶观，她曾回答最喜欢认真的人。

纪枕星是认真的人。

关于天文，关于他的工作，他从来没出半点错，可是关于她，从高中起，她就是不可以打扰他学习的人。

他对她算认真吗？人要怎么承受某日猛然回顾时发现自己或许从未被认真爱过的冲击呢？

原来一滴眼泪都没有。

回自己下榻的酒店睡了一觉，乔落被经济人湖姐的电话吵醒："那位怎么说？"

乔落恍然一下，才记起昨晚那顿饭，她本来是想和纪枕星说有一档恋爱观察综艺找到她这儿，如果他们近两年考虑订婚的事，还是提前通知粉丝比较好，湖姐那边也好运作。

结果她话都没机会说出口，他只问她玩够了没有。

她想，自己真该玩够了，那么多次为了他推掉工作，得罪圈子里的同行。

有一次她拍封面，他妈妈过来，她半途从杂志社跑出来，差点被拉进行业黑名单，后来被湖姐戳着脑袋骂她醒不过来。

她以为自己已经做得足够好，问他妈妈对自己的印象怎么样。

他好半天说："你平时可以随便穿，但见长辈还是稍微正式些吧。"

想起来那天实在来不及换、开衩到大腿的裙子，乔落问："不漂亮吗？"

他眼神是真诚的，微顿后说："很漂亮，但当时不太合适，我不想我妈误会你。"

当时乔落倒没生气，还感动来着。

纪枕星多么一个一本正经、不染纤尘的人，衬衣纽扣都要扣得严丝合缝。他们明明根本就不是一个世界的人，可他就是被自己勾得不行，就是要喜欢自己呢。

她太活在一个人的感动和浪漫里。

想透这些，乔落说话都没力气，深深往被子里一躺，声音囔囔地回答湖姐的问题：“没有说，分了。”

她不用眼看，隔着电话也知道她的经纪人在那头翻白眼。

“又分手了？那这次你又打算歇多久去找纪先生和好呢？别太拖吧，该聊开还是早点聊开的好。”

乔落没说话。

湖姐在电话那头喊她：“在听吗，宝宝？”

乔落问：“是不是每次都是我找他和好啊？”

“那还用说？”

湖姐看不到乔落此刻失意的表情，说完，她就想起别的一桩事来，忽然感慨道：“我上周在后台晚宴上看见徐格了，他穿那家的成衣是真好看，就很适合，野野的酷酷的，真是野生代言人没跑了。我那天还跟他聊天来着，说他要是哪天有兴趣进圈，一定要签给我。”

人大概是有苦中作乐的精神的，乔落嗤了一声，苦笑着说：“徐格比我还难搞，你签他，你等着要命吧。”

湖姐说：“不觉得啊，感觉挺好调教的那种。”

“想多了，他前女友要用一双手数，你到时候公关试试。”

“那我可不受那罪。你不是还有另一个发小吗？也帅啊！我第一次见，惊为天人啊！气质是真的好，赵蕴如到现在还惦记着他吧。”

“就她也配？！”乔落嗤道，“程濯有喜欢的人，怎么轮也轮不到赵蕴如。”

湖姐好奇道：“谁啊？”

乔落说：“去年老黑录音室探我班的那个小姑娘，穿小黑裙的那个。”

“哦，想起来了，特有艺术家气质的那个！也好看啊，她考虑出道吗？”

乔落快被气笑了："怎么，你现在是打算放弃我了吗，逮着我身边挖人？"

"那你也不想想我给你操碎了多少心！"

话题绕一圈，忽然又回到最开始的问题上，湖姐说："那档恋综的事你抓紧问吧，成不成都要给我一句话。"

乔落直接回复："不成了。"

"啊？那位这次这么斩钉截铁？"

乔落淡淡冷笑："这次斩钉截铁的是我。"

纪枕星不是圈子里的人，他们恋爱期间也低调，只要乔落不说，根本没人发现他们分手了。第一个发现乔落异常的还是徐格，说她最近约麻将的频率太高了。

"沈思源已经说了，现在有你没他，不约了。"

乔落提到沈思源也没有好脸色，白眼一翻："切，当我愿意见他，真是输不起。不管，你再给我找一个人。"

酒吧这时候还没开业，保洁阿姨还在打扫，正换着风。徐格站在调酒台里闲闲地擦杯子，手机的消息就没断过。

他这人社交很厉害，八方来客，他也能不动声色安排妥当了，就是看着老一副不上心的纨绔相，实际上事儿没少忙活。

徐格回完消息，看了乔落一眼："我上哪儿给你找？你爸那私人飞机能用吗？要不把濯哥哥接回来凑你的三缺一？"

徐格在台子里，太远了，不然乔落要踢他一脚。

"怎么不用你爸的！"

"我爸没有啊。"徐格笑着一摊手说，"你又不是不知道我们家的规矩，花大钱必须老婆同意，多少年了我妈死活不让，现在又多我嫂子反对，彻底没戏。"

乔落想起徐格那个怕老婆的爹，忽然乐不可支，连带着心里都松快了不少。

她又问徐格："唉，挺长时间了，没见你找新女朋友啊？找一个会打麻将的，给我凑牌搭子。"

“会打麻将的？”徐格还能不了解乔落，哼笑了一声说，“哪种？孟听枝那样的？牌烂，还给你放水？”

这回乔落踢不着也要起身过去踢一脚。

徐格叫痛着躲，当场“啪唧”赔了一个杯子。两人看着地上的碎玻璃，愣了一秒，乔落耸肩，徐格找袋子单独装起来。

“败家，就你这么造，纪枕星家那屋子房顶不得给你掀了？”

乔落靠在台子上，垂眼看徐格捡玻璃，声音低低地说：“懒得掀。”

指尖一颤，划到玻璃，一线血刚冒出来就被徐格紧紧按住。他扎起袋口，交给保洁阿姨。

刚好施杰过来，跟徐格说TLu情人节惯例活动的事，当天肯定要增加一些安保，门口入场检查的事也不是小工程。

等徐格说完事过来，乔落已经无聊到把酒架上挂着的一把尤克里里拿下来试音，果然只是当装饰品的，音色很烂。

她弹了一段《小星星》，就见徐格走回来了。

“你这个酒吧赚钱吗？”乔落打量四周。

“还行。”徐格敛眼看她搭在琴弦上的手指，很快收回目光，唇角微斜说，“怎么？你瞧上了？那你结婚我贴你点股份当陪嫁？”

“分了！分了！想笑就笑吧，听懂了还跟我装！”乔落大声，嫌弃至极地瞪眼回去，随后嘴里说着，“谁瞧上你这酒吧了，就是觉着每年情人节都搞免单，不赔吗？”

徐格站在那儿没说话。

他这酒吧是他大三那年开的，他磨着家里砸了一笔钱，他爹掏钱爽快，就只当是打水漂了。

他自己闷头干，一身劲儿，那唱台都是花了大价钱找人专门设计的。

朋友打趣，说这么一个破台子，卖半年酒都赚不回来了。

徐二少特拽特狂，嗤一声说：“老子缺钱？”

这世上有无数种错位，就像两个相撞的卡齿滚轮，如果一开始就没对上，那么无论往后转动多少圈，都不会有机会重合。

她想去酒吧唱歌的时候，他只能替她揍人解气，说老子以后开全苏城最牛的酒吧，随你怎么唱。

后来他酒吧开了，也牛了，但来不及了。

她粉丝几千万，出行一圈粉丝一圈保安，发歌就上榜，演唱会门票难抢。无数人用整个青春爱她，多少人爱而不得，一个徐格算什么。

指间弦跳，忽地拨出一个变了调的音，乔落抬头，察觉一丝异常，有些纳闷道："怎么了？不会真赔了吧？亏了多少？说啊，亏了多少？我有钱，给你垫。"

徐格微怔的面容上慢慢露出个没心没肺的笑来："没，赚了，挺赚的。"

"怪不得呢，每年情人节都搞什么免单活动。"乔落放下尤克里里，用手指戳戳徐格胸口，开玩笑说，"黑心老板赚大钱心虚了吧？"

徐格往旁边让了让，心口顿顿的痛，脸上还是那副没心没肺的样子，挠挠头说："嗐，就那样吧。"

以前工作忙，TLu 的情人节活动，乔落一次都没凑过热闹，偶尔在网上冲浪刷到 TLu 的消息，要么吹什么第一夜场，要么见风就是雨地说徐格又跟什么女网红最近密切往来。

乔落也就是平时嘴上损他是一头臭猪，心里知道这人也不算乱来。

女朋友基本都是好好分手，美女们回头还肯带朋友在网上给他打广告的那种，好聚好散是给他玩明白了。

今年分手加上演唱会延后，她头一次有这么闲的工夫来 TLu 消遣。

她没提前跟徐格打招呼。看网上说，只要带十四中老式学生证就能进去，她从家里翻出学生证，口罩帽子戴得严实，赶过来凑热闹。

幸亏来得早，不然限流，她估计就进不去了。

乔落按着自己的姓名栏，兴冲冲怼给门口的临时安保看自己的学生证。

穿劲酷黑衣的安保抱歉地通知她："自带荧光棒，你没有。你看要不在附近赶紧买一个过来，要么等明年吧。"

乔落没耽误后面的人进场，走到一旁。她只是纳闷，老学生证搞怀旧她懂，但非要自带荧光棒是什么莫名其妙的要求啊？

乔落喃喃自语："去酒吧玩儿，还要带荧光棒，当开演唱会呢？"

她的耐心就那么点，估计徐格今天忙，就直接打电话给施杰。

"酒吧今天的活动我没搞明白，你出来接我走特殊通道吧，我在门口。"

施杰很快就来接她。这位安保队长面相冷话也少，个子高，近一米九的个子，在前面给她带路。

出电梯前，施杰忽然转头说："乔小姐，我方便跟你合个照吗？"

"啊？"乔落挺吃惊，施杰怎么看都不像追星族，而且他跟徐格都多久了，以前也没有这方面的意思。

"你是我粉丝？"

施杰将手机握在手里，忽然很腼腆老实地摇头说："我不是，我女朋友是。她朋友圈的背景是跟你的合照，她让我也换。"

乔落露出那种嗑到"野生糖"的表情，点着头，爽快答应道："哟，还挺听女朋友的话。行啊！就在这儿拍吗？你等一下，我摘帽子弄一下头发。"

拍完照，乔落也想起来一件事。

"对了，TLu 今年的情人节活动为什么要自带荧光棒啊？谁定的这个？"

施杰回答："不是今年，每年都是，老学生证加荧光棒。不知道是谁定的要带荧光棒，从我第一年来 TLu 工作就是这样了。"

乔落还是没想通，身前的施杰已经替她推开门。刚刚在安全通道还闷闷顿顿的音浪像一瞬间释放出来的困兽，冲击力十足。

施杰没走多久，忽然又折回来，给了她一根荧光棒，跟她说什么要唱歌。周围太吵，乔落没听清说唱什么歌。

十二点，整个外场忽静，刚刚那些光怪陆离的射灯也一瞬归置一旁。

一束温柔的暖色追光打到中央，凹陷的圆台缓缓上升，TLu 的女驻唱抱着吉他，坐在高脚椅上，挪了挪话筒说：“哈喽，宝贝们晚上好！每年的老节目又来喽，先祝大家情人节快乐！今年你们爱的人还在你们身边吗？”

台下的声音忽然沸腾，有人放肆接吻，有人大喊不会再爱了。

情绪场合，笑和泪都在失控。

追光散去，光影随着熟悉的音乐前奏响起，变成碎星散落。乔落趴在二楼的看台，居高俯下，身边同样挤满了人。

那是她的成名作，词和曲都是她自己写的。

灵感来自哪儿呢？

年少时，某个虫鸣草间的夏夜，在徐格家的后院。

她抱着自己的吉他兴冲冲地跑来，一脚踢过去，仰躺着打游戏的徐格差点直接从吊床上翻下来。粗糙的网绳剧烈晃着，游戏机猝不及防地砸在脸上，痛得徐格号叫一声。

他把游戏机拿起来，他操作的小人已经当场毙命，再抬头，渐渐清晰的视线里，是乔落眉飞色舞的一张漂亮脸蛋。

“快滚下来，听我唱歌。我刚刚忽然想到一段调子！太好了，我哼一哼就一气呵成，绝对好听！”

徐格把吊床让给她，自己抽了个垫子，矮她一大截，盘着腿坐在旁边。

少女垂眸拨弦，带一点天然烟嗓的声音，柔柔地唱着，她的音色像最干净的白纸，什么情绪都能演绎出满分来。

你是宵禁里最后的火焰，
总要灭，
万事总有不得成全，
落幕要说心甘情愿。

音符停止，纤细的手指从吉他上拿开，她把吉他往怀里一拢，满心期待地看着徐家院子里唯一的听众："好听吗？"

徐格朝后挪出几分距离，点头说："好听好听。"

说完，宝贝游戏机被甩到旁边，徐格空出手，脆脆地拍了两下，更捧场了："真好听！"

不管她唱什么，这只臭猪总是说好的。

乔落不太信，斜眼打量着他，有点威胁似的说："是真心话吧？"

徐格点头："肯定真心啊，我对你还有半点假的啊？"

那会儿真是少年心思，乔落前一秒还在为自己的创作偷偷窃喜，感觉自己就是明日之星，后一秒叹气，立马沮丧上头："可是，只有你听我唱歌。"

徐格说："那我下回喊程濯一起过来？"

乔落把吉他丢给徐格，自己往吊床上一躺，脑袋枕在手臂上。

虫鸣远远近近，头顶满天繁星。

"算了吧，我不是那个意思。"她声音往下走，人像陷入一种迷茫里，"徐格，真的有人会想听我唱歌吗？真的有人会喜欢我的歌吗？"

徐格用手指自己："我啊。我不是人吗？"

乔落躺在吊床上，闻声侧过头来。她一直骄傲至极，平时看人都有几分趾高气扬，这时明净眸子里淌着光，却只是柔柔软软地望着身边的徐格。

"只有你一个吗？"

徐格抱着她的吉他说："肯定不止啊，很多很多，很多很多人都会爱你。"

"可是，我性格差，脾气也不好。"

夏夜长空，星芒灿灿，只有少年时一句笃定的应答："我不觉得。你天生就是该被爱的人。我从小就特爱这吊床，谁碰都不行，可是你喜欢，我就愿意和你一起挤，甚至把它让给你也行。"

她当时一下就开心起来了。

对啊，她没有什么好担忧的。全世界都会像徐格一样对她好，她的未来一片坦途，永远有绿灯。

她又问："我刚刚唱的歌真的好听吗？"

徐格再次点头："好听。"

这一次，她不用吉他伴奏，那把染着少女忧愁的嗓子，轻轻哼着那段歌词。

整个院子里都是静的。

徐格目不转睛地看着她，眸光柔和明亮。

此时此刻，人声鼎沸的酒吧内场，接近情人节的零点，情话说尽，玫瑰碾作泥，现场气氛已经轰到煽情顶点。

那首她曾在徐家院子里轻轻哼唱着的《落幕》，众人合唱，无数词不达意的瞬间，终于可以在一首歌里释放解脱，声嘶力竭。

> 你是宵禁里最后的火焰，
> 总要灭，
> 万事总有不得成全，
> 落幕要说心甘情愿。

旁边的女生都哭了。

乔落看不清台上的灯光，一低头，眼里蹿出来点什么。她一抹眼角，指间沾上一点温热水迹。

2 月 14 日情人节那天，徐格的确很忙。

等过了十二点闲下来，他从几个酒肉朋友的包厢出来，听施杰说乔落今晚来 TLu，他去找的时候，乔落已经不在二楼看台区。

施杰办事，徐格很放心。

以前每回乔落过来，他都能安排妥当了。只是今天有点奇怪，那位大小姐一直是不尽兴不罢休的性子，事事都求一个痛痛快快，情人节后半场才刚热闹呢，人怎么走了？

徐格听完，若有所思。

施杰说："楼下的事我已经交代好了，我女朋友来接我下班了。老板，那我今天就先走了？"

徐格正忙着回复手机上的消息。

他低着头，想起什么似的问："哦，女朋友来接了是吧？对了，你女朋友是孟听枝的室友吧？她会打麻将吗？菜也没关系，就喜欢菜的。"

施杰知道徐格问这个是为了谁，挠挠后颈笑了："她不会，不过她就算会，估计也不行，她一看见乔小姐就要发疯。"

蓝光縻碎的廊灯下，徐格唇角也扬起几分弧度，淡淡应着："是吧，谁见着她不发疯啊。你去吧，别让你女朋友等了。情人节快乐。"

施杰点头，也对徐格说一句："你也是啊老板，情人节快乐。"

徐格示意他赶紧走吧，嘴上说着："嗐，我有什么可快乐的，忙死了，我就想早点回家睡觉。"

那会儿情人节已经过去了，只是沸反盈天的内场依旧将零点那刻的热闹延续着。

零点活动那时候，徐格去门口接两个朋友，刚进来，就听见众人合唱那首《落幕》，像一群人的撕心裂肺融合在一起。

心不甘情不愿的人，在歌里唱着心甘情愿，口是心非，任何时刻都叫人上瘾。

身边的朋友看着热闹说："徐少真会搞怀旧。"

另一个说徐少搞什么不会。

徐格笑笑，胡侃着把人送进去了。

凌晨五点多，喧嚣渐去。

徐格的嗓子也被烟酒呛够了，推门出来，拉住一个服务员说："帮我洗个桃子来。"

服务员很快把桃子送来，没削皮。徐格一边啃一边往通风处走。

他兜里有两部手机，一部手机"滴滴滴"进着消息，他没管，拿出自己私人的那部手机，拨了个电话出去。

听筒里“嘟嘟嘟”那会儿，他人歪在人迹罕见的后门。

立春早几天已经过了，不见天光的凌晨是最冷的春夜，薄雾靡靡。

桃子不甜，白瞎程濯多次跟他安利，不过想着对身体好，他还是“咔咔”几大口自己吞了个囫囵。

这个点打给乔落，他基本已经做好了找骂的准备。

他们之间从来都是不公平的。

乔落二十四小时随时找他，赶不上热乎八卦，她都能大半夜打电话把自己搞醒，自己睡眼惺忪，眼睛都没睁全，胳膊搭在额上就要给她讲述某某八卦。

她听得津津有味。

“啊！真的吗？程濯都有喜欢的人了？忍不住了，现在就想去跟赵蕴如吹风，气得她半夜睡不着，哈哈哈！你下回见着赵蕴如，给我往死里添油加醋！哇哇哇！展开说说，再详细点！”

……

要换成徐格大半夜打电话把乔落从美梦里搞醒，大小姐人还没醒，先赏他一句：“你个臭猪！给我滚！”

一个没忍住，徐格回忆着都笑起来。

正愁没地儿扔桃子核时，电话忽然接通，他像有生理性的应激反应，下意识地提防着骂声，立马把手机从耳边挪远了。

可是电话里没骂他臭猪，也没让他滚，低低闷闷地说了一句什么，可他把手机举远了，什么也没听清。

手机贴到耳边，徐格追问着：“你刚刚说什么稀饭？”

那头忽地静了。

半晌，乔落的声音再度传来，明显带着应付的声调：“没什么。我说你下班了吗？要不要来我家一起吃早饭？”

徐格是一晚没睡，但人也没昏到那种程度，长音短音还是能分辨的。

他纳闷道：“你刚刚哪儿说了那么多字啊？”

乔落扬起声音："我说是就是！"

徐格一身的骨骼都跟着应和："是是是。"

"你下班了来我家吃早饭吧。"乔落丢给他一句话。

徐格有点反应不过来，不骂他还约他吃早饭？

"嗯？几点啊？"

乔落声音硬邦邦的："早饭！你说呢？你随便什么时候过来吧，反正我爸妈今天都不在家。"

"哦。"

电话挂了，徐格一手甜甜黏黏的桃子汁，手上一个无处安放的果核，望着黑漆漆的后巷，看不清尽头是什么。

他懒得找垃圾桶了，往旁边的小花圃里随手一丢。

他喝了酒，到早上还没散尽，代驾师傅开着车把徐格送回家。

他洗澡洗头、刮胡子、抹润肤霜，给头发吹了个简单弧度，挑了一身清清爽爽的白卫衣搭水洗蓝色牛仔裤。不说他是吃早饭，旁人看见了，以为他是去朝拜的阵仗。

回了故邕园，他做贼似的绕过自己家门口，去了乔落家。

中西合璧的地界，乔落家跟故邕园夹萝巷隔着一条行人稀少的窄街。从老槐浓荫一下蹿进法式梧桐里，空气的味道都像变了。

她家保姆来开门，一见徐格就笑："哟，小格来了！哎哟，小格又变帅了。"

徐格微弯着腰，甜话不要钱，对着阿姨辈儿的保姆说："姐姐也变漂亮了！啧，真漂亮。"

天色大亮，是个晴光日。

脑袋被一小块橘子皮砸中，徐格抬头，先看见窗边的乔落，再往上抬点儿，看见绿枝间干干净净的蓝天。

乔落："上来！"说完，那扇窗子关上了。

徐格换鞋上楼，到了露台，吃的已经盘盘碟碟地摆好，描金的瓷白餐具看不见一粒米的影子。

徐格拉开椅子坐下，跟进了鸿门宴似的谨慎问道："不说是吃稀饭？”

乔落穿着居家服，眼底下的淡淡乌青比徐格还明显些，斜眼瞟去：“你爱吃吗？你不是不喜欢吃那些汤汤水水的东西吗？”

徐格小声：“那你之前说什么稀饭……”

“想说就说了，问题那么多，赶紧吃啊！”

徐格看着琳琅满目的餐点，胃里麻木一样的没感觉。开酒吧之后他的生活作息已经彻底乱了，早就习惯了天亮回家倒头大睡。这个点，进食欲很匮乏。

乔落把热牛奶往他跟前推推：“你昨天晚上喝了不少酒吧？”

“嗯……”嗓子吞咽着暖甜的牛奶，徐格含糊应着声，“都是朋友，人家赏脸过来，总不能不给人面子。”

乔落不懂这些的。她少和人迂回，爱恨分明，身上依旧保持棱角，单纯又锋利。

但她知道做买卖如做人这个道理，那也是徐格的本事，只是莫名地想到，那群狐朋狗友带一帮狐朋狗友来，徐格都得跟人周旋。

乔落心里有点不舒服：“酒吧是缺客人吗？”

徐格一下没听懂，抹了抹上唇的白色奶渍，望着乔落。

乔落在他目光里闪避着，看露台外的风景，咳一声说：“我的意思是，如果是因为缺客人，我可以帮你打广告，或者我去你酒吧免费唱歌也行。”

徐格听懂了。

“那不行。”他说，“你这分分钟上热搜的人气，来我酒吧唱歌，那场子不得炸了，扰乱市场秩序不说，还供不应求，到时候你粉丝堵在酒吧外头进不来，肯定要骂我。”

说得有道理，乔落嗤一声：“你还怕被骂？”

徐格没正形地说：“怕啊，我玻璃心，你又不是不知道。”

对付两口，吃完早饭，徐格看着乔落身穿居家服。

她出道大火后，私服很多都是品牌和团队把关，很难见这么日常温情的卡通毛绒衫。

“你最近没行程？”

乔落说：“本来计划有的，参加一个综艺节目，不是早分手了嘛。”

徐格没睡醒，顺着她的话说了一句：“分手了就不能参加了？”

乔落看着他：“那我得再找一个。”

偏这时，徐格低头吹吹热水，根本看不到乔落，笑容没心肝。

“你也是绝，打麻将缺人，录节目也缺人。这么久了，你真不跟纪枕星和好了？”

乔落手里有一杯水，也烫，她自虐似的握紧。那热气灼着指骨，叫她心里那股不好受浓了很多。

明明失眠一夜，明明想问他的很多，电话里说不出口，当着面儿也说不出口。

那么烦躁的时候，心口像有把无声的火在烧，她一向不顾他人生死的性子，却在此时此刻突兀地冒出一种老旧的共情。

静静地，只是望着这个陪她一起长大的人，乔落忍不住去想，这种唇舌俱废、言语吞咽的时刻，他是不是体会得更多？

她声音轻轻地喊着：“徐格。”

乔落心里也知道，迟一点聊会更好，哪有恍觉发小或许喜欢了自己很久，第二天就逼着对方承认的，这算是暴力摊牌吗？

对啊，暴力摊牌。

她向来是不求好只求当下的人，恨就割袍断义，爱就马不停蹄。

徐格还在状况外，应一声：“啊？”

水太烫，他小口喝着，微卷额发在暖风口微微摆动，模样说不出的野性和奶气。

乔落盯住他抬起来的眼睛。

“你，是不是喜欢我啊？”

徐格早上路过自己家门口那阵子的鬼鬼祟祟通通白费了，两家人熟，乔落家的保姆去敲徐家院子的门。

“赶紧给你们家二少爷拿一条裤子吧。”

徐家的用人纳闷说：“我们家二少爷没回来啊，他妈这两天还说他呢，不敢回了，回来估计要讨骂。”

乔家的保姆当即压低了声音：“是吗？现在在我们家呢，裤子湿了。这大冷天儿的，你赶紧悄悄拿一条来，我带回去。”

两个人过照壁，沿廊上走，小声说着：“怎么裤子给弄湿了？小格也是，都多大人了。”

乔家保姆摇摇头，也不知情。她切好水果往露台送，杯子碎了，徐二少不偏不倚湿了胯。

放往常，他们家的大小姐肯定要当场笑话出声的。

也没，大小姐脸色沉着。

两个人一句话都没有。

乔落对保姆说：“许姨，你去夹萝巷帮他拿条干净裤子来吧。”说完，乔落目光扫向徐格，抿了抿唇说：“你跟我来。”

徐格湿淋淋地站起来，湿的的确尴尬，怪他半点防备也没有，可谁会想到那么突然，能有防备就怪了。

“去哪儿啊？”他像个被点名批评的幼儿园小朋友，委委屈屈又不敢大声。

乔落转身瞪他一眼：“你说呢？！”

徐格也没被瞪明白。

进了房间，乔落给他一条干净柔软的大毛巾，朝洗手间抬了抬下巴。别扭劲从她扫到徐格位置不对劲的湿迹才慢慢发酵，叫乔落嗓子变了调。

她移开目光说：“咳，那个，你去弄一下吧。”

洗手间是磨砂的玻璃推门。

徐格进去后，里头的灯光将他的身影映在门上。淡灰的影子，窸窸窣窣的声音，衬得空间格外静。

乔落靠着墙，想说话，不知道怎么说。

不一会儿，里头也没动静了。

乔落想起他刚刚进门时的脸色，过分红，又想到水很烫。

“徐格，你没事吧？”

里头还是没动静。

乔落一下慌了，走到玻璃门前，忍着尴尬提醒道：“你有事的话，不要忍着，咱们都认识多少年了，没什么好丢脸的。”

徐格的裤子搁在一旁，围着浴巾，坐在浴缸边沿，手指疯狂打字翻页面。

被从小玩到大的朋友发现自己暗恋她，怎么办？

热门回答：要么有情人终成眷属，要么老死不相往来。

老死不相往来？这么狠？

徐格彻底慌了，甚至想打个电话问人在国外的程濯，自己到底应该怎么办。

乔落是怎么发现的啊？鬼神不知的事，她怎么就突然问出来了？

他恍神太久，直到被拍门声惊回思绪。乔落一边拍一边着急喊着：“徐格，你没事吧？是不是烫到哪里了？”

似下一刻就要破门而入。

徐格立马起身心虚地抵住推门，忙应着：“没事没事！你别进来！”

根本就没有要进去意思的乔落：“你到底有没有事？你心虚什么，慌什么？”

徐格声音都磕巴起来：“没、没有，没有心虚，你想多了。”

“行。”

隔着一扇几乎形同虚设的玻璃门，乔落稍微整理一下头发，面向门，郑重拾起之前的问题：“那我问你，你是不是喜欢我？”

徐格握紧手机，每个关节都绷紧了。

屏幕里是关于青梅竹马五花八门的回答，他指尖稍动，屏幕暗下去，仿佛此刻全世界都和这个小空间彻底割裂。

多少年了，他终于躲无可躲地被困在这里。

他五味杂陈地叹气，笑也笑不出来，手掌在玻璃上按出一个黑影。

最后，徐格似是忍无可忍，望着玻璃外乔落的影子，无奈地说："我上辈子是杀人了还是放火了，这辈子裤子都没穿，就要被按着问喜不喜欢，我不要面子的吗？"

沉默几秒，见不着人也尴尬，乔落估计意识到场合不太对，背部抵在玻璃上，一口没完全提出来的气，又不上不下地积在那儿。

那玻璃上，她的身影和他的手，亲密重合在一起。徐格意识到，忽地就收回了手。

一鼓作气的瞬间少之又少，一旦静下来，胡思乱想能将无数勇气扑灭。

乔落盯着自己的脚尖，睫毛微颤，声音不像提问，仅仅是困惑着："我问你喜不喜欢，你就把水打翻了，为什么呢？那么震惊吗？你震惊什么呢？因为已经过时不候了吗？"

话刚落，反驳的声音就扑了上来。

"你少乱说！"

乔落一怔，手指抠着衣角，迟钝地应一声："哦，那行吧，等你穿好裤子我们再说。"

过了会儿，乔落往身后磨砂玻璃里看，又纳闷起来："为什么要等呢？我们之间是要穿好裤子才能说话的关系吗？"

闻声，徐格太阳穴都在突突跳。

他暗暗咬着牙，抵抗着那股莫名其妙被挑起来的感觉，握紧了拳，最后只是轻缓且用力地按在门上，那警告的声音都像从牙缝里挤出来的："你能不能别乱说话了！你离我三米远！"

乔落原本还柔软迷茫着的眼睛忽然调至战斗喷火状态，反了他了，一脚踢在门上："徐格！啊疼——"

乔家的保姆也不明白，为什么她去拿个衣服的工夫，他们家大小姐走路就一瘸一拐了。

不过熟悉乔落的人都知道，她开心了就是人间天使，所有人都忍不住跟着她一起快快乐乐；她要是不开心了，影响力同等，谁也别想好过。

保姆不敢出声，放下小药箱，给了徐格一个自求多福的眼神，就赶紧下了楼。

那一脚不轻，乔落大脚趾边沿都出了点血。

她不让徐格上手，自己处理好伤处，药箱“啪”一合，沾血小棉球一丢，升堂审讯的架势就出来了。

“我问你，你就回答，别别扭扭干什么？”

徐格从小就陪他妈看狗血八点档，感情里也是见过大风大浪的人，重来多少回他也不敢信，别人的表露心声，都是那么的感人肺腑，催人泪下，到他身上，像秋后问斩，更像是临终遗言。

他忽然来气，闷闷不乐地说：“我不别别扭扭，轮得到你来问吗？”

乍然间，乔落没听懂。

稍做细想，乔落瞪大眼，望着徐格不可思议道：“你在……跟我抬杠？”

“我……没啊！”

乔落理所当然、理直气壮：“那你承认啊！”

徐格又蒙了，张口半天没声，最后哭笑不得道：“你杀了我算了吧。”

“你又绕？”乔落把话题方向掐得又死又准，一见迂回，立马直击命门，气鼓鼓地说，“承认喜欢我有那么难吗？烦死了！”

她娇纵一如以往，甚至那张脸只是从雪白软糯长开了，美成了另一种精致明艳，可脸上的神采，几乎和小时候一模一样。

就像她抱着洋娃娃，出现在徐家后院里。

他从来都是小霸王来着，可那个比洋娃娃还好看的小姑娘说：“我也想睡这个吊床！”

徐家的用人知道自家小少爷的脾性，下意识地说：“那个吊床我们小少爷不让……”

那位小少爷自己出声了，剥橘子抠出一手橘络的小手伸出去：“那你来吧，我们一起。”

那是他的国，他是不战自降的兵。

小姑娘嫌弃地望望，最后还是握住他的手。她躺上去，过一会儿，又闻闻自己的手心。

好清新的橘子味。

她侧过头就能看见身边和自己挤着肩的小男孩儿，长睫毛垂落浓浓阴影，专心致志摘着橘络，橘瓣被剥得干干净净。

她不解道：“我妈说橘络是好的。”

小男孩儿答得干干脆脆：“我知道，我妈也说过，但我不听。我不喜欢好的，我只喜欢我喜欢的。”

徐格长久地看着她，最后唇边溢出一抹苦意微笑：“你觉得承认不难吗？我承认，然后呢？你喜欢我吗？我的承认对你来说重要吗？”

“当然。”她这样回答，后话也难接，嘴唇轻嗫几个来回说，“我……慢慢地，会喜欢你的。”

“没必要，你说话跟哄孩子似的。你怎么了，为什么突然这样？”

乔落顿了顿，望着他的眼睛说：“因为我突然发现，你好像一直在认真地喜欢我。”

徐格笑了。

“别逗了，我交过多少个女朋友，我给你三分钟你也记不全。我没有，我就是一个烂人，我能一直认真地喜欢谁啊我！真不用，别说这样的话，好像我多少年孤家寡人苦等着什么似的。没有，从来没有！我没有那种痴情指望，我还不是过我自己的。你不喜欢我，我也要结婚娶老婆生孩子。有没有你，我都要过完这一生的。你千万不要觉得自己耽误了什么人，很愧疚，我没搞过那种痴情戏码。多少年我都这么潇洒过来的，我从来没有为你做过一件傻事。”

他越说，语速越快，好像着急去否定什么。

听着他一句接一句，乔落眼睛红了。

她倔强地咬着下唇，过了会儿，闷着声音说：“你不让着我的时候，我根本就说不过你……我不说了。”

气氛瞬间变得低落又奇怪。

乔落坐在椅子上抱膝沉默。

徐格就看她垂着头，有什么晶晶亮的东西在睫毛上晃了晃，猛然坠落下来。就一秒的工夫，她用手按住，不让任何人看到。

手指握紧又松开，徐格单膝跪在她的椅子边，犹豫了一下，还是轻轻捉住她的手。

无声无息，一种臣服的姿态，就像多少年前，她趾高气扬地闯进他的国。

他早就心悦诚服，献上所有了。

“都听你的好不好？”

乔落想抽走手，但他忽然用力握住，她怎么也抽不开。

她一急，眼泪又往下掉了两滴。她谈了很多年恋爱，却好像完全不会谈恋爱，这会儿连憋闷都知道怎么从嘴里讲出来。

她垂眼，哽着说：“我不要你在这种时候让着我！”

徐格轻叹，束手无策道：“可任何时候都是啊。”

在你面前，我从来都是没有原则没有底线的，甚至，我不是我。

乔落原本只是想确认一下，并没有想过徐格承认之后下一步是什么，可就像人在迷宫里走路一样，行一处，记一处，跌跌撞撞，忽然之间，天光大亮。

被徐格紧握住的手有点僵，那点僵在她抬眼撞进徐格眸子里时，开始朝全身蔓延，未及舌齿，她一鼓作气似的开了口：“那要不，试试？”

“试试？”徐格扯动唇角，笑容发慌，“你自己回味一下你在说什么？”

乔落抽回了手，往潮湿眼皮上一按，抹去湿迹，再睁眼，大小姐的气势又回来了。

“我说试试就试试！”

徐格又把她的手捉回来，轻轻合在自己掌心里，保持着单膝跪地的姿势，在她身边仰望着她，声音也很轻。

“你告诉我，你为什么这样？你在愧疚什么？这个世界上喜欢你的人太多了，你如果因为没有去回应就感到愧疚，你根本回应不过来。乔落，别这样，我宁愿自己永远都没有机会，也不想看你委曲求全。

“我不需要，乔落，我真的不需要。这么多年，我没有那种躲在暗处眼巴巴求你看我一眼的心思，我从来没有。我永远正大光明地对你好，不顾一切地去成全你所有的愿望，都是我自个儿乐意的，我图我自己开心。我真不是什么痴情人，我不要你还我什么。”

他又说了好多话。乔落唇瓣一直在动，每一句她都想接，可每一句她都接不上。

乔落手指在他掌心里小幅度地动着，钩住他的手指，吸一记鼻子，问：“那你现在开心吗？”

徐格弯唇道：“我开心啊，我哪天不开心？”

“那……我们试试，你会更开心吗？”

这是她第三次说试试，徐格再怎么勉力也笑不出来了。他狠狠抿了一下唇，像有什么难以启齿的话在反复吞咽。

最后，他说：“我没想过，真的，我从来没想过。”

乔落脚尖着地，也慢慢蹲下来与徐格视线齐平。她看着徐格忍到通红的眼底，抚摸着他的脸，低低说着，像什么自我保证一样：“会对你好的。”

徐格手指发颤，试图推开她，故作潇洒道：“我不缺女人对我好，真的，咱俩还是各玩各的吧。”

乔落听不得他这种渣男语录，狠狠一捶他，强横道：“那我就是要玩你呢？我就不放你出去害人！”

徐格呛了声气，慢慢地唇线上扬，无奈又无语道：“你搁我这儿当女英雄替天行道呢？”

徐格知道绕不过去了。

他成全过她太多次，见过她心满意足的样子，也见过她爱而不得的蛮横伤心。

他抓住乔落抚在自己脸上的手，缓了缓，退了一万步说："给你玩，但不告诉其他人行不行？买东西还七天包退呢，我也让你退。"

乔落撇开脸，眼泪一下淌出来。她极少掉泪，没那么爱哭，一瞬间根本消化不掉那么大的情感冲击。

她哽着声音，赌气似的说："你等着，我明天就拿个喇叭去夹萝巷喊，从程濯家喊到你家门口，全给我听到！"

她用浑身力气说话，声竭力尽，人没蹲稳，歪在徐格怀里。

徐格手臂搂着她，哭笑不得道："别闹了。你要喊什么？还是我喊吧，你那嗓子还要唱歌呢。"

徐格出乔家院门前，乔落恶狠狠地警告他："我们现在不是朋友了，你最好给我抓紧适应！"

徐格僵在门口："也不必那么急吧？"

"我说什么你听什么就是了！"

"是是是。"

本来早上过来，绕着夹萝巷就是怕亲妈知道自己回来了，免不了一顿骂，现在裤子一换，手里还提着一条湿的，这顿骂是避不了了。

徐母一见小儿子回来，眼一瞪，杯子一放，批评架势就出来了。

徐格把手里的纸袋交给用人，皮厚地先开口："行行行，我知道你要说什么了。"

"整天花天酒地，二十几岁人了不省心！

"早知道你现在疯成这样，那酒吧就不该给你开，玩得没谱！

"你看看夹萝巷谁谁谁，谁谁谁不比你成熟稳重。你哥哥像你这么大，婚都结了。"

徐格一一列完："你今天想骂哪句？"

徐母又气又笑，抄起手边一个丝绒抱枕砸过去："油嘴滑舌！我还骂不得你了？前两天不是跟你说了你舅妈那个堂侄女过生日，叫你去表示表示，又当耳旁风是吧？"

徐格挠挠头："表示了啊，我送了好大一份礼。"

徐母要被他气噎着："要你人去啊！送礼有什么用，你好歹跟人见一面！"

"没什么好见的，她不是我喜欢的那种类型，你别乱点鸳鸯谱了。"

徐母问："那你倒是说说你喜欢什么类型的女孩，我非给你找一个出来！"

"我喜欢野的。"

讨打的话一出，第二只抱枕飞出去，砸在徐格身上。

徐母大骂道："我看你像是野的！"

徐格长腿支着，歪在自家沙发上乐不可支："那不刚好，俩野的搁一块多般配。"

徐母身边没抱枕可砸了，不然徐格得挨第三下。

徐格说的那七天包退货服务，比乔落想象中还周到，第二天早上她一醒，手机里就收到一条信息。

徐格：你今天退货不？

乔落气极了，把头顶的丝绸眼罩一摘，一个电话拨过去："你神经病啊！"

徐格说："我怕你忘了。"

乔落硬声硬气："我忘不了！我昨晚做梦还梦到你了！"

徐格问："梦到我什么？"

"梦到你在我家不穿裤子！"

徐格："……"

乔落一直有点起床气，虽然昨天决定很快，但绝不草率。她本来就不是那种磨磨蹭蹭型的小姑娘，被徐格这么一质疑，好像她在胡闹一样。这叫大小姐怎么忍？！

"你能不能有点跟我谈恋爱的自觉？你谈起来啊，你以前那么多个女朋友白谈了？”

徐格忽然被盖了一顶不自觉的帽子，也委屈：“这不跟你谈着呢。”

乔落给差评：“我没感觉到。”

徐格想说，就你那说风就是雨的性子，能感觉到才怪，打雷闪电也没那么快的，但说出去必然讨骂。他委婉问道：“那你要感觉什么啊？”

“恋爱啊！”乔落理直气壮，“就你以前跟别人怎么谈恋爱的，给我也来一套！”

徐格：“……”

在路边摊买个煎饼都没这么随便的。

“什么啊？什么就给你也来一套？”

乔落在电话里哼着，基本属于点小鸡点到谁我就选谁的随便口吻：“这样吧，我也没经验，从你第一个女朋友开始，你给她送过早饭或者第一次送她什么吃的，现在，就现在送到我家来，一模一样。”

撂完话，乔落不等徐格下一步反应，直接通知：“你一时想不起来就慢慢想，到我家楼下给我打电话，我再睡一会儿。就这样，挂了。”

这一觉也没睡长，洗漱完再躺回被子里，乔落多次翻身，迷迷糊糊地眯了一个小时。关键是乔落也没心思睡，她随口提到徐格第一个女朋友，就真想起那个学姐来了。

那个学姐在国外出道两年又回国发展，不过现在主要是拍戏，跟自己也算半个同行，前年还同看过一场秀。那个学姐还挺漂亮的，性格也特飒。

想着想着，乔落手机就响了。

徐格：下来吧。

说不期待是假的，乔落很想知道徐格第一次谈恋爱跟别人搞得是什么浪漫。

在她心里，徐格一直就是个超级懂浪漫的人，他的每一任女朋友都爱他爱得死去活来。还能是为什么呢，乔落动动脚趾头也能猜到，肯定是他特别会，所以把妹子们的心掐得死死的。

昨天徐格一走，她就没忍住往日后想，脑补多了，还觉得自己不一定能适应住徐格那种铺天盖地式的浪漫，得找个机会跟他说说，含蓄收敛一点就行了。

乔落穿着咖啡色的毛绒睡衣，踩着拖鞋“嘚嘚嘚”下楼。

她还没走到院门口，就从黑色的铁栏杆缝隙里，看见一身潮酷打扮的徐格歪在门口，手里提着一个单薄的白塑料袋，里头是两个不知道是包子还是馒头的东西。

当头一盆冷水，浇灭了乔落所有的期待。

她不敢相信。

徐格见她愣在里头一动不动，曲指敲了敲铁门：“开门啊。”

乔落盯着那个白色塑料袋，自取其辱地多问一句：“那是什么？”

“包子，一个笋干馅的，一个白菜馅的。”

说完徐格自己都尴尬，捏了一把后脖颈说：“我真不记得了，你非要。我托人打听到学姐电话，还被她男朋友误会了。我就想问她以前吃什么馅的包子，那男的神经病，说她现在在坐月子。”

乔落打开门，看着徐格，无语地抿住唇：“我看你也像神经病！”

徐格很无辜：“不是你说一模一样的来一套？”

乔落一把夺过小塑料袋，包子还是热的，又看了一眼徐格的卫衣口袋，里头冒出一截厚纸巾，估计一路上都裹得好好的。

她拿出笋干包子咬了一口，味道还行，一边嚼一边看跟着自己进门的徐格：“你跟学姐谈恋爱，你就送人家这么寒酸的东西啊？”

徐格解释：“不是啊。不是你说第一次送的吃的吗？我本来去她家，她让我在楼底下的包子铺捎两个包子上来。”

乔落的咀嚼动作停了，敏感地问：“你去她家干什么？”

徐格傻了，不知道该怎么回答。

“就……谈恋爱。”

乔落刨根问底：“怎么谈的？”

沉默了半晌，徐格说：“我倒是不介意再打一个电话过去问问细节，但是她男朋友非说她在坐月子，把我拉黑了。”

乔落嗤道：“上个月她还因为吊威亚上热搜呢，坐个屁月子。他男朋友是不是甜宠文看多了，把自己当剧里男主角了吧，神经病！”

徐格立即应和道：“就是啊，神经病！”

乔落走两步，回身瞪他：“你也是，神经病！你不会早跟我说你第一次给女朋友送吃的，就是送两个包子吗？”

徐格试图帮乔落回忆：“我打算说的，你一下就把电话挂了，我没机会说啊。”

“算了算了。”

乔落也不是那种斤斤计较的人，啃完一个包子，肚子饱了。她倒来一杯水，一边喝着解噎，一边认真地问徐格：“下一步呢？”

徐格没反应过来：“什么？”

“你给她送吃的，然后呢，下一步你们做了什么？”

徐格在撒不撒谎之间犹豫了半分钟，乔落以为他在回忆细想，也没打扰，就那么注视着他。

徐格被看得面颊发热，他用手指挠挠脸，含混着说：“咳——就，就……差不多到不穿裤子了。”

其实大可以说得迂回些，但徐格觉得抛开面对喜欢之人的羞耻和忐忑，这并不是需要遮掩的事。

过去所有，造就了此时此刻的徐格。

“你要是想知道，我回去写份报告给你看。”

“不必！”

那岂不是她也要把跟纪枕星的八年报告一下。

她既然决定朝前走，没必要回头在陈芝麻烂谷子里翻旧账，很没必要。

心里想着潇洒是一回事，话到嘴边，徐格还是忍不住为自己辩解一句："我又没有超能力想到会有这么一天。我得谈恋爱啊，我总得娶老婆生孩子，不然我妈能打死我，那我不得慢慢找吗？"

"我跟徐姨一起把你打死算了！"

徐格问她："退货吗？"

乔落扬声："不退！"

那语气不像是真心喜欢，倒像有什么了不得的三无产品到了自己手上，为了不祸害他人，死也不肯退。

徐格唇边薄薄的笑藏着一丝苦意，手指在桌上点了点："反正你开心就行。"

徐格是真没打算当真，他也不晓得乔落是哪来的一头热，本来连朋友都不打算通知的，谁知道乔落对之前那档恋爱综艺还没死心。

"我朋友去年参加过三期，特别好，她男朋友就在这个节目里跟她求婚了。"

徐格晓得她这位圈内好友，略一回忆说："哦，就那个在萝卜地里编草戒指求婚上热搜的？"

"对啊，好浪漫。那期我刷了好几次。"

徐格看了她一眼，没接话。

他懂乔落的，内外反差极其大，高中那会儿就酷得要死，见女孩被欺负敢自己赤手空拳上，但私下里喜欢做手账，钟爱花里胡哨的小贴纸。

"我去的话，节目组也把我分到萝卜地里吗？"

乔落刷着平板："现在还不知道，但恋爱综艺差不多就是那样吧。"

乔落就带他上了一期，当飞行组，连带着原本不温不火的节目直接爆掉。

乔落第一任公开的对象，跟她之前自己说的择偶观一毛钱关系没有就算了。网友神通广大，徐格之前那些黑历史统统被扒出，网上没少闹腾。

乔落没想到后续影响这么大，明明之前她接受择偶观采访的时候，大部分粉丝还是持支持态度。

乔落那位在萝卜地上热搜的圈内好友说：“徐少爷太坦荡了，他没跟你在一块之前所有恋情都搁微博里摊着，二十多个女网红的密切互动也看得清清楚楚。”

乔落都替徐格急：“一码归一码，他前前后后就谈了九个女朋友。他开酒吧的，朋友多很正常啊，又不是熟就一定交往过。”

“网友不信啊！”

乔落扶着额叹气：“我太肤浅了。我以为他挺帅，大家不都是颜控吗，应该还挺喜欢他的呀？”

朋友说：“大家是颜控没错。我说句公道话，我也挺喜欢徐少爷这种类型的。”

“都这个时候了，你还有心思花痴我男朋友？”

“唉，不是啦。说句公道话嘛，帅是一方面，但你的粉丝亲妈粉居多，大家不是不忍心你被渣男糟践吗？”

乔落冷哼：“想多了，他从小到大由着我捏扁搓圆，我糟践他还差不多。”

“不过，好消息是也有人嗑你俩啊。看话题了没，赌你是渣男终结者，说女朋友无数又怎么样，我们乔落才是正宫，我们乔落才是最有排面的一个，准能让浪子回头。”

“行了行了。”乔落被朋友夸张的语气搞得头疼。她这几天都不怎么敢上网，前天用小号去怼网友还被经纪人湖姐骂了。

乔落说：“我护他一下都不行吗？”

湖姐说：“我看人徐少爷都没你这么急，他看着挺无所谓的，酒吧不照样开嘛。”

别人不了解徐格，乔落知道，他这人卖惨都是开玩笑，真要心里不舒服了，他不会让任何人看出来，嘴里还能欢快唱着今天是个好日子的那种。

“演唱会之前的活动，你能推都帮我推了吧，我想多陪陪他。”

湖姐答应得爽快：“行，不过出门注意，最近不要被拍到。”

乔落是真注意了，但狗仔神通广大，她也没办法。

四月末，乔落的演唱会前夕，她挪出了两天假期，特意挑了私密性很好的度假酒店，给徐格打电话。

上午十点多，徐格还没睡醒，接到乔落的电话，声音都是蒙的。

乔落说："就这个周六周日，我们出门吧，过一下纪念日。"

最近因为酒水换供应商的事，徐格忙得焦头烂额，今天早上八点半他才回到家，一头栽进被子里，脑仁里那股麻木的钝痛感还没有消。

忽然听乔落说纪念日，徐格整个人警铃大作，一下从被窝里弹坐起来。

难为一个学渣，在未醒透的情况下，疯狂计算。

"没啊，哪儿有什么纪念日？"

乔落轻咳一声，声音稍不自然地提醒说："怎么没有，你不是说你跟学姐纪念日，咳——然后下一步没穿裤子了吗？"

反正之前所有事都坦白交代了，也没什么不好意思的，徐格想了想，揉了一把头发："你记错了吧？纪念日是一百零一天。"

乔落很有道理地反驳："没错啊，她选一百零一天，那我就要跟她一模一样吗？她喜欢一心一意，我又不稀罕这个。我算了，周日那天刚好是第六十六天，我们就过这个吧，六六大顺，挺好的。"

徐格重新倒进被窝里，没拿手机的那只手扶着额，笑到整个人都在颤，连话都说不全："六、六六大顺？谁谈恋爱过这日子啊？"

"怎么不能？六六大顺多好，你最近多不顺，我就觉得挺好。"

笑够了，徐格静下来，长长舒了一口气，温和道："真的，有点早了。"

乔落知道他在说什么，好在隔着电话，没人能看见她那瞬脸上的羞意。

她故意粗声粗气道："早什么早！身经百战的，现在跟我装纯情来了！给我过来，听到没有？"

徐格乖乖应声："听到了。"

乔落精挑细选的纪念日过得很顺利，就是临到最后一步，卡住了。

后来两人冷静下来，各自穿好衣服聊。乔落问为什么别扭，他默了半晌，舌头抵了一下内腮，手上反反复复折着绒绒的浴袍带子。

就各方面都生硬，他根本无法继续，太违心了。

可当时，气氛正好。

他迟迟没有下一步，也不敢看她。

在乔落看来，自己就像法餐桌上的一盘金箔蜗牛，没吃过西餐的人望着刀叉钳子，根本无从下手。

怎么会呢？这也太打击她对自我魅力的认知了，一点也不六六大顺！

她咬住下唇，越想越气，飞出去一脚。

“你是不是……”

徐格身上就一条宽松的灰色长裤，宽肩窄腰，上身匀薄有力的肌肉裸着。夜猫子当久了，少见日光，他皮肤很白。

清晰凸起的喉结剧烈滚动，好像有什么在嗓子里烧，徐格拧开床尾柜子上的冰水，灌下半瓶水，剩下半瓶水他直接兜头倒下来。

徐格抬起头，朝后捋了一把头发，额头露出来，被冰水浸过的嗓子声音低低的：“你别为难我了行不行？”

床上的乔落裹着被子，看不清脸，也不知道是不是生气了。

徐格看了一会儿，见她一句话都不给自己了，空瓶子哗哗拧成许多褶，搁置在一边，人往浴室去了。

他简单淋浴，刚换上浴袍，就见玻璃门边蹲了一团影子，像忽然冒出来的一朵灰蘑菇，他擦湿发的动作都跟着停住。

那朵小蘑菇出声了：“你是不是只喜欢以前的我？我长大了，跟以前不一样了，你是不是觉得有点幻想破灭，对我还挺失望的？”

徐格手掌撑在水台上，看着镜子里的自己，浑身都写着小心翼翼。他连声调都被什么无形中往下拖着，空哑得厉害：“不是。”

“那为什么？”

闻声，徐格握紧了拳。

夹土豆和夹豆腐，连筷子的使力方式都完全不同，这世上哪有什么一模一样的来一套？过分的喜欢，连亲近都成了一种亵渎。

他可以毫无顾忌地承认自己就是一个烂人，祖坟被骂到冒青烟也能坦然地接受一切，可正是这份过分深刻的自我认知，他太知道自己是什么样了。

没法在喜欢的人面前不自卑，什么男女平等，过往不究统统是废话，如果她玩腻了就会分手，没必要非要碰她，她开心了不就成了。

“真没必要的。”好久好久，徐格就说出这么五个字。

门被敲了，那小蘑菇说：“你出来。”

徐格照做。

见她就蹲在那里，自己也不好居高临下地望着她，也跟着蹲了下去。

乔落严肃地问他：“什么叫没必要？”

徐格还没来得及开口，她先说了，声音和眼神都格外笃定。

“其实，你一直没认真跟我谈恋爱对不对？你就跟看着我玩似的，我玩什么你都让，我要是有点出格了，你就管着我。你就想等我玩够了，你就退场是不是？你干吗呀？你到底有没有考虑过我的感受，你干吗这样？你碰我一下又不会天打雷劈！你老是躲着我！我要的根本不是你陪我玩，我没有玩！我真的在认真跟你谈恋爱！我不会嘛！我都已经在学了，我每天都想着你！”

声音越说越大跟发泄一样，说到一半，乔落就哭了，眼泪大滴大滴往外涌，长睫毛湿成一簇一簇的。她声音哽着，像忍了好久的委屈。

徐格一瞬间就受不了了，尤其她眼角通红，哭着说“我每天都想着你”，心脏似被电过一样的酸麻发颤，好似下一秒就要碎成粉末。

他膝盖抵到地面，倾身过去把人往自己怀里抱，温柔地哄着：“好了，你别哭。是我不对，都是我不好，我一定改行不行？”

乔落完全陷到情绪里了，下巴搭在他肩上，人哭抽了还要数落他的罪名。

“你老躲着我！上节目那次，我们去花田散步，我想牵你的手，你故意一路都插兜，我都气死了！”

人人都要夸徐二少巧舌如簧，死的能说成活的，唯独哄着自己的心上人能词穷成这样，诚恳又低声地重复：“是我不对，都是我不对。”

“还有上次在沈思源家，大家一块玩，他非闹你输，让你亲我一下，你亲就是了，你非要喝那半瓶酒吗？酒那么好喝吗？你就——唔——”

徐格实在听不下去她哽哭的声音，一字一句都像细针在他心口密密地扎，他受不住地捧着她的脸往下吻去。

原本说出那些心里的话，对乔落来说就已经很困难了。

她一边说，一边掐着睡袍的裙摆，忽然唇上贴来温热触感，只叫她脊骨一僵，手指间簌簌发麻，像血液在倒流。

她闭上眼，最后一滴眼泪从睫影里晶莹又沉默地坠落，滑至齿间，嵌进这缓而深的一吻里，一丝咸苦被双方共尝。

他慢慢吻到动情，欺身将她往身后压，抚在她下颌的滚烫手指，慢慢摩挲着，替她擦去脸颊泪迹。

徐格看她迷蒙的脸颊，轻轻抚着。

无妆的脸，黛眉红唇，美得叫人心悸。

她那么脆弱，连细细的指尖都在发颤，惹人想去暴力破坏，可徐格舍不得。

他垂下毛茸茸的脑袋，抵向她肩窝里，嗅着独属于她的香气，喃喃地说：“宝宝，我真的好爱你。”

声音里，满满都是对她的不舍和迷恋。

乔落抬起手臂，摸摸他的后脖颈，拇指柔柔安抚着，声音也是软的：“徐格，我们好好谈恋爱好不好？”

徐格亲亲她的脖子，答应着：“好。”

乔落喜欢他草草穿一条长裤就去楼下帮她倒果汁的样子，他会在杯子里放好吸管，单膝跪在床边，把吸管递到她嘴边。

他俯身来亲她，乔落以为他也要喝，就把吸管让出来。

他摇头。他就是要在她咬着吸管喝果汁的时候，来亲她。

她怕果汁漏出来，嘴抿得更紧，他使坏的兴致就越高。

乔落最后笑着推他："你烦死了！"

她还喜欢徐格在她房间里的样子。她床头有熏香蜡烛，他浓长睫毛染着光，额发被昏黄烛火衬着，像盛夏傍晚森林里的火烧一般的树影。

乔落就偷偷地拿手机拍他。

她还喜欢问他一些无聊乏味的问题。

例如，喜欢抽烟还是我？喜欢酒还是我？你小侄子和我一起掉水里你先救谁？有比我漂亮比我有钱的女生追你，你会不会心动？

她喜欢徐格永远第一时间配合的回答，毫不犹豫，永远让她当第一顺位。

哪怕不明白她纠结的点，他也会顾着她当下想听甜话的心思，回答完才会问"你为什么要和我侄子比"，而不是问"这有什么好比的"。

感情里，所有提问者心里都有预期答案，被提问者需要做的是往正确的方向回答，而不是质疑问题的合理性。

乔落努努嘴说："你大哥家那个儿子也太护食了吧。我上次去你家，他跟我抢吃的，还说他是你们家的大宝贝。我话都放出去了——那可不一定，以后我来了，这大宝贝的位子就是我的，得学会尊重未来的小婶婶，否则以后在这个家里将处境堪忧。"

徐格笑了。

"怪不得他那天哭成那个㞞样。我妈哄了半天没哄好，他还说以后能不能不让落落阿姨来我们家了。我当时还说他来着，结果他哭得更大声了，原来是你吓的。"

徐格的侄子皮得要命，早该有人治治了。

乔落说："他跟我横呢！我就跟他说，你小叔叔当小霸王的时候都是我治的！”

徐格看着她脸上生动的表情，握着她放在被子边的手，热汗未消，两人掌心黏湿地贴在一起。

徐格问：“怎么治的？”

乔落瞥过眼，哼哼着说：“本小姐今天累了，懒得治你。”

一切都好，但也只是表面上的好。

乔落粉丝把他那些前女友和嫌疑性前女友都翻了个底朝天，里头还有好几任前女友是乔落的歌迷。

风口浪尖上还有前女友站出来为徐格发声，说他是满分前任，彼此和平分手，对他跟乔落这次的恋情真心祝福。

徐格和乔落之间聊这些从来不避讳，徐格任由她调侃，只作一副脸皮厚的样子。

可没人敢提纪枕星，像是彼此心知肚明的一个禁词。

他和程濯一起宿醉那次，在望府西京醒来，无意提了一次纪枕星，乔落那时反应很大，他之后就更不敢提了。

乔落自己住的平层里，养了条黑白花的法斗，纪枕星以前送的。徐格看到那狗的第一时间就想起来，它名字叫星星。

那个人送的狗，随那个人的名字。

狗倒是乖，不怕生地围着他跑啊转啊。

只是乔落脸色变了，捧着杯子喝水都呛了一声：“咳——那个，之后，我把它送到我爷爷那儿。”

徐格低着头，伸着手，在跟狗互动。

乔落看不清他的表情，只听他声音传来，很平常的声调：“你喜欢，就养着好了。”

其实乔落工作忙，天南海北的飞，这狗刚到她手里，她就找了人专门照顾，只是她这时候自己心里别扭，非要说：“我没什么时间溜它，还是送走吧。”

徐格抬起头，露出一个笑：“我替你养。你爷爷家离苏城远，送走了你再想接回来就难了。”

乔落闻声就怔在那里，手指握紧杯子，心里说不出来的难受。

他总是这样，纵容又慷慨，永远给她留一条退路，好像随她什么时候转身。

可她有说要转身吗？你就吃醋，你就生气，你就抓紧我不行吗？

她一赌气，说话就容易口不择言，硬邦邦回道：“你养啊，就交给你了，你今天就把它带回去养。”

徐格也不好受。

乔落的房子离金霖路近，那条法斗徐格也没带回自己家。乔落出国拍广告，他收拾东西搬过来跟狗一起住，每天都抽时间遛狗。

沈思源知道这事儿后没少笑话他。

“我还以为乔落走的第一天，你就要呼朋唤友准备吃狗肉火锅呢，结果你真给当上后爹了，绝了。”

徐格怼他：“带着你这种丧尽天良的想法给我滚！”

星星也听到狗肉火锅了，听徐格声音一大起来，也跟着汪汪叫。

结束通话，徐格抱着狗，撸一撸狗毛，温声哄着说：“不怕啊，星星乖，你跟我说句实话，你想你亲爸了没？”

星星纯澈的黑眼睛望着徐格，滴溜溜转两圈，没听懂，又是一通叫。

徐格拍拍狗脑袋，认命地说：“行，我知道你想你亲爸了。我怎么对你好，你也不领情是不是？好，‘人狗冷暖’算是给我体会到了。”

星星看着他自言自语，然后又一通汪汪汪。

徐格把狗嘴巴一捂，沉痛敛睫，一副一个字也听不下去的样子：“行了行了，别解释了，我都不想听！”

平时忙，徐格也就能抽个晚饭时间过来遛狗，其余时间都是保姆阿姨在照顾。阿姨照顾狗快两年了，对星星也算了解。

徐格遛狗一周后，阿姨纳闷道：“星星平时都很活泼的，最近它好像有点抑郁了，以前一到晚上都爱叫的。”

徐格挠挠头，接过牵引绳说：“是不是小狗在家里憋坏了？我带下去遛遛吧。”

苏城八月份的气温，彻底入了夜都挡不住一股暑热。出了门，徐格一手牵着狗，一手拿着个卡通小风扇对着自己吹，绕园区走了一圈。

狗不想动了，他也不想动了，一人一狗就坐在路边的长椅上。

徐格又拿风扇给星星吹。

“我跟你说说话你都不乐意了是吧？我还让你程濯叔叔给你买了半年的狗粮，你也一点都不感动是吧？”

星星忽然叫起来。

徐格揉揉它的头，正想开口，一抬头看见前方路灯下有一道熟悉的男人身影。他看清来人后心里不由一惊。

那人比他还惊，抬头往楼上看了一眼，难以置信，先一步开了口：“你怎么在这里？”

徐格看到纪枕星的心情很复杂，但他没让自己露怯，甚至没起身，就那么岔着腿坐在长椅上，冷冷地掀起眼皮看去。

“这是我女朋友家，我遛我女朋友养的狗，你说我为什么在这里？”

纪枕星低眸，看了看拱着草玩的狗。那虽然是他送给乔落的狗，但他见狗的次数都屈指可数，狗自然也跟他不熟。

他像是受到了一个巨大的冲击。

他穿着严整衬衫，戴着金丝边眼镜，一身书香风骨，明明站在那儿一动没动，却叫人直面感受到他周遭的气息都乱了。

紧抿的唇松开，纪枕星的声音掺着一股难以面对的低沉：“你们是真的？”

这话是真伤到徐格了。

多少人明面说着恭喜徐少抱得美人归，徐格也应得嬉皮笑脸，实则，每个时刻他都清醒。他很清楚，没人看好他跟乔落，太像闹着玩了。

而纪枕星这句最厉害，他和乔落在一块都快三个六六大顺了，旧情不忘的前男友找上门，结果压根儿没拿他当情敌。

徐格面上还是玩世不恭的笑，左手咯咯作响地按着右手指节，语气轻蔑：“谁跟你玩假的？”

纪枕星是斯文人，连面容怔忡都带着克制。

可徐格从高中起，最瞧不惯的就是这人身上那股孤芳自赏的劲儿，好像他就是半点力都不肯出，但他就是要得到所有，并且得到了也无须太珍惜。都是很淡的，都像该是他的。

徐格斜唇，神情不动声色，话语里却故意挑衅起来：“怎么？你不会以为程濯不喜欢乔落，你就觉得她不抢手吧？老子惦记她好多年，现在到手了，她就是我的。”

纪枕星果然被他激怒，额角青筋都隐隐暴起。

他说话还带着一股端方不可折的说教感，仿佛苦口婆心一般。

“你到底有没有一点自知之明？你跟乔落是多年的好友，你私生活那么混乱，为什么要害到她头上来？！她又不喜欢你！”

星星忽然在这时候冲纪枕星叫了一声。

两人同时去看狗，神色不同。

徐格拽牵引绳，把狗往自己身边拉，起身潇洒耸肩：“不喜欢就不喜欢，谁在乎？”

徐格走到几步外，回头，盯着路灯下的那个人，面上挂着一丝讥笑。

“不要再到这里来，出局的人，就离她的生活远一点！”

两人最后一次眼神对峙，对徐格来说，不亚于一场豪赌。见过拿了一手烂牌又迫切想赢的人吗？一身诈都使出来了。

走进楼栋门厅，他才像谢幕的演员，微微躬了背，呼出一口浊气。

手里牵着的星星也扭过头，软软叫了一声，吐出粉红色的舌头。

徐格看着狗蠢萌的样子，忽地笑了。

“叫爸爸。”

“汪汪汪。”

乔落是不拘小节的性子，记仇都懒得记，出国半个月，就把走之前跟徐格闹的那点不愉快忘了；甚至家里阿姨跟她夸徐格，说他不管多忙，每天都会回去遛狗，她心下一软，一瞬就想不起是因为什么跟徐格闹不愉快来着。

歉疚滋生，又反省了一遍自己脾气差，她脑子只剩下迫不及待见到徐格的想法。

工作结束，乔落回国的行程没有公开，连徐格也没告诉。他前天在微信上问她什么时候回来，她还给了他一个模棱两可的答案。

“还不清楚，大概就这两天吧。”

在徐格不知情的情况下，她回国，直奔 TLu 酒吧。

那天好像是徐格哪个狐朋狗友过生日，排场很大，包了场，熟人带熟人才能进来。

乔落挤都没往前挤，穿着宽 T 恤长裤，很中性的打扮，戴着墨镜都挡不住脸上的精致明艳，将那身深沉颜色映亮一般，洒脱又不失风情。

她给施杰打电话，让他出来接自己，还叮嘱先不要告诉徐格。

乔落进去，内场 DJ 正在带气氛，躁得人刚进来耳朵都不适应。

她沿墙往里走。巡场的灯一瞬擦过，她看见跟两个朋友站在边台上的徐格，穿一件浅色的无袖 T 恤，露大片文身的那只手捏着酒杯，微侧头听人在他耳边说话。

她在无聊时，研究过他胳膊那些抽象图纹，问过他是什么。

他当时说：“天使降临。”

乔落怎么就那么不信呢。

就那么远远望着那个人陷在靡靡声色里，时不时有人来找他搭话，杯子碰了不少下，他很少喝。他明明敷衍又懒散，但脸上一点不至眼底的笑，又叫什么都很妥当。

里面太闹了，乔落看了一会儿就转身朝后巷走。

安全通道光线很暗，却很安静。她给徐格打电话，听着那头的声音，不由脑补——他放下杯子，不顾及身边的朋友，寻着安静处听她说话。

一个人真的爱你，怎么会感觉不到呢？处处都是爱。

乔落说：“我在后巷，你过来。”

“你回来了？”他先惊了一下，然后答应着，“马上就来。”

后巷没有 TLu 门脸处车进车出的热闹，这地方要过一条挺长的安全通道，不是酒吧熟客都绕不过来。

楼梯两侧是花圃，对面有一个自动贩卖亭，卖饮料、纸巾和计生用品。不知道哪个天才想出来的组合，看得乔落发笑。

她扫了码，按了一瓶桃子味的果汁出来。等徐格来的时候，她拧开瓶子，喝了两口。

旁边暗处有男女商量着良宵夜宿何处的黏腻声，也有喝吐的人呕得面色苍白被朋友搀回去续场。乔落只暗暗看着，脸上墨镜不摘。

徐格出现时，乔落才把墨镜朝鼻梁下推了一寸，露出眼睛，蹙眉看着越来越近的男人。

换了件薄软的白色长袖，哪儿还有刚刚漫不经心跟人周旋的纨绔样子，恍然间，像乖乖高中生。

乔落笑了，本来想问，就这么点工夫，你去哪儿换了衣服，但说出来就暴露自己先进去过，话到嘴边没问了。

“大夏天穿长袖，身上有什么见不得人的东西？”

她摘下墨镜，在手里悠着，故意这么说。

徐格刚走到乔落跟前，闻声，抓着领口，兜顶脱了衣服。

“胡说什么啊！随你检查。”

不止乔落被他惊到，旁边都有女人爆出震惊不已的粗口声，仿佛看到就是赚到。

乔落往他胸口砸了一拳，跟自己露财一样急：“干吗啊？开个玩笑，快穿上！”

“不穿！”他使性子一般，“怎么一见面你就怀疑我？我这些天老实得不行好吗？”

何止他老实呢，连他的酒吧都跟着老实。

乔落心情好，用手指戳戳他的腹肌，哄着说：“好了好了，开玩笑嘛，快穿上。”

徐格好一阵子没见她了。乔落工作室的物料图他倒是每天都看都点赞，但那些华服奢灯下的人，不免隔着距离美到失真。她本人更好看，不化妆也好看。

他看着，喉咙轻滚，本来拿着长袖的手抬起来是要穿的，一下没忍住，往她腰上一勾，把人拽到身前来。

乔落鼻子撞到他锁骨上，轻轻痛了一下，眉心敛着一抬头，就被人从上密不透风地吻住。

那一刻，昏暗走廊，微茫红灯在他背后闪烁。乔落眉目滞着，只觉得他像捕网，她不慎闯入，毫无预料。愣了两秒，她将手臂环上徐格脖子回应。

她决定当一条心甘情愿离开海的鱼，赌他会把她带回家温柔以待。

直到一道闪光灯不合时宜地闪了一下。

徐格神情戾气不满，正要去追究，乔落从他手上拽过衣服说：“算了吧，黑灯瞎火都不知道是谁。”

她从衣服下摆堆叠好，撑开领口，示意他低头。

那颗头发微卷的毛绒脑袋穿过去，乔落第一次感受自己身上有母性，竟然想揉揉他的头发。

徐格抬起来手臂往袖子里套，表情还是被打扰的不高兴。

乔落起了个轻松的调子：“有没有想我？”

“跟狗一样想你。”

乔落忍不住笑出声音来，这话有歧义：“什么叫跟狗一样想我？你是狗？”

“不是。”徐格不自然地捏了一把后颈，“我是说我和星星一样想你。”

那个带着不一样印记的狗狗名字从徐格嘴里那么自然的发声，他没有任何异样，可乔落心里却咯噔一下。

就像你重复走一条路被坑绊倒，你提醒自己小心，也不会再摔跤了，可摔倒那次总留下了什么，叫你一看到坑就深感不安。

她深呼吸，吐出一口气，仰头跟徐格商量着说：“要不，我们给狗狗换一个名字吧？”

徐格保持自然：“不用，我没那么敏感。”

乔落盯着他的表情。他天生就适合这种晦暗不明的场合，叫人难分真假，她不想再纠结，上前抱着徐格的腰说：“真的？”

他说：“真的。”

乔落用手指挠他，他腰部颤了一下，她眉梢得逞似的微微一扬：“你不敏感吗？我怎么感觉你还挺敏感的。”

那只还要得寸进尺的手被徐格一把攥住。

徐格声音都跟着哑了几分：“别搞我了。”

说完，徐格就拽着她的手往里头走。隐隐传来的音浪像某种渐近渐烈的指引，她全心全意地跟随着他，穿过属于他的喧嚣领地。

离 TLu 最近的地方就是乔落家。

第二天早上，乔落一醒，就看到手机里湖姐发来的一串消息。她没点开前，皱眉想着昨天工作结束不是说好了给她放三天假吗？

点开聊天框，图文并茂，她才晓得，她又带着徐格上热搜了。

就是昨晚在后巷那张被偷拍的图，一个娱乐号自称收到的投稿，措辞严谨。

> 晚上去 TLu 给人过生日，好像看到乔落了，感觉很像她，好像跟 TLu 的老板在无人处接吻，差点当场尖叫。我愿称之为氛围感天花板。

那张图拍的时间正好。

徐格黑眸戾气地看向镜头处，当时应该是被闪光灯刺到，就皱了一下眉，冷躁又不耐的样子。

可那只手臂妥当地护着怀里的人，乔落没他反应快，只是蒙蒙地仰头看他，眼里缀星一样，亮亮的，脸蛋干净又好看。

图片里，她身上那股见谁都不服的拽劲儿几乎消失，完完全全就是一个恋爱中小女人的样子，素面朝天，美貌不减。

睡袍昨晚搁在浴室里，乔落看床尾有徐格的衣服就拿来穿。她洗漱完，光着脚出卧室，走到客厅闻到一点煎蛋的香。

她走到厨房门口时，里头已经关了火。

湖姐收到她欠揍的回复——知道了——又给她发了一条新消息。

“你问问徐少爷介不介意再上一次综艺。我感觉风向能转，给他打造一个上得厅堂、下得厨房的爱妻人设，跟他表面上狂野不羁的酒吧老板形象形成反差感，肯定能收获一大批粉丝。”

好几排字，乔落费劲看完，又往徐格手里端着的盘子扫了一眼。

真惊喜，荷包蛋竟然没有煎焦，她正准备上去亲他夸他。

一脚踢到垃圾桶，小半桶蛋壳哗哗响，乔落低头，里头掺杂无数形状难分、焦黑不堪的不明蛋体。

徐格春风满面从她身边擦过去：“吃早饭吧，喝牛奶还是豆浆？”

“牛奶吧。”

乔落往垃圾桶里快速拍了一张照，跟着他往饭厅位置走，图片发过去，又给湖姐回复：“他下得厨房有点困难……”

好几分钟后，湖姐试探道：“时间也不赶，要不让徐少爷练练？”

乔落没回复，坐在椅子上，看着对面拆外卖盒子的徐格。

他这人就是周到贴心，又有自知之明，亲自下厨房只是一点锦上添花的情趣，他可没死脑筋地指望着乔落用他那两个练手做出来的荷包蛋填饱肚子，外卖点得丰富。

乔落尝了一口荷包蛋问：“怎么想起来自己做这个的？”

徐格记得她的口味，她喜欢的都摆在她面前：“你以前不是写过，希望早上一起来就有人给你做好早餐吗？凑合吃吧。”

她是写过。

她之前写过关于恋爱的一百件事，从前的恋爱都没有完成，有太多都被“没必要”和“太幼稚”之类的理由委婉拒绝。

她也自我安慰，那是她少女时期写的，的确有点幼稚，也不必那么较真。

可有人记着，比她还较真。

乔落很赏光地把他做的两个荷包蛋吃完，越发坚定了要跟徐格好好走下去的想法。

也的确不能让自己的粉丝一直误会他。

那档恋爱综艺，徐格上得厅堂、下得厨房的爱妻人设没立住，不过也真圈了一批粉丝。

他在节目里屡屡厨艺翻车，全都是笑点，坐实了“废物帅哥”的形象。

本来先导片出来，观众们都暗暗期待一个夜场大佬要怎么在节目里颐指气使，横着走路，结果徐格不仅朴实亲民，还自带笑点。

甜话一箩筐，跟谁都自来熟，甚至一遇到困难就满场求助，好哥哥好姐姐地求这个求那个，第一期弹幕就被反差萌刷屏。

我的天，说好的夜场大佬呢，徐格怎么这么可爱啊！

这谁受得了啊，谁不想当徐格的好姐姐啊！

他才不是渣男，他喊我好姐姐呜呜呜！

戴了小猫套袖就不是什么文身大佬了，这是我的心肝小宝贝。

懂徐宝贝的帅点了！

他那种又笨又想对落落好的感觉，我太爱了！

路转粉，乔落都没扛住的男人，我凭什么扛得住？

扛不住了姐妹们，徐格太可爱了，我直接躺平！

不要再黑徐宝贝了，他只是一个什么都不会又自信满满的小废物罢了，快来嗑糖！

程濯和孟听枝是在六月份领的证，十月份办的婚礼。

徐母六月份暗示过徐格一回，徐格没接招，十月份在海城参加完婚礼，徐母直接挑明：“落落捧花都抢到了，你在海城那几天就不能跟她求个婚什么的？怎么小濯事事叫人省心，你就事事非要人催着赶着？”

徐格说：“什么省心？你知道程濯那宝贝老婆怎么娶回来的？他家闹翻天的时候，外人不知道好吗？哪儿那么简单就娶老婆的，想得倒挺美。”

徐母被气噎到。

“那我们家又不闹，乔家都跟我们那么熟了，你就不会来点事儿？你们也谈了一年多恋爱了，年纪也合适。”

徐格只听着，没往深想，嘴里敷衍应着：“行行行，她家离得还近呢，你干脆准备个红轿子，明天就把她拖回咱家来。”

徐母毫不手软地拿枕头砸他：“你再给我乱说！我问你，你是不是还在外头花天酒地的，不想跟落落好好处？行，我明天就叫人去把你那破酒吧关了！”

徐格本来准备出门的，车钥匙都拿手里了，身形一顿，无语地扭过头：“我的酒吧又怎么惹你了？我就这么点赚钱本事，你给我把酒吧关了，我喝西北风养老婆啊？还有什么花天酒地，你好好看看你儿子，是那种不正经的人吗？”

“你就跟我贫吧！”

徐母走近徐格身前来，他刚套好外套，扣子还没扣，徐母亲自替他扣上。

徐格比他哥小七岁，他哥读书时就厉害，毕业了更是能力出众。从小家里对徐格就没有多大约束，被宠大的小霸王，要什么给什么。

两个儿子很难说一碗水端平，因为大儿子几乎不需要操心，甚至徐格他哥对徐格也是过分纵容，以前没少给他收拾烂摊子。

徐母知道小儿子以前在外头是什么德行，心里很想他能尽快安稳下来。

扣完扣子，她苦口婆心地说：“小格，你听话，早点跟落落把婚事定下来。你们三个是从小一块玩到大的，小濯结了婚，落落又是女孩子，你要是不主动点表示表示，你乔叔叔乔阿姨面上不说什么，肯定要猜你是不是没收心，对你印象不好的。”

徐格不是不明白这个道理，甚至他清楚，自己以前的烂名声，不知道要多少年才能洗干净。

可这根本就不是问题的关键。

“那也得考虑乔落吧，人家当明星的，就随便结婚啊？”

徐母眼一瞪：“这有什么要紧，结了婚继续当明星，又不影响。你嫂子结了婚不也往国外跑，忙什么动物救助？我们家又不封建，还能把女人按在家里洗衣做饭吗？你听妈妈的话，就过年前，你把这个婚求了。”

徐格头疼不已，揉了一把头发，开始动脑子找托词。

“哪有这么快，我空手求婚吗？我戒指都没准备，你再给我点时间吧。”

“我就知道你要说这个！”徐母拿捏准了他似的，哼笑一声，“你懂钻石还是我懂钻石啦？我都约好设计师了，这周末你就跟我一起去看！”

徐格无话可说。

他闷声出门，背上还被徐母砸来一句：“周末给我回来，听到没有！”

那戒指最后到了徐格手上，一看就知道徐母也是下足了功夫，从克拉到净度，甚至是切割的造型都挑不出一点错来，完全符合徐母说的“我们家不会怠慢了落落”的大手笔。

小小的戒指盒进了口袋，像一枚火炭一样灼得人不安，徐格思来想去什么时机送出去好，一拖就拖到了圣诞节。

那天乔落在世腾国际中心有品牌活动，结束后回造型工作室。

徐格在门口遇到湖姐，两人聊了两句，湖姐往里指，说乔落这会儿在卸妆。

乔落的小助理徐格也熟，没到门口就听到她的声音，带着点不满说：“干吗早不来呢？落落姐，你们恋爱那会儿我就想说了，纪老师是真不会主动，还是根本不在乎你呢？说他是老干部那样的吧，老干部退休了也没他这么迟钝的。”

乔落没顺着话应，语气很不耐烦：“好了，不要再说他了！还有啊，今天纪枕星来找我的事，不要让徐格知道。要是湖姐想起来问活动结束后我们怎么回来迟了半个多小时，你就说是我遇到了一个老朋友喝了杯咖啡，不要提纪枕星，知道没？”

小助理答应着：“知道了，落落姐。你之后还要用司机吗？”

卸完浓妆，换回自己的衣服，乔落没再往脸上折腾。

基础护肤结束，只对着镜子涂了一层薄薄的唇膏，她抿了抿，转头对小助理说：“不用了，徐格待会儿来接我。唉，他怎么还没来？半个小时前就说在路上了，你打个电话问问他吧。”

小助理说：“哦，好的。”

闻声，站在门口的徐格立马大步朝旁边的楼梯口走去。他才匆匆下了一层楼，手机就响了起来。

电话是小助理打来的，问他什么时候到。

徐格按了一下裤兜里凸起的小巧硬盒，朝昏暗的楼道望去。

他说：“快进停车场了，马上到。”

他往停车场折了一趟，那枚耗时费力的昂贵钻戒被随手扔进了手套箱里。明明丢了那枚火炭，他再往楼上走，却也没有那么轻松。

重新站在工作室门口，他脸上才拾起玩世不恭的笑容：“好了没，大小姐？”

乔落拿上拎包和墨镜，随口问他：“不是说今天带我去一个特别的地方吃饭吗？走吧，去哪儿？”

徐格插在裤兜里的手指僵了两秒，随后说：“到了你就知道了。”

最后他们到十四中西街附近的天天烧烤。

这地方高中毕业后，乔落是第二次来。

第一次是她开着果绿色的小跑来接程濯和徐格两个醉鬼，不过那次她车都没下。

这一次，她真真实实地站在了这片烟熏火燎里。

圣诞节的大排档。

乔落看着眼前的宽油猛火，“扑哧”一声笑，点着头说：“特别，真特别，你真想得到。”

在室内找了一个稍隐蔽些的位置，这家大排档上菜很快，乔落一边撸签子一边说：“这顿吃完，我要控制碳水一个月。”

期间徐格手机响了，乔落眼尖地扫到“望府西京”的来电显示字样。

她擦了一下唇上的辣椒粉，撩眼皮看徐格心虚地挂断电话，故意挑刺说：“干吗，怎么不接？背着我去见别的女人了？”

撒谎对于徐格这样的人来说，只要他想，基本张口就来，毫无破绽。

“胡说什么呢？上周去沈思源房里打牌，有东西落在望府西京了。”

“哦。”

乔落抽出一张纸，往徐格脸上被签子碰到油的地方擦了一下，纳闷道：“你今天怎么有点心不在焉？没睡好？”

手机恰好在这时候震了一下。

他拿起来看，是望府西京那边给他发的信息——酒店顶楼布置好，餐点也都准备妥当，到了约好的时间不见人过来，那边问徐格要不要把用餐时间往后挪，好去通知后厨。

徐格咬了口辣呛的肉串，手指在屏幕上点着，回复——

不过去了，都撤了吧。

回复完，一抬头，他发现乔落还瞪着一双大眼睛望着他。

她眨眨眼说：“问你话呢。”

徐格晃神回来，慢了一拍说：“哦，大概吧，好像是没睡好。”

一周后的元旦，在程濯和孟听枝那对新婚夫妻的牵线下，圈子里人带人，乌泱泱十几个人飞到海城跨年。

乔落去海城前，还在参加音乐活动。听湖姐说，她这才意识到徐格这几天的别扭绝不是没休息好之类的破烂理由。

湖姐不知情，用手肘戳戳她，还满面春风打趣呢。

“几克拉的？”

乔落被问得一脸蒙，什么几克拉的？

湖姐说：“戒指，钻戒几克拉的？”

圣诞节那天，湖姐要去望府西京赴朋友的约，没出工作室就看见徐格走过来，他裤兜里凸出来一块，一看就是戒指盒大小。后来湖姐去望府西京，那天晚上七点后，顶楼被包场，装扮得跟求婚现场似的。

服务员聊天提到 TLu 的老板徐格，湖姐瞬间就懂了。

湖姐以为那天徐二少求婚了。

乔落听完，再联系圣诞节那天她跟助理的聊天内容，以及之后徐格的种种不对劲，她摸着自己空荡荡的手指，闷出一肚子火来。

长了嘴不会说话？只会用脑子来胡思乱想吗？

她跟徐格不是一班飞机去海城，落地是晚上。从机场去别墅的路上，沈思源那些狐朋狗友叽叽喳喳，吵得乔落神经乱跳，心情越发烦躁。

她到那栋“绿野仙踪”时还跟沈思源拌了嘴，放以往，徐格一定会帮她怼沈思源，可那次他不仅反应迟钝，还把孟听枝给她准备的沙拉吃了。

乔落板着脸，不管客厅那些沈思源的狐朋狗友，直接冷笑，对着徐格朝外使眼色：“行啊徐格，不来机场接我，还偷吃我的沙拉，很好——你给我出来！我们好好聊聊！”

别墅对面有岛，那时候还有轮渡。

他们上了岛，进了餐厅，刚刚的话兴就像落到海里一样，等餐时间，彼此都无比沉默。

乔落几次暗暗看向徐格，他还是那副像没睡好又像病了似的样子。乔落越看越来火，要不是湖姐跟她说了，他还打算拿这副样子敷衍她多久？

“行了，别装了！”

吃完饭，擦了嘴，乔落团纸巾狠狠一丢。

徐格也吃完了，刚签了账单回来，看着她，没说话。

他脸上那种病态的脆弱感，自带一种无声敷衍，好像在说，行了，随便你怎么说吧，我不想说话。

四目相对，乔落心气腾腾冒着，硬声硬气道：“圣诞节那天你来工作室找我是不是听到了什么？”

徐格坐回原位。

小岛不是什么热门旅游景点，跨年这天岛上也没有挤满人，但餐厅的节日气氛很浓，绿色灌木和白色栏杆上都挂满彩灯，店里放着欢快的音乐。

“徐格，我以前从来没发现你这么别扭！你就不能问问我吗？”

徐格搭在桌沿上的手攥紧了打火机。

他嘴角有轻微动作，没说话，陷在一种窘迫的沉默里，好像这种时候，他无论说什么都不对。

乔落沉沉换了一口气。她忽然自省，他们之间一直过分回避，导致恋爱这么久，很多事情都没有说开。

她放低声音，难得先让了步说：“那你不问，我自己说啦。我那天在世腾活动结束的确见了纪枕星，还是我主动约的他。”

徐格睫毛一颤，随后紧攥着手指，故作坦然。

“哦。”

“你哦个屁！”乔落骂他，又隔着桌子把他的手拖过来牵着。不知道是不是海城气温高，他掌温很烫。

徐格想把手抽走，刚动了一下，就被乔落更紧紧地攥住。

两人同时一愣，无比默契地想到同一段记忆，是在乔落的房间，乔落跟他说试试那次，也是这样，一个要牵，一个要躲但也没躲开。

只是彼此的位置完全调换了。

“你听我说，我是主动约他没错，那是因为我发现他不是第一次来我的活动现场了。之前歌友会，我的助理也在会场门口看见过他，我觉得这样很没有必要。”

徐格闷闷地接了一句话：“因为他还是喜欢你吧。”

乔落说：“我知道啊，所以我得跟他说清楚。”

徐格整颗心脏都在那一刻悬起来，却偏要无所谓地笑笑，声音低低的：“感情的事哪有那么好说清楚的。”

“他的确有点说不清楚，他说了很多以前的事，说第一次在十四中实验室的窗户边看到我，我跟他说没见过仙女抓猫啊，要看抓紧看，以后看就要收费了；他说恋爱那么久，他一直都在忽略我的感受，我那么多次演唱会，他一次都没有来过；他还说分手之后，他来听过我的演唱会，说现在真的见我一面都要收费了。”

徐格静静听着。

“就是五月那次，演唱会快结束，我加时又唱了一首《落幕》。他说他当时在台下，他听到我说所有落幕都是新的开始，他就知道我们回不去了。他说羡慕我在感情里一直都是很勇敢的人。”

适时的停顿，徐格抬眼问：“他说了那么多，那你说了什么呢？”

乔落捏着他的手指说：“我当然说，对啊，我一直都是在感情里很勇敢的人，我永远渴望那种一心一意、不留余地的爱，我找了很久才找到了，我不会轻易放弃。我跟他说，虽然我男朋友没说，但我知道他很介意你的存在，希望你不要再来打扰我的生活了。”

语落，乔落晃晃他的手：“我说得对吗，男朋友？”

他被措手不及的惊喜击中，匆匆撇开脸，露出一丝笑来，略干燥的唇抿了抿，然后说：“一百分。”

听到回答，乔落忽的轻哼一声：“所以我一百分，你就把我的戒指没收走了吗？”

徐格微愣，顿了两秒，开始装傻：“什么啊？什么戒指？”

“再给我装！”乔落笑着，恶狠狠地威胁。

两人颜值本来就高，声音忽然扬起来，旁边的顾客都寻声望向这边。徐格声音有点哑，拽着乔落往外走，怕乔落在海城小岛上被人认出来。

乔落也匆忙戴上墨镜，跟徐格出了餐厅。

刚到外面徐格就哭笑不得地把她的墨镜摘了：“你这么掩耳盗铃，跟直接喊‘我是明星，别看我’有什么区别？”

外头咸咸的海风在吹，小岛上灯火灿烂。

乔落夺回自己的墨镜说：“别打岔啊！戒指的事情还没过去呢。”

徐格手掌探到后颈捏了一把。

他比乔落先来海城，本来就有点感冒，担心晚上找不到理由分开睡，干脆一来就去租快艇，把自己飙得一身湿。他回来倒头睡到天黑，果然不出意料地发烧了，这会儿浑身都有点烫。

他低声说：“戒指在呢，在我包里，待会儿回去就给你。”

乔落不满地斜他一眼：“就随随便便给我？”

他平常思维灵活，这会儿是真要被烧坏脑子，没反应过来，愣了一下说：“不然呢？”

乔落照他小腿上踢了一脚，粗声埋怨道：“你说呢？你不得亲亲我，说点好听的话吗？”

他竟然还敢露出一脸为难的样子！乔落是真被他气到，转身要走，又被他一把扯回来。她脚一崴，就撞到他胸膛里，温度比往常都高。

怔然那瞬，他的声音闷闷顿顿，像由胸腔传至她的耳膜一般，周遭一切都在共鸣。

“我生病了。”

哦，是怕传染给她。

乔落是怕这个的人吗？那肯定不是啊！她站好，拽着徐格的领口把他往下拉，然后踮脚往上亲，触上他的唇瓣。

漫长一吻，滚烫至极。

徐格头一回露出一种被亲蒙的眼神。

长睫叠影，眼底卧着丝丝缕缕的病气水光，像宵禁夜里倔强又黯淡永远不会灭的火焰，专注无比。忽而叫乔落想起少年时，某个夏夜长空，虫鸣无休。

他说不止他，还有很多很多人会爱她。

那时候，他的眼睛就是这样，满心满眼只看着她一个人。

乔落仰头，同样望着他。

“徐格，我不在乎很多很多人，我只在乎你，我只要你爱我。”

延迟多少年的告白，少年不复，心声都已经老旧，他一如年少模样，倍感灼烧的嗓子沉沉出声，比什么誓言都落地有声。

“我爱你，只爱你。”

番外三

恋这夏

画廊走红的第二年，孟听枝接受《文艺视界》的一档线下采访，摄像师和采访记者来得比约定时间早了一天。

那天刚好遇上画廊闭馆维修，工作室也没什么人。

孟听枝得知消息后往画廊赶，某人当司机，遇上早高峰，车子好巧不巧堵在路上，不知道什么时候能到，她叫小助理先准备茶点招待。

一个小时后，车子停在艺术区的画廊前。雨洗晴阳，光线格外清透。地上还有大片未干的雨迹，门口的阔叶绿植叶尖“噼啪噼啪”滴着水。

她急忙下车，一只脚刚落地就不受控制幅度轻微地打了一个喷嚏。

驾驶座的程濯解了安全带，下车走过来，拽她的包，往她包里塞了一盒感冒药。

“吃了早餐再吃药。”

皮质柔软的小包被塞进来的药盒顶出两个凸点，叫人看着难受，孟听枝手伸进去，正想拿出来，脑袋被人揉了一下："记着吃。"

好脾气仅限于这三个字。

程濯是有点气的。按计划今天是他们过二人世界的日子，彼此都有工作，这种日子也不是经常有。

他边往驾驶座走，眉心蹙得越发厉害，最后忍不住拉开车门，顿住动作问孟听枝："这什么采访频道？这么没规矩，有没有时间观念？"

工作嘛，难免有些紧急变动，孟听枝倒是能理解，但一想到自己今天为什么要吃感冒药，就想到自己昨晚睡觉受冻，再一想，还不是都赖眼前这人！

孟听枝不免气鼓鼓的："工作嘛，难免有点临时变动，人家能周六来也算是一种敬业啊。"

程濯拉开车门，没上车，语气还是不高兴，透着股不好惹的冷淡，细听还有点较真幼稚："敬业就是让我老婆早饭都赶不上吃？回头让人查查他们老板是谁。"

孟听枝挽着包，好笑地问："怎么，程总裁还要给人使绊子啊？"

他上了车，降下副驾驶的玻璃窗，修长手指轻敲方向盘，唇畔一抹笑容比玻璃上折射的初晨还要耀眼。

"教教他们什么叫敬业。"

跟这人结婚一年，孟听枝才越发了解，这人皮相和内心的反差萌——在外是端矜不可攀折的贵公子，回家会因为差劲的厨艺，拐弯抹角让孟听枝说点鼓励的话。

孟听枝挥手，把车送出视线，又把包里的感冒药盒往里头塞了塞，踩着中粗跟的奶白皮鞋走进画廊。

小助理见她来了，迎过来，把今天的采访简纲递给她。

"人在里头了。根据咱们之前的期望，来的是个小团队。"

小助理是孟听枝在苏大美院招来的学妹，性格开朗又活泼，总是笑嘻嘻的，这会儿凑来孟听枝身边特满意地说："学姐，那个摄影大哥一看就好专业哦。"

孟听枝翻了翻简纲，都是一些关于美术中规中矩的问题。

其中包括一些美术与慈善、美术与教育、美术与时尚的跨界问题，很多同行或前辈也曾作答，倒也不烧脑。

采访过程也很轻松舒适，偶尔孟听枝卡住词，面露窘态，负责采访的女记者也会善意解围。

“这段咱们再来一条吧，不过，孟老师卡词都好美啊。”

访谈部分结束，最后介绍的是孟听枝最新的系列作品。

这个系列的名字叫《恋这夏》。在介绍前，女记者拿出随身的小本子，笑着说按照惯例要录一个视频结尾彩蛋，通常这部分会涉及一些私人问题，也可以说是采访的看头。

女记者看见孟听枝无名指上的婚戒，来之前也看过资料，知道孟听枝已婚，于是便以《恋这夏》的创作核心为切入点，先问了孟听枝一个情感问题。

“孟老师,《恋这夏》据说是以你自身的经历出发，以暗恋为灵感，你还记得你曾经暗恋的人吗？”

孟听枝想了想，忽的莞尔，认真地说：“嗯，有时候做梦还会梦到他。”

实际上昨晚就梦到了。

提及暗恋，女记者难免下意识地感到遗憾，又露出认真聆听的神情，顺着孟听枝的回答问下去：“是因为念念不忘吗？能讲讲你的故事吗？”

孟听枝回忆着：“时间太久远，梦里的样子都已经模糊了，有时候会记不起来，夜半惊醒，就会开着床头灯，看着身边的人，久久发呆。”

她声线轻柔，叫人专注去听。

女记者寻着话意，声音很轻：“是不能释怀吗？”

孟听枝失笑摇头：“那倒没有，只是看着，忽然发现，原来他已经变了，没有那么遥不可及。”

不仅不再遥不可及，这人睡着了竟然还会抢她的被子。

孟听枝这么在心里想着，立马应时应景、不受控地打了一个喷嚏。

“哈欠——”

小助理快速递纸。

孟听枝擦擦鼻子，忽然觉得自己刚刚的话说得怪不好的，看了一眼正在录制的摄像机，柔声跟记者商量：“要不这段别剪进去了吧？”

大概不能在心里念叨人，下一秒手机应声而响，程濯还真打了电话来。

铃声吓了孟听枝一跳。

女记者临时起意，询问是否方便放外音，孟听枝想了想，也没什么，便同意了。

电话接通，声音从听筒位置不高不低地传出来，一个悦耳磁沉的男声问道：“早饭吃了没有？”

孟听枝腹中空空，这会儿光听着这道清越的声音，就很心虚：“还没……”

“那就是药也没吃？孟听枝，你几岁？一时不看着就不让人省心是吧？”电话里的声音利落果决地扬起来，效率极高地给了她两个选择，“现在自己吃，一个小时后我来喂。”

挂了电话，孟听枝托小助理去附近买来早餐，顺便招待一行工作人员去休息室喝咖啡。

暂时停止采访录制。

女记者接过杯子，忍不住好奇，问了一个很私人的问题：“孟老师，刚刚那电话是你先生吗？”

孟听枝捧着暖暖的热牛奶，稍稍凑近杯子一些，甜暖气息便弥漫开来，点头说：“嗯。”

采访前的资料备得很足，女记者知道孟听枝去年结婚，而且丈夫是位很了不得的商界人物，他们婚后低调，所以外界基本几乎没有什么合影报道。

一个人在婚姻里过得好与不好其实很难掩藏，孟听枝身上有一种轻盈自由。

女记者忍不住问："感觉你和你先生看起来相处得很不错。那你是否觉得青春里的遗憾是一种人生必然呢，走出去了，才是一种成长？"

阳光透过树影折射进来。

孟听枝听到"青春里的遗憾"面容一怔，脑海里下意识浮现一张少年面庞。

她想了想，柔声对女记者说："也许是一种必然吧，但我走不出去，即使时间再久远，我也忘不掉。我很幸运，我先生就是我的爱人，也是我暗恋的人。"

晚上回到枕春公馆，程濯在厨房跟保姆阿姨学手艺。读书时候那么天赋异禀的一个人，洗手做羹汤却有点笨拙，又有点可爱。

三菜一汤是阿姨做的，程公子负责压轴的甜品。焦糖布丁卖相可观，她尝了一口，抿在舌齿间。

客厅里就他们两个人，灯光昏暖。她吃他做的甜品，他什么也不干，就看着她。

孟听枝被这一刻的美好击中。程濯问她味道怎么样，她咬了下勺子说："好甜啊程濯。"

"是真心夸的吗？"

你看，都结婚了，这人还爱用这种调子问她要真心。

孟听枝说："最真心了。"

洗完澡，程濯已经靠坐在床头，等她带着一身沐浴香气出来，便招招手说有东西要送给她，掀开被子，朝她敞开天地。

孟听枝靠到他怀里，问："又不是什么纪念日，怎么忽然要送我礼物？"

他抱着她，下巴微抵着她头发，纠正道："不是纪念日也可以收礼，礼物是给孟听枝的，不是给纪念日的。"

孟听枝听着心里很甜，点点头，两手并拢摊出，结了婚还是像个小姑娘，甚至说是因为结了婚，她越发像十几岁的小姑娘。

“快给我礼物吧。”

程濯拿出一册厚本子，比巴掌大，放在孟听枝手心里。

“相册？”

程濯：“不是。你自己看。”

孟听枝翻开，第一页就是她高中学生卡的复印图，很清晰，小小的证件照里，她那时候留了齐刘海，看镜头的眼神有些怯软；而下面是程濯的学生卡，和她的放在一起。

第二页是她第一次参加校园活动的留影，在十四中的升旗广场，十几个女孩子的集体照，她很渺小很黯淡。旁边有备注，二排三列，孟听枝。

下面同样，是程濯在升旗广场的留影，是偷拍。

孟听枝以前在十四中贴吧里看到过这张照片，他和几个男生出现在画面里，他穿校服真的很好看。

旁边同样备注，左二，程濯。

是程濯的字，孟听枝认得。

之后是实验室、标本间、大礼堂、操场、食堂、篮球场、校门口，甚至是楼道的打水房……

但凡是照片里她出现过的地方，他也一定找来一张自己的照片，即使两张照片一看滤镜像素都不同，甚至隔着朝与暮的光线差，隔着冬与夏的背景色。

他们之间隔了那么多那么多……

可相连的照片里，他在陪她，在十四中的每一个地方，在她青春的每一个遗憾里，他都在陪她。

孟听枝一下哭了出来，反身扑过去抱住他，哽咽地低喃：“程濯。”

他吻她的头发，轻抚她的后背，哄着：“我在，我一直都在，我哪儿都不去，我永远陪在你身边。”

（全文完）

图书在版编目（CIP）数据

灌枝：全 2 册 / 咬枝绿著 . -- 南京：江苏凤凰文艺出版社，2023.1
ISBN 978-7-5594-7139-0

Ⅰ . ①灌… Ⅱ . ①咬… Ⅲ . ①长篇小说 – 中国 – 当代
Ⅳ . ① I247.5

中国版本图书馆 CIP 数据核字 (2022) 第 162509 号

灌枝：全 2 册

咬枝绿 著

责任编辑 曹 波
特约编辑 马春雪 刘玉瑶
装帧设计 鬼 哥 卿 止 安柒然
责任印制 刘 巍
出版发行 江苏凤凰文艺出版社
南京市中央路 165 号，邮编：210009
网 址 http://www.jswenyi.com
印 刷 天津鑫旭阳印刷有限公司
开 本 880 毫米 ×1230 毫米 1/32
印 张 21
字 数 585 千字
版 次 2023 年 1 月第 1 版
印 次 2023 年 1 月第 1 次印刷
书 号 ISBN 978-7-5594-7139-0
定 价 69.80 元（全 2 册）